大鱼

有爱的青春陪伴者

容我放肆一下

玄众 / 著

花山文艺出版社
河北·石家庄

图书在版编目(CIP)数据

容我放肆一下 / 玄滵著. -- 石家庄 : 花山文艺出版社, 2022.9
ISBN 978-7-5511-6180-0

Ⅰ. ①容… Ⅱ. ①玄… Ⅲ. ①言情小说—中国—当代 Ⅳ. ①I247.5

中国版本图书馆CIP数据核字(2022)第099337号

书　　名： 容我放肆一下
Rong wo fangsi yi xia
著　　者： 玄　滵

责任编辑： 董　舸
特约编辑： 欧雅婷
责任校对： 郝卫国
封面设计： 孙欣瑞
内文设计： 孙欣瑞
封面绘制： A4
美术编辑： 胡彤亮
出版发行： 花山文艺出版社（邮政编码：050061）
（河北省石家庄市友谊北大街330号）
销售热线： 0311-88643221
传　　真： 0311-88643225
印　　刷： 长沙鸿发印务实业有限公司
经　　销： 新华书店
开　　本： 880mm×1230mm　1/32
印　　张： 11.5
字　　数： 621千字
版　　次： 2022年9月第1版
2022年9月第1次印刷
书　　号： ISBN 978-7-5511-6180-0
定　　价： 42.80元

目录

/contents

第一章 /001

巧合一重接一重

第二章 /025

青春回来了？

第三章 /059

“危险”的访谈

第四章 /087

缠人的角色对调

第五章 /131

风水轮流转

第六章 /159

眼前人依然是梦中人

第七章 /183

我不会假装不爱他了

Contents

目录

/contents

第八章 /219

男友的惊喜

第九章 /248

别哭，过去的都结束了

第十章 /282

他的天上月终于落到他怀中

番外一 /312

少女心事

番外二 /326

也许她是不一样的

番外三 /344

Z 大见

第一章 //////

巧合一重接一重

平安夜的傍晚，大雨不期而至，天色由夕阳斜下的碎金转至浓重的乌蒙，巴黎街头的喧闹转瞬即逝。

荆羡撑着伞，神态怡然，时不时地摁下快门拍街景。她就这样安静驻足在红绿灯的斑马线旁，与行色匆匆的路人相比，像个格格不入的异类。

偶有男女擦肩而过，先是不经意回头，而后眼神里便有了明晃晃的惊艳。

也难怪，乌发红唇的东方美人，肤色胜雪，风衣也掩不住盈盈一握的细腰，黑色中性军靴上纤直的腿白得晃眼，在这暴雨天气里巧笑倩兮，比博物馆里的艺术品更神秘。

这种老天赏赐的美貌，越发勾得人心痒痒。

事实上也确实有人蠢蠢欲动妄图搭讪，荆羡早习惯了，先行一步转身走开，顺便把伞面压低了些，拒绝的意思不言而喻。

身后的骆亦白松了口气，快步跟上前：“荆小姐，车已经等在街口了。”

荆羡恍若未闻，自顾自贴着店铺边走着，半晌才回过头去：“我哥叫你来的？”

骆亦白尴尬地笑笑，也没辩解。

事出有因，荆家的掌上明珠四处游学，不肯归国。

荆家新任掌权者的订婚宴在即，却迟迟未能闻得宝贝妹妹的归期，干脆派心腹来押送了。

骆亦白就是那个不得不插手别人家事的倒霉蛋，同时他还得尽量不得罪这娇小姐，注意说话的口气：“飞机快到点了，要不先上车再谈？”

荆羡扯了扯唇，心知肚明自己没得选，顺从地上了街角等候的车。

黑色迈巴赫启动，轮胎碾过浅浅水坑，驶向机场。

骆亦白相当敬业，刚系上安全带就给顶头上司请示这两天手上的运营工作，顺带暗示了下盯梢情况。

荆羡懒得在意，靠着窗，只从背包里摸出相机，慢吞吞地摆弄。

末了，电话那边的男人低声说了句话，骆亦白点头，顺手把电话递出去：“荆总让您听。”

荆羡翻阅照片的手一顿，停了半响，接过手机。

前后座的挡板升起，局外人贴心地给留了个隐私空间。车里太安静了，再加上通话里长久的沉默，静得让人无端烦躁。

荆羡绷不住那根弦，率先发难：“你订婚的日子我会回去，你真没必要像看犯人一样，我已经二十五岁了，有自由的权利。”

她的口气算不得好，语调生硬，夹枪带棍一大堆，对方却很淡然：

“我从未限制你的自由，忧忧。”

荆羡听他喊自己的小名，有一瞬的恍惚，仿佛浮现了高二那年暑假，少年在家里被她使唤得团团转，极力隐忍着怒火却又无可奈何的模样。

然而每次他总会平静下来，只因比她早出生两分钟，担着哥哥的名头，所以他一直包容她的无理取闹。

如果不是那个人的出现，让荆焱强行游说父母将自己送出国……

车窗外雨势忽而变大，风声呜咽凄厉，荆羡从回忆里清醒，叹口气，结束了这通电话：“不聊了，先这样吧。”丢开手机，她莫名疲累，去戴高乐机场的一路歪在座椅上，再没开过口。

骆亦白很识趣，猜到兄妹俩之间的谈话并不愉快，未曾搭话，只低头处理公务。

半个多小时的车程，荆羡居然在车上睡着了，脸色粉扑扑，像个不谙世事的小姑娘。骆亦白侧头看她一眼，心想，老板妹控确实可以理解，换作是他，肯定看得更严。

原本订的是后天的机票，没想到法国这边出了点骚乱，有人用邮件病毒威胁机场安全，不得已改签到了今日凌晨。行程仓促，头等舱、商务舱全没了，十一个小时的长途航班，要挤在经济舱里，滋味可想而知。

荆羡身高接近一米七，又不幸坐在三连座的正中，腿没法借地儿伸出去，愈加不适。

周遭人沉沉入睡，就她腰酸背痛如坐针毡，可能是过去的日子太锦衣玉食了，如今乘最寻常的经济舱竟也成了煎熬。

荆羡暗骂自己矫情，结果屋漏偏逢连夜雨，先前吃了几口凉掉的餐食，这会儿竟然开始犯恶心想吐。恰巧隔壁位置的人起身去上厕所了，她干脆也解了安全带站起来。

经济舱的洗手间在机尾，一共两个，指示灯均显示有人。荆羡等了小半个钟头，也没见里头的人出来，她微弯着腰做深呼吸，手扶着墙壁，只觉胃里翻江倒海。

乘务长看出荆羡的不适，询问是否需要帮助，荆羡直言想使用头等舱的设施，对方犹豫半刻，破例同意了。

前边可比大杂烩的环境好多了，座椅可以直接当床，买了这等价钱机票的人谁不想酣睡一场。唯有最右侧位置的阅读灯亮着，有个年轻男人正低头看书。

从荆羡这个角度望过去，她的注意力很快落在他搭在椅边的手上。

真是毫无瑕疵的一双手，肤色莹白，指尖纤长清瘦，连骨节都生得漂亮。

可惜没时间细品，她正着急赶去盥洗室解决难题。

等到荆羡吐完漱口出来，男人边上多了位服务人员，眼含春色轻声细语，明明在倒果汁，姿势却凹得离谱。

男人脸都没侧一下，慢条斯理地翻着书，徒留表情渐渐僵硬的空姐一人尴尬。荆羡没兴趣看这落花有意流水无情的烂俗戏码，原本想光速撤了，无奈离开时不慎撞落了餐车上的茶壶。

玻璃砸在短绒地毯上，没碎，滚了两圈，动静算不上大，不足以惊醒一舱睡意正浓的乘客。空姐赶紧过来扶她，确认没事后把餐车推外面去了。荆羡挺不好意思，一直在小声道歉。

正值午夜，舱外黑夜笼罩，舱内亦然，除了那盏阅读灯幽幽散着微弱光晕，并无其他光源。她小指上的尾戒似乎掉了，眼下不知道落在哪个犄角旮旯。

荆羡叹一声倒霉，蹲在地上摸索。

过道上有色泽浅浅的逃生出口指向灯，但毫无照明作用。她余光扫到前边，发现模模糊糊里有黑影渐渐拉长，原来沉迷阅读的年轻男人竟不知何时站起，她还没来得及抬头，空气中传来些微的开关叩击声。

啪！

男人抬手把仅存的阅读灯关了。

荆羡在黑漆漆的头等舱里足足愣了两秒。

什么意思？

故意的？

没看到她在找东西？

荆羡有点蒙，但她确实没资格在别人的地盘叫嚣，想了想也不是什么值钱的东西，这戒指戴了那么多年，纯粹是留个警告提醒自己别犯蠢。

丢就丢了吧，也无所谓。

一念及此，她放弃了找寻的念头，利落地站起身，忽而惊觉那人离她只堪堪三步距离。

荆羡心底发怵：“有事？”

男人很高，穿着深色的卫衣，兜帽盖了眼睛，瞧不清面容，一手插在裤兜里，靠着过道的椅背，姿态懒懒散散。

他盯着她，嗓音轻到几不可闻，带着鼻音，像是感冒了，又像是刻意压低了声音，只说了四个字：“我捡到了。”

他的手指舒展开，掌心上确实是她的破烂戒指。

荆羡是真不想过去拿，她早就察觉到不对劲，因为从刚刚开始，他的视线就没离开过她的脸。

女人的第六感绝不会出错，这种专注狂热的凝视，堪比沙漠里遇见绿洲的渴望，又似盯紧猎物入网的追捕者，让人窒息。

荆羡长那么大还没遇到过这种紧迫盯人的方式，男人带来的压迫感太强了。

尤其是他一动不动，整个身形雕塑一般，嗓音越发压抑：“不要？”

荆羡后悔昨晚看了变态囚禁少女的 R 级惊悚片，如今箭在弦上不得不发，她硬着头皮说了声谢谢，纠结片刻伸出手。

指尖接触到他手心时颤了一下。

第一触觉是冰凉。

26℃的恒温机舱内，他的肤感体温能低成这样确实离谱。

荆羡思绪发散，忍不住胡思乱想，说到底就一寻常小姑娘，骨子里也是怕黑怕鬼怕变态。幸好先前出去的空姐折返，她仿佛遇见了救兵，匆匆把那枚戒指放在了对方推着的空餐车上。

“您好，这个垃圾帮我收一下。”

“小姐，确认要丢掉吗？”

荆羡应声，再没耽搁，转身离开。

回到经济舱，心脏跳动的速度才渐渐放慢，说来奇怪，她有很久没有感受过这种头皮发麻的滋味了。前排的骆亦白摘掉眼罩，扭过头来：“没事吧？身体不舒服？”

荆羡摇头，开启液晶屏幕，随手挑了一部喜剧电影。

这漫漫长夜无法入睡，只能给自己找点乐子了。剩余大半航程，她没有合眼，一直熬到清晨才有了点睡意，不过飞机已经呈备降状态，遇到气流，颠簸得厉害。

机舱里混乱一片，小孩哭闹，父母责骂，还有各种尖叫惊呼声。

荆羡头都快炸了，用了降噪耳机和黑超墨镜全副武装才好点，不过下飞机时脚步仍是虚的。

空姐费力引导完乘客，开始例行检查，乘务长在分舱的帘外驻足拨内线电话：“怎么回事，头等舱的客人现在还没离开？”

长途飞行都不好受，谁不想赶紧回家倒时差，偏偏有个例外。

年轻的男人，迎着晨光站立，秀雅无双的侧颜，气质拔萃，巫山白雪一般，他定定望着穿过廊桥的人流，眼神幽深。

空姐不想得罪 VIP，态度恭谨：“容先生，请问有什么可以帮到您？”

他目送人群消失在尽头，缓缓收回视线。

“抱歉，我有一枚戒指落在飞机上了。”他顿了顿，牵起嘴角，似是有些自嘲，“或许被当垃圾收走了，但我想亲自找回来。”

荆羡的起床气一直很大，睡眠不足时尤为离谱，十几个小时没合眼，足以让她引以为傲的表情管理功亏一篑。自从上了接机的车，骆亦白连续三次礼貌拒绝了她想回自己公寓的愿望后，她就陷入了濒临暴躁的困兽状态。

荆家没有所谓的老宅，目前的住处是一栋临湖别墅，寸土寸金的地儿，能有独栋别墅实在不容易，政府这两年干涉市区新楼盘的容积率，这个项目好不容易有别墅业态，当时开盘的价格已经不能用“豪”这个字来形容了。

不过荆羡从没关心过这些事，在她的人生里，出国的日子太长，基本和家庭扯不上关系。一开始自嘲被放逐，后面习以为常也就不痛不痒了。

然而到底是低估了这座城市带来的回忆，路过三中时，穿着高中制服的少男少女，还有那略有些生锈的黑色铁艺校门，都让她有种难以言喻的不适。

痛过哭过笑过骂过，为那个人大起大落的情绪似乎还在昨日。

荆羡关了车窗闭目养神，左手小指上先前被戒指箍出来的那一圈隐隐发痒，仿佛应景地告诉她，有些东西忘不了，纵使再挣扎，亦是枉然。

她环臂抱胸，重新调整睡姿，妄图让自己更有安全感一些。

临城的气温比巴黎低一些，圣诞节已过，北风呼啸，落叶萧瑟。

司机打开门，荆羡已经感受到了冬天的恶意，她这身衣服基本纯摆设，毫无防寒能力，眼下顾不上仪态，她几乎是一路小跑着进了院落。

应门的是位五十来岁的中年女人，穿着帮佣的制服，原先弥漫的笑意在见到荆羡后，稍微停滞了两秒。

冰肌玉雪一般的年轻姑娘，秀气鼻梁上架着超大墨镜，把那张小脸挡去了大半，好看的眉毛拧着，脸上清清楚楚写了三个字——不高兴。

怎么形容才好。

对了，带刺儿的蔷薇。

女人很快意识到这位应该就是荆家夫妇那对龙凤胎中的老二，据说叛逆得不得了，高中刚毕业就被强制送出国了。她心底忐忑，弯了弯腰：“大小姐。”

“您好。”荆羡客气地点头，随意把书包放下，站在玄关处四处打量。

房子太空荡了，五米多的挑高，四面落地窗，阳光没能给这里带来温暖气息，反而给灰白二色的极简风家具染上一层不真实感。

荆羡不喜欢别墅的设计，一看就是荆焱的喜好。比起这儿，她更怀念自己的小公寓。

骆亦白随后进了门：“抱歉，我现在要回集团开会。荆总嘱咐了，让您先休息，他忙完公事第一时间回来。”

“没事，你忙你的。”荆羡笑了笑，扭头问用人，“我房间在哪儿，麻烦带下路。”

三层连着阁楼，四个衣帽间外加卧室书房和卫生间，北欧风格，采光极好。这会儿她没精力欣赏房间，眼里只看得到灰色长绒毛毯上的那张圆床。

这是荆羡头一回没有洗澡就入睡的经历，甚至衣服都没脱，她的身体疲累到了极致，沾上枕头的那刻就被强制关机了。

这些年她的睡眠质量都不怎么样，这一晚尤甚。

梦境如快速转动的走马灯，画面快得眼花缭乱，分不清现实抑或是幻觉。不知怎么，她的记忆又回到了高二结束后的那个暑假，也回到了那个欣喜若狂的夜晚……

走了无数遍的洛柏巷在七夕这一晚注定不平凡，每月一回的夜市赶了个凑巧的日子，两边全是摊贩。

荆羡心无旁骛，加快脚步走至巷子尽头。

拐个弯，拳馆那栋小破楼还亮着灯，卷帘门发出刺耳声响，正缓缓往下落。

荆羡同门房打了个招呼，猫腰钻入，里头空无一人，她下了阶梯，熟稔地推开了地下室的门。

门轴转动声响伴随着些许灰尘扬起，那一头是截然不同的世界。用来MMA训练的巨大八角笼矗立正中，幽幽白炽灯下，美少年支着腿靠坐在笼门边，闻得声响抬眸望过来。

荆羡红着脸愣在原地。

他就套了一条黑色运动裤，上身什么都没穿，肩膀和脖颈覆着一层薄薄水光。汗水沾湿长睫，俊秀眉眼越发潋滟，也不说话，殷红的唇咬着绷带，另一头慢条斯理地往虎口处缠绕，一圈又一圈。

随着动作，腰腹间的肌肉线条变得清晰。

荆羡垂着眼睫不敢看他，骄傲都少了一半：“那个……容同学。”

少年没搭理她，丢开手中东西，拧开水瓶灌了两口，而后当头淋下。额前碎发全被打湿，他也不在意，抬手随意朝后掠去，利落地站起身来。

随着距离的接近，空气似乎变得灼热。

荆羡垂眸，退无可退，背抵着门边的架子上。他微微俯下身，指尖够到最上边一层的毛巾，擦把脸，似笑非笑地盯着她：“优等生就这么空？”

少年五官清冷，容貌秀雅天成，然而笑起来总有股痞痞的味道。

荆羡憋了半天，鼓起勇气：“今天七夕。”

“跟我有关系？”他套上T恤，抓过包，朝外走，还是那副漫不经心的调调，“回家吹空调，别跟着我。”

荆羡的脸皮在日复一日的追逐里渐渐变得无人能挡，她硬是跟了他半条街，见他头都不回，才伸手扯住他的衣角。

少年回头，眉毛轻挑。

荆羡轻声道：“我明天要跟我爸妈去度假，开学才能回来，大概有两个礼拜不能来拳馆。”语罢，她看向别处，像是憋了口气，憋得脸都红扑扑的才继续往下说，“然后过两天是我的生日，能不能提前要一个礼物……”

话没说完就被掐断。

“公主殿下——”他忽然发力，反手把她拉近，语调拖得长长，“我看起来像是有钱的样子吗？”

能穷得如此装相如此清新脱俗，也就只有他了。

荆羡被桎梏在他怀里动弹不得，仰着头，目光乱转，瞄到不远处的一家首饰摊，病急乱投医：“你给我买个路边摊的小玩意也行，不会很贵的，要不我自己付钱吧，就当你送我的。”

他看了她好一会儿，觉得难缠。这种养在温室里的娇花没受过人间疾苦，不懂挫败不懂后退，真想折断她的翅膀拉她沉沦，叫她也好好感受一下属于他的真实的恶心的世界。

可她又偏偏生了一双漆黑明媚的眼睛，清纯、炽热，又那么有生气。

说不清是于心不忍抑或鬼迷心窍，他终究妥协了。

荆羡笑得眉眼弯弯，蹲在那个小摊前和老板讨价还价，这些玩意儿都很廉价，没几个能入眼的，唯一还算精巧的是一枚银戒指，上头镶了一轮蓝色的新月，质地应该是锆石，挺闪。

老板开价五百块，被砍到了两百块之后，就死都不肯松口了。

他倚着后边墙壁，单边耳朵塞着耳机，一边用自己的破手机断断续续打完了一盘游戏，一边听小姑娘和老板厮杀，最后终于忍不下去，从卫衣口袋把刚领的兼职钱递过去。

“这个，再要个这个，三百块吧。”

他拣了一条同色系的项链，把戒指穿在上头，塞到小姑娘手里：“完事了吧？”

荆羡抿唇，小声挣扎：“我自己付……”

“闭嘴吧。”他捏着她细细的腕骨，强行牵着她离开，“换两个礼拜的宁静，挺值的。”

在这个炎热的暑假，熙熙攘攘的夜市里，荆羡被人堆挤得马尾都散了，连衣裙汗津津，白鞋子上好几个鞋印，脏乱差的环境里，她却体会到了前所未有的甜蜜滋味。

如果不是初见的怦然心动，如果不是中途的奋不顾身，如果不是近在咫尺的圆满结局。

后来她又怎么会摔得粉身碎骨。

梦里的画面如电影的长镜头，愈来愈远，少女甜腻腻的嗓变得模糊不清：

“容淮，开学我给你充饭卡吧。”

“容淮，你模拟考分数多少？”

“容淮，我们一起考 Z 大吧？”

“容淮……”

一声又一声，如无形的手，扣住脉门，二十五岁的荆羡沉在湖底，被折磨到喘不过气。

外头闷雷滚滚，闪电撕开天幕。

荆羡猛然坐起，这场噩梦，终于落下帷幕。下一刻，手机铃声刺耳响起，她揉了把脸，下意识地接起。

宁瑶的破锣嗓子在听筒里异常嘹亮：“宝贝儿回来了，时差倒好没？姐们儿今天刚收工，不用拍夜戏，带你出去潇洒。”

荆羡看了眼床边的时钟，晚上八点四十二分，打开房门出去，荆焱这个工作狂果然没回家，她也懒得等他，洗把脸，随便抓了车钥匙下到地库。

见她迟迟没动静，宁瑶疯狂鼓动：“城北新开了家火锅店挺带劲的，你放心，就我们俩，没别人。本来去年你说蛮欣赏的那个电影小生也想来，不过我看他那么久了还对你恋恋不忘，果断拒绝了。”

荆羡坐在驾驶座，拿着气垫补妆，轻笑：“不用啊，一起好了。”

十二月的临城，满街萧条，虽不下雪，植物已然凋零。

荆羡很久没回来，恰逢红灯便在十字路口开了点窗，就当是欣赏故乡风景，怎料再启动时车子倏然震了下，方向盘也开始不受控制。

车胎爆了。

幸好是防爆胎，并不严重，还能撑个十公里。荆羡面对宁瑶狂轰滥炸的微信，没办法爽约，只得把车开到最近的修车行，自己打了辆出租车。

本以为对方赞不绝口的城北火锅应该在旺铺地区，谁料一个小时后才到，都快到郊区了。司机是个大妈，收钱时嘴都笑歪了：“这家店很偏的哟，小姑娘晚上回去要小心点哦。”

荆羡点头，看着门可罗雀的生意，开始怀疑好友的选择。

服务员倒是挺热情，带她上了三楼，七弯八拐过了景观喷泉和古风连廊，来到最里头的一个包厢，位置还挺隐蔽。荆羡进去，有个人影蛰伏在黑暗处，冷不丁出声：

“忱忱……”

荆羡吓到魂儿都没了，脏话都蹦出来：“你有病啊？”

宁瑶戴着鸭舌帽，在室内还戴着黑色口罩外加墨镜，坐在窗户死角的位置，口气很臭屁：“防狗仔，懂吗，不然为什么约在这乡下旮旯的地方？像我这样的当红小花必须得有安全意识。”

荆羡拉开凳子坐下，皮笑肉不笑：“二十六岁也能叫小花？”两人是高中同班同学，不过宁瑶小时候身体不好晚入学一年，比同届都大一岁。

年龄永远是女明星的死穴，宁瑶倒吸一口气，摘下口罩正欲回击，莫名卡了。

“咦，你的耻辱戒呢？”

荆羡低头，不太习惯地摸了摸左手小指，因为长久佩戴，指根处有细细一圈的痕迹比周遭肤色更白。她面上没什么表情，想了想直白道：“丢了。”

“可以。”宁瑶开始鼓掌，异常激烈，“你总算悟了，负心汉留下的任何东西，都该一把火烧个精光。”

荆羡不吭声，给自己倒了杯菊花茶。

其实她纯粹是为了提醒自己不要犯蠢才留着那枚戒指，时间是最好的解药这话不假，她已经很少再想起那个人，若不是今晨的那场梦，她都忘了自己曾经那么虔诚地爱过。

“别说这些倒胃口的事了。”荆羡在纸质菜单上选完火锅食材，递给服务员，扭头又道，“对了，我车刚来的路上爆胎了，等下你送我回家。”

宁瑶正欲点头，眼尾余光扫到门扉边的男人，赶紧招呼：“钟晔哥，这里。”

钟晔三十来岁，刚拿了国际分量颇重的电影奖项，外表很是斯文儒雅，同荧幕上塑造的经典病态角色反差很大。他算是大器晚成的那一类，目前知名度并不算很高，但粉丝上升趋势挺猛，未来可期。

“抱歉，我晚上有个专访，来迟了。”他的目光在荆羡面上掠过，耳根子竟然有点红，赶紧低头找位置，“你们尽管点，这顿我请。”

宁瑶一直在笑，看了一眼好友，表情贱兮兮：“哥，我有件事要拜托你。”

钟晔挺绅士地帮两位女士布置碗筷，闻言抬头：“你尽管说。”

荆羡眉心一跳，心头涌现不祥的预感。她在桌下狠狠踹了宁瑶一脚，没用，宁瑶已经“祸从口出”了：

“我朋友车胎爆了，我可能晚点还得赶回剧组，一会儿哥你方便捎一程不？”

荆羡：“……”

这种天上掉馅饼的事儿，钟晔当然没理由拒绝，连连点头。

说话间，锅底上了。

两位混娱乐圈的都有上镜需求不敢放肆，在四宫格的清水里烫肉意思意思，唯有荆羡一人吃红油辣锅，再加一碟麻酱，什么毛肚血旺肥牛腊肠，优哉地下，优哉地吃，怎一个痛快了得。

有外人在，她和宁瑶也不方便聊些旧事，边吃边听钟晔讲述拍戏间的趣闻。

饭过半旬，气氛还算融洽，可惜荆羡在去洗手间的中途接到了荆焱的电话，男人音调很低，上位久了总有些发号施令的意味，隐约夹杂着一点怒火。

“在哪儿，我现在派人接你回家。”

她面无表情地听完，挂了，等他再打过来，直接关机了。

不过这顿饭的兴致全倒了，荆羡不想冷着张脸扫兴，回去后就借故先行离开。钟晔坚持要送，宁瑶煽风点火，她推了两次最终还是拗不过对方的坚持，上了他的车。

时钟快接近深夜十一点，万籁俱寂，街上没什么人。

钟晔的车速很稳，荆羡本来就没休息好，这会儿又开始迷迷糊糊想睡觉，关系不熟她也不好意思打盹，只能强打起精神有一搭没一搭地闲聊。

快到前边小区，荆羡示意靠边，准备客套两句下车。

钟晔拦住她，脸色很难看，指指后视镜，不远处有辆黑色吉普，探出两杆长焦大炮，闪光灯异常刺眼。

荆羡没混过娱乐圈，也不追星，她根本意识不到事态的严重性，神情有点蒙："呃，被拍了？那我现在……"

钟晔从后排拆了件品牌方送来的新外套："不好意思，都是我执意要送你，等会儿你用这个挡一下脸，明天不管有什么新闻都不用在意，我会让团队处理的。"

荆羡应了，用大衣罩着头，推开车门一路小跑。

跑得有点急，回别墅时她喘得厉害，也不知是先前的四川火锅后劲太猛还是什么，脸颊都是滚烫的。

帮佣没来开门，取而代之的是荆焱。

兄妹俩快一年没见，突然打了照面，谁都没吭声。

对视数秒，荆焱率先移开目光。他在生意场上手段狠戾，公司里不近人情，面对孪生妹妹，却总有愧疚。他记得她泪眼蒙眬哀求不想出国不想离开临城的模样，也记得她夜半三更打国际长途说哥哥我想回家的嗓音。

他心疼，却不后悔。

荆羡绕开他，兀自上楼。

荆焱立在楼梯转角，语气不咸不淡："谁的衣服？"

"嘘，别……"荆羡扭头比了个手势，脚步未停，"别管行吗？累了，有事明天说。"

荆焱冷着张脸，一动不动。

荆羡回房卸妆冲澡。莲蓬头热水浇下，接触到皮肤有种莫名其妙的灼烧感，她调低水温，才觉得好一些。凑合着冲了个战斗澡，她坐在梳妆台前上护肤品。

镜子里的脸瞧上去有点肿，肤色也红得古怪，像煮熟的虾子。

荆家人的体质都很奇葩，荆羡她爸沾到花生就得打急救电话，荆焱高中之前都是病秧子，吃海鲜哮喘必发作，至于她自己，乳糖不耐症，外加轻微的果仁过敏。

但她仔细回忆了下今晚吃的东西，确定没有过敏源。

只能归结为睡眠不足了。

荆羡对自己这张脸还是相当爱惜的，敷了一层厚厚的修补面霜，戴好真丝眼罩，乖乖上床补美容觉。

半夜又下起了雨，淅淅沥沥叨扰了整夜。第二日，雨后初霁，天光璀璨，空气里散着些微的潮湿气息。岁月静好的清晨，荆羡的惨烈尖叫声持续了整整五分钟。

用人连滚带爬上楼，见到她的脸吓呆了。

"大小姐，这……我叫家庭医生过来吧，一小时就好。"

花容月貌的小姑娘像是毁了容，嘴唇肿成厚厚两条，脸颊两侧布着红红的疹子，眼泪大颗大颗落下，瞧上去真是滑稽又可怜。

“太久了，我等不及。”荆羡眼含着热泪，“最近的医院在哪儿？麻烦司机送我去一趟。”

市一院，临城三甲医院的翘首，因为近日来的流感，人满为患。

荆羡十分钟杀到门诊大厅，呼吸科内科全挂满了，大冬天她急出一身汗：“皮肤科呢？或者有没有过敏科？您看我都这么严重了，还有别的科能看吗？”

她凑近些，相当有偶像包袱地把口罩微微往下拉了拉。

工作人员瞥一眼，见怪不怪，点了几下鼠标：“皮肤科今天下午才开诊，上午的话，血液科有一个国外来的特邀专家，不过诊费要两百块。”

这会儿别说两百块，两千块都行。

荆羡痛快交费，嫌电梯太慢，风风火火爬了五层楼。顶楼的构造特殊，就两个诊室，明显安静许多，最里头的那间站了四五个患者。

人不多，还行。

荆羡松口气，估算了下时间后便坐在等候长凳上翻通讯录，先给宁瑶打了电话，对方似乎在拍戏没接。她想了想，查到昨天那家火锅店的联系方式，拨过去。

店员接得很快：“您好，我们现在还没开始营业，但是可以接受预订。”

荆羡沉吟片刻：“我想问下，你们的特调酱料里有加什么果仁之类的粉末吗？”问完这句，对方变得警惕起来，她只能解释，“我是昨天晚上汀兰居的客人，吃完火锅以后全身过敏，我不会追究任何责任，只是想找过敏原。”

对方这才如实告知：“加了一点花生核桃。”

果然。

真是自作孽。

荆羡不知该用什么表情来面对自己的愚蠢，她抓了抓发痒的脖子，三秒后腰间也开始针扎一般刺痒，隔着衣服猛掐，才稍微舒坦一些。

两个小时后，如坐针毡度秒如年都不足以形容荆羡的心情。

她死死盯着502的诊室门板，如果眼神有温度的话，那里应该已经融化了。

她不懂！

为什么！

每一个人都拖拖拉拉磨蹭几十分钟才出来！

荆羡腾地站起来，里头刚巧有个年轻女病患出来，看个医生笑得一脸春心荡漾，一边还猛发微信语音，过道里充斥着她一惊一乍的调调：

“我要郑重给第一医院道歉，他们的专家收费绝对合理。”

“我现在好想天天生病。”

“怎么可以有人长成那样……”

后半句听不清了。

这架势和“爱豆”偶遇没区别。

荆羡不能理解这女病患的脑回路，医生帅不帅和技术有关系吗？她从早上八点半熬到十二点，等得望眼欲穿心如死灰，直到电子播报声叫到她的号……

终于！

荆羡几乎是百米冲刺的速度，途中差点儿崴脚，她扶着门框站稳，一手把新买的病历本递过去，声音楚楚可怜："医生救救我吧，我快死了。"

男人接过，刚好抬头。

秀雅无双的脸，眉眼精致，与记忆中的少年几乎如出一辙。

四目相对。

晴天霹雳。

荆羡瞬间变脸，缓慢又坚定地把病历本从他手中抽回来。

没关系，不看了，我还是等死吧。

荆羡万念俱灰之时曾想过，这辈子同这个人最好别再相见，要是必须得见，那也得是她光鲜亮丽掌握财富密码踏上人生巅峰的时刻。

可现实给了她迎头痛击。

这个该死的过敏直接让她和前男友的差距拉开了一条深沟，简直比马里亚纳海沟的深度还要离谱。

抱歉，他的身份甚至都不能算前男友。

比前男友更虐心。

一个曾经让她死缠烂打苦求不得的男人。

再来瞧瞧他们如今的处境。

一个是年轻有为的医生，长眉漆目，俊秀无双，架着金丝边眼镜，再加一身禁欲系白大褂。

杀伤力绝了。

他年少时眉宇间还有几分桀骜的阴狠，如今或许是更善于隐藏了，独留光风霁月的矜贵，也难怪刚才那个女病患如此激动。

至于荆羡自己，脸肿成猪头先不提，早上为了不加重病情保暖防风吹，她套着羽绒服雪地靴，围了一条黑色围巾，走在人堆里绝不会被人多看一眼。

她输了。

荆羡不愿再待在这个诊室，多一秒都不行，她的自尊心在这一刻统统回来了。她歪眸盯着那本病历本，非常用力地捏住扉页妄图扯回来。

场面一度胶着。

然而，他也并没有松手的意思，指尖轻轻松松压着，神情淡然，一副公事公办的语气念出了医生专属的开场白："哪里不舒服？"

荆羡："……"

在她的记忆里，他们最后一次见面的过程不太愉快。她不知道这个人是真没认出她还是故意装傻，如果是前者，那她前些年的耿耿于怀到底算什么？

她越想越觉得窝火，干脆舍了那本病历本，扭头就走。

背后的男人忽而开口："荆羡，你在纠结什么？"

他从前每次念她名字都和别人不一样，后边那个字特别轻，即便敷衍，听上去依然有种莫名的狎昵。如今却截然不同，冷冷淡淡，又夹杂着不耐烦。

八年过去，到底不一样了。

荆羡停在原地，有些不愿意回忆的场景如时光回溯，充斥在脑子里。她忽然就释怀了，转回去，坐在桌前，默默摘掉了口罩。

白嫩的脸颊上大片红疹，触目惊心，延伸到衣领里头看不见的位置。

他看得很仔细，手上黑色钢笔转了一圈放下，而后站起身，套上医用手套，微俯下身去捏她的下巴。

荆羡下意识地躲开，脸上写满了抗拒。

她这副表情就像被逼上战场，一副宁死不屈的模样。

容淮定定看了她一会儿，手还悬停在她耳边。他皱着眉，态度冷下来：“别浪费时间，我后面还有病人，如果你不配合，现在就可以走了。”

荆羡气得牙痒：“我……”

打落牙齿含血吞，她最终忍下了这一回。

接下来就是没什么营养又毫无感情的医患交流。

“吃过什么东西？自己知道过敏源吗？”

“花生、核桃。”

“什么时候发现的？”

“昨晚吃完饭感觉有点不舒服，早上起来就这样了。”

“除了脸和脖子，身上还有没有疹子？”

“腰背那里有。”

“外套脱了，衣服撩起来。”

“……”

荆羡的大脑有点迟钝，她眨眨眼，像是没听清：“啊？”

容淮伸手把隔离的帘子拉上，下巴轻扬，漂亮的眼里没什么感情：“去里面。”他戴上口罩，重新换了副手套，回头见她还在磨蹭，扯了扯唇，“放心，你我上不了社会版头条。”

这话带着点嘲弄，是他过去一贯的口气。

世界真不公平，冷心冷肺的人总是活得更舒坦点，至少这一刻，她对他的淡然自若表示由衷钦佩。

荆羡面无表情地转过身去，丢开羽绒服外套，低下头，看着自己的装扮思忖片刻。

里头是一条长款的毛线裙，若是从下往上撩，露出打底裤不太雅观，但如果从上往下扯，那她的内衣不是全走光了吗？

荆羡陷入了两难，她想挣扎一下，但又觉得这里不是讨价还价的地方。她一脸为难地回过头，发现容淮也在看她。

男人狭长漆黑的眼半眯着，嘴角抿成直线，像在等待一场兴趣缺缺的表演。

“好了没？”他抬眸，“或者你去外头再做会儿心理建设。”

荆羡绷着脸不发一语，随后揪着毛衣领口往旁边拽，拉到左边肩膀，绕出手臂后，继续朝下扯。

“这样就行。”容淮走近，抬手制止。

她肩背很薄，蝴蝶骨若隐若现，身形纤细又有韧劲。可惜了，身上皮肤部分比脸上更夸张，呈风疹团块，只是颜色没那么鲜艳，不过看外观应该是同一类型的疹子。

他心里有了判断，虎口覆在她肩膀，稍加力道摁了下。

肌肤的寒意透过橡胶手套，第一时间刺激到她的感官末梢。

荆羡没忍住抖了一下，莫名其妙想到前两天飞机上的那个变态，手也是那么凉。

他松手，探究道："有痛感吗？"

荆羡摇头。

容淮退出去，帮她把帘子重新拉好，开了验血的单子："我下午不在医院，你去北楼做个加急的超敏 C 反应，等下把报告给我。"

荆羡整理好衣衫，出去前脚步顿了顿，小声说了句谢谢。

拿到报告后再回诊室，里头已经人满为患了。

四个大人围着一个戴着毛线帽的小朋友，容淮变得很忙碌，抽了一分钟看荆羡的报告。

"没大碍，注意忌口，一楼取药。"

荆羡应了，离去前回眸，发现他似乎又换了副面孔，眉眼舒展开来，冷漠一扫而空。那个小女孩摘了帽子，露出光秃秃的头顶，在他面前拱来拱去："哥哥，你说我长出头发以后能像你这么美若天仙吗？"

他翘着嘴角，摸摸她的脑袋，语气低低的，又很温柔："哥哥是男的，不能用这个成语。"

荆羡反手关上门，有点诧异于那个笑容。

下楼时又想，所以是只对她摆脸色吗？

踔个屁啊！

荆羡坐电梯下到医院地下室，司机因为女儿发高烧临时请假了，她一个人坐在宽大的劳斯莱斯驾驶位上，怔怔发呆。

这些年她在国外一个人漂泊，没交几个朋友，在纽约念书时迷上了摄影，课余时间在一家地理杂志实习，三天两头跑无人区取景拍照，日子还挺充实。

怎料如今回国，竟然无所事事。

仔细想想，家里每个人都活得比她有意义，母亲远在德国，在基因研究所里带博士生，父亲陪着爱妻，只是每周飞一次美国处理纽交所的基金股票，至于荆焱，大二开始接管家族生意，现在混成什么样不用她评判了。

荆羡叹口气。

说起来，她六岁就有以她名字成立的信托基金，每年账户里的钱不会少于八位数，名下还有法属波尼亚的私人海岛。

可她为什么会这么空虚呢。

荆羡闲着无聊，随意打开一个国内挺火的社交论坛 App，想当初这个网站还是宁瑶强行拉她注册的，就为了给那个什么金鹰节女神投票。

荆羡模糊了下个人信息，发了个贴，大概意思就是老子巨有钱但每天都很惆怅，活得不太开心。

可能是她字里行间的优越感太强。

没过几分钟，冷嘲热讽的网友出来齐齐对线——

"不会吧，没有私人飞机也敢发帖？"

"钓鱼帖，我来看看哪些鱼上钩了。"

“吃饱了撑的，真那么空，找份工作体验下人间疾苦吧。”

荆羡歪在座椅上，随便翻了翻，觉得没什么营养，翻到最后一句时怔住。

好像有点意思。

感觉混沌一片的世界清明了，荆羡托着腮帮子，把之前毕业时准备的简历从电子邮箱里翻出来。

她做事其实很有冲劲，天生的狮子座、行动派，想到什么立马就要实现，心中有了打算，就想去小公寓那儿把笔记本电脑取回来。

先前刚去纽约那阵子实在太想家，她翘课偷偷回国，后来被荆焱发现，大吵几次，三天两头离家出走，长住酒店也不是个事儿，干脆自己买了个能拎包入住的公寓。

荆羡乱七八糟的私人物品都在那儿，想着很久没去了，干脆今天过去整理一下。

车子启动，刚转弯要上负一层，前边突然有辆深色的轿跑横向切入，本来可以避过，可荆羡慌了神，踩刹车的反应慢了一拍。

伴随着刺耳的碰撞声，劳斯莱斯的车头成功亲吻上了对方的后保险杠。

还能更倒霉吗?

荆羡熄火，恨恨地捶了下方向盘，努力地深呼吸，而后推开车门下去，对方比她先一步下车，已经在车尾处检查伤痕了。

背影还挺养眼。

白衣黑裤，长腿窄腰，完美的肩颈线条让这件普普通通的白衬衣都有国际秀场那味儿了。

荆羡走上前道歉：“不好意思，你突然从那边冒出来，我没来得及踩刹车，不小心擦到……”

那人像是没听见，俯下身去，手指拨了拨摇摇欲坠的车灯。

哐当——

整个后保险杠脱落。

荆羡：“……不小心撞到了您的车。”

她没什么处理这方面事故的经验，不过对方车的牌子很寻常，不是什么豪车，估摸着不会很贵。

荆羡怕麻烦，想着大事化小小事化无，故作老练地问：“您看私了还是公了？”

那人直起身子，慢条斯理靠在车门边，那张脸依然俊得无懈可击。

“你想怎么私了？”他眼皮掀了掀，语调有些欠扁。

荆羡笑了。

简直就是二二三四，再来一遍。

真是流年不利。

命运真奇妙，非要把两个本该老死不相往来的人捆绑在一块。

巧合一重接一重，简直没完没了。

连续剧都没法这么拍的情节居然在她身上实现了。

荆羡看着眼前这辆没有后保险杠的别克，再看看那倚靠在车门边皮笑肉不笑的年轻男人，她开始后悔方才脱口而出的公了私了。

容淮一手搭着车前盖，指尖有一搭没一搭地轻点，嗓音有点低：“说吧，怎么私了？”

这位也不知有几副面孔，穿着白大褂时斯文优雅，脱了大褂又是这般痞气，隐约有年少时那股子阴晴不定的味了。

荆羡从前不是他的对手，经常被逗得耳根子通红肾上腺素激增，然而到底这几年的饭没白吃，她抱着手臂，下巴轻扬：“你开个价吧。”

这气势，只差没把“老娘有钱”这四个字写在脸上了。

“行啊。”容淮直勾勾盯着她，笑意淡了些，良久，他扯了下唇，俯身打开副驾驶的门，“上来。”

荆羡没动：“我直接给钱不行吗？”

老实讲，她的确不愿再同这个人有任何牵扯了，她甚至决定，只要这个价格没有高到离谱，就一次性解决一了白了。

容淮没应，也不看她，自己先行上了车，潇潇洒洒从窗口丢出一句话：“找个修车行定损。”

荆羡开始犹豫要不要给请假的司机打电话，她是真不知道私了也要这么麻烦，按照套路来说一般人遇到这种情形不都喜形于色狠敲一笔的吗……

说话间，上边又有车要转弯。医院的地下室，本就车流量较大，两人虽然没完全占道，但也占了点场地，偶有车技不好的，就开始远光灯喇叭套餐伺候了。

荆羡没什么办法，只得先把自个儿的劳斯莱斯倒到车位里。锁上门，她走到别克边上：“还是叫保险公司吧，我让我们家司机来处理，麻烦你稍等。”

容淮低头查阅邮件，语气不咸不淡：“你没拍照片就挪车，责任没法判定。”话落，手机振动，他接了个简短的国际长途，眉宇间隐有不耐烦，“速战速决，我下午有事。”

这会儿无理取闹的人反而成了荆羡。

她深吸一口气，冷着脸过去，关门时故意动静很大，隔壁那尊大神面无表情，眼神都没给一个，兀自发动汽车。

一路并无交集。

有科学依据曾表明，让两个完全陌生的人独处一室，三分钟内交流的概率竟然高达 69%。而荆羡和她身边这位，年少时有过一段非常阴暗的纠缠，八年后强行挤在一辆车里，徒留漫无止境的沉默。

一个目不斜视地开车，一个埋头专心玩游戏，互不打扰。

荆羡挺满意这种状态，本来就不是那种可以互相寒暄的关系，毕竟当初那么恨过痛过，想要风轻云淡毫无芥蒂，那是不可能的。

如果中途她的肚子没有不合时宜地发出动静就好了……

是了，她早上起得匆忙，见到镜子里那张脸就崩溃了，早饭没吃火急火燎去医院，算上睡眠时间差不多有十几个小时没进食了。

肠胃蠕动的声响愈来愈明显，荆羡选择装死，悄悄把游戏音效开大了点，顺便把车窗摇下一半。

冬季的风瞬间呼啸而入，刮得她脸颊生疼，她没忍住打了个喷嚏，赶紧用围巾捂住脸，只是皮肤过敏，往日触感柔软的羊绒如今也扎得厉害。

很快，有人用中控锁了门窗。

荆羡在后视镜里对上他的眼睛，欲盖弥彰：“你怎么不放点音乐？”

容淮在斑马线前刹车给行人让路，过了会儿，才懒洋洋地开口：“怎么，音乐能抵抗饥饿？”

荆羡：“……”

这人说话毒舌风格没改，还是那么不留余地。她的耳朵热起来，比过敏的灼烧感更烫一些。

幸好他没再继续这个话题，拐过南大街后，靠边在临时停车位。荆羡没反应过来，男人就下车了。

这里离三中不过一个街区，附近的地段她再熟悉不过了，无数次光临过的汉堡店居然还没倒闭，换了个粉粉嫩嫩的招牌，女学生们也不怕冷，买了午餐坐在露天位置上聊天。

荆羡看着容淮格格不入进了这家少女心爆棚的店，周遭那些小姑娘便开始瞪圆了眼睛，有些夸张的还拿出手机偷拍。

荆羡可太了解这种目光了。

她笑笑，想到从前，自己会在每一节周三的体育课后，拉着宁瑶在小卖部游荡，就为了他路过时的惊鸿一瞥。

时过境迁，沧海桑田。

她收回视线，选择继续把这盘游戏打完。

五分钟后，他上车，丢给她一个纸袋。

荆羡打开，一个火腿三明治，一杯桂圆红枣茶。她可不认为他会清楚自己的喜好，只当他运气不错，买到了她高中青睐的套餐。

“谢谢。”她没矫情，撕开包装咬了一口。

味道和记忆中的有出入，甜口的沙拉酱太多了，她觉得腻，勉勉强强吃掉大半就放下了，而后把之前配的药就着桂圆茶往下咽。

她从小就有药丸吞咽困难症，一杯茶全喝完了，还有最后一颗药没成功下咽，含在嘴里久了，糖衣褪去，剩下的只有一种味道——

苦。

荆羡皱着脸，放弃抵抗，拿了纸巾准备裹起来扔掉，到时再补吃。

容淮平静地补刀：“想烂脸的话可以吐掉。”

“……”荆羡攥紧拳头，像是戴上了痛苦面具，终于在下车前煎熬万分地咽下去了。

修车行离停车处还有五十米左右，两人一前一后，隔了两步远。怕自己这张脸吓到人，荆羡重新把口罩帽子整理好，跟在他后头，半晌想到什么，加快脚步拦住他。

“对了，那个三明治和饮料的钱还没给你。”她从包里翻出一张百元面额的钞票，顺手递过去。

容淮驻足，眼神短暂地在那张钞票上逗留两秒，再移回到她脸上，手还揣在裤兜里，没有要接的意思。

荆羡等了会儿，又摸出一张，眼睛眨了眨，潜台词挺明显——

两百总够了吧？

他直勾勾地盯着她的眼睛，突然笑了，唇边扯起浅浅的弧度，语气耐人寻味：“你真可以。”然后绕过她和她的钱，走了。

荆羡有点蒙，回味了下那个略显嘲弄的笑容，又细品了下他说的四个字。

什么可以？

可以什么？

她在原地站了五秒，搞不懂男人的心思，就当省钱了。

修车行的店面不大，老板是个络腮胡的壮汉，看面相是个实在人。他招呼伙计用举升机把那辆别克抬起半米，自己仔仔细细绕着车身转了好几圈。

“君威 GS2.0T 哈！”他拿笔记录，边写边说，“保险杠报废，有原装和组配的，换哪个？”

荆羡很坚定：“原装。”

“好咧。”老板笑意加深，“小姑娘，后车灯也碎了，进口的搞一个不？”

荆羡点头：“当然，要最好的。”

容淮看她一眼，没说话。

老板眉飞色舞：“这就对了，好的配件，车子跑起来才给力嘛。”说完，他偷偷打量一旁从头到尾臭着张脸的俊秀男人，脑补了情节——

女朋友开男朋友的车，被人追尾出了小事故，肇事者逃逸，女朋友自掏腰包哄男朋友开心。

啧啧，感人。

老板感叹小年轻的爱情，不想宰太狠，很大方地给出折扣：“给你们打个八折，再送全车打蜡封釉，还有车引擎盖上有点划痕我帮你一起处理了。”

荆羡挺满意：“谢谢，一共多少？”

老板：“两千五百块，零头抹了，凑个整。”

荆羡不懂行情，在她的世界里，两千五确实也算不上大数目，重点是她想着把人家车撞坏了总得恢复如新，计较太多也没意思。

她解开小羊皮包的搭扣，正准备拿钱包，有人在后头扯了下她的围巾。

荆羡扭头，表情疑惑。

容淮淡淡道：“你去外面等我。”

荆羡：“啊？”

他重复：“你先去外面。”

荆羡拗不过他，只能先行撤了。

等了几分钟不见人出来，她无聊得很，开了盘游戏，等对方水晶爆破以后容淮才堪堪出来。

“走了。”他又扯了下她的毛线帽子。

老板跟在后头，笑得很委屈：“妹妹啊，你男朋友太狠了，我这是小店，利薄得很，我还养那么多伙计呢。”

荆羡听得云里雾里，被他拽着手臂，带走了。

十字路口，他才松开她。

两人现在谁都没车，不必假模假样纠结谁送谁的问题，荆羡不愿意和他做过多纠缠，眼尖地瞅到远远的街角有辆空出租车，她招了招手。

等车闲隙，她取出她那个毛茸茸的兔毛钱包，数了二十五张出来：“我不管最后你们商定的价格，我就按照老板原先说的给，如果有多，就当你的误工费。”

划清界限的意图再明显不过。

容淮垂眸，看着她：“以防万一，你留个联系方式。”

出租车已经驶入等候区，荆羡异常迅捷地跳上车，想了片刻，从窗户探出脑袋，报了一串不太连贯的数字。

“有事随时打我电话。”她挥挥手，笑得敷衍。

容淮目送着那辆出租车远去，摸出手机，在虚拟键盘上一个一个敲出她刚才报的号码。

纤长指尖停在拨号键，停驻良久。

像是天荒地老一般。

他摁下。

“您好，您所拨打的号码是空号，请核对后再拨……”

果然。

他凉凉哂笑，收起手机。

出租车里有很浓的烟味，大概是上个客人留下的，荆羡捂着口鼻，把窗开大了些。

临城最近连绵阴雨天，搞得前些日子的圣诞节氛围都不太热闹，难得今天没下雨，日光配着落叶，有种萧条和温暖的冲突美感。

荆羡吃了药，脸上没那么痒，心情恢复到平均值以上，这会儿眯着眼，两只手比了个取景框，后悔没把相机背上。

正自得其乐，手机铃声又开始煞风景。

荆羡瞥一眼屏幕，是个没存的号码，但挺熟悉，她记忆力从小出色，立马想起了这位是谁。

“骆特助。”她叹口气，有些无奈，“您这边还有什么吩咐？”

“大小姐客气了。”骆亦白干笑一声，“是这样，荆总让您来一下公司，您看现在方便吗？”他把听筒拿得近一些，语速很快，“集团上个月搬迁到新大楼了，地址您可能不知道，您在家吗，我派人过去接。”

不愧是大集团的高管，说话滴水不漏。

前半句问她方不方便，后半句直接要来接，话说得漂亮，实际根本没给她选择的权利。

荆羡打算之后搬到小公寓去，找份工作，想着早晚要和荆焱摊牌，择日不如撞日，干脆就今天吧。

“我在外面，地址发我，我自己打车来。”

景行地产本来只是荆氏控股集团里最不起眼的一个产业，在荆焱接手后，硬生生杀出一条血路，如今总部设在临城经济开发区的最高处，南靠海，北望江，坐拥无上风景。

荆羡到达门口，望着进进出出的精英人士，心情很微妙。

她头一回为了自己的装扮感到羞耻，羽绒服和雪地靴，在这座充满现代设计感的建筑里，对比周遭身段窈窕职业套裙飒爽干练的职业丽人们，简直可以说是一场灾难。

她不自在地拢了拢马尾，走到正中圆台："您好，我找荆总。"

幸好行政前台挺专业，笑容一样热情富有感染力："荆总在开会，请问您有预约吗？"

"没有，你等会儿。"荆羡在对方即将说出不好意思的客套拒绝前走开了。她懒得折腾，想了想，临时装了个荆氏控股的App，把身份证明亮在桌上。

"我是你们第二大股东。"她平静地说。

前台沉默了整整半分钟，幡然醒悟，上了发条一般蹿起来："荆小姐，我立刻通知总裁秘书室。"

"别麻烦了，我自己上去。"荆羡指指直达51楼的总裁专属电梯，"我用那个没问题吧？"

前台猛点头，帮忙刷了权限卡，恭恭敬敬保持弯腰四十五度的姿势，直到电梯门阖上，都没摇晃一下。荆羡礼尚往来，即便戴着墨镜也一直对她微笑，可惜过敏发红的嘴唇不给力，瞧上去反而像恐怖电影里的小丑。

电梯里光可鉴人的轿厢映出她诡异的笑容。

荆羡被自己吓一跳，突然意识到先前，她就是顶着这张脸和姓容的纠缠，面子里子都丢尽了。

她收起笑，悻悻裹紧围巾。

上了顶层，楼下已经通知到位，几个秘书迎宾一般，阵仗挺大。骆亦白不在，大概是和荆焱同处会议室。

荆羡被领进总裁办公室，两百多平方米的面积，里头还带起居室，配色比家里还冷淡，一看就是工作狂的地盘。她也不客气，坐在老板椅上，面朝着落地窗，俯瞰城景。

她以为只需等一会儿，怎料荆焱这个会开得极其漫长，直到日落西山，门外才传来脚步声。

听动静来的不止一人，荆羡识趣地挪了个地儿，坐到沙发上。

几个分公司的负责人灰头土脸跟在年轻的总裁身后，瞥见办公室里多出个荆羡，暗自松一口气，心想运气真好，会议上的痛苦不会延续了。

荆焱："把你们的业绩报告重新整理，晚上八点，Group meeting."

众人："……"

荆羡同情地目送男人们离开，待得门阖上后，才施施然开口："有事不能回家说？"

"我没时间。"荆焱翻着桌上小山一般的决策文件，逐个签名，差不多告一段落后才抬眸看她。

他花容月貌的妹妹裹得像个爱斯基摩人，墨镜和口罩覆盖不到的皮肤有细细的红疹，白与红，对比相当明显。

荆焱推开资料站起，弯下腰去摘她的伪装。

荆羡没挣扎，任由他摆布。

怕他发火，她提前打预防针："吃错东西了，看过医生了，没有大碍了，请不要说教，谢谢。"

荆焱硬生生把那句"怎么不给我打电话"压了下去，他看着眼前眉眼同他有几分相似的姑娘。

他的妹妹，年少时娇气得离谱，稍有不如意就掉泪。

她会在每日中午混到他们学校，刷他的饭卡，花他的零用钱，霸占他的学习时间，作天作地令人发指。

曾经他烦不胜烦，后来习以为常，最后心甘情愿打算护着她一辈子。

无奈中途杀出个瘟神。

如今年岁渐长，他和他的忱忱，竟生分到这地步。

长久的沉默，在兄妹间无声蔓延。

荆羡最怕这种氛围，她现在真搞不懂，容淮也好，荆焱也罢，这些长得好看的男人是不是心理都有病，动不动就给你摆脸色装深沉。

她叹了口气："你大动干戈把我从巴黎抓回国，不会就为了秀一下你的办公室吧？"

荆焱决定还是把人看在眼皮子底下。

"你在集团挂个职，我让秘书拟所有的产业链和适合的职务出来，你挑个感兴趣的，不用按时打卡，每天出现一次就可以。"

他说这话的时候完全不是一副商量的口气，态度笃定，不容置喙。

荆羡急了，从沙发上蹦起来："不行！"

荆焱静静地看着她。

荆羡知道这会儿不能在哥哥面前露出破绽，她缓和下心情，用一种异常平和的语速缓缓道："是这样，其实我已经找到工作了，我之前在纽约的老师推荐我去一家时尚杂志做编辑，兼职摄影。"她撒谎时容易出汗，有些紧张地把手背到身后，"这家杂志还挺有名的，国内总部就在临城。"

荆焱也没问杂志的名字，淡淡道："也行。"他注意到她暗自窃喜的小表情，很轻地笑了一下，"你这个礼拜把 offer 发到我的电子邮箱，哥哥帮你把关。"

荆羡："……"

一个谎言需要无数个谎言去圆。

最终等荆羡丧着脸走出大厦后，就连老天爷都开始落井下石，好好的天说变就变，淅淅沥沥下起了下雨。

这一天，霉运冲天。

不过同一时刻，心情比她糟糕的，大有人在。

临城南郊板块，原本被规划为度假区，后政府拨款，成了科研基地，正中有两栋一模一样的楼，中间由钢化玻璃长廊连接，又名双星楼。

一年前，有人用5000万美金收购了濒临破产的青鹭药业，组建了全新的研发团队，制药公司和实验室，刚巧左右而立。

晚上20:38分。

右边的灯火早早熄灭，左边依旧璀璨，开启日复一日的加班阶段。

孙潇扯了领带，趴在工位上扯着嗓子：“不公平啊，科研狗为什么下班比我们早？大家都是一个公司的，凭什么我们在这里饥寒交迫，他们回家钻暖被窝，我要跟老板严肃抗议！”

他号完，周遭一圈静悄悄，往常还有人应和几句，今日一反常态。

新来的工读生用一种很复杂的眼神盯着他，小声提示：“容先生在门口。”

孙潇不敢回头，强行逆风翻盘：“我就是看不惯他们打卡就走的懒散态度，我个人是非常愿意为公司加班的，只要公司需要我，我不睡觉都可以。”

容淮轻飘飘地从他身边经过：“真的？”

孙潇佯装惊喜：“容先生什么时候来的？我都没发现。”

他拙劣的演技成功逗笑一帮人，本来就是年轻的Team（队伍），平均年龄不到三十岁，这会儿先是有人忍不住笑了一声，而后就传染开去。

此起彼落，好不热闹。

就连容淮都没忍住，眼里染上笑意：“行了，开个短会，就放你们走，人齐没？”

人事数了一圈，发现有两个运营端口的不在。

片刻，两个倒霉蛋从洗手间抽完烟出来，还在交流昨晚的观影心得。

“那个推理片建议你三刷，钟晔演得确实好，那个变态的样子把我吓到了。”

“人家毕竟是影帝嘛，就是流量少了点，不过我今天好像看到他上热搜了。”

“我看看。”

两人边走边翻手机。

“我说嘛，又是狗仔跟拍，不过他女朋友挺正哈，可惜只有侧脸。”

“确实，这皮肤白到反光啊。”

过分痴迷微博的下场就是，老板近在眼前，他们却视而不见，直到有人看不下去重重咳嗽提醒。

个子较矮的那位吓到手机飞出去，慌忙立正站定：“容先生。”

容淮捡起手机，无意一瞥。

偷拍距离近，画面非常清晰，面容清俊的男人正在车里，给一位妙龄女郎披外套，姿态挺亲昵，那姑娘仰着头，耳垂上有颗粉钻，盈盈欲滴。

他盯着这张照片许久，眼神幽深。

“钟晔是哪位？”

办公室里的气氛有些诡异。

这个世界上，有两种人的心思最难猜，第一是女孩子，第二就是你的Boss。

而这位从瑞士顶尖机构杀回来的生物制药大佬，年纪轻轻已经在圈子里被誉为实验室里最会赚钱的机器，他的一举一动，更是叫人捉摸不定。

他会温柔地笑着对你说话，那双漂亮到惊人的眼里却充斥着寒意；他也会面无表情地听你讲PPT，回头莫名其妙把你的加班工资提了两倍。

共事大半年，女同事们从当初他随便笑一笑恨不得当场花痴死去，到现在他轻轻巧巧给个眼神就开始不寒而栗。

这种变化，懂的都懂。

总之，是个相当复杂也相当难以接近的一个人，永远跟你保持着距离，疏离又淡漠。

孙潇早在青鹭制药破产前就应聘进来了，那会儿刚毕业没多久，怎料试用期还没结束公司就经营不善宣告倒闭，后来容先生接手后，给了一笔挺厚道的遣散费，让老员工都另谋出路。

他第一次见到容淮，就被对方那种天生自带的强大气场折服了。

冥冥中有种直觉，孙潇笃定，自己跟着对方，一定会做出点成绩来。所以他才会在卷包袱走人的那一天，冲到新任老板的办公室，聊表忠心。

当时似乎是脑子一热就冲了，但是现在看起来一切都上了正轨，他很高兴自己赌对了。

孙潇花了五分钟回忆完自己的心路历程，又花了五分钟自我感动，清醒过来后发现往日一心只谈工作的老板居然还在询问这位娱乐圈电影咖的资料。

“容先生，我刚把钟晔的个人资料推给您了。”营销部的小张弱弱地举手。

容淮：“嗯，辛苦，今天先回去吧。”

小张欢天喜地背着包走了。

众人沉默，三秒后，像是打开了新世界的大门，齐齐低头狂搜钟晔的资料。

之前运营部的一对好友，本来就挺关注钟晔，这会儿直接把他的处女作成名作感情生涯如数家珍，成功得到 Boss 大人的首肯，合上笔记本电脑扬眉吐气地下班了。

接下来简直成了一场无限火热的抢答节目。

孙潇反应慢了点，刚财务部一个出纳已经把钟晔前女友的现男友出轨新闻都给爆了，他实在没什么可说了，仔细揣摩了下这张照片，又记起老板从不近女色……

孙潇突然有了个极其致命的猜测。

他开始走野路子：“容先生，像钟晔这样的影帝怎么可能不注意花边新闻？我感觉这偷拍一定是妹子故意喊狗仔来炒作的，心机绿茶，毋庸置疑。”

容淮半靠着办公桌，垂头把玩手里的激光笔，闻言凉凉地扫他一眼，语调森冷：“创业板上市的资料准备好了吗？”

“啊，这……”

当晚，孙潇被迫工作到天明。

荆羡好不容易抵达自己购买的小公寓时，又因为装扮可疑被保安盘问了十来分钟，上电梯摁指纹锁时已经接近晚上九点。

说是小公寓，那也看和谁比，上下两层复式结构，九米宽的超大阳台，撇去公摊面积还有八十八平方米左右，给荆羡这样的单身小姑娘住都嫌太大。

唯一的缺点就是偏，另外物业费也高得离谱，不过每周管家都会带着保洁做全屋深度清洁，业主不在还提供录像服务。

荆羡觉得挺好，至少她一到家入目就是窗明几净，不用迎接灰尘蛛网。

她这一天都在奔波，身心俱疲，冲完澡后用炉甘石药剂擦了过敏处的皮肤，坐在落地窗前的摇椅上吹头发。

过一会儿，手机屏幕亮起。

荆羡垂眸，看到宁瑶的微信视频请求，顺手接了。

对方应该在工作中，穿着囚服，蹲在大牢里，脸上带着特效化妆师涂的伤疤，一接通就咧着血盆大口笑。

荆羡也对她咧着嘴笑。

吓人不成反被吓的宁瑶一屁股坐在泥泞里，良久才找回理智："你过敏了？你哥问我的时候我真是云里雾里……"

荆羡皱了下眉："荆焱给你打电话了？"

宁瑶点点头："是啊，我都觉得受宠若惊，日理万机的人居然通讯录里还存了我的号码。"她把手机拿近些，观察半晌道，"看过医生没？"

荆羡含糊应了，大概是潜意识里不想提到容淮，她避重就轻敷衍带过。

毕竟那晚是自己组的局，宁瑶有些愧疚，确认不会留疤后才松了口气："顺便说下，你和钟晔那热搜上了半小时不到就没踪影了，现在渣浪屏蔽关键字，找不到了。"

艺人的公关团队可没那么牛，两人心知肚明这是荆焱的杰作。

"随便吧。"荆羡不混娱乐圈，根本不在意微博，她懒得看摄像头里自己的丑脸，转为语音聊天，"你有时尚资源吗？我打算在临城找份相关杂志的工作。"

宁瑶："《MUSE》和《Signorina》最近在招助理，不过听说竞争巨激烈，两个主编都跟我经纪人关系不错，要我介绍不？"

走捷径当然好，不过出于奇怪的自尊心，荆羡只要了个联系邮箱，挂完电话后又仔细改了一遍简历，逐字敲打求职电邮，确认投递成功后才放心睡下。

醒来后，她意识到一个严峻的问题，万一对方来电通知面试，她这张脸怎么办……

荆羡忧心忡忡，不过事实证明她太天真，就业率持续下降的 21 世纪，各行各业都不缺人才，更何况是国内 TOP3 的时尚杂志。

中途，荆焱甚至还让骆亦白来追讨压根儿不存在的 offer，荆羡实在顶不住，把当初拿过小奖的照片都洗出来，顺道打印了实体简历，一同寄到了杂志社。

一月中旬的时候，她的脸恢复如初，《Signorina》的面试电话也姗姗来迟。

荆羡的心情不亚于高考查分，她从来没有那么轻声细语过，哪怕 HR 的态度有些高傲，都没能让她破功。

面试时间在下午三点。

荆羡怕迟到，午饭吃完就开始化妆，两点让司机送她出门，一路上也没敢放松，一直在翻去年的刊物。

说不紧张是骗人的，尤其是进会议室等待时，周边都是等着面试的年轻姑娘，容貌姣好，身段优雅，一身名牌，全是顶尖奢侈品。

荆羡从前对这种把 Logo 缀满全身的行径嗤之以鼻，认为是土包子行径，眼下却有点忐忑懊恼。结果怕什么来什么，轮到她时，面试官很认真地审视了她的装扮，等她自我介绍完，直接抛出犀利问题：

“对奢侈品牌熟吗？去年的哪几场高定秀你印象最深刻？”

荆羡迟疑，她每年都会收到雪花一般的邀请函，全是邀请她头排看秀的，但她基本不怎么出席，当季新品自然会有人送到她住所。

她无法区别熟或不熟的范畴，有些语塞。

面试官有三位，一个新媒体，一个传统平面，另一个做人物专访的，闻言互相传递了下眼神，大约是不想为难她，非常默契地止住了话头。

“我们每天都会有拍摄，作为助理，showroom（展示厅）里所有的协助造型工作都将由你独立完成，这些配饰和品牌衣服，请帮忙搭配一套出来。”

对方递上数十张图片，荆羡按照自己的喜好选了同色系的款式，毕竟经典永不出错。

面试官们的神情如死水，无波无澜，最后问了几个无关痛痒的问题，就让她回去等通知。

荆羡也不傻，知道基本凉了，出门后难掩失落。

来的时候有多自信，现在就有多丧，眼角的妆有些晕，她心情很糟糕，在盥洗室慢吞吞地补妆，描口红时又有个妹子推门进来。

晚香玉的味道充斥鼻尖，荆羡不太喜欢这股子浓郁的香味，收起化妆包打算撤了。

那姑娘从她身边擦肩而过，她抬眸，在镜子里同对方打了个照面。

杏眼琼鼻，长得还行，右边下巴有颗小小的红痣，瞧上去有几分眼熟。

半晌，那姑娘先行开口：“啊，我认得你。”她摆了摆食指，意味深长道，“几年前，我们在容淮师兄的公寓里见过对吧？”

第二章

青春回来了？

在那姑娘开口前，其实荆羡也在观察她。

妹子一身珠光宝气，光是手腕上的梵克雅宝就叠了三条，不是寻常的款，镶了珍珠贝母和红钻，尾坠上还有英文字。

家境应该还行，不过严格意义来说，上头的钻石大小真不够看的。

荆羡从小耳濡目染，什么奇葩没见过，圈子里有些没底气的名媛恨不能把全部家当都穿在身上，三条手链在她的认知里还不算特别夸张。

妹子美则美矣，少了点灵魂。

她再扫两眼，也就没了兴致。

只是荆羡没料到，瞧上去有几分面善的人竟然真的和自己有过交集，她听着那句“我们在容淮师兄的公寓见过”，手心渐渐发凉。

尘封的记忆毫无征兆被唤醒。

荆羡神情恍惚，洗手台的镜子仿佛被白雾覆住，等到散开后，她在里头看到了六年前的自己……

少女散着长发盘腿坐在病床上，拜长达两个多月的高烧和肺炎所赐，病号服穿在身上空空荡荡，即便私人医院VIP待遇特殊，衣服特别定制成颜色粉嫩的款式，依旧难以让她白到透明的脸染上血色。

本来就没几两肉的纤细身形感觉稍加外力就能折断，荆羡安静地看着帮她收拾出院行李的看护们，只有那双黑漆漆的眼依旧灵动。

父母和哥哥在病房外低声交谈，半晌，荆焱的情绪变得激动。

她从没听到他发这样大的火，他好像砸了东西，他一直在来回踱步，他咬着牙不断用力地重复两句话：

“你们不懂！”

“你们以为这是对她好吗？”

良久，许柔进来，搂着她，眼圈红红的：“忱忱，你想不想去国外念书？”

她笑了一下，想挣扎，但对上外头双眼猩红的荆焱，最终什么都没说。

这一刻，她知道她的命运定了。

荆羡尝试安分守己，不过那股子不甘心渐渐拧成了绳，搅得她鸡犬不宁。她明明在曼哈顿上城区最好的公寓里，香薰暖床一样不落，却夜夜做梦，梦到容淮，梦到那个雨夜里决绝离去的少年。

她在复活节假期，成功躲开所有人的耳目，用现金买了一张去苏黎世的机票。

荆羡不清楚容淮到底是怎么来到瑞士留学的，他高中那会儿住地下室，活得阴暗又乖戾，即便成绩出类拔萃，依然不像个优等生。她在高考后选择休学半年静养，几乎和外界脱离联系，消息来源少之又少，只听说他在Z大医学系念了短短一年，大二就出国了。

盲目的爱给人无限执着。

当地语言非英文，荆羡在人生地不熟的地方，硬是用着她那三脚猫功夫的德语同人交流，问到了联邦理工大学的位置。

可这所世界综合性排名前十的学校如此庞大，她拖着行李，漫无目的地搜寻目标，不亚于大海捞针。

她尝试去校方办公室沟通，被侵犯隐私为由拒绝。

她只能用最傻的办法，徘徊在一个又一个教室的外头，遇到下课的学生就上前询问，无奈被安保制止，不允许她骚扰校园秩序。

她都快绝望了，拖着行李憋着眼泪，不顾形象地蹲在路边，不敢开手机，怕亲人责骂，也不敢放声大哭，怕引来路人指指点点。最后还是那位保安大叔看她可怜，带她去了值班办公室，让她搬了凳子坐在监控后边。

从清晨到黄昏，荆羡眼睛都不敢眨，无奈那么多屏幕，她就一双眼，如何看得过来？

一腔热血渐凉，心灰意冷之际，她终于在校门外遇到了一位中国留学生。

对方显然是个知情人，也挺热情：“啊，找容神啊，这会儿他应该在PSI实验室吧，不过那边你进不去。我正巧住他家附近，载你过去等吧。”

荆羡欣喜若狂，反复道谢。

公寓有些老旧，楼道的灯忽明忽暗，她借着这点光线，上了些粉底。阔别一年，她怕自己脸色太差，怕自己在他眼里不够好看，她甚至还用了腮红来掩盖苍白的皮肤。

二楼尽头那间，是刚才那个好心的留学生指给她的位置。

荆羡怕错过，直接靠在门边等。只是她刚放下行李，就听到里面有姑娘简短的惊叫，接着是兵荒马乱的地板咚咚声，像是有什么人光脚在跑。

房子的隔音很糟糕，里头有个软绵绵的嗓音——

“师兄，公寓的热水器是坏的。”

“没有热水，我快冻死了。”

荆羡没多想，以为留学生搞错容淮的具体住址了，行李箱的轮子有些磕坏，她踹了一脚，准备拉上去别处转转。

谁知道里头的人警觉性挺高，竟然开门探出脑袋来。

妙龄少女裹着浴巾，肩膀上有黏腻沐浴露没来得及冲洗，手里还拿着摁了免提的手机：“你晚上早点回来呗，我这里有个变态一直在门口走来走去，超可怕。”

荆羡刚想道歉说自己找错了，电话听筒里传出熟悉嗓音——

“找房东。”

电话即刻被掐断。

不过这三个字已经足够判断了，那种含着几分低沉和沙哑的腔调，不是他还有谁？

再多希望，再多假设，这一刻统统反戈，化为利刃，刺得荆羡遍体鳞伤，她想过无数遍重逢的场景，她构想过各种可能的开场白，可她绝对没有想过，命运会这样和她开玩笑。

对方悻悻收起电话，态度算不得好：“你找谁啊？”

荆羡被抽干了勇气，垂着脑袋，一个字一个字艰难地挤出支离破碎的句子：“抱歉，我好像找错地方了。”

她都没敢抬头仔细看一看那姑娘，怕眼泪不听话。

荆羡像一个被逼进死胡同的逃亡者，无路可退无路可逃，下楼梯时重重摔了一跤，又很快爬起。她脑子里嗡嗡作响，只有一个念头，那就是赶紧离开。

离开就对了。

就当作从没来过一样。

没来过，就没有所谓的同居女友。

所以，这一切应该都是假的。

荆羡入了魔怔，一个人疾步走在苏黎世的街头，膝盖上的伤口一直在流血，她不管不顾。途经通宵营业的便利店，好心店员请她进去休息。

她很坚定地摇头：“我现在必须马上回家。”

之后的事情，她记不得了。

或者说，她根本不愿意记得。

时过境迁，荆羡被迫回忆起自己少女时代干的蠢事，心情竟然还挺平静，可能时间太久了，那个号啕大哭的定格场面终究也成了泛黄的照片，在岁月的长河里褪了色。

要不怎么说时间是最好的疗伤药呢？

荆羡见到当初叫她痛不欲生的情敌，内心无波无澜，毕竟比起那会儿夺门而逃的狼狈，如今她有的是工夫耗。

也难怪她第一时间没认出来，这妹子当初素面朝天来开门时，只能勉强算是清秀，和现在的形象判若两人。小白菜忽然变成了红牡丹，再加上眼睛下边略微有些不自然的苹果肌，看样子没少动刀。

红牡丹还在自言自语：“应该是你吧？那个巴塞尔公寓的女孩……”

荆羡忽然就不着急了，重新打开化妆包，一手撑着大理石台盆，一手慢条斯理用粉扑压鼻尖泛油的皮肤，口气懒懒散散：“不知道你在说什么。”

她本就生得极美，年少时五官纯情动人，长开后更是千般娇媚，做任何动作都带着别人学不来的风情和优雅。

红牡丹愣住，目光带着不自觉的比较，盯了荆羡老半天才勉强笑了笑：“可能我记错了。”她调整好表情，继续道，“对了，你也是来面试的吧？我叫沐南兮，你可以叫我 Nancy，说不定大家以后是同事，先认识一下。”

荆羡故作惊讶：“只有一个名额，你不知道吗？”

什么狗屁同事，本来就是竞争关系，何必假惺惺。

沐南兮哽住：“我……”

荆羡是出了名的“鉴婊达人”，不该给的面子一分不给，临走前还不忘补刀：“抱歉，是我不够配合，就当你不知道吧，幸会，先走了。”

沐南兮的笑容快端不住了。

荆羡懒得看这个“绿茶”，径自下楼，路过方才的会议室时，发现里头的候选者人数又翻了一番，她叹了口气，懊恼为何要跟荆焱夸下海口说已经找到工作。

宁瑶发来微信询问，得知进展后幸灾乐祸：

“您的一日社畜体验卡已过期，可以滚回去继承百亿资产了。”

荆羡不死心：“你说我进《MUSE》有希望不？”

宁瑶：“早点洗洗睡吧，《MUSE》创刊更早，你要真凭个人实力进去了，我下个戏直接剃光头演尼姑。”

荆羡呵呵一笑，回了个去死的表情。

本来这事儿就算是告一段落了，荆羡也已经死心，准备再跟荆焱周旋一阵等他订完婚就继续周游世界。结果老天爷像是听到了宁瑶的赌咒，一个风和日丽的午后，荆大小姐在午觉醒来的半梦半醒间接到了《MUSE》总部的电话。

她神志算不得清晰地聊完，反应过来时才意识到。

宁瑶这厮反向毒奶的水平确实有一手。

经过了上一轮的惨痛教训，荆羡这回学乖了，先是熬夜看了几家奢侈品牌的高定秀，又专门请了个知名造型师，在穿着搭配上很是下了一番苦功。

结果人家《MUSE》完全不按常理出牌，直接把面试地点改在了特殊的摄影棚。

独栋的玻璃洋房，里头布满色泽艳丽的花卉，正中间有个半透明的池子，有个穿着飘逸鱼尾礼服的模特半躺在里头，身体浮浮沉沉，像是昏昏欲睡的美人鱼。

“副主编很喜欢你寄过来的照片，等下我们合作的商业摄影师会来拍摄这期的内刊，如你所见，场景已经搭建完毕。”

荆羡迟疑：“所以我……”

“所以你有三十分钟的时间来完成你的创意，成片将作为你是否能进入杂志社的依据。”

一个绝佳又极具挑战的面试。

荆羡在这一刻，简直爱死了《MUSE》。

她换了人像镜头，没有一味摁快门，而是尝试调动模特情绪，去迎合自己想要塑造的意境。从拍摄到后期渲染，她完成得极其认真。

最终出片也很惊艳。

被阳光折射的水面下，半睁开眼的精灵似乎刚刚苏醒，面上慵懒，眼神纯真，纱裙铺散开，遮住她的半张面孔。

清新，神秘，又很唯美。

这是面试官最终给的评价。

荆羡正式去《MUSE》报到的那天，一向在乎形象的宁瑶破天荒为了新片剃成光头，热搜挂了整整一天才下。荆羡之前竭力阻止了，本来就是玩笑话，何必当真，怎料对方絮絮叨叨：“举头三尺有神明，愿赌服输。”

荆羡无奈，只是她也没太多精力去关注此事。第一天上班，她就在样品间拆了三百多个箱子，一点不夸张，随后她还得把这些品牌方送来的衣服配饰分颜色、类型整理到移动货架上。

她是凭摄影特长进的公司，可她必须得从编辑助理做起，每月三千五，还不能保证双休。

“很多人都把时尚杂志想得太美好了，我们这里就是炼狱，一点不夸张。”白婧把临时贴的排版画报从白板上扯下来，扭头招呼组员，“OK，手头工作停一下，先开个短会。”

荆羡跟的组长，就是这位白婧，主要负责A版里的人物访谈。说是访谈，但从前期沟通，到现场拍摄，再到采访整理文字，步骤冗长，绝不是轻松活儿。

白婧早上还特同情地拍过她的肩膀：“倒霉孩子，怎么就分到我这儿了呢。”

荆羡：“……”她有的选吗？

白组长性格风风火火，属于语不惊人死不休的那类，爱憎分明，生平最讨厌废话，开会亦然。

“兄弟姐妹们，这一期总算定稿了，不幸的是，我们在成功搞定齐湘雅这个死八婆之后，又将面临下一轮挑战。”

荆羡小声问隔壁的：“齐湘雅是谁？”

隔壁科普：“最近火出圈的一个整容医生，我们前两周刚采访完她，特难搞。”

荆羡默默闭上了嘴。

白婧双手撑在桌子上：“主编发话了，考虑到最近几期的销售量不太理想，下期请来的人呢，必须要有新意，这种屁话我就不重复了。”语罢，她摆了个鼓励的手势，“最近有什么处在风暴中心的人物，都说来听听。”

组员们提了几个明星，全被否了。

年纪稍大一点的副组长叹口气：“都是炒冷饭，圈子里来来去去就这几个面孔，要我说，不如打擦边球吧，别的行业里找几个牛人。”

白婧来了兴致：“接着说呗，老钱。”

老钱：“上周一创业板杀出一匹黑马，是个制药公司，上市当天涨幅44%，截止今天收盘，已过预测价格的17倍，现在又有利好和瑞士研究所达成了合作关系，估计下礼拜更疯狂。”

荆羡没忍住，好奇道：“和时尚有关系吗？”

“当然。”老钱喝口水，“据说搞小分子抑制剂的，就那什么器官移植，还有细胞革命，你们女人最爱的，让你一夜回春。”他把手提电脑打开，表情有些得意，“我早就找熟人弄到资料了，我现在打印出来，你们看看合不合适。”

老钱三十三岁，服装设计毕业，在《MUSE》工作逾十年，平生两大爱好，一是穿着自己设计的奇装异服上班，二是搞投资幻想一夜暴富。

他大名钱超故，又名“钱炒股”，或许是应了名字的谐音，他对股市有莫名的狂热，可惜这方面的天赋和他对时尚圈的敏锐度比起来，差得太多。

股市浮浮沉沉，他追高杀跌，赔多赚少，被资本家当韭菜割，成为当代散户的最佳写照。

这就难怪他会提出用青鹭药业做选题，你甚至也没法骂他离谱，因为人确实在研究延缓衰老的科技。

抗衰等于变美，变美等于时尚，不牵强吧？

白组长本来是挺有兴致的，不过看了钱超故准备的资料后，大失所望，这里头根本没什么有价值的资讯，只有原先那家制药公司破产重组的消息。

就这？

白婧深吸口气，感觉身上那条包臀裙越发紧了。

“在我看到青鹭药业新任掌门人的信息之前，先持保留意见。”她敲敲桌子，“选题不可能只有一个，前两天上热搜那个新晋影帝如何？”

荆羡眼皮一跳，有点怕对方把当时被偷拍的照片翻出来，毕竟她就是当事人之一。

老钱正在为刚才的工作失误恼火，闻言赶紧拍马屁：“还是组长厉害。钟晔话题量可以，我认识冠娱的执行经纪，我去跟吧。”

白婧颔首，拍手给大家鼓劲：“行了，都别坐着了，兵分两路，谁去收集青鹭药业的资料？”

无人应答。

不是熟悉的领域，谁都不愿意当冤大头。

老钱已经溜了，完全忘了青鹭药业当初这个提议是谁先发起的。

荆羡看了周围一圈，慢吞吞地举手：“组长，我可以吗？”

白婧虽然平时喜欢把下属当牲口使，但也不忍对第一天来上班就像个陀螺一般狂转的新人太苛刻，她思忖半刻：“我找人带一下你，舒妍回来没？”

“还在品牌发布会现场，估计九点能回。”

白婧：“荆羡你今天晚点走，七楼有餐厅，你去吃点东西，我会和舒妍交代你的事情，你们先碰一下。”

荆羡本来以为报到当日应该不会太忙，她还约了美甲师，不过领导发话了，她只能选择微笑：“好的没问题。”

《MUSE》的风格是敞开式办公，除了主编，其余人员都没有独立办公室。

荆羡在工位上鼓捣她新发的笔记本电脑，短短半小时，身边经过无数移动衣架，有人捧着高定礼服，有人拖着一箱没拆封的化妆品，前头还有两个部门在隔空掐架版面问题。

兵荒马乱的氛围，打仗一般，怪不得白婧说这里是炼狱。

直到十点来钟，渐渐安静了。

荆羡等了足足三个小时还没见到那位舒妍的影子，中途还通过集团通讯录查了她的手机号码，纠结半天没好意思打，毕竟没有徒弟催师父的道理。

她只能自己打发时间，一边喝从公司餐厅顺上来的乌龙茶提神，一边用网页搜青鹭药业的信息。

良久，高跟鞋叩在走道上的动静由远及近。

来人一身香奈儿套装，三十来岁，单眼皮，大红唇，锁骨发剪成了左边低右边高的弧度，相当有个性。

荆羡站起来迎接：“您好，请问是舒妍姐吗？”

陈舒妍把包丢到工位上，没正眼看她，只用余光瞥了下，态度冷漠："别姐啊妹的，喊我 Cici 就行。"

荆羡吃了个软钉子也没在意："Cici，白组长和你说了吧？"

"我没空。"陈舒妍打断她，打开电脑，染了鲜红色蔻丹的手指在键盘上飞速跳跃，"我晚上还得写今天发布会的稿子，说不定得通宵呢。"

荆羡："……"

见她长久不说话，陈舒妍抬眸。

入目是一张欺霜赛雪的芙蓉面，漂亮到不真实，穿着当季 D 家限量的真丝连衣裙，明明什么首饰都没戴，妆容也很素雅，可她安安静静站着的模样，就是有股子名门千金的气场。

不知怎么，陈舒妍更不舒服了："收集资料这种事是最简单的，印点名片去蹲点，有什么问题吗？"

荆羡咬了下唇，忍着火气："没有。"

"你要真搞不定再给我打电话。"陈舒妍站起，整理好东西头也不回朝外走。

她也不避讳荆羡，人还没出办公室就开始发微信语音——

"真不知道白婧在搞什么，我看起来像保姆吗？什么乱七八糟的关系户都丢给我带。"

女人刻薄又夹杂着抱怨的语气充斥在走道。

荆羡杵在原地，说不出来的滋味。

她没上过班，从小顺风顺水，即便一个人在国外念书生活，也就是内心坎坷些，实则过的也是锦衣玉食的人生。她没接受过社会的毒打，以为工作只要完成分内事，同事间和和气气就可以了，谁知道陈舒妍过来就给她上了生动的一课。

荆羡的认知度在这一刻被刷新了。

有那么一瞬间，她想立马辞职不干，然后冲出去反击那个女人。

不过这念头转瞬即逝，因为荆焱亲自给她发消息了——

"工作如何？"

荆羡皱着小脸，憋着一口气："挺好的，领导和同事都对我很照顾。"

荆焱："那就好。"

荆羡盯着这三个字，只觉充满了嘲讽意味。她恹恹地丢开手机，走到边上打开窗，深冬的寒风刮得她脸颊生疼。

她望着漆黑的夜空，渐渐冷静。

青鹭药业在科创板杀得风生水起，大盘持续低迷，接连三日尾盘跳水，唯有这支新股一骑绝尘。吃足前五日不设涨幅的红利，在所有私募公司都开始考虑观望减仓时，持续涨停，带得其余医药股也开始翻红。

作为拥有五千原始股的员工，徐潇已经一周没睡好觉了，倒不是加班累的，纯粹是兴奋过度。

徐潇热情高涨，周五八点不到就抵达公司，趁着闲暇去运营部吹牛："你说我前女友要是知道我现在身家百万，她会不会痛哭流涕？"

运营部就两人，都姓黄，个头一大一小，每日同出同进，像极了"好基友"，又称“大小二黄”。

大黄：“哇，一百万啊，我算算，再加两百万都可以在市区支付一套小户型的首付了。”

小黄：“兄弟，你前女友不是怀孕了吗？人家都快当妈了，你还惦记着呢？”

徐潇：“……”

和两个畜生聊天真没意思。

徐潇立马甩脸走人，回工位后发现老板办公室的门居然开着，往常容先生上午都是待在对面实验室的，今日着实稀奇。

他伸长脖子张望了下，正好对上男人的冷眸。

“你进来下。”

徐潇乖乖应了。

“把门带上。”

徐潇心里“咯噔”一声，屁股刚坐下，舌头已经开始不听使唤：“容先生，对不起，我不该在办公区吃泡面，也不该在加班时间上网冲浪，更不该偷拍你的照片发给女同事。”

容淮的语调没什么温度：“看来是你的工作饱和度太低了。”

徐潇垂着脑袋一声不吭，像极了做错事被老师拎到墙角罚站的小学生。

“行了。”容淮瞥他一眼，指尖点点桌面，“有个投融界的朋友会来公司帮我，下周一报到，你带他熟悉下环境，春节前我希望你跟着他跑一些风投的工作，可能会比较辛苦，你做好心理准备。”

徐潇在公司的定位很奇特，算是容淮的助理，但工作量也算不得大。他自己心里也清楚，只懂医药远远不够，此刻有机会学别的当然好，不过同时他也挺困惑。

“那什么……我们还需要拉资金吗？股票都涨疯了。”

容淮笑笑：“这些利好消息都是空的，年底利润报表出来就会被打回原形，你觉得靠我们现在经营的这些仿制药能给公司带来几个盈利点？”

徐潇说不上话。

容淮垂眸翻阅邮件：“必须加快研发新药的进程，瑞士 PSI 已经初步与我们达成共识，现在资金缺口是五亿。”

徐潇挺乐观：“呃，五亿还行……”

容淮面无表情：“美金。”

徐潇连干笑的勇气都没了，这个天文数字让他那点原始股带来的快乐烟消云散。他脚步虚浮地往外走，走到一半又想到什么，扭头道：“对了容先生，最近有好几家杂志跟我们约采访，您看……”

容淮：“不接。”

徐潇比了个“OK”的手势：“我明白，不过这帮文字工作者确实挺有能耐，不知哪儿来的渠道，我前阵子下班时都偶遇了好几个，好不容易才脱身。”

容淮皱了下眉：“门禁设备更新得如何？”

徐潇：“都好了，您的权限高一些，所以要和实验室的那批一起送过来。”

医药公司的核心技术永远是最机密的，安保措施重之又重。

徐潇把自个儿的门禁卡放到容淮桌上：“容先生，您最近就用我的卡吧，我和他们用一张就行。您放心，为了保密，上面只有员工编号和职务，照片、姓名一概没有。”

容淮“嗯”了声，恰好电话响起，让他先出去。

是华尔街那边的来电，通知他目前研究的项目没有进展，无法获得投资者们的青睐。

生物医药，冗长繁复，没有耐心的资本家们怎么愿意倾泻金钱。

说不上失望，可那股子烦闷依然挥之不去，容淮松了松领带，从抽屉最下格翻出一包烟，太久没抽，他连打火机都没找到。

拿上徐潇的门禁卡，他起身，决定下楼买个打火机。

科研基地位置有些偏，最近的便利店要走出整个园区的大门才能找到，容淮懒得开车，权当散步理清思路。

电梯打开，他插着兜，步子很快。

双星楼的玻璃长廊尽头，有个穿着红色大衣的姑娘，长发如瀑，背对着他身子够出去趴在栏杆上拍照，看方向好像就是他们青鹭药业。

容淮面色阴沉，途经时从后头夺过她的相机：“拍什么？”

姑娘惊慌失措，步子不稳就要摔倒，仓促间扯住他的袖子，将他手上的门禁卡一并带落。

容淮收手，没兴趣扶，只定定站着。

那姑娘摔得惨烈，膝盖“咚”一声撞在大理石砖上，听着都疼，强忍着抽气声，艰难地从地上爬起来，样子挺可怜。

容淮铁石心肠，冷着嗓子重复：“问你呢，拍什么？”

结果那姑娘像是怔住了，头发散在面前也不整理，只反复盯着他的门禁卡瞧。

最终，她抬头，露出一张千娇百媚的脸，不敢置信地盯着他，声音百转千回——

“你是青鹭药业的总助？”

荆羡是真不知道这个人到底有几个身份。

第一医院的归国专家？

青鹭药业的特别助理？

她觉得她的生活都乱了，自从和这位重逢，奇怪的巧遇接二连三，就好像冥冥之中有绳子强行将他们牵在一块。

荆羡不认为自己和他会有什么破镜重圆的烂结局，她前两天才见过他的前女友，那些记忆可太屈辱了。

她现在只想确认一件事：“你是青鹭药业的总助吗？”

天蓝风轻，周遭静谧，等了很久，却没听到回答。

荆羡有些上火，因为这位彻底无视了她，正慢条斯理地检查手里的相机。她差点忍不住要翻白眼，身子够过去，就想夺回属于自己的东西。

可惜没能成功得手。

男人轻轻松松掐着她的腰，再施点力，就让她被迫乖乖站好。

“还想摔一次？”他抬眸，掠过她的膝盖，“需要去医院吗？”

“别扯有的没的。”荆羡可不认为他是在关心自己，她摊开手，“拿来，你没有权利翻我的东西。”

容淮：“是吗？”

他是天生的行动派，没和她多费唇舌，三两下就查完了SD卡中最近的相片。并没有想象中的商业间谍画面，是几只鸽子沐浴在晨光里自天边翱翔的轨迹。

荆羡冷笑：“你觉得我在拍什么？”

容淮：“所以你赶早来科研基地就为了采风？”

荆羡自己都觉得这理由扯，她也懒得再耽搁下去，晃了晃那张门禁卡：“时间宝贵，现在我们一人回答对方一个问题。”

他笑了笑，神情意味不明，靠在那个回廊的栏杆上，下巴扬了扬，权当是同意。

荆羡：“你在青鹭药业上班？”

容淮：“是。”

容淮：“你是哪家杂志社派来的？”

荆羡：“……”

他的问题明显比她有技术含量多了。

荆羡咬着唇不说话。

从前他的成绩就稳压她，三天两头惹事玩失踪，可月考依旧回回榜一，她都没想过怎么有人会离谱到这种地步，明明把别人学习的时间都拿来斗狠了，还能碾压年级段众人。

八年过去，她好像还是没占到什么便宜。

荆羡沉默片刻，直白道：“我是杂志社的没错，本来我打算约青鹭药业的CEO做一个专访。”

容淮：“然后？”

荆羡耸肩：“计划赶不上变化。”说到这里，她停了半晌，勾了勾唇，语气带着嘲弄，“现在没事了。”

她笑的时候脸颊边酒窝会陷进去，即便做这些讽刺的表情，依旧甜腻腻，带着不自觉的娇憨。

容淮盯着荆羡看了会儿，逼近一步，把相机挂回她纤细的脖颈上，她似乎有点不自在，板着小脸撇开头去，被他摁着肩膀，动弹不得。

他俯身，靠近她耳边，保持一个不过分逾距的距离，叹道：“可惜。”

荆羡耳根子发麻，攥了下拳头，扭头走了。

开车回去的路上，她一直在想分别前男人那个异常专注的眼神。

还有最后那个弯腰靠近的动作，以及那声若有似无的可惜。

荆羡越想越不对劲。

可惜什么？

有什么可惜的？

他不会以为她会攀交情去讨好他吧？

哪儿来的脸啊他？

荆羡不屑地在心里骂了声，带着一身傲骨，踩着高筒靴回了公司。

今天的摄影棚格外热闹，整个六层的编辑部跟煮开的沸水一样，虽说往日已经够闹腾了，但此刻几乎时装版的所有编辑都出动了，就连主编都在里面。

荆羡的右边膝盖还在隐隐作痛，懒得过去凑热闹，瞥见钱超故也在工位上，随口问道："钱哥，那边什么情况？"

老钱又在偷看股票，小心地转了下屏幕才开口："二十周年的主题刊封面请了 Orino 来掌镜，他助理先来沟通相关事宜，老大都过去了。"

荆羡蒙了。

她曾经有过一段混沌不堪的岁月，刚去纽约那会儿天天和上城区那帮塑料姐妹花参加聚会，没有目标没有信仰。后来看了一场 Orino 的摄影展，有张照片让她记忆犹新。

黑色肌肤的旅人跪在沙漠里，张开双臂欣喜若狂地拥抱一场突如其来的大雨。

求生的欲望通过镜头，直触灵魂深处。

好像就是一瞬间，荆羡被撬开心扉，从此以后，Orino 成了她唯一的精神寄托，她开始跟风模仿他的风格，而后一发不可收拾，踏上了这段与相机为伍的奇妙旅程。

如今偶像竟然要来了。

荆羡激动得要命，她甚至冲动地给白婧打了电话："组长，下礼拜那个 Orino 的拍摄，我能现场观摩学习吗？"

白婧的回答很符合当代领导的套路："我没意见，只要你在选题会前把你们这组的材料准备完毕。"

荆羡："……"

看看，这就是残酷的职场。

说好的老带新，陈舒妍一天天不见踪影，不是在品牌方现场就是在去发布会的路上，打扮得花枝招展蹭吃蹭喝蹭品牌方礼物，把烂摊子全丢给了新人。

荆羡耗了一个下午，反复思考还有没有别的途径，直到天色发黄，她赌气一般拿过车钥匙。

一个半小时后，她又回到了南郊的双星楼。

夜幕降临，气温比白天低了些，荆羡自从进了时尚圈就不敢穿棉袄羽绒服了，这会儿就一件羊绒大衣，冻得厉害，搓着手，来回在长廊上踱步。

她也不知道自己在搞什么，早知如此，上午就不必装清高。

工作和私底下的恩怨是两码事，本来就不该混淆，如今也不知这位下班了没有。

没有进入大楼的权限，她只能趴在栏杆上，抬头看着玻璃幕墙内的零星灯火，猜测其中的哪一盏属于青鹭药业。

等待的滋味最煎熬。

本来她都做好长期抗战的准备了，谁料九点刚过，电梯下到一楼，一行人推开玻璃门，鱼贯而出。

荆羡仔细辨别了下，发现那人走在最后，前边的几位频频回头同他说话，态度很是恭谨。同她擦肩而过时，他不咸不淡瞥了眼，脚步却未曾停下。

眼看着就要错过。

荆羡硬着头皮："容淮。"

他已经走出几步远，闻言驻足。

不远处有人交头接耳:

“我就说嘛，长这么美，肯定不是来找我们这种凡夫俗子的。”

“确实，兄弟们把般配打在公屏上。”

“容先生怜香惜玉不忍美人受冻提早下班，我哭了，你们呢？”

荆羡听着这些调侃，恍惚以为自己穿回八年前了，那会儿她和他公开表白的事儿闹得沸沸扬扬，几乎每节课间，都有人在讨论他们的绯闻。

男人清冽的嗓音将她拉回现实。

“又来拍鸽子？”

荆羡：“……”她明明连相机都没有带，这人睁眼说瞎话的实力可以。

她纠结了片刻，清清嗓子：“抱歉，你能不能替我引荐……”

容淮：“现在不行。”

荆羡耐着性子：“什么时候可以？”

他抬腕看了看手表，淡声：“我出去吃个饭，一会儿回公司。”

荆羡很无奈，她算是发现了，这些爱装酷的男人都喜欢把话说一半让你猜，就好比现在——

是让她一起跟着出去吃个饭?

还是让她在这里继续等?

这到底什么意思。

荆羡后牙槽都忍不住磨了下：“我也没吃，我请你吧。”

学学她!

简单！直接！粗暴！明了!

荆羡死死盯着他，眼神警告他最好不要说出什么撕裂她理智的话。

不料这凶悍的表情落在男人眼里，也不知让他想到了什么，他甚至翘了翘嘴角:“就近解决吧。”

很快又到了最熟悉的陌生人单独相处的时间。

为了避免尴尬和没话找话的煎熬，荆羡自告奋勇开车，毕竟她自己车里的音乐爱放多大声就放多大声，不过容淮没给她这个机会，一路上他的电话振动就像在微波炉里加热的速食爆米花，疯狂蹦跶，没完没了。

火红色的法拉利在科研基地附近转了两圈，硬是一间饭馆没找到。

荆羡有点小崩溃：“你们这附近什么都没有，要不去市区吧？”

他还在打越洋 call，说着一些叫她完全摸不清头脑的专业词汇，忙得飞起，只给了个眼神，意思就是你定。

南郊太偏，荆羡油门一踩，图省事直接上了绕城高速，一路飙在高速临界点，跑车的引擎轰鸣声刚拉起来又被限速拍照的闪光灯压下去。

一如她脑子里绷到极限的那根线，感觉都快断了，又被她强行续命。

路途过远，22 点 15 分，荆羡终于在商业街的咪表处停稳车，路边一排餐馆，全是黑灯瞎火的状态，齐齐打烊。

吃正餐是不可能了。

隔壁那位屈尊降贵结束了他的工作，先行下车。

荆羡在公司餐厅吃了饭出来的，这会儿心力交瘁，居然也有点饥肠辘辘的意思。

她跟着下去，小声嘀咕："这个点哪里能吃夜宵。"

月光将男人的身影拉得颀长，他侧头，一半面容隐在阴影里，嗓音沉沉："学校附近不是有吗？"

三中，他们共同的母校。

荆羡没搭腔，倒也不是怕触景深情，只是觉得故地重游，身边还跟了这么一位年少时的负心人，未免太过讽刺。然而踟蹰半刻，毕竟有求于人，她也没扫兴，慢吞吞地跟上去了。

泗大广场对面的美食城，烧烤夜排档各色齐全，专做夜场生意，开口处正对着三中封闭的北门，经常有学生翘了晚自习爬墙出来，如今学校改成寄宿制之后，这种现象更多了。

荆羡坐在塑料椅上，周遭全是夜不归宿的男学生们，这些青春期荷尔蒙泛滥的少年目光肆无忌惮落在她脸上，叫她心中越发恼火。

她抬眸，不客气地剜他们一眼，结果反而惹得他们此起彼伏吹口哨。

容淮又去一边接了个电话，等到他回来，对面的姑娘脊背挺得直直，面色越发冷冽。

他皱了下眉："怎么了？"

荆羡小姐脾气上来，话都不想说了，自顾自看菜单，像个不假辞色的清冷美人。

烧烤摊老板过来点菜时都有点头晕，看了她好几眼，又看看那足以叫日月失色的俊秀青年，越看越眼熟。

"哎哟，我记得你！"老板很激动，用来记菜的铅笔夹在耳朵后面一颤一颤，"以前你是这儿的学生对吧？你有很多小弟的哈，他们都叫你什么来着？"

老板相当苦恼地回忆前尘往事。

"对了，淮哥！"他突然用力拍了下手。

荆羡忍不住笑了，对上桌子对面那位的眼神，愣了下。

他有些松散地靠着椅背，漂亮的嘴角噙着笑，漆黑的眼慢吞吞眨了下，视线没有避讳，直勾勾地落在她脸上，带着几分侵略感。

如果说先前的那位容先生是克制有礼疏离冷漠的，那么如今的他更贴近她记忆里的那位乖戾少年。

她能感受到心脏狠狠跳了一下，先行拿起塑封的菜单，半挡住脸："我饿了，点菜吧。"

老板很感慨："哎呀，真怀念啊，没想到日子过得这么快。"他转身又挂上殷勤的笑，"淮哥，尽管点，我这边绝对给你打折。"

容淮笑笑，点了些不那么重口味的东西，又给荆羡要了杯柠檬水，末了，问老板有没有打火机。

纤长手指从烟盒里慢条斯理敲出一根烟，他抽掉荆羡脸上的菜单："介意吗？"

荆羡摇头。

男人抽烟的样子很好看，清冷的五官，略带痞气的动作，薄唇抿那一下的时候眼眸会不自觉眯起，一股颓然浪子的模样。

帅到掉渣。

少女时代的荆羡曾经做梦都是他身上的烟味。

这会儿不仅男学生往这儿看，连偶尔几桌的妹子也开始频频扭头了。

可能是这种举动惹火了她们的男伴，十七八岁的少年，最血气方刚也是最没脑子的时候，互相使了个眼色就开始找碴儿。

先是故意推推搡搡，荆羡的包被后面那桌撞掉两次，第三回捡起来时，她被容淮拉到了他那边。

他眼底隐隐有戾气："换个位置。"

荆羡拿起一串羊肉，递到嘴边，没什么胃口地嚼了两下，偷偷观察了下后面那几个染着黄毛衣服穿得七歪八扭的小子，轻声道："要不我们去车里吃吧。"

容淮"嗯"了声，把打火机扣在桌上，叫来老板打包。

未料那帮子人越发过火，佯借起了冲突，互相推搡，拍桌子摔凳子，不知哪儿飞来一个啤酒瓶，不偏不倚正砸在容淮的肩膀上。

荆羡睁大眼，捂嘴尖叫了声，抽了纸巾去帮他压伤口。

他偏着头，碎玻璃将右侧脖颈划了一道四五厘米长的伤口，血珠子很快渗出来，弄脏了衬衫领子。

四周静悄悄，喧闹的环境像是被上了发条。

不知谁喊了声："教导主任来了！"

远处有个戴着红袖章的中年男人走来，后边跟着几个拿手电筒的模范生，男人挺着将军肚，边跑边骂："你们几个哪个班的？要翻天了是吧？翻墙！旷课！打架！你们这帮社会的败类！"

蒋福德揪着其中一个黄毛的耳朵，破口大骂，一边为了学校的荣誉和无辜路人道歉，只是他看清受害者的脸后，当初被三中恶魔支配的恐惧全回来了。

这位哪里是无辜路人？这位简直就是这帮兔崽子的祖师爷！

容淮还坐着，笑容阴恻恻："蒋老师，好久不见了。"他慢条斯理卷高袖子，站起来，"没能准备重逢的礼物，我帮您教教学生吧。"

蒋福德的青春全回来了。

老蒋在三中工作已逾二十年，曾执教单门学科课目，也曾全心全意带过毕业班，无奈经常因为过于严苛暴躁和家长产生冲突，后边终于找准了定位，在教导主任的位置上干得如鱼得水。

数年里带过的学生太多，很多面容早已淡忘，偶有几个特别出挑的，要么足够优秀出类拔萃，要么顽劣不堪只知道惹是生非。

这其中，唯有八年前那一届理科实验班的容淮，集两者精华与糟粕为一体，叫他又爱又恨，苦不堪言。

校服从来不好好穿，屁股后面永远有一堆跟班，一天八堂课能有一堂课清醒谢天谢地，晚自习更不用说了，基本没影。

更夸张的是，每逢过完周末返校，少年脸上永远带伤，要么嘴角破了血痂醒目，要么下巴青紫淤血未退。就这状况，依旧回回霸占着月考的头名，唯一一次掉下榜首还是因为在英文考试上睡着交了白卷。

老蒋在日复一日的矛盾心态里选择了两全方案，那就是自我催眠，不是太大的问题就睁一只眼闭一只眼算了。

当时临城的重点高中升学率竞争激烈，全校都指着那几根好苗子上 Z 大之类的名校，只是未曾想到最被给予厚望的九班天才竟然中途退学了。

蒋福德和校长都快抑郁了，翻了他的入学登记，顺着上头写的家庭地址摸过去，结果找到一片待拆危楼，里头充斥着烂赌鬼和皮条客，根本不是人住的地方。

老蒋足足折腾了两三个月，都快临近高考才在某天意外撞见了容淮。

记得那是个暴雨肆虐完后的夏季深夜，他巡场完毕业班的晚自习，下班回家后在小巷深处遇见了一伙地痞。

看起来像是在打群架，不过两边人数悬殊。

五六个黄毛围殴一人，中间那位清瘦颀长，看身架还是少年，也不知是个什么脾性，眉梢眼角都染了血还一声不吭。

本来是毫无悬念的一场架，结果就真跟拍电影似的，周遭人都累瘫了这位还没停手，被他盯着专攻的小头目顶不住，眼泪混着鼻涕哭号，满脸惊恐，挣扎未果被揪着脖子摔在地上。

少年满脸血迹，额头的嫣红顺着眼皮淌落，他不在意地眨眨眼，躬着身一脚踩在混混的脑袋上，而后慢吞吞摸出一根烟点上。

几个乌合之众被吓到，散了。

至于少年，像个置身事外的亡命徒，他甚至饶有兴致扬起下巴看了会儿夜景，直到烟燃完，瞥了眼燎着星火的烟头，低低笑了声：

“抱歉，没找到烟灰缸。”

烟头一点一点摁在混混的手心上，撕心裂肺的惨叫声惹得附近的流浪猫狗们都躁动不安。

蒋福德已经能想象到那种皮肉之苦，他鸡皮疙瘩都起来了。原本打算冷眼围观败类们互殴，怎料少年说话的嗓音叫他心态彻底崩了。

老蒋自行车也不骑了，大步流星赶上去。

“容淮！”

少年略弯着腰深一脚浅一脚地往前走，听见动静扭过头来，轻笑：“蒋老师，别来无恙。”

蒋福德真是不忍看他的脸，那张能叫小姑娘们神魂颠倒的相貌此刻如同地狱罗刹，他都不知道自己该用什么语句来描述心情。

“你觉得打个电话就能办完退学手续？”他一肚子火，扬手去扯少年的手臂，“先跟我去医院。”

“免了吧，肋骨断了而已，去医院也没法接。”容淮避开，摁着腰腹，费力地喘了口气，一边慢慢靠到墙上，“我真有事，蒋老师您高抬贵手。”

老蒋气急败坏：“你能有什么破事？不好好念书在外头混社会，像话吗？”

容淮缓缓抬起头，唇畔还扬着笑，眼里一片荒芜：“我爸还躺在殡仪馆等我签字呢。”

老蒋沉默，良久道：“你妈呢？”

“妈？”少年却像是听到了什么有意思的笑话，唇边弧度越发嘲讽，他没有正面回答，只挥了下手，“蒋老师不必费心思在我这种烂人身上，以后各自安好吧。”

蒋福德还想挽留，他却上了一辆不知从哪儿冒出的破车，一转眼就没影了。

老蒋后边偶尔也梦到过几次少年的背影，但也仅仅是在梦里。说来奇怪，临城那么小，可现实里他真的再也未曾见过容淮，甚至连消息都没有。

算算时间，八年了。

倏然，凳子砸碎的声响将老蒋强行拉回现实。

记忆里的少年踩着混混的头，一脸阴冷地将烟头摁在对方手心，而今，长大成人的俊秀青年笑得云淡风轻，老鹰捉小鸡一般，拧了一个学生的手臂，将其压在桌上动弹不得。

简直是如出一辙的动作。

蒋福德盯着男人薄唇抿的那根烟，他是真的有后遗症了，心惊肉跳地劝和："那什么，有话好好说嘛，你先把烟掐了。"

要是三中的学生当着自己的面被烟头烫到，那他这个教导主任可以直接卷包袱走人了。

容淮勾了把椅子，懒懒地坐下，一边冲着旁边的姑娘扬了下眉，意思是站远点。

荆羡乖乖退了两步，她没兴趣劝架，一来是这帮兔崽子先挑事，二来当年见识过这位有多变态，也知道他疯起来没人拦得住。

她早就见怪不怪了，而且真要算起来，重逢那天他穿着白大褂彬彬有礼像个温柔王子的模样才真正震碎她的三观。

夜宵摊的几桌人都围过来看热闹了，老板个子矮，在人群外踮着脚："玩归玩闹归闹，你们别伤到桌椅啊。"

双方实力差距悬殊，小黄毛在容淮手里，扭得像条濒死的鱼，感觉都快把桌板擦干净了。然而年轻人确实有股韧劲，都这节骨眼了，嘴里还在不干不净地骂骂咧咧："你以后给老子小心点，别在三中门口瞎晃，不然我见你一次打一次。"一边还不忘招呼小弟，"你们在旁边看热闹？都上啊！"

容淮笑意加深，使了点劲，成功让他从"喷子"转型为"惨叫鸡"。

小弟们面面相觑，总觉得这人的笑有点瘆人，特别是那双眼睛，漆黑浓重，压着狠戾，叫人无端心惊肉跳。他们挠挠头皮，纠结半天，干脆凑到蒋福德身边了。

"好了好了，差不多可以了。"老蒋在大冬天急出一身冷汗，"再怎么说你也是三中出来的，他们都是你的学弟，容淮，给蒋老师一个面子。"

容淮轻笑："当然，小事而已。"

他俯下身去，不紧不慢地抽了几张纸巾，像是隔开什么脏东西，掐着男学生的后颈，逼着对方抬起头，看向荆羡的位置，嗓音淡淡："知道怎么道歉吗？"

小黄毛痛到哭爹喊娘，终于屈服了，获得自由之后屁滚尿流一般跑到红衣姑娘身边，毕恭毕敬鞠躬 90 度："姐姐对不起，我们不该因为你漂亮就对你吹口哨，也不该故意撞掉你的包，更不该和你男朋友动手。"

荆羡："……"

老蒋这才意识到现场还有一位他的学生，当初八班女神和九班校霸，传过一段匪夷所思的绯闻，连教务处都有年轻的老师天天吃瓜，他听得多了也有所了解。

老蒋摸下巴，相当意外："你们两个……现在还在一块啊？"

荆羡立马撇清关系："不是，普通校友而已。"

普通校友而已。

她说话的声音很轻，但架不住现场太静了。

容淮垂眸，折了一根筷子，在指尖反复翻腾，神情很静，像是什么都没听见。

良久，他抬眸，视线扫过惊弓之鸟一般的男学生们。

“过来坐下。”

混混们你看看我，我看看你，有种即将被迁怒的恐惧。

容淮单手支额，眉宇间隐约有阴鸷之色，尽管在笑，脸色却很冷冽：“听不见？”

一排人搬了小板凳，齐刷刷坐好。

容淮：“月考成绩都报一遍。”

这剧情急转直下，还以为会有一场精彩的打斗，结果对白突然变得这么没营养，吃瓜群众不高兴了，各回各桌继续享用夜宵了。

男学生们不敢多问，相当识趣地把各门学科都一一招供，基本没一个及格的，有些夸张的连个位数都能考出来。

容淮笑了：“成绩这么菜还敢学人家当混混？”

这逻辑绝了。少年们敢怒不敢言。

容淮“啧”一声：“看来是吃得太少脑子不够用。”他喊来老板点菜，眯着眼，指尖点着桌面，“别说学长不照顾你们，平均分 50 以下的，一人五条烤鱼，30 分以下的，一人十条，吃完才准走。”

老板接了桩大生意，兴高采烈地去后厨了。

谁能一口气吃那么多烤鱼?

少年们泪目。

容淮丢开筷子，站起：“下回月考若还是这个分数……”

少年们纷纷拍胸打包票。

容淮扯扯唇，要笑不笑：“行了，多吃鱼，补脑。”话落，手机振了下，提示有越洋视频会议在一个小时后召开，他知道不能逗留了，买完单，走到蒋福德身边，递上名片。

“将老师，给您添麻烦了。”

老蒋拿着名片仔细瞅了瞅，相当欣慰：“多回母校看看。”

容淮点头，看向冻得鼻尖发红的姑娘：“走了？”

荆羡已经看清了那张名片上的抬头——青鹭药业首席执行官。

她愣了半刻，盯着他，有些恼怒，又有些诧异。可男人抬脚就走，压根儿没给她质问的机会，她憋了一肚子火，上车时把门摔得异常响亮。

两人静坐车里，一个情绪激动，一个神色淡然。

荆羡憋不住：“你为什么……”她深吸了口气，“你完全可以直接道明你的身份，如果你不想帮忙……”

“我为什么要帮忙？”容淮侧过脸来，声音凉薄，“普通校友而已。”

荆羡在和老蒋澄清二人关系的时候并没有避讳容淮，事实上她觉得也没必要掩人耳目。

她跟他，说好听点年少时有过一段暧昧，基本就是她主动他爱理不理，再残忍一些说开了去，就是她一厢情愿放弃自尊地追逐，人家根本就没在意过，说不定只拿她当个解闷的玩具。

要不然怎么会一声不吭退学玩失踪？

她曾经放下身段卑微到了泥地里，不管不顾地找过他两次，一次被他丢在暴雨里，一次人都没见着光遇到了他的合租女友。

简直离谱。

要说心里半点怨恨都无，那是不可能的。

即便岁月漫长抹去伤疤，让那些陈年烂疮变得不疼不痒，但荆羡自重逢开始每一次遇见他，依然能隐约感受到自己的排斥和不适。

他的存在，成了她本该璀璨辉煌的人生里最暗黑污渍的一笔。而他的重新出现，就好像一个定时按钮，不断提醒她当年的自己有多蠢。

若不是为了能在《MUSE》现场观摩 Orino 的摄影，荆羡本来都打算放弃这烫手山芋了。好不容易拉下脸皮争取工作机会，眼下却被他用她自己说过的话原封不动地拍到了脸上。

“我为什么要帮你，普通校友而已。”

在他用漫不经心的口气缓缓说出这句话后，荆羡的脸开始不受控制地发烫，毕竟姑娘家脸皮薄，更何况，在她的过往经历中，美貌无往而不利，她还从未被哪个异性这样不给面子地驳斥过。

结合男人的语境和态度，她仿若成了一个贪慕虚荣又妄图攀交情的“绿茶”。

荆羡在忍辱负重和划清界限里犹豫半秒，很干脆地选了后者。

这时候就不需要多费唇舌了，否则气势上总会显得低人一等，她发动车子，摇下车窗，扭开音乐，一脚轰下油门。

法拉利的起步转速上了五千，烧胎的尖锐啸鸣配着驾驶位上美人儿冷若冰霜的脸，有种狂野又热烈的美。

猛吃烤鱼的少年们呆呆望着。

良久，不知道是谁叹了声：“老子要是早生几年就好了，我天天趴她教室外抄英语课文。”

其余人都跟着哄笑起来。

老蒋一人赏了个栗暴：“把东西打包，都给我滚回寝室去！”

与外头烧烤摊热热闹闹的氛围不同，跑车里是截然不同的调调。

低气压徘徊在这本就不大的空间里，沉默似烟雾萦绕周身，没有只字片语，亦没有神情交流，唯有北欧男歌手有气无力的唱腔充斥着耳膜。

荆羡捏着方向盘，面色不豫。

明明两看两相厌，还非得装作一副心无芥蒂的模样挤在一辆车上，何苦。

她都有点后悔自己妇人之仁了，其实方才离开夜宵摊之前就该叫辆出租车送他回公司，她有什么义务非得亲自接送？

普通校友罢了。

一路上，这四个字如鲠在喉，荆羡的开车动作也愈加粗暴，倒不是说违反交通规则，只单指那踩刹车的动作，生硬又突然，估计吃饱饭的人都能当场吐出来。

她自己觉得暗爽，殊不知这类孩子气的举动落在旁人眼里，又不知是何光景了。

中途容淮抬眸看了她一眼，荆羡回敬一眼，脸上带着谜之嚣张，表情的潜台词大概叫作——

不想坐的话就给老娘下去。

可惜他没什么表示，跟个没有感情的赚钱机器一般，一直在用单手发邮件。

至于为什么是单手……

荆羡终于意识到不对劲，这人一直捂着右边肩颈，有些微血珠从指缝里渗出来，不多，但依旧染得衬衣领口触目惊心。

感觉本来没那么严重的。

荆羡赶紧靠边打双跳，一边拆了一包湿巾递过去："你流血了。"

容淮丢开手机，先前在烧烤摊的那股子戾气早就散去，现在又是一副事不关己的敷衍模样："嗯，看到了。"

荆羡不敢置信，加重语气："这位先生，你在流血哎！麻烦装相也分下场合好吗？"

位置是他强行和她换的，那个啤酒瓶砸落的方向原本可能是冲着她的，这个伤勉强算是他替她扛的。

荆羡纵然有火这会儿也发不出来了，她打开导航软件搜医院地址，指尖刚解锁了屏幕就被剥夺了操作，手腕被他捏着往旁边挪了一寸。

他手指依旧很凉，虚虚圈着她腕间，没有逾距，一触即离。

"别麻烦了，皮外伤。"

"你确定吗？"荆羡不想闹出什么人命，毕竟这种脖子上的伤口可大可小，她解开安全带，把湿巾递得近些，一边不忘仔细观察他。

朦胧月色下，男人的脸色有些苍白，歪在座椅上有病弱花美男那味儿了。

只是这位花美男张嘴的时候很是刻薄。

"我是医生。"他掀了掀眼皮，没什么感情地道，"如果你接下来不那么猛踩刹车的话，安全带就不会勒得厉害，这点小伤不会恶化。"

荆羡："……"

虽然心里面很不爽，但是找不到反驳的理由。

接下来的路途，荆羡没敢造次，六十码的稳步速度，起步加速都很平缓，红绿灯口还被一辆改装的跑车嘲笑那么慢开个屁法拉利。

她不以为意，快到科研基地时难得遇到一家没关门的药店，准备下去买点绷带碘伏消炎的药物。

车门刚打开，又被人拽了回去。

荆羡把问号写在了脸上。

容淮垂眸，视线掠过她有点儿发红的鼻尖："不必，我自己去。"

荆羡乐得轻松。

深冬的凌晨，气温已然降至零度以下，一来一回十分钟，前档玻璃上雾气蒙蒙，都快结霜了。

他回来的时候夹着劈天盖地的寒意，那股子阴冷的风似乎都被他卷上来了。

荆羡缩缩脖子，赶紧把中控空调的温度调高点。她本来就有过敏性鼻炎，换季时候难受得要命，最近上班为了风度都是狂喷醒鼻通才好一些。

这会儿依然不好受，她捂着鼻子，被那股子打喷嚏的冲动弄得眼泪汪汪。

正在煎熬，隔壁那位雪中送炭。

荆羡反应慢一拍地拆了包装，看清喷雾的名字，愣了两秒，等到喷完药，顿时觉得他又没那么可恶了。

容淮松了领口，往后视镜里扫她一眼。

二十五岁的人了，扎着马尾的模样还跟个小姑娘似的，这会儿睫毛轻颤，眼眶和鼻尖都泛着红，嘴唇抿着，纠结得连单侧脸上的酒窝都出来了。

他嗤笑："顺手买的，不想谢就别谢了。"

荆羡："……"

容淮没再看她，解开衬衣前扣，翻了前挡的镜子，一手摁着伤口，一手去开碘伏的瓶盖。

动作慢吞吞，费劲得很。

荆羡看了会儿，实在不想欠他人情，她动作生硬地把整个袋子夺过来，顺手放倒副驾驶座的电动座椅，撑起身靠过去。

"按理说普通校友不该多管闲事的。"她抽出一根碘伏棉签，在他俊秀的下巴线条处比比画画，叹口气，"但架不住我这人心肠软。"

手劲算不得温柔。

不过他愣是一声不吭，安安静静地躺在座椅上，黑眸半垂，鸦羽一般的长睫在高挺的鼻梁旁落下淡淡阴影。

荆羡不知道他在想什么，她就是有点尴尬，脑子里闪过断断续续的回忆画面。

曾几何时，她在拳馆的更衣室里，穿着校服面红耳赤地坐在少年腿上，一边替他包扎一边靠在他怀里，距离不过咫尺之间，鼻尖全是他炽热的呼吸。

那时问他疼不疼。

他笑得不怀好意，只用那一双魂牵梦萦的眼睛，盯着她："优等生都这么主动了，我怎么好意思疼？"

年少的荆羡只有脸红的份儿，根本没法抵抗。

一别八年，如今车灯昏暗，孤男寡女，停在这夜深人静的小巷里，除了场景不同，姿势情节好像又是同样的剧本。

荆羡不自在地清了清嗓子，拉开点距离。

容淮任由她摆弄，视线落在窗外一盏忽明忽暗的路灯上，一动不动。偶尔她的发梢会扫过他的锁骨间，有些发痒，他便会侧过脸来，目光短暂地停留在姑娘那鲜红欲滴的耳垂上。

随着动作，她身上那股佛手柑的甜味会散得更浓郁一些，即便是刺鼻的碘伏都中和不开。

和当年如出一辙的味道。

无孔不入地往他鼻尖里窜。

叫人无端就起了点乱七八糟的心思，蠢蠢欲动，再难压抑。

他喉结滚了滚，倏然开口："荆羡。"

荆羡含糊应了声，小心翼翼地给绷带打上结。

退开后，她无意间对上男人的眼，才发现他眼神古怪，车外跳动的路灯光芒，映在他猩红的眼底，仿佛是危险的讯号。

她不自觉贴着车门，手绕到背后压在开门的按钮上。

时间仿佛静止。

良久，容淮终于恢复漫不经心的模样，嘴角轻勾：“你在紧张什么？”

荆羡自己都不知道自己在㞞什么，不敢耽搁地当完了他最后三分钟的司机，等他下车后心惊肉跳地给白婧发消息——

“组长睡了吗？抱歉这么晚打扰您，我想调去跟钟晔那一组的专题，您看行吗？”

《MUSE》全员为即将到来的二十周年主题刊物铆足了劲，主编钦点了几个专栏的大将，连开了两周的会才堪堪定下本次特刊的专题内容。

封面请了 Orino 拍摄先不提，封面人物更是蝉联两届玉兰奖最佳女主角的影后，这位平日里醉心于磨炼演技鲜拍摄杂志，此次难得出山也是给足了主编面子。

不仅如此，《MUSE》作为时尚界首屈一指的高端杂志社，会在周年庆上联名近来国际上风头无二的新锐设计师做一场特别的秀，runway（T 台）结束后，还有额外的慈善晚宴，名单已经初拟好，全是圈里叫得上名号的腕儿。

这一切，来势汹汹，从策划到筹备再到具体执行，唯有短短两个月，撇去农历新年的法定假期，时间更为仓促。

头等要事定了，剩余的便都成了陪跑。

大部分编辑都被派出去落实主题周活动，1 月刊的 B 版因为人手严重不足开始采取兼岗制，白婧作为人物专栏的组长还得管着时装版面，二十四小时吃住都在总部大厦了，实在分身乏术。

荆羡等了一晚上没等到上司的回复，有些忐忑。

她是真不想再跟青鹭药业这条线，所以才会略显鲁莽地半夜打扰组长。原本准备第二日早点过去道个歉顺便再提一遍自己的诉求，没料到去了公司才发现白婧根本还没清醒，脸上盖着本样刊，用一种瞧上去就很不舒服的姿势歪在办公室角落的摇椅上。

看来是通宵没回家。

对比自己昨晚还在公寓舒舒服服点香薰泡热水澡的人生，荆羡莫名惭愧。

七点来钟，离上班尚早，周遭一片静谧，她放轻脚步在工位上坐下，抬手打开电脑。

等待开机的过程里，手机通知音简短地“嘀”了一声。

荆羡条件反射地赶紧调整振动模式，无奈仍是惊扰到了白婧。女人咕哝一声，很是缓慢地取掉了盖脸的书，手指用力捏着山根，而后费劲地坐起身来。

荆羡小声打招呼：“组长早安。”

白婧有气无力地应了声，双眼里全是血丝，她妆都没卸，遮瑕和粉底经过一夜变得暗沉，整个人憔悴得可怕，一开口，声音更是沙哑到不像话：“几点了？”

荆羡：“七点，还早，您要不再休息会儿？”

白婧摇头，扶着腰撑在桌边清醒，半晌又把手心对着嘴巴哈了口气，闻到味道后立刻摆出了极端嫌恶的表情："我先去洗漱，有事儿一会儿再说。"

荆羡："……"真是好直率好不做作的领导。

十五分钟后，白婧从盥洗室出来，换了身从 showroom 摘的黑色小西装，皮裙配过膝靴，除了妆容有点厚重，已无颓败。

荆羡正在组织措辞，对方已经开门见山："我收到你的消息了。"

荆羡乖乖坐好，洗耳恭听。

白婧一边捧着杯黑咖啡续命，一边弯下腰重新翻阅样刊，口气闲聊一般："你家境应该不差吧？"说到这里，她抬眸瞥了眼荆羡，看到小姑娘神情复杂，了然地笑笑，"我很早就发现了，你虽然衣服穿得挺低调，但每天拎的包都是不重样的大牌。给你开三千五的工资时眼睛都没眨一下，我感觉你都不清楚这点钱能在临城租到什么样的公寓。"

荆羡偷偷绞着手指，脸有点儿红。

白婧叹口气："能让富家千金褪去光环心甘情愿来我们这儿体验社畜生活，除了真正对时尚圈的热爱，我想不出其他的理由。"

荆羡张了张口，想强调自己确实很爱服装摄影，只是对上她的眼睛后，那句话莫名哽住。

白婧："每个月我们都会有三个以上的选题，任务都是分配好的，如果每个组员都挑三拣四，那我还怎么主持工作？"

荆羡无从辩驳，毕竟她纯粹是私人原因才不想跟。

白婧放软了语调："我承认 Cici 不好相处，但职场就是这样，人际网也好，工作强度也罢，你得学会自己调整状态。

"更何况，陈舒妍是出了名的结果主义者，她进公司的第一个选题是她自己定的，当时的专访对象是 D 家的设计总监，出了名的难搞，她自己买机票在米兰蹲了一个月，硬生生磨下来的。

"我认为她身上确实有值得你学习的部分。"

荆羡联想到那位出言刻薄的短发女人，还挺意外。

白婧思忖再三，过来拍了拍她的肩膀："行了，你头回和我开口，我也不为难你。你先跟着老钱跑冠娱吧，但是下不为例。记住，试用期三个月，你得让我看到你的热爱。"

荆羡诸多抱歉，脸红红地郑重点头。

晚些时候陈舒妍来了，被叫到小会议室和组长开了个简短的早会，出来后阴沉着脸，红唇一张就是冷言冷语："你还挺会给别人增加负担的。"

荆羡心知肚明这个烂摊子已经被白组长全权委托给了陈舒妍。

这事儿确实是她做得不地道，也没什么可说的。

当然，场面话还是要圆的。

"抱歉，是我能力不够，青鹭药业我毫无头绪，本想跟着你多学点东西，又担心自己没有经验扯你后腿。"

荆羡做了十足的心理建设，都想好要被这位继续怼两句。

结果陈舒妍盯着她老半天，奇迹般地只字未言，甚至连面色都缓和了几分，喷了几下香水拿过车钥匙出门了。

老钱双脚一蹬，拖着办公椅滑到荆羡身边："Cici 这人就这样，吃软不吃硬，给她戴戴高帽，立马什么恩怨都没了。"

荆羡目瞪口呆。

老钱摸出手机看了眼时间："别愣着了，你准备下，跟我跑冠娱吧。"

任务繁重，两条线各自分工行动。

荆羡坐在老钱车上，听他吹了半个小时的牛，大意是如何和冠娱的执行经纪打交道，两人关系有多硬，这个采访几乎是手到擒来之类的。

她都快被洗脑了，坐在会客室等的时候已经开始悉心研究接下来的采访问题。

五分钟后，冠娱的人姗姗来迟，言辞诚恳地致歉，说是钟晔的正牌经纪人已经和《Signorina》签了当月的封面刊拍摄，出于竞争关系，不方便再接受《MUSE》的人物专栏访问。

中途被截和。

钱超故的表情已经不能用精彩来形容了。

他笑得勉强："我昨天来的时候不是都达成初步意向了吗……"

"不好意思，他们应该是刚签的协议，公司这会儿才通知到我。"

荆羡插不上话，看了眼一脸郁悒的老钱，跟着客套了几句。

冤家路窄，他们等电梯的间隙遇上了《Signorina》的人，对方应该是刚签完合同，还在过道处握手鞠躬。

荆羡对这家杂志印象不佳，于私，当初他们没有录用自己，于公，现在抢了她和钱超故板上钉钉的鸭子。新仇旧恨在一块，她愈加不爽。

老钱表现得更直接一些，进电梯后径自摁了关门键，完全不顾几米开外喊着等等的年轻女人。

电梯门眼看着要阖上，又被一只手强行拦截。

荆羡抬眸，对上一双熟悉的丹凤眼。

真挺巧。

沐南兮捧着密封的合同袋，故作惊喜："好巧啊。"她看了眼荆羡手里的文件夹，"你去《MUSE》了啊？真好。我后来才知道那天确实只能选一人留下，还有些可惜你没能录取。"

荆羡听得火大，刚要反击，钱超故已经帮忙反击了："也没什么好可惜的，挥别错的才能和对的相逢嘛。"

确实，真要论资排辈，《MUSE》才是行业金字塔上的独一份。

沐南兮笑了笑，等到电梯下到负一楼停车场，故意用那个合同袋挥了挥手道别，而后先行步出。

荆羡强行忍住翻白眼的冲动。

说来不巧，他们的车停得挺近，就隔了一个车位。

沐南兮车门都没拉开，接到个挺重要的电话，语调激动又急迫：

"你有没有帮我打听到他的消息？"

"在第一医院吗？确定哦。"

对方像是调侃了几句。

沐南兮笑得花枝乱颤。

“你不懂，当初连洋妞都抵挡不住那张颜好不好。”

“不然我为什么要来临城呀。”

“我得找个时间偶遇。”

荆羡听了一会儿，面无表情地戴上墨镜。

看来这“绿茶”当初和那位分手了，现在心有不甘还想吃回头草。

居然能从瑞士追到临城。

真有你的。

反正和她没有半毛钱关系，荆羡懒得再听人墙脚，摇上车窗。

这一天铩羽而归，白婧大动肝火，本来就睡眠不好，现在听到坏消息简直是火上浇油。

“老钱你怎么回事？是你跟我说有绝对的信心把钟晔拿下，所以那天选题会我们只报了两个方案，现在离定稿日还有不到一个礼拜，你叫我怎么办？”

桌上的资料被狠摔到地上。

钱超故灰头土脸，不发一语。

荆羡能感受到这种绝望，也能理解组长的愤怒。说实话她也挺难受的，因为从头到尾她什么忙都没帮上，她甚至还把锅甩给了别人。

如今选择面只有青鹭药业的专题了。

全村人的希望都在陈舒妍身上。

荆羡的工位就在陈舒妍对面，倒计时七天，Cici的表情从自信满满到愁云满面，再到恼羞成怒，一天一变，精彩万分。

荆羡听到她在女洗手间里和朋友语音抱怨，简直是口无遮拦：

“踡个屁啊。”

“我连门都进不去。”

“智障制药公司。”

荆羡当然知道那一位的德行，她看着日渐崩溃的陈舒妍，心中有愧，给陈舒妍泡了杯菊花茶。

“都是你干的好事！”陈舒妍恶狠狠瞪她一眼，抬手一饮而尽，踩着高跟鞋跑到组长办公室哭诉去了。

截稿日的最后一天晚上，一群人江郎才尽。

白婧破罐破摔请组员出去喝酒，大冬天的，她喝下一杯冰啤，苦哈哈地道：“你们知道的，主编最近为了周年刊的事情心情不太好，我现在也没办法，打算拿上一期的废稿改一改用来充数，如果她发现了……”

全员屏息。

白婧又喝了一杯，哀叹：“如果她发现了，我可能要失业了！”

荆羡：“……”

晚上回公寓后，荆羡在床上翻来覆去，怎么都睡不着。理智上来说，这个事情其实和她并没有太多的关系，两个选题都不是她定的，她又是个刚来公司不到一个月的小新人。可情感上来说，白婧对她挺照顾，组里的气氛也很好，甚至陈舒妍，了解之后都能感觉到内心不坏。

她第一次出来工作，能遇到这样的团队，她是心存感激的。

荆羡纠结万分，折腾到凌晨一点，她跑到阁楼上，把压在最下边的日记本拿出来。

历史悠久，灰尘漫布。

第一页打开就是鲜红的爱心，旁边跟了一串手机号码，标注为“未来男盆友的电话”。

这十一个数字，少女时代的她曾经背得滚瓜烂熟。

荆羡长长地叹口气，坐在窗台上，慢吞吞地摁下那几个数字。

那天在夜宵摊，她只扫到他名片上的前缀，并没看清他如今的联系方式。她现在手上仅有的，便是八年前的那个陈年号码。

出国留学那么久，谁还会继续缴存原号码？就连荆羡自己，都停了过去的手机号。

这就是一个博弈。

如果打通了，只能证明老天爷都要她主动退步，要她撇开前尘往事为前途拼一把。

说不明道不清，荆羡手心都是汗，仿佛又回到了那年高二第一次给他打电话的场景，那种心跳到自己都控制不了的紧张情绪又开始了。

她跑到楼下，把灰扑扑的独角兽抱枕拖上来，脸埋在玩偶里头，悲壮地摁下了那个通话键。

开的是免提。

第一声等待音响起时，她傻不愣登地仰起头，差点忘了呼吸。

居然……居然不是空号？！

漫长的机械提示音，每一次都让她心惊胆战。

她都不知道自己到底是何心情，是希望有人接，还是祈祷千万不要接。

即将转入语音信箱前，电话被接通了。

时光回溯，男人“喂”了一声，嗓音几乎和少年时一般，漫不经心又拖着酥酥麻麻的尾音钩子。

荆羡用力闭了下眼，丢开电话，用脚尖抵着，踢远了一些。

他有些不耐烦，带着点鼻音：“谁？”

很快，电话被摁掉了。

荆羡喘了口气，也不知道自己为什么这么孬，尽管现在的心跳区别于当初春心萌动的小鹿乱撞，但那种说不上来的压迫感是一样的。

她发了会儿呆，没打算放弃，决定缓一下。

可惜对方不想让她缓。

手机铃声大作。

她硬着头皮接起。

长久的沉默。

最终，像是耐性耗尽，男人在电话那头平静直白地念出了她的名字：

“荆羡。”

这男人的直觉也太离谱了吧？

荆羡的手机号是刚回国才换的，都没几个人知道，上回追尾事件后她留给他的也是自己胡诌的联系方式。

他绝无可能仅凭一个夜深人静的无声电话就判定是她。

不过这会儿显然不是纠结这些细节的时候，眼下荆羡身上背了全组人的希望，纵使心里万般抗拒，她也得硬着头皮去争取人物专访。

只是男人的耐心着实少得可怜，她这边还在做思想斗争呢，对方直接撂担子："不说挂了。"

"别挂！"荆羡屈服了，死死搂着怀里的独角兽，妄图缓解一些尴尬，她抿着唇，试图让声音听上去淡定一些，"是我。"

容淮等了片刻，淡笑："非得挤牙膏？"

荆羡听出他语气里的嘲弄，冷静两秒，深吸了口气，开始客套："容先生，我想正式约您做一个专访，我们杂志是国内时尚界TOP3销量的业界龙头，等到一月刊上市时，相信会是一个双赢的局面，而且我保证，这个访问绝不会涉及贵司的核心机密。"

容淮："抱歉，我没搞懂时尚和制药业的联系。"

荆羡做足了功课，翻着这阵子收集到的资料，把细胞免疫疗法中的药剂和青春密码的论文全报给他。虽然有一点牵强，但她倒背如流的语速无形中为这个回答增加了信服度。

夜深人静的夜晚，她抱着电话口若悬河的模样像极了疯狂在教授面前博答辩印象分的苦哈哈学生。

几乎是花尽毕生的功力去游说，演讲完毕，对方却迟迟不开口。

周遭很静，电话信号好得出奇，他清浅的呼吸透过听筒，烟雾一般萦绕在她耳畔，似是一场沉默又漫长的考验。

荆羡不知怎么觉得有些委屈，可能还夹着点自尊心强行被打压后的微愠。

午夜十二点早过了，风卷着雨丝儿，吹得阁楼的窗轻微作响，寒意似乎透过窗户缝儿悄悄渗入。

她瑟缩了下，转而趴在铺了羊羔毯子的飘窗上，不依不饶追问："可不可以？"

容淮："你等会儿。"

话落，电话那端忽然变得嘈杂起来。

先是开门的动静，继而是系统广播的中英文播报，中间携带航班号，随后又有年轻男人同他低声说话。

荆羡很快意识到，他在机场。

她下意识坐起："你要出临城？"

"对。"他应了声，和旁人交谈几句，匆匆道，"我下周回国，届时让助理和你约时间。"

铁石心肠的男人终于点头了，简直是历史性的成功时刻，荆羡兴奋地从飘窗上跳下来，也不怕冻到，光着脚在木质地板上走来走去。

心情好了，讲话自然就更动听了。

"谢谢，一路顺利。"她心满意足地挂了电话，顾不上太多，转头就火急火燎给组长弹语音准备汇报喜讯。

白婧晚上喝得有点多，接起的时候神志还不算太清醒，只是听完小姑娘的讲述后，她差点从床上滚落，惊出一身冷汗：“快快快，带着你的护照，赶去机场。”

荆羡蒙了：“啊？”

白婧尖叫：“你什么记性？截稿日是明天！我的姑奶奶，你快收拾下，赶去机场。

“不管你差不差钱，机票、酒店一切费用全部报销。

“带上录音笔，所有的采访问题我会通宵整理，你什么都不用管，只要按着我写的稿子问，然后记录下来，OK？”

信息量太大了。

荆羡的脑子嗡嗡，迟钝两秒才反应过来：“组长，你让我当狗仔尾随？”

白婧想死的心都有了：“好不容易这尊大佛松口了，你就辛苦下，回头 Orino 的拍摄我用我项上人头保证，一定给你争一个好的观摩位！”

荆羡：“……”

感觉像是逼良为娼，可惜没有任何退路。

凌晨一点，荆羡背了个水桶包，行李都没来得及整理，匆匆塞了两本关键证件，踩着风火轮往外冲。

感谢小公寓的偏僻地理位置，和临城机场不过十分钟的车程。

荆羡发动车子的一瞬就开了蓝牙电话拨了男人的号码，一回生二回熟，这次就无须再做心理暗示了。

只是等待的时间比头一回更久。

她着急地拍着方向盘的边缘，祈祷他千万不要上飞机。

最终，容淮接起：“还有事？”

荆羡怕他不让自己尾随，只能鬼扯理由：“对了，你去哪个国家来着？晚些时候到酒店后能否电话采访，我们主编催得很急。”

他停了两秒，嗓音低沉：“去纽约，但是不方便电话采访。”

荆羡装作失望收线，趁着红绿灯间隙，火速查了航班，答案很清晰，临城今晚飞纽约的就一班。

一个半小时以后起飞。

也就意味着四十五分钟以后关闭值机柜台不再办理登机手续。

间隔太近，所有的网上售票渠道暂时都无响应，荆羡杀到柜台，在工作人员诧异的眼神下买到了这班临行飞机的最后一张票。

连老天爷都在帮她！

美中不足的是这又是一张该死的经济舱后排。

荆羡没有行李托运，很快办完值机手续，过了海关查完安检，她坐在候机大厅的长排软椅上往四周扫了一圈，没见到那一位的身影。

心情还挺正常。

确实也想开了，工作而已，没有谁比谁高贵，也勿论谁比谁卑微。

半小时后，航空公司的工作人员开始安排登机。

经济舱的乘客三三两两在相关指示的牌子后站了一列，荆羡没动，盯着 VIP

休息室。头等舱的客人们鱼贯而出，她等的那位慢吞吞走在最后，白衬衣黑西裤，外头披了件暗色大衣，很寻常的商务装扮。

无奈窄腰长腿，天赐美貌，存在感依然强到难以忽略。

前边有妹子频频回头看他，偏他浑然不在意，只侧着头和身边的下属交谈。

三步之遥。

荆羡缓缓站起来。

容淮并未察觉到什么，从她身边擦肩而过，反倒是跟在他左右的年轻男人发现了荆羡的存在，凑过去附耳嘀咕几句。

容淮人都走出去几步了，脚步顿停，倏然回过头来看她。

漆黑的眸，直勾勾地盯着她。

荆羡深呼吸，抬起手打了个招呼："嗨。"

她以为自个儿表现得挺正常，殊不知落在别人眼里，又是另外一番光景。

这姑娘绑着两条松松散散的麻花辫，大概是入睡前的装扮，额前的刘海有些乱。套了件雪白的毛绒外套，明明脂粉未施，脸颊却泛着粉意。

甜酒窝和乌蒙大眼，又纯又媚，无端乱人心扉。

她纤细的手指抠着背包带子，睫毛轻颤，乖乖巧巧地站在那里，像是即将要见到心上人的闺阁千金，又像是不顾一切要和情郎私奔的笼中娇花。

容淮看了她一会儿，忽而轻笑："就这么迫不及待？"

这种带着坏意逗弄的调调可太熟悉了。

荆羡一直以来都是脸皮薄的姑娘，她把目光转向别处，轻声道："抱歉，工作需要，我们明天晚上就截稿了。我不会打扰你的行程，晚些时候飞机落地后，可不可以抽一个小时给我。"

半晌，工作人员再度催促登机。

他没回答，深深看她一眼，先行走了。

反倒是徐潇故意磨磨蹭蹭，他看了那么久的戏早就压不住熊熊八卦之火，好不容易逮住个机会，连忙凑过来："我在双星楼见过你，你是记者吧？怎么称呼？"

荆羡报了名字，苦笑："我是杂志社的，本来和容先生约了下周的专访，但临时计划有变，只能先斩后奏了。"

徐潇竖起大拇指："荆小姐真是艺高人胆大，我和你说，我们老板……"

"徐潇！"前面那位不耐烦了。

徐潇比了个抹脖子的动作，无奈地跟上去，跑了一步又扭过脑袋，眨眨眼："对了，我们下榻的酒店是四季，期待与你偶遇哟。"

荆羡冲他感激地笑笑，结果这位爱耍宝的年轻人居然脸红了，疯狂摆手掩饰内心的躁动。

这一晚的航班有些多，他们的飞机在跑道上足足待命了两个小时才得到起飞的允许，头等舱是何光景不清楚，反正后边经济舱已经乱套了。

有吵着要下飞机的一家三口，有大声抱怨空姐为何不送饮料的大妈，还有不断骂脏话的中年男人。

荆羡出门匆忙，耳机、眼罩统统没带上，她头疼地摁着太阳穴，上回从巴黎飞临城的痛苦经历仿佛还在昨天，没想到这么快又得煎熬十二个钟头。

幸好起飞时气流颠簸，周遭人吓得齐齐闭嘴，除了飞机引擎轰鸣，无其他动静。

荆羡坐在过道边，确保不会绊倒人的前提下将腿小心地朝外挪了挪，依旧不是很舒坦，但也聊胜于无吧。

这一班是红眼航班，考虑到乘客的睡眠需求，过了对流层机身趋向稳定后，机舱里的光线就灭了。

几乎就荆羡一个人睁着眼睛，她靠在椅背上发了会儿呆，明明困得不行了，却难以入眠。娇生惯养的大小姐就是这副德行，说是豌豆公主也不为过，短短半小时，尾椎骨那块就变得隐隐不适。

她撑着扶手，过几分钟换个坐姿，还得静悄悄，尽量不影响到旁人。

正坐立难安呢，空姐拉开帘子走到她身边，半蹲下同她说话："有位先生要求同您换座位，请您跟我来。"

荆羡困惑："什么意思？"

空姐微笑："这位先生说不想坐头等舱，坚持想体验经济舱，请您跟我来。"

荆羡一头雾水，解开安全带跟着服务人员往前边走，中途和徐潇打了个照面，对方的表情带着谜之丧气，恹恹地同她挥挥手，就坐到她原先的位置去了。

她感到莫名其妙。

头等舱里静谧无声。

唯一空着的位置是容淮身边的那个，他仿佛没听见脚步声，手上拿着本书，垂眸阅读，神情淡然。

荆羡云里雾里地坐下，本想和他客套两句，可他依旧是头都没抬一脸冷淡的装相模样，她瞬间打消了心思，捧着软乎乎的毛毯，戴上这里配备的真丝眼罩，心满意足地睡觉了。

迷糊间，已入梦乡。

姑娘歪着脑袋，不受控制地一点点滑落，最后轻轻落在容淮的肩上。

他的视线一直落在书上，可那本书却自始至终一页都没翻过。

片刻后，他抬手，关掉了阅读灯。

在三万多英尺的高空入眠，居然一夜无梦，睡眠质量还挺不错。

荆羡一点一点睁开眼，发现世界是歪斜的。

她咕哝了声，迟钝地转了转眼珠子，这才发现自己靠在了邻座的肩膀上。刚醒来思考能力欠佳，她直起身子后，才猛然意识到自己已经不在经济舱了。

所以，被她当了一晚枕头的人……

荆羡有些僵硬地侧过脑袋。

入目即是一幅赏心悦目的美人图。

容淮倚着窗，似乎还在沉睡，面上蒙着眼罩，下巴线条清隽精致。暖阳透过遮光板的缝隙渗入，落在他高挺的鼻梁上，皮肤白到有些透明，衬得左边内眼角下的小红痣越发明显。

讲道理，男人能长这么好看真是不太符合常理。

高中时候因为经常负伤，这张脸还没那么具有冲击力，如今，就连这黑色的眼罩都在给他增添魅力，让人好奇该是怎样漂亮的眼睛才配得上如此完美的轮廓。

前边的空姐借着送餐的名头已经窥探他许久了。

荆羡倒是已经免疫了，目光一触即离，她小心翼翼地扯回被他压在手臂下的卫衣抽绳。

她动作很轻，不想弄醒他。

毕竟弄醒也是徒增尴尬，她要怎么做开场白？

“谢谢你把肩膀借给我。”

又或者——

“早上好，容先生。”

荆羡光是想象那个画面就能感到一阵恶寒，虽然出于工作需求死皮赖脸跟来了，但太过明显的套近乎还是免了吧。趁着他没醒，她轻手轻脚站起身，趿拉着飞机上发的拖鞋去洗漱。

这家航空公司素来以优质服务和超前设备享誉业内，头等舱的盥洗室特地分了男女。

荆羡照镜子时看清了自个儿脸上红红的印子，再凑近些，又发现嘴角的皮肤有些湿意。

总不可能睡觉的时候眼泪流到嘴边了吧？

联系到之前靠在他肩上的场景，荆羡站在原地足足愣了十秒钟。她打开洗脸盆的龙头，洗了一把脸，轻声自言自语：“没事，反正他也没醒，他肯定不知道。”

完美的阿 Q 精神挽救了她，荆羡对着镜子笑一笑，满血复活。

因为是长途航班，她丝毫不敢懈怠护肤流程，敷了一张梳妆台上附带的面膜。爱美的姑娘素来喜欢折腾，她把麻花辫散了，弄成长卷发单边拢于胸前，又补了点眼线和口红，足足折腾大半个钟头才出去。

远远望过去，那位已经醒了。

荆羡走近，很自然地落座。她闻到男人身上清冽的剃须水味道，意识到他也去过洗手间了，只不过身上的衬衣依旧是原来那件。

如果真的被她玷污了……

荆羡心虚地瞥了眼他的肩头，本意不动声色，无奈他正好侧过脸来，目光很直接地落在她脸上。

容淮：“没沾到，放心。”

她脸颊热起来：“你一直都醒着？”

“也不是。”容淮捏着纯净水瓶子，仰头抿了口，嘴角扬了扬，“断断续续睡过一阵，中途被磨牙声吵醒了。”

至于谁的磨牙声，不言而喻。

荆羡气恼：“我怎么可能……”她想了一万种措辞来反驳，可他显然没耐心听，抬手塞上耳机，同时打开电脑，查阅邮件。

就好像一拳砸在了棉花里。

这件事最终以荆羡吃了个哑巴亏告一段落。

再过两个小时就快落地，差不多到饭点了，空乘人员过来询问午餐需求。

荆羡的位置是临时和人交换的，等同于升舱，按理说是享受不到头等舱待遇的餐食，不过徐潇不知是受了什么刺激，硬是把自个儿享用美食的权利都转移给她了。

她觉得不好意思，还亲自去后边询问。

徐潇没睡好，脸色发青，明明很疲累还挤出一脸热情的笑：“荆小姐，真不必担心我，你吃好等同于我吃好，也等同于容先生吃好，相信我，这样大家都好。”

荆羡被你好我好他也好的理论搞蒙了，尽管感觉于事无补但还是问他要不要去前边休息一个小时。

徐潇把头摇得像个拨浪鼓。

荆羡没辙，无功而返。

在头等舱享受美食的流程，她都很熟了，每个航空公司的国际航班有什么招牌有什么踩雷的部分，她几乎一清二楚。

她和容淮的位置是双人舱，前边的空间可以拼成一张四方小桌。

空乘帮忙铺好了桌子，以为他们是情侣，额外布置了一朵玫瑰。荆羡也懒得解释了，反正他压根儿都没抬起过头，拧着眉一直在忙公事，就连午餐都只要了份沙拉。

饿不死你。她小声腹诽。

至于荆羡，她胃口一直很好，体质却不怎么容易发胖，这会儿也没必要客气。

开胃碟是桂花年轮枣和梅菜鸡，前菜是香草奶油炉烤竹荚蛤，主菜汤品要了木瓜炖排骨、蒜香牛肉和酱焖海参，配的香槟气泡是 Dom Perignon。

空姐额外推荐了入选米其林的干白，荆羡酒量差到离谱，没敢尝试就婉拒了。

窗外万里无云，室温 26℃体感舒适，面前满满当当一桌美食。

荆羡忽然觉得出差也没那么难以忍受，她连了 Wi-Fi，戴好耳机，打开最近沉迷的一部虐恋情深现代剧，开始舒舒服服地享用她的午餐。

容淮偶尔抬眼，就能看到这姑娘坐得腰杆笔直，肩颈优美，拿筷子的姿势都很赏心悦目，吃东西时小口进食，更是秀气斯文。

礼仪浑然天成。

若是千金大小姐扎堆评比，她应该也是其中最矜贵的那一位。

他垂眸，想到当初这位娇小姐哭着摔在泥泞里的模样，又想到曾有人用讥诮的口吻痛斥他妄图染指这朵暗夜蔷薇，很轻地笑了一下。

昨日种种已死，未来如何，谁知道呢。

男人的笑容轻蔑又狂妄。

转瞬即逝。

荆羡没能注意到，她还沉浸在她的电视剧里，刚好播到男主角得知父母的死和女主角家世有关，怒而提分手，女主角淋着大雨痛哭的情节。

她的共情能力很强，立马鼻尖酸溜溜的，强忍住落泪的冲动，关掉了播放器。

泪眼蒙眬里，似乎看到对面的男人动了动唇。

荆羡摘掉耳机，手背飞速抹了下眼睛：“什么？”

容淮平静地看着她：“妆花了。”

荆羡的悲伤心情瞬间就被愤怒替代了，这人毒舌的能力比起年少时只增不减，她恨不能立刻把气泡水泼到他脑门上。

然而毕竟还有工作。

她深吸了口气，硬生生忍下，又去了趟盥洗室，照镜子时没发现晕妆的痕迹，只觉是被他耍了。

纽约时间下午五点半，航班顺利抵达肯尼迪国际机场。

荆羡没有行李，厚着脸皮跟在容淮身后，等他们拿完行李后，又跟着一同出了大门。他的步子不紧不慢，始终同她保持三步左右的距离。

此时近黄昏，街上人流量凶猛。

荆羡被迎面而来的路人撞了一下，包包摔在了地上，反射性弯腰去捡，一上一下短短十来秒，再起身时，却找不到容淮和徐潇的身影。

她有些着急，踮起脚左右转了两圈，跟只无头苍蝇似的，尝试着喊了两声他的名字，也没有回应。

荆羡悻悻跺了下脚，估摸着他就是故意的，找准了时机甩掉她呢。她不死心地跑到街对面，确定对方没影了，这才气不过骂了一声："渣男！"

话音方落，身旁忽而有笑声传来。

徐潇从出租车的副驾驶座探出头来，忍着笑意："荆小姐，这里！"

原来他们是去打车了。

荆羡尴尬症发作，盯着后排的车门迟迟未动，黑人司机不耐烦了，也跟着伸出脑袋："女士，您到底上不上车？"

她比了个抱歉的手势，匆匆上车。

容淮没看她，也不知有没有听见那句渣男，膝盖上摊着笔记本电脑，还在处理公务。

荆羡也懒得和他搭腔，一路上就和徐潇有的没的聊几句。

这出租车的年份有些久，座套和内壁都是脏兮兮的，还有乱七八糟的污痕。荆羡养尊处优惯了，又有洁癖，只能直挺挺地坐着，尽量不接触到椅背。

无奈司机开车太猛，刹车油门都没个缓冲时间。

为了稳住重心，她不得不拉出那根瞧上去就很不卫生的安全带，小脸皱着，满满的嫌弃表情溢于言表。

容淮分神瞥她一眼："怎么，坐不住？"

荆羡沉默半刻："你现在好歹是科创板黑马的大 Boss，有没有考虑过在这些经常出差的地方配辆车。"

她想到荆焱那些"豪"无人性的商务用车，想了想，小声建议："就是也不用特别好的迈巴赫、劳斯莱斯，奔驰、宝马都可以的。"

徐潇从后视镜里往后扫，这会儿总算明白老板强行要赶他去经济舱的用意了。

这位金枝玉叶的公主病真不是盖的。

容淮像是习惯了，没什么意外的神色，淡声道："嗯，下回在各大洲的重要城市都买上一辆宾利，方便你莅临指导。"

荆羡哽住，一时竟分不清他是认真回答还是故意讽刺她。

车程四十多分钟，不长不短。

等迈进四季酒店，闻到大堂里淡雅的香氛，荆羡才觉得自己活过来了。她不是会委屈自己的人，去大堂服务处订了间套房，等容淮去登记住房手续之后，一同走至电梯边。

荆羡住的比他们的要高一些，三人一同进去，分别摁了各自的楼层。

电梯缓缓上行，27 楼的指示灯亮起后，门缓缓打开。

荆羡也跟着一同出去，鼓起勇气扯了下容淮的袖子："我还有点事和你说。"

"你们先忙。"徐潇很识趣地回房间了，眼睛都不敢乱看，拖着行李只顾着往前走。

荆羡摸出手机确认内容。

方才白婧已经同她传了讯息，说是主编今日临时公出，截稿日可以再延迟一日，所有需要采访的问题已经传到她工作邮箱，还是希望她能尽快完成任务，后期修稿校稿都需要时间。

都到这个份上了，也没必要遮遮掩掩。

"你能不能帮我个忙，今晚或者明天上午抽一个小时给我，就那个采访。"她很努力地放软语调，试图让自己听上去可怜一些，"就当我欠你一个人情……"

容淮打断："什么时候还？"

荆羡一愣："什么？"

他笑笑，微俯下身，贴着她的耳边："人情，怎么还？"

荆羡往后退一步，被这略显暧昧的距离弄得心神不宁，她摩挲了下发痒的耳垂，镇定道："都行，只要不是什么违背道德的要求。"

容淮插兜，笑得雅痞："行啊，就今晚吧，先还了，再谈工作。"

他说完，也没给她反应时间，径自走到过道尽头，刷开房门进去。

门没关，虚虚掩着。

荆羡心中警铃大作，犹豫许久，跟过去站在门口，不敢往里迈半步，只义正词严地强调："我说了，违背道德的事情……"

她的台词没能念完，覆在门框上的手腕被人擒住，再轻轻一扯，她完全没能挣扎，跌跌撞撞倒进去。

尖叫声瞬间抵达喉咙。

男人微凉的手掩住她的口鼻。

屋里灯火通明，感觉不像是要做坏事的场景，荆羡睁大眼，仍然惊魂未定，含含糊糊地嘟囔，像只可怜兮兮落入猎人陷阱的小兽。

"别喊。"容淮凑近了些，盯着她的眼睛，"省点力气，没想碰你。"

见她情绪没那么激动了，他松开手，散漫地靠到墙边，下巴朝着床上扬了扬："去试试。"

床上有条紫色的礼服裙，缎带和刺绣都很别致，落肩款式，薄纱裙摆上穿了银丝线，很美。

荆羡认出这是 D 家的礼服，不算高定，但也是限量款，价值不菲。

可她没弄明白。

"什么意思？"

容淮对着盥洗室扬了扬下巴："乖乖进去，不然我亲手帮你换。"

荆羡惊弓之鸟一般跳起，捧着裙子冲到厕所，条件反射地锁上了门。

男人漫不经心的语调隔着门传入：“今晚八点，在这个酒店，有个重要宴会，我缺个女伴。人情呢，就这么简单，宴会结束后，再来做你那个专访。”

荆羡狂跳的心渐渐回到正常频率。

她没什么别的要问了，一码归一码，这场交易也很公平。

她穿得七七八八，还差腰间那根缎带没绑上，磨蹭很久，直到他又不耐烦敲了下门，她才解了锁。

“我后面……”

容淮盯着她：“转过去。”

很奇怪，他说的话其实很平常，语调也不奇怪，可荆羡偏偏听出了一种暧昧感，好像是主人即将要折腾女孩，又好像是小说里的霸道总裁即将对他的金丝雀下手。

荆羡秒怂：“你看你能不能找一个女服务生。”

容淮气笑了：“我在你眼里有那么乘人之危？”

荆羡不吭声了，慢吞吞地扭过去，脸贴着墙，一副任人宰割的模样。

幸好他还算正人君子，没乱碰到她裸露的肌肤，只是手劲有些大，绑紧的时候，她没忍住，低低喊了一声。

男人动作骤停。

荆羡抵着额头，隐隐不安，强行从他手里抽回缎带。

她转回身，不敢看他的眼睛，故意岔开话题：“大小还挺合适的，腰围那里也刚刚好。”

容淮“嗯”了声，懒懒坐回一旁的沙发上，眼神不再回避，肆无忌惮地看着眼前的美人儿。

这位万里挑一的美人，穿着他选的精致裙子，怯生生的神情，又像极了含苞待放的花骨朵，简直就是老天爷为他量身定做的一般。

他支着额，嗓音哑得低沉：“我和挑尺寸的人说了，这姑娘的腰呢，我差不多两只手就能掐住。”

第三章

“危险”的访谈

这间不是套房，玄关处不算宽敞，隔了一个小吧台，剩下的位置被她曳地的裙摆铺开，就没多少空间了。

光线也不够坦荡，两人进来得急，主灯未开，唯有洗手间的冷白光晕，外加小吧台上头挂下来的装饰灯盏。

有限的空间，有限的能见度，外加一个侵略感爆棚的男人。

他就坐在离她区区两步之遥的单人沙发上，神情懒懒散散，一手支着额头，一手点着木质扶手，明明是意兴阑珊的姿态，眼睛却直勾勾地落在她脸上。

像是君王临幸，又像是在看一场意犹未尽的表演。

荆羡再迟钝都隐隐意识到不妥了，感觉从重逢开始，那些巧合就多得吓人，撇去前几周的破事不提，为什么刚到纽约，他就已经准备好了这样华贵的礼服？

是不是在她第二个电话打过去问他要去哪个国家时，他就暗自把鱼饵抛下了。

她不知道这张网是何时布下的，她不知道他的目的是什么，最要命的问题是，她甚至都不能判断这些是不是她的臆想。

到底是成了猎物，抑或是自作多情……

荆羡穿着露背略显清凉的礼服，居然紧张到手心冒汗，特别是听他用那种慢条斯理的调调说话，她耳根子都发烫。

坦白地说，他们过去也没几次亲密的举动，都是建立在她主动的前提下。

她喜欢踮着脚去少年耳边作乱，然后被他略带警告地瞥一眼，安分不到两秒，尝试着靠近，再被他轻扭着手腕推开。

不过往往第三回，他总会破功。

说不清是破罐破摔抑或是带着惩罚，他就用力箍着她的腰，一边捏她的脸一边低喃：“就爱作死是不是？”

少年清冽的气息混着叫她脸红心热的轻喘，曾经出现在她青涩时代的每一个梦境里。

可这场梦碎得太快。

如今时隔八年，再听他一语双关旧事重提，荆羡羞恼之余，忽而生出一股怒气。

这人就离谱。

当年一走了之在国外逍遥自在和妹子同居。

眼下居然能装没事发生。

还敢撩她？

他、凭、什、么！

荆羡脸色冷下来，没再搭理他，去卫生间整理刚换下来的便服，抱着衣服出来后发现他已不在那沙发上了，转而倚在吧台边上，垂眸捏着个玻璃杯子。

灯光只落在半边侧脸，他的神情晦暗不清。

荆羡走到门边，回过头看他。

容淮抬眸，碎发下是一双清清冷冷的眼睛，先前的狂热和侵略感如泡沫瞬间烟消云散，他的口气变得淡漠不含情绪：“如果让你感到不愉快，我道歉。”

荆羡可不吃这人的两面派，她想了想，选择直截了当：“你能接受我的专访我很感激，作为等价交换，我会陪你参加宴会，但也仅限于此，之后咱们就桥归桥路归路。”

姑娘言辞凿凿，真挺狠。

他面无表情地听完，抬手倒一杯威士忌，抿一口，掀了掀眼皮：“你确定就好。”

荆羡：“……”

他只说了五个字，然而话外的潜台词显而易见。

是她追尾了他的车，是她苦苦等在青鹭药业的门口，是她死缠烂打求个专访，是她火急火燎地说请吃饭，最后也是她像个狗仔强行跟机追到人家酒店。

没错，这一切其实都是她主动的。

荆羡面子里子一块丢尽，她很想反驳，然而事实摆在眼前，并没有太好的理由站得住脚。

感觉再待下去会被气死，她磨了磨后槽牙，一手抱着衣物，一手提着裙摆，半点没留恋地往外走。

容淮站起：“给你一小时，大堂见。”

这一小时无非就是额外留给她梳妆打扮的。

古往今来，好像所有成功男人出席重要场合都得带上一尊精美的花瓶，他们压根儿不在意这只花瓶有不有趣，里面能装几枝鲜花，他们只需要你足够昂贵精致，仿佛这样就能为谈判或者应酬增添筹码与荣耀。

荆羡烦透了被当成附属品的场合，她从小到大就没给人陪衬过。荆家低调，很少大张旗鼓搞宴席，但只要办了，她和妈妈站的位置永远更醒目一些，荆家男人们心甘情愿做绿叶。

眼下真是虎落平阳被犬欺。

荆羡心不甘情不愿地掏出化妆包，底妆直接省略，相当敷衍地描了两笔眉毛，眼影腮红都懒得画，意思意思涂了个唇彩。

三分钟搞定后，她拿着梳子恹恹地折腾头发，一边点开视频 App，妄图看个综艺什么的缓解下心情。

广告刚放完还没进入正题，荆焱的来电不期而至。

荆羡皱了下眉，犹豫半刻，接起：“干吗呀？”

荆焱唯一的耐性都给他的孪生妹妹了，即便是小姑娘略带粗鲁的开场白，他都没半分不悦：“你还在睡觉？”

荆羡嘟囔：“都快吃晚饭了睡个什么鬼。”

荆焱不说话，良久才道：“你在国外。”

用的是肯定句。

糟糕，忘了时差。

荆羡生怕被这位手段铁腕的大佬误解，连忙解释：“我先声明，我可不是故意出国躲你的，工作需要出差两天，你可以随便去查，我问心无愧。”

荆焱没那么好糊弄。

通话过程中有接近一分钟的空白，大概是他真交代骆亦白去确认了。

荆羡最讨厌被当成犯人没半点自由，脾气上来了又想挂电话：“喂喂喂？信号不好哈，先这样吧，有事回去说。”

荆焱没给她机会：“茹玥下周要去巴黎试订婚礼服，她没什么朋友，你帮我陪陪她。”

荆羡梳头发的动作一顿，很是茫然：“茹玥是哪位？”

荆焱很冷淡：“你大嫂。”

荆羡尴尬，毕竟是亲兄妹，这会儿她总算意识到自己这个当妹妹的有多离谱了，竟然连哥哥的未婚妻姓甚名谁都不清楚。

只是她莫名地觉得这名字很熟悉。

记得她哥年少时的单恋对象也名茹玥，叫什么茹玥来着……

荆羡憨憨发问：“那什么，不会是你们十九中一直被你压在万年老二位置对你恨之入骨的那个冰山美人吧？”

“谢谢你的提醒。”荆焱冷笑，“就是童茹玥。”

他说完，毫不拖泥带水地结束了通话，独留荆羡一人，坐在偌大的房间里消化这块巨型的瓜。

这瓜真的太大了。

而且实在太过不可思议。

荆羡理智上接受了这个设定，但心理上还未平复，她也顾不得了，一冲动就给宁瑶发语音，六十秒的长记录连发三条。

毕竟国内还是清晨，她本来没指望对方及时回复，怎料宁瑶通宵赶夜戏，居然刚收工，还有闲情逸致躺在保姆车上跟她八卦：

“真的假的？”

“他俩不是水火不容互放狠话吗？”

“我想起来了！当年有帖子说十九中校草私下和妹子表白被拒，估计就是你哥。”

荆羡完全不知道这码事，很煎熬地回忆。

宁瑶孜孜不倦：“真是活久见哈，感觉他俩订婚的概率比你和容淮破镜重圆的可能性都低。”

这段发出来五秒，很快被撤回，转而有一溜表情包，像是掩盖她的心虚。

荆羡：“我看到了。”

宁瑶吓得立马发了个“520”的红包。

荆羡没什么负担地收下，又和好友闲聊几句，等到时间差不多了，才起身准备赴宴。

旋转楼梯下，容淮正在等她。

他换了略微正式的西服，身姿清瘦挺拔，大堂里人来人往，无论男女，路过时总会多瞧他一眼，姑娘们尤甚。

荆羡驻足在阶梯平台上，没喊他。

不过他似乎还是留意到了，他单手插着兜，转过身来，另一手掌心向上，对着她，像是邀请。

他一眨不眨地盯着她，嗓音很沉：“来。”

几乎是立刻，荆羡就感受到全场妹子的目光齐刷刷凝聚在了自个儿身上，三分探究七分妒忌。她笑笑，暗自腹诽，你们若是知道他这副天赐的好皮囊下有着一颗阴暗乖戾的心，你们还敢心动不?

她提着裙摆慢吞吞往下走，避开了他的手，纠结半刻，心不甘情不愿绕过他的臂弯。

这嫌弃明明白白。

容淮垂眸看她一眼。

荆羡眨了下眼睛：“都是逢场作戏的，没必要吧。”

容淮勾唇，也不知是不是被她气的，干脆双手都插回裤兜里：“不用勉强。”

两人各走各的，中间隔了半步。

没有了肢体上的纠缠，荆羡乐得轻松，端着无懈可击的笑容，步调优雅地跟在他旁边。

今晚商宴，暗潮涌动，华尔街赚得盆满钵满的投资者们和各行业的首席执行官端着香槟，侃侃而谈。你很容易分辨出风投公司和那些急于拉拢资金的 CEO，前者大多从容不迫，后者多少会带点谄媚附和。

毕竟有求于人，求的还是钱，可以理解。

正因如此，荆羡才不明白，为什么她旁边这位市值区区几亿的制药公司小老板，能装相成这样。

他同任何人说话都是不卑不亢，语调淡漠，笑容客套，用着三国语言，不紧不慢地介绍手头研究的项目。

荆羡语言天赋很一般，日常沟通可以，遇到专业名词就歇菜了，站得无聊，她往旁边挪了几步，小声问徐潇：“怎么感觉你老板很吃得开。”

徐潇诧异：“当然，他是瑞士 PSI 实验室名字挂在第二位的华人天才。”

荆羡：“很厉害？”

徐潇沉默，用一种不可思议的眼神看了她良久，估计很难和大小姐解释清楚，最后选择用三个字概括：“超强的！”

话落，他口中这位超强的男神正透过人群，不咸不淡地给了她一个眼神。

荆羡叹口气，顺从地跟过去，尽心尽力扮演好花瓶的角色。

不到两个钟头，宴席散了。有大佬额外组了局，请了寥寥数人，去到楼顶的泳池，美其名曰 after party（后续派对），实则是为感兴趣的投资者们拉线，进一步洽谈商机。

荆羡不敢相信自己还得加班，她这双高跟鞋还是临时在酒店的商场买的，新鞋磨脚，这会儿后跟虽然还没破皮，但已经产生了火辣辣的灼烧感。

容淮带她到顶层后，察觉出不妥。

这姑娘拧着眉头，原先还十分抗拒他的接近，现在几乎把所有重量都挂他手臂上了。

他是何等聪明之人，立马就能猜到：“脚疼？”

荆羡可怜巴巴地点头，希望他能网开一面放她回去休息。

“坐着吧。”容淮把她抱到吧台的椅子上，自己站一旁，和个银发碧眼的中年男人举杯交谈。

荆羡穿着贴身礼服，又没晚宴包，手机不在身上几乎闲出花来，趁着无聊开始估算在场企业家们的身家。

扫了一圈，最有钱的还是身边这位中年男人，手腕上的表是八位数的，袖扣上的钻石比鸽子蛋小不到哪儿去，荆羡估摸出价值，有些佩服容淮的钓大鱼能力。

中年男人似乎相当欣赏容淮，聊到兴起拍了拍他的肩：“我还有个朋友等下会过来，也是你们中国的企业家，很年轻，也很有能力。最近打算往生物制药方向发展，我来引荐你们认识。”

容淮同他碰杯：“非常感谢，福尔南迪先生。”

中年男人一饮而尽杯中酒，目光瞥到某处，兴奋地扬起手：“Jarvis，这里！”

荆羡听到这英文名，一口香槟呛了个半死。再一看不远处那张英俊的脸，她吓到脚疼都顾不上了，饿虎扑羊一般，整个人埋到容淮怀里。

容淮皱眉，轻推了推她。

荆羡死命不松手，着急道：“救我，我哥来了，千万别让他看到我俩在一块。”

这种情形，很容易让荆羡想到从前。

事实上，最近发生的事情都跟年少时那会儿有异曲同工之妙。

她还记得那天是荆焱十七岁的生日会，包厢里一大堆人乱哄哄，容淮穿着打工制服面无表情敲门的样子成功让一屋子的高中生们都安静下来。

他又跩又嚣张，带着天生的乖戾，服务态度差到让人想立马投诉。

她那天打扮得很糟糕，或许还有点害羞，当时死命躲在荆焱的怀里，头顶盖着哥哥的外套，不愿同他打照面。

后来回去的路上，荆焱还问她：“那阴阳怪气的小子就是容淮？你日记本里的那位男主？”

她气到面红耳赤。

荆焱扯了扯她的双马尾，不忘嘲弄：“你们全校女生都该去看眼科才对。”

说起来，后来她还干了不少蠢事，比如明明未成年还强行伪装成年轻富婆去那个会所，指明让容淮来开酒，弄得很是尴尬。

再比如，有天她家停电，她匪夷所思想到去会所的 VIP 包厢里写作业，结果临走时忘了张卷子，第二天在学校继续扮高冷同他擦肩而过时，被当场扒掉马甲。

总而言之，荆羡的情窦初开，概括起来就是一段加浓大写的尴尬和滑稽。

只是她没料到，八年过后，她居然会把容淮当成救命符，转而拿他来应付荆焱。

这泳池派对一共就二十来个人，地方也不算大，一眼就能看到头。派对上的女伴更是寥寥，加上荆羡，满打满算一只手数得过来。

出入口就只有一架透明的观光电梯，直通行政酒廊和大堂。

荆焱来的方向堵死了她所有的退路，更何况后面还跟着一个阴魂不散的骆亦白。

荆羡没自信能逆时针绕一圈泳池悄然溜走，下下策再差那也是计谋，该牺牲还得牺牲，所以眼下她才会这样投怀送抱。

穿了高跟鞋身高差距并不算太大，情况特殊顾不得避嫌，她把脸埋在他的肩颈上藏得严严实实，为求逼真，手臂虚虚环在他的腰间。

尽管没有严丝贴缝，但他腰侧的劲瘦线条从正常状态忽而贲张发力的变化还挺明显。

紧张吗……还是单纯的抗拒？

有那么一刻，荆羡甚至鬼使神差地想抬头看看他的表情。

察觉到怀里姑娘的蠢蠢欲动，容淮不动声色地转了个更隐蔽的方向，一手轻轻摁着她的后脑勺，指尖警告性地圈了下她的发尾："别动，他过来了。"

荆羡深吸口气，不敢胡来，老实了。

荆焱无懈可击的笑容在距离吧台边三步之遥时渐收，等到完全看清那位俊秀男人的长相后，他彻底冻结，神情堪比二月寒冬里凝固的冰泉。

跟在旁边的骆亦白不寒而栗，上一回看到老板这个表情还是前两年知道几十亿的并购案被对方摆了一道。

发生什么事了？

尽管云里雾里，骆亦白仍然尽职提醒："荆总，我们和福尔南迪先生的合作还在有效范围期内。"

荆焱"嗯"了声，驻足片刻。

毕竟大二就接管家族生意了，他纵然看到某些人心里再不爽，被下属暗示过后也就很快反应过来。

"Jarvis！"中年男人热情上前，给了个重逢的拥抱。

荆焱得体应对，跟着问候了下福尔南迪的酒庄生意。他在生意场上素来很有交际手段，寒暄几句就让对方止不住笑容，兴致颇高地聊起了私事。

荆焱分神瞥了眼容淮。

容淮没强行插话，还算识趣，搂着个长发如瀑的姑娘，背靠着吧台。酒保调了杯双倍浓烈的龙舌兰递过去，他晃晃酒杯，抬手一饮而尽，面色半分未改。

荆焱冷笑，尤记得那年暴雨夜，自己在危楼待拆区，在那个充斥着皮条客和烂赌鬼的恶心地方，亲眼看见妹妹同这人纠缠不清。

从未看过骄傲如荆羡可以卑微到此等境界，也从未想过一个十七岁的同龄少年会心狠成这样。

荆焱始终不明白，他们荆家捧在手心里的娇花，居然放下尊严和活在阴暗之地的怪物为伍。

这等不知好歹的东西。

他怎么敢，他怎么配！

荆焱如今忆起那个画面还有点不舒服，直到骆亦白取了两杯香槟：

"荆总，难得的机会，我们敬福尔南迪先生一杯。"

中年男人欣然举杯，顺势邀请容淮一同加入。

“对了，Jarvis，我给你介绍一位伙伴，PSI 实验室的天才。”他生硬地念了一遍容淮的中文名，引荐二人认识，“你不是说最近对生物制药很有兴趣吗？我认为你俩会有很多话题。”

荆焱皮笑肉不笑，回了个淡淡的幸会，语气听起来算不得惊喜。

福尔南迪这晚的酒喝得有些多了，居然没发现两位同样出色的年轻男人之间的暗潮汹涌，恰好又遇到一位熟人，他说了声抱歉先行离开。

容淮敷衍地举杯，也没站直身，目光落到颈窝边的姑娘，她像是惊弓之鸟，黑发外露了单边耳朵，原本莹白如玉的色泽此刻泛了红，不知是害羞抑或是紧张。

荆羡是真的慌，她生怕容淮有大动作，她后颈靠下的位置有颗痣，这会儿也不知道头发盖没盖住。

她犹豫两秒，抬眸给容淮使眼色，努力用口型表达：“先送我上楼。”

他拍拍她的脑袋，示意少安毋躁。

两人互动亲昵，旁若无人一般。

荆焱扫了眼那柔弱无骨的美人，总觉得背影有些熟悉，他走近一步，跟着靠在吧台边：“容先生好艳福。”

容淮脱了外套，罩在荆羡身上，连带着遮掉她大半张面孔：“抱歉，我女伴身体不适，我先送她回房。”

荆焱笑笑：“请便。”

话虽如此，他的视线却未曾收敛，一直盯在背对他离开的两人身上。

玻璃电梯反射出西装外套下的姑娘轮廓，模模糊糊看不清晰，可她故意抬手挡脸的举动却彻底放大了荆焱心中原本觉得不可能的怀疑。

荆焱眯着眼，侧过头对着下属，慢条斯理地道：“你查过荆羡在哪儿了吗？”

骆亦白一愣：“和杂志社确认过，是出差没错，您还需要我确认具体地址吗？”

荆焱不说话，晃了下手中的酒杯，冰块碰撞发出清脆声响，他也不喝，就这么直勾勾地看着，像是在看什么有趣的东西。

良久，他把杯子扣在桌上：“不用，晚些时候我亲自确认。”

荆羡一离开荆焱的可视范畴就丢开他的外套，双手提起裙摆，一副即将要狂奔的准备姿势。

她眼下几乎可以百分百肯定，她哥绝对起疑心了。

容淮将人拽住，带回来：“脚不疼？”

“你别拦我。”荆羡急得要死，“听我说，我现在最多只有十五分钟时间来离开这个酒店，你能不能掩护我？”

容淮漠然道：“至于吗？”

荆羡顾不得解释，当年被荆焱强行送出国的阴影还在，她脱下高跟鞋，趁其不备用力甩开他的手，继而头也不回地朝酒店大门冲。

外面的温度只有个位数，她穿着薄纱礼服，鞋袜未着，义无反顾奔跑的模样像极了为爱走天涯的出逃公主。

容淮真是被这姑娘没带脑子的行为气笑了。

他从去瑞士念书起就很少动用武力，不过今天算为她破戒。他迎着门童诧异的眼神，一把扭过荆羡的手，再轻轻一翻，顺势箍紧她的腰，随后将人扛到背上。

荆羡像个米袋子一般，双脚还在晃悠，一边不忘气急败坏地叫嚷：“容淮！”

容淮充耳不闻，随手把刚才被她挣脱开的外套盖回她身上，捡了那双高跟鞋，脸不红气不喘，走至街角拦了辆车。

上车后，他给徐潇打电话，嘱托对方退房，把行李整理出来，顿了顿，又侧过脸来：“你想住哪儿？”

荆羡：“瑞吉？”

一秒钟后，她马上反悔：“瑞吉不好，床太硬，里兹卡尔顿吧。”

容淮摁了下太阳穴，不吱声。

荆羡想到什么，继续变卦：“里兹卡尔顿服务也一般，希尔顿？”

她是真的在苦恼住哪里这件事，完全不是开玩笑的态度。

不敢想象，有人在面临这种逃亡的时刻还能这么挑剔，半分都不肯委屈自己。

这娇生惯养的千金大小姐，谁能顶得住?

容淮静静地盯着她。

荆羡咽了口唾沫：“要不你推荐一个？”

容淮没看她，直接吩咐出租车司机：“劳驾，去瑞吉。”

荆羡：“……”

前台办理完入住手续，她拿着房卡，在电梯里左思右想，一边是极端妹控疯起来没人拉得住的荆焱，一边是过去伤她最深但目前看起来还算正常的负心汉。

比起没了自由的痛苦，暂时放下自尊请求一下这位的帮助，应该不为过吧。

想到这里，荆羡扯了下他的衬衣：“万一我哥半夜来绑我，你不会见死不救吧？”

容淮：“我没有权利插手你们兄妹的事。”

荆羡：“可是本来晚上我们就要做采访的啊。”

他步出电梯，这姑娘亦步亦趋跟在后头，双手交握在一块，一脸委屈又矛盾的模样。

“你要我怎么做？”容淮刷了房卡，微俯下身，轻轻笑了声，“要不你来我这儿睡？”

荆羡知道自己像个忽冷忽热的神经病。

设身处地地想一下，如果她是容淮，有个妹子一会儿划清界限一会儿又死乞白赖要求保护，可能她会直接怀疑对方有没有人格分裂。

然而事实就是这么打脸，上一秒言辞凿凿说以后桥归桥路归路，现在站人家房门口当路灯。

可能是年少时被强行剥夺自由的滋味太窒息，那种被迫离开温室一夜长大的彷徨，旁人根本无法想象。

荆焱曾经目睹她最难堪的时刻，又像个残酷的叛徒将她所有心事一抖而出，他是她最信赖的血亲，却用她的秘密将她放逐。

如今想来，依然心有余悸，荆羡一旦处于两个男人都在场的情境里，就莫名其妙有了应激反应。

可她怎么敢忘了，其实身边这位年轻男人才是真正意义上的罪魁祸首。

而眼下他居然还能戏谑一般问她：“要不你来我这儿睡？”

这话入了荆羡耳朵，便成了轻慢和嘲弄，她面上火辣辣，理智逐渐回笼。

重新穿上了高跟鞋的脚踝隐隐作痛，她扶着墙休息了会儿，没有回答男人玩笑似的问题，转而慢吞吞地朝自个儿房间前行。

容淮还维持着微微俯身的姿态，人没动，只目光跟着她。

这姑娘走路的姿势深一脚浅一脚，比童话故事中人鱼初次拥有双腿上岸后的模样好不到哪儿去。

他皱了下眉：“荆羡。”

她一声不吭，又走了两步，比对房号。

容淮不知道是哪句话惹到这位大小姐，他本来也不是什么善男信女，所有的耐性似乎都耗在这姑娘身上了。

他叹口气，走近，手撑在她耳侧：“我没兴趣一直玩猜谜游戏。”

荆羡背对着他刷开房门，踢掉这双可恶的高跟鞋，自顾自拆了拖鞋穿上，回头看他一眼，很镇定：“可以履行我俩的合约了吗？徐潇何时到？我采访的工具都在四季。”

容淮盯了她半晌，摸出手机，当着她面给下属拨了个电话，末了收完线：“半小时。”

荆羡点头，扶着门：“我洗个澡换身衣服。”

这就是逐客令，可惜有人故意拆台。

容淮笑笑：“衣服呢？”

荆羡：“……”

她本就是临时出差，行李都没来得及整理，方才遇到荆焱，又慌张到手机都落在原酒店。

个中原委容淮又怎么会不知情，眼瞧着这姑娘目露恼怒，他扬了扬眉：“晚点我……”

“不用了。”荆羡轻声打断，扯掉肩膀上他的西装外套，塞到他怀里，想了想，认真道，“我不习惯穿别人的衣服。”

容淮扯了下唇，很平静地说完：“晚点我让服务生送一套新的过来。”语罢，他略低头，和她平视，把话直接挑明，“保证不是我的衣服。”

荆羡：“……”

几次交锋，似乎都没占到什么便宜。

她深呼吸两口，当着他面关上了门。

这一晚因为遇到了荆焱，产生了太多不确定因素，她心里很清楚，按照他的能力，兴许这会儿已经查到容淮的女伴就是自己。

她这个哥哥，尽管只比她早出生两分钟，但从小心思缜密，智商碾压同龄人太多，年少时体弱多病暂时任由她作威作福，之后就展露獠牙，控制欲那是一等一的强悍。

浴室花洒喷洒出温水，荆羡闭着眼，任由水柱冲刷身体，思绪一片混沌，一会儿想起年少的画面，一会儿又担忧起自身处境。

冲完澡之后，她裹上浴袍，坐在窗边吹头发，没多久外头传来敲门声。

她用猫眼望了望，确定是在酒店工作的女服务生后便打开了门。对方左右手各拎着两个颇大的硬纸袋，态度很恭谨地帮忙放到玄关柜子上，并表示如果不满意款式可以拨打前台电话，他们会再派人去采买。

荆羡礼貌道谢，关上门打开包装。

纽约时间接近深夜十一点，除了个别商超开着，也买不到什么花里胡哨的牌子。

里头都是基本款，香芋色加绒卫衣、黑色牛仔裤、一条毛衣裙搭配 leggings，还有一双看起来就很软的翻毛短靴。再翻翻，底部还有一盒创可贴。

荆羡套上卫衣牛仔裤，往脚后跟贴了个创可贴，估摸着徐潇应该快到了，她抓紧时间吹干头发，放下吹风机时又有人轻轻敲了两下门。

“荆小姐，容先生说您准备好了的话可以开始采访。”

果真是徐潇的声音。

“马上！”荆羡应声，蹲下绑好鞋带。

2702 就和她隔了三间房，门虚掩未曾阖上，她推开门进去，脚步很轻，落在长绒地毯上没什么声响。

容淮正坐在桌后处理公务，边上有古铜高脚台灯，冷白的光线落在他脸上，平添几分疏离。鼻梁上架着的金丝边眼镜没能为他染上几分温情，反倒因其皱着眉的姿态愈加冷峻。

感觉就是个不近人情的斯文败类。

荆羡走近，率先出声：“什么时候开始？”

他抬手，食指指尖往下压了压，意思让她稍等片刻。

荆羡耐着性子，站在一旁整理徐潇从四季帮她弄回来的随身物品。随身记录的纸笔都在，录音笔电量充足，唯独手机界面跳出了不到 10% 的系统警告。

她没急着充电，先检查消息。

显示没有未接来电，她如释重负地松了口气。

荆羡回国后换的新号码没几个人知道，留学时期的塑料姐妹花们也基本不联系，手机联络除了爸妈每日的早午晚三顿问候，就属宁瑶这个八婆最积极。

如今微信界面也很清爽，就十来个好友。

她点开，最上头的是白婧，连问几条工作进展。

荆羡怕组长着急，干脆跑到洗手间，给她回了个电话，简单汇报了下这边的情况。

白婧原本午餐都食不下咽，接到电话喜出望外：“好好好，采访稿在你工作邮箱里，问题分了三类，标红的请务必让他回答，标黄的则尽量，什么都没标的看你自己发挥。”

荆羡迟疑：“不会有什么很私人的东西吧？”

“哎呀不会的，你第一次采访不用记录稿子，用录音笔就成。”白婧打哈哈，“对了，方便的话拍张照，背影也行。”

最后一个要求就是强人所难了，荆羡硬着头皮敷衍过去，结束通话后探出脑袋望了望。

容淮单手支额，正好发完邮件抬眸。

两人四目相对。

荆羡愣了会儿，问道：“可以了吗？”

容淮“嗯”了声，合上笔记本电脑。

荆羡搬了把椅子到他对面，粗粗浏览一遍手机里的稿子，标红部分的很稀松平常，都和医药相关，其余的就很耐人寻味了。

白婧不知从哪儿打听到青鹭药业的首席执行官是个黄金单身汉，连列了三条择偶爱情观方面的问题。

荆羡隔着屏幕都能感受到棘手，她犹豫良久，摁下录音键，老老实实地先从简单版做开场：“青鹭药业被誉为科创板的黑马，短短两周，从八千万市值到如今已逾十亿，记得当时上市时诸多业内人士并不看好，对此容先生有什么要回应的？”

容淮：“没有。”

荆羡掐了下手心，强行带笑：“现在贵公司在基因缺陷及细胞衰老方面有了较大的进展，您认为这两项研究会给爱美的女性们带来什么样的改变呢？”

容淮掀了掀眼皮：“没什么改变。”

荆羡：“？”

他没什么感情地陈述事实：“即便应用到美容行业普通人也消费不起。”

世界上还有比这家伙更难采访的对象吗？

荆羡气到不行，她站起，双手撑在桌上身子前躬，拉近一个威胁的距离：“你能不能合作一点？”

容淮靠到椅背，看了她一眼。

应该是洗完澡没多久的模样，素面朝天，眼睛却因为怒火亮得惊人，歪头挑衅的姿势让半干黑发贴在了白皙的脖颈上，湿哒哒的发尾没入宽松的衣领，延伸到里头看不见的位置……

他顿了顿，摘掉眼镜，揉了揉眉心：“你问点有营养的。”

荆羡冷着脸，坐回去，态度生硬：“能说一下当初为何选择进入生物制药的领域？”

这个问题，其实她也有一点点好奇。

当初听说他去别的城市补了学籍直接参加高考，最后进了 Z 大念临床医学，后来不知怎么又去瑞士 PSI 实验室了。

曲曲折折，无人知晓个中原因。

荆羡一直在等他开腔。

可他停了很久，视线越过她，落在漆黑一片的窗外。

今天夜空凄凉，星月无痕，就连云都没个踪影。

荆羡不知道他在欣赏什么，她用力地捏着拳头，感觉这辈子所有的等待好像都要花在这一晚上了。

幸好，最终他还是开了口。

“我爸在做完肝脏移植手术的第三天就死在了病床上。”他很淡地笑了下，“因为排异反应，也因为没有钱，用的抑制剂都是仿制药，和进口的比起来，疗效甚微。”

荆羡抿唇。

容淮：“排了三年多的肝源，撑了一千多天，结果不到七十二小时就化为泡影，你说可不可笑？”

荆羡没说话。

她很早以前就知道他有个生病的父亲，但没想过会那么严重，只记得有一次在地下拳馆，少年鼻梁骨都断了，还在那儿没心没肺地笑，指尖勾着她的下巴，语调张扬：“三十万有了。”

三十万。

年少时的她压根儿没意识到三十万是拿来救命的。

荆羡欲言又止。

“别摆出这种表情。”容淮站起，看着她苦巴巴的小脸，“这世上最无用的就是怜悯。”

有那么短短一瞬，荆羡见到了他脸上的落寞和痛苦，兴许还夹杂着点不甘，结果她安慰的话刚提到嗓子眼，他早就恢复如初，是一贯的淡漠神情。

好像刚才的软弱只是她眼花了。

通往露台的移门被打开，他走出去，摸出打火机，薄唇叼着烟：“抽根烟，你继续。”

纽约的风很大，刮得脸颊生疼。

荆羡无意戳别人的伤心事，问了几个白婧重点强调的也和时尚擦边的问题，这回他态度还算正常，尽管言简意赅，但也算配合了。

一场访问断断续续，差不多一个小时。

午夜降临时，荆羡困到眼皮子都耷拉下来，头枕在手臂上，倚靠着躺椅的扶手，歪着看手机里的采访稿。

还有几个巨尴尬但又问不出的难题。

他抽走她的手机，一目十行地扫过，算是自问自答。

“闲暇时刻会做什么样的运动？”

“没有闲暇。”

“工作很忙的时候会选择怎么排解压力？”

“不需要排解。”

“一个成功男人的背后必定会有一位默默支持他的灵魂伴侣，可否透露未来的择偶标准？”

说到这里，他怔了很久。

躺椅上的姑娘已经睡着了，脸颊粉扑扑，像海棠花开，纯真又勾得人忍不住倾身采撷。

他垂下眼，摁掉录音笔的电源。

夜空里，他的嗓音轻到几不可闻：

“黑头发，白皮肤。

“有酒窝。

“还有公主病。”

清晨的阳光透过窗帘缝隙，在灰白色的长绒地毯上落下痕迹。

房间昏暗，也很安静，荆羡却因为没了往常习惯的真丝眼罩后敏感察觉到了环境的光线变化，她一直是个诸多挑剔的人，想要保证良好睡眠质量的前提非常苛刻。

所以，纽约早餐 6:30，她在迷迷糊糊里醒来。

这家酒店的湿度糟糕，整晚的空调让房间异常干燥，敏感性鼻炎的人都懂，这样起床会有多难受。

荆羡没能摸到床头的纸巾，很无奈地捂着鼻子，一边慢吞吞地坐起身来。

有差不多五秒，她的记忆都是处在一个空白的状态，然后就像慢镜头回放，关于昨晚的那些画面一点点塞回脑袋里。

好像最后的印象是采访期间露台上男人眯着眼抽烟的模样，清清冷冷，厌世颓然。

荆羡愣了半刻，猛然低头。

卫衣外套不在身上了，但里头的 T 恤和内衣都完好，牛仔裤上的帆布皮带被抽走，但纽扣老老实实扣着。

她松了口气，半晌又轻轻捶脑门，略感荒谬地笑了笑。

真是，她在想什么？

荆羡赤着脚去洗手间，先用温水洗了洗鼻子，又拿湿纸巾小心擦拭，好不容易安抚好这难伺候的鼻炎后，她才有闲暇扫一眼手机。

这年头微信才是第一通讯方式，今天很意外，界面上有两条非系统自动发送的短消息。

号码没存，但很熟悉。

荆羡点开。

“女服务生帮换的衣服。”

“醒后联系。”

荆羡当然知道是谁发来的，不过一看发送时间，凌晨 4 点 02 分。

她想到荆焱曾经也有过三天只睡七小时的壮举，顿时觉得这些年轻企业家确实都不容易，天生的操劳命。

荆羡对着镜子洗漱，二十五岁的年纪，每一天她都严阵以待，照例观察眼角确保没有出现细纹后，她在酒店提供的大牌面膜里挑了张基础补水的，趁着保养的闲暇，把录音笔里的音频导到手机。

这玩意儿剪切的话还需电脑，可惜手边没有。她听了比较关键的前半段，觉得没什么问题就把东西发给了白婧。

工作完毕，荆羡才有闲情逸致想别的。

比如说，如何不动声色地撇开某些人。

虽然说当初是一起来纽约的，可没人规定他们非得一起回去吧？本来就只是普通合作关系，更勿论两人曾经还有段那么尴尬的过去。

荆羡过了相当平静的一晚，理智早就恢复正常，之前妄图在容淮那儿求庇护的念头已经彻底打消了。

退一万步讲，若是荆焱真知晓杀过来，她当着他的面跟那位求助，这不是火上浇油吗？下场估计会更惨烈。

荆羡打了个寒噤，不敢再想，她换了昨天送来的另一套衣服，准备先行下楼吃早饭。

结果真是怕什么来什么。

一开门，外头站了个三十岁上下的男人，斯斯文文的脸，千年不变的得体微笑，还有潜台词很耐人寻味的开场白：“荆小姐，您醒了。荆总在下边车里等您，怕太兴师动众，只让我在这边候着。”

你品！

你细品！

兴师动众……

怕是出动了一个师的战力来擒拿她。

荆羡真是有火发不出，一口怄气堵在喉咙口，她只能迁怒于骆亦白，凉凉剜他一眼。后者面不改色，恭恭敬敬摆了个请的姿势：“您先请，东西我让人收拾。”

黑色迈巴赫半熄火的状态，停在街角。

早上刚出的太阳这会儿也没了，天空染上阴霾色泽，一如她乌七八糟的心情。

荆羡走近，早有人为她拉开车门，她故意磨蹭不进去，手撑在膝盖上，弯下腰，歪着头看向车里：“谓谓，我机票都订好了。”

荆焱翻阅财经报的手顿了顿。

这些年，他几乎没有再听到过这个小名了。

曾经父母拿“儿子无所谓，女儿无忧无虑”来给龙凤胎起昵称，他年少时深恶痛绝，总觉得大人倾注给自己和妹妹的爱完全不平等。她总是不懂得看人脸色，追着他屁股后面谓谓长谓谓短，后边年岁渐长有了隔阂，她却再也没这样喊过他。

荆焱承认，有那么一刻，他是心软了的。

然而最终，他仍是看着她：“上车说。”

荆羡伪装的甜美瞬间垮掉，她冷着脸坐上去，口气很冲：“你这样一直监控我的人生一定很有意思吧？”

“我说过很多次，忧忧，我从未限制过你的自由。”荆焱慢条斯理展开报纸，语调波澜不惊，“我没想过昨天在那个派对上会遇到你，既然遇到，现在哥哥接你回家，有问题吗？”

荆羡沉默。

纽约的冬季比临城更萧条一些，车外风景无趣得紧，她硬是盯了一路，快到机场时才开口：“你怎么不问？”

荆焱笑笑没答话。

其实他早就让骆亦白查清楚了，巧合的确挺多，但并没有刻意人为的痕迹，一个是杂志社的小助理，一个是制药公司的 CEO，起承转合都很自然，无非就是工作需要才有了交集。

他唯一担心的，是怕她重蹈覆辙。

荆焱侧过头，看着她那双同他有几分相似的眼睛，里头依然清澈，寻不见半分为爱冲昏头脑的疯狂。

“哥哥知道你不是故意的。”他满意地笑笑，伸手揉了揉她的脑门，“以后不会让你再见到这个人。”

荆羡心里有说不出的古怪。

荆焱有什么手段她是清楚的。

短短几年能把业务版图扩张到北欧的实力毋庸置疑，当初的金融产业荆家并不是一头大，后来不知怎么另两家就被他们吞并。

始作俑者是谁?

还不就是当时刚满二十二周岁的荆焱。

荆羡隐约不安，等到坐上私人飞机后，她又收到了容淮的消息：

“没醒？”

荆羡看着这两个字，居然有种奇妙的愧疚感。

虽然当初他伤过她。

但毕竟是远古时期的破事了。

她不是圣母，没想原谅。

但强行要站在他角度去理解的话……

他除了不肯回应她的爱，也没伤天害理。

荆羡撑着腮帮子，心不在焉接过空乘递过来的果汁，抿了口。

她还在沉思。

人家爸爸死了，为了亲情，辛辛苦苦搞了个制药公司，如今作为首席执行官开着别克，甚至穷到四处拉资金，寒酸到在国外出差都没个专车接送。

然后这个赖以为生的小公司很可能还会被荆焱绝杀。

荆羡叹口气，像是自言自语：“我可真是个善良的仙女。”

随后，她拿起手机，垂眸给他回消息——

“以后别联系了，对你我都好。”

彼时瑞吉酒店，容淮和福尔南迪先生已经喝完了早茶，对方签署完高达九位数美金的投资意向书后先行离开，青鹭药业目前的五亿资金缺口暂告一段落。

说是少年得志也不为过，他眉宇间难掩桀骜自信，和下属交代购置宾利的事情。

徐潇：“不是吧？容先生，真要买啊？”

徐潇真的搞不懂，怎么那位作到极点的千金大小姐随便说了句，老板就上了心。那可是宾利！要知道老板自己开的代步车还只有十几万……

容淮：“先在临城买一辆，回头再看。”

徐潇没辙，回复：“收到。”

容淮安排完事宜，低头查阅未读消息，翻到最上边一条后，他唇边微扬的弧度渐收，眼里笑意迅速消失。

他站起，拉开房门出去，步履很快。

属于她的那一间房早就人去楼空。

黑人大妈正在做惯例保洁，余光扫到这位俊秀无比却满脸阴鸷的年轻男人，很是惊讶：“先生，有什么能为您服务吗？”

容淮：“这间房的客人有见过吗？”

保洁员相当老实：“应该是七点多退房的，走得有些匆忙。”

走得匆忙？逃难吗？

容淮转身，嗤笑一声。

他回了房，骨子里那股似是不甘又阴暗的邪火又开始流窜，压不下去也发泄不出来。

徐潇眼瞧着Boss突然离去又莫名其妙去而复返，原本想询问两句，可对上他毫无表情的脸，不知怎么感觉到一股煞气。

“老板我先回房处理公事。”

徐潇很孬种地溜走了。

容淮靠在露台的栏杆上，垂眸盯着她昨晚睡过的躺椅。他薄唇抿着烟，没点，整个人像是时间定格，一动未动。

良久，他从外套的内袋里摸出一个红绒布的袋子。

解开袋子，里头是一枚银质戒指。

应该有些年头了，色泽暗沉早不如新，原先的劣质锆石消失不见，额外替换成了新月状的蓝宝石，色泽纯粹，盈盈欲滴。

他慢慢收拢手心，将戒指一点一点用力攥住。

直到里头的软肉被坚硬材质硌到生疼，像是怒极反笑，他轻轻勾了勾唇，继而摸出手机：“徐潇，过来。”

徐潇花了很久时间才消化完老板匪夷所思的要求。

但是身为一个合格的助理，他永远不可能对老板say no，也绝无可能令Boss失望。

千辛万苦查到详细的联系方式，徐潇打通了《MUSE》的专线——

“白组长吗？我是青鹭药业的首席助理徐潇，关于最后登出的终稿，您这边会和我们确认修改意见对吗？”

得到肯定的答复后，他又道：“是这样，毕竟贵刊是第一家我们接受采访的杂志社，还是想更严谨一些。不如找个时间，我们容总这边想同您全组成员一同吃个饭，顺便确定一下稿件。”

不得不说私人飞机就是舒坦，即便国际航班的头等舱设施已经很完备，但在有松软床榻和绝佳隐私布局的独立卧舱面前，还是被秒成了渣渣。

荆羡落地后神清气爽，惯常的起床气都不翼而飞。

时隔大半个月，再回荆家那栋临湖别墅，心境已无上次在法国被强行带回那般抵触。

院落里的灯影影绰绰，散着暖意的光。

荆羡到家就跑上楼泡澡，她精神很好，看了一晚上的连续剧也不觉得困，直到天蒙蒙亮，她收到了白婧的消息——

“采访内容还不错，可以做双版面，辛苦，明天白天你好好倒时差，不用来公司。”

“晚上和青鹭药业有饭局，地址我会提早发给你。”

荆羡反复确认了第二条信息，眉心一跳，选择直接电话拨过去。

接通后，她干巴巴地开口：“组长，应酬我可以不参加吗？”

白婧诧异：“为什么？是你亲自跟的线，一手做的访问，届时还得现场确认修改意见，你不想有始有终吗？”

荆羡纠结半天，心虚扯谎：“那什么……其实我感觉这回玩狗仔追踪可能太过火，中途和青鹭药业的CEO相处得不太愉快，为了避免尴尬，我还是不出席了吧。”

白婧：“没事，他们总裁不来，说有个重要会议要主持，徐潇刚和我通完电话。”

荆羡将信将疑，踟蹰间，组长又邀约：“这回你立了大功，第二摊咱们去酒吧，我请。”

荆羡悄悄叹口气，也不好驳上司面子，只得应了。

第二日，临城罕见大雾。

这种雾茫茫的天气，一直到中午暖阳拨云才得以好转。

荆羡时差问题严重，拆了一屋子品牌方礼物，挑了几件喜欢的上身，又立了三脚架和镜头，自己兼了模特和摄影师，玩了六七个钟头都没困。

修完最满意的暗黑系列，她总算乏了，把照片发到朋友圈，配字：Bad Girl.

之后照常卸妆洗漱，她弄了些助眠的音乐，躺在床上等待周公的拥抱。

这一回的入眠质量不太理想。

闹钟设在傍晚，荆羡一直迷迷糊糊浮浮沉沉，等到铃声响起，才煎熬一般混沌坐起。

窗外斜阳似血，据说是逢魔时刻，她睡得不好心情糟糕，梳妆打扮都提不起兴致。直到坐上自家的车前往餐厅时，她才有闲情逸致打开微信。

通讯录没几个朋友，点赞的人寥寥数个。

有个空白头像ID为Reborn的陌生人，让她困扰了两三秒，仔细回忆一下，想起来是徐潇。

那天随身物品和重要资料都落在四季酒店，需要对方去处理并退房，她让容淮把助理的微信号告诉她，加完之后顺便把瑞吉的房款也一同结给他了。

不过点开对话框，三千多快的转账他竟然没接收。

荆羡不喜欢欠人人情，慢吞吞地在界面上打字：“徐潇吗？麻烦钱收一下。”

很快，对方显示正在输入中。

荆羡耐心等了一会儿。

闹市区的红绿灯口，接近一分钟的红灯读秒完毕，她低头。

还在输入中。

荆羡：“？”

Reborn：“记在公司账上了。”

荆羡特无奈：“不用，你要不收我一会儿当面现金给了哈。”

对方没回。

荆羡何时受过这种怠慢，火起来就想把这个装相的小子给删了，打开车窗吹了会儿风，好不容易冷静了，她又试探：“对了，一会儿你们老板来不来？”

这次他回得很快。

Reborn：“七点有会。”

荆羡放下心来，再没了负担，报了包厢号后被服务员领着上了三楼。

很古风的一家中式餐厅，竹帘流水，突出一个文人雅意。

荆羡推门进去，见白婧、老钱他们几个都到了，一堆人围在一张异常气派的红木圆桌旁，正品着巫山毛尖聊天。

见她进来，他们不约而同抬头打招呼，唯独陈舒妍低头摆弄手机，一声不吭。

白婧笑着打圆场：“Cici 啊，这回你徒弟完全是照着你的模板操作，直接当狗仔杀到纽约，缠到对方点头，有你当年的味了吧。”

陈舒妍嗤笑：“什么徒弟，我可没收过。”

荆羡：“……”

陈舒妍又抬头看她一眼，手推了下隔壁座位，有点粗鲁但又像是故意为她拉开椅子：“站着干吗，以为我们欺侮你一个新人呢。”

尽管很隐晦，荆羡仍然能感受到微妙的不同。

她甜甜笑了下，听话落座。

没过多久，徐潇也到了，身边还跟了两个管理人员。

《MUSE》这边全组站起，照例是会晤握手寒暄一条龙，再加互相吹捧若干分钟。

最后，服务员上菜才打断了客套。

气氛还不错，中途老钱和徐潇意外发现是老乡，两人热络起来，要了桂花酿，你一杯我一杯。男人们喝多了就开始话多，疯狂说笑话，连带着周遭姑娘们都捂着嘴笑。

酒过三巡，白婧出去接了个电话，回来勾着荆羡的脖子：“和你说个事，你答应我，别喊出声来。”

荆羡茫然点头。

白婧压低声：“特巧一事，封面组的今天也在这儿吃饭，说是为一个大人物洗尘，你知道是谁吧？”

Orino！

荆羡猛地站起。

整桌人都愣愣地盯着她。

老钱大着舌头：“我说荆妹妹……怎么啦？”

荆羡艰难地咽了口唾沫：“没事。”

她心脏跳得厉害，转过头掐着白婧的手：“组长，我能过去吗？没别的意思，我就想要个签名，我昨天还拍了照片，如果他能替我看看……”

白婧拍了下她的脑门：“他们那边快散了，你过去装偶遇吧。”

荆羡还能说什么，道谢的话都来不及说，一溜烟窜出去了。

走道长长，为追求极致意境，两边照明是烛火，中间还有个露天水池，风过来，火光忽明忽暗。

荆羡在拐角的洗手间边上安安静静等着，双眼发亮，肾上腺素狂飙，像个即将看到“爱豆”的追星少女。

半晌，不远处的包间有人推门而出。

个子很高，黑衣黑裤，冷峻轮廓，裸露的左手背上有奇异图腾的刺青。

荆羡压住尖叫。

可能是因为太激动了，她刚要冲刺就重心不稳差点跌倒，好不容易稳住身形……

身后传来一声冷笑。

荆羡回头。

洗手台边上站了位漂亮青年，正慢条斯理地擦干手，漆黑的眸透过镜子同她对视。

“真有意思。”他讲话的调调阴恻恻，“怎么看你一副要冲到别人怀里的模样。”

这人神出鬼没，不知道从哪儿冒出来的。

容淮盯了她一会儿，又俯身关上水龙头，随后单手撑着洗手台，面朝着她，却没再说话。

像是在等她回答。

可荆羡哪有心思陪他周旋，她迷茫岁月里的救世主正疾步从前边不远处往大门走，她的视线跟着那个高大的背影，腿不受控制，急急朝那边跟过去。

刚迈出一步，手腕就被人扯住。

“荆羡。”

他念她名字的语气变得耐人寻味。

荆羡挣扎未果，短短几秒工夫，再回头去找 Orino，眼睁睁瞅着对方上了辆商务车，后边洋洋洒洒的封面组同事们站了一排，百分百热情地挥手告别。

追星之夜梦碎于此。

她气到良好的礼仪都抛诸脑后，抬脚狠狠地踩他鞋面上，唯一自由的那只手指着他的鼻尖：“你有病是不是？”

容淮没躲，把人又往自己这边带了些，压着嗓子：“怎么不回答？”

荆羡瞪着他。

男人肤色冷白，鸦羽一般的长睫半垂着，像蝴蝶翅膀，随着慢吞吞眨眼的频率在香薰烛火下扑簌。

他像是有着极好的耐心，手劲不轻不重，恰好圈着她的腕骨，一副要耗到天荒地老的模样。

荆羡服了：“你到底要干吗？”她有些惶惶地瞥了眼尽头的包厢，怕被组里的人看到他们这样纠缠。

好不容易获得工作上的肯定，若是被撞见这场景，指不定就会落下“原来是靠出卖身体美色走捷径”的印象。

其实也就僵持了不到一分钟。

这姑娘耳朵都红了，眼里一团雾气，嘴唇用力抿着，酒窝若隐若现，连发火都带了点蛊惑人心的味道。

叫人止不住就心软。

容淮叹气，松开她："说两句，放你回去。"

荆羡揉着隐约泛红的手腕："说什么？"她火气根本没降下来，冷着眉眼，"我给你发的短消息你应该看到了吧，留学太久中文是否退步得厉害，需要我给你解释一遍什么叫'以后不必联系'吗？"

这似乎是重逢之后她说的最长的一段话。

可惜不怎么动听。

他勾了勾唇，盯着她纤细白嫩的尾指，底部一圈淡淡的白，显然是长期佩戴饰品留下的痕迹。

容淮想到前阵子几乎丧失理智拍下的那颗天价蓝钻，他顶着切割工匠们匪夷所思的目光强行要求镶嵌在那廉价的银戒指上……

真不知何时才能不留缝隙地套住那根精致的手指。

荆羡一直忍受着莫名其妙的冷场，抬眸却被男人眼里那种狂热的侵略感吓到，她退一步，心里发毛："我先回去了。"

容淮也不急，不紧不慢跟着。

荆羡走至包厢前，调整了下呼吸，准备开门时，男人清瘦的手从后边越过她的腰肢，先一步压在了门把手上。

他微微俯下身，贴近她耳边："那人是谁？"

姿势不算太暧昧，他保持了恰到好处的距离，然而这依旧算是个背后壁咚。荆羡头皮发麻，很想怼一句"关你屁事"，又怕他在这里发疯，只能选择轻描淡写："是一个摄影师，我很喜欢他的作品。"

脸皮厚的那一方总能占到便宜。

"原来是这样。"容淮风轻云淡地笑笑，让开位置。

荆羡心里一万个后悔来赴宴，真的，明明现在才八点多，说好七点的会，按照工作狂属性哪可能一个多小时就结束了？

她有绝对的理由怀疑徐潇在微信里说谎。

一念及此，她开门后就给酒桌上穿着格纹衬衫的四眼青年飞了个眼刀。

徐潇喝在兴头上，压根儿没注意到她的来势汹汹，还以为荆羡是提醒自己Boss降临。他忙不迭站起，稳住飘飞的思绪，恭恭敬敬拉开主位的椅子："容先生。"

运营部的哼哈二将，大黄小黄也跟着打招呼。

《MUSE》众人意识到是青鹭药业的CEO，都停了筷子。

漂亮到不像话的年轻男人顶着全场注目礼，很稀松平常地客套："抱歉，临时公事缠身来迟了，我自罚三杯。"

白酒入喉，仰起的侧颜线条凛冽，喉结滚动，全场寂静，连隐约的吞咽声都那么性感。

在场诸位，除了制药公司员工，人均犯病。

陈舒妍最夸张，原本正倒茶呢，这会儿都溢出了还没发现，桌布湿了一大块。

荆羡早就习惯了，当年三中的小姑娘们聚在篮球馆，尖叫声可以掀翻整个天花板。她自然落座，不留痕迹地轻撞了下Cici的手肘，后者如梦初醒，连忙尴尬地扯了纸巾擦拭。

白婧年岁较长，惊艳过后也就罢了，起身握手："想不到容总这么年轻。这回我们的专题访谈多亏您这边支持，在纽约给您添了不少麻烦，我替我的组员给您赔个不是。"

容淮："不会，荆小姐很专业。"

荆羡听到这个称呼眼皮跳了下，再转过去看他。男人态度平淡，眉眼间疏离有度，同她对视时清清冷冷，哪里还有先前那副狂热变态的模样。

装不认识。

挺好。

荆羡舒坦了，坐在位置上低调用餐，圆桌盘转到面前时顺手夹两筷，偶尔话题波及到自己就礼貌笑笑。

她很尽责地扮演与世无争的新人，就连确认采访稿内容，都没插话，安安静静地听白婧发表意见。

蹊跷的是，容淮也不怎么开口，他像是忘了主动邀约这顿饭的真正目的，压根儿没在意稿件，全权委托徐潇处理了。

这顿饭因为中途大人物的加入，变得格外漫长，一直到十点来钟才散场。

知道晚上免不了喝酒应酬，大家都没开车。

夜露凝重，白婧一帮人站在马路边瑟瑟发抖，但凡时尚杂志里混的都有要风度不要温度的通病，基本没人愿意穿毛衣秋裤徒添臃肿。

荆羡还好点，过膝长筒靴勉勉强强御寒，可怜老钱脸都紫了："组长啊，不是说有下一摊吗？赶紧打车，我人都凉了。"

陈舒妍就穿了条皮裙和呢子短外套，控制不住地打哆嗦："坚持一下，我叫的滴滴马上到了。"

白婧强装镇定："别急，合作方的人还没出来呢。"

比起他们这边堪比路有冻死骨的惨状，青鹭药业那边就好多了，员工们里头西装革履，外头人手羽绒服。

容淮出来得迟一些。

说来奇怪，可能上天都眷顾这样的美人，明明套了件瞧上去也没几分厚度的大衣，硬是气质斐然。

积石如玉，列松如翠。

他站在门口，目光若有似无越过人群，远远眺过来。

荆羡也不知道他在搜寻个什么劲，干脆眼不见为净，抱着双臂背过身去。

以为是一场宾主尽欢的寻常商务宴席，临到结束就该你好我也好地各回各家各找各妈，怎料白婧突然灵魂发问："容总，我们一会儿去酒吧，您要是没安排的话，要不要一起？"

荆羡直接瞳孔地震，恨不能当场捂住她的嘴。

可恨的是，钱超故和陈舒妍也应和了两句："对啊，刚才都没喝尽兴，这回我们做东。"

荆羡："……"

讲道理，《MUSE》的几位或许在初见时被容淮的外貌给惊到，但这邀约其实大部分就是生意场上的套路，随口一问而已。

心里有鬼的只有荆羡。

她又僵硬地扭转脖子，冷飕飕地瞪着容淮。

他迎着她的目光，唇畔扬起不怀好意的弧度：“那就恭敬不如从命。”

荆羡无语。

半晌，陈舒妍叫的车来了。

荆羡怕位置不够沦落到和那位同车，这会儿也顾不上小车后排坐三人的拥挤，强行挤上了车。

司机也不太爽硬拉四个人的分量，油钱也是钱嘛，更何况其中一个男人还酒气冲天，于是说：“后面那辆别克和你们一起的吧，分一个人过去呗。”

荆羡头也没抬：“你开车吧，多加你十块。”

司机立马闭嘴了。

白婧坐正中，半眯着眼休息，半晌想到什么，拍拍隔壁人的腿：“我看那容总人挺好的，你怎么会在纽约和他处得不愉快？”

荆羡词穷。

陈舒妍接话：“正常啊，年纪轻轻又长成这样，估计眼高于顶，可能实际脾气挺臭的。”

荆羡对她的好感噌噌往上涨：“舒妍姐说得太对了。”

陈舒妍哼哼：“别拍马屁了。”这回她倒是没驳斥姐姐妹妹的称呼，“姐教你一点，遇到长得好看的男人，千万别太当回事，其实男人都犯贱。”

老钱回头，醉眼蒙眬：“确实，我是挺贱的。”

三个姑娘愣了几秒，同时笑作一堆。

车程很近，不过十几分钟的路途。

这边有一家临城最出名的PUB，叫Standing night。白婧是熟客，先前打了电话就搞定了包间，装修服务都是上流水准，不过价格也很离谱，酒水饮料即便在那儿买，也要收额外的开瓶费。

夜店不用多说，散桌闹腾，DJ热浪，音乐还算合适，没到震耳欲聋的份上，恰到好处地调动气氛。

一行人进了包厢。

液晶八十寸屏幕，音响功放，话筒筛子，还有玩真心话大冒险的转盘。

老钱先行吐槽：“这不就是个KTV嘛，还不如外面刺激。”

白婧耸肩：“有贵客在，不开包厢不合适吧。”

服务生陆陆续续送了果盘零食和饮料进来，啤酒足足有三箱，荆羡顶不住：“我不能喝的，要那么多，你们行不行？”

“行。”徐潇推门，完美接话。

老钱给他比了个大拇指，两人二话不说直接摇骰子开干。

沙发呈L形，荆羡坐在凸出部分的设备台附近，充当小妹帮他们点歌。她这个位置很合适，既不会看到容淮，又能分心刷刷手机。

男人们大多聊天，唱歌的人就陈舒妍和白婧，两人嗨到不行，半首一换，十足麦霸属性。

钱超故被徐潇灌得七荤八素，骰子根本玩不过他，找了个由头撤出战场：“你们两个有完没完？来，该我表演了。”

荆羡把位置让给他，往旁边挪了点。

白婧满脸嫌弃，捂着耳朵：“救命，他又要唱《小情歌》了。”

《小情歌》。

荆羡旋开矿泉水瓶的动作停住。

等到熟悉的前奏响起，她终于拧开了瓶盖，灌了一口凉水。

然而第一句歌词流泻时，她又觉得嘴里的水凉得厉害，像是有块无法消融的冰，流过食道侵蚀胃壁。

她真的不愿意想起。

十七岁，她曾贸贸然冲到九班的聚会里，厚着脸皮跟他表白：“容同学，我给你唱一首《小情歌》吧？”

那时全场起哄。

他就似笑非笑看着她，语气懒散：“你走错包厢了吧。”

同一年的夏天，她知晓了他的秘密，强拉着他要礼物，在同样的包厢里，耳边伴着的依然是这首背景音乐。

荆羡浑身不自在。

撇去回忆，这一刻，她很清楚地感知到，眼下正有个人，隔了长长的沙发，直勾勾地看着她。

眼光肆无忌惮。

不知是谁递过来一杯酒，荆羡忘了滴酒不沾的禁忌，接过来抿了口，一首歌听到高潮部分，她把满满当当的扎啤喝掉了大半。

又坐了一会儿，像是再也难以忍受，荆羡站起：“失陪一下，去趟洗手间。”

她在洗手间里磨蹭了几分钟，接了捧水敷面，感到脸颊通红头渐渐发晕。

她酒量一直不好，过去大概一瓶啤酒的量，但不确认到底能喝多少，因为每次醉了就不省人事，喝多喝少都断片，荆焱曾经严重警告过她，不允许喝酒。

兴许会发酒疯?

荆羡揉揉脖子，决定呼吸新鲜空气清醒下。

这家 PUB 算沿街的独栋商铺，上下五层，她推开安全通道，爬到顶层。

夜色暗沉，天台风大。

不知几时下了小雨，淅淅沥沥，原本上头经营的室外派对都收摊了。

荆羡怕出什么事故，就规规矩矩地坐在中间的圆凳子上，坐了半刻，心快得要跳出来，知道大约真要醉了，干脆趴到了桌上。

不知过了多久，朦朦胧胧，雨停了。

身子很冷，但控制不了。

慢慢地，像是有一团火靠近，她凭本能依偎过去。

容淮看着怀里的姑娘，皱眉：“喝了多少？”

她睁开眼，眼眸湿润，里头水光潋滟，明明带着醉意，话语却很清醒：“四分之三杯。”

容淮静静看着她：“醉了没？”

“不知道。”荆羡一边说着，一边人往下滑。

容淮被气笑，掐着腰把小姑娘提上来，她软趴趴地窝在他颈窝，很乖，动也不动。

他替她拨开耳边的发，又问一句：“你手机锁屏密码多少？”

荆羡：“2333。”

他叹口气。

确实醉了。

她喝醉的模样可以记入史册，知无不言言无不尽，没有思考能力，全凭知识库作答。

像个可爱又没有任何防备的机器人。

大众认知里，真正喝醉酒的人应该是什么模样？

有人倒头就睡，有人泪腺发达，撒泼打滚的亦不占少数，要论稀罕的种类，也听闻过突然性格大变的亲吻狂魔，或者暴力基因觉醒的拆家特工队。

可惜大多都充斥着啼笑皆非的尴尬，落入旁人眼里，更是洋相百出。

万千丑态里，容淮身边的这位姑娘绝对是最清新脱俗的独一份。

她既不闹，也没吐，雾蒙蒙的眼睛半睁，安安静静地靠着车窗。酒精未曾晕染玉白肤色，只有眼尾泛着红晕，眨眼的频率也很规定，慢慢悠悠，像是困了又不肯睡去。

单论外表，绝无可能判断她的神志。

至少前边那位上了年纪的司机就没看出来，车子启动一会儿，他望向后视镜：“小姑娘，我中控坏了，帮个忙，把窗摇上，外边快零度了。”

其实窗户就留了道细缝，估计是上位客人开的，无奈架不住临城的冬夜太猛，车身行进时总有冷风窜入。

司机问完，等了几秒，没人作答，也没见任何动作。

荆羡还一动不动歪着头，一副神游天外的开小差状态。

“抱歉，她喝多了。”容淮伸手，覆上她纤弱的肩膀，也没使多大力，就把人带到了自己这一边，随即俯身，摇上了窗。

对上司机半信半疑的眼神，他也没解释太多，垂眸看着怀里的姑娘。

她没有半分抗拒地趴在他胸口，呼吸绵软，细嫩的手指无意识扒拉着他的领口，发间有柑橘和焦糖混在一块的甜腻香气。

久违的味道。

从高中起，似乎就未曾变过。

他难得恍惚，手绕了绕，轻轻捏住她的发圈，一点点往下褪。

黑发如瀑散落，酥酥麻麻擦过他的掌心，有部分半掩住她的颊侧，更添几分楚楚动人。

她像是有些不舒服，又往他颈侧贴近一些。

容淮：“难受？”

她声音很轻，面对问题依旧回答得一板一眼：“不难受。”

他唇畔轻扬。

从重逢到现在，她在面对他时，哪回不是横眉冷目，明艳恣意，一点没吝啬千金大小姐的脾气。若非有求于他，怕是连话都不愿意说一句。

能像眼下这般乖顺如小猫，若非醉了，绝无可能。

容淮把视线收回，转而看向另一侧，窗外路灯光影让玻璃上的倒影变得模糊虚幻，他眯着眼，仿若看到了当年的自己。

浑浑噩噩的躯壳，内里充斥着梦魇和阴暗。

他眨了下眼，再一瞬，少年形象如烟散去，变为如今现实里的青年。

清润无边的眉眼，看似外表光风霁月，实则一如既往地扭曲病态。

若说唯一的改变……

容淮低头，笑意加深，手指温柔又放肆地绕着她的发尾，一圈一圈，缠得紧密不分。

唯一的改变大约是更卑鄙了些。

当然，卑鄙并没有什么不好。

午夜出租车穿梭过中心地带，上了绕城高速，司机无意间瞥一眼后排乘客，莫名有些惶惶。

这位漂亮到不可思议的青年，用一种只能出现在变态犯罪电影里的眼神，凝视着他怀里看起来不太聪明的茫然姑娘。

司机咽了口唾沫："你女朋友家住得蛮远哦？"

容淮淡淡"嗯"了声。

司机干笑："之前听你问她住哪儿，看来才刚交往哦？"

这话就有些故意打探隐私的味儿了。

容淮掀了掀眼皮："不是你想的那样。"他是惯会伪装的人，眉眼舒展些许，又是斯文温和的上进青年模样。

他慢条斯理地解释："目前还没追到。"

司机"哦哦"应和，听小年轻这么说，回忆当初热血青春，彻底来了兴致，一路上滔滔不绝，干脆把年少轻狂那会儿的泡妞秘籍都透底了。

容淮没怎么听，有一搭没一搭地闲聊，稍有些敷衍，但也没坏他人的热情。

临下车前，他多给了一百块，当作从郊区回市中心的空车费。

司机喜笑颜开，从驾驶座探出脑袋，疯狂地挥手："祝有情人早日终成眷属。"

"当然。"他很轻地笑了声。

晓风荷月这公寓的地理位置实在太偏，周遭没有任何住宅楼盘，配套是开发商为了去化率强行配置的，超市、幼儿园外加私人医院。

听上去还不错，不过这会儿过了零点也没营业，只有孤零零的三栋公寓楼住户星星点点亮着灯。

门口值班的保安挺严谨，额外登记了容淮的身份证，又仔细询问："荆小姐，他是你的朋友吗？"

荆羡机械一般抬头，茫茫然看了眼男人，随后坚定道："不是。"

容淮："……"

保安警惕起来："这位先生，我们这里有规章制度，如果没有业主授权，您不能进小区。”

容淮皱眉：“等会儿。”

他是真的有点头疼，这姑娘现在喝多了就像个诚实小精灵，绝不扯谎，在她的认知范围内，估计自己的角色应该是仇人。

或者，老死不相往来的陌生人。

“荆羡。”他叹口气，轻轻捏着她的下巴，换了种方式，“我是你的高中校友，对吧？”

她迟疑两秒，一板一眼：“对。”

容淮重新面对保安，扬了下眉，后者点点头，又额外留了他的联系方式，最后还义正词严地警告说每栋楼每个楼层都装了监控。

他的耐性终于宣告破产，面无表情：“是吗，那挺好。”

此刻庆幸的是荆羡还能走路，尽管前行路线略微歪歪扭扭，至少没让他像个搂着昏迷妹子的跟踪狂。

已经过了一个多钟头，说不定酒也醒了那么一两分。

两人一前一后进了电梯。

容淮问了楼层摁下，电梯门将将要合拢之际，又进来了一对夫妻。

男的相当粗鲁，伸脚拦截，一边嘴里不干不净地骂骂咧咧：“和你说最后一遍，赶紧找地方搬家，这里一个月三千物业费，还不算房租，死八婆房东把我当冤大头呢。”

女的唯唯诺诺地跟在后面：“我会想办法的，但是我们才刚住进来，合约没满，押金……”眼瞅着电梯里还有外人，她把话掐断了。

男的突然怒不可遏，指着老婆的鼻尖破口大骂：“装什么阔太太？几斤几两自己不知道？住高档小区，你住得起吗？有那个野心怎么不出去工作？天天在家里让老子养你，废物东西。”

女的没再辩驳，捂着脸小声啜泣。

容淮冷眼看着，把分不清状况的小姑娘圈在角落。

他厌恶这些似曾相似的争吵，那会令他想到地狱一般的童年，只不过曾经的父亲充当了眼前女人的角色，举步维艰，小心翼翼讨好，却得不到任何回应。

他看着“18”和“19”两个相邻亮起的楼层，愈加嫌恶。

等到十八楼的门一开，他迅速拉她离开。

房子装了沉浸感应式系统，一进门，灯光音乐以及各个区域的电力设施启动，按照主人的喜好开始运作。

舒缓的 Blue Jazz 悠扬响起，空气里还有清冽的甜柑橘香气。

荆羡被他抱到沙发上，大概是感觉到了家的熟悉温暖，她表情不若之前迷茫，闭着眼睛，面容恬淡。

容淮：“困了没？”

荆羡：“嗯。”

“晚点睡。”他俯下身，拧了热毛巾想帮她擦脸，无奈这小姑娘脸上的妆容远看不浓，近距离瞧着却是全副武装。

他迟疑着在她闪着珠光的眼皮上抹去。

香槟色眼影膏和并不防水的黑色眼线立马糊在了一起，比黑眼圈更搞笑一点。

再擦口红，也是如此惨烈。

容淮没辙，转而去浴室。

结果在PSI实验室里面对庞大的基因库和数据分析眉头都没皱一下的天才，这会儿面对台板上的瓶瓶罐罐，硬是分不清哪个是能拿来卸妆的。

荆羡不太清醒，被他强势又无奈地固定在沙发上，面对不断肆虐的毛巾，脸颊都被擦得泛红。

她没了乖巧温顺，挣扎着抗议："疼。"

容淮："……"

算了。

他叹口气，喂她喝了点温水，怕抱上楼把人折腾精神了，干脆去卧室取了枕头被子。

伺候完这娇小姐，容淮抬手，把灯都关了。

屋子里一片漆黑，没了光亮，他反而更适应些。

背靠着沙发，容淮支着腿坐在地毯上，摸出手机处理公务，邮件密密麻麻，他回了两封，近在咫尺间的小姑娘咕哝一声，滚过来。

温热的脸颊贴着他的后背。

隔了一层衬衫，触感依然清晰。

他缓缓放下手机，望着不远处厨房天花板上忽明忽暗的烟雾传感器。

过了很久。

他轻轻笑了声："荆羡，戒指呢？"

她没睡着，大脑皮层还沉浸在醉酒后遗症里。

"丢了。"她小声回应。

月光没能驱散黑暗，只微弱落在容淮的侧脸，他垂着眸子，漫不经心把玩着她的尾指："为什么丢了？"

她像是困极，嗓音含含糊糊：

"因为不重要。"

可他分明听清了。

说不清是何种滋味，这回答明明在意料之中，却依然叫他足足怔了一分钟。

黑暗里，他自嘲地勾了勾唇，眼底有隐约的不甘和疯狂，转瞬即逝。

忽而，楼上住客闹腾。

瓶子砸碎的响声和女人凄厉的尖叫透过不算厚的楼板，吵吵嚷嚷，一刻不停。

容淮冷着脸站起，穿过客厅推开房门。

电梯里，他平静地摁下"19"这一数字。

门铃响了半刻钟，凶神恶煞的男主人终于拉开门，手里一把矮凳甩出去："你找死……"

容淮歪了下头，一脚踹在他膝盖上，男人跪倒，刚抬头又被揪着头发，往墙上狠狠撞去。

就一下，虎背熊腰的汉子晕了。

被丈夫打得鼻青脸肿的女人哭着跟出来，看着眉间阴鸷的青年，浑身发抖。

容淮笑了笑：“有纸吗？”

“我、我去拿。”女人连忙进屋，半晌哆哆嗦嗦地递过去湿巾。

“这房我租了。”他卷高袖口，擦着手上的血迹，语气很平淡，“麻烦您现在给房东打电话。”

第四章

缠人的角色对调

次日一早，碧空万里，天色带着雨后初霁的明艳。

荆羡卷了长发，脚踩高跟鞋，一改清晨起来时的宿醉颓势，一副完美女神的姿态，成功在打卡危险区内进了公司电梯。

这个点永远最坑人，赶不上电梯的话注定迟到。

她难得厚脸皮，顶着外头一圈型男型女的怨念目光，左右手拎着咖啡和贝果圈，强行挤入。

轿厢里混着时尚界人士的各色香水，并不好闻。

荆羡站最前边，脸对着门的缝隙，妄图呼吸其实根本不存在的新鲜空气。

电梯几乎每一层都停，缓慢又冗长，性子急的人已经开始长吁短叹，间或夹杂着一两声不爽的啧啧。

荆羡也挺痛苦，主要是她这过敏性鼻子顶不住黑鸦片和第五大道等知名香水的强烈攻击。她眼睛盯着楼层指示灯，恨不能用念力帮忙加速。

不过在场诸位，封面组的编辑们才是最煎熬的。

荆羡听到她们窃窃私语，用一种糅合着焦虑和期待的复杂腔调——

“完了，欧神几点到？”

“再三分钟。”

“主编呢？”

“早就在了。”

荆羡回过神，那两位包臀裙的姑娘已然在电梯门开的第一瞬冲了出去。

十七层是专门的道具拍摄场地。

荆羡愣了片刻，后知后觉意识到她们口中的欧神就是 Orino，心念一动，脚步也跟着往外走。

她心思飘了，都没注意到门快合拢，幸好有人拉了她一把。

“你不是白婧那组的吗？”好心的姑娘冲着她挑了挑眉，面上带着了然的笑意，“回去跟你们组长请个假，早点来占位置，多的是迷弟迷妹来朝圣。”

这么夸张的吗?

都用上“朝圣”这个词了……

荆羡礼貌道谢，心中压力倍增。

须臾，二十八楼到达。

荆羡步出，扫一眼，她们那个角的办公区域空荡荡，就白婧一人正歪在座位上。

白组长显然也没什么精神，撑着下巴，眉梢眼角都充斥着困意。

她把咖啡和贝果圈递上：“组长早。”

白婧接过，抿了一口黑咖啡续命，一边叹气：“昨晚什么情况啊？我给你打了那么多电话，你倒好，发个消息说不舒服就撤了。”

荆羡的这段记忆完全是空白的。

最后有印象的画面是自己在 standing night 的天台上睡迷糊了。

她当然也惴惴不安，谁知道在没有意识的情况下到底发生了什么事，早上醒来，餐桌上压着的便利纸解释了一切——

放心，你最担心的事没发生。

清隽有力的字迹，些微潦草又飘逸的风格，完全就是某些人漫不经心的 style。

就凭借这么一行字，荆羡便能想象到他嘴角含笑眉眼含着嘲弄的模样。

说实话她挺怄气的，气到都不想追究前因后果，中间所有过程都变得无关紧要，最后基于对方毕竟送她回家的事实，硬邦邦敲了一条谢谢的短信。

当然，他也压根儿没回。

荆羡轻哼了声。

白婧不是很理解这姑娘突如其来的冷哼：“怎么，我让你不高兴了？”

荆羡：“没有，是我酒量太差了。”

白婧打了个泪汪汪的哈欠，叹息：“青鹭药业那帮人太能喝了，我还以为搞药物研发的没这么离谱呢，老钱和 Cici 都趴下了，上午齐齐请假。”

说到这里，她话语顿了顿，像是突然想到什么。

“对了，他们容总中途也说有事……”

荆羡心惊肉跳，面上兀自镇定不显：“嗯，我打车的时候见到有人来接他。”

白婧显然也是随口说的，并没在意这个巧合，高跟鞋在地毯上轻轻踩了踩：“下边，有你朝思暮想的偶像，还磨蹭什么呢你。”

“组长！”荆羡没忍住，用力搂了她一下，接着就是百米冲刺。

Orino，直译猎户座，夜空中最闪亮的 β 星，位于其中。

如今已不单单是一个天文学名词，十二年前，少年横空出世，用一组日夜更替的光影照片，在国外的社交媒体上走红。

他很神秘，却又不刻意故弄玄虚。

介绍也就简简单单一句话——

Welcome to my kingdom, let me hear your cheers :)

欢迎来到我的王国，请尽情欢呼。

狂得很，但他确实有资本傲，不但拿奖无数，更被媒体誉为最会用镜头说话的男人。

个人主页上没有关于自己的照片，全是天涯海角的瑰丽影像。可能是行迹飘忽了些，偶然为商业杂志拍一期特刊露面后，总有乱七八糟的传言流出。

有说脾气古怪不好伺候，有说精明吝啬漫天要价。

总之负面消息也挺多。

但关于外貌的消息，寥寥无几。

荆羡自从无意间在纽约参加那次展览之后，就迷上了他的作品，当然也曾好奇过这位大神究竟是何模样，结果搜了半天只发现他手背上蔷薇刺青的特写。

昨晚在包厢外匆匆一瞥，黑灯瞎火，也没看清什么，依稀记得他个子很高。

荆羡充满了好奇。

眼下，她站在十七楼电梯口，里头并未传出夸张的尖叫抑或抽气声，可光从姑娘们捂着嘴交头接耳的含羞模样，就能判断欧神的颜值。

荆羡走近，男人背对着她，长腿交叠，很洒脱的姿势倚着摄影棚的隔断，为了找一个好的角度，重心歪在一边。

长指不断摁着快门，伴随着闪光灯，他的嗓音像润了橄榄的马汀尼，低醇又性感："这样很美。"

素来恃才傲物的影后，对人轻易不假以辞色，怎料换个光景，在他面前就成了含苞待放的郁金香，羞答答娇滴滴，转着裙摆绽放笑容。

有人惊叹。

"中文那么好！"

"看长相就知道了，亚欧混血。"

荆羡这会儿倒不在意这人的皮囊了，她一直在研究他的器材设备，可惜站得不够近判断不了。大部分围观群众都站摄影棚侧面，她转而找一个斜角，从这个角度可以看到相机连接在数码屏幕上的取景画面。

她越看，越着迷。

真是清奇的构图思维，调动模特的情绪也很棒，他从不吝啬赞美，话不多，但关键词组足以让人脸红心热。

本以为是一场大制作大成本的拍摄，末了一个钟头就结束，还没影后化妆做造型的时间长。

荆羡看着他同工作人员握手，而后亲自收拾器材，擦拭镜头的模样如对待心爱的姑娘，小心翼翼呵护备至。

半晌，主编出来赶人："今天放假是不是？"

一屋子编辑和助理们便作鸟兽散了。

荆羡最磨蹭，一直到大部队撤场都还站在原地未动，直到主编飞了个眼刀子过来，才依依不舍地挪了半步，边走边回头。

恰好，Orino 也侧过脸来。

他当然很英俊，四分之一法国混血，漆黑的发，眼眸是迷人的浅琥珀色，鼻梁高挺，轮廓分明，笑起来透着股玩世不恭的味道。

四目相对，男人很明显愣了愣。

荆羡像个手足无措的小姑娘，不知道怎么和"爱豆"打招呼，憋了半天才小声道："你好，欧神，我是你粉丝。"

说完，她自己都被尬到，恨不得原地去世。

主编不愿底层员工得罪贵客，扫了眼荆羡的工牌，连名带姓喊她的名字，警告意味浓厚。

"没事。"Orino 解围，"我想和她聊一会儿，可以吗？"

天降馅饼，荆羡傻了。

十分钟后，她和她的信仰之光面对面坐在楼下的咖啡馆里，距离不过咫尺。

荆羡活了二十五年，头一回那么紧张。她有太多想做的事了，比如签名，比如合影，比如请他点评一番近些年自己拍摄的作品。

想得太多，就容易卡顿。

反倒是对方先行开场：“我们是不是在哪里见过？”

这台词为何如此像粗制滥造的搭讪。

多年拒绝追求者们的套路让荆羡下意识回了句“在你梦里吧”，话从嘴边冲出，成功让气氛变得更尴尬。

Orino 眯着眼笑，而后微俯下身，手背抵着唇，像是遇到什么特别好玩的事儿，难以抑制地笑出声来。

荆羡：“……”

“抱歉。”他抿了口水，收敛笑意，“我真记得你，好多年了，应该是在巴黎街头。”

荆羡茫然。

Orino 翻出手机，打开特殊相册。

屏幕翻转，他指尖抵着，轻轻推过去。

“是你吗？”

车水马龙的繁华街道正中，有位身着红色洋装的少女，静静驻足望向钟楼，周遭一切景物虚无，唯有她的侧脸定格在镜头里。

照片很清晰，看得出是相机导入的原像素。

荆羡凑得很近，近到都能看清当时脸上的落寞和孤寂。

尽管构图的中心在钟楼的白鸽上，但架不住少女那身红衣太显眼了。

荆羡不得不承认，他将自己拍得很美。

“是我。”

Orino 挑了下眉：“感谢命运之神降临。”

对上小姑娘疑惑的眼神，他耐心解释：“周末我在市美术馆有一场个人作品展，所有展出的照片都会售出，货款将全部捐给非洲慈善基金项目。”

他点点屏幕，无奈地勾了勾唇：“现在这张，因为无意间侵犯到你的肖像权，我一直矛盾要不要列入参展。”

荆羡怎么忍心让偶像为难。

“我这边没问题。”

“Vraiment？”他激动到母语都冒出来，漂亮的眼睛里满是神采，又用中文问了一遍，“真的？”

荆羡点头：“不过有个请求，您能不能帮我弄一张入场券，我也想去看看您的作品……”顺便把那张照片买下。

要说心无芥蒂那是不可能的，谁愿意把自个儿照片挂别人家墙壁上？

哪怕构图里头她就占了一个角落的画面，那也不行。

要被什么乌七八糟的猥琐男或者土大款买走……

荆羡光想想就硌硬。

Orino 很爽快，把一票难求的东西直接翻倍给了荆羡，之后互留了联系方式，社交平台互关，甚至陪她在咖啡馆坐了一上午，细细看完了她这些年拍摄的全部照片。

荆羡这一天就像活在梦里。

晚上，宁瑶忍着鸡皮疙瘩听完她的讲述，义正词严地在电话那头下了定论：“他绝对想泡你！”

荆羡：“滚蛋！别侮辱我和我爱豆之间纯真的感情。”

宁瑶冷笑：“走着瞧吧。”

荆羡不以为意，挂完电话仍然没顶住美滋滋冒泡的幸福感，在朋友圈编辑文字：“原来欧神好久之前就拍过我的照片，还送我两张摄影展的入场券，呜呜呜，妈妈，我要粉他一辈子。”

配图顺便放了马赛克处理的钟楼红衣少女照。

她发完没多久，手机振了一下。

显示 Reborn 发来微信。

“入场券可否割爱？”

荆羡觉得徐潇这人可真够厚脸皮的，她爱豆送的东西，她凭什么匀一张出来，两人又不熟。

荆羡回得绝情：“没门。”

他没动静了。

过了一会儿，又是一条。

Reborn：“是我朋友重病之后唯一的愿望。”

荆羡：“……”

这年头为了张票可真是无所不用其极。

她想到上回纽约四季酒店的钱他也没收，脑子里搜寻一圈确实身边也没人能陪着去看展，纠结半天决定还他人情了。

荆羡：“便宜你了，什么时候来拿？”

Reborn：“现在。”

狂风大作的深夜，徐潇加完班后开了一个多小时的车，按完门铃后接过票，欲言又止地看着她。

荆羡：“你干吗一副苦大仇深的表情？不高兴就还我。”

徐潇强颜欢笑：“高兴，高兴坏了。”

荆羡挥挥手：“两清了哈，以后别每天半夜三更盯着我的朋友圈，这样很变态知道吗？”

徐潇深吸了口气：“我……”他面色青红交接，一副便秘的神情，最终转过身，脚步死狗一般离开了。

五天后的周末。

荆羡睡到自然醒，梳妆打扮妥当后，驾车前往市美术馆。

时间尚早，里头的人不多。

荆羡绕了一圈，没找到自己那张照片，她不信邪，又转了很久，全场所有展品俱在，唯有她的那张不翼而飞。

很明显，回廊拐角处的那个空处应该就是原本的红衣少女图。

明明位置也不起眼，难道一大早就有买家?

荆羡无奈求助美术馆的工作人员。

对方很明确："是的，九点开馆，九点零五分就成交了。"

荆羡都不知道该用什么形容词来描述此刻的心情。

本来是特别美好的一个周末，她化了全妆，换了新的高跟鞋，甚至连包包都精心搭配过，就为了好好感受一段关于欧神的心灵之旅。

三十多幅照片，她可以花一个上午细细品味，末了还能把自己影像出现过的那一幅买下作纪念品收藏。

可以说全部流程她都设想好了，结果临门差一脚，最关键的一环居然掉链子。

荆羡在那个空白位置杵了半天，实在不甘心："冒昧问一句，成交的客户……"

她想问对方的具体信息，话说一半察觉到自己的唐突，硬生生改口："我是真的喜欢 Orino 的《钟楼白鸽》，请问那位先生或者女士还在这里吗？"

"已经离开了。"工作人员谨慎避开荆大小姐挖的性别坑，礼貌道，"您可以再瞧瞧其他的。"

荆羡："……"

是男是女都无法得知，茫茫人海，何处找寻。

荆羡摇摇头回到展厅入口，她也不愿纠结太久，毕竟是欧神的专展，上一回有幸参加都是四五年前的事了。

时间宝贵，美术馆一点之后便要为下月的伦敦拍卖会造势，这场摄影展只持续到中午。

室内禁止拍摄录影，她只能选择用眼睛代替镜头记录。慢悠悠欣赏完第一横排，她在拐角处的作品前驻足。

眼前是相当具有冲击力的画面，大雨初晴后的向日葵花田，金色花瓣沾染水珠，勃勃生气跃然纸上。

她几乎沉浸在这扑面而来的蓬勃朝气里，直到耳边有细细的嗓音传来——

"真漂亮。"

荆羡扭头，看到一对母女。

说话的是个七八岁的小女孩，面色蜡黄，坐在轮椅上，露出的手背上有透明的留置针。衣着朴素的母亲扶着椅背站在女儿身后，眼眶微红满脸憔悴。

荆羡视线下移，明显能看到小女孩高高隆起的病态肚子，与纤瘦四肢完全不符。

再看宽大毛衣领口里头，一截病号服的蓝白色泽。

荆羡意识到对方应该是得了重病，心生怜悯，不由得蹲下身去软着嗓子："你觉得哪里漂亮？"

小女孩眨了眨眼："它们都开得很好看，而且会永远那么好看。"

荆羡同她对视，温柔地笑了笑："你也和它们一样好看，如果你好好吃药乖乖听医生的话，就会变得更好看。"

小女孩沉默，过了良久垂下脑袋："可我已经没办法再开花了。"

闻言，荆羡喉咙酸涩，一时竟不知如何安慰。

轮椅后早生华发的母亲背过身去，抹了把眼泪，调整好情绪后她才轻轻开口：“抱歉，影响姑娘你看展的心情了。”

荆羡连忙道：“没有，怎么会。”

中年女人笑了笑，推着轮椅缓缓走开。

荆羡盯着她们的背影，没再唐突打扰，临走前，她买下了两幅特别心仪的作品。

工作人员请她签完字后，又问了一遍：“您这边确认是要将《希望》转赠给那边场馆里的客人对吗？”

荆羡点头：“嗯，不必说是我送的。”

“我们绝对保密。”工作人员恭敬递回黑卡，“那您的《阿波利斯宫殿》因为框架重裱，需要等待一周，请留下联系方式和地址，届时我们会提早和您约定送货时间。”

荆羡写完晓风和月的公寓门牌号，又望了眼那对母女，而后步出美术馆。

外头晴空当日，她的心情却不复来时那般璀璨。

她没经历过身边亲人生老病死，没法真正意义上去体会这种深入骨髓之痛。

荆羡想了一路，回家午睡时，迷迷糊糊又梦到了高三那年的暴雨夜。

漆黑阴暗的房间，最多不过四个平方米，少年面无表情地坐在窗前，原本就不牢靠的玻璃早就岌岌可危，被狂风一吹，小块往下落，部分擦过他的脸颊颈侧，划开血痕。

她不明白发生了什么，茫茫然进门，刚靠近就被他用力拽住手腕。

他从未用那样一种眼神看过她，带着陌生和寒意，甚至还有些许迁怒的憎恶。

“你为什么多管闲事？”他说。

荆羡不明白自己到底做错了什么，只是愈加疼痛的腕骨让她忍不住抽泣。

少年最终收手，目光阴鸷地在她脸上扫了一圈，冷笑一声，推门而去。

那一夜，她在楼下惶惶不安，伴着雷声轰鸣，尝到人生中头一回的心碎滋味。

当然，接下来还有头一回高烧，头一回住院，头一回被遣送出国的重重惊喜在等待着她。

梦境里，荆羡走马观花一般看完虐心全程，醒来后，她睁眼望着天花板，心里倒不怎么难过，只莫名浮现一个念头……

好像那天就是他爸去世的日子。

荆羡叹口气，她这一天的心因为那对母女的关系，变得格外柔软，往常梦到这些乱七八糟的总要痛骂一通，今日暂且作罢。

周末两日，荆羡并未休息好。

楼上那户吵架夫妇最近似乎准备搬家，整夜都是家具拖动声，搅得她无法入眠。

估摸着两天差不多，荆羡忍了忍没跟物业反应，不过周一早上去公司时还是被人看出来状态不佳。

陈舒妍的反应最直接，丢过来一支遮瑕膏：“黑眼圈吓死人。”

荆羡道谢，翻开桌上的镜子，弄了一点液体到指腹，抹开后小心翼翼地补妆。

半晌，白婧从主编办公室出来，高跟鞋踩得震天响，显然心情不佳：“服了，我真服了，鸡蛋里挑骨头，更年期到了。”

白组长最后一句话可是大不敬。

荆羡和陈舒妍互相交换个眼神，都没吭声。

“怎么了？”老钱依依不舍地从他的股票界面挪开视线，“咱们这版面上周五不是过了吗？”

白婧把临时组装的样刊摔到桌上，压着嗓门发火：“谁知道怎么了，之前说可以，现在又指出人物专访没有照片，不伦不类，说要补拍摄！”

荆羡怔住，艰难道：“补青鹭药业 CEO 的照片？”

白婧“嗯”一声，双手抱胸坐在工位椅上转了一圈，目光试探性地从三人脸上划过。

“别，我约不了。”陈舒妍率先投降，“我之前在科研基地楼下跟孙子似的，姓容的小子正眼都没瞧过我一眼。”

老钱叹息：“专访都要追到纽约才勉为其难点头的大佬，现在要人家特地抽空来《MUSE》拍照……组长你该不会认为吃顿饭咱们就能攀上交情了吧。”

“我要你们两个什么用？！”白婧给了两位下属一人一个眼刀子，转而充满希冀地盯着荆羡。

荆羡：“……”

她是资历最浅的新人，根本没资格对领导说不，再退一步，这个项目从头到尾都是她跟的，她确实有责任处理好。

荆羡没什么底气地摸出手机：“我试试吧。”

白婧拍拍她的肩膀，指挥陈舒妍现在立刻约档期有空的商业摄影师。

荆羡走到楼道，给容淮的助理打电话。

徐潇听完来龙去脉，表示爱莫能助：“荆小姐，今天是周一，容先生上午在医院有门诊，一般他和病人相处时我们是不好打扰的。”

荆羡头疼：“可是我们真的很急，能不能帮帮忙。”

徐潇对容淮有一种天生的敬畏感，即便面对美人苦苦相求也不为所动，一口回绝：“不好意思，要不你自己给他发个消息吧。”

荆羡失望地应了声，挂电话前，她想到什么，倏然发问：“你朋友有没有在 Orino 的展会上买下作品？”

徐潇蒙了：“什么玩意儿？”

过了五秒，他反应过来：“哦哦哦，我朋友啊，我这两天没和他联系呢。”

话落，荆羡被强制断线。

她愣了很久，听着听筒里的嘟嘟声，觉得有点蹊跷，但这时候也没空闲推敲，她还有正事儿要办。

荆羡点开某个号码的短消息界面。

最近两条，一条是她说以后别联系的狠话，一条是她敷衍感谢对方送自己回家的谢谢。

风水轮流转，自己打自己的脸，太疼了。

荆羡苦巴巴地皱着眉头，一个字一个字慢吞吞在键盘上敲：

“这两天有空吗？”

“能不能约你做个拍摄？可以不拍正脸。”

她发完，思忖半刻，又忍气吞声加了一句——

“帮帮忙。”

荆羡火急火燎点了发送，立马把手机锁屏，真的，太丢脸了，她都不敢想象八年后她要这么低三下四地继续求一个当年理都不理她的负心汉。

她在过道的落地窗前站了一个小时，从十分钟瞄一眼到后边眼睛一眨不眨地盯着。

对方犹如石沉大海，半点回应都没。

荆羡在拨号键上迟疑许久，最终姗姗来迟的自尊心不允许她摁下去。

她放弃了。

回到工位，无须多言，白婧从小姑娘的表情上就能猜到结果，她烦躁地扒拉两下头发：“哎，没事，容总的联系方式给我，我来试试。”

荆羡其实没有容淮的公务手机号，她手里的，只是高中那会儿的老号码。

当然，只要能联系上，随便哪个号码都可以。

白婧用自己手机拨了一个，提示对方已关机，她试了两遍不行，又用座机号码打，结果是一样的。

白组长疑惑：“不应该啊，这种成功人士会让手机联络不上？”

“天要亡我，天要亡我啊。”白婧急得来回踱步，须臾隔壁组的对她打了个响指，她立马往主编室走，“我先去开会了，有消息及时反馈。”

荆羡点头。

白婧的焦虑传染给了整组人，大家都有点不在状态。

荆羡在工位上心不在焉搜下期的选题，没能静下心来，反倒让暖气吹得脸颊滚烫。

她实在坐不住，起身下楼，准备去街对面买几杯咖啡。

差不多是午餐时间，整栋商务楼的白领都倾巢出动，这条街上车水马龙，闹腾得紧。

等红绿灯期间，荆羡盯着手机屏幕，联想方才白婧怎么都拨不通的窘状，有些迟疑地摁下了通话键。

等待音漫长。

良久，男人清润淡然的嗓音响起：“喂？”

荆羡大概没意料到电话能接通，明明方才还是关机状态的，她脑子一热，脱口而出：“你没关机吗？”

他没回答，周遭环境音嘈杂，有小孩子大哭大闹的尖叫声，还有女性焦急催促的“容医生”三字。

他略带敷衍：“你的消息晚点看。”

“那你记得回我一下。”荆羡也不好意思继续打扰他，乖乖把电话挂了。

晚上九点来钟，白婧等人早就心灰意冷撤了，唯独她很执拗地喝完三杯咖啡，在绝望之前，望眼欲穿的短信总算如救世主一般降临——

“十点半前到。”

荆羡猛然站起，连忙给白婧汇报情况，临时拍摄没法约摄影师，她决定亲自上阵。

封面组的人正好还没下班，在做后期修图，荆羡在得到白婧首肯后去十七楼借了摄影棚顺便借了几件道具。

正在摆弄时，Orino 的来电没有征兆地降临。

荆羡差点把手机都给摔了。

“欧神。”

“刚从封面组下去的姑娘是你吗？”

荆羡惊讶：“你还在《MUSE》？”

Orino：“对，我晚上刚结束一个临时拍摄，你呢，抱着相机去哪儿？”

荆羡如实说了晚上要拍摄云云，对方开玩笑一般说要来现场观摩。

现、场、观、摩!

荆羡人傻了，说白了其实就是亲自指导，她几乎不敢相信天上馅饼能掉两次。直到那位中法混血的迷人帅哥隔着玻璃门冲她挑了挑眉，她才恍若梦境地挥手。

摄影师和专业指导大神都就位了，模特却迟迟未到。

Orino 这样的咖位何时等过人？他都有些等困了，指指一旁的台球桌“玩玩？”

荆羡摸摸鼻子：“我不会。”

“我教你。”Orino 兀自抽了两根台球杆，在她边上摆了一个撞球的动作，“你先弯下腰去。”

荆羡跟着模仿，但她确实这方面没什么天赋，姿势惨不忍睹。

“你别动。”Orino 摇摇头，帮忙调整。

然而他的手还没碰到荆羡的肩膀，那近在咫尺的美人儿就被外力拉到了一边。

长眉漆目的俊秀青年不知何时出现，一手占有欲颇强地掐着怀中姑娘的腰，一手轻轻松松从 Orino 手里抽走了台球杆，语气相当挑衅：“我跟你来一局。”

两男一女，套路挺熟悉，要搁在黄金档偶像剧里，那就是妥妥的修罗场。

荆羡垂头，目光在腰间那只手上徘徊两秒，再上移到男人的脸。

这人明明唇畔含笑，眉宇间却阴骛一片。

她有很久没见过他这副模样了，思绪有片刻恍惚。

高中那会儿同龄的男生们热衷于惹是生非，打个篮球能为场地闹，上个网吧能为游戏怒，一言不合就能从口角上升到武力。

偏偏容淮是个异类，身边上蹿下跳怂恿的小弟一大堆，他半句没在意，烦了给个眼神，那帮热血少年瞬间就蔫菜了。

在她的记忆里，他所有的阴暗几乎都倾泻在国王之夜的地下拳场里，在学校里总一副困倦模样，像个漫不经心的过客。

唯有一次圣诞，她壮着胆子偷偷跟到他家，在楼道里被皮条客缠上。

她看着那道紧闭的房门，真以为当时他不会管自己，直到那只恶心的手擦过她发间，快要触碰到脸上……

短短两分钟，英雄被迫救美的戏码告一段落。

当时的少年也是这般，笑不及眼底，一边勾着唇一边用力箍着她的腰，嗓音冷得要命：“你真可以。”

他的火气仿佛都倾注在她腰间，她吃痛却不敢喊，小声辩驳："我知道你不会让他欺负我。"

"你还挺有归属感。"他盯着她，一脚踩在地上那位的手上，冷笑，"确实，自动送上门的东西，那也是我的东西。"

我的东西，别人碰不得。

荆羡装作听不懂他的轻慢，只从书包里把亲手做的饭盒拿出来，塞一个鸡蛋卷到少年的嘴边。

难吃得要命。

他意兴阑珊地嚼了几口，不过脸上的阴霾，终究是散了些。

荆羡后来还在晚自习上和宁瑶把全过程事件分析了一遍，最后脸红心跳得出一致结论——她应该不是单箭头了。

少女怀春的年纪，总是自作多情夸张一些。

荆羡在高中毕业好多年后，才明白，有时候男人的占有欲，真是来得莫名其妙，和喜不喜欢你其实并没有多大关系。

就譬如八年后的今天。

荆羡的视线在容淮的脸上短暂停留两秒，碍于欠他人情的面子，没当面甩开，只暗示意味浓厚地扫了眼某人放在她腰间的手。

潜台词相当明显——

你这宣示主权的姿势是几个意思，还不快给本小姐撒开。

容淮："抱歉，刚看你没站稳。"

他收回手，绕了台球桌半圈，指尖捻着巧克，慢条斯理地擦了擦杆头，抬眸："怎么玩？"

没有自我介绍，也没有温和的开场白，Orino 对上他略带阴冷的笑容，还有什么不明白。

都是男人，有些东西心照不宣。

Orino 扬了扬眉："中式？美式？花式？"

容淮："随便。"

"入乡随俗，中式八球，三局两胜。"Orino 耸肩，拿了三角框摆球，顺手抛了白球过去，"你来开。"

容淮："可以。"

荆羡坐在一旁，为一会儿即将开始的拍摄工作调试相机。她拧开小广角镜头，半眯着眼，准备先给今晚的模特试试样片。

取景框里，容淮伏在桌面，脊背笔直，腰线劲窄，衬衫袖口被他随意挽到小臂间，从指间到肩膀，无一不美妙。

荆羡虽然早就对他的美貌免疫，但这会儿男人偏着头瞄准的模样，确实有些犯规。

尤其在 35mm 的焦距作用下，他连睫毛落在鼻梁间的阴影，都为这无声的性感锦上添花。

摄影本能驱使，荆羡拒绝不了这样的美人，她很精准捕捉到他撞球的一瞬，咔咔咔咔连摁了四下快门。

白球撞击十五色，打着旋儿横冲直撞，看起来毫无规律，也不知是否运气加成，1号球、3号球、12号球都落了袋。

1号球至7号球为纯色，9号球到15号球有白边，两边都得把自己挑选的花色打完，再打入黑8，则获胜。

按照惯例，开球者若是单双两色都进了的话得选一个类别。

Orino：“单，双？”

容淮吹了下杆头上的枪粉，口气淡淡的：“无论我选哪个，这局都轮不到你表演了。”

Orino：“……”

狂！

就硬狂！

怎么有人嚣张成这样。

Orino收起笑意，抱臂立于对边，斗志一旦被激发，就很难压下去。他看着对方颗颗落袋，从一开始的不以为然，到中途的临阵以待，再到手心冒汗。

台面上剩了最终的黑8号。

白球贴着库边，黑球和一大堆单色堵死在角落。

Orino摊手：“Well，看来你运气不好。”

“是吗？”容淮笑笑，撑着手指调整低杆位，停了半晌，他击出时拉高后手，玩了个花样。

白球跃起，跳过障碍，擦到黑8，几乎是垂直落袋的距离，完成绝杀。

Orino：“……这也可以？”

容淮：“斯诺克不行，但玩中式跳杆不违规。”他嘴角弧度微扬，一扫阴霾，面上表情虽不显，但漆黑眼眸里势在必得的光怎么都掩不住。

荆羡突然觉得这人其实挺幼稚。

十点半了，她看了下墙壁上的挂钟，耐着性子看他们又摆了一盘，这回轮到Orino发挥了。

老实说，欧神的台球技术比起摄影毫不逊色，杆稳力足，枪枪都是计划好的，白球回位也是指哪儿落哪儿，相当专业。

区区十五分钟而已，场上比分成了平局。

这该死的胜负欲让两人骑虎难下，毕竟第三盘开球谁先来就意味着成为最后赢家。

荆羡叹气，走到容淮边上抽掉他的杆子：“快十一点了，工作要紧。”她把球杆放回到架子上，又去看Orino，“拜托了欧神，让我先拍，回头你俩想打多久都成。”

这场球局本就是为了荆羡才临时起意，此刻女主角要求提早散场，其余二位又怎会有意见。

容淮先行去了摄影棚。

Orino帮她调了下焦距，询问：“是人物刊？”

荆羡点头：“对。”

“那别用这个了，换50mm标准镜吧，配合你采访的内容，出来效果会更自然。”Orino 弄完，对着她照了一张，又翻到容淮打球的画面，“你看，原本有些拉长，现在好一些。”

荆羡凑过去，惊喜：“真的哎！”

讨论到专业的话题，两人兴趣都很浓厚，一个愿教一个虚心求学，距离不自觉拉得有些近。

俊男美女，天造地设一般，画面相当养眼。

容淮面无表情等了会儿，站起，敲了敲玻璃：“不是赶时间？”

荆羡一贯知道这人耐性少得可怜，也不敢再耽搁下去，捧着相机一路小跑进去。她器械玩得很熟练，打光板、八角伞、灯架几分钟就调试完毕。

Orino 找了个角落盘腿坐下：“你开始吧，有什么问题随时找我。”

荆羡“嗯”了声，拿了瓶定型喷雾，走到模特面前：“不化妆，稍微把头发弄弄行不行？”

容淮插兜，脸色不太好看，但也没拒绝。

荆羡顺杆子爬得飞快，倒了点矿泉水在手心，将他额前的黑发朝后撩，然后挡住他的眼睛，简单喷了两下。

他其实还算配合，就连她从道具组那儿弄的斯文败类必备款眼镜都戴了。

荆羡指挥他侧过去：“你坐着就好了，我来调角度。”

专访照片是最简单的，不需要摆花里胡哨的姿势，也不用人物特别配合去摆夸张表情。

架不住有人全场神色冷冽，浓浓大佬气场。

荆羡拍了两张，无奈：“你能不能稍微就是……”她用两只手的指尖摁在嘴边，往上提了提，“高兴一点，可以吗？”

容淮掀了掀眼皮：“抱歉，我不习惯拍照时有人围观。”

荆羡：“……”

“明白了。”Orino 耸肩，很识趣地先行离开。

事实上这也没什么，有些时候拍摄需要特别集中注意力，就会只留一个摄影师和模特。

在追求好作品的前提下，什么都可以牺牲。

可是这对荆羡来说，却意味着失去了一次被名师当面指导的机会。她往外追了两步，挽留的话卡在嘴里，又硬生生停住脚步。

容淮瞧着她依依不舍望眼欲穿的模样，冷嗤：“分开一小会儿都舍不得？”

荆羡没解释，她心里有些火大，嘴唇抿着，动作生硬地摆弄打光板。

接下来全程，她再没开过口，没让他笑也没让他动，反正拍半身侧颜而已，不用那么多讲究。

接近午夜，摄影棚里异常安静，除了闪光灯的响动，就只有快门的声音。

容淮也没意愿打破沉默，偶尔看着镜头，清清冷冷的目光，不带任何情绪。

这大概是《MUSE》史上模特和摄影师最尴尬的一回。

幸好只折磨了一个小时就告一段落。

荆羡抱着相机查阅照片，确认无误后：“收工。”想了想，她别扭地伸出手，相当客套地开口，“谢谢容总百忙之中抽空配合，我这边还要加班修片，就不送您下楼了。”

她纤白的手在空中悬停。

良久，没有回应。

容淮：“不必勉强。”

荆羡猛地缩回手，深吸一口气，脸都涨红了，对着楼道摆了个慢走不送的姿势：“您请吧。”

两人不欢而散。

荆羡活这么大，就没几个人敢给她这种气受，哪怕是荆焱都没当面怼过她。她的人生本该锦衣玉食一帆风顺，说是天之娇女也不为过，然而中途出了分岔路，就是因为这个人。

偏偏这个人阴魂不散，命运像发了疯一般，拼命为他俩创造机遇。

荆羡拿着马克笔，在白纸上写下容淮的名字，连画了好几个力透纸背的大叉才平复心情。

她喝了口水，投入到工作里。

第一回的单独任务，不容有失，荆羡当然想得到组长肯定，后期方面更不敢掉以轻心。她在电脑前，就为了两张照片，从选片调色到修细节，足足花了三个小时。

凌晨四点，她打包成果，发出邮件。

松懈下来后疲劳感一下就上来了，荆羡本来犹豫要不要在公司凑合一晚，后来实在过不了洁癖这关，还是选择拿了车钥匙下楼。

空无一人的地下室，空荡阴寒。

她裹紧外套，疾步朝着车的方向走。

她的法拉利刚好在坡道出口附近，白天停在那儿的时候，还挺明亮。这会儿也不知怎么回事，上头的灯大约是坏了，唯有微弱月光把可见度拉到尚能容忍的范畴内。

模模糊糊地，她看到有个颀长身影，倚在车旁边的立柱边，黑暗里有一点猩红，忽明忽暗。

空气里有散开的尼古丁味道，隔了三米远依然能闻见。

不知道这个人抽着烟，在这里等了多久。

荆羡停住脚步，没再往前走，她骨子里就是个怕黑怕鬼的小姑娘，遇到类似的场景都能往恐怖电影里带。

荆羡咽了口唾沫，转而往坡道跑。

身后很快传来动静，她吓得尖叫，没跑两步就被扣住手腕，再一扯，被摁在墙壁上。

月光下，她看清了男人俊秀无双的脸。

荆羡一脚踹在他小腿胫骨上：“你有病？”

容淮没躲，吃痛皱了下眉：“没想吓你。”

荆羡气急：“没想吓我你躲在那里不出声，没想吓我你还在后面追！你是不是变态？”她挣扎着扭动手腕，结果再度被毫不留情镇压。

她突然就委屈了，熬了一晚上夜，受尽了这个男人的坏脾气，现在还要继续承受他心血来潮的逗弄。

“我要回家。”她吸吸鼻子，垂着脑袋，小声又执拗地重复，“我要回家。”

容淮轻轻捏着她的下巴往上抬：“你还委屈上了？”

荆羡恨恨地瞪着他。

“你要搞清楚，该委屈的人是谁。”他俯下身，指腹惩罚一般摁着她的嘴角，“我推了会议，撤了饭局，饿到现在滴水未进，你在那里和别人卿卿我我，合适吗？”

算算时间，荆羡差不多有二十个小时没合眼了，这对不习惯熬夜追求美容觉的她来说，已经到了身体的极限。

精神亦同样疲惫，方才被他这么一吓，一惊一乍，这会儿伴着狂跳的心，脑子里一片混乱。荆羡没精力去分辨他字里行间的深意，全凭本能反驳道：“什么卿卿我我，你别乱说。”

他沉默半晌，很轻地笑了声，掐着她下巴的手又往上抬了抬。

荆羡被迫同他四目相对。

月光下，男人眼眸幽深，里头有她看不懂的危险讯号。

荆羡后知后觉地意识到两人暧昧的距离，她慢吞吞地眨了下眼，忽而冒出一个诡异的想法，然后，也没怎么思考，就顺着说出来了：

“你该不会在吃醋吧？”

要搁平日，她是绝对不会往这方面想的，但今天不行，今天她太累了，懒得去猜男人的动机，直接就把明面上最合理的可能性给爆了。

兵出险招有奇效。

她说完，下巴处那微凉的手指居然移开了。

荆羡愣了两秒，抬头，他侧着脸，睫毛低垂，光线实在不好，分不清他脸上的神色。

良久，容淮转过来，语气有些轻佻：“你觉得呢？”

他这副模样，像极了在嘲弄她的自作多情。

荆羡皱眉，扭了下依旧没得到自由的手腕，说话冲起来：“所以，你等到几乎天亮都不肯回去，只是为了等我下班，跟我抱怨没吃饭没喝水，这么看，青鹭药业的首席执行官还挺闲的。”

容淮笑了笑，顺着她的话茬：“确实。”他勾了勾唇，似是自嘲地重复，“确实挺离谱的。”

荆羡没来得及发表意见，又被他带着往车那边走，她头皮发麻：“哥哥你能不能放过我，我想回去睡觉，我明天还要上班的。”

她这声哥哥是无意喊的，也没怎么拖腔拿调，但在有回音的地下室里，尾音被拉长，跟撒娇也没什么两样。

容淮脚步顿停。

荆羡差点撞上他的肩膀，反射性跟着停下。

他松开她的手，插着裤兜，绕到副驾驶，扶着车顶，慢条斯理地道：“哥哥没开车来，你送一下吧。”

荆羡：“……”

至今为止，她见过他温文尔雅的医生装扮，也重温过其年少时的乖张狠戾，其余时间的印象里，他大多淡漠自持，惜字如金。

眼下这么无赖，确实是第一次。

荆羡一时三刻词穷，怕耗下去真要天亮了，她叹口气，解锁了车门。

幸好上车后他没再继续扮演纨绔子弟的调调，淡淡提了句小心驾驶，又开始摸出手机处理公务。

一路无话。

车内开了暖气，合适的室温让荆羡神情愈加萎靡，叫她差点忘了隔壁还坐了个人。

红绿灯口，她才如梦似醒侧过脸去。

“抱歉，我好像开到晓风和月那个方向了，你家住哪儿来着？”她泪眼蒙眬地打个哈欠。

容淮没搭腔，迅速瞥一眼后视镜，确定远处没有同方向车流后，打开车门下去。

荆羡反应慢一拍，看着他走到自己这边。

容淮：“出来，换个位置。”

等了几秒，见她没反应，他不耐烦：“要我抱？”

荆羡很清楚，这人一直都不是什么正人君子，至少在面对她时，行动大于一切。

当然，她确实困得厉害，很难保证中途会不会睡过去。

荆羡推开车门，乖乖坐上了副驾驶座。

原本的乘客莫名其妙成了代驾司机，她挣扎了一分钟，实在没顶住，老老实实把座椅放倒，歪着身子闭上眼睛。

容淮刻意压了车速，百米加速四秒不到的法拉利憋屈保持在 50 码以下，毫无速度与激情可言。

一小时后，天色乌黑。

车子驶入晓风和月的地下车库停稳，他瞥一眼睡颜甜美的姑娘，呼吸绵长，显然好梦正酣。

手机振动提醒待处理事宜——六点半有纽约风投资金的对接会。

他摁掉提示，心知肚明这会儿就该出发了，毕竟公寓和双星楼一南一北，相距五十多公里，约莫四十五分钟车程。

可惜。

容淮垂眸轻叹。

公私不分真是件要命的事。

荆羡被叫醒时还迷迷糊糊的，除了思绪飘忽，起床气也很暴躁。

她这毛病这辈子都改不了，躺在座椅上一动没动，看着车里的液晶屏，臭着张脸：“六点。”

容淮：“上去睡。”

荆羡瞪着他，硬邦邦地重复：“才六点。”

容淮气笑了，也没跟矫情鬼大小姐解释开会迟到的事儿，直接把人从车里抱出来。

倒是没用扛米袋的姿势，但也不是什么温柔绅士的公主抱，荆羡被他一只手托着，跟抱小孩一般。

然而他面色不改，甚至还能空出一只手去摁电梯。

一切都发生得很快，没到荆羡发飙，容淮已经把她放下了。

荆羡张了张嘴，想骂他，电梯门合了一半，余光只瞄到他的衣角。

空气里传来男人轻描淡写的嗓音："车借一下。"

荆羡倒是无所谓，反正荆焱之前还给她配了司机，有辆迈巴赫随叫随到，也不耽误她晚些时候上班。

她其实就睡了两个多钟头，睡眠不足的滋味懂的都懂，太阳穴狂跳，头晕目眩。

荆羡好不容易撑到十八楼，硬是凭着二十五岁女人的超绝毅力卸妆护肤，趴到床上后给白婧发消息——

"组长，照片发你邮箱了，另外我上午请假半天，请批准。"

又发了个流泪的小表情后，她丢开手机，很快沉入梦乡。

风投会不算顺利，从七点开始，连轴转了十二个小时，漫长繁复各式论证和来回拉扯，简直能把人的心态彻底搞崩。

万幸的是，结果还算凑合。

除了先前福尔南迪的五亿美金，又额外获得 B 轮融资。

参会人员基本元气大伤，长时间脑力活动下，精气神都给灭了大半。

青鹭制药难得今日无人加班，无论是制药本部，抑或实验室，开完会无一例外都回家了。

双星楼的灯火寥寥无几，唯有容淮的办公室还亮着灯。

两个年轻男人，背对落地窗，长身而立。

个子稍矮的那位装不过五秒，双手撑着玻璃，哀号一声："淮哥，快骂醒我，我放着朝九晚五的银行高管不做，跳槽到你这儿受难来了。"

能叫淮哥这个称号的，除了当年九班那几个浑小子，还有谁。

高中一别，八年了。

李晋还是那副嬉皮笑脸的模样，唯一改变的大概是曾经的娃娃脸上多了青色胡楂，叫他瞧上去成熟了些。

容淮倚着墙，神情放松："现在滚回去还来得及。"

"我开玩笑的。"李晋扯松领带，瘫倒在沙发上，语调吊儿郎当，"你知道我念书那会儿的梦想是什么？"

容淮点了根烟，没接茬，他知道这话痨一个人也能发挥得很好。

果然，李晋回忆往昔，无限感慨："当时我就想着，跟在你后边，称霸校门口的洛柏巷，让十九中的渣渣们见到我们都跪着喊爷。

"后来你退学，连公共篮球场都有人闹事，压不住了。

"我没了信仰，被我妈逼着念书。

"对了，你去瑞士留学期间，邵忠知道我俩联系上后，还偷偷哭过。"

容淮挑眉："哭？"

李晋笑出声来："他说你没把他当小弟，心里只有我，他不想活了。"

容淮也没忍住，翘着嘴角："傻子。"

这声"傻子"，感觉又让李晋回到了十七岁那年的午后。

三中体育场的长椅上，自己和薛安阳双排游戏，邵忠去食堂买饭回来，一口一个淮爹，大佬盖着书躺在后边，听得烦了，也是这种懒懒散散的调调，随口骂他一句。

李晋捂着眼，笑起来：“淮哥，我的青春回来了。”

容淮难得恍惚：“他现在做什么？”

李晋：“这小子当兵三年，前阵子退伍回来，开了个小酒吧，在市区那儿。”说到这里，他坐起身来，试探，“要不……我们晚上聚聚？”

容淮拿了外套：“走吧。”

李晋事先没打招呼，为的就是惊喜。

长大成人后的世界很复杂，工作、压力、感情、家庭什么都烦，彼此间虽然有联系，但除了酒吧开业第一天去捧过场，之后也没特意约过。

算算日子，快半年没见了。

李晋翻出聊天记录，找到当时邵忠发来的定位，报给出租车司机。

地方不算好找，在一个幽深小巷的尽头。

周遭没什么同类别的店，只有几家餐厅在营业。

比起那些大块的广告霓虹灯，它的招牌只能从颜色里下功夫，大红配大绿，又俗又跳。

名字也挺张扬，叫“睡不着”。

容淮扫两眼，心道，看这配色，能睡得着才怪。

晚上九点来钟，时间尚早，里头人不多，三三两两的熟客坐在吧台前，和调酒师闲聊。空气里有淡淡的松木味儿，表演场地圈了一小块，爵士乐队奏着 Blue juzz，别说，还挺雅致。

李晋点了点角落：“那小子又装相呢。”

容淮眺过去。

年轻的老板穿着迷彩裤运动外套，留个寸头，正在给打碎玻璃的黄毛伙计上课，一边还不忘和客人道歉，顺手招来女服务生说这桌额外赠个果盘。

忙完眼前的事儿，他马不停蹄准备赶往后厨，中途听到一声熟悉的嗤笑。

邵忠抬头，对上不远处那位倚着吧台的俊秀青年，他就跟石化了一般，站在原地动弹不得。

容淮笑得散漫，身边的李晋举杯，凌空比了比。

邵忠心都快从喉咙口跳出来了，他甚至跟个白痴似的揉了下眼睛，确认是三中那位太子爷后，他人傻了，做了良久心理建设后才三步并作两步跑过去。

小黄毛屁颠屁颠跟他后边：“忠哥……”

邵忠踹他一脚：“滚一边去，我爹来了。”

“你爹？”小黄毛愣住，“老板你不是父母双亡吗？”

邵忠哪有精力搭理对方，他已经挤到两人中间，一手搭着李晋的肩膀，一手没敢往容淮身上凑，跟个帕金森患者一般，抖个不停。

那么久没见，那句淮爹一点没生疏，喊得百转千回情真意切。

容淮眯着眼笑：“别贫了。”

李晋：“可惜老薛在牛奶国扎根了，不然我们四个都能聚一块，算了，不说这些。”他勾上邵忠的脖子，“怎么着，阿忠，兄弟把你的神请来了，高兴不？”

“我都快疯了！”邵忠猛点头，招呼酒保，“开一瓶路易十三。”

洋酒混着冰块，入喉灼烈。

男人们有着年少时的共同回忆，一起打过架翘过课背过锅罚过站，这种感情，并未随着时间的长河褪色，眼下借着酒劲，反倒愈演愈烈。

邵忠和李晋互相调侃当年的趣事，容淮支额，还和从前一般，有一搭没一搭听他们犯浑。

邵忠：“说起来，高中三年，我最怀念的就是活动课。”

容淮晃了晃酒杯：“怎么？”

李晋掐着嗓子，惟妙惟肖模仿了一段尖叫声：“你懂的吧，无论你当时做什么，运球抑或是投篮，那帮小姑娘都会这样。”

“介于我当时也在场上，四舍五入，就当是为我欢呼了。”邵忠耸肩，半晌情绪激动起来，“对对对，还有那个谁，八班那个初恋女神，不也经常来吗？”

李晋想了想：“我记得，荆羡是不是，感觉她来的时候打球都有劲了。”

容淮顿住。

他真没什么这方面的印象，高中那会儿破事太多，活着就够累了，哪有兴致陪这些女孩子过家家。

后来在校外莫名其妙撞见她的次数多了，偶尔学校里会关注两眼，但小姑娘往往装得清高，和私底下的缠人模样截然不同。

此刻被他们一提，容淮问：“她经常来？”

邵忠：“反正你在，就会来，人不还冲到包厢跟你表白过吗？”

容淮不置可否。

“你不记得了？”李晋环臂抱胸，“传言负心汉最终会得不到真爱，淮哥，千万别像我，因为甩过两任无辜女友已经单身六年了。”

容淮将杯中酒一饮而尽，笑了笑，没说话。

半晌，他放在桌上的手机振起来。

屏幕上显示未读短信——

“我的车不用麻烦送回来，你停在双星楼就行，钥匙给保安，我自取。”

急于撇清关系的态度一目了然。

容淮：“……”

他笑意淡了些，指尖抵着手机，上下把玩，而后一把扣在桌面上。

邵忠和李晋交换了个眼神，两人惯会察言观色，一人一句：

“有难搞的姑娘？”

“兄弟们帮着出出主意？”

容淮掀了掀眼皮：“说。”

“三十六计，试探为上。”邵忠异常自信，“交给我，我给她打电话说你醉了，但凡她有心，就会过来接你。”

李晋狐疑：“行不行啊？”

邵忠冷哼：“哥们儿开酒吧的好吧，装疯卖傻的男男女女见得多了，我帮忙打过的电话没有一百也有五十，你不懂，很多时候就差临门一脚。”

鬼迷心窍。

容淮满上酒，盯着杯里浮浮沉沉的冰块。

“打吧。”

“得令！”邵忠接过手机。

通讯录里就存了一个号码，像是硕果仅存的珍品，存的名字也不寻常，简简单单的一个“1”。

“1”是什么意思？

第一位吗？

邵忠感觉揣摩到了大佬的心思，越发谨慎，他抬手让乐队的演奏声音轻一些，继而拨出了那个号码。

很快，电话通了。

女孩子的声音甜美又疏离：“有事？”

邵忠：“您好，请问是容先生的朋友吗？通话记录里找到了您的联系方式。是这样，容先生在我们店里出了点小状况，您这边方便来接他吗？”

女孩：“什么状况？”

邵忠：“他有点喝多了。”

“关我……”对方像是硬生生刹车收住了两个脏字，转而潇洒道，“不方便，挂了，拜拜。”

如果这世上有后悔药就好了。

邵忠没有一刻如眼下这般懊恼先前的鲁莽，听筒里被挂断的嘟嘟音急促又机械，像在无情嘲讽他的智商。

瞧瞧他都干了些什么。

兄弟重聚的大好日子，他却成功凭一己之力让年少时最敬仰的大佬情感受挫，颜面扫地……

翻车来得猝不及防。

他回忆姑娘挂电话之前那声似是来不及脱口的“关我屁事”，又瞄了眼早就被掐断的通话界面，锁屏默默递了回去。

容淮没碰那个手机，眼眸低垂，吧台的光落在他脸上，衬得肤色越发冷白。

昳丽的眉眼，没了清风朗月的神色伪装后，变得阴郁孤僻，与少年时期如出一辙。

无论过去还是现在，比起邵忠和薛安阳的大大咧咧，李晋才是最心细如发的那一位，尽管大佬面上没什么太多表情，但他依旧能察觉到些微变化。

像是冰面下的裂缝悄然扩张，又像是雪崩前的最后一块落石。

稍有不慎，万劫不复。

李晋不动声色侧过头，凑到调酒师耳边：“这儿再来一轮。”

这时候不用多说什么，是兄弟就陪着干双倍浓度，喝就完事了。

邵忠心里几多愧疚，试图力挽狂澜：“淮爹，就那姑娘说她今晚有特重要的事情，不方便过来，其实我能听出来，她也挺纠结的。”

容淮扫他一眼，平静道：“你开的是免提。”

李晋忍了会儿没忍住，笑出声来，一掌拍在邵忠背上：“成事不足败事有余，行了，闭嘴吧。”

接下来的时间，再无人提起这档事，默契避过不言。

直到中途容淮另一部手机提示有重要消息，他出去回了个电话。

小圆桌只留了李晋和邵忠，两人对视两秒，同样的不可思议眼神出卖了彼此的好奇心。

李晋摇头失笑：“什么样的天仙绝色，居然能让淮哥这样。”他摸了摸下巴，叹道，“我实在想不到，真有姑娘对这样的男人不心动，要我性转一下，绝对一秒钟就投降了。”

“确实。”邵忠表示认同，半晌忽而古怪地盯着他，“莫非这就是你跳槽去青鹭制药的原因？”

李晋忍住揍他的冲动：“滚。”

邵忠干笑：“其实也不好说，现在的妹子眼光特刁钻。我这儿就有个熟客姐姐，单身好久了，坚持找暖男，帅的有钱的统统不要。”

他说到这里，余光瞥到某个缓缓靠近的身影，顿了顿：“完了，背后果然不能议人是非。”

李晋秒懂。

来了个三十岁上下的姐，长卷发大红唇，身材相当正点，手肘撑在桌上的姿势让她胸前的弧度呼之欲出。

这种火辣姐姐，男人基本没有不爱的。

至少李晋顶不住，他都调整好被搭讪的姿势了，结果人正眼都没看他，兀自搭上了邵忠的肩。

“阿忠，外边打电话那个是你朋友啊？介绍下呗。”

邵忠有种被打脸的屈辱感，认真道：“姐，你不是喜欢体贴的吗？”考虑到容淮常年阴沉乖戾的性子，他选择实话实说，“我那朋友脾气不算好。”

李晋补充：“绝对不是暖男。”

火辣姐姐相当耿直：“他都长成那样了，只要不做违法的事我都可以。”

邵忠和李晋同时沉默。

回忆过往，那些送水送情书明里暗里表白的姑娘，无一不是大哭一场收尾，学校灌水 BBS 里顶得最高的帖就是“九班容淮没有心”。

两人没办法，找了个理由说是英年早婚，才把这位姐姐送走。

即便这样，等容淮回座后，酒吧里差不多到了黄金时段，暗送秋波的妹子就没断过。他全然视而不见，懒懒散散的模样，偶尔看一眼未回的消息，再饮一杯酒。

频率有些快。

李晋怀疑这么下去真要醉，赶紧盖住酒瓶：“淮哥。”

容淮笑笑：“先前说到哪儿了？”他支着额，指尖捻着烟盒，像是随口提醒，“啊，八班那个，继续。”

邵忠脑回路简单，不疑有他，顺着往下说：“你们记不记得，有次烧烤摊遇上，荆羡不是和个小白脸在一块嘛，我后来才知道那是她哥，十九中的。”

李晋：“真的？我当时以为她绿了淮哥。”

容淮凉凉地扫他一眼。

李晋改口：“我当时以为她得不到回应，转投别人怀抱了，这么看，女神其实是最长情的一位了。”他丢了颗花生米到嘴里，一边嚼着一边追忆往昔，“淮哥你不声不响退学，人妹子高三都不怎么笑了。”

邵忠：“总之那年，全校男生集体失恋。”

容淮指腹压着打火机齿轮，火光短暂窜起，又熄灭。

他也没点烟，就那么一下下把玩，心不在焉。

小姑娘过去缠得紧，偶尔被他讽刺两句，都能弯着唇，颊边酒窝深深，看他的眼里都是光。

然而过了八年，他却没办法在脑海里刻画出二十五岁的她开心时的面貌。

重逢开始，他没见她笑过。

容淮垂眸，推了下空杯，酒保俯身满上。

邵忠就算再大条都意识到问题了，可他没搞懂，接个电话碰个软钉子而已，又没当面拒绝，这就开始买醉了？

李晋也有同样的困惑。

两人一左一右，默默看着大佬面不改色心不跳地又喝完一轮。

酒量是真的牛，和他们分完一瓶路易十三，又来了三轮双倍浓度的威士忌，如今依旧眼神清明，姿容淡漠，半点没失态。

就在邵忠怀疑这位打算喝到天明时，人站起来了。

容淮：“我有点事。”

他抽了张卡，直接递给后边的服务生，邵忠想阻拦，被他一个眼神摁在原地。

没办法，年少时被支配的恐惧还在。

邵忠没什么气势：“这我的店，我请……”

容淮轻笑：“少说点屁话。”

李晋没给意见，本来他也打算买单的，刚那支路易十三就得小两万，邵忠这店才开了小半年，估计装修费都没回本。

容淮签完字，抬眸：“还想我来就别丧着脸。”

邵忠闭嘴了，安静不到两秒又想问他去哪儿，话没出口腿肚子莫名其妙挨了一脚。

李晋成功让猪队友闭嘴后又嬉皮笑脸道：“淮哥，兄弟挺你。”

容淮扬了扬眉，转身走了。

留下邵忠一个人猜谜语：“什么意思？你为什么要挺他？你别搂着我啊，怎么跟个娘炮似的，老子吐了。”

另一边，南郊，晓风和月。

晚上十点。

荆羡坐在阁楼的秋千上，脚跟点着毛绒长毯晃晃悠悠。

电话那头的宁瑶嗓门大到可以媲美扩音喇叭：“快，长话短说，今晚铁公鸡导演请客吃日料，千载难逢的机会。”

荆羡踟蹰："是这样，我有个朋友……"

宁瑶："你先说这朋友是不是你？这关系到我后面骂不骂脏话。"

荆羡抓了下头发，有些烦躁："不是我，是我朋友，她以前在意的一个男人喝醉了，店家让她去接，她拒绝了。"

宁瑶："没什么槽点啊，以前在意，现在又不在意，管他去死哦。"

"英雄所见略同！"荆羡欣慰点头，半晌又试探，"不过这男的工作上帮过她几次，某种意义上来说，她人情其实没还完，这样会不会有点，呃，你懂我意思吗？"

闻言，宁瑶暴躁起来："天啊，你这朋友脑残片吃多了吧，还人情就得半夜三更去接一个神志不清的男人回家？她是圣母玛利亚转世吗？好一朵纯净无瑕的白莲花。"

荆羡被骂得体无完肤，悻悻抠了下秋千上的绳索，小声辩驳："她没那么想，就是怕万一真出点什么事，到时候会牵连到她。"

宁瑶长叹一声："这男的是孤儿吗？没有别的亲朋好友吗？通讯录那么多人，店家为什么偏偏给你朋友打电话，你可让她长点心吧，多大的人了，还跟个傻子似的吃套路。等着吧，说不定一会儿这男的就会故意装醉来找你朋友了。别到时候被白睡了又哭唧唧。"

荆羡没说话。

宁瑶这话讲得是真的毒，然而她说的也确实句句在理。

荆羡在这一刻，茅塞顿开，很多纠结的点迎刃而解。

当局者迷旁观者清这话果真不假，她抱着听筒，异常温柔："瑶瑶你怎么那么厉害，我替我朋友谢谢你嗷。"

宁瑶抖了一身鸡皮疙瘩，搪塞两句就欢天喜地去吃日料了。

至于荆羡，她在接完酒吧那个电话后，仅有的那一丢丢愧疚心，也在宁瑶的一番痛骂后，彻底抛诸脑后了。

一月中旬，已然深冬，今晚天气预报说会下雪。

荆羡把窗帘拉开，找了个舒舒服服的位置，光腿坐在开了暖气的地板上，随手打开 iPad，边啃零食边欣赏夜景。

往日冬季，临城的雪总像负心汉的承诺，永远叫人失望。

然而今夜到底不一样，午夜未至，纯白晶莹的雪花如上天赏赐的恩泽，点点滴滴，绵延不绝。

荆羡从小在南方长大，没怎么看过雪景，这种兴奋感无可取代，她追剧的兴致都散了，趴到窗玻璃上往外看。

一会儿又想到什么，她急急忙忙跑楼下取相机。

雪夜的美，无法概述，更勿论是这样一场罕见的大雪。她拍了一个多小时，窗沿已经积了一层薄薄的雪。

估摸着有几百张了，荆羡暂时停下，靠着窗翻看照片，顺便删除废片。

她的习惯是从后往前翻。

后边一些都是雪花的细节，仰拍角度，特别美，她挺满意。慢慢翻到最前边，她发现有一张无意中摁到快门的朦胧照，聚焦都没对好，镜头歪了，对着楼底下的花丛。

荆羡狐疑地眯起眼，在拍出来的小区道上，看到了一辆火红色的法拉利。

车旁似乎还靠着个人影。

什么鬼?

荆羡眯起眼，放下相机推开窗。

果真，漫天大雪里，出现了一抹醒目的火红，不就是她的跑车吗？至于人，十八层的高度离地面实在有些悬殊，她无法用肉眼判断。

荆羡转身，拿起冷落许久的手机。

屏幕上有一条孤零零的短信，发送时间是九十分钟之前。

简简单单四个字——

“下来取车。”

荆羡服了，她都有些佩服宁瑶的神机妙算，什么醉酒的男人说不定会再找来，简直同这女人说的如出一辙。

她犹豫良久，给他回了一条：“车钥匙放车顶就好，谢谢。”

荆羡重新捧起相机，换了长焦镜头，下边景色清晰可辨。

雪夜里，男人不知道在那儿站了多久，肤色冻得惨白。她把镜头拉近些，发现他眼睫发间都沾了一点雪，靠在那儿一动不动，像是要和这冰天雪地融为一体。

荆羡盯着他慢动作一般拿出手机，又放回裤兜，没见他取出车钥匙，也没见他有其他动作。

荆羡服了。

苦情戏?

什么渣男?

把她当什么了，真想免费睡?

荆羡气得要死，倏然想到临城今年取消了燃放爆竹条例，心血来潮跑到下边储藏间，把去年没来得及放的烟花都拿出来。

她这小区位置偏，价格高，物业费离谱，入住率都没满百分之五，尤其是她这幢号称楼王的 3 号楼。

算算邻居，一楼有个聋哑老太太，十九楼的夫妻已经搬走，其他楼层全是买了投资没人住的。

为确保万无一失，她没搞那些爆竹，挑了十来样分贝小又足够绚烂的玩意儿。

荆羡站在露台上，冲着楼下喊了一声。

冥冥之中，容淮抬起了头。

一发炽白流星划过，几乎刺痛他的眼，而后在空中缓缓炸开，爆出奇异的景象。

他有片刻诧异，感受到手机振了一下。

他皱着眉，点开短信——

“怕你等得无聊，给你放点好看的，万一不幸冻死，就当是我提前为你放的葬礼彩炮。”

临城的第一场雪，很是低调，选择在午夜时分悄然而至，并未引起太多人的注意。

唯独南郊最偏远的某公寓楼，有一小片夜空染上了狂欢的颜色。

赤金亮白，间或夹杂着闪耀无比的银焰，没什么噪音，却比寻常烟花更闪亮一些，爆开的瞬间会有大片流苏一般的小星星坠尾。

直视之处，只觉目眩神迷。

每一发都很美，然而每一发的间隔时间又有些长，这中途等待的节奏，相当考验人的耐性。

幸好，观众只有一位。

也幸好，燃放烟花的正主压根儿就不关心观众死活。

露台上，荆羡伴着春之声圆舞曲的尾章，缓缓点燃了最后一根小型罗马烛光。

浓重的红，燃着同色系的荧光，像一轮血月高挂夜空。

周遭绵密的雪没能掩盖其光华，可它的存在依旧短暂，尽情灼烧五秒，而后逐渐散去。

一丝痕迹都没留下。

像是一个短暂的幻影。

荆羡托着腮帮子，懒懒散散歪着头欣赏，等到一切归于宁静后，她的眉眼舒展开来。

结束了。

这个红，感觉就像她青葱年少时干过蠢事留下的烙印，如今被雪夜吞噬，意味着什么?

这绝对是吉兆啊!

荆羡舒坦了，原先那些乱七八糟的心情也慢慢沉淀。

她现在一不在意他来的目的，二不关心他在这儿苦等的身体状态。

说是完全淡然处之也不可能。

毕竟荆羡辛辛苦苦点了一晚的火，如今她只想确认，这场幸灾乐祸里带着浓浓讽刺的烟花秀，有没有起到效果。

她趴在露台上朝外探，家里没望远镜，只能选择继续用长焦镜头代替。

讲道理，荆羡已经在脑海中勾勒出男人阴沉着脸的模样了。

可取景框里的容淮。

似乎又不是那么一回事。

他还靠着车门，黑色外套上的积雪薄薄一层，像是从头到尾都没动过。

纤长手指垂着，夹了根烟，似乎点燃后就被遗忘了，上头烟灰长长一段，几乎看不见烟头的猩红。

这人是被气死了吗?

荆羡唇边的弧度逐渐扩大，只恨家里库存不够，不能多给他来几发。她小心调整角度，想看看他是什么表情。

无奈男人低垂着眼，怎么都瞧不清。

荆羡不耐烦地低声催促："抬头抬头抬头抬头。"

兴许念力大法真的有用。

过了半晌。

容淮慢条斯理站直身，一手搭着引擎盖，另一手抬起。

他终于记起了冷落已久的烟，眯着眼，抿一口，而后抬眸。

隔了千山万水，荆羡在取景框里同他无声对视。

说来奇怪，他的视力明明触及不到十八楼的高度，可他直勾勾的眼神，分明就是瞧着镜头。

笑容也很古怪。

荆羡不敢相信他这会儿居然还能笑。

感觉就是遇上了什么好玩的事儿被逗乐，他散漫地勾着唇，一股子痞坏味道。

这表情可太熟悉了，高中那会儿她无数次自以为是的小心机被撞破后，总能见到他这副模样。

荆羡好不容易压下去的火又上头了。

半晌，他晃了下车钥匙，指尖虚虚朝上点了点。

荆羡愣住。

什么意思？

正忐忑间，放在阁楼那边的手机铃声大作，连在手腕上的智能设备提示是白婧的号码，她没辙，只得暂且从露台的战场退出。

白婧属于典型的责任型人格，无论多晚，想到有什么计划没安排好，就会立马筹备。

做她下属苦乐参半，苦的是你很可能会在凌晨三点接到她的电话，乐的是你如果超纲完成任务，那么她批假犒赏的时候也很痛快。

“没睡吧？明天早上九点，你替我去发行部参加一下定稿会，不用发表意见，听着就行，顺便1月的样刊可以取了，你空了送两本去青鹭药业那边。”

短短一个月，荆羡已经培养出社畜的觉悟，很自然地回答：“收到。”

白婧也没什么别的屁话，很干脆收线了。

小插曲完毕，荆羡再回到外边往下望，视野里唯有漫天雪花和跑车，原本静候在旁的男人却没了踪影。

荆羡也没管，公寓楼安保设施这两天又升级了，晚上十点至早上六点，非业主门禁卡不能进出电梯和安全通道。

除非他能飞，不然绝对骚扰不到她。

荆羡懒得再花心思猜测容淮的行踪，她换好睡衣趴在床上，想到白婧先前的嘱咐，给徐潇发了条微信：

“抱歉打扰啦，麻烦明早发一下贵公司的具体地址，1月份样刊要寄过去。”

快凌晨一点，她也没指望徐潇醒着，发送完就把手机丢到一旁。

谁知道没过两秒，屏幕亮起来。

Reborn：“同城？”

荆羡当然懂这两个字背后的隐喻，无非是诧异车程一个小时的地儿还得劳烦快递。

她自己也觉得不太礼貌，毕竟是合作单位，不亲自送总少些诚意。

可转念想到他们Boss是容淮……

荆羡：“嗯，最近我们有点忙，请多担待。”

对方没回。

过了很久，微信姗姗来迟。

Reborn：“你开心就好。”

荆羡看到这行话，睡意全无。她怀疑徐潇是不是跟他们老板处久了，为什么连文字都透着同一股阴阳怪气的调调。

她寻思也没惹过他，上回还送了 Orino 的门票给对方，他凭什么给她气受？

反正也没下回生意了，荆羡臭着脸反击：“确实，不用再看到你老板我超开心。”

她手指摁了发送，差不多一个呼吸的间隔，又火急火燎撤回来。

服了，智商下线。

她跟个无关紧要的人说什么恩怨情仇？

更何况他是容淮的下属，心肯定向着 Boss。

回头他要把话放出去。

什么《MUSE》的小助理公然吐槽青鹭药业首席执行官。

传到白婧耳里，够她喝一壶的了。

荆羡欲盖弥彰：“谢谢，记得明早发下，辛苦。”

Reborn：“？”

Reborn：“我看到了。”

荆羡：“……”

她都不知道该说些什么了。

Reborn：“很恨他？”

荆羡愣住，她有一瞬迟疑。

说恨，谈不上。

但那种绝望苦等的滋味，过了八年之后想起，还是有些难堪。

与其说是恨，不如说是排斥。

不想见到他，不想回忆那个愚蠢的自己。

不过话说回来，徐潇为什么会用“恨”这个字。

这个字，可太严重了。

荆羡狐疑：“他和你说过什么？”

Reborn：“没有。”

他否认得很快，却没多解释什么。

昏昏欲睡之际，又是一条。

Reborn：“没见你笑过。”

荆羡打了个哈欠，抹了把眼角的生理性泪水，太困了，脑子转得有点慢，盯着消息老半天，才明白他的意思。

话说到这份上，也没必要遮遮掩掩了。

“我对他笑？”

“不抽他已经是我额外开恩了。”

她翻了个身，把两个抱枕都塞到被窝里，挡住肩膀处的漏风，手指伸出去些许，慢吞吞地打字：

“行了，夜谈会结束，别挖姐姐的隐私了。”

最后一条话发出，她连锁屏的力气都没了，头一歪就去梦周公了。

凌晨两点，屋里的姑娘好梦正酣，窗外的雪不知不觉间下得越发绵密。

整个城市似乎都在沉睡。

同一时刻，有一位漂亮青年，眉眼覆盖薄霜，独自漫步在寒冷的街头。看到某条消息，他在路灯下脚步顿停，面上有些阴鸷。

第二日一早，雪停天晴。

冬日暖阳把昨夜的美妙雪景虐了大半，剩下一点点，也被清洁工人们扫去痕迹。

南方的雪弥足珍贵，荆羡在等电梯时，又听到不少同事抱怨昨天睡早了没能出去玩雪云云。她没搭话，睡得太少，起床气还没消，靠着轿厢一声不吭。

当然，不爽的原因还有一个。

荆羡清醒后翻到和 Reborn 的聊天记录，恨不能立刻买凶把这个人从世界上存在的事实抹去。

电梯门开，她叹口气，按照白婧要求，先去发行部开了个定稿会。这个会基本就是针对1月样刊，效率很高，只需要各版块确认下有没有问题。

荆羡签了无误之后，拿了几本样刊回工位，正在翻阅间，短信提示音响起。

她拿出来，扫一眼。

发信人是徐潇。

"青鹭药业地址：临城北郊区 DDS 科研基地 C 大门双星楼 B 栋 28 层。"

荆羡有点奇怪他为什么不用微信联系，回了个收到，踟蹰一会儿，她心虚试探："昨晚聊的东西你会帮姐姐保密吧？"

徐潇秒回："昨晚聊过吗？"

这小子也不傻嘛。

挺上道。

荆羡舒坦了，给他发了个水果机自带的大拇指。

徐潇回了个问号。

荆羡懒得搭理了，她把手机放到一边，开始认真翻样刊。

1月份算是今年改版后的新刊，他们这组的版面比过去多了两页。顺序也不错，刚巧临着中间偏硬的广告页纸面，很容易翻到。

入目就是男人的侧脸，俊秀天成，秒杀一干当红流量。

荆羡现在对这张脸有点敬谢不敏，哪怕是自己拍的都不行，她迅速掠过，直接从采访正文读起。

前边挺正常，都是寻常问题。

然后，她目光下移，在最后两行字上停留许久。

"如今事业已有起色，是否会考虑成家？可否分享一下择偶标准？"

荆羡蒙了，她问过吗？

最离谱的是，这问题下面还有答案！

"外表甜美内心坚强，能够谈得来的灵魂伴侣。"

荆羡：哈？

他会说这种话？

荆羡人傻了，她开始四处翻找那支录音笔。

没过几分钟，老钱跑活动现场回来，见小姑娘一直翻箱倒柜，好奇地问："干吗呢？"

荆羡指着杂志内页："这段是怎么回事？我们杜撰的吗？"

钱超故："改良润色了，原版不合适。"

荆羡："我没印象啊。"

"怎么可能，绝对有的。"钱超故很确定，顿了顿，他恍然，"这一段好像被你按了延迟录音，这笔不好用，有个功能和暂停蛮像的，我估计你录了都没发现，我也是整理音频文件的时候无意发现的。"

荆羡眨了眨眼，还有点没反应过来。

"那……"她慢吞吞地拉长音，"原版本是什么？"

老钱的记性和股市的 K 线一样，跌宕起伏，时灵时不灵。

"不记得了。"他摸着脑袋，勉勉强强回忆，"好像喜欢有公主病的？"

公主病是什么鬼？

荆羡被钱超故弄得一头雾水，她倒不是在意容淮的择偶观，只觉得蹊跷。

印象里没发生过的事情居然白纸黑色呈现在眼前，就好像有人强制跟她说梦境里的事情是真的，然而全世界都深信不疑，唯有她一人身陷迷雾里。

荆羡觉得荒唐："钱哥，音频再转发我一份呗。"

她之前发给白婧的不知道怎么回事，回国软件异地登录后就没记录了，如今只能求助他人。

"我也没有啊，前年年底 A 刊出了个事儿，后边就控得特别紧，原文件基本在和采访方定稿后就全销毁了。"老钱爱莫能助，冲了包速溶咖啡，边看股票边搅拌。

荆羡无奈，翻完全部抽屉后一无所获，突然又想起那天从纽约回来后没回公寓，录音笔应该落在荆家别墅那儿了。

她没辙，消停了。

两人说话间，白婧和陈舒妍到了。

"聊什么呢？"

"随便指导下我们新人。"钱超故扭头敲键盘，佯装很忙。

白婧没说什么，脱了外套围巾，走到办公桌前，翻了翻早就摆放好的样刊。须臾，她想到什么，招呼荆羡过来："之前采访青鹭药业的录音笔你格式化了没。"

荆羡已经意识到事态的严重了："我落在家了，我现在回去拿？"

"删了就行，注意别外泄。"白婧草草一遍翻完刊物，又垂眸看着压在玻璃下的超大张日历记事表，"再过三周过年了。年底破事多，明晚有个品牌方的答谢晚宴，两个名额，你们谁想去？"

蹭吃蹭喝蹭礼物的场合，谁不感兴趣？

陈舒妍挺直了脊梁。

荆羡素来都是品牌方上赶着讨好的那一位，她没什么兴趣，但论资排辈咖位最小，就没吱声。

老钱挺谦让："算了，我不想应酬，Cici 你带新人去吧。"

白婧："D 家在华南区域的运营总监也会出席，舒妍你试着去搭一下线，看以后借礼服能不能方便一些。"

陈舒妍应了。

"晚宴出席的名单我发到工作群了，有几个时尚资源的牛人。"白婧顿了顿，看着荆羡，"干这行人际关系很重要，多看，多学，多听，多聊。"

荆羡点头。

白组长交代完，两手一摊："说正事，主编又开始催 2 月份的选题，赶紧的，有想法没？"

陈舒妍："最近那个仙侠电视剧《缥缈之旅》爆火，演女主角的那位怎么样？"

荆羡莫名觉得这个剧的名字很耳熟："女主角是谁？"

"宁瑶啊。"老钱感到不可思议，"这你都不知道？多看点娱乐新闻吧。"他说完，叹口气，"舒妍你真是能给自己找罪受哈，专挑小花里脾气最差的，耍大牌怼狗仔，上个月还跟私生饭闹到警察局去了。"

"能约来就行。"白婧倒是无所谓，"她应该是个人工作室，有攀得上交情的线吗？"

两人不说话。

白婧只得揽过组长责任："我找个时间去拜访下吧。"

"那个……"荆羡终于插上话，"组长我应该可以。"

三人齐刷刷看向她。

"我和她认识。"荆羡笑笑，也没说得很具体，"应该没什么问题，明早给您正式答复。"

二月的选题破天荒解决了。

白婧异常高兴，五点半掐点，迎着其他组的怨怒，惬意地让组员们不要加班早点回去休息。

荆羡无异议，打卡下班，走过一个街区，上了迈巴赫。

司机难得多嘴："大小姐，晓风和月还是别墅区？"

他这话，很明显是荆焱给压力了。

荆羡想到那支录音笔，淡淡道："这两天忙，周末回去。"

有时候她真觉得荆焱是个精力旺盛的超人，一天保持十六个小时以上的工作量不提，本以为有个闹腾的未婚妻能牵制一下他，没料到现在还有闲情逸致管自己。

想到过几天还得陪气场完全不合的童茹玥去巴黎试礼服，荆羡靠在车窗旁，悠悠叹了口气。

回小区时，保安拦住了她。

"荆小姐，有一位先生托我把车钥匙转交给你。"

荆羡捏着法拉利钥匙："什么时候？"

保安："今天凌晨四点多。"

荆羡："……"

这么说他真在冰天雪地的天气里等了四个多钟头。

零下的温度，穿得也不多，看烟花的时候还敢笑。

装什么装。

可恶，怎么就没把他冻死。

荆羡腹诽一路，电梯到了十八楼还在轻声碎碎念。

门开后，她听到楼上有动静，扶着楼梯栏杆，往上探了探。蓝衣服的装修工人搬着东西，正好同她打了个照面。

荆羡：“您好，请问有人要搬进来吗？”

工人很年轻，十八九岁的模样，没见过这么漂亮的姑娘，脸都涨红了：“是的，不过墙面地板都要重新弄，没那么快。”

闻言，荆羡的心情更糟糕了。

她为什么住这么偏，不就是图安静吗？上个月住了个天天狂揍老婆的暴躁大叔，她都报警过两次。

幸好老天爷靠谱，他们只租了一个月就搬走了，怎料没清闲两天，又要来邻居了。

荆羡只能希望新租客素质高一些，不然她绝对要搬回到市区去。

她进门，脱掉高跟鞋，在沙发上躺了会儿，一边翻着外卖 App。

《MUSE》伙食相当可以，往常荆羡都是在公司吃了回的，今天迫不得已，软件搜寻一圈却发现，这前不着村后不着店的小区，没几个能点的饭店。

高级餐厅不在配送范围内，低端料理又满足不了某人的公主胃。

荆羡十指不沾阳春水，好不容易煎了个鸡蛋，火大煳了，出锅后尝一口，立马吐掉了。

她其实有很多办法，比如出门，比如给荆焱打电话，不过以上两者荆大小姐都不愿意，只能求助于朋友圈——

“宝贝们，有没有靠谱的跑腿推荐？价格不是问题。”

断断续续，有几位给她发了号码。

荆羡拨了，一听来回八九十公里，都拒绝了。有一位贪图她的跑腿费高，但也很实诚，说是路途远时间长天气太冷，餐食送到可能都凉掉了。

她想了想，也就作罢。

饥肠辘辘，荆羡连起身的力气都没有，勉勉强强喝了杯水，决定先办正事。

她给宁瑶发了消息，大概说了下情况。

半小时后，宁瑶直接电话飙过来：“采访的事儿没问题，你提早三天和我约时间就行。不过我正想找你，上次你过敏是去第一医院治好的吗？”

“对啊。”荆羡狐疑，“干吗？”

宁瑶凄凄惨惨地哭诉：“我好像也过敏了，那个日料的生鲜我吃多了，拍戏的小县城卫生院我不放心，刚跟剧组请了假，现在在回临城的路上。”

荆羡无奈：“要看急诊吗？”

“急诊都是全科医生。”宁瑶相当重视她这张脸，坚持道，“明早挂专家吧，你把上次那个医生名字给我。”

荆羡：“……”

宁瑶：“喂？”

荆羡艰难道：“我那个医生只有礼拜一坐诊，明天都周四了，你不可能熬到下周那么久吧。”

宁瑶一想也有道理："那行吧，反正是三甲医院，应该都能治。"

荆羡："要我陪你吗？"

这么多年朋友，她很清楚，宁瑶这厮每次去医院都会哭，从挂号开始，到取药结束，大概是年幼时被个护士阿姨扎针扎多有心理阴影了，现在成人了依旧怕得要死。

宁瑶激动起来："我就等你这句话呢。姐妹，明早七点，我家门口，来接我哈！"

荆羡："……"

她挂完电话，懒洋洋地翻个身，屏幕上跳出一条微信消息——

Reborn："帮你叫了跑腿，留意电话。"

荆羡愣了半刻："点了什么？"

Reborn："随便点的。"

荆羡头疼，她当然知道自己口味刁钻，叫跑腿的目的无非就是能吃到心怡餐厅的食物，如今被他这么先斩后奏一搞，反倒有点不上不下。

怎么说也是别人一番好意，荆羡："非常感谢，多少钱？转你。"

Reborn："开会，晚点。"

荆羡没再打扰。

又过了半小时，楼下门铃响了，保安室那边监控线路呼叫："荆小姐，你的外卖在小区门口。"

荆羡裹了件厚外套，赶紧下楼，远远见到一辆黑色宾利。

荆羡：这年头跑腿这么挣钱？

司机见她到来，恭恭敬敬地鞠了个躬，双手奉上包装精致的餐盒："需要帮您提上去吗？"

荆羡："不用不用，谢谢，跑腿费多少？"

司机："有人付过了。"

荆羡也没在意，想着晚些时候一块给徐潇。不过这餐盒比寻常外卖大多了，她拎得双手发酸，回楼上拆了保温袋，里边是三层的圆形竹编饭盒。

竹制把手上刻了个小小的紫色莲字。

她很快意识到，是映莲，一家只做私厨的中餐厅，价格和食物水准都是上乘之选。

曾经是她心目中 TOP3 的美食圣地。

可她十八岁之后，再也没去过。

最后一次，是高三上半学期的某个晚自习后。

荆羡的思绪飘忽，愣愣地盯着那个"莲"字，记忆飘回到那个晚上。

初春的天，她扎着红色蝴蝶结缎带，穿了精心挑选的洋装，坐在桌子前，脸颊滚烫地看菜单。

看了半天，一个字没看进去。

她抬眸，飞快掠过他的脸："容淮同学，要不你来点吧？"

对面的少年懒懒散散，刚打完工，还穿着白衣黑裤的制服，靠着椅背，轻轻笑了声："纠结什么，你的目的是为了吃吗？"

被他这样捅破心事，荆羡耳根子都红了："就是……第一次正式约会，应该……"

"约会？"少年从她手里抽了菜单，手指轻压着，漆黑的眼盯着她，嘴角弧度微扬，"想玩早恋？"

没等她回答，他找来服务员，随便报了三个菜名。

他根本不懂她的喜好，点的都是她过去不爱吃的，但今日破例，和喜欢的人在一块，什么都是甜的。

她夹着菜，看他一眼，再就一口米饭。

少年漫不经心地摆弄着手机，偶尔和她对视，就是一副似笑非笑的模样："胃口挺好。"

荆羡也不在意他的调侃，她千辛万苦才约他出来，这一晚绝对要细细品味。

一顿饭吃得磨磨蹭蹭。

趁他上洗手间，荆羡去买单，收银台的服务人员挤眉弄眼："小姑娘，你朋友已经付过了哦。"

荆羡看着账单上的549元发呆，直到少年从身边经过，她才回过神赶上。

外头天气微凉，两旁过道栽种了梨花树，空气里散着浅浅甜腻的气息。

月夜下，她背着双手，轻轻踩在他的影子上，一步又一步，满腹心事，不知怎么开口。

蓦然，少年回头："哑巴了？"

荆羡差点撞上去，急刹车停住，视线落在他秀雅好看的下巴处。憋了良久，她小声开口："就挺贵的，是我约你，你没必要付钱的。"

他慢条斯理地道："下次别来了。"

荆羡不说话。

良久，她下巴被捏住抬起。

她看着他，有点委屈。

"真是……"少年"啧"了声，弯下腰，指腹擦过她的唇，"难道优等生的约会只认准一家餐厅？"

荆羡眨眨眼，笑起来："下回我们去别的地方！"

他没应，只盯着她的酒窝，另一手带住她的腰，稍稍使了点劲。

荆羡没站稳，跌进他的怀抱，她指尖抵着他的肩膀，本来想站稳，闭了闭眼，勇敢又乖顺地贴上去。

"我不喜欢吃糖醋里脊，也不喜欢吃玉米，我喜欢吃鱼，喜欢喝鸡汤，喜欢奶油蘑菇，还喜欢吃巧克力布丁。"

少年漫不经心揉着她的发："这么长，记不住。"

荆羡心都快跳出来，不敢去看他的眼睛，只把手搭在他脖子后，小声道："没事。"

少年只是笑了笑。

那似乎是他们之间唯一一次正儿八经的约会。

自那之后，再没有过。

好久以前的事儿，很多细节想不起来，就记得那晚的梨花清甜，还有少年抚在她脑后的手指力度，缱绻又强势。

荆羡盯着餐盒上那个小小的“莲”字出神。

内心比想象的平静，回忆没法控制，但她此刻的心情确实没有曾经午夜梦回后那般煎熬。

过去她总对着空气喃喃自语，为何不告而别，为何给了希望又剥夺，为何走了以后那么快就喜欢别人。

可能奋不顾身去瑞士那回才是真正的一夜长大，亲眼见到有姑娘裹着浴巾出现在他的公寓，那点儿自欺欺人的心理就被彻底捻灭了。

后来隔了八年的岁月长河，再多怨恨不甘，好像也散得差不多了。

荆羡局外人一般在脑子里看完年少时朦朦胧胧的回忆电影，轻轻叹气，就当是为自己纵情出演过的青葱单恋故事道一句辛苦。

屋子里地暖很热，她盘腿坐在地板上，小心翼翼地把餐盒拎上茶几，听声音似乎汤汤水水挺多。

她为了顿外卖折腾一晚早就饥肠辘辘，满怀期待打开后，里头果真没叫她失望。

四菜一汤，基本没踩到她的什么雷点，最棒的是，奶白色浓汤里还有炖得酥烂的澄黄鸡腿。

徐潇这小子确实贴心，怪不得能待在那位乖戾无常的男人身边。

荆羡喝了一口鸡汤，没尝出乱七八糟的香料，只有股鸡汤的天然鲜美，顺着她吞咽的动作，从舌尖到喉咙，再沿着食道，一点点充盈着她的胃。

太好喝了吧。

说实话，荆家别墅的厨子手艺也不差，但她回国后大多选择窝在晓风和月，天天工作餐解决，好久没吃过这么棒的中式料理。

荆羡满足地弯了弯唇，决定把被遗忘在角落的“映莲”餐厅重新提回心中的前三甲。

她吃饭很慢，胃口却比寻常姑娘家要好很多，边看着综艺节目，一个人吃了两小时，差不多空盘。

今晚正巧是二十四节气里的大寒，却反常回温了些，不是很冷。

荆羡吃饱喝足，后知后觉有些胃胀，干脆溜达到外头去消食。

公寓露台未封，是半敞开式的。夜空无云，星月高挂，十八楼的小高层，四周静得只有风声，荆羡趴在栏杆上，懒懒眺着远处立交桥上绵延不绝的车灯。

中途想到饭钱没给，她点开同 Reborn 的微信界面。

荆羡：“开完会了吗？”

等了半晌，没有回应。

荆羡也没纠结，考虑到那辆宾利的跑腿费，直接给他转了两千块，顺道留言：“谢了，东西很好吃。”

又过了一会儿。

屏幕亮起。

Reborn：“不用。”

同时系统提示这笔钱已经被对方拒收，将会立刻退还到她的账户。

荆羡盯着屏幕，眉心慢慢皱起。

她不知道徐潇的工资多少，但他好像是去年毕业的，年纪比她小，工作年限就比应届毕业生多了一年。青鹭药业刚重组不久，没到发力的时候，容淮再大方，也不可能给这小助理开五位数的月薪吧?

一个外乡的年轻人，在消费水平颇高的临城独自生活，吃穿住行样样要钱。

荆羡可不认为自己同他的关系已经亲密到一顿四位数的外卖都可以随随便便请了。

她没刻意往奇怪的方面想，但无论如何，这种苗头还是掐灭为好。

就当她自作多情好了。

荆羡小学就有男生追着塞情书了，在处理这种事上面得心应手，她半点没耽搁，立马二度转账。

“五分钟，不收拉黑。”

她素来是说到做到的人，这不，已经开始倒计时了。

同一时刻，北郊双星楼。

会议接近尾声，尚在做最后的 ending report（结算报告），运营和产品组起了点分歧，正争论不休。

身居高位的年轻男人倏然开口：“今天就到这里，散会。”

众人愣住，表情动作齐齐定格。

容淮起身：“辛苦。”

李晋扫一眼他的脸，本来清清冷冷面无表情，现在隐约有些阴沉。认识那么久，他自认对大佬有三分了解，想了想，跟着进了办公室。

果真，里头那位垂着眼，又在摆弄打火机，手机丢在桌上，屏幕敞亮。

李晋凑过去：“淮哥，有人用黑名单威胁你哎。”他注意到对方粉嫩嫩的独角兽头像，再结合大佬方才突然散会的举动，懂了。

李晋一副皇帝不急急死太监的模样：“赶紧领啊，人妹子说了，五分钟。”

容淮扯松领带，皮笑肉不笑：“都一样。”

“什么一样?”李晋戳了戳屏幕上的转账，仍然很迫切，“行吧，兄弟帮你领了。”

容淮也没阻止，手抄进口袋，去摸烟盒。打火机没什么油，拨了两下没点着，他不耐烦地丢开，长长睫毛耷拉下来，兴致恹恹。

两千块入账，李晋成功完成任务，献宝一般把手机推回来邀功。

容淮眨了下眼，盯着那个界面。

半晌，他散漫勾过手机，指尖随意敲了个问号，点击发送。

“淮哥，这也太敷衍了。”李晋完全不能认同容淮的泡妞方式，怀着兄弟好我就好的同甘共苦情绪，他尝试着分享恋爱经验，“是这样，和妹子聊天呢，你不能用标点符号来……”

他的话说到这儿，就烂在喉咙里了。

现实很残酷。

“对方开启了好友验证，你还不是她（他）好友，请先发送好友验证请求。”

删好友了。

李晋愣住，突然就领悟了方才大佬说的话，敢情无论收不收钱，结局都是一样的。他记起上回在酒吧，那个疏离又夹杂着火药味的甜美嗓音，那种关我屁事毫不留情挂电话的绝情态度……

李晋干笑一声：“地狱级难度。”

容淮倒没意外，从前在学校里，见过几个追她的毛头小子，小姑娘拒绝人的手段一套套的。

须臾，敲门声打断他的思绪。

徐潇探进脑袋，看到一旁的李晋，欲言又止。

容淮：“说吧。”

徐潇摸摸鼻子：“那什么，荆小姐刚给我发短信了，说不习惯用微信，让我以后有工作的相关问题电话联系就可以。”

容淮嗤笑，借口烂得可以。他低头瞧着那个头像，淡淡道：“不会联系你了，回去休息吧。”

徐潇“哦”了声，回到工位，莫名感到如释重负，总觉得老板一直在干奇奇怪怪的事，然后荆小姐这边一直在给他发奇奇怪怪的消息。

他好像个为难的傻子，夹在两个人中间，更痛苦的是，他根本不知道发生了什么。

徐潇收拾好桌子，想到容先生说她不会再联系自己了，心情放松下来，打完卡后久违地哼起了歌。

至于办公室里头，李晋相当敏锐地捉住了重点。

荆小姐？还是金小姐？

李晋目光闪烁地看向大佬，眼里燃着旺盛的求知欲，然而他没胆直接发问，只搬了椅子，坐到他面前。

容淮懒得遮遮掩掩：“和你想的一样。”

李晋：“……”

他沉默了足足三分钟，艰难地消化这个晴天霹雳，千言万语不知从何说起。

李晋咽了口唾沫：“淮哥，我收回刚才的话。”

容淮抬眸。

李晋苦笑：“不是地狱级难度，是无限噩梦级难度。”

噩梦级难度的女主角尚不知自己成了两个男人的话题中心，没什么心理负担地拉黑隐形追求者后，她泡完澡舒舒服服地上床睡了。

翌日，荆羡起了个大早，请了上午的假后，驱车去接宁瑶。

她今天没开那辆骚包的法拉利，换了最不招摇的黑色奔驰轿跑，主要是怕引来粉丝狗仔之类的。本来她都没觉得宁瑶有这么火，昨天被白婧她们一提，才意识到这厮自称当红小花所言非虚。

宁小花一身黑衣黑裤，墨镜口罩鸭舌帽，标准明星三件套。

荆羡看着她鬼鬼祟祟跳上车子：“有病？你去看医生还是赶通告的？”

宁瑶系上安全带，语气不以为然：“要是我素面朝天没被人认出来岂不是很丢脸？我必须要弄一点丝带儿，显得我特别随意但又有范儿。”

荆羡从前不理解那些明星在机场全副武装的特殊装扮，因为这样真是特别显眼，很容易被跟拍到。

现在她懂了，原来他们是生怕自己和路人混淆，只能选择刻意的“低调”。

红绿灯间隙，宁瑶拉下口罩，给好友看了眼过敏处。

老实说不太严重，就下巴那圈红红的，和她天生嫣红的唇几乎融为一体。

荆羡笑出声来：“我觉得还行，除了有点像香肠嘴，清淡饮食静养两天不就完事了嘛，非得千里迢迢赶回来看医生。”

“你有没有同情心？”宁瑶无能暴怒，“超级无敌刺痛，晚上洗澡碰到热水就跟过火焰山似的，整张脸都能烧起来。”

这滋味荆羡也经历过，她闭上嘴，没再嘲讽。

不多久，医院到了。

荆羡一回生二回熟，帮忙挂了皮肤科的号，又陪她去候诊大厅坐着。

工作日的七点半，人不算多，两人上回火锅店一别，许久未见面，这会儿互相疯狂吐槽工作生活上的不如意，时间过得很快。

因为来得早，宁瑶的号子是第一个，没多久电子系统正式叫号。

知道这姑娘胆子小，荆羡想陪着她进去，谁知道里头坐了个唇红齿白的冰块脸医生，年纪轻轻异常严谨：“一人一诊，家属免进。”

荆羡无奈，瞧着宁瑶一步一回头的可怜模样，于心不忍：“别怕。”

冰块脸毫无人性催促：“麻烦快点，后边还有患者。”

宁瑶只得小跑前进。

荆羡坐在长椅上开了局游戏，玩到十五分钟自己这边有个小学生打野说要上课挂机了，大优势被翻盘，她气得捶了胸口好几下。

正郁闷呢，宁瑶出来了。

她进去时一脸愁容，眼下没了墨镜的遮掩，眉梢眼角都染着羞涩。

荆羡：“？”

宁瑶凑过来，压低声音：“他好帅啊，名字也好好听，叫厉灼。”

没等荆羡回应，她一人自说自话：“比我们剧组那些涂脂抹粉的男人帅多了，而且他还看了我的腰和背，四舍五入，我被他看光了，这要在古代我俩必成亲。”

荆羡：“……”

宁瑶双手合十：“我必须抓住机会，希望我的过敏晚点好。”

荆羡不想和花痴说话，从她手里拿过处方单去药房。宁瑶神游天外地跟在后边，蹦蹦跳跳，一脸思春期，活像回到了少女时代。

可惜她的快乐没能持续多久，中途经纪人来电话了。

宁瑶接完，本性毕露：“完犊子，我还想在临城舒坦两天，老巫婆追来了，十分钟后下高速。”

荆羡把配完的药塞给她：“我送你过去？”

宁瑶摇头：“她让我把定位发过去，我估计她不亲自押送我上车不放心，算了，你忙你的吧。”语罢，她又一把搂住好友，笑得暧昧，“I will be back（我会回来的），下周厉灼哥哥还得帮我检查身体。”

荆羡一身鸡皮疙瘩，挥挥手溜了。

门诊大楼连着住院部，过了长廊后才能从电梯下地库。

她一边走路一边看白婧在群里分享的周计划，没留神和人撞了个满怀。

是个相当瘦弱的中年女人，居然能被她撞得倒退两步。

荆羡连连道歉，抬眼又觉得眼熟。

女人先行认出她来，很是惊喜地扬起笑容："你是那天摄影展遇到的姑娘吧？"

荆羡眨眨眼，想起来了，对方当时带了个轮椅上的病重小孩，给她的感官冲击相当大，后来整个周末她都有些压抑。

荆羡挺为小女孩唏嘘："您女儿在这里住院吗？"

"对的。"女人点头，沉默半晌，看着她，"冒昧地问一句，那幅《希望》是姑娘你买下转赠我们的吧？"

荆羡笑笑，没说话。

女人突然用力握了一下她的手，哽咽："谢谢你，若若很喜欢，照片一直挂在病房，她天天都盯着瞧。"

荆羡喉间苦涩，想到她小小年纪却被病魔折磨到骨瘦嶙峋的模样，终是不忍："我能去看看她吗？"

女人擦了把眼泪："若若会很高兴的。"

两人上了住院部电梯。

电梯门一开，消毒水的味道散在走廊里，有些病房门口，更有股不太好闻的气味，一些缠绵病榻的病人会有疮褥，换药擦身时那股味儿就会弥漫开来。

荆羡没表现出异常，反倒是女人频频回头："不好意思，这里有点阴暗，我们是单间，很干净。"

荆羡摇头："没事。"

尽头的病房门上有阿童木的贴纸，她瞧一眼，推开门。

护士刚拔了点滴，小女孩比上回精神要好一些，见到她，摸着光秃秃的脑袋，笑起来："是好心姐姐！"

荆羡也冲着她笑："若若，你好。"

小女孩很兴奋，挣扎着坐起身来，一旁的女人赶紧帮她把床摇起来。

若若指着窗台："姐姐看，我让妈妈把照片里的向日葵对着阳光。"

荆羡扭过头，见到《希望》外头包了一层透明保护的薄膜纸，靠在飘窗边上的墙壁，葵花的嫩黄色没被阻挡，勃勃生气依旧触目可及。

荆羡走过去摸了摸小女孩的脸，伸出小指："到时候病好了出院，记得要把它带回家喔。"

"一定！"小女孩珍重地同她拉钩，末了又笑起来，"我今天太幸福啦，好心姐姐来看我，美人哥哥也会来哦。"

荆羡："美人哥哥？"

女人插话："是第一医院的特邀医生，不算她的主治医生，但移植手术和后期药物都是他在帮忙联系。"

荆羡眉心一跳，有种不太好的预感。

下一秒，她最不愿意见到的男人凭空出现。

金丝边眼镜，白大褂，那张脸明明迷人得无可救药，落在荆羡眼里，却成了她避而不及的瘟神。

两人隔了三步。

一个在病房内侧，一个临近房门。

眼神交错，都有片刻诧异，而后波澜不惊地挪开。

荆羡待不下去，打算撤了，直到她听见小女孩稚嫩的嗓音："容哥哥，你给我的展票我没有丢掉，做成书签了。"

闻言，她迈出的脚步顿住，狐疑地看向容淮：

"Orino 的票你哪儿来的？"

怕打扰到病人，两人在病房外说话。

容淮面上一派风轻云淡："哪儿来的重要吗？"

他嗓音很低，说话的语调冷冷清清，像是理所当然。荆羡反倒愣了愣，还以为自己问了什么离谱的废话。

可她真是对那幅《钟楼白鸽》耿耿于怀，不愿意放过一丝蹊跷的地方。

荆羡坦荡荡迎着他的目光："很重要。"

她对他的印象还停留在高中那会儿，嚣张乖戾又阴狠，没什么特殊的喜好，格斗算一个，再就是玩机车，剩下的全奉献给了睡觉。

如今多年未见，她虽然看不穿这张清俊皮囊下的真正灵魂，但基本了解总还是有的。

这人明明对摄影没兴趣，他甚至连圈内大神 Orino 的名号都没听过，欧神的摄影展一票难求，他哪儿来的途径？

容淮："Reborn 弄来的，你不是知道吗？"

荆羡愣住。

所以情况比想象的简单，徐潇问她要了票，再给了顶头上司，最后帮小女孩完成了心愿。

过程不提，至少结局听上去皆大欢喜。

她盯了他半晌，没能瞧出破绽，原本那点儿蠢蠢欲动的怀疑又偃旗息鼓。

容淮也不说话。

两人隔一步，相顾无言。

住院楼重视通风，每一层的窗户均是大敞，空气对流，风声呜咽穿梭在走道间。

荆羡不巧站在风口，没戴围巾，冻得颈后冰凉，她刚抬手摸脖子，面前的人挪了个位，慢条斯理地走到她后方。

也不知是不是凑巧，正好替她挡住了风。

容淮："里面那幅照片你送的？"

荆羡点头，犹豫半晌，问道："若若得了什么病？"

"亚急性肝功能衰竭。"容淮垂眸，"人工肝的情况不太好，在排队等肝源做移植手术。"

荆羡不是很明白这些学术名词，但最后一句很容易懂。她扭过头，透过门缝往里看。

小女孩依旧脸色蜡黄地坐在床上，喝了一口母亲喂过来的水，吞咽时肩胛骨耸起的弧度异常嶙峋。

荆羡不忍再看，他们家有慈善基金会，然而她从小到大都没接触过这类事务，捐款时基本随大流，从未像此刻这般充斥着感同身受的悲怆。

荆羡抿了下唇："如果费用上有问题……"

她想着或许自己能帮上一点忙。

话没来得及说完，隔壁病房的实习医生查完房，碰巧经过："容师兄，王院长好像在找你，有点急。"

容淮看了眼手机，昨晚在双星楼通宵，早上又匆忙来医院，一直没充电，这会儿都关机了。

"马上。"

他走出两步，停住，目光落在她脸上："若若特别喜欢摄影，你要有时间，以后可以来看她。"

荆羡"嗯"了声。

这似乎是两人之间最心平气和的对话，没有嘲弄也没有那些争锋相对的暗潮汹涌。

容淮走至电梯边，余光眺过去，这姑娘已经半点没留恋地进病房了，连个多余的眼神都没给。

他笑笑，摁了关门键。

院长的办公室在行政区，绕过门诊大厅后还得走上一段路。

容淮没穿外套，黑色毛衣外一件白大褂，面无表情地插着兜，步履很快，路上偶有男男女女行来注目礼，他目不斜视，淡漠的表情同这冬季的天气如出一辙。

王儒海等好一会儿了，瞥见得意门生进来，笑起来："阿淮。"

容淮："教授。"

王儒海曾在 Z 大任临床医学系的系主任，正好教过他一年半，在职期间，对这位的印象远超他人。

少年总是独来独往，天资聪颖又比旁人刻苦太多，图书馆二十四小时的研修室代替了寝室，课上随便抽考，系统解剖学和组织胚胎学的书能倒背如流。

他当然惜才，大二第一学期就破例让少年跟着高年级上人体解剖课。

解剖学实验室是神圣又容易让新手望而生畏的地方，少年面不改色心不跳，手稳心也细，他在的那一组总是完成度特别高。

王儒海从没见过对临床医学那么狂热的学生，夜深人静时还能待在阴气森森的实验室，反复研究病理组织标本。

Z 大同系的人，暗里都喊少年"怪物"。

王儒海曾经幻想过容淮拿手术刀的模样，他甚至连世人对其崇拜的话语都描摹好了——外科界最惊才绝艳的那把刀。

后来得知容淮申请去瑞士进修生物制药，差点没把他搞抑郁。

这事至今不能释怀。

"阿淮，我知道你在瑞士双学位念完了临床医学，有没有考虑做全职医生？"王院长再度旧事重提。

容淮礼貌笑了下："现在有更重要的事。"

王儒海长叹一声，无奈：“你那个抑制剂的研发如何了？”

容淮：“还早，保守估计八年，但是明年底可以开始动物性试验。”

人生有几个八年？八年的时间，若是他从医，都能升上副主任医师了。王儒海有心想劝，想到他爸爸当初的死因，又硬生生忍下。

“你之前给我发消息，说下月起周一门诊也不能来了，这么忙？”

“抱歉，老师，我暂时抽不出空。”容淮垂眸，眼下有浅浅青色，睡眠不足的痕迹相当明显。

王儒海也没勉强他，长话短说又聊了几句，送他到门口，正巧撞到行政小姑娘脸红红地偷瞄青年。

王儒海有心打趣两句：“二十六岁了，再忙，终身大事别忘了，遇到心仪的记得主动出击。”

容淮一顿，神情松散了些，漂亮的唇扬起，他笑了笑：“知道。”

荆羡这一天的工作基本都在外头跑。

上午在医院陪完若若，中午匆匆忙忙回公司，下午又接了组长的命令去各大品牌方取新一年的合作协议。

末了，荆羡开不惯那辆从荆焱那儿顺来的奔驰轿跑，还抽空回了趟公寓换车，顺便把晚上赴宴的礼服和鞋子换好。

法拉利 FF 里有不属于她的味道，这两天没开过窗，依旧维持着那晚容淮送车来的状态。

空气里飘着若有似无的威士忌后调，混着很浅的松木古龙水味儿，前排淡，后排浓，应该是叫了代驾。

说实话不难闻。

但荆羡早不是当初那个为爱冲昏头脑的少女了，她把四扇窗全打开，油门一踩，冷空气全灌进来。

完美消毒。

荆羡终于可以正常呼吸，斑马线前，接到了陈舒妍的电话。

“晚上 D 家答谢晚宴没忘吧？着装有要求，你没有的话去公司服装组那边借一件。”

“我准备好了。”想了想，荆羡加了句，“谢谢舒妍姐关心。”

“我是怕你出丑丢我的脸。”陈舒妍秉持着一贯刀子嘴豆腐心的风格，“晚上免不了喝两杯，你把车停公司叫辆出租车，快点，我都到了。”

荆羡没打算沾酒，她喝醉的下场比一般人惨烈多了。

但车里的油确实也不多了。

荆羡把车停回公司的地下停车场，对着后视镜补了补妆。

下午六点来钟，光线不太好，她把顶上的灯打开，凑近描口红时，无意中瞄到有什么东西在后边闪烁了下。

像是反光的饰品。

荆羡狐疑，收起化妆包，身子朝后扭，检查了一圈才在不起眼的角落里找到一枚袖扣。

很简单的款式，只有一枚黑玛瑙点缀，线条方正，冷冽又硬朗。

荆羡捏着这小玩意儿，很快猜到它的主人是谁。

在扔掉和通知他的选项里纠结两秒，她最终决定看在病房那位小女孩的面子上网开一面。

十五分钟后，荆羡坐上出租车，编辑短信："袖扣掉我车里了，明天邮给你。"

发送完，她把手机放回手包里，压根儿也没在意对方回不回。

很快到了酒店。

三楼宴会厅快被鲜花和闪光灯淹没了，红毯从电梯口蔓延到大堂深处，媒体们架着长枪短炮，没有邀请函进不了门，只得蹲门口猛拍。

荆羡被这阵仗搞得有点蒙，陈舒妍过来牵她。

"傻站着干吗？"

荆羡："有明星来吗？"

"当然。"陈舒妍恨铁不成钢，"C家牵头的宴会，各路神仙都会到。对了，你那个男神也在。"

提到Orino，荆羡满眼放光。

不是名人，两姑娘没刻意在红毯凹姿势，五米多高的立板上也没签名，直接进了主题。

陈舒妍在圈里混了十来年，资源不错，带着荆羡四处游走，遇到大拿们就举一杯香槟，笑靥盈盈上前寒暄。

圈子里的人都有各自玩得好的那堆，通常情况下都是论资排辈三三两两站一起，阶级分明严谨。

有些格调高的，压根儿不会理时尚杂志里的底层编辑，更勿论荆羡这样的小助理了。

幸而她生得美，穿着一袭烟灰色的纱裙，皮肤莹白如玉，背后的大蝴蝶结把腰勒得盈盈一握，长发微卷散在腰间，秒杀现场全体女明星。

这样的美貌，但凡异性，总会额外关照。

坏就坏在荆羡不能喝酒。

陈舒妍明里暗里使了好几个眼色："你怎么回事，喝啊。"

荆羡尴尬又愧疚，找了个由头去洗手间，在里头磨磨蹭蹭许久，出来后没见着陈舒妍。她也没刻意找，感觉松了口气，又有些对不住陈舒妍，绕了一圈后决定去露台透透气。

外头有个颀长身影靠在白玉栏杆旁。

看来妄图清静的人不止她一个。

荆羡无意打扰，小心翼翼擦身而过，打算去另一边，只是那人忽而转过脸来，慢条斯理地念了她的名字。

发音不是很标准。

荆羡捂嘴："欧神！"

Orino今晚把额前碎发全撩到脑后，露出深邃精致的眉眼，一身燕尾服，侧着脸看她时，左耳的银色耳钉在月光下格外显眼，再加上手背上的黑色蔷薇文身，三分野性，七分雅痞，帅得天怒人怨。

“早知道刚才你在里头，我就晚点出来了。”他眯着眼打量眼前的姑娘，半晌吹了个口哨，“Tu est charmente aujourd'hui.”

荆羡经常去巴黎，基础的法语还是懂的。

爱豆竟然毫不掩饰地恭维，夸赞她今晚很美。

荆羡被突来的幸福冲昏头脑，开心到词穷，只顾着抿唇笑。

Orino 看了她一会儿，很快拿出手机，稍微调整下角度，摁下拍摄键。

荆羡没反应过来，傻乎乎地“啊”了声，凑过头去看屏幕。

“好傻，删了吧。”

Orino 怎么可能如她意，收好手机，视线直勾勾地落在她脸颊上：“你应该多笑笑，前阵子我在中国的社交网络上翻到一句话，很适合我俩。”

荆羡好奇：“什么？”

Orino 回忆了半刻，异常严谨地念道：

“你的酒窝里没有酒，我却醉得像一条狗。”

荆羡沉默，见他一本正经说着土味情话的模样，渐渐控制不住唇边的弧度，而后一发不可收拾，笑到眼泪都快出来。

Orino 不明所以，也跟着笑。

荆羡倒没乱七八糟的心思，很单纯地和偶像近距离交谈，眼里唯有欣赏没有掺杂爱慕。

两人在月夜下聊天，全然忘了里头的热闹光景，没注意到隔壁窗户里有架长焦镜头，正对着他俩偷拍。

荆羡翻出相册，乐此不疲地给 Orino 看前两天拍的雪景，直到陈舒妍给她发了条信息：

“我搭上 D 家运营总监那条线了，准备去第二摊，知道你不能喝，别勉强了，等下早点回去。”

荆羡立马被愧疚感淹没。

“舒妍姐，地址发我，再晚我都去接你。”

陈舒妍：“没事，我叫老钱一起过来了，他酒量可以。”

荆羡这才放下心来。

又聊了会儿，喧闹声拉得愈来愈远。

像是散场了。

荆羡看一眼时间，快临近午夜。

Orino 见她绑好头发，仔仔细细地穿完外套，不由得失笑：“十二点，魔法失效了吗？”

天大地大，美容觉最大。

荆羡礼尚往来，也学一句土味情话：“你是很迷人，可我得回家。”

这回轮到 Orino 笑出声。

“我送你？”

荆羡考虑了下，不打算把偶像和粉丝的关系变复杂，婉言拒绝了：“我家太远了，我自己打车吧。”

他是惯有绅士风度的人，不会勉强女孩子，哪怕动了心思依然没做挽留，只送她出了宴会厅，说完晚安就重新回去了。

酒店外风很大，荆羡裹紧外套。

凌晨时分，偌大的街道，变得空空荡荡，方才的闹腾都散了，如梦泡影。

她在的地方还算灯火通明，再往远处就变得阴暗，中间隔了几盏寥寥的路灯，散着幽幽白光。

远处模模糊糊有个人影，倚着车。

荆羡只当是路人，四处观望没有出租车，她走下台阶，低着头摆弄打车软件，准备去方便停车的地方等。

擦身而过。

她闻到熟悉的松木冷调。

下一秒，手腕被人拽住。

冰凉的触感。

荆羡抬头，对上那张秀雅无双的脸，整晚的好心情又急速下滑。

她甩开手，态度相当恶劣：“请问您又有何贵干？”

容淮眨了下眼：“东西落你那儿了。”

荆羡提高嗓音：“我不是说寄给你吗？”

容淮盯着她，慢条斯理地打开车门：“不用那么麻烦，我送你回去拿。”

荆羡厌烦了被他一直玩弄于股掌之间。

她深吸了口气，主动凑过去，把副驾驶重新关上，凑到他耳边吐气如兰：“容淮哥哥。”

他愣了下，漆黑眸里划过诧异。

荆羡趁他不备，狠狠一脚踹他小腿上。

男人吃痛，闷哼一声。

荆羡火速跳上驾驶位，中控锁门。

她探出头，面带微笑看着青年阴沉的脸，语调骄矜：

“你的车送我回家可以。但你的人，不够格。”

说完，她果断关窗，油门用力一轰，尾气喷涌而出，瞬间加速而去。

这戏码，像极了负心人甩累赘，干净洒脱。

容淮：“……”

第五章

风水轮流转

荆羡没打算把他的车开回家。

纯粹是因为气不过这人一直高高在上的态度，那种稳操胜券的神情可叫她太暴躁了。

方才临走前，她从后视镜里扫了一眼男人的表情。

已经不若平时那般镇定自若了。

看他阴沉着脸在寒风里吃尾气，就还……挺爽的。

荆羡勾了勾唇，单手支额，在大街上漫无目的兜风，反正不是她的油钱，随便开。

也不知这人什么时候换了车，原先那辆小别克失去踪影，变成了纯黑的阿斯顿马丁 DBS，内饰也是同系列暗色，一股直男审美。

看来制药公司小老板混得不差，至少比她想象的有钱。

荆羡用他的车，半点心理负担都无，堂堂正正、理所当然，反正上回他也不问自取把她的法拉利开走，还回来时居然都没把油箱加满。

她随意绕了两个街区，正打算回公司，肠胃不应景地叫唤。

荆羡整个晚上都跟着陈舒妍周旋应酬，后边又去露台和偶像聊天了，基本没吃过什么东西。她算是那种不容易胖的体质，饿了就吃，夜宵从来不忌。

这会儿也是，她压根儿没纠结女孩子大半夜吃东西的发胖隐患，打了双跳停在路边，摸出美食 App 找尚在营业的店。

时值午夜，除了烧烤摊似乎选择并不多。

荆羡其实不太爱吃太油的东西，直接跳过了这个，好不容易找到一家凌晨两点才关门的粥铺，距离这边三公里多。

她开着导航过去，兜兜转转才发觉又回到了答谢晚宴的酒店附近。

距离她成功甩开姓容的约莫有半个多钟头了，他不会还阴魂不散吧？

荆羡都有后遗症了，感觉哪儿都能遇上这个男人，地下室，楼道下，饭馆，医院，数不胜数。

她现在真有种被盯上的不适感。

像是有人织了天罗地网，静静蛰伏，就等猎物跳进去然后一点一点吞食。

路上很静，也很空旷，一眼望去，街景尽收眼底，没见着半个人影，唯有隔壁小巷尽头的几盏霓虹灯招牌忽明忽暗。

荆羡故意把车停在不起眼的阴暗处，步行前往目的地。

看地图是在左手边的尽头处。

巷子不太起眼，要拐过一个L形的建筑才能找到入口，但里头的店面因为有了灯牌的指示挺显眼。

荆羡顺着灯光摸过去，开着门的就两三家，第一眼入目的是个红绿配色的奇葩招牌，名字特有意思，叫“睡不着”。

门口玻璃望进去，里头光线幽暗，隐约能看到调酒师和抱着吉他的女歌手，看样子是个酒吧。

本来对店名起了兴趣的荆羡只得作罢，进了隔壁的粥铺。

厚重的透明塑胶布代替了门帘，相当挡风，即便没开空调，坐着也不冷。

没什么客人，老板正对着厨房间的炉灶发呆，伙计原本靠在桌旁看视频，听到动静抬起头，见到荆羡的第一秒手机掉了。

精心打扮过的美人足以让凡夫俗子神魂颠倒。

伙计眼神发亮：“小姐姐，吃点什么？”

荆羡挑了个角落位置，听他过分热情地介绍寥寥无几的菜品，点了个小份海鲜粥，又要了荷包蛋和一碟卤豆腐。

粥是现熬的，还得处理虾肉等食材，等候时间略久。

她觉得无聊，干脆点开一盘游戏厮杀，没玩你来我往的贴膜游戏，改吃鸡了，就是手不太顺，连续三盘落地成盒。

第四把舔包时又被人从后边赤手空拳打死。

荆羡服了，恹恹地丢开手机，觉得今天特倒霉。然而人不顺起来，就连老天爷都爱添堵。

她的美食刚端上来，外头又进来一对年轻男女。

隔着透明门帘，荆羡随意瞥一眼。

看装扮估摸着也是答谢晚宴完事后出来觅食的，男的还好，西装革履，就女的特招摇，大衣都不裹一件，红色礼服外搭了件白貂披肩。

不冷吗？

荆羡没再多瞧，舀了一勺粥轻吹，耳边全是青年殷勤擦桌子拉凳子的动静，夹杂着妹子爱理不理的单音节回复。

这搭配在现今社会也很普遍，她懒得管别人，自顾自吃东西，然而这位先生实在太聒噪，嘴巴就没停过，从家里洋房几套吹到人脉交际资源，恨不能把底牌全亮给女伴。

荆羡听得头疼，直到那从头到尾都很敷衍的妹子终于完整说了一句话。

“你能不能安静点？”

嗓音还算清甜，但夹着故作娇柔的姿态。

听上去有些熟悉。

荆羡抬眸。

果真是沐南兮。

丹凤眼，鹅蛋脸，化了个眼尾拉长的猫眼妆容，同那原本古典的五官并不太搭，少了几分原本的红牡丹气质，反倒俗媚感颇重。

除去今日不算，荆羡同她总共见过三回，最早是在瑞士容淮的公寓，再是《Signorina》的面试现场，而后就是去冠娱争取钟晔采访时被截和。

每一次都很不愉快。

荆羡搞不懂的是，明明彼此间两看两相厌，这姑娘却每次非要装出一副“哎呀是熟人那要打个招呼”的表情。

眼下亦然。

荆羡看不顺眼这“绿茶”，无奈这“绿茶”非要送上门。

隔着张桌子，沐南兮眨眨眼：“荆小姐，好巧，你是刚参加完D家的答谢晚宴吗？”

荆羡垂着眼“嗯”了声，感觉嘴里的卤香豆腐都不好吃了。

沐南兮再接再厉：“就你一个人吗？”

真烦。

荆羡不耐烦，放下筷子，冷淡道：“抱歉，我在吃饭，有什么能一次性问完不？”

沐南兮被怼了两句，笑容变得勉强，面上不显，眼里那若有似无的敌意浓重了些。她没急着说话，只盯着荆羡瞧。

反倒是身边那位先生不愿女神受委屈，发话了：“你朋友啊？怎么这么没礼貌。”

可惜他的满腔愤怒在对上荆羡的眼睛后，烟消云散。

取而代之的是满满的惊艳。

他语气也立马不一样了：“是心情不好吗？这么晚了，等下回去要小心些，我开了车，要不……”

沐南兮瞪他一眼。

这含怒带怨的眼神，大概就是传说中“只准我不喜欢你但不准你对别的女人献殷勤”的奇怪虚荣心吧。

男人不说话了，转而递上菜单：“Nancy，多点一些，你太瘦了。”

荆羡忍住翻白眼的冲动，低头无声嗤笑。

女神彻底被惹怒了，接下来都是男人自问自答好生无趣，坚持了十分钟也就渐渐不吱声了。

世界终于清静。

荆羡掏了下耳朵，一边刷论坛一边填饱肚子，她不想再和这个讨厌的女人共处一室，进食的速度比往常快了许多。可惜到底是被影响了胃口，一小锅粥没能喝完，吃了一半就放下了勺子。

“买单。”

伙计正要跑过来收钱，有个寸头男人一把掀开了塑料布，大步迈入，熟门熟路地点单，顺便递过去一根烟。

“两碗大份排骨粥，酱萝卜，一笼三鲜蒸饺，打包。”

伙计接过来别在耳朵上：“哟，邵老板，今天怎么胃口那么好？”

邵忠：“我兄弟在，搞点夜宵。”

“你等会儿，厨房在做了。”伙计转头下完单，走到荆羡身边帮忙结账，邵忠的视线很自然也跟着过来。

这一看，就傻了。

世界真小，巧合重重。

那位记忆里清纯到无与伦比的校花，八年未见，青涩褪去后，愈加惊艳。像含羞待放的玫瑰，花苞绽开后沾了露水，美得惊心动魄。

怎么会在这儿遇到？

但关系似乎有点尴尬。

想到当初曾经伤过校花的男人就在隔壁，邵忠迟疑着该不该打招呼。

荆羡没注意到他，只顾着扫码付钱，末了抽了湿巾擦完手站起，途经沐南兮那一桌时，脚下忽而一绊。

人模狗样的男人偷偷缩回腿，故意摊着手，想迎接佳人入怀。

荆羡的反应够快，反手强行撑住墙壁，重心是没办法稳住了，她不受控制地后倾，腰间重重撞在桌沿，痛得鼻尖一酸，差点落下泪来。

兵荒马乱，沐南兮刚上的粥也被打翻了。

男人没得手，若无其事地挺直身子。

邵忠皱眉，去扶荆羡，荆羡避开，没看他，只说了声谢谢。

沐南兮目睹一切，冷眼看着，不忘落井下石：“荆小姐弄翻了我的粥，想当作没事人一样走了，过分了吧？”

荆羡掌心贴着腰，还没完全缓过来，眼神雾蒙蒙，长睫都染了水汽，轻皱着眉：“你什么意思？”

沐南兮最见不得她这浑然天成的娇美模样，口不择言：“当年在瑞士也是这样，敲了我的房门，还死鸭子嘴硬，我知道你是来找容师兄的，我都听到你哭……”

那个“哭”字卡在她的唇边。

脑门上有水珠落下，先是几滴，而后汇成几股，沿着鼻梁争先恐后往下淌。

不多一会儿，她的齐刘海毁了，眼妆都晕染开，整个人瞧上去十分滑稽。

荆羡丢开矿泉水瓶：“接着说。”

沐南兮大口喘气，浑身颤抖，像是受了什么奇耻大辱，旁边那男的也惊了，一时三刻反应不过来，被她一推跌跌撞撞让开道。

大战一触即发。

荆羡悄悄握拳，盯着沐南兮的一举一动。她小时候学过巴西柔术，虽然打不过特别强壮的成年男人，但对付这样娇滴滴的女孩子肯定绰绰有余。

僵持间，沐南兮阴狠的目光落在了桌上硕果仅存的热汤上。

正要反击。

欢迎光临的电子音暂时缓和了半刻气氛。

有人来了。

沐南兮背对着后边，并未分神去瞧。

只有荆羡下意识地望过去。

白炽灯下，沐南兮口中的容师兄如修罗降临，冷着一张俊脸，眼神就跟当年被十来个小混混围住一般，如出一辙的狠戾。

荆羡盯着他，心里暗自叫糟。

运气也太差了吧。

一边是曾经同居的前女友，一边是有过纠葛的校友。

该如何选择，答案显而易见。

他苍白手背上的青筋都露出来了。

该不会为了前女友揍她吧？

知道自己和这人的武力差距大到离谱，荆羡明白不是他的对手，仓皇退一步，有些害怕地闭上眼。

沐南兮得意，端着汤，乘胜追击。

一盆尚有温度的鸡蛋浓汤从天而降。

荆羡惊叫一声，抬手挡脸，只是做足了半天的思想准备，缓过劲后，身上却是清清爽爽，半点湿意都未沾上。

她慢吞吞睁开一只眼……

面前多了道颀长身影。

沐南兮的表情相当精彩，从惊喜到惊吓再到惊骇。

骨头的痛楚，叫她毫不怀疑，下一秒自己的手腕就要被折断。

她哭叫起来："师兄。"

容淮眨了下眼，额前黑发沾了些葱花，脸上湿漉漉，漂亮的眼里阴气森森。他不懂什么怜香惜玉，一把甩开女人，嫌恶地扯了纸巾擦手，嗓音冰碴儿一般："谁是你师兄？"

深夜，这家原本生意寥寥的粥铺因为短时间涌入的年轻男女们，变得分外热闹。

看店的伙计从昏昏欲睡到精神抖擞，再到提心吊胆，短短一个小时内，心情大起大落，堪比过山车。就连安心在厨房备菜的老板听到动静都跑出来，见着一地狼藉的地板后头疼不已：

"你们怎么回事啊，打架别在我这儿啊。"

老板视线扫一圈。

西装革履的尿蛋贴着墙角罚站，红衣女人揉着手腕靠在桌边哭泣，还有个天仙似的姑娘一脸茫然。

妹子们中间立了个黑衣黑裤的年轻男人，身高目测一米八五左右，长腿窄腰，侧颜比女孩子还精致，眼下正慢条斯理地用纸巾擦手。

老板心里有数，不必多说，惹事的一定是这个装相的小白脸。

"喂，你！"

老板气势汹汹从后头杀过去，手用力搭上男人的肩膀："你别在我店里搞事，听到没有？赶紧滚出去，不然我报警了。"

容淮回眸。

老板："……"

就挺突然的，没想过会对上那样一双眼睛。

老板文化水平有限，纠结半天，没找到合适的形容词，只觉得这位像极了前阵子陪老婆追剧看的魔教教主。

阴戾，变态，杀人不眨眼。

人总是欺软怕硬的，老板的气焰瞬间消了大半，搭在他肩上的手火急火燎收回来，脚步不受控制地往厨房走，一边不忘指挥店员："小林，等下记得收清洁费啊。”

伙计头皮发麻，坐在靠近门帘的凳子上，不敢应声。

现场好像就荆羡一人毫发无伤，踩着高跟鞋，挎着晚宴包，身上羊绒大衣褶皱都没起一条，安安静静地站后边，一副与世无争的模样。

其实心情与外表大相径庭。

怎么回事?

发生了什么?

有没有人告诉她，为什么姓容的会帮她挡汤?

荆羡都做好了要被他欺压的准备，毕竟这位红牡丹小姐可是当年在瑞士同他共筑爱巢的，裹着浴巾光溜溜出来开门的画面她至今记忆犹新。

有句话怎么说的来着。

一夜夫妻百日恩。

她实在想不到这人放弃同居女友转而站在自己这一边的理由。

而且听他那种像是对待有害垃圾一般的语气，感觉都不认识沐南兮。

荆羡有点蒙。

不过从她个人角度而言，结局确实还挺爽的。

尽管她不需要别人帮自己也能收拾这个“绿茶”，但借刀杀人这种手法，无论放到哪个时代，都是损人利己的绝佳搭档。

她冷眼看着沐南兮哭到妆都晕了的狼狈姿态，半点同情心都无，反倒遗憾刚才那瓶矿泉水不够冰。

红牡丹泪奔了半天，没人搭理，最后那男人反应过来，磨磨蹭蹭地上前扶她，她甩开，尤不死心，大概是无法接受被心仪男人当众打脸的冲击，泫然欲泣：“容师兄，当年在瑞士，你不是这样的。”

容淮没搭理，侧过头，瞥了眼局外人看戏一般的荆羡。

“烫到没？”

听到问话，荆羡这才大发慈悲分了点注意力给他。

男人额前的发湿了大半，碧绿葱花落于其间，秀雅高挺的鼻梁上水珠淌落，滑过嘴角，没入衣领。黑色毛衣里头的衬衫领口全湿，鸡蛋花混着番茄丝儿，有几缕稀稀拉拉落在肩头。

问她干什么。

他不是都挡了吗?

荆羡想了想，淡淡说了声谢谢，但也没什么诚意，只点了点他的头发和肩膀，抽了湿巾递过去：“这里。”

容淮接过，刚整理，这姑娘已经目不斜视地从身边擦肩而过。

“拜拜。”她只轻飘飘留了一句。

这出闹剧演到这里，就可以了。

荆羡的耐心值宣布告罄，她对于后边这对曾经的怨偶如何发展压根儿没兴趣了解，吃饱喝足，她现在只想回家睡大觉。

撩开塑胶门帘，她一脚从乌七八糟的环境里踏出。

外头月明星稀，空气清新，荆羡深呼吸一口，无意间看到花坛旁的寸头男人，他抽着烟，大剌剌地蹲在那里，浓眉大眼，长得挺精神。

就是右边眼角有道三厘米左右的刀疤，带了几分凶相。

这张脸，挺熟悉。

荆羡的记忆回来了。

她根本不需要特地去想，就在心里轻哼出他的名字。

邵忠。

这位从前一直跟在容淮屁股后头鞍前马后，被全校戏称为大内总管，当初她在学校里为了和容淮多点独处机会悉心安排的偶遇，到头来总会多出他这么个电灯泡跟屁虫。

冤家路窄，这都能遇上。

荆羡已经知道他是刚才来打包的客人了，也明白是谁通风报信去隔壁喊来了容淮。

时隔那么多年，这家伙还是这么喜欢上蹿下跳。

荆羡对他没好感，招呼也不打算打，径自就往停车的地方走，迈了两步，邵忠掐灭烟，窜过来拦在她身前。

“好久不见，老同学，去我店里叙叙旧？”他扬了扬下巴，方向对着“睡不着”的招牌。

这么有意思的酒吧居然是奇葩开的。

荆羡眨了下眼，相当冷淡：“抱歉，我要回家了，改天吧。”

“择日不如撞日，遇到就是缘分嘛。”邵忠死皮赖脸。

他半小时前打包食物回去，随口提了两句，粥没放下，大佬就没影了。

后边才知道，淮爹是去护花了。

经过这么一遭，他也算是搞懂了，原来前两天在电话那头狠心拒绝容淮的妹子就是三中的校花。

邵忠脑子不行，对兄弟那是真两勒插刀，没有机会就创造机会，他摆了个请的姿势，堵住她的去向，大有耗到天荒地老的架势。

荆羡：“……”

僵持间，粥店的欢迎光临再度突兀响起。

始作俑者出来了。

月色下，他脸色难看，眼里情绪浮浮沉沉。

碰巧，小酒吧也有一桌散了，客人推开门的刹那，音乐被放大，密集的鼓点充斥着荆羡的耳膜，歌手高昂又嘶哑的嗓音再没了阻挡。

好像所有的一切都在为即将到来的事情做序章指引。

冥冥之中，有什么真相即将破土而出。

荆羡站在原地未动，手腕已经被容淮拽住，他是那样用力，几乎已经弄疼了她。她皱眉，挣扎了下没能得手，故技重施又去踹他的腿。

这回没得手，反倒彻底没了自由。

邵忠出声：“你们进去聊，我店里有包厢。”

荆羡被强行带着往酒吧里走，任凭怎么警告耍狠，容淮都不为所动，她真是气急了，恨道：“你到底有什么毛病非得缠着我？”

“问你点事。”容淮长腿一伸，轻踢开门。

包厢不大，七八个平方米而已，门关上，一切喧闹都隔绝在了外头。

光线幽暗，荆羡瞧不清他的神色，被压在墙边，耳边是他刻意桎梏的双手。距离太近，浑身都不自在，男人湿濡灼热的气息，一点点蔓延在她脸上。

荆羡撇开头，冷着嗓子：“有话直说。”

她等了很久，然而空气里唯有无尽的沉默，简直要逼疯她仅剩的修养。可她知道他在盯着她，眼神肆无忌惮，从头到尾都没挪开过视线。

但就是不开口。

荆羡服了，伸手去推他。

半空里，指尖被攫住。

“什么时候去过瑞士？”

荆羡愣住。

容淮垂眸，捏着她的手指，念了遍她的名字，重复：“什么时候去过瑞士？”

他声音很低哑，有她分辨不出的情绪。

在这一刻，荆羡恍惚见到了那晚在公寓楼梯间摔过一跤后号啕大哭的少女，那个拖着行李箱在深夜瑞士街头漫无目的游走的身影。

没有方向没有归宿更没有把握，就凭着一个名字，跌跌撞撞游走在异国他乡，挽回她一厢情愿的爱情。

结果那人仍然不知所终。

她到现在仍然佩服年少无知时候的勇气。

若是时光倒回，她还会在十八岁的时候费尽心血打听他的下落不管不顾追过去吗？

答案显而易见。

荆羡倏然笑了笑：“你想知道的我都可以告诉你，但你能不能先松开我？”

容淮退开些许，抬眸看她。

头发有些乱了，外套最上边的扣子掉了一颗，粉白的脸颊上有努力抵抗过后的红润，过去她也是这样，话说不到半句就脸红，强装镇定实则虚张声势。

可惜过了八年，那双曾充满着迷恋一心一意追随着他的漂亮眼睛，到底不一样了。

里头清澄一片，太冷静了些。

他眉头轻皱：“荆羡。”

她把歪掉的衣领重新拢好，慢条斯理地在沙发上坐下，随手开了瓶放在桌上的茉莉花茶，喝一口，慢吞吞道：“我年少不懂事，一时意难平去过瑞士找你，但没等到，就这么简单。”

容淮：“她呢？”

荆羡知道他是想问自己和沐南兮怎么认识的，她晃了晃瓶子，轻描淡写：“在你公寓撞见的呗。”

她轻描淡写的语气，把所有的委屈一带而过。

容淮沉默，手撑在茶几上，微俯下身：“我和她……”

荆羡打断：“别。”她摇摇头，“不用解释，我真不在意。”

沐南兮的存在，无非是压垮骆驼的最后一根稻草罢了。

叫她痛彻心扉的破事儿太多了，她还记得高三那次模拟考之后，缠着他问志愿，他随口说一句Z大，她就发了疯地学习。

结果这人转身退学玩失踪。

后边她打过数千遍电话，从忙音到关机，再到无法接通，她吃不下睡不着，成绩一落千丈，一度瘦到八十斤。

那时候他在做什么呢?

再退一步，这八年他有找过她一次吗?

如今这样耿耿于怀的模样又给谁看呢?

荆羡仰起脖子，同他四目相对："你看，我现在认输行吗？"

容淮："……"

"我知道我错了，你能不能放过我？"她很无奈地勾了勾唇，"你不能让我为了这个错误一辈子同你纠缠吧，我想要全新的人生，你懂我意思吧。"

错误。

不想纠缠。

全新的人生。

只是这漫长一生的余下岁月里，都不会有他。

容淮怎么会听不懂。

荆羡站起，小心翼翼地往旁边挪了一步。

他还维持着俯身同她交谈的模样，脊背清瘦有力，覆在沙发椅背上的手指用力到泛白。

意气风发的青年企业家，Z大医学系最闪亮的那颗星，PSI实验室里的华人天才，那么多声名显赫的称号，在这一刻，一文不值。

他眼下所拥有的骄傲和自负，被这姑娘三言两语一激，尽数崩塌。

年少时在黑暗泥泞里挣扎过的痕迹，见到光明后自卑又扭曲的心理，再度卷土重来。

包厢里很安静，自荆羡说完，容淮就没再开口，只一点点直起身子。

荆羡不习惯昏暗的环境，抬手把灯全打开，冷光落在容淮那张漂亮面孔上，苍白的肤色，偏偏眼底猩红，下巴绷紧。

他这副模样，像极了一不小心被困陷阱的凶兽，从高高在上到跌落泥泞，万般不甘却又绝望。

荆羡虽是重伤他的那一位，却不想再浪费时间享受猎物挣扎，对于她来说，最好的方式便是江湖两相忘。

她拿过包，拉开门，走出去。

邵忠候在外头的小圆桌旁，开了瓶洋酒，心不在焉。听到动静后他站起，原先准备好的热闹场面话在看清后边男人的神色后，全部化为虚有。

他摸了下脖子，又悻悻坐下了。

事已至此，也不必多做纠缠，荆羡随手把阿斯顿马丁的车钥匙放一旁桌上，步子没停，头也没回。

“车还你，袖扣也会寄过去。”

距离店门数十步，两边有装饰的彩绘玻璃，调节氛围的工业风铜灯并列高挂，荆羡还有些担心会被阻拦，不动声色侧脸，望一眼映出倒影的透明隔断。

容淮不紧不慢地走在她身后，长睫低垂，瞧不清神色。

荆羡也没搭理，任由他跟着，走出酒吧后，她摸出手机给司机打电话。

荆家专车分了日夜两班，二十四小时随叫随到，她先前不愿意麻烦荆焱那边的人，这会儿情况特殊也顾不得了。给了地址，对方说十分钟内到，她也就放下心来，准备去巷口等待。

过了凌晨两点，粥铺已然打烊。

卷帘门遮得严严实实，里头悄然无息，先前的闹剧，仿若一场幻影。

荆羡在路灯旁驻足。

月亮将身后那位的影子拉长，恰好覆住她的大半身躯。

等待的过程里，两人未曾说过话。

荆羡不明白他刻意送她出来的目的，话都说到这份上，但凡有点心气的人，都不会再这般偏执。

更何况心高气傲如容淮。

从前美强惨，穷到住的房子都没燃气，在学校里依旧跩得二五八万。

如今美强猛，坐拥阿斯顿马丁和创业板黑马，自负虽不显，亦充斥眉宇。

这样的人不吭一声，就为了陪她等车？

真够好笑的。

荆羡朝边上挪一步，从他身影覆盖的位置里撤出。

她手指拽着挎包的背带，百无聊赖地欣赏夜景。

月亮笼在云层里，露了小半个圆弧，温柔清冷的夜晚，很容易让她回忆些许过往。

曾几何时，她放学后鬼鬼祟祟摸到少年打工的地方，执拗地等在门口，就为了能蹭上他的机车，小心翼翼勾着他腰上的扣子，妄图拉进一些距离。

她总是面红耳赤又满怀勇气：“容同学，你能不能送我回家？”

少年则一脸散漫，偶尔嗤笑，十回里面应个一两次，大多选择将她塞上出租车，敷衍了事。

风水轮流转。

当初叫她用尽伎俩只争朝夕的少年，如今同她区区一步之遥，面无表情地立在一旁，完全颠倒了角色。

曾经的梦想在八年后实现了。

可终究来得太迟了些。

马路对面亮起忽明忽暗的远光灯，荆羡招手示意，黑色迈巴赫很快停于眼前。司机帮忙拉开车门，她微微俯身钻入，随即靠着椅背摆弄手机。

连客套的再见都不愿意说了。

车子启动，男人的颀长身影逐渐拉远。

又不知何时下起了雨，绵密雨丝沾湿窗玻璃时，她往后瞧了一眼。他像是理智回笼，转过身去，双手插在兜里，很快消失在先前那条幽深小巷的尽头。

渐行渐远的距离隐约预示着两人从此不会再有交集的人生。

荆羡收回视线，翻开通讯录，犹豫半晌，将那个烂熟于心的号码拖入黑名单。

接下来的生活，再没了命运的巧合。

她和容淮，就仿若两条交叉线，只在中途很短暂地重逢了一瞬，而后沿着各自的轨迹，无限蔓延并拉远距离。

荆羡没再想起过这个人，只热衷于工作、公寓两点一线，偶尔跟着组里的人跑品牌拉资源，日子过得充实自在。

一月底时，白婧通知要提早为宁瑶的专题稿做准备，她便抽空回了趟荆家别墅，去拿录音笔。

说起来也怪，两周了，她那控制欲爆棚的双胞胎哥哥居然一次都没烦过她。

荆羡旁敲侧击，得知童茹玥逃婚的惊悚事实后，彻底震惊。至于她哥，像极了幡然醒悟的火葬场男主角，千里迢迢追妻去了。

既然没人管，她也懒得回公寓，这里光顶层都有二百多平方米，全是属于她的独立空间，地下室还有个暗房，可以用来洗照片。

腐败的生活当然美妙。

深冬午后，荆羡在自家的室内恒温泳池里扑腾，累了就趴边上喝会儿饮料，朝南方向有大面落地窗，复古纱帘拢了一半，浅金日色流泻，在盈盈水面上反射跳跃。

她抿着吸管，眼皮半阖，享受暖阳的温柔。

用人们挺识趣，怕荆家这位娇小姐不自在，退开些许，只在不远处忙，保持着恰到好处的距离。

荆羡也无意太过麻烦他们，高中以前家里除了一个司机以外就只有钟点工，父母虽然宠她，但称不上溺爱，她大多时候还是差遣荆焱比较多。

当然，现在是使唤不动这位大人物了。

内敛腹黑的大魔王早不是当初沉默寡言的少年。

她和荆焱之间，确实也因为某些事，从此隔了道不深不浅的沟壑，她跨不过去他亦迈不过来，自此再回不去青葱年少时期的亲密无间。

荆羡叹口气，嘴里的百香果柠檬汁变得酸涩不已。

她勉强咽下，恹恹起身，拿过躺椅上的浴巾，擦干湿发后，桌边手机振了一下。

宁瑶："在哪儿？过来找你。"

荆羡也不好奇当红小花怎么那么闲，之前和她确认过采访的档期，知道她年前的戏都已经杀青，估摸着也就是这两天回临城。

荆羡把地址发给她。

一个小时后，宁瑶杀到。

差不多是饭点，用人领着她进来时，荆羡已经让人把餐桌布置好了。

挺寻常的两荤两素，外加个番茄蛋花汤，都是两人高中那会儿在食堂青睐的菜色，也算是怀旧。

十年死党，关系太熟，荆羡没跟她客套，直接扬了扬眉，示意边吃边聊。

"我吃不下。"宁瑶摘掉墨镜，一脸苦大仇深，红唇颤抖着，表情活脱脱就是苦情剧里的女主角。

荆羡不懂她发什么神经，只当是演员职业病，共情能力太强无法脱戏：“可以了，宁瑶老师，你的演技大家都有目共睹，再炫就没意思了。”

宁瑶沉默。

良久，她从手袋里取出一本杂志，翻了两页，手心用力压着，摊在桌上：“为什么骗我？”

荆羡扫一眼。

“独家专访青鹭药业CEO，时尚与医药的盛装舞步。”

四页版面，最前边配图是男人坐在高脚椅上的侧影，俊秀矜贵，气质斐然。

荆羡看了会儿，莫名语塞。

她倒也不是故意瞒着好友，主要一来重逢后的事儿弯弯绕绕太复杂，很难用常理去解释，二来她早想清楚和他不会再有交集。

既然从此陌路，那又何必花心思探讨。

可惜宁瑶不这么想。

这姑娘从前成绩烂得一塌糊涂，数学能考个位数，今天一反常态，逻辑异常缜密，直戳命门的话张口就来：

“你记不记得。

“前两周某个晚上。

“你说你有个朋友，接到个电话，说是曾经很在乎的男人醉了，让她去接。”

荆羡：“……”

宁瑶深吸口气，缓缓道：“我现在再问你一遍，这个朋友，是你吗？”

荆羡哑口无言。

宁瑶再问：“这个男人，是容淮吗？”

荆羡顶不住，当时说谎不需要打太多草稿，现在被揭穿后想再圆过去却不可能了。她一败涂地，靠着椅背，含糊地“嗯”了声。

这下可捅了马蜂窝。

宁瑶开始跟只无头苍蝇似的绕着餐桌猛走。

“你……我真是……”

她话都说不清了，最终顿住，跟个皮球放完了气似的，小心翼翼又心惊胆战：“不要告诉我，你俩破镜重圆了。”

荆羡笑了：“怎么可能。”

宁瑶松口气：“怕你重蹈覆辙，你都不知道高三下半学期，我坐你旁边，天天担心你被风吹走。”

瘦得下巴尖到能锄地，明明身高一米七，衣服穿S码都空空荡荡。

她想了想，仍然不放心：“他现在不会对你穷追不舍吧？”

荆羡盛碗汤，白瓷勺子在里头轻轻搅了下，不知道怎么回答。

要说死命纠缠，倒也没有，偶尔神情倨傲语出嘲讽，都能把她气死。

可要说他绝无二心，她也不傻，三番五次刻意出现，一个公司的Boss就这么空？

“你等会儿。”

荆羡忽而想到什么，拉开椅子站起，匆匆忙忙去卧室取了录音笔。

宁瑶早就等得望眼欲穿，虽然满肚子疑惑，但也耐着性子没打断，撑着下巴默默看她拉到音频文件的最后边。

偌大的客厅里，男人低沉清冷的嗓音缓缓打破静谧——

“择偶标准？”

他像是很轻地笑了一下。

接着是漫长的沉默。

宁瑶急了：“还卖关子。”

荆羡也不懂钱超故说的延迟录音功能到底是什么意思，但杂志版面上确实有这么个问题，那就绝不会杜撰。

事实上，那晚她在半梦半醒间隐约有听到一个答案。

可惜第二日起床便忘了。

俩姑娘头凑着头，死盯着录音笔。

良久，天荒地老一般。

他再度开口：

“黑头发，白皮肤。”

“有酒窝。”

“还有……”

最后三个字太轻了，几不可闻，音量放到最大，宁瑶耳朵都贴上去，努力分辨好久，她终于得偿所愿，掐着荆羡的手臂：“我听清了，说的是你。前三个特征很普通，但‘公主病’这个选项，舍你其谁？”

荆羡：“……”

“牛，这就是间接表白啊。”宁瑶腾地站起来，“那么现在问题来了，你是要虐身，还是虐心，或者直接 BE 呢？”

荆羡掀了掀眼皮：“省省，已经把话说开了，截止今天，两个礼拜没联系，以后也不会有交集。”

最后一面实在算不上愉快，细雨纷飞的夜晚，他离去的背影孤寂又决绝，脚步很快，像是要把有关她的一切都拦截在巷口之外。

应该放弃了吧。

毕竟那么心高气傲的一个人。

宁瑶颇为失望：“还以为有朝一日能看到容淮破防追着你跑。”

遥想当年，三中全校女生，哪个路过九班，不驻足偷瞄一眼，哪怕是少年趴在桌子上困倦的睡颜，都能叫她们小鹿乱撞满心欢喜。

“唉。”宁瑶叹息，“说真的，本来以为你俩会一同去 Z 大双宿双飞的，我总觉得他对你不一样。”

荆羡冷嗤：“一厢情愿而已。”

宁瑶不语。

有件事她记忆犹新。

似乎是个周末的黄昏，她上完补习班，在游乐园外意外撞到荆羡和容淮。

小姑娘要去洗手间，不太放心周遭暗送秋波的隐形情敌们，磨磨蹭蹭地把发圈摘下来，半是害羞半是坚决地往少年手腕上戴。

不知何时开始流行头绳套男友，意为“我的人”，这就算是成功打上归属标签了。

她站得远远，无意打扰同桌的约会，存心看戏。

那容貌昳丽的少年靠着树，面上嘲弄又有几分不耐烦，说了两句，却也没摘下来。

小姑娘去得有些久，后来果真有一波接一波的妹子搭讪，他冷着张脸，校服外套袖子卷了卷，露出腕间同他阴沉气质完全不搭的女生饰品。

宁瑶震惊，回去后还在日记里添了浓重的一笔。

那可是容淮啊。

娘们唧唧的东西，真敢往手上套，学校里呼风唤雨的大佬，就这么心甘情愿归类为荆羡的所有物？

不用多说，必定是爱情。

旁观者清当局者迷，这话千真万确。

宁瑶一直到容淮退学玩失踪后的第三个月，才肯承认他是个渣男，只因为平日里见他和荆羡相处的细节太多了。

她不受控制地思绪发散，直到用人端上甜品的动静打断她的臆想。

荆羡：“想什么呢？”

“没。”宁瑶欲盖弥彰地扒两口米饭，又有些忍不住，“你以前有个很喜欢的发圈，记得吗？高中那会儿经常戴，上面有个粉色的贴布月亮。”

荆羡低头喝汤，想了想：“好像是，但后来找不到了。”

不明白好友突然问这个做什么，荆羡抬眸，给了个疑惑眼神。

“随便问问。”宁瑶干笑，把乱七八糟的猜想暂时压下。

接下来，她没再提那一位的事儿，爱过哭过的人总归不是自己，不管对面的姑娘如今表现得如何淡然，她都不愿意再戳人伤心处。

荆羡倒是挺高兴宁瑶终于开窍，容淮长容淮短地说了前半程，后半程终于学会闭嘴了。

吃完饭，两人绕着花园消食。

微信步数还没刷上两千，宁瑶瞥一眼手机，笑得春心荡漾：“我得去医院复诊过敏了。”

荆羡看着她光嫩如薄皮鸡蛋的皮肤，看破没说破。

“去吧，祝早日泡到厉灼医生。”

宁瑶有异性没人性，像一阵风，来无影去无踪，潇潇洒洒撤了。

距离农历新年不足两周，荆焱追回了童茹玥。

荆羡经常在夜深人静时听到楼下未来大嫂恼羞成怒的低骂，后边跟着她哥似笑非笑的调调，然后这姑娘就安静下去，渐渐没声……

也不知道里头在干吗。

说不尴尬是假的，别墅隔音毕竟没那么好。

虽然荆羡没具体听到什么少儿不宜的内容，但架不住脑子活络啊，总会胡思乱想，而后越发不自在。

她坚持了两天，实在难顶，第三日天没亮就开车回晓风和月了。

荆羡不在的十来日里，十九楼搬来了新邻居，地下车库多了辆显眼的黑色宾利。

这车不常遇到，她上班前基本没影，下班后也不在，唯有偶尔通宵忙碌，回家停车，才能遇上一次。

感觉它的主人是个超级忙碌的工作狂。

宾利总是停在她法拉利的斜后方，监视一般的固定位置，一成不变。

车牌她都能背出来，JR707。

奇怪的是，主人一次都没遇上过。

荆羡不算很热衷于社交的那种人，有点懒，或者说是嫌麻烦。

不过经历过上一回那对家暴夫妻三天两头吵闹的阴影后，她决定还是同十九楼这位交好一下，至少保证良好的邻里关系，避免影响她的睡眠质量。

厨艺不佳，荆羡尝试好多次，才烤出一打最基础的蛋挞。

然而这人一直神龙见首不见尾，她摁了好几回门铃都无人应答，唯有一次在，门都没开，隔着那么厚的门板，淡淡说一声不方便，就打发她了。

荆羡热脸贴人家冷屁股，火大得差点把蛋挞丢掉，最后本着不浪费食物的原则，自己一个人怄气吃完了，吃完撑得要死，下楼散步又被狗追。

巨倒霉。

荆羡回去后在心里宣布，她与十九楼的单方面决裂就从这天开始。

又过了两天，快临近春节。

《MUSE》集团本部的外地员工都提早放假，本地留守的同事心也飞了。白组长最实在，和组员直言不必加班，早九晚五打卡，混到放假完事。

闲暇时间多了，荆羡就开始晨跑，遛弯去四公里外的馄饨店吃早餐，末了再散步回来。

她对吃这件事很执着，几乎风雨无阻，无奈这一日天降暴雨，她刚跑出小区就淋成落汤鸡，只能悻悻作罢。

电梯刚巧准备合门时，荆羡喊了声等等，快步进入。

里头有个穿着制服的年轻人，感觉是美术馆或者图书馆的工作人员，捧着长方形的画框，最下边的红布没接触地板，只垫在皮鞋上，万般谨慎。

荆羡没在意，摁完十八楼就退到角落。

无意间一瞥，那幅作品的外包装并没有盖得很严实，露了很小的一角在外边，塔顶尖尖，像是城楼的模样。

她歪着头，越看越熟悉。

年轻人注意到她，目光飘过来。

荆羡犹豫半晌："可能有点冒昧，我能不能欣赏一下艺术品，一会儿就好。"

英雄难过美人关。

年轻人点点头，默认了。

荆羡上前，一点点将红布撩起。

哥特式风格的钟楼，白鸽停在指针上，红衣少女驻足人群中，仰头的姿态虔诚又美好。

是 Orino 的《钟楼白鸽》。

荆羡不敢置信地睁大眼，她算是体会到什么叫作踏破铁鞋无觅处，得来全不费功夫这句话的真谛了。

她的语调迫切：“抱歉，您这边要送到几楼？”

“十九楼。”

荆羡：“……”

世界上怎么可能有那么多匪夷所思的巧合。

买到《钟楼白鸽》的人恰好搬来她楼上，成了新邻居。

这概率，比起中彩票大奖，不遑多让。

荆羡越想越觉得蹊跷，她把所有线索都理出来，确实有那么几个可疑的点，但彼此之间却无法串起来。

感觉像是一幅错综迷离的地图，已经窥见终点，无奈中途线路模模糊糊，缺了关键信息。

荆羡在公司纠结了一个白天，还是不能说服自己遗忘这幅作品，她骨子里有些执拗，先前认准了的东西，除非不可抗力，否则绝无可能放弃。

下班回公寓后，她靠着电梯轿厢，想了会儿，取消了“18”亮起的按钮，转摁了“19”。

半晌门开，荆羡迈出去。

一梯两户，这一层西边那户卖出去就没动静，只有东边户租出去了。

原先那对夫妻乱七八糟的鞋柜和架子都收拾了，整个电梯前厅相当空寂，荆羡犹豫着是否要按门铃，忽而传来门把手转动的声响。

毫无征兆，门从里边打开。

身形微胖的中年女人同荆羡面面相觑。

“你是？”

荆羡愣住。

她记得前阵子来，那个嗓音明明是个年轻男人，即便听上去含含糊糊，性别总不会错的。

荆羡拧着眉，猜想那位也有可能是中年女人的儿子。

老实说，上午她曾考虑过某种荒谬的可能，如今见到面前这位，隐约的怀疑暂且缓缓压下。

“阿姨您好，我是住楼下的……”

“哎呀，是不是水漏下去了？”中年女人的神情忽而紧张起来，连连道歉，“不好意思小姑娘，我傍晚去买菜的时候忘记关水龙头了，刚收拾完厨房。”

荆羡“啊”了一声，赶紧回家查看。

中年女人也有些尴尬，跟在后边一同下楼梯，没好意思进去，她只站在玄关处。

荆羡确认完，扭过头：“阿姨，我家没事，吊顶都是干的。”

证实是虚惊一场后，女人的神情也跟着松散下来：“那就好。”心底石头落下，她看着眼前精雕玉琢一般的年轻姑娘，“你一个人住吧？”

荆羡点头。

女人笑起来：“就知道，太瘦了你，肯定天天点外卖，不健康。”

荆羡不是百搭性格，不熟的人面前尤其话少，但对方确实面善，看她的眼神也透着股对晚辈的慈爱。

荆羡：“这里有点偏，没什么好吃的餐厅。”

“你等会儿。”

荆羡见她匆匆上楼，几分钟后又回来，取了两个饭盒：“尝尝，合不合胃口。我每天早晚都会准备饭菜，你要喜欢的话，也可以顺带给你弄一份。”

简直是出乎意料的热情。

荆羡完全没法拒绝，只能接过。

她挑食严重，口味又刁钻，本来没抱希望，结果这一顿晚饭完全在水准线之上，菜色没踩雷，口味也挺好。

几乎可以和荆家别墅的中餐厨师媲美。

荆羡洗干净饭盒，特地去楼下超市买了些水果当作回礼，再去敲门时，女人却不在了。她也没在意，把东西挂到十九楼的门把手上，附了张便笺留言：

“谢谢阿姨，菜很好吃。”

荆羡终于拥有了一位善解人意的好邻居，心情颇为顺畅，除了对那幅作品的事儿还有些介怀，她琢磨着等以后关系更亲密一些，再开口询问是否肯高价割爱。

此事暂且不提。

她以为是个寻常套路的邻里互动。

熟料第二日一早，保温盒再度出现，外加一张字条，笔迹很淳朴。

“手工烧麦和现磨豆浆——十九楼，方姨。”

荆羡忽而意识到，新邻居昨天说的顺带弄一份，并不是客套。每次晨跑后，下班归来，那个米黄色的便当盒就会出现。

荆羡就这样莫名其妙过上了包月早晚餐的生活。中途她怕方姨麻烦，试过回绝，可翌日收到的食物足足多出两倍。

“是否昨天不合胃口？今日换了新花样。”

荆羡感觉没办法了，白吃白喝的事儿做不出来，她便要了方姨的账号，每周给对方转六百块饭钱。

自从新邻居出现，荆羡就没在总部食堂蹭过晚饭。

陈舒妍对此颇有微词，她大龄单身狗一条，脾气也急躁，除了组里几位，没几个交好的。之前下班打完卡就拖着资历最浅的荆羡当饭友，如今天天一个人对着空气吃，可太难受了。

“你是不是谈恋爱了？皮肤变那么好。”

荆羡否认：“没啊。”

陈舒妍对着镜子描口红，闻言斜睨一眼：“那你每天下班跑得不见影，不是约会？”

荆羡正想解释，又被她打断：

“行了，别糊弄姐姐了。”

陈舒妍给个“你我心知肚明”的眼神，顺道往门边扬了扬下巴，口气充满了柠檬精的酸味：“你男神来找你了，还说没谈恋爱。”

荆羡下意识抬眸。

临近春节，最近大家都挺松散，外地员工早早请了年休，本地留守的也基本朝九晚五。

眼下到了下班的点，办公区域没几个员工，她的视线没有任何阻挡，一眼就见到了门禁外的Orino。

他今天没穿那些暗黑个性的衣服，难得一身精英打扮，眉眼深邃，侧颜冷峻，颇有霸道总裁的范儿，就连嗓音都很“苏”：“给你打电话没接，直接过来了。”

荆羡瞄一眼手机：“抱歉，不小心静音了。”

她其实和Orino私底下没怎么联系，除了上回答谢晚宴偶然遇到，互动最多的无非就是翻墙去他的社交平台欣赏作品顺便点赞，不过最近家里网络波动大，也有阵子没登录了。

毕竟是偶像，保持点距离才方便仰望。

荆羡的心理相当奇怪，生怕接触久了，她的信仰之光就会沾染凡人味，甚至会被她发现缺点，这样很容易掉下神坛神格不保。

“找你有点事，下楼聊？”

荆羡应了声，跟着朝外走，走出几步又顿住，趴在墙边探出脑袋：“舒妍姐，那我先撤了？”

陈舒妍翻个白眼，用口型示意：“快滚。”

熟了以后也没那么多忌讳，荆羡冲她抛个飞吻，这才转身离开。

两人还是去了街对面的咖啡馆。

女服务生脸红红地帮忙点完单，依依不舍地挪回柜台，末了还和同伴低声交谈，抽气声隔了两桌都能听到。

荆羡习以为常，她身边漂亮的男人太多了。

家里就有两位。她爸算是斯文败类中的翘楚，据说过去在Z大执教时占座的妹子都能排到操场。

至于荆焱，容貌偏阴柔，外加小时候身体不好，总有股病美男和冷淡风的奇妙冲突感，收过的情书应该能堆满卧室了。

当然，年少时最印证她审美的还是那一位。

外表清清冷冷，俊秀无双，笑起来偏偏有点坏，感觉寻常妹子完全抵挡不住。

荆羡也不知道自己为何又想到了容淮，她下意识地抗拒，脑海里画面翻转，忽而又变成酒吧里他弯着腰指尖泛白的隐忍模样……

“怎么了？”

Orino发现她的走神，伸手在她面前晃了下。

荆羡佯装打个哈欠：“昨晚没睡好。”

“那喝牛奶吧。”Orino将咖啡换到自己这边，顺手把杯子递过去，“怕你六个小时代谢不掉，晚上还得失眠。”

荆羡接过来，勺子轻轻搅了下，没打算喝。她有乳糖不耐症，乳制品从来不碰，但她也不会坏别人好意，只微笑道谢。

Orino没察觉异样，继续开口：“我推迟回法国的时间了，这边风景很美，我想多拍一些照片。”

临城是个相当都市化的一线城市，满目皆是高楼，山水稀缺，老实说根本不是个值得旅游的地方。

荆羡只当偶像有一双慧眼，干笑：“看来你挺喜欢临城的。”

Orino 盯着她：“对。”

荆羡无意间和他眼神接触，男人琥珀色的眼瞳里有不加掩饰的温柔意图。她愣了愣，眨了下眼睛，再去分辨时，对方面上又是清明一片。

恍若错觉。

荆羡暗骂自己脑缺多想。

“南郊的滟澜山不错，星空和瀑布还算有特色，有很多人会选择在那里露营。”荆羡尽责地介绍，“北边有观云谷，常年雾气缥缈……”

“你能陪我吗？”

“什么？”荆羡怀疑自己听错了。

Orino 笑了笑：“我助理临时有事先回国了，你知道的，很多时候拍照一个人并不够。”他抿一口咖啡，眼睫低垂，“我缺个打光的帮手，也缺个向导。”

荆羡这才反应过来，原来是找她当兼职助理。

能跟在享誉全球的大神身边学习技术，和研究生院里跟对导师做课题没什么两样。

千载难逢的机会，荆羡怎么可能 say no，她欣然应允：“没问题，但我工作日要上班，只有周末有空。”

Orino 勾着唇：“那就这么说定了。”

接下来又闲聊了会儿。

荆羡惦记着家里那口热饭，外加咖啡厅的简餐实在不给力，坐到晚上八点多，她就心生退意。

Orino 招来服务生买单，不想逼太紧，相当识趣地先行起身，只送她到《MUSE》大楼的入口。

“对了，我手机没装国内的软件，你知道附近哪里有训练馆吗？”

荆羡：“健身房？”

Orino：“不是，我有定期 boxing（拳击）的私人计划，但这次在临城的行程延长了，打算找专业的地方巩固。”

荆羡练过巴西柔术，差不多明白他的意思，无非是要找个能练拳击的综合格斗馆。

“我搜一下，晚上发你。”

Orino 点头，目送她离开。

这姑娘红色羊绒外套，长发如瀑，与他多年前在巴黎意外摄入镜头中的少女影像重叠。

他曾经梦到过。

如今幸运女神眷顾，触手可得。

他能分辨她的眼里没有爱恋，最多是崇拜，但无所谓，只要那个讨人厌的家伙别再出现，就可以。

那家伙叫什么来着?

哦，容淮。

想到他难得感兴趣的姑娘面对那个男人时不自觉流露出来的脆弱和虚张声势，Orino 唇边的笑渐敛。

情敌之间，总是分外仇视彼此。

Orino 未曾料到的是，同一时刻，他的眼中钉此刻也正怀着同样的想法，恨不能亲手送他上路。

第一医院住院楼，时值晚上九点，最后一次医生巡房。

容淮面无表情坐在小女孩的病床边，阴森森的视线落在平板电脑的屏幕上："谁的主页？"

若若才九岁，常年缠绵病榻让她比同龄人更早熟一些，玩转网络的手法也已经很娴熟。

"上回姐姐来看我，说这个摄影师很棒，让我可以多上他的网站欣赏照片，淮哥哥你也想看吗？"

容淮接过 iPad，把相册放大。

置顶的封面换了。

烟灰色纱裙的姑娘倚着露台栏杆，冲着镜头巧笑倩兮，酒窝深深，背后夜空的星光似乎全投在了她的美目里。

像是情意款款。

容淮盯着那个笑容许久，视线缓缓下移。

下边有一行配文，居然还是中文的——

"你的酒窝里没有酒，我却醉得像条狗。"

容淮冷笑，眉间戾气浮出。

年前工作量最轻松的这段日子里，青鹭药业的员工们反而不好熬。双星楼顶层四面落地窗，一览临城北郊风光，众人却在工位上闷不作声，偶有交谈，也是刻意压低声音。

这状态，说是战战兢兢夹紧尾巴也不为过。

至于原因嘛……

大概是因为某些人的气场太可怕了。

彼时临近下班，运营部大小二黄神情依然拘谨，瞥见徐潇进门后，立马打探："老大表情如何？"

徐潇沉默，半晌，板起脸，扯着唇，相当努力地模仿出一个皮笑肉不笑的阴冷神情。

大黄"嘶"了一声："你这怪恶心的。"

徐潇："……"

小黄："确实，感觉跟便秘没什么两样。"他吐槽完，关机收拾东西，一边还不忘絮絮叨叨，"最近股价也没跌啊，瑞士那边合作挺顺利，风投的钱上周也到账了，你们说……"他小心瞥一眼门外，"老大究竟在不爽些什么？"

青鹭药业重组以来，已有三个季度，组的是年轻班底，平均年龄都没到三十岁，男职员大多都是单身狗，八卦起来也挺离谱。

徐潇就是典型藏不住话的吃瓜党，前两天他收了两个包裹，都是荆小姐寄过来的。前者是1月《MUSE》刊物，后者标注了容淮本人亲启。

可明明收件人填的是他啊？

徐潇当时没考虑周全拆了包裹，里头是个袖扣，送到老板办公室后，那位的脸色就开始风雨欲来了。

而后愈演愈烈。

到如今，财务行政部的妹子们都不敢再犯花痴，那张脸美则美矣，阴沉得要命，多看一眼都是心惊肉跳。

徐潇在荆小姐和老板各种古古怪怪的细节里思索半天，小声嘀咕："容先生会不会被甩了？"

此言一出，气氛陡然沉静。

徐潇不明所以，抬起头，发觉大黄正冲自己挤眉弄眼，小黄捂嘴低咳，警告的意思相当明显。

不会吧？

徐潇头皮发麻，僵硬地扭头，见到门外娃娃脸的青年后，稍微松了口气："李总。"

"都下班了，别什么总了，喊我晋哥就行。"李晋笑眯眯地搭上他的肩，勾着人往外带，"来，兄弟，出来聊会儿天。"

徐潇段位低，尽管知道背后论老板是非大不敬，可遇上李晋这种舌灿莲花的老油条，没几回合都招了，临走前又诚惶诚恐："晋哥，可别说是我……"

李晋扬了扬眉："放心，早点回去休息。"

交流完情报，事实和他想得没什么偏差，不出所料，始作俑者果真还是八班那位校花。

李晋这会儿有点信命了，民间有句话怎么说的来着？不是不报时候未到，感情债这种东西，虐起来可比寻常烦心事痛苦多了。

但他又确实佩服荆羡，能让泰山崩于前而面色不改的容淮失了平常心，甚至公私不分地将情绪带到工作上，水平可见一斑。

李晋摇摇头，去天台抽了根烟，回去后踟蹰半刻，盯着容淮的办公室许久。

想了很久，他还是没敢打扰，又自顾自忙了会儿公事。

七点来钟，那人总算出来了。

换了暗色的休闲服，肩上挎了个硕大的运动包。苍白的脸，漆黑的眼，面上恹恹，清清楚楚写了四个字——生人勿近。

李晋站起："淮哥，去哪儿？"

容淮："洛柏巷。"

李晋愣了半晌，跟着一同下了电梯。很快到达车库，他没急着去解锁自己的车，反倒绕到大佬驾驶座这边，扶着阿斯顿马丁的门框："很久没看你玩格斗了，那地儿和阿忠的酒吧挺近的，不如晚点你练完咱们过去坐坐。"

容淮靠着椅背不置可否。

李晋当他默认，从善如流地上了车。

那么多年过去，这家拳馆居然还没倒闭，那栋破楼甚至翻修了，原本凌乱的爬山藤和乌七八糟的喷绘都被处理干净，混凝土砖块也换成颇有格调的玻璃幕墙。

李晋高中那会儿跟着容淮来过这儿的地下室，见过那些满身伤疤的亡命之徒，对那硕大的八角笼一直心有余悸。

如今进去，才发现，时代彻底变了。

入目即是相当专业的MMA格斗（综合格斗）场地，蓝色擂台，弹力杆条。兴许是周五晚上的原因，里头学员挺多，台上有教练领着入门新手，正在指导动作。

李晋憋了半天，叹息："挺正规的。"

容淮目不斜视，沿着更衣室外头的走廊往前走，拐个弯，下楼梯。

照旧是铁门，推开后，水泥墙面混着吊顶上装饰用的黑色钢筋，阴暗的工业化风格和冷白光线将这里同上边的热闹隔绝开来。

八角笼外站了几个壮汉，上身赤裸，肌肉块遒劲有力，手指拽着铁网，正给里边一对切磋的拳手们鼓劲。

少了观众，更像是俱乐部。

李晋扫了一圈，见他们基本点到为止，长长舒了口气。

容淮熟门熟路走到置物架边上，拧开暗锁，长腿轻轻踹一脚颜色稍浅的墙壁，门应声而开，里头居然还有个暗间。

瘦猴似的中年男人正在看球赛，手边一杯养生枸杞茶，听到动静也不惊慌，依旧躺在摇椅上，语气挺欠揍的："哟，小怪物，稀客啊。怎么，终于想起你投了钱，特地来巡视产业了？"

容淮冷笑："上边改开健身房了？"

中年男人不乐意了："什么健身房，我这儿只教巴西柔术泰拳搏击，别把拳馆和那些忽悠健康减肥产后修复的破机构相提并论。"

语罢，像是注意到什么，他伸长脖子："还带了朋友啊，挺好，这位帅哥要不要考虑学一门格斗？大班三千，小班五千，一对一八千，想参加比赛费用另计。"

推销词异常流利。

李晋："……"

"说完没？"容淮倚着墙，眼睛眯着，略有些不耐烦，"找几个教练去八角笼。"

中年男人喝茶的动作一顿，慢吞吞地站起来："你看你现在也是青年企业家了，煞气那么重不好吧。"

他记性很好，依然记得容淮高中时的疯样。少年活在污泥里，挣脱不了，便天天来这儿发泄，那声小怪物绝对发自肺腑。

容淮笑了："怕什么，玩玩而已。"

中年男人没辙，一瘸一拐地朝外走。

李晋惊讶，没料到竟是个跛子。可他仔细回想了下，这位大叔八年前明明生龙活虎，说话油嘴滑舌，上蹿下跳，国王之夜的皮条客就是他，榨干选手价值的手段厉害得紧。

李晋没忍住："他……"

容淮淡淡道："搞那种东西，仇家多得很。"

李晋不吱声了。

很快，中年男人又回来："给你约了三个。我警告你啊，别以为你是半个老板就能随便乱来，我这儿是正规企业，按时缴税，从不打任何血腥暴力擦边球。”

容淮恍若未闻，坐长椅上，垂着眼睫，开始往手上一圈圈缠绷带。

动作很慢，但并未生疏，最后，轻轻扭了下脖子，唇边勾着笑，眼里戾气横生。

像是囚禁已久的凶兽终于要出笼。

李晋心知肚明，大佬绝对是憋久了。

校花的事儿过去有阵子了，淮哥照样连轴转，上班开会加班研发，偶尔还去医院跟进病患的移植手术，外表若无其事，实则内心的压抑，就连徐潇那种迟钝的愣头青都感受到了。

李晋真怕大佬下手没轻没重，站八角笼外看了会儿，发现情况还行，碰巧手机响起，他便回了暗间接电话。

是纽约那边的资金事宜，他聊了半小时，好不容易沟通完才发觉中年男人又在躺椅上了，眼睛盯着电视屏幕，手却忙活着摸索到一袋花生，丢过来。

“来，唠会儿嗑。”

李晋接过。

“小怪物这些年在哪儿混呢？”

李晋：“去国外念书了。”

“哪儿来的钱啊？”中年男人望过来，“容昌汶换肝的救命钱不都被他那滥赌的老婆拿去养小白脸了嘛，后来儿子半条命去了，才挣到三十万……可惜，容昌汶最后还是没挺住。”

李晋听得一愣一愣，他只知道容淮的父亲死在换肝手术后的一周，至于其他的，从未有途径得知。

“你也不知道？那不聊了，别被这小子知道我嚼舌根。”

李晋点了根烟，沉默着抽完：“他妈现在在哪儿？”

“鬼晓得。”中年男人满脸嫌恶，“八年前还来我这儿闹过几次，说她儿子的尾款没结，这疯婆子真像个吸血鬼，高三的节骨眼了，书都不让他念完。”

前尘往事太过荒谬，李晋闷声不响地听着。

安静须臾。

有个教练跑进来：“老板，上边有人踢馆。”

中年男人：“啥？谁吃了豹子胆了？”

“一个外国人，会说中文，长得人模狗样的。”教练挠了挠头皮，“也不叫踢馆吧，他嫌我们太菜，说格斗馆在软件上排名第一是刷出来的，信誉度有问题。”

确实是刷出来的……

中年男人无力反驳，但踢馆这事忍不了。他拖着瘸腿，用最快的速度朝外赶。

八角笼外的壮汉们都倒了，没什么鼻青脸肿的惨状，但每一个都汗流浃背，粗喘如牛，正中台上的漂亮青年咬着绷带慢条斯理解开，汗水从眉眼落下，划过下巴。

中年男人赶紧伸手：“容淮，晚点卸装备，我给你找了个陪练。”

荆羡原本今晚约了 Orino 商量临城风景区的拍摄计划，只是没料到周五晚上临时多出了个会，一直忙到晚上九点才脱身。

她在放鸽子爽约和延迟见面的选项里纠结，后边开会中途收到了Orino的微信：“没事，我正好去训练馆，你忙完来找我就行。”

荆羡开完会，点开聊天界面，打了两个电话，无人接听，只得按着他发过来的定位导航找过去。

显示五公里路程，应该都在市区，车子一路绿灯畅通无阻，绕过几个街区，来到一条她做梦都不会忘记的暗巷。

洛柏巷。

怎么会是洛柏巷。

荆羡停在巷口，翻出昨天发给Orino的综合格斗馆推荐，顺序是乱的，但标着五星的拳馆地址确实在里头。

服了。

被迫故地重游。

荆羡只怪自己没仔细研究清楚。她硬着头皮往里走，周遭一切都熟悉到闭眼都能勾勒，稍微走神，就能想起无数次放学后赶到这里的雀跃心情。

她皱着眉，不愿耽搁，加快脚步，推门进去找人。

上边一层大概快接近打烊时间，变得空荡荡，她纠结许久，去了地下室。

铁门半掩着，里头很安静。

荆羡侧身挤入，一眼就见到那张美貌又乖戾的脸，他站在那里，汗水浸透了额前黑发，落入略显猩红的眼。

他本来未注意到她，后来听到动静抬眸，便不加掩饰，直勾勾地瞧着她，一眨不眨。

荆羡强行挪开目光。

笼边还有个男人，靠坐在那里，右手有伤口，鲜血染红了雪白的搏击绷带。

荆羡倒吸一口气，也顾不得了，火急火燎地跑上去，语气焦灼：“你手怎么能受伤？严重吗？我送你去医院。”

她是真的痛心疾首，世界范畴内的摄影天才，摁快门调焦距的吃饭家伙，绝对不容有失。

“别担心，我没事。”Orino笑了笑，相当温柔的语气，而后就把手搭在女孩儿的身上，目光若有似无掠过容淮。

三分挑衅，七分胜利者姿态。

荆羡小心扶着他：“还是要去医院的，挂个急诊。”

Orino：“嗯，听你的。”

两人很快相携离去。

前后不过短短五分钟，这场戏刚拉开帷幕就散场了，李晋作为现场寥寥无几的观众之一，看完这不尽如人意的结局后倍感压力。

他僵硬地扭过头。

容淮一动未动，眼睫低垂，漠然地站在那里，左边无名指不自然地翘着。

李晋着急：“淮哥，你的手？”

容淮掐着骨节，摸到错位处，往上一提，再往下用力按，静谧的空气里传来“咔嗒”一声，听得人毛骨悚然。

然而剧痛之下，他仍然面无表情：“脱臼了。”

开车去医院的路上，荆羡有些心不在焉。

说不清道不明，她的思绪不受控制，脑子里一直回想离去之前容淮站在那里的画面。

尽管他的皮肤苍白到漠然，面上神情依旧波澜不惊，可那个眼神……

很难用言语形容，感觉比那天在酒吧里更复杂一些，老实说她看不太懂，不过搭配围观群众的表现，让她莫名有种自己才是负心人的错觉。

尤其是那个李晋，是叫李晋没错吧。

这位曾经号称九班容淮右护法的青年，他凭什么用“你居然这么狠心帮着外人当众给淮哥难堪”的死亡凝视盯着她？

真够离谱的。

请问，她凭什么要站姓容的那边？

凭他当初不告而别？

凭他八年音信全无？

还是凭他重逢后一直阴阳怪气高高在上？

荆羡在心里无声冷笑，她都没追究他莫名其妙弄伤她的偶像，这人的兄弟倒先站在道德制高点审判她了。

越想越不爽，她不自觉拧了眉，小脸上一片隐忍的怒火。

车速算不得快，四十码左右，但临近红绿灯仍未减速，Orino 瞥一眼身边的姑娘，出言提醒：“黄灯。”

荆羡猛一脚刹车。

两人因为惯性齐齐向前，又被安全带勒得回退至椅背。

“抱歉。”荆羡恍然回神，这才意识到自己有多冒失。她开了点窗，寒风吹进，暂时让发烫的脑子冷静下来。

Orino：“还在想刚才的事儿？”

荆羡沉默，也没否认。

Orino 侧过脸看着她，这姑娘面色不豫，睫毛一颤一颤，嫣红的唇抿着，显然满怀心事。

人坐在车里，心估计还留在拳馆。

他在摄影圈出道即巅峰，说句不谦虚的话，走到哪儿都是焦点，这会儿多少有些被分走注意力的不甘。

Orino 轻叹了口气：“你不问吗？”

荆羡愣了下：“啊？”

Orino：“刚才发生了什么，不好奇吗？”

荆羡笑了笑：“大概能猜到。”

也不是悬疑推理剧，随意想一想，就能揣测出大致情节。无非就是某个看不顺眼对方的男人，在一个能够正当斗殴的地方，光明正大地发泄了他的戾气。

至于导火索嘛。

荆羡从后视镜里扫一眼自己，在心里无声嘲讽，真有意思，她现在都能比拟妲己褒姒了。

须臾，信号灯重新转绿。

荆羡浅浅踩下油门，转弯后最近的便是第一医院，她对这里有点硌硬。分神查看一下隔壁男人的手，绷带上溢出的色泽依旧鲜艳。

看来还在出血。

荆羡没有选择，打了右转灯，直接把车开向通往急诊通道的地下室入口。

车停稳，两人各自推开车门。

离诊室还有一段步行距离，时值春节前夕，又是深夜，没什么人流量。过道上空寂静谧，唯有他俩的脚步声更迭响起。

进了候诊大厅，夜间就一个窗口可以挂号，就两三个人在排队，瞧着挺空。

Orino 在国内看医生算是头一回，根本不熟悉任何流程，他思忖片刻，从兜里翻出钱包："我只有法国证件，护照也没在身上。"

荆羡摁着他的肩膀："你坐着别动，当心伤口，我去问问。"

工作人员了解大致情况，也挺直接："我们这儿还是需要病历卡或者身份证才能就诊。不过医院也考虑到这种情况，对面那栋楼，顶层有个国际合作的 VIP 医疗中心，可以受理外籍病人。"

荆羡点头，又和 Orino 赶至住院部。

临城如今有不少医院考虑盈利问题，会弄专门的贵宾区域，条件配置都特别好，但诊疗费相当昂贵，而且大部分药品都不能进医保。

算是花钱买服务的类型。

值班医生难得遇到皮外伤来这儿烧钱的病人，还挺诧异："就手伤？"

拆开绷带后的虎口皮肉翻开，四厘米左右的长度，没见着骨头，不算很深。

荆羡稍稍松一口气，内心的愧疚感降了些许。

然而这事儿说来都是她惹的祸。

她没有慎重筛选就推荐地方给他。

而后，她加班放了鸽子让他临时起意去训练馆。

最后那位罪魁祸首，也和她脱不了干系。

荆羡挺难受，小声道歉："对不起啊。"

"跟你有什么关系呢。"Orino 失笑，还想安慰几句，又被那刺激的酒精药水痛到额上冷汗沁出，笑容凝固在唇边。

医生仔细消毒，拿着镊子翻开些许伤痕："怎么弄开的？"

Orino 看一眼边上的姑娘："铁丝网。"

荆羡后知后觉地意识到，不是打伤的吗？仔细一想，格斗场上这种手上的伤口确实罕见，以往那位，基本身上全是瘀青红肿，流血的话最多是牙齿磕到嘴唇。

Orino 补充："和人有了争执，摔倒的时候擦到了。"

荆羡不吱声。

医生："不是很严重，但是要打破伤风的针。我先帮你上麻药，然后清创缝合。"

挺常规的操作，无奈偏偏有人逞强。

"不需要麻醉。"Orino 笑笑，"直接来吧。"

医生形形色色的病患见多了，也不奇怪，旁边站着这么个千娇百媚的大美人，想逞能显示英雄气概的傻缺行为可以理解："那你忍着点。"

针线穿过皮肉的画面太触目惊心。

荆羡背过身去，不敢再看，耳边充斥着男人低沉又隐忍的闷哼。

她才刚刚下去的愧疚感又重新涨到了巅峰值。

VIP中心的医生相当效率，半小时处理完毕，惯例询问还有哪里不舒服，Orino犹豫半刻，告知有些头晕恶心，不确定是否摔倒时磕到了头。

荆羡紧张起来："会不会脑震荡？"

医生："不排除这个可能，既然这样，留院观察三五天吧。"

Orino面露迟疑，荆羡见状强制替他做了决定，继而跑出去交了费用，很快办理完住院手续。

忙完后，她陪着他一同去了病房。

说是病房，其实等同于豪华酒店，毕竟是额外用来增加利润的地儿，连冰箱、沙发都配上了，地板和墙壁也是暖色调，不会令人觉得压抑。

Orino接过护士递上的病号服，喊了声荆羡的名字："我还有些工作，需要用到电脑，你明天能不能……"

荆羡正想着怎么弥补自己的过错，闻言立马保证："当然，我每天都会来看你，你缺什么都可以和我直说。"

"谢谢。"Orino迷人的眼里盈满笑意，"早点回去休息，明天见。"

荆羡真心觉得不好意思。

人好端端一个享誉国际的天才摄影师，被她间接搞到躺病床上生活失去自由。皮肉伤暂且不提，如今甚至面临脑震荡的风险。

太糟糕了。

第二日是周末，荆羡一早去超市买了只处理干净的全鸡，打算炖个滋补浓汤给偶像补补。对着食谱一顿猛操作，然而鸡肉都没熟。

幸好中途宁瑶闲着无聊特地过来汇报倒追进展，被她当作救星扯着进了厨房。

"你来你来。"荆羡指着那口砂锅，头皮发麻。

宁瑶忍住翻白眼的冲动："大小姐，要先切块焯水，去掉腥味后再炖。"她懒得和十指不沾阳春水的家务白痴废话，直接上手。

荆羡搬了椅子在旁边安心当个观众，顺道和宁瑶有一搭没一搭地聊天。

宁瑶听完事情的前因后果，切姜块的手顿住，语气慢慢悠悠："啧，挺爽，感觉容淮有被虐到。"她想象了一下那个画面，笑出声，"你这偏心偏得明明白白，我估计他得气死。"

荆羡冷嗤："关我屁事，他活该。"

宁瑶不接茬，把焯熟的鸡肉放置到洗干净的汤锅里，而后往里加纯净水，顺道放入红枣枸杞和咸笋干小火慢炖。忙完一切，她小心翼翼合上盖子，扭头道："你对你爱豆有没有非分之想？"

荆羡顿觉荒谬："怎么可能。"

"那行。这种洗手做羹汤的事情下不为例，男人有时候也容易自作多情，你别没事惹一身腥。"

荆羡倒没考虑到这一方面，想了想宁瑶的话有几分道理，点头：“知道。”

宁瑶撩开长发，手绕到后边去解围裙的系带，一双猫眼似的圆瞳盯着好友，表情古怪：“其实你有点问题。”

荆羡被她看得毛骨悚然：“什么啊？”

“你别不承认。”宁瑶一副洞悉人心的语调，“你只有提到容淮时整张脸是生机勃勃的，和高中那会儿最大的区别，无非就是当时发情，现在发怒。”

荆羡飙脏话：“放屁。”

宁瑶摊手：“你看，我提到他，你又这样。”

荆羡：“……”

宁瑶长叹一声，走到客厅，从包里取出一本书，郑重地交到荆羡手里：“我就是怕你念念不忘，特地让我助理网购了 21 世纪最伟大的感情类心灵鸡汤。”

荆羡垂头一看。

书名《放下》，封面上五花八门的宣传语，各种教你遗忘过去展望未来的屁话。

荆羡嫌弃：“什么玩意，我不看。”

“你有没有文化人的修养？无数失恋少男少女心灵的港湾，书店都卖断货！”宁瑶恨铁不成钢，一把夺过，强行塞到好友的水桶包里，“我不管，你从今天起随身携带，每天一章，看完写读后感发给我。”

荆羡：“……”

宁瑶说完，瞅一眼墙上的钟表，慌张起来：“我撤了，厉灼哥哥中午喜欢去医院附近的中餐厅，我得去偶遇，你那个汤，炖两小时就行了，记得关火。”

当红小花似一阵风，来无踪去无影，“嗖”一声刮走了。

荆羡佩服她为爱癫狂的勇气，等鸡汤的间隙躺在床上看了两集连续剧，而后去 Orino 下榻的酒店取了笔记本电脑，开车前往医院。

到达时已近黄昏。

Orino 没在病房，听护士说去做全套检查了。

荆羡将保温盒和电脑放到桌上，在沙发上坐了会儿，等得有些久，她渐渐犯困，睡意蒙眬间，有人进来，反手锁上了门。

她以为是 Orino 回来了，揉揉眼：“欧神，我炖了汤，你趁热喝。”

空气里传来一声冷笑。

荆羡的睡意在对上男人黑漆漆的眼睛后，一扫而空。

他俯下身，撑在她耳边，语气拖腔拿调，带着不怀好意的森冷：“怎么，都心疼到要亲手炖汤了？”

第六章

眼前人依然是梦中人

时间倒流回十五个钟头以前。

凌晨三点，“睡不着”酒吧里的客人只剩了零星两桌，调酒师在吧台上擦拭杯子，轮班的服务生就留了一个，靠着隔断昏昏欲睡。

背景音乐调成了最舒缓的浅吟哼唱，没歌词，女声如泣如诉，听起来特伤感。

李晋在桌下踹了对面的寸头青年一脚：“搞什么，把歌换了。”

“别啊，挺好听的。”邵忠喝得有点晕，神志尚清楚，可思考能力明显下降，他托着腮帮子，另一手仍然不忘给容淮倒酒，“要我说呢，其实淮爹也没输。”

他打个酒嗝，转向李晋：“虽然校花跟别人跑了，但是至少打赢了，男人的尊严还在，你说是不是这个理？”

李晋恨不能把这二缺的嘴堵上。

心心念念的姑娘选了情敌，面子里子都丢尽，谈什么尊严。

更何况，也不算打赢。

那外国人比想象中能耐，后边摔了下，也不知是不是苦肉计。

容淮自始至终没开口，纤长指尖捏着酒杯。灯光下手背泛红，无名指骨节那里依然有些突兀，他扫一眼，抬手将杯中酒一饮而尽。

李晋兀自发牢骚：“一点皮外伤，娘们儿唧唧的，还看急诊，笑死人。”

“就是。”邵忠早听完了全过程，仔细揪着漏洞补刀，“淮爹手脱臼都没吭一声，他就被八角笼擦到而已，八班那妞就急着送他去医院，什么意思啊？”

李晋：“……”

真是会在伤口上撒盐。

他听不下去，摁着邵忠的头，半强迫地哄骗：“闭嘴吧，困了你就早点睡。”

邵忠挣扎一会儿，那根苦撑的弦终于断了，咕哝着趴在了桌面上。

世界清静了。

李晋没敢打扰，只默默喝酒。

容淮垂着眼睫，一动未动。桌上装饰用的烛台里火焰跳跃，他盯着久了，有些刺眼，眼前画面便模模糊糊。

酒意带着麻痹神经的微醺，茫然间，像是又回到了过去。

在那段最黑暗的日子里，他背弃一切信仰，做了亡命之徒，有今朝没明日，活在地狱里。那阵子他打三份工，晚上和魔鬼做交易，白天便在学校披着皮囊浑浑噩噩。

不知何时起，遇见她的频率高了些。

小姑娘喜欢扎双马尾，衬衣扎在校服裙里，笑容常挂唇边，酒窝很深，被男生讨论时会不自觉扬着秀气的下巴，像朵骄矜又纯情的蔷薇。

他没太多印象，亦无兴趣，只是没料到，她居然胆大包天到玩跟踪，一开始偷偷摸摸，后边就光明正大来更衣室蹲他，只是每回都很害怕，就抱着书包缩在角落祈祷。

傻子一样。

他伤得重了，她哭，伤得轻了，她也哭，甚至毫发无伤时，她都会红眼圈。

有时候也会做一些乱七八糟的料理过来，难以下咽，他皱着眉，听她在一旁叽叽喳喳地表功：

“我花了好久的时间熬汤。”

“你是本小姐此生唯一愿意亲自下厨的对象。”

“高不高兴？”

容淮是真没那个时间和不知人间疾苦的大小姐纠缠不清，她那点儿心思也掩不住，说过几句狠话，要搁寻常妹子早就萌生退意。

偏她不依不饶。

小姑娘甚至还能翻出银行卡，睫毛轻颤，红着脸，语调却一本正经：“容同学，你为什么要和他们打架，如果你缺钱，我可以养你。”

“我养你”这三个字，就挺离谱的，简直幼稚到无可救药。

只是他没料到，自己真会鬼迷心窍，像个阴暗自私的掠夺者，控制不住地汲取她身上的温暖。

……

烛火燃至底部线芯，噼啪声响倏然打断思绪。

容淮从回忆里抽离，烛台里微弱的火光仍在挣扎，他看了会儿，将杯口覆在上头。空气隔绝，那点光明很快被熄灭。

半晌，李晋开口：“淮哥，差不多了？”

容淮嗯了声：“走吧。”买完单，他右手架起已然睡熟的醉鬼，交给候在一旁的服务生。

最后一间包厢被改成了老板休息室，邵忠吃喝拉撒连同睡觉都在酒吧里，也没什么可操心的。

须臾，两人一前一后地出门。

因为喝酒的缘故，不方便开车，这个点也不好叫代驾，只能选择打车。

临近春节，临城的出租车没几辆，在街边站了良久，才等来一辆空车。

李晋知道自己和大佬住得南辕北辙，同车的话未免太过浪费时间，他想都没想，帮忙拉开车门：“淮哥，你先……”

容淮没动，嗤笑：“滚上去。”

李晋：“……”

司机不耐烦，探出头来：“两个大老爷们的，别拖拖拉拉了，到底走不走啊？”

李晋没辙，只得上车。

车门阖上，油门一催，很快往前驶去。

他始终放心不下，转过身子，视线越过后边的挡风玻璃，搜寻那个身影。

男人没再等车，插着兜，走在冬夜的路上，脚步不紧不慢。路灯将他背影拉得孤寂又清冷，两边高楼漆黑，他独自一人漫步街头，像是被整个城市遗忘。

李晋重新靠回椅背，沉沉叹口气。

这一晚，容淮天明方入睡，罕见地陷入梦境里。

一会儿是少女含羞带怯投入他怀里的画面，一会儿是她拿着汤勺强行要喂他吃饭的情景，一会儿又是她被他抱在腿上眼角泛红的旖旎片段。

断断续续，没什么逻辑。

醒来后，记得最清晰的，竟然就是那句“你是本小姐此生唯一愿意亲自下厨的对象”。

兴许是这话的魔力太大，才会叫他在一整个白天之后，目睹她拎着饭盒走进病房时，仍然压不住那股子戾气。

那些原本隐藏的卑鄙想法，在这一刻，如冰川之下汹涌的暗流，随着地壳扭转不断冲击冰面，渐渐产生缝隙，继而支离破碎，一发不可收拾。

他的神情有些可怕，居高临下地盯着沙发上的姑娘，看猎物一般。

荆羡被他摁着，动都动不了，她品了下他说的话，估计又是奇怪的占有欲作祟。

可她早不是当初跟在他屁股后头的傻白甜了，没必要忍气吞声：“我炖汤有什么问题？我想怎么炖就怎么炖，你管那么宽。”

容淮没吭声，眼底山雨欲来，只用力捏着她的下巴。

良久，他轻轻笑了声：“骗子。”

荆羡吃痛，觉得这人真是哪里都不对劲，她骗他什么了？

从头到尾耍着人玩的都是他好不好。

是他不主动不接受不拒绝，渣得清清楚楚，最后拍拍屁股一走了之，把她当傻子。

僵持间，走廊上隐约传来脚步声。

听声音不止一人。

荆羡想到方才他反锁病房的那个动作，紧张起来，毕竟是脸皮薄的姑娘，她已经联想到之后别人推门推不开，最后闯入的场景了。

孤男寡女，共处一室，锁门幽会。

一个假借探望病人。

一个假借医生巡房。

不、不可以！

荆羡急了：“你去把门打开，有人来了。”

容淮捏着她的发尾，一手圈着姑娘细细的腕骨，皮笑肉不笑：“无所谓，让他们站会儿。”

荆羡忍耐地闭了下眼：“你不想因为这种丑闻被医院开除吧？”

他似乎很欣赏她惊慌失措的样子，勾着唇，慢条斯理地道：“上月底就辞了。”说完，他又把人拉起，掐着她的腰，桎梏在墙上，鼻尖几乎擦到她的耳垂，语调沙哑又隐含着危险：“汤是你亲手炖的？”

外头的动静愈来愈大，荆羡理解不了他为什么拘泥于这个。距离太近了些，男人灼热的鼻息散在耳后敏感的位置。

她不由自主地战栗，只能撇开头去，破罐破摔似的全盘托出：“不是我，宁瑶弄的，满意没？”

语罢，他奇迹般松了手，眼睛还盯着她，不过里头的阴鸷散了些。

荆羡脱身，触电一般跳起，跑向出口。

几乎是同时，门锁打开的一瞬，外头有人推门而入，门板作用力颇大，眼瞧着要撞到她的脸。

千钧一发，容淮伸手拦住。

年轻的医生同他打了照面，显然有些发愣，片刻后认出他是王院长的得意门生，态度挺恭谨：“师兄。”

容淮颔首，目光越过小年轻，落在混血面容的男人身上。

Orino 看了眼面容泛着不自然红晕的荆羡，又掠过遭过重压还未回弹的沙发坐垫，声音冷下来：“无关紧要的人可以随意进出 VIP 病房？”

年轻医生尴尬：“容师兄他是……”毕竟已经离职，也不好圆场，他半天没憋出话，求救似的看向容淮。

容淮直接从对方手里抽走一沓 CT 片子和检查报告，举高在灯光下细细审视。

看完后，他笑笑：“挺健康的。”

Orino 沉默。

容淮掀了掀眼皮：“一没脑震荡，二没骨裂，可以出院了。”话是对着情敌讲的，但眼神半刻没离开过背对着他的姑娘。

荆羡现在听到他声音就烦，脾气上来就不愿意搅和在这场乌糟糟的情景剧里，她背上包，和 Orino 打个招呼：“欧神，电脑和汤都在桌上，今天我有点事先走了，明天再来看你。”

说完，她绕过几人，步履很快地离开。

Orino 想追出去，忽而有只手拦在门边。

容淮看着 Orino，面无表情。

“别想。”容淮一字一顿，“我的。”

四个字分了两句话，意图很清晰。

Orino 怔住。

容淮没再理会，走出病房倒没急着去追，事实上，就她那临走前避之不及的举动来看，估计这会儿人都逃远了。

他揌了电梯，下到地库。

途经负二层的交界处，有辆红色法拉利从他身边呼啸而过。

半晌，又退回来。

容淮皱了下眉，有片刻诧异。

窗户落下，荆羡架着墨镜，从窗户里递出一本书，面容冷若冰霜，说话的口气相当生硬：“送你。”

容淮接过，还未开口，法拉利再度扬长而去。

他垂眸，翻了下手中的书。

书名《放下》。

扉页上一堆心灵鸡汤——

“别让死缠烂打成为你的污点。”

“最好的故事，结束在过去。”

容淮冷笑了声，望向远去的车影。

也不知道是不是那本心灵鸡汤的书起到了作用，之后几日，荆羡再未曾在奇奇怪怪的地方“偶遇”过容淮。

然而心里始终像埋了颗定时炸弹，害怕这人又出现，搅得她情绪翻腾，指不定什么时候就会爆破。

她的睡眠质量变得有些差，从前雷打不动一觉到天亮，如今却总是梦到一些过去的事情。

这八年来，早就淡忘的片段如影随形，在她的梦境里不间断上演。尤其是高三他退学前的那段日子，春节前夕，她在冬夜里撒娇痴缠，拉着少年的校服衣摆，幼稚地诉说着自己对情人节的美好期许。

少年脚步顿停，似笑非笑地重复她的话：“花？烛光晚餐？”

荆羡点头。

他却恶劣地轻轻拽了下她的马尾：“我看起来很闲？”

她没说话，大概猜到他打工的会所服务生会有小费，犹豫良久，厚着脸皮小声道：“我去你那儿开酒，你能陪我吗？”

少年笑了，微凉的指腹在她颈后捏着，惩罚一般将凉意带给她，勾着唇：“我是去打工……”他俯下身，手心转而挪到她脑后扶着，使了点力。

荆羡被迫仰头，对上他不怀好意的笑容。

耳边传来少年刻意压慢的后半句话：“没时间。”

荆羡仍不肯放弃：“那15号呢？”

缠得烦了，少年眉间隐约不耐烦，像是压着性子，也没发作，勾过一旁机车上的头盔扣到她头上，拉下挡风面罩。

“走了。”

荆羡心不甘情不愿被他送回家，因为高中阶段没打算捅破那层关系纸，所以找不到理直气壮的勇气去要求。她悻悻作罢，不过情人节当晚辗转反侧，半梦半醒间意外收到了他的消息——

“15号。”

……

后边画面断断续续，她没能看清太多细节，只见到那日少年打工后在她家楼下等候，也见到自己偷偷摸摸溜出去后主动牵他手的模样。

没有鲜花没有礼物，亦没有烛光晚餐。

深冬寒风里，街边屋檐下，她笑眯眯地吃着往日里并不爱的洋快餐，度过了人生中第一个迟到的情人节。

那种心心念念有所回应的甜蜜太有蛊惑性。

荆羡醒来之后，茫然地眨了眨眼，说不清是什么滋味，她呆坐在床上许久，翻了下柜子边的日历。

今天恰好小年夜，距离14号还有两天。

荆羡目前单身，对这种虐狗的日子完全没有好感，想都没想，她把那一页日历直接撕了。

无奈到公司依旧不得安宁，《MUSE》为情人节推了特别刊，十来页，内容为服饰搭配和心机妆容，随2月杂志附赠。整个公司撇开早早请完年休假的员工，仅剩的编辑们都在加班加点。

反倒是他们这组轻松，宁瑶的采访初稿已经完事，目前就是等放假的状态。

老钱已婚男士无所谓，苦了三位女将，一直听着其余组边工作边讨论情人节安排。

陈舒妍掏掏耳朵，抱怨："烦不烦啊。"

白婧瞥她一眼："你小声点。"

"中国人过什么西洋节日。"陈舒妍翻个白眼，看着边上正噼里啪啦打字的姑娘，"妹妹，你男神跟你约了没？"

荆羡正逐字校稿，闻言侧过脸："不是那种关系，他约我干吗？"

陈舒妍叹气："你是真傻还是假傻？"她都搞不清楚这丫头是不是真的感情迟钝，还想点拨几句，手机铃声强行打断了她的话茬。

"抱歉啊，我出去接个电话。"荆羡站起。

屏幕上显示来电人为Orino。

坦白地说，她和欧神有阵子没联系，上周在医院，经历过容淮那么一遭事儿后，第二天她照常去医院探望，发现Orino不声不响办完了出院手续。

没通知她。

荆羡也不傻，估摸着爱豆要么就是迁怒要么就是尴尬，她没好意思刨根问底，发了消息对方回得较冷淡后，也就没打扰。

这会儿接到电话，她还挺意外。

"抱歉最近太忙了。先前说的拍摄临城风景还作数吗？"

"当然。"荆羡面对这些年的信仰之光，总是格外宽容，不过想到最终目的还是能学到东西，她态度相当诚恳，"欧神你定好时间和我说就行。"

Orino："13号怎么样？"

荆羡迟疑半刻，应了。

到了约定的那日，她背上摄影器材，出门采风。

门把上照旧是黄色的餐盒，意外的是十九楼邻居今天没急着回房，刻意等在楼梯间，像是有话要说。

荆羡把早餐塞到书包里："方姨，有事找我？"

女人笑得腼腆："也没什么，就问问14号要不要给你做饭，你们年轻人不是要过节嘛。"

"我在家啊。"荆羡很自然地接话，"我就今天出去有点事，到时候明天还得麻烦您。"

"好好好。"女人很兴奋，一连说了三遍，脚步轻快地上楼了。

荆羡狐疑地眯起眼，没搞懂新邻居突如其来的喜笑颜开，她14号不出门有这么值得高兴？不过这会儿也没工夫多想，约定的时间快到了，她摁下电梯，匆匆忙忙赶往小区外。

Orino租了辆越野车，方便堆放器械。

荆羡无异议，上了他的车。滟澜山本就在南郊，跟晓风和月很近，他送回来也就半个小时的事儿，不至于太麻烦。

几天没见，倒也没特别尴尬。

Orino修养风度极佳，话题总是找得恰到好处，笑容亦然，如沐春风一般。荆羡原本还想着他会不会耿耿于怀那天病房的事儿，结果从头到尾他都没提到过容淮，丝毫没有被冒犯的阴影。

他装失忆，她自然不会拆穿。

两人一路说说笑笑，没多久就到了目的地。

今日天气不错，云淡风轻，瀑布的水汽散在日光下，空气里有潮湿的味道。再往山上爬一些距离，就能见到三千尺落下的银练，撞击在深潭岩石上，声势磅礴。

荆羡立马职业病犯了，正在思考构图画面，隔壁的真大神已经在挑镜头了。

她突然意识到活教材在身边，就先不急着拍，转而站在他身边，仔仔细细观察全流程。

Orino工作时全神贯注，很少说话，偶尔回答她的问题时，也是等手头找到合适的拍摄角度后才会停下来。

山很高，一路走，一路拍。

到达巅峰时，已近黄昏。

两人都没来得及吃东西，又对着残阳如血的天空猛按快门。荆羡的精神状态亢奋到不行，身体有些疲累，可潜意识里不愿意错过这次机会，一有空就对比自己和欧神的照片，试图找出差距。

他也很耐心，手把手教，在她对广角镜头把握度不够精准时，屈尊降贵充当助理，帮忙调整焦距和灯光。

等到了凌晨，滟澜山漫天星空，美到炫目。

等到三张SD卡储存全满，荆羡才不得已停下来。她刚才为了找角度都爬到树上去了，好不容易下来，顷刻腿软，体力有些透支，她强撑着铺了塑料布，坐在上头喝水。

Orino指指她的脖子："这里。"

荆羡翻出镜子，脖颈处有几处红痕，估计是没注意被树枝条蹭到了，她皮肤薄，稍微用点力就会留下痕迹，也不奇怪。

"没事，肤质关系，明天就消了。"

Orino点头，拆了干粮递过去："难得过来，要不要休息会儿，四个钟头后拍日出？"

荆羡的瘾确实没满足，加上相处融洽又很坦荡，她也就没矫情，爽快地答应了。

连续忙了差不多十八个钟头，终于在情人节的清晨收工。

荆羡累到眼皮都睁不开，系上安全带没抵抗住，几秒钟就睡着了。这次一眠无梦，什么动静都听不到，汽车轻微的颠簸都成了摇篮节奏。

再醒来居然天都黑了，周遭不是熟悉的环境，还在滟澜山附近。

荆羡嗓子眼冒烟，接过 Orino 拧开的矿泉水，喝了半瓶，才艰难开口：“没叫醒我？”

“看你睡熟了，我也有些困，怕路上出事。”Orino 说完，发动车子，打了方向灯，重新开回大路上。

荆羡起床气严重，对谁都一样，没怎么开口，抱着双臂靠着窗，慢慢让混沌的大脑清醒。

良久，车子到达小区。

保安照例询问后放他们入内。

Orino 先行下车，帮她拉开门。荆羡下车，刚睡醒还有点迷茫，越野车底盘高，落脚时没注意，差点崴到。

重心不稳，她跌跌撞撞倒向男人，几乎是投怀送抱的姿势，最后费力撑住他的手臂，才勉强站稳。

荆羡：“不好意思。”

Orino 眨眨眼：“没事。”

他笑得很好看，浅色的眼瞳在月夜下别样惑人，没急着放开她，反而认真喊了声她的名字。

荆羡后知后觉的大脑转回来了，她对上偶像腻死人不偿命的温柔视线，突然意识到，陈舒妍和宁瑶明里暗里的敲打，从来不是信口拈来。

可她并不想让他继续说话。

“现在有些累，回头再聊。”荆羡礼貌地缩回手，一边往后退，“我得回家了，谢谢。”

说完，也没等他回应，她一路小跑着，逃难一般上了电梯。

光可鉴人的轿厢里映出一张略带狼狈的脸。

长发毛毛糙糙有些乱，身上衣服在车里过了一夜皱巴巴，打了太多哈欠，眼睛也湿漉漉，脖子上还有被树枝蹭到的乱七八糟红痕。

她自己都不忍看，感觉就像被蹂躏过。

简直了。

电梯门打开，她垂着脑袋，闻了下发尾，迫不及待要回屋冲澡。

她摁完密码锁刚推开门，眼角余光瞥到一个身影，就在斜后方四十五度。

她浑身过电一般僵住。

那人没有动作，静悄悄地站在原地。

荆羡抿着唇，似石化解禁，一点点扭过头去。

面无表情的青年靠在墙角，衣衫单薄，袖口像是无意卷了片玫瑰花瓣。黑色衬衣让他的面色愈加苍白，偏偏眼瞳漆黑，嘴唇殷红，像个黑暗里蛰伏已久的艳鬼。

荆羡毫不怀疑下一秒要被他拖入地狱。

事实上，他也这么做了。

荆羡连尖叫的声音都发不出来，被他捂着嘴掐着腰抱到屋子里。

他眼里没有温度，一路往浴室走，手劲很大，中途强行脱掉她的外套，又扯掉她翻边衬衫的上两颗扣子。

姑娘领口敞开小部分，锁骨精致，皮肤光滑无痕，他不带邪念地审视，像在检查所有物，片刻目光下移，落到被衣物遮住的部分。

荆羡强忍着泪意，不愿意示弱，一字一顿地威胁：“我会报警。”

他恍若未闻，一点点拧开水龙头。

浴室的水当头浇下，他一手压着她，反手关上淋浴房的门，指腹用力摩挲过她脖子上的红痕。

动作生硬粗鲁，像是戾气再难掩住。

“随便，先消毒。”

浴室里水雾氤氲，蒸汽缭绕，温差和湿度让淋浴房的磨砂玻璃愈加模糊不清，从外头望去，只能隐约见到一对交缠的身影。

深灰色瓷砖早已潮湿，顶上的花洒未曾断过，散开无数细密水珠，似无形的网，将人笼罩。

荆羡背抵着墙壁，浑身湿透，手腕被禁锢，高高置于头顶。这折辱一般的姿势叫她不得不反弓起身子，腰椎颤颤巍巍，紧绷到了极点。

像是被迫臣服的画面，亦带着男人浓烈驯服的意图。

荆羡一直知道这人阴暗乖戾，只是没料到，八年之后，在他刻意伪装的淡漠清冷皮囊下，骨子里的偏执比起从前，竟然不遑多让。

她根本没休息好，再加上剧烈挣扎许久，如今已经沦为强弩之末，无论是言语反击抑或是眼神威胁，都没了气势。

不想沦为走投无路的可怜虫，却又找不到出口，荆羡心里气极，干脆撇开眼去。

可他就是不让她好过。

男人长期玩格斗，指腹上有薄茧，蹂躏着她脖颈处的敏感皮肤，粗粝感混着疼痛和奇怪的麻痒，叫她忍不住咬住了唇。

这副模样落在容淮眼里，没能博得半点同情。

他看着小姑娘不自觉流露出的楚楚可怜，难免想到几个钟头之前，她是不是用着同样的神情，在另一个男人的强势下溃不成军。

手上的力道慢慢加重。

荆羡几乎立马感受到火辣辣的痛楚，感觉那一处的皮都快被蹭掉了。娇生惯养的大小姐哪里吃得了苦，她瞪着他，语调恼怒：“你是不是变态？你弄疼我了！”

容淮暂时止住，一手拨开她脸颊边的湿发，俯身贴近：“晚上做了什么？”声音很轻，夹着亲昵，噙着笑，笑意却不及眼底。

荆羡对上他没有温度的目光，越发感觉这人怕是疯魔了。她不想激怒他，迟疑半晌，心不甘情不愿地道：“去滟澜山采风拍照。”

他垂眸，指尖在她锁骨上游移摩挲，像是漫不经心：“拍了一天一夜？”

脆弱的感官神经让荆羡有些战栗，花洒不断涌出的热水更是火上浇油，她努力控制自己，让声音听上去正常些：“有什么问题？我去哪里不需要跟你汇报吧。”

“你确定？”容淮轻笑了声，良久抬手关掉龙头。

下一秒，他单手抬高她的下巴，盯着那怎么都弄不掉的暧昧红痕，压上前，唇齿覆盖到边上的肌肤，轻轻咬了口。

须臾，愈来愈用力。

颈部皮肤本就纤薄，哪里架得住他那样，简直跟个吸血鬼似的，妄图将獠牙刺入，获得少女的新鲜血液。

这哪里是传说中脸红心跳的种草莓。

简直堪比酷刑。

荆羡快忍不住泪，喊了他的名字，叫他停手。

半晌，容淮抬头，浓密长睫被水沾湿，他慢吞吞地眨了下眼，那蜿蜒水迹就沿着鼻梁落下，被他抿进唇里。

他不说话，漆黑的眼盯着两处红痕，一边鲜艳欲滴，一边形状模糊。

像是在比对。

荆羡：“……”

男人面无表情的样子，更病态，像极了暴风雨来临前的宁静。

良久，他才勾了勾唇。

荆羡也不知道他得出了什么满意的结论。

她只是觉得火大，还有无助，这两日精力耗尽，身心俱疲，眼下还被这个人非法入侵堵在浴室。

叫天天不应，叫地地不灵。

“你真挺幼稚的。”她压着火，逼自己同他对视，“我同谁出去、做了什么，或者夜不归宿，那都是我的自由，你有什么资格干涉。”

像是要把所有的怨气最后一遍发泄完。

荆羡冷着脸：“都过去那么久了，你还没放下？”

空荡封闭的浴室，这句话像是被放大了无数倍，伴着回音，无限循环。

都过去那么久了。

你还没放下。

他慢慢放开她。

荆羡得到自由，松了口气，大概以为自己这番言语真的说服他了，又或者是令男人知难而退。她揉了揉酸痛的手腕，慢吞吞朝淋浴间出口移动。

“你会有你新的人生，我也……”

那个“也”字刚念出，花洒里的水滴“啪嗒”一声落于浴室地面。

接着一切便如突如其来的电影预告，猛然拉开序幕。

荆羡根本没来得及反应，身子突然失去重心，像是被推了一下，后边是淋浴房的玻璃门。

她害怕地闭上眼，以为要磕到头。

电光石火间。

没等到疼痛，那声惊叫戛然而止，被硬生生堵在了口里。

没有征兆的亲吻，带着惩罚的性质，掠夺她所有的呼吸，也剥夺了荆羡全部的思考能力。

她整个人都蒙了。

容淮鼻息灼热，手指扶在她脑后，另一手不轻不重捏着她的手腕。

荆羡的脉搏一声声跳动，和胸腔里的心脏频率混在一块，充斥着她的耳膜。

几秒钟后，她终于反应过来，开始奋力抵抗。

只是她实在不懂男人。

荆羡本就没什么接吻的经验，这会儿张口驳斥，反倒叫人乘虚而入。

省去了叩开唇齿的步骤，容淮再没有客气，“怜香惜玉”四个字暂时抛诸脑后。魂牵梦萦的姑娘被迫依附在他怀里，纤细软韧的身子骨微微发颤，他舌尖探进去，连口里的津液都是甜的。

联想到方才她说的那些屁话，他掐着她的腰，又咬了她一口。

荆羡眼泪都被逼出来了。

容淮分神瞧她一眼。

小姑娘睁着眼，里头迷蒙一片，水汽翻涌，眉梢眼尾染上红晕，处处透着邀请。

又纯又媚。

“现在别哭。”他笑了笑，含着她的唇，嗓音被情欲灼得很沙，意有所指，“我怕忍不住。”

荆羡又羞又气，再想挣扎，可惜遭到了更严重的镇压。

她的衣服湿哒哒地贴着背，后边是渐渐凉下来的磨砂门，而身前的男人却像岩浆，热度透过单薄衬衫，烧得她寸草不生。

冰火两重天。

荆羡无限煎熬，从一开始拒不合作，到后边反抗无能故作死鱼，两样都没让男人败兴。他沉浸在这场唇舌游戏里，一遍一遍，乐此不疲。

他甚至中途还停下来，手指恶劣地轻刮着她被树枝弄开的红印，话语含含糊糊：“到底哪儿来的？”

若是她不说，他就掐着她的下巴，抵着她的鼻尖，笑容不怀好意：“看来只想专心接吻。”

荆羡话都不想同他讲，破罐破摔，闭着眼装哑巴。

容淮看着她睫毛轻颤的娇柔模样，脸颊边的酒窝因为紧张有一边陷下去。

他有片刻恍惚。

以前的时候也是这样，少女揪着他的外套，主动撩了后又害羞到不得了。可只要他稍微靠近，她就会乖乖仰起脸，生涩又热情地回应他。

真是招人疼。

一晃八年，眼前依然是梦中人。

不管如何，她还在他怀里。

他笑了笑，再度加深这个吻。

荆羡全程抱着灵魂出窍我这只是肉身的态度去应付，但真的有点难。从前她就觉得这人吻技天赋异禀，尽管他也是初吻，但就是能清楚知道她全部的敏感点。

她最受不了那种温柔的逗弄。

现在就是这么个状况。

上一秒攻城略地暴戾的偏执狂像是想到了什么，莫名其妙变温情了，指尖捏着她耳垂的软肉，一边慢条斯理掠过她的上颚。

痒，麻。

脑子里的光一道接一道，荆羡热得从头到脚都快熟了，她自虐地掐着手心，心底深处恨透了自己的软弱和无力，可现实就是这样残忍。

她都不知道过了多久。

脚踩下去，原先水漫金山一般的地面都已经听不到明显的水花声。

她被亲得缺氧，晕晕乎乎，站都站不住。

他低笑一声，抱她出了淋浴房，把人提到洗手台上，不紧不慢揩去小姑娘唇边的水渍，在她如释重负的神情下再度侧脸。

“还没完。”

荆羡欲哭无泪。

最后停下来，唇上隐约有了血腥味。

她靠着洗手台后边的大面镜子，腿缩起来，条件反射地捂着唇，如临大敌盯着他，生怕他再来一次。

容淮直勾勾地盯着她，眼里的欲念还没散。

过了很久，他从裤兜里取出什么东西，牢牢捏在掌心。

荆羡瞥他一眼，竟然能从那张美貌乖戾的脸上瞧出些许不自然。很难去描述他的表情，像是捧着失而复得的珍宝，小心翼翼又万般虔诚。

她从未见过他这样。

太奇怪了。

她皱着眉，目光探究地落在他手上，又缓缓上移到他浅浅泛红的耳根。

来回几次后，她的眼睛被遮住。

男人的嗓音像是难以启齿，又带着别扭和势在必得。

“荆羡，情人节礼物。”

她愣住。

无名指传来微凉的触感，顺着指尖蔓延至根部。

是戒指。

眼睛被蒙住，什么都瞧不见，只有男人指缝里透出的些微光亮。

他好像没打算把手拿开，不知在纠结什么。

他体温不似平日微凉，反倒烫得离谱，温度透过手心，带着薄薄的湿意，覆在她眼睫上。

荆羡从方才漫长的纠缠里已经清楚认知到，在这位乖戾无常的病娇面前，她的挣扎无非就是蚍蜉撼大树，指不定还给他徒增几分小打小闹的情趣。

她没打算再逞口舌之快，他不说话，她也懒得搭理，只一点点摸索着那枚戒指。

弧度和大小都很合适，在无名指根部完美契合，如今套上，触感竟然莫名熟悉。

荆羡不由自主地想到那枚先前故意丢在回国航班上的耻辱戒。

思绪正发散，眼前重回光明。

浴室里的冷白光线异常刺目，荆羡坐在洗手台上，不适应地眨了下眼，视野清晰后，面前男人的模样又叫她愣住。

容淮撑在她膝盖两侧，因为姿势的缘故，略低一些，这会儿正微微仰头盯着她。

该怎么形容这张脸。

肤色病态，先前那样激烈的亲吻都没能让他多几分血色，而是那种近乎不健康的透明惨白。额上有细密水珠，分不清是湿发落下的抑或者是汗。

嘴唇殷红近妖冶，眼尾附近泛着些许猩红。

两人距离很近，荆羡垂眸看他，几乎能感受到他鼻息散出的温度，过分灼热，完全不像个正常人。

生病了?

还是故作虚弱装可怜?

荆羡拧着眉，对上容淮漆黑的眼。里头雾霭沉沉，不若之前那么阴鸷，然而偏执的侵略感半点没少。

“记得吗？”他慢条斯理地攫住她的指尖，往上抬了抬。

纤白细嫩的手指间，多了枚银质戒指。

戒环质地廉价，有些年头的模样，最外边那圈甚至不够光滑。

这样廉价的饰品，小摊上都卖不到几十块。

可偏偏如此不起眼的玩意儿，中间有颗惊艳无比的蓝钻，被雕琢成新月的模样，镶嵌在完全不匹配的戒托上，格格不入。

对比强烈，堪称云泥之别。

荆羡几乎一眼就认出来了。

尽管锆石被替换成了昂贵的真钻，可银饰上还有歪歪扭扭的 J 和 R 字迹，时间久了轮廓淡化，如今只能勉强辨别。

当初夜市老板不给弄，是她窝在书房里，不熟练地用美工刀一笔一画刻出来的。中途划破过数次伤口，创可贴断断续续贴了两个多礼拜才好。

属于那个夏日七夕的刻骨记忆再度侵袭。

十七岁的小姑娘在学校里不敢公然戴戒指，就串了银链当作吊坠，妥帖藏于校服下日夜佩戴。哪怕这是一样讨要来的礼物，她依然当作两人之间的信物，除了洗澡之外，从未取下。

夜里念着他的名字入睡，白天课间偷偷去器材室，她就会转到无名指的位置，故意露给他瞧。

少年漫不经心扫一眼，似笑非笑：“脸皮倒是挺厚的。”

是啊。

厚颜无耻。

没完没了的纠缠。

说的可不就是她吗?

他从未给过任何允诺，随口说的去 Z 大被她奉为圣旨，自此再不敢仗着父母的好基因胡乱应付学习。

挑灯夜战，通宵复习那都是常事，只为月考后成绩公告栏上他俩的名字近一些。

仿佛近一些，未来就触手可得。

她在日记本里写满无数幼稚期许，重复率最高的那段话，便是和心心念念的少年在大学圆满。她一厢情愿地努力，妄图能成为校园爱情童话里的幸运儿。

可命运总爱开玩笑，这自欺欺人的单箭头逆转而来，淬了毒染了霜，将她构筑的美好蓝图一并撕裂。

所有的梦破碎在那个雨夜，在那场无关痛痒的争吵后，他用一种近乎残忍的方式，彻底消失在她的世界。

荆羡到如今依然记得，无数个深夜里，她抱着电话一遍遍拨打，从虔诚祈祷，到煎熬等待，最后心如死灰，压抑到极点后，捂着枕头无声痛哭。

她曾经以为这辈子都不可能痊愈。

痛楚如影随形，在国外的日子颠沛流离，午夜梦回仍是泪湿枕巾。

然而八年岁月终将沉淀，她渐渐麻木，鲜再想起那个人，在飞机上痛快丢掉那枚戒指，也彻底同过去作了告别。

还未迎接新生，荒唐接踵而至。

这寓意着耻辱和不堪的纪念物竟然兜兜转转，又回到她手上。

荆羡浑身发冷，湿透的衣物像是散着寒意，沿着她的骨头缝儿往里钻，她说不出话，亦无法动作，只死死盯着那枚戒指瞧。

容淮也看着她。

姑娘眉眼低垂，眼眶发红，饱满的红唇因为他的肆虐变得微肿，锁骨上边还有他留下的印记，抱着腿缩在镜子前，被他捉着的手不自觉颤抖。

不知是激动抑或是别的什么。

他放软了声音，又重复道："记得吗？"

她恍若未闻，慢吞吞地眨了下眼睛，恰好额上湿发的水珠淌落，颤颤巍巍地附着在长睫毛上，再随着她眨眼的频率滑过脸庞。

有种落泪的错觉。

饶是铁石心肠，这一刻也得化指柔。

容淮放开她，喉结缓慢滚了下，倾身向前，一手轻轻捏住她的下巴，指腹擦过她润了水的眼尾。

她却倏然抬眸。

眼神虚无缥缈，似乎在看他，又似乎透过他，望向不知名的某处。

容淮的语气变得莫名艰难："荆羡，我……"

下一刻，她高高扬起了手。

清脆的耳光声截断他之后所有的话语。

容淮怔住。

一切发生得太快。

这个耳光用了十成的力，甚至打得男人偏过头去，牙齿磕破唇内软肉，血几乎是同一时刻就流出来。

荆羡冷眼瞧着，从蜷缩的姿势复苏，一点点挺直脊梁。她跳下洗手台，站在他面前，缓慢又坚决地摘掉戒指，轻慢地捏着："这东西，真让我恶心。"

她笑了笑，一字一顿地补充："你也是。"

容淮缓缓揩去嘴角的血，难得的温情从漆黑眼里迅速抽离，他就这么漠然看着她，瞧不出情绪。

荆羡把长发拢到耳后，面无表情："捡了别人不要的垃圾回来，你想感动谁？收起你那些自以为是的浪漫，我不需要，也不稀罕。"

说完，她手腕施力。

那枚戒指便如毫无留恋被遗弃的废品，从她手上迅速脱离，而后狠狠撞击墙壁回弹，在洗手池里滚了两圈，异常惊险地卡在半敞的台盆下水塞子缝隙。

要掉不掉。

上头的钻石不太幸运，本就与戒托尺寸有误格格不入，这会儿受到外力脱离开来，冲向下水道的怀抱。

两人都没抢救，几百万就这样打了水漂。

良久，无人开口。

荆羡坦荡荡迎着他的视线："抱歉啊，你要不舒坦，蓝钻的价格随时报个数字给我，我找人汇你公司账户。"

她轻描淡写的语气有天生矜贵的大小姐派头，年少时小心翼翼，在心上人面前，总藏着掖着，生怕过分悬殊的家世会束缚彼此的感情。

此去经年，二十五岁的时候，荆羡面对同一位，已经可以落落大方地选择用金钱摆平一切。

容淮倏然笑了声。

嗓音沙哑，有嘲弄，亦有苦涩。

他面色比十分钟前更苍白，本来都快半干的额前碎发不知为何又变得湿漉漉，像是一直在冒汗。

眼尾的猩红蔓延至太阳穴附近，嘴角染血，妖冶又虚弱。

怎么看都是一张高烧病人的脸。

荆羡迟疑两秒，抬手推他，意料之外没遭到反噬。她轻而易举地绕过障碍物，走至浴室门外，停了会儿，又回过头去看他。

"你看你什么时候离开？"

容淮没应，还维持着被她推到墙上的状态。

须臾，他手伸出去，将那岌岌可危不知何时会滚落的小玩意够出来，轻轻放到台面上。

目光短暂停留两秒，他挪开，很轻地笑了笑："八年了。"

荆羡被这三个字弄得心神不宁，她不觉得自己做错了什么，可他说话的口吻，感觉是放弃了，又像是要维持最后自尊的坚忍，叫她一刻都不想同他共处一室。

她扭头就走，在客厅坐了会儿，用确保能听到的音量威胁："十五分钟，如果你还赖着，别怪我报警。"

回应她的唯有一室寂寥。

荆羡烦躁地抓了把头发，她浑身上下都湿透，打底裤黏在腿上，贴身内衣的搭扣又和灯芯绒衬衫搅和到一块，哪里都不舒服。

她没再管这个人，跑到楼上卧室，反锁了门，想打电话给荆焱，纠结好一阵子，又丢开手机。

算了，就给十五分钟。

甩掉那些不该存在的怜悯，她在主卧附带的卫生间里迅速冲了个热水澡，而后换了套保守又方便行动的家居服，一边擦干头发，一边下楼。

她在转角平台驻足，先看向大门口，玄关地毯并未多出深色鞋印，门把上挂着的吉祥福袋也是原样。

没走。

荆羡叹口气，心不甘情不愿地喊他的名字。

一连三声，一声比一声暴躁，等到耐心值宣告阵亡，她跑到储藏室翻了根垒球棍。

荆羡拖着长物，棍子的一端与大理石地面接触，发出迟钝又难听的声响。穿过客厅，她把垒球棍架到肩上，一脚踹开虚掩的浴室门。

结果和她想象的不太一样。

没有争锋相对剑拔弩张的紧张氛围。

因为敌人已经半死不活。

他身子早就滑落，靠着墙，一条腿支着，头耷拉下来，贴合膝盖，安静得连呼吸声都听不见。

“喂。”荆羡走过去，拿垒球棒顶了下他的脑袋，“你别装死。”

男人顺势歪头，眼眸紧闭，睫毛在秀挺的鼻梁边拓下淡淡阴影。

这张脸，昏迷中依旧有着蛊惑人心的美貌。

不过荆羡没什么心情欣赏，她在原地转两圈，郁闷到恨不能用手里的棍子给他三十大板。

真的有毒。

跑到她家像个色情狂一样占她便宜。

现在又发烧晕倒。

哪儿来的脸啊?

荆羡翻个白眼，拽住他的袖子，非常粗鲁地把人往外边拖。

沿途也没悉心照料，一路擦着墙角桌边，甚至有一下还撞到餐边柜，能听到钝物与头的闷响。

痛快。

荆羡恶作剧一般笑出声，不过很快又累到气喘如牛。这人身高接近一米八五，看起来清瘦，但真挺重的，她要用尽力气双手一起发力，才能勉强拖到门边。

忙完这一切，她精疲力竭地坐倒，开始认真思考。

是丢到大马路上呢。

还是丢到警察局呢。

荆羡抽空瞄一眼身边失去意识的青年，她那一巴掌还挺厉害，唇边血迹都没干，刚才被她面朝下又拖又拽的，估计里头伤口又扩大了。

瞧着惨兮兮的。

她没来由地想到他清醒时去捡那枚戒指的模样，终究是心软了。

“算你运气好。”

荆羡给急救中心拨了电话，对方询问过地址之后表示最近的医院派医护人员过来要半小时，又问是什么状况。

她摸了下男人滚烫的额头，联想这位先前生龙活虎压着她玩强吻的变态模样，迟疑：“我不太清楚，可能是发烧引起的，但不确定。”

120 接线人员表示理解：“请您先物理降温，我们这边尽快安排。”

荆羡没辙，用毛巾包了冰块，眼不见为净地将他整张脸都盖住，半晌，又怕把人闷死，卷边上去，留了唇鼻的位置。

她没心情随伺一旁，跑到沙发上打开电视。

新闻频道来回滚动着周边城市突如其来的加油站爆炸惨剧，临近居民楼和无辜路人都被波及到，怪不得今晚的急救人员这样忙。

万幸的是油桶储备量很低，范围不广，伤员基本轻伤，无死亡风险。

她看了会儿，隐约听到门边的动静。

低低的声音，梦呓一般。

荆羡走过去，男人侧躺着，眼眸半睁半开，视线没有焦距，呼吸短促微弱，像是烧糊涂了。

她蹲下，怠慢地拍拍他的脸："姓容的，你要没什么事，也别占用医用资源了。"

他怎么可能有回应，眼睛眨都不眨，感觉活在虚幻里，唯有眉头紧皱，口中喃喃。

说什么呢？

她把耳朵贴近一些。

这回听清了。

报的是一个日期。

9月7日。

荆羡有点儿蒙，还在疑虑这个日子有何意义，又见他无意识地伸手，拽住了她的衣摆，像是溺水之人抓住了救命绳索。

含混不清的梦话仍在继续。

半梦半醒间，他的嗓音几不可闻：

"为什么没来Z大？"

荆羡以为自己听错。

然而屋子里很安静，尽管他高烧未退口齿不清，依旧不影响她的判断。

这句话似有了魔力，无声无息地钻入耳膜，而后在大脑里循环播放。

为什么没去Z大？

为什么？

荆羡是真没想到这个人在神志不清的状态下居然会冒出这样的问题。

高三那个雨夜，她在楼道下等了他一晚，拜那场大雨所赐，她在医院住了一个多月。她的命运也在那段日子里被决定好，留学成了不可逆转的计划。

出院后距离高考不到四十天，她在学校，活得像个傀儡。最终考试也不过走个过场，只要超本科线，凭借往日的月考排名就能去纽约潘森斯设计学院。

成绩出来的那天，是宁瑶帮她查的分数。

642分，压着Z大的分数线低空掠过，服从专业调剂应该也能上。

不过已经不重要。

后边她也打听过他的消息，然而并无音信，九班容淮平时连正常上课都神龙见首不见尾，退学后就更像人间蒸发。

没有人知道他在哪儿，亦没有人能想到，桀骜阴暗的少年，居然会在不知名的城市，继续完成学业参加高考。

她鼓起勇气为爱痴狂的那次，就是在千辛万苦得知他的下落后，孤身一人追去瑞士，然而结局依然惨烈。

在这漫长的八年岁月，她唯一能确认的，就是他从未主动联系过自己。

哪怕一次。

等待最叫人绝望，荆羡全部的热忱和欢喜都埋葬在青葱岁月里，如今听他无意识地低喃，甚至觉得荒谬。

“你不会想现在才告诉我，你是为我，才考Z大的。”

空气里，传来她似是自言自语的轻嘲。

继而是良久的沉默。

120急救车的呼啸由远及近的时刻，荆羡回过神，很轻地笑了一下：“那我这八年，还不如真当你死了算了。”

语罢，她站起，将男人脸上的冰袋挪开。

他尚在沉睡，额上满布汗水，或许正陷入梦魇里，好看的眉头拧在一处，不过已经安静下来，因为高烧泛红的唇抿着，呼吸急促而灼热。

荆羡收回目光，去楼下等候医护人员。

送他上车后，她没打算跟上去，对方却迟迟未关门，表示硬性规定一定要有家属陪同，朋友也行，总之需要有人能够结算费用。

荆羡：“……”

这么现实的吗？

荆羡没辙，只能陪着一同到医院。

救护车上量了体温测完心率，并无大碍，初步判断就是高烧并发症。

医务人员见病人衣衫湿透，还挺奇怪：“今天也没下雨，怎么搞成这样？”扒开口鼻仔细检查后，又排除了失足落河呛水的可能性。

荆羡尴尬，半句都没吭声。

离他们家最近的只有一家私立医院，约莫三十分钟路程。急诊科室早就接到病人的大致信息，帮忙抬上床后便开始医治。

荆羡被帘子隔开，等在外头。

他这种情况其实也谈不上什么抢救，无非就是例行检查，排除一些急性病状引发的高热现象之后，护士过来打吊针。

医生在一旁解释：“热度39.3℃，有轻度脱水症状，需要住院观察两天，你是他女朋友吗？”

荆羡摇头。

医生：“年末我们这儿的看护都不在，第一晚建议陪床，能联系上家属吗？”

荆羡陷入两难。

她对他的家庭状况了解甚少，除了知道他父亲去世，就只匆忙见过他母亲一面。这会儿实在也没别的人选，她思忖再三，从网上找到“睡不着”的电话。

邵忠赶到已经是一小时之后。

照旧是迷彩裤外加黑色短羽绒，来得风尘仆仆，鞋带都没系好，头发乱糟糟，顶着个鸟窝似的。

他方向感极差，感觉都不会看上头的指示牌，在走廊的几个诊疗室里乱转。

荆羡不得不抬手：“这里。”

邵忠顾不上打招呼，赶紧进去瞧了眼。

容淮在他的记忆里基本等同于无所不能这四个字，此刻见过大佬湿哒哒又病恹恹的模样，忽而惊诧：“他想不开跳河了？”

荆羡：“……”

邵忠脑补完，又“嘶”了一声：“不不不，我淮爹干不出这么蠢的事。”他搬把凳子坐到病榻边，仔细观察两遍，迟疑地扭过头来，“到底怎么了？”

“你问医生吧。”荆羡懒得和他废话，把办完的手续资料都递过去，“我有事，先走一步。”

邵忠就算再迟钝都明白，容淮醒来后见到校花绝对要比见到自己暗爽一百倍。他无论如何都想替兄弟将妹子留下，无奈脑子转了一圈，又实在找不到理由。

他张着嘴，偏偏话说不出来，急得要命。

荆羡能猜到邵忠在想什么，可她真不认为在经历过先前那段虐心环节后，她和容淮还能继续搅和在一块。

酒吧那次已经是重创，时隔几周而已，她什么狠话都放了。

他说“八年了”这三个字时，分明带着些许自嘲的意味，好像长久以往的坚持在一夕之间被她踩在脚下碾灭，又好像在竭尽全力维持仅有的尊严。

他一直都是桀骜难驯的，年少时无论出身如何，骨子里总有常人无法理解的骄傲，好胜心比谁都强，否则也不会每日打三份工，还非得稳住年级组头把交椅。

外人都传九班有个天才，要么旷课要么睡觉，偏偏成绩出类拔萃。

可荆羡私下里偶然翻过他的书本和习题册，注释和笔记比她的更多，奥数竞赛的卷子也都规规整整做了，也不知从哪儿挤出的时间。

这样心高气傲的人，以后应该不可能再纠缠了。

荆羡能意识到，若无特殊契机，这将是他们最后一次见面。她抓着挎包肩带，心不知为何，跳得有些快。

急诊室的窗开了道缝儿，忽而冷风袭来，吹开了医生刚为病人拉上的布帘。

荆羡再看一眼。

那张脸沉睡时，没了乖戾阴鸷，变得无害，甚至有几分少年气，依稀是她高中时迷恋的模样。

她有片刻恍惚，分神地想，如果那时候他肯给她打个电话，哪怕只是一句话，一个标点符号……

结局是否会不一样。

可惜好花不常开，好梦不长圆，世上亦没有那么多假设。

很快，布帘又落下，隔绝所有视线。

荆羡收回目光，走到门外，邵忠跟着出来，欲言又止。他纠结半天，牙一咬：“我可以发誓，他心里绝对有你，我没见过他对谁这么上心，你能不能留下来？”

邵忠所谓的留下，无非就是陪夜。

可多这一晚，又有什么意义。

荆羡笑笑：“我真的很累，想回去休息，麻烦你照顾他，明天有时间我会再来看他。”

邵忠愣了老半天，总觉得哪里不对劲，这姑娘脸上的表情明明白白写着怅然和诀别。他舔了下唇，小心翼翼地措辞：“那什么，明天真会来？”

荆羡沉默。

良久，她抬眸，视线望向远方，像是在和邵忠，也像是在和那位昏睡不醒的青年轻声说：“再见。”

回去的路上，荆羡坐在出租车里，故意让后排窗户敞着，塞上耳机，音量调得很高。

司机从后视镜里看她，不知怎么回事，他总觉得这位天仙般的美人儿下一秒就要哭出来，可眼眶没红，脸上分明又没有眼泪。

快到目的地，他没忍住：“姑娘没事吧？”

荆羡眨了下眼：“我挺好的。”她神色自若地付钱，下车同小区保安打过招呼，走进楼栋摁了电梯。

电梯门一开，她鬼使神差地回过头去。

没了那位神出鬼没的青年，墙角一如往常，就放了盆绿植，没什么特别。她看了会儿，蓦然眯眼，走过去捡起地上一抹红色。

是玫瑰花瓣。

她愣了愣，再抬头，似乎楼上的转角平台还有零星的红。

荆羡在原地呆了许久，像是下定决心，她扶着楼梯栏杆，一步步朝上走。

十九楼的门虚掩着，灯光透过门缝朝外倾泻，曳出浅浅光影。

她就跟被夺舍一般傻站着，只忽而想到，小区安保早就升级，夜间门禁常锁，非业主无法进入，那么他是怎么上来的呢？

冥冥之中有答案即将破土而出。

荆羡深吸了口气，推开门。

昏黄温暖的灯光下，入目即是满室玫瑰，鲜艳欲滴的红色几乎淹没了整个客厅，她根本没有下脚的地方，只觉得花香溢满鼻尖。

长桌上有香槟，斜躺在冰桶里，里头的冰块早就化了，只剩一摊水。角落的玻璃烛台没了主人青睐，独留一根，倔强又孤零零地燃烧。

荆羡倏然笑了。

这是她梦寐以求的情人节画面。

也是她无数次痴缠着少年说要烛光晚餐的夙愿。

十七岁的时候没能实现。

十八岁的时候那人消失不见。

如今二十五岁，不期而至。

可是为什么来得那么迟。

荆羡笑着笑着，又蹲下来，抱着膝盖，眼泪不受控制地大颗落下，一滴滴砸在地板的花海上。

她掏出手机，颤着手给荆焱拨电话。

“哥，我想搬家。”她手背胡乱抹着眼泪，哽咽，“我想现在就搬家。”

时间没有为谁而耽搁脚步，日子如白驹过隙，一晃半年。

临城最热的八月，《MUSE》调整了各个专栏的版块。白婧这组之后不但要负责原先的专栏，还额外加了都市丽人的选题，需要从各个领域的白领里找一些潜在的时尚达人做心得分享。

荆羡因为表现出色，成功从小助理晋升为初级文字编辑，和陈舒妍搭档，独立负责新版块。月薪跟着涨到四千五，额外还有车补。

虽然这工资对荆大小姐来说都不够一双鞋的花销，但胜在精神层面的巨大升华。毕竟她在刚回国时迷茫找不到方向，现在忙忙碌碌有了进展，就跟打怪升级一样，每多一点经验值都很满足。

内部晋职晋薪文件发下的当晚，荆羡请了整组人，去“映莲”中餐厅吃饭。

要说格调，在临城，这家是独一份。菜单上都没显示价格，只有图片和菜名，厨师长推荐菜那一栏里更是写明了用今日空运的珍贵食材现做，无固定。

荆羡让白婧他们点了喜欢的，自己又熟门熟路要了几个招牌菜。

“可以啊，荆妹妹。”老钱捧着白瓷茶盏，慢悠悠抿了口，“这地儿可不便宜啊，老大哥我今天算是沾了你的光，也体会下贵族的生活品质。”

白婧倒没奇怪，早知道这姑娘家世不一般，她混时尚圈也十来年了，同事里不乏富二代，可即便这样，也没见过能每周换限量款包不重复的。

这背后得有多少财力撑着？才能一个礼拜烧掉十几二十万。

性格虽然偶尔张扬，但大部分时间都挺低调，工作态度也好，而且教养出类拔萃，看得出来是大户人家的千金小姐。

白婧对这位下属还挺满意，私底下也拿她当妹妹，故意打趣：“团建费这季度就剩一千块，就不给你报销了。”

“说什么呢组长。”荆羡眨眨眼，眯着眼笑，“随便点，我请客。”

陈舒妍从头到尾都没参与对话，忙着发消息，甜汤上时，才有闲暇慰藉饥肠辘辘的胃。

喝了两口，她又把手机往下一盖，语气恼怒：“烦，一个两百万粉的大V而已，三催四请的，真把自己当明星了。”

白婧：“怎么？”

“新栏目第一期嘛，想搞点特殊的。”陈舒妍靠回椅背，抱着双臂，“谁知道找了个奇葩，比青鹭药业那位跩上天的总裁还难搞。”

白婧没心没肺地笑：“容淮是不是？你还别说，我们开年的1月刊都卖脱销，好多人托我打听，问从哪儿搞来这么个神仙颜值的帅哥。”

陈舒妍受过这位的气，心不甘情不愿：“长得再好看有屁用，阴阳怪气的，要真相处，哪个女人受得了。”

忽而听到这久违的名字，荆羡愣了愣。

自从春节前夕在她家浴室经历过那么一遭后，后边果真如她所料，也如她所愿，没再联系。像是被打击到彻底，心高气傲的男人彻底消失在她的世界里。

荆羡原本就和他的生活轨迹并无交集，只要一方不主动，基本就没什么偶遇的概率。

她在那晚连夜搬家，哭得不能自已，荆焱找到她时，满脸诧异。

如今想来，也不知为何，当时就突然情绪崩盘，悲从中来。

白婧和陈舒妍没注意到她的恍惚，自顾自聊。

老钱听了一会儿，插话：“讲道理，我是挺喜欢青鹭药业的，股市里多猛啊，噌噌的，一路疯涨。”

科创板的黑马，随便买买，就让他挣到过去不敢想的数字。

“我天天关注他们利好消息。”钱超故想到持仓金额，笑得眼睛都快没了，“听说那位容先生过完年就去瑞士谈研发合作了，现在还挂名在实验室里，估摸着回国后股价又得翻一番。”

荆羡沉默，搅着汤，心不在焉。

须臾，穿着旗袍的服务员过来上菜。

三人也总算掐住话茬，不再拘泥于青鹭药业种种，转而议论起菜色口味。

荆羡长出一口气，一直听这个名字，插不进话亦不想融入，感觉浑身都不自在。

接下来又讨论了会儿公司八卦，时尚圈各种惊破眼球的破事多如过江之鲫，一顿饭边吃边聊，时间眨眼就过。

酒足饭饱之后，已逾九点。

一行人在中餐厅外头互道路上小心，而后散了。

陈舒妍被那大V搞得心情不好，多喝了几杯白酒，醉态虽不显，但走路已经有些不稳。

荆羡不放心，开车送她回家。

贪杯的人永远话痨，一路上嘴巴就没停过，不是侃侃而谈自己的择偶标准，就是疯狂追问荆羡的理想型，末了又哀号为何年过三十仍未有男友。

荆羡胡乱应付，差点被她逼疯，赶紧看着导航线路抄近路。

幸而陈舒妍的住处和餐厅还挺近，没多久就到了。

荆羡折腾良久才送她上楼，刚要取车，又觉得口渴，目光搜寻到远处奶茶店的招牌，怕停车不方便，干脆步行前去买杯热饮润润嗓子。

走出一个街区，景色变了。

路灯坏了几盏，街边有乱七八糟的临时摊铺，没有东家，流浪汉躺在上头。再往后是等着拆迁的危楼，房子低矮，六层左右，一排窗户似黑洞，像是无人居住的区域。

荆羡觉得眼熟，驻足片刻，凉意渗入心底。

是他家。

或者说，是他高中的暂居地。

过去租金便宜，这里充斥着皮条客和乌七八糟的社会渣滓，他在这里救过她。

她有了差点被猥亵的阴影，就没怎么来过，鲜有的几次，也都是不太好的记忆。

楼栋下插着的施工告示牌预示着不久之后，这里将化为碎石灰土，再由开发商重铸新楼盘，彻底抹掉这个城市仅存不多的污点建筑。

荆羡不想多待，把手放进牛仔短裤的兜里，垂眸快速经过。等到走至围挡附近，她瞥见一团黑影，这才察觉到这儿居然蹲着一位路人。

看身形应该是个女的。

瘦得吓人，背个古怪的编织袋，大夏天穿了件邋遢的暗红色风衣，衣摆都拖到地上了，她浑然未觉，头高高仰着，望向楼顶。

荆羡故意拉开距离，即将错身之时。

女人忽而看过来，神情惊讶：“你是……”

荆羡愣住。

她很快就认出那张脸。

眉心有颗红痣，看五官年轻时应该是百里挑一的美人。可惜岁月腐蚀美貌，如今眼神混浊，嘴角耷拉下来，脸上没几两肉，颧骨高高隆起，显得异常刻薄。

“你是容淮的同学吧。”女人站起身，显得异常激动，“我是他妈妈，我们见过的，八年前，不记得啦？”

荆羡对这女人有天生的抵触。

她说话的样子，刻意伪装的良善语气，强行挤出来的笑容，都透着一个“假”字。

荆羡很冷漠：“有事吗？”

女人故意不答，反问：“我刚从老家回来，想找我们阿淮重聚，你也是来这里等他的吗？”

荆羡：“我跟他很久没联系了。”

语罢，她品了品女人的话，感觉荒谬。

据她所知，容淮这些年都在瑞士，回国后也另有公寓，身为母亲却不知道儿子的情况，甚至当着她面睁眼说瞎话，真不是来搞笑的吗？

荆羡不由自主地想到从前，这女人苦苦哀求自己借钱救助丈夫换肝的模样。

她当时也没犹豫，十八岁第一次动用家里的信托基金，拿了三十万出来，只想为心上人遮风避雨，哪怕他不需要。

她一意孤行，只盼他好，就这样把支票给了他母亲。

只是没料到，后边他的反应会那样大……

荆羡的思绪快要被带回那个雨夜，直到女人上前握住她的手：“你是我们全家的恩人，荆小姐，我每年都在庙里为你祈福，也为我早亡的丈夫抄经。”

女人抹把泪，泣不成声。

尽管她哭得同八年前如出一辙，荆羡却总感到莫名硌硬，她抽回手：“不需要，我有事，先走了。”

女人一愣，神情有半刻僵硬，继而追上来：“荆小姐，是这样，我跟阿淮有些误会，如果你们还有联系……”

荆羡皱着眉：“我说了，没联系。”

女人纠缠不休：“那电话号码总有吧。”

荆羡转过身，盯着她。

女人像是没反应过来，眼里算计的光都没来得及掩住，只仓皇地垂下头去：“我们阿淮孤身一人，我实在不放心。”

荆羡直到今天，都不知道容淮的家事，他从来不提，学校里也无人敢问。可她明白这人的厌世和阴暗都是真的，她不晓得他经历过什么，在懵懂无知的岁月里，只能一厢情愿用她的方式对他好。

但如果始作俑者是他的母亲……

荆羡思忖半刻，又强行压下种种怀疑。

算了吧。

桥归桥路归路，都形同陌路了，她没资格插手别人的家务事。

“你再不放心，跟我也没关系。”荆羡没耐心再应付这个女人，话都懒得多讲，直接甩开她走了。

拐过小店，脚上的滑板鞋搭扣散了，荆羡蹲下系鞋带。

路灯没照到她。

女人像是误以为她走了，开始同人打电话。

夏风将恶毒又嫌恶的话语送到荆羡耳中。

“阿威，我会搞到钱的。”

“听说小畜生飞黄腾达了。”

“今天没找到，倒是遇到他那个小女朋友，现在人大了不好糊弄了。”

半晌，语调渐渐高亢。

“三十万还不是你赌掉的，我花什么了？”

“要怪，就怪当初你那几个债主没把他打死，买的保险都打水漂了。”

“好了，我才刚出来，你别跟我吵。”

这些话，一字不差入了耳。

荆羡僵住，遍体生凉。

第七章

我不会假装不爱他了

兴许是意外遇到这个女人的缘故，荆羡有些不安。

那早已被她下决心遗忘的前尘往事，仿佛被魔咒封印的禁地，忽而遭到无心之人闯入，毫无征兆地再度重见天日。

记得那是高三下学期刚开学没多久。

寒假过完，临毕业班都挺紧张，课间都没学生出去放松，全都专心趴桌上温书。这样全员备考的氛围里，荆羡却有整整一周没在学校见到容淮。

他过去虽然偶有旷课，但从未如此离谱。

电话不接，但隔很久会回，嗓音淡淡的，听不出情绪。

问就说没事，任凭荆羡如何旁敲侧击，他总能四两拨千斤，有时候被她短信轰炸烦了，就会在夜深人静时发过来：

“有点事处理，别操心了。”

尽管他说了别操心，可荆羡又如何能做到。

荆羡特地和宁瑶去九班打听，而他那几位跟屁虫全都表明不清楚少年的下落。后边见到教导主任带人特地巡场好几回，就知道这人确实没请假。

她心神不宁，上课时还能佯装镇定，放学后再按捺不住，悄悄跑去他家等。

知道那个地方有许多潜在危险，她特地让司机送她过去。

日暮西下，黑色迈巴赫在贫民窟一般的危房楼下格格不入，惹得浓妆艳抹衣衫暴露的女人们频频张望。荆羡没理她们肆无忌惮打量的眼神，只把书包留在车里，自己上了二楼。

楼道里与上次来时大不同。

烂蔬菜叶和鸡蛋壳堆积在地上，显然有人恶意为之，她小心翼翼前行，几乎无处下脚。属于他那户的门口被人用红漆写了四个硕大的字眼，触目惊心——

欠债，还钱！！！

几个感叹号蔓延出歪歪扭扭的痕迹，似鲜血流淌。

荆羡愣了好一阵子，去窗户张望了下，意外见到一个背对着她翻箱倒柜的身影。

这是她第一次见到容淮的母亲崔泠。

误以为对方是贼，荆羡没打草惊蛇，让司机上来帮忙处理。擒获女人的那刻，她在见到对方正脸后，就知道自己搞错了。

少年五官精致，眼睛尤其出彩，内勾外翘的眼尾，弧度恰到好处，有着勾魂蚀骨又不自知的魅力，同眼前的女人如出一辙。

唯一的区别大概就是眼神，前者淡漠清冷，后者狡诈精明，像是心术不正。

不过当时尚未成年的荆羡是看不出来的，她在确定女人的身份后，就规规矩矩喊了声阿姨，而后打探容淮的下落。

女人没答，视线掠过小姑娘身后的制服男人，莫名其妙地转了话题。

“你家配了司机啊？”她问。

荆羡愣了两秒，点头。

后边就是异常热情的嘘寒问暖，女人甚至送她上车，临走前拉着她的手，抹泪：“我们阿淮苦命，为他爸爸的医药费四处奔波，都怪我这个当妈的没用。”

回去后，荆羡辗转反侧，她在凌晨偷偷跑去了拳馆。

她从小到大都被保护得很好，没有见识过太多人世间的丑恶，只隐约察觉那里的地下室在做什么古怪又血腥的勾当。

想的是一回事，亲眼看见却又是另一番冲击。

当晚，台上染血的少年和无数亢奋的尖叫声，成了她挥之不去的噩梦。

荆羡浑身战栗，缩在后台更衣室的柜子里，不敢看不敢听，直到属于他的柜门被人从外边打开，光亮涌入。

她泪眼蒙眬：“我什么都有，你能不能让我帮你，我可以帮你的……”

少年叹一声：“荆羡。”

她抬眸。

他眉骨附近的皮肤裂了道口子，有些狼狈，但神情依然风轻云淡：“还想考 Z 大吗？”

荆羡小声道：“想的。”

“想就回去看书。”少年勾唇，半强迫地将她从通道的出口送离，招来出租车，他俯下身，有些迟疑又有些无奈地替她抹掉眼角泪痕，“我的事，我自己解决。”

静谧的夜空里，他说这句话时的倨傲和固执，像是与生俱来，带着安抚人心的力量。

荆羡就这样回了家，只是见识过那样的画面后，到底内心惶恐。她在第二周仍未见到少年，反倒是在校门外又遇见了容淮母亲。

女人在树荫下来回徘徊，像是在等什么人，见到她时，立马声泪俱下地阐述丈夫命悬一线，儿子心力交瘁云云，说自己实在没办法了。

这就是开口借钱的意思。

荆羡这回没犹豫，偷偷动用了个人的信托基金，里头数额巨大，她以为区区三十万，不会被发现。结果这事儿没多久还是被父母知晓，最后荆焱帮忙圆的场，说是集全套 AJ 限量款球鞋，高价收的。

十七岁时，她自以为是地替心上人解决了难题，为了顾全少年的自尊，她甚至要求女人不要同他提起。

如今想来，简直可笑。

窗外接连不断的蝉鸣扰得荆羡坐立难安，她把冷气温度调低几度，头埋在被子里。

思绪不断翻腾。

一会儿是他退学前那场莫名其妙的争执，少年的视线像看陌生人一般，冷着嗓问她为何多管闲事，之后似乎懒得同她多费唇舌，就这样摔门走了。

一会儿又是女人恶毒不加掩饰的言语——

小畜生。

怎么没打死他。

三十万。

拿去赌了。

这些言语交织在一起，让她不堪重负，辗转到深夜，迷迷糊糊睡去前，她仿佛又听见了女人不屑的冷笑：

“他那个小女朋友，现在人大了不好糊弄了。”

隔天是周末。

荆羡破天荒没被闹钟吵醒，错过了晨练的时间，她也没挣扎起来，干脆躺在床上对着天花板回神。

身体清醒了，脑子还有点浑，她摸索着拿过手机，茫茫然摁下一串数字。

慢吞吞把屏幕挪到眼前，荆羡看着那拨过无数遍的电话号码，直觉里有个声音一直在催促。

不是好奇吗？联系他，问清楚当年的事。

你犯了蠢，把钱给了赌徒，后果如何，你不想知道吗？

荆羡神思恍惚，指尖摁着拨出键。

下一秒，荆焱的微信消息进来。

“台风，别出门。”

荆羡如梦初醒，烫手山芋似的丢开手机，赤着脚去浴室洗脸。冷水敷面后，她的神志彻底回笼，撑在洗脸盆边上，缓缓抬头。

镜子里的姑娘比年少时多了几分明艳，表情却一如当年挣扎在感情里那般迷茫，半晌才皱起眉，不轻不重地给了自己一个耳光。

“你到底在干吗？”她轻声责问镜中的自己，“和你无关，别想了。”

自我催眠起到不错的效果，洗漱完，荆羡已经把这些暂时抛诸脑后，下楼吃早餐。

昨晚的蝉鸣消失不见，屋外有猎猎风声，天色阴暗得像是傍晚。

用人帮忙打开电视，她对着早间新闻喝橙汁，屏幕里的男记者非常勉强地在狂风暴雨里支撑，单手抱着树，摄像镜头也东倒西歪。

话筒的扩声大半都被恶劣的环境音掩盖。

“本台报道，今年第七号台风‘瓦尼拉’目前已登陆我国境内，中心风力达到 14 级，临城、洛水、襄南等沿海城市均受波及。

“受强热带风暴影响，预计未来五日内，会有强降雨和大风。

“市民朋友们，请勿外出。”

荆羡都不忍心看记者的惨状，工作群倒是发通知了，说临城影响不大，各位同事该克服的还是要克服一下，实在要请假的只能按事假处理。

万恶的资本主义。

幸好礼拜一阵仗缓和了些，雨停了，也没什么风。

荆羡抽空看了台风轨迹图，瓦尼拉中途见异思迁，去找邻国友人玩了。

接下来又是一周忙忙碌碌。

周五下班前，无情的工作机器荆焱特地来接她吃晚饭。因为被迫留学的心结一直在，兄妹俩很久没有单独出去过，年前荆羡半夜喊哥哥来搬家，才有了破冰回春的迹象。

目前关系还算缓和。

荆焱按着大小姐的喜好点完餐：“忱忱，你明日替我跑一趟襄南，Z大百年校庆，爸给母校捐了新的图书馆，我没时间出席。”

荆羡应了，随口问：“你又出差？”

荆焱垂眸：“我陪茹玥去珠宝拍卖会，有一顶后冠她很想要。”

荆羡：“……”

心底有一些莫名的酸涩，也有一些不情愿，好像长久以来只关心她惯着她的哥哥就这样被别人抢走了。

荆焱的妹控属性根深蒂固，这些年来他和父亲的经商理念不太合，要说唯一的共同点，那就是要把荆家这朵娇花护好。

龙凤胎，总是格外默契。

这会儿他立马就能看出荆羡不高兴。

荆焱尝试着哄她：“拍卖的册子我让骆亦白发你了，喜欢什么和哥哥说。”

荆羡兴趣恹恹，但也没表现出来：“好，我会看的，你安心陪大嫂。”

第二日，尽管不爽荆焱这种为了娇妻奴役妹妹的行为，但荆羡也没推托，一大早开车奔赴襄南。

Z大百年校庆，办得异常低调。

这座名校底蕴非凡，风雨飘零的战争年代依然屹立不倒，输送出无数爱国人才。如今，翻新了校区，大门前石碑处那由伟人题名的校训仍然引得无数到访者驻足留念。

砥砺前行，不忘初心。

荆羡入校时驾车经过，心情挺复杂，大概是想到八年前她明明考上了又没填志愿的唏嘘往事。学校占地颇广，时间尚早，她开得很慢，绕着可行车道转了好几圈。

中途有校方的人来电确认，并表示安排了志愿者陪同参观，荆羡婉拒，性格使然，她不太习惯和陌生人寒暄。

过了会儿，她仔细阅读校方提早发来的邀请函内容，先行去了大礼堂。

流程好像也没什么特殊。

先是某位Z大毕业的领导人致开场词，继而校长讲话，再集体观看百年校史的影片，中途请了几位混得风生水起的返校学长上台发表感言并接受学生问答，最后则由荆羡这样的“金主爸爸”上去现场捐赠。

说真的，荆羡从小到大，不怕功课难，只怕早集会。她只要一听那些长篇大论就犯困，这毛病只有在高中时，远远盯着容淮的后脑勺，才会好一些。

眼下亦然。

她被安排在第一排，听了几分钟，困得要死，只能时不时强行掐自己大腿自虐。

偏偏左边坐了个自以为风流倜傥的青年企业家，缠着她搭讪，言语中诸多自负。

荆羡碍于礼貌，敷衍了两句，结果人更兴奋了。

好不容易挨到观影时间，灯光全暗时，她终于没什么负担地合上了眼，身子朝右倒去。她隔壁有个空位，大概是临时有事未能出席，名牌支架被人抽走了姓名，刚好扶手可以给她当靠枕。

礼堂音响不错，杜比环绕音将校史衬托得慷慨激昂，荆羡睡得不沉。

半梦半醒间，有人托起她的胳膊，坐在了她身侧。

薄荷味混着松木调，熟悉的味道。

肌肤相触的感官异常冰凉。

她睡眼惺忪，费力地睁开眼，瞥过头去，荧幕散发的光亮不足以辨别细节，但男人侧脸无与伦比的清隽线条她又怎么可能会认错。

下一刻，片尾的音乐结束。

灯光大亮，全场通透。

荆羡同那人对视。

半年未见，他的眼清清冷冷，不含任何情绪，仿佛又回到了她过敏去医院撞见他的时刻。

主持人恰到好处地开口："接下来，我们有请Z大校友，青鹭药业首席执行官，也是瑞士PSI实验室的研发科学家，容淮先生为大家演讲。"

一片掌声里，隔壁讨人厌的家伙又过来献殷勤："荆小姐困的话可以靠我肩上，我拿西装外套替你挡脸，不会被发现的。"

荆羡不胜其烦，缓缓坐直，冷冰冰地吐了两个字，不用。

容淮眉眼冷淡，像是完全不在意旁边这对男女的纠葛，已经站起。他美貌天成，姿容又远胜常人，走路都是风景，用来记录的摄影机对着他的脸拍，屏幕上是放大的美颜暴击。

全场的小姑娘们心跳都快停了，注意力都放在他身上。

然而走出几步，他又忽而驻足，须臾往回走。

主持人有点蒙："容先生？"

容淮顶着几百号人的注目礼，面无表情地将茫茫然的姑娘掐着腰提起，再放到自个儿的座位上，顺道隔开那只苍蝇的纠缠，语调漫不经心："这么喜欢我的位置，送你了。"

荆羡的脸，瞬间爆红。

荆羡脸红，倒不是因为小鹿乱撞或者春心萌动之类的遐思，纯粹是众目睽睽之下，被容淮态度狎昵地拎到另外一张椅子上，实在太招摇了。

她从前在学校里风头无二，习惯走到哪儿都作为焦点人物，那也是建立在光环加身的前提下。

如今公共场合，她和一位即将上台演讲的校友当众举止暧昧……

荆羡顶不住。

这人我行我素惯了，骨子里的任意妄为半点没改，可小姑娘到底脸皮薄，根本架不住这突如其来的插曲。她只能佯装咳嗽，半捂着脸，眼观鼻鼻观心地朝下看。

幸而诸位的关注点很快又回到容准身上。

他倒是好风度，气质翩然，顶着诸多或探究或惊艳的视线，面上没什么表情，插着兜不紧不慢，信步闲庭一般。

装相的水准完全没有退步。

荆羡扫了眼他的背影，几乎和年少时如出一辙，那股子散漫不羁的感觉和那位常年在周一早集会上迟到并面无表情接受全校师生注目礼的混世魔王没什么两样。

呃，或许也是有不同的。

曾经学校里各种竞赛拿奖发表感言一概用“谢谢”二字敷衍的BKING，这会儿已经能脱稿正儿八经演讲了。

嗓音清冽，思路清晰，最主要的是全程无废话。

可能是颜值加成，荆羡觉得台下的姑娘们也太不矜持了，明明不好笑的地方都能花枝乱颤，而且只要他暂停片刻，就开始鼓掌，生怕填补不了中间的空隙。

荆羡一度怀疑自己不是在百年校庆，而是处于追星现场。

唯一庆幸的是原先那位油头粉面的搭讪者消停了，似乎是意识到了自己和台上那位的差距，全程闭嘴做沉思状。

荆羡没怎么认真听，微信工作小群里一直有新消息提醒。

她以为有什么重要的事情，手指滑到最上边，才发现让白婧她们乐此不疲疯狂讨论的居然是天气——

台风瓦尼拉卷土重来了，在邻国转了一圈，又沿着海岸线登陆，这回重灾区显然是临城。

组里三人的昵称在屏幕上来回跳动。

白白最猛：“号外，主编开恩，响应政府号召，周一周二都不上班。”

钱多多：“还有这种好事？”

Cici独自美丽：“真不知道你们在高兴什么，外头狂风暴雨的，我家老小区，一楼水已经漫到膝盖了。”

荆羡诧异，襄南距离临城三个小时车程，满打满算她从家出发到现在也不过大半天，怎么突然就那么严重。

她有点担心，想给荆焱发消息，又记起他凌晨陪童茹玥去伦敦拍卖会了，缓缓松口气。

群里还在聊。

良久，像是终于意识到少了位成员，三人齐齐艾特了她：

“荆妹妹呢？”

荆羡后边就没看他们的动态，暂时屏蔽了，她一直在翻微博新闻，看到提醒才点进去。

JING：“放心吧，我去襄南了，不在临城。”

发完这条，忽而掌声雷动。

像是演讲结束了。

荆羡赶紧收起手机，出于条件反射，一同跟着鼓掌。

尽管坐第一排，可主舞台离她的位置不算近，约莫十来米，男人靠着演讲桌，调整了下话筒位置，眼神似是隔着千山万水，远远眺来。

荆羡也没躲，落落大方迎上去。

都经历过那么多事儿了，原先的心理建设做了一遍又一遍，她自认为能应付得很好。

果然，容淮扫一眼，很快又不带感情地挪开了。

接下来进入提问环节。

主持人与他简短聊了几句，开始给师生们介绍问答的方式，并表示校庆主题日后边的流程还有许多，为节约时间一共只会抽取五个问题。

方式倒是挺简单粗暴，举手即可，按眼缘随机抽。

前几位都挺正常，问的都是寻常套路，比如对母校有什么特殊的回忆，为什么从临床医学转专业去生物制药，诸如此类。

到最后一位，抽了个一脸兴奋的妹子，看年纪应该不超过大二。

“学长，我也是临床医学的，我们系里常年流传着你的传说。”

礼堂里开始有嗝嗝私语的声响，显然八卦是人类的共通点。就连荆羡都靠回椅背翘首等待，觉得总算有点意思。

“我很佩服学长在解剖实验室过夜的勇气。”妹子笑眯眯，“但我最好奇的是，听说当初报到的第一日，你在新生名单公告栏下站了一夜，是真的吗？”

全场哗然。

荆羡愣住，一点点掐紧了手心。

接着，记忆就被强行上了倒转发条，时光回溯到情人节的那个夜晚。

他在高烧不退的梦呓里反复念着9月7日，又半梦半醒地问她为何没来Z大。

这些执着，到底是真是假。

荆羡垂眸，她也不知道自己是怎么回事，自从那个善于演戏的女人出现后，她听到了过去部分的事实，却又一知半解做不到释怀，“心如止水”这四个字彻底破碎。

眼下，她明明不想在乎答案，可心跳声又一声比一声离谱，叫她莫名烦躁。

与之对比的是，男人的神情反而风轻云淡，被问到这么私密的讯息，也未露半分尴尬，只“嗯”了声，语调有些无奈：“没通宵，到凌晨两点。”

大家都笑起来。

妹子感觉受到了鼓励，继续道：“那是在等什么人吗？学长等的人来Z大了吗？”

容淮笑意渐收，长睫低垂，话筒放回桌上。

主持人过来打圆场：“这位同学，违反规则了，一人只限一题。”

妹子悻悻坐下，然而她的这番话无疑吊起了在座所有人的胃口。

就跟追悬疑解密类连续剧一样，你线索都摸得七七八八了，临到结局，视频平台却突然断更了，你气不气？

在场数百人，无不内心暗骂一声。

只有荆羡不动如山，不需要再扣自作多情的帽子了，她在这一刻，清晰地知道问题的答案。

可她又无法理解。

如果他的这些感情是真，那她肺炎住院的一个月里，他为何没来探望？她高三发的那么多消息为何从不回复？

而后那么长的八年，她在国外颠沛流离内心孤寂的时刻，他又在哪里？

是在瑞士搂着软玉温香？还是在名利场上意气风发？

荆羡捏着包包上的装饰纽扣，手指异常用力。她突然发现，随着时间长河变得麻木的情感再度清晰可辨，那种怨恨和不甘，夹着钝痛，席卷全身。

她甚至察觉到了眼眶的酸涩。

不能再想了，她把手背到身后去，掐着掌心的软肉，强迫自己维持住体面。

容淮的问答也终于告一段落，换了一位其他行业的佼佼者上台。他没再回座位，转而从安全通道离开。

始作俑者倒是走得潇洒。

徒留荆羡血气翻涌，一会儿想喷他惺惺作态，一会儿又暗骂自己不争气，脑子里两个小人，你来我往争斗，直到 Z 大校长念出她的名字……

到捐赠环节了。

荆羡回过神，迅速理了理裙摆，踩着高跟鞋缓步上台。

毕竟代表荆家，绝不能出丑。

镜中照过千百遍，她知道什么表情好看，合照什么姿势会更醒目。夹在四个年过半百的中年男人中，她保持着无懈可击的笑容，替远在德国的父亲捐掉六千万，收获无数惊叹目光。

圆满完成任务后，荆羡本欲撤离，架不住校方盛情邀请，说是食堂特地开了小灶，简单吃个便饭。晚上迟了也不必急着回去，学校有招待所，专门安排贵宾入住。

她推不过，转念想到临城台风肆虐的现状，也就没多纠结。

饭局人不多，食堂包间里弄了三桌，特别牛的大佬们都有事未能出席，留下的基本是高几届的返校企业家，又或者是荆羡这样负责送钱的捐赠者。

等待开席的间隙，她慢悠悠扫了一圈，意外发现那位不屑于应酬的清高男人居然也在，不过是隔壁桌，并不坐一块。

这人也不知有什么特殊的人格魅力，走到哪儿，都众星拱月一般。

高中那会儿就不提了，如今亦是如此，周遭的青年们同他举杯，频频递话，他就笑笑，也不多说，态度实在算不上热忱。

荆羡就没那么好过，献殷勤的男人多了，实在很烦。

她本来就不喜欢和陌生人一块用餐，再加明里暗里要微信电话的搭讪者太多，干脆半路找个理由早退了。

晚上九点多，她怕危险，不想开夜路上高速，转而去了 Z 大的招待所。

房间当然没法和超五星奢华酒店相提并论，但胜在温馨。荆羡难得没挑剔，洗完热水澡，换了睡裙，盘腿坐在单人沙发上吹冷气。

暂时没什么特别想做的事，她连上学校的 Wi-Fi，准备看两集连续剧睡觉。

成功登录时，Z 大的主页自动跳出。

荆羡随意瞥了眼，闲着无聊点开右上角的论坛。

BBS 的八卦版块今日格外热闹，抛掉高中烦恼初入象牙塔的学子们总有着过分的精力，就连灌水都那么积极有干劲。

荆羡看着那些飘红议论容淮的帖子，再度感觉梦回高中。

她点开一个层数最高的，标题也别出心裁——“点击就看，让我们惊为天人的医学系大佬青涩时期的那点事。”

主楼防吞一片空白，二楼就是发帖人的小作文，密密麻麻一大段，简单概括就是从早已毕业的姐姐那里拿到了珍贵视频，就是容淮当年新生报到那天被偷拍的。

荆羡一目十行扫过，直接拉到关键的影像资料。

缩略图就是一位黑衣少年站在布告栏前的场景。

她点开，画面却没有任何变化，依然是瘦瘦高高的身影，插着兜，一动不动。

卡顿了吗？

荆羡正困惑，视频背景里有女孩子窃窃私语——

“大一的？帅成这样过分了。”

“确实，这颜值有点逆天。”

“他在那儿站着干吗？七千多个人的名单，找什么呢？”

“别管了，看夜场电影去。”

视频断了两秒，陷入黑屏，继而重新播放，像是被剪辑在了一起。

八年前的画质还算可以，后一段里夜色幽深，不知何时下起了雨。

还是原来那帮女孩子。

“我电影都看完两部了，他还站着……”

“我觉得他在找一个名字，你们说呢？”

“绝美的爱情，我已经脑补了。”

“感觉是悲剧，如果早就约好要上一个大学，怎么会让男朋友跟个傻子似的罚站。”

荆羡默默关掉了视频。

再往下滑，跟帖的一边倒，全是谴责某位不知名甩掉大佬的女性。

荆羡气到踢一脚凳子：“你们知道个屁！”

这种明明是受害者却被当成负心人的心情可太憋屈了，她在房间里来回踱步，始终无法释怀。诡异的是，越生气，肚子越饿，方才晚饭没吃几口的报应全在半夜时分降临。

荆羡从不会亏待自己，记起招待所边上似乎有个二十四小时的便利店，披了件薄外套准备下楼。

走道里灯光昏暗。

她的房间在尽头，余光瞄到对门有个年轻男人，正拿钥匙往孔洞里戳，弄了好久都没对准。

荆羡懒得理会，只当是个喝多了的糊涂蛋。

招待所老旧，并未随着校区翻新，过道很窄，擦肩而过时，她不小心撞了那人一下。

他手里的钥匙落在地上。

“不好意思。”荆羡低头捡起，顺便弯腰把钥匙插进了门锁，拧开一推，做个顺水人情。

只是没料到冤家路窄。

荆羡站起身后，看着男人那张醉态横生却又过分漂亮的脸，一言难尽。

他眼里水光潋滟，似是蒙了一层雾，盯着她的时候，有些费力，随后勾起唇，轻声叹道："你怎么回事？"

荆羡皱眉："什么怎么回事？"

他笑了笑："又到我梦里。"

荆羡："……"

人都听傻了，敢情这位都分不清梦和现实了。

不想和个醉鬼在外边多说，荆羡扭头就走，脚尖方向都没来得及转，就强行被扯入一个怀抱。

再就是往房里带。

荆羡挣扎不到两秒，犹如蚍蜉撼大树，她被迫贴着墙壁，一激动眼泪又要掉，他却反而得了趣，指腹擦过她眼角的湿痕，殷红的唇舔了舔：

"忍一忍，今天尽量不把你弄哭。"

房间没开灯，窗帘敞了一半，月光朦朦胧胧，倾泻之处，似覆上银白薄纱。

这样安静的环境里，一切声音都清晰可辨。

心跳和呼吸，频率奇妙地糅合在一块，荆羡也不明白事情为什么会发生成现在这个样子，她被迫坐在男人的腿上，腰肢掌握在对方手中，脚接触不到地面，像个等待主人摆弄的娃娃。

炎热的夏天，隔了一层薄衫，又没开空调，体温熨帖，暧昧和热度交织在一起，简直要把她逼疯。

过去的三十分钟里，荆羡打过骂过利诱过威逼过，可在没有神志的男人面前，哪个都不顶用。

荆羡以前是没见容淮醉过的，毕竟他年少时辗转各处打工，其中当然不乏鱼龙混杂的地方，不能说千杯不醉，至少也是深不可测。

然而今天也不知道是不是回到母校受了刺激，又或者被那女学生的问题给搞到心态破防，居然能喝到这副模样。说了那句不把她弄哭的话之后，他就跟入了魔障似的，挨了那么多下，不躲不避，就死搂着她不松手。

荆羡心态都快崩了，一万个后悔，不该多事帮醉鬼捡钥匙。憋屈的邪火游走全身，她气得脸通红，都记不清是第几遍重复："你能不能放开我？"

容淮很慢地眨了下眼睛，也不说话，长睫半掩，眼神带着醺然，雾茫茫一片，像是沉浸在虚幻里。

荆羡无奈地盯着他，男人清俊的下巴处有好几道口子，右边那处格外明显，甚至有些许血珠渗出。

那是她方才张牙舞爪的杰作，她前阵子刚做完美甲，碎钻和亮片杀伤力挺猛。

荆羡叹气："你松开我，我保证不走。"

他却笑起来，嘴角扬起些微弧度："梦里都要骗我。"

荆羡："……"

没见过人做梦逻辑都这么缜密的。

荆羡也没想到，时隔半年没见，她居然又重蹈覆辙，再度陷入年前浴室的悲剧里。要说唯一的安慰，大概就是这回他没动手动脚占她便宜。

然而她始终没办法脱身，瞧他如今醉意蒙眬的模样，像是借着酒意，骨子里那点偏执全给激发了。

要不是知道八年来他不闻不问玩失踪的内幕，荆羡差点以为眼前这位是暗恋她N久未果的宇宙无敌痴情种。

她想到Z大BBS帖子里一边倒的舆论指责，实在压不住火，讽刺："你演技倒是挺好。"

原本没指望醉鬼有反应，可他却像是听懂了，眉头皱着，漆黑的眼里失了焦距，似陷在回忆里。良久，他伸手捏着她的下巴，嗓音被烈酒灼得有些沙哑："你呢？你对我是真是假？"

荆羡愣住。

她对上他的眼，居然隐约瞧见挣扎与煎熬，衬着他月色下苍白的脸，三分失意七分颓败。

她在这一刻莫名有种错觉，仿佛长久以来他表现出的强大和自负都是构筑在海市蜃楼上的虚无，只需一场大雨，就能卸掉伪装。

不知怎么，荆羡又想到从前。

荆羡记得头回见容淮，就是在全年级新生排练合唱的音乐阶梯教室里，少年穿着宽大的黑色卫衣，面无表情地坐在最后一排。

周遭人声鼎沸热闹非凡，男生们围在他附近插科打诨，前排的小姑娘们频频回头。他明明是万众瞩目的焦点，偏偏一动不动地靠着椅背，漂亮的眼里一片荒芜，像个格格不入的异类。

荆羡在宁瑶的提醒下没忍住好奇，结果一眼万年。

"我觉得他很孤独。"当时她是这样和好友说的。

"有吗？"宁瑶没心没肺地耸肩，"不过对于这种一看就相当有故事的男同学，你可不要飞蛾扑火。"

荆羡不以为然，熟料后边对方的话竟然一语成谶。

她在这场爱情独角戏里竭尽所能地发光发热，纵情燃烧后把自己逼到了悬崖边上，然而多年后的今天，那浑身充斥着厌世感的少年长大了一些，却用着同样孤寂的眼神，质问她的感情到底是真是假。

窗外的月亮悄无声息被云层遮挡，祥和宁静的夜晚变了味，又忽如其来有阵狂风，把原本就没锁上插销的窗户猛然吹开。

窗重重地反弹到墙上，发出剧烈声响。

可能是老天爷都不想让他继续糊涂，强行终止了这场梦。

容淮眉心紧皱，盯着近在咫尺的姑娘，有些费力地辨认她的五官，而后，面上的茫然散去，渐渐归于平静。

梦醒了。

荆羡垂眸："我现在能回去了吗？"

她的语调冷冽，语速也很快，像是厌倦了这场纠缠。

容淮松手，看着衣衫单薄的姑娘迫不及待跳下他的膝盖，犹如逃避洪水猛兽。他没动，仍坐在床边，意味不明地笑了笑，淡淡喊她的名字："荆羡。"

她脚步顿住，扶着门把手，很慢地回过头去。

没了月光的房间暗沉到压抑。

他的身形笼罩在黑暗里，声音很轻："你对我的喜欢，就只是一时脑热吗？"

荆羡觉得这话有点熟悉，但又想不起来在哪儿听过。结合当下情境，她把这句话赋予了自己的理解——

他在责怪她不够长情，他在抱怨她的爱没能维持到他回心转意。

在他心里，她必须乖乖蹲在原地，衷心等待着潇洒离开不知归期的主人。然后某年某月，等他心血来潮，随便丢一根肉骨头，就要狂摇尾巴上去献殷勤。

荆羡笑了声："确实，当初脑子烧坏了。"

他没再说话。

回房后，风比刚才更夸张，树叶窸窸窣窣的声响接连不断钻进窗户缝。

荆羡睡不着，翻了会儿社交软件，头条新闻依旧是大肆侵袭的台风瓦尼拉，据说已经把临城搅得天翻地覆如东海龙宫，如今继续南下，大有不达目的誓不罢休的气势。

她翻了会儿专家预测的台风路径图，见襄南险险擦过覆盖区，松口气。

这一晚的睡眠质量不太好，可能是认床的原因，她折腾到天蒙蒙亮才让大脑强行关机，意识陷入昏睡前，她又不受控制地想到他的话。

"你的喜欢，只是一时脑热吗？"

翌日醒来，已近黄昏。

外头翻天覆地。

事实证明，气象专家的话不能全信，台风这种东西，真的是玄学。说好不来襄南的，怎料区区几个钟头之后，愈演愈烈。

刷牙时，宁瑶发来消息："暂时别回临城了，高速高铁机场全封，我估计襄南也快沦陷，你赶紧往西找个酒店住两天。"

荆羡不敢耽搁，匆匆下楼办理退房手续。

学校招待所的前台有勤工俭学岗，二十来岁的女大学生，脸上满满的胶原蛋白，青春逼人。荆羡扫她一眼，忽而意识到过完年后自己已经二十六岁了，奔三指日可待。

有点伤感。

小姑娘看着她，难掩惊艳："学姐，你是不是艺术学院的？你太好看了。"

上了二十五岁的女人总是在乎年龄的，荆羡振作起来，礼尚往来："我来这里办事的，谢谢，你也很可爱。"

不过人妹子的注意力压根儿就没放她身上几秒，很快越过她，飘到身后。

"您好，请问是退房吗？"声音不似方才朝气，变得羞答答。

荆羡的视野范围内，出现了一只手，指尖清瘦纤长，只是手背处有淡淡血痕，破坏了几分美感。

她顺着往上看，果不其然，冤家路窄。

昨晚还阴魂不散的男人散了酒意后，又是俊秀无双的模样，脖颈上被她挠开的痕迹还在，黑色衬衣下愈加明显。他也不遮，淡漠瞅她一眼，跟看阿猫阿狗并无不同。

这是终于想明白要和她划清界限了？

荆羡也没深究原因，取回信用卡，扭头就走。

车里耽搁了会儿，她翻开导航地图，研究周边能去的城镇。无奈回国一年不到，基本缩在临城，都没去过其他城市，一时三刻她也不晓得去哪儿避台风。

荆羡只能凭借方向感往西走，打算先出了襄南再说。

从停车场出来后，一路狂风暴雨，雨刮器开到最快频率，能见度依旧不高。开出半小时后，雨小了点，但也就那么一点，意义不大。

荆羡打着双跳灯，跟着前边的一辆轿车。

途经桥洞，约莫有三四十厘米的积水，前车轮胎碾过，瞧上去挺轻松过了。她迟疑半晌，把油门轰大，依样画葫芦地准备过去。

只是，法拉利关键时刻不给力。

车型区别，底盘有高低差距，人家能过，不代表她能过。

荆羡开到一半，就知道凉了，引擎转速上不去，发出沉闷又机械的古怪声响。她砸了下方向盘，心中默念不要不要，然而怕什么来什么，刚出桥洞，车子眼看着就要熄火。

随后撑了十来秒，她勉勉强强靠边停下后，车子彻底抛锚。

荆羡低咒一声，没贸然重新点火，冷着脸给保险公司打电话。

对方的态度异常直接：“襄南？襄南不行，现在全城都是事故，拖车都派出去了，麻烦您提供所在方位，耐心等待。”

荆羡：“……”

这要等到猴年马月。

荆羡想了半天，还是决定自救，看有没有好心人能载她一程。她从后座找了把伞，刚打开车门撑开，伞骨瞬间扭曲，完全失去作用。

什么鬼啊……

荆羡烦躁地抓了下发尾，丢开伞，硬着头皮跑到桥洞下，这里也避不了雨，两边通透，顷刻她的连衣裙就报废，湿哒哒地黏在身上。

幸好是深色的，不至于走光。

荆羡抱着双臂等候，可惜时运不济，一来世态炎凉人人自危多一事不如少一事，二来天气恶劣也没几辆车会选择出门，她等了快两个小时，气温骤降，浑身就如泡在水中，唇都冻到发白。

温室里的娇花根本没受过这种罪，眼见着远处也没车辆过来，她牙一咬，又回到车上。

至少里头没雨。

手机电量显示百分之十，保险电话催了七八个之后也没了动静。

叫天天不应叫地地不灵。

荆羡趴在方向盘上，心想，早知如此，她还不如就待在 Z 大的招待所里，现在好了，进退两难，真是自作孽不可活。

无限绝望之际，车窗被敲响了两声。

她一开始没听清，以为是错觉，后边意识过来，赶忙抬起头。一米开外的地方，能模糊分辨出黑色越野车，双跳灯闪烁，看车型，应该不会和她一般涉水熄火。

世上还是有好心人的。

荆羡惊喜交加，顾不得太多，赶紧摇下车窗。

窗外有位黑衣黑裤的青年，身形颀长清瘦，淋成落汤鸡，站姿依旧从容。他没撑伞，慢慢俯身，一手撑着车顶，没有开口的意图，只看着她。

荆羡欲言又止。

漫天大雨里，他倏然笑了。

这姑娘抿着唇，头发乱七八糟地贴在颊边，满脸无助，见到他后，原先的惊喜成了惊吓。都这节骨眼上，仍然半分不肯示弱，生怕要被他缠上。

容淮眼里的最后一点热忱散去，慢慢站直身：“随便你。”

荆羡看着他的背影，步履很快，决绝的意味。

她反应过来，知道过这村没这店了，怕真被丢下，再没敢矫情，赶紧拿过包追上去，很干脆地拉开副驾驶的门。

坐上车后，她系好安全带，低声道：“谢谢。”

他没应，只扫了眼仪表盘，油箱储备不多了，估计就七八十公里能开。

荆羡也注意到，提醒：“油灯亮了。”

临城到Z大半箱油都不用，他是来的时候没加满？还是中途又去别的地方绕弯了？

容淮目不斜视地开车，一脸冷漠，像是懒得搭理她，过了很久，才冷嗤：“你也知道。”

窗外的世界一片凌乱，满地的树叶和断枝。可能是出于漏水断电的问题，路灯大半失效，暗无天日的城郊公路上，暴雨似是连接了天地，道路漫长延伸至无尽的远方。

荆羡翻下挡光板，对着上头自带的镜子，用纸巾擦拭湿发，半晌，随意瞥一眼外头，结果手一顿，感觉浑身鸡皮疙瘩都起来了。

环境像是灾难片，剧情又有几分雷同于过去她看的惊悚片。

深夜雨天，男女主角驾车开往某地度假，熟料半路忽而爆胎，车子打滑翻转，双双受伤昏迷，醒来后便在一间林中小屋，以为被好心人所救，谁知道等待他们的是逃亡与虐杀。

结局只有女主角半死不残地活下来，但眼睛瞎了，声带也被毁掉，下半辈子基本凉了。

越不想回忆，大脑却越不受控制。

细节自发跳出来，潜在的被害妄想一旦被激发，就很难压抑。荆羡吓得够呛，看着仪表盘上不断下降的可续航公里数，忐忑：“那什么，我们不会在荒郊野外过夜吧？”

视线所及之处，灯火全暗，她对比过地图，现在走的这条路也挺偏，和他们要去的云离镇仍有不远的距离。

荆羡惴惴不安，没等他回话，又继续道：“附近也没有加油站，赶不到镇上怎么办？”

容淮抬眸，看了下反光镜。

镜里的姑娘小脸煞白，嘴唇无意识地咬着，手里的纸巾也被捏成皱巴巴一团，瞧上去相当紧张。

他拧了下眉，口气淡淡：“不会让你露宿街头的。”

荆羡从头到尾都没见他用过导航，闪烁的油灯让她压根儿放不下心：“可是万一迷路……”

容淮：“不会。”

荆羡不吱声，又去揉那团纸巾。

容淮轻叹口气，将车速慢到起步阶段，渐渐靠边停下：“我在Z大念过两年，后来交换去了瑞士，在校七百多天，每周都会往返云离镇。”

感觉这辈子所有的耐心都耗在这位娇小姐身上了，他“啧”了声，似是对自己有些无奈：“这路我走过数百遍。”

言下之意，“迷路”二字，绝无可能发生。

从高中认识到现在，这人基本惜字如金，破天荒听到这么长一段状若安抚的解释，荆羡还挺意外，顿了顿，她小声道：“为什么周末去镇上，你没住校吗？”

容淮沉默，只重新启动车子，打方向盘，回到主路。

荆羡有些尴尬，可能是他出现在她最无助的那一刻，她有片刻动容过，才想缓和下搭车的气氛。这会儿沉寂下来后，联想先前自己数次拒绝他时的狠劲，又觉得丢脸。

她脸皮薄，几乎是立刻懊恼地别开眼。

过了很久。

“云离，是我爸的故乡，也是我出生的地方。”

荆羡诧异，她一直以为他和自己一样是临城人，因为当地方言很难，他却说得相当地道，无任何口音。而云离镇，和Z大同属襄南市，尽管和临城只有短短三个多小时车程，但也已经是跨省的距离。

他果然是个谜。

遥想曾经，不只是她，整个三中的学生都很好奇他的来历。

这位阴冷的少年，开家长会时永远无亲属参加，晚自习永远不见踪影，一周五日上课，同班同学见最多的也就是他趴在桌上睡觉的后脑勺。

即便清醒，也总是意兴阑珊的模样，没有人知道他在忙些什么，亦没有人能找到他不学习却又常年占据月考头名的原因。

当初有人在学校论坛扒过他，可惜除了出生年月日之外，就连血型都无从得知。

少年来去如风，浑身上下都透着神秘，荆羡大概就是被这种欲罢不能的感觉蛊惑了，后来才忍不住一再接近，然而挖掘越多一些，就越心惊胆战。

如今听他提及出生地，荆羡有片刻恍惚。

她不动声色地侧过头，视线悄悄转向他。

他同她一样，浑身湿透，碎发全朝后捋去，露出光洁前额，眉头紧锁，眼睛半眯着，似是在看前路，又似是想到了些许困扰的过去。

不知怎么，荆羡觉得他并不太情愿带她去云离镇。

她不想强人所难，试探：“如果不去镇上，我们还有别的选择吗？”

容淮也不说话，凉凉地瞥她一眼。

荆羡读懂了，大概是在怪她不分轻重这时候都要任性耍大小姐脾气。她没辙，又翻了下手机地图，发现确实没有更好的地方，Z大本来就位置偏僻处于高教园区，从她跟着前车往西边开出时，就没回头路了。

接下来一路无话。

车里并未放音乐，唯有雨刮器来回摆动的枯燥声响，这种固定频率带着催眠魔力。荆羡没能抵挡住，眼皮变得沉重，渐渐靠着椅背歪过头。

她头快撞到车窗玻璃时，手臂被人扯了下，重心又勉强回正。

容淮放缓车速，碾过青石板桥，沿着小巷一路朝里，余光分神瞧她。

这姑娘还没回神，眼睛茫然地眨巴了下，又抬手揉了揉，动作带着些许傻气的娇憨。

他嘴角微勾：“先别睡，快到了。”

荆羡傻愣愣点了下头，发呆了会儿，须臾，又趴在窗口朝外看。

风雨小了些，可能位于台风的波及范围边缘，镇上并未受到太多摧残。

是个挺古朴的镇子，和临城截然不同的风景，入目都是矮平房。晚上十点多钟，周末夜生活正拉开序幕的时刻，这里却连个霓虹灯招牌都找不到，与世隔绝一般的沉静。

荆羡扭回头，疑惑道：“这里的人睡这么早？”

容淮：“年轻一辈基本都在襄南工作，就剩下老人和小孩了。”

巷口小卖部的铁皮屋檐被风吹得哐当作响，荆羡目光跟着车辆前行的方向转了一圈，忽而意识到一个问题。

糟糕……

这里好像既没有酒店，也没有招待所的样子。

所以她今晚要怎么办？

跟他回老家？

孤男寡女继续共处一室？

荆羡莫名紧张，心跳的速度飙上来，实在是这人有前科，三番五次不顾她的抵抗强行掠夺，黑化程度叫她头皮发麻。

虽然程度最多到接吻，没再得寸进尺，可她很清楚自己同他的武力差距，若是他真想怎么样，估计她也就乖乖受着的份。

荆羡掐着手心，开始思忖如何应对。

纠结间，车子拐过公园，绕开一片异常茂密的槐树林后，驶入不起眼的小院落，而后停稳。

荆羡：“……”

地方还这么隐蔽！

容淮推开车门，淡声：“下来。”

到这雨就停了，他也没撑伞，走到最外边生锈的铁门边上，单手解开锁链，长腿再轻轻一踹，将门抵开约莫两人身位。

他忙完，还不见那姑娘跟上。

他压着不耐烦，侧过身，眺过去，车里那道纤细的人影依旧在解那个安全带，磨磨蹭蹭，感觉能耗到地老天荒。

容淮走近，指节叩击副驾驶座的窗。

荆羡摁了电动车窗落下，神色复杂地看着他，红唇微张，欲言又止。

自小天资聪颖的男人又怎么会看不出她在想什么，他慢慢俯下身，很散漫地撑着窗，慢条斯理地开腔：“你也可以选择留在车里。”

他皮笑肉不笑地扯了下唇：“不过镇上虽然人少，但治安并不算好，年前出过命案……”

“不要！”荆羡猛地捂住耳朵，半晌意识到自己这样挺犯蠢，又强装镇定地放下手，憋着一口气，“让开，你挡到我开门了。”

容淮插着兜，从善如流地朝旁挪了一步，而后看着一袭深蓝长裙的姑娘火急火燎地跳下车，拽着背包带子，头也不回地朝里走。

他扬了下眉，语气不怀好意：“慢点，里面我也很久没进去，谁知道……”

荆羡浑身过电一般僵住，像是气急了，恨恨地喊一声他的名字。她不敢乱走，心不甘情不愿地回到他身边，只瞪着他。

男人嘴角翘着，院落旁有盏陈旧路灯，暖光覆盖着那样精致的眉眼，没了阴鸷和乖戾，漂亮到不可思议。

他就这么直勾勾地盯着她，嘴角含笑，眼底亦然。

荆羡瞧着那张足以让日月失色的脸，忽而想到高中那会儿，九班女生们在厕所里的窃窃私语——

“你们说，要是容淮深情地对着一个女生笑，那是什么样的光景？”

“换我的话，应该当场晕倒了。”

深情不深情的，现在不好判断。

可那种眼里只有你一人的视线，确实有让人溺毙的能力。

对视两秒。

“你带路吧。”荆羡率先移开目光。

容淮没再故意逗她，穿过郁郁葱葱的杂草小径，上了一个石阶，取出钥匙拧开锁扣，右手摸到开关摁下。

灯光亮起。

荆羡从他后边探出头打量。

很小的屋子，估计不到三十平方米。因为是自建房，也没有那么好的户型规划，厨房和勉强称为客厅的开间占了一半地。

卧室的门敞着，一张窄窄的单人床，旁边紧挨着漆面斑驳的书桌。

再就是厕所，没有淋浴房，只有一张塑料帘子隔开干湿区，瓷砖因为年限发黄，但还算干净。

荆羡：“……”

她这辈子都没住过这样的房间。

容淮把钥匙放到燃气台面上，靠着墙，看了她一会儿。

这姑娘出于礼貌已经竭力掩饰嫌弃了，可抿直的唇线和微微拧起的秀眉依然泄露出她内心的真正想法。她踩着高跟鞋，姿容优雅，纵然被雨淋湿有些狼狈，仍然难掩出身带来的贵气。

姑娘仰着纤细脖颈，脊梁挺直地站在这破屋子里，仿若公主视察民情。

怎么都不搭。

容淮笑了笑，也不意外，垂眸时，又想到病房外荆焱同他说的话。

“她从小吃穿用度都是顶好，吃不得苦，她要星星我都能摘，我们全家甘之如饴。至于你，很抱歉，你的能力只能让她烂在泥泞里，永世不得翻身。”

当年蚀骨诛心的字眼，无数个黑夜里叫他冷汗淋漓的噩梦，如今再记起，已经没那么煎熬。

他慢慢坐到沙发上，嗓音低哑：“荆羡，我公司上市了。”

“这不都好久的事情了吗，我知道啊……”荆羡困惑，不是很明白他的意图，“所以，恭喜？”

他垂着眼，长睫掩住神色，语调很淡：“以后会更好。”

跟她保证干吗？

荆羡哽住，眼珠子转了一圈，比了个手势，干巴巴地道：“那你加油。”

容淮笑了下，没再继续这个话题，进浴室替她调好水温。

“洗澡，早点休息。”语罢，他从柜子取出干净的T恤，递过去。

荆羡没接，在她的观念里，沐浴后穿着男人的衣物出来，也不是那种关系，完了还得跟那人共处一室，太暧昧了。她舔了下唇，小声拒绝：“不用，我穿原来的就行，很快会干的。”

他掀了掀眼皮，再度面无表情：“嗯，晚点我亲自替你换。”

荆羡：“……”

她泄愤一般从他手里抽走衣服，摔上浴室门。

老旧的门嘎吱两声，颤颤巍巍。荆羡连忙过去扶住，生怕它要倒下来。

洗发水沐浴露倒是有，可惜是超市开架款，泡沫不尽如人意，荆羡闻着身上同他如出一辙的味道，倏然反应过来，原来他没用古龙水，这种松木香混着薄荷的冷调居然来自最稀松平常的肥皂。

什么牌子的肥皂呀，挺好闻的。

她捧着看了半天，没研究出品牌，片刻后，门外传来讨人厌的提醒：“热水器的储水量只够你洗十分钟。”

荆羡不得不缩短冲澡时间，没胆子真空出去，她把湿哒哒的内衣擦了很久，重新换上，外头再套上他的T恤。

衣摆挺长，能到她大腿中间。

确定不会走光后，荆羡慢吞吞地拧开了门锁。

容淮还坐在沙发上，闻得动静，漫不经心地瞥一眼。

姑娘穿着他的衣服，纯黑T恤衬得她肌肤如雪，湿发耷拉在胸前，水痕延伸到他看不见的位置。她双腿纤长，膝盖都是白嫩柔软的色泽，没穿拖鞋，就这么缩着脚趾，一半紧张一半强装镇定地站在他面前。

“我洗好了。”

柔软又怯生生的甜嗓，像是等待主人临幸而发出的邀请。

他喉结滚了滚，压下脑子里乱七八糟的黄色废料，强行别开视线。

荆羡能察觉到他眼神幽深，她自己也是一万个不自在，机械地拿浴巾擦拭黑发，慌乱找话题：“你睡客厅吗？还是怎么样？”

可他半句都不想听，只冷声道：“进去，把门锁上。”

房间小得离谱，荆羡躺在床上，盯着天花板，若不是右边的墙面有扇窗，她都怀疑自己是被幽闭在牢房里。

床板很硬，上头只铺了薄薄一层被褥，无论换什么姿势，都硌得慌。

荆羡本来就瘦，身上没几两肉，这会儿平躺久了，尾椎骨隐隐作痛。她无声地叹口气，将自己当成咸鱼，小心翼翼地再度翻面。

她动作已经克制到极点，无奈这张床似是年代久远，各个部件的连接处并不牢靠，随着她的翻身，发出吱呀的刺耳声响。

在这午夜时分，相当清晰。

过去的一个小时里，但凡她稍有动作，它就这么接连不断地叫，像是在全身心抵抗远道而来的客人。

明明身心俱疲，可因为这张破床，就是怎么都睡不着。

荆羡相当烦躁，将枕头用力抱在怀里，手掌握拳，发泄一般捶着软趴趴又不懂反抗的死物。折腾好一阵，空气里散开木香和薄荷的清冽味道，萦绕在她鼻尖。

分不清是自个儿身上沐浴带来的，抑或是经年累月少年沾上的，被床脚的风扇一吹，愈演愈烈。

这么多年，他身上的气味一直没变过。

荆羡在这一刻，仿若又回到了当初沉浸在少年怀里的滋味，熟悉的气息如影随形，仿佛那个人就躺在身边。

她不太适应，随即很快意识到，始作俑者就在咫尺之外，同她不过一门之隔……

荆羡彻底失眠，她没再勉强自己，散着半干的长发盘腿坐起来。

屋子里没装窗帘，台风的暴躁劲未能渲染这个静谧的小镇，不知何时已悄然离开。

夜色静好，清辉透入，她趴在不到半米的窗台上，怔怔看着高挂夜空的圆月。今日是十五，恰逢满月，团圆的日子，她却和八年前伤她最深的少年共处一室。

挺讽刺的，不是吗？

荆羡笑了笑，然而心境并不如原先所想的那般抵触消极，兴许是他在狂风暴雨里如救世主一般降临，才叫她暂且抛下了前尘往事。

半晌，压在被褥下的手机振了一下。

她扭过头，伸长胳膊去拿时，指腹无意识触摸到床头木板上的痕迹，有许多道，密密麻麻，像是有人用刀刻下古怪的痕迹。

荆羡有几分好奇，怕开灯门缝的光会漏出去吵到某人，她只用手机屏幕的亮度去照。

这一看就愣了。

一笔一画的镌刻，自上而下排成数十个正字，有几块色泽发暗，像是染血干涸后的印记。每一处结尾都格外深刻，她尝试着用指尖掐进去，约莫半个指甲盖。

现代社会，哪有人会用正字来替代日历，除非是绝望中的度日如年。

荆羡不清楚发生了什么，也不能确定这些东西是否由他亲手刻下，又是何时刻下。她对此一无所知，只是莫名不安，仿佛有什么她未知的真相，被掩盖在岁月的尘土下，若非她发掘，即将悄然无声地逝去。

神思恍惚间，手机又传来消息提醒。

荆羡垂眸点开。

远在伦敦的荆焱陪着娇妻，倒也还算惦念着亲情，意外发来微信问候——

“你没回家。”

“在哪儿？”

第一句话就能想象出男人那张冷冰冰的脸，看来是提早问过家里用人过来查岗了。

荆羡心道不是你叫我去 Z 大捐钱才造成如今她有家回不得的惨烈结局吗？她翻个白眼，指尖迅速打字：

“襄南也台风，高速都封了，回不去。”

“车子抛锚在 Z 大南校区外的府桥街，你看能不能派人处理下。”

想了想，她又怕他多心，干脆扯谎：

“我现在找了个附近的酒店住着，等情况好些就回。”

荆焱没再回复，隔了很久，才发来一张图片，放大后显示是条红钻项链，雕刻成蔷薇花瓣的模样，看这价值，应该是拍卖会上的稀罕物。

他附言：“25 号空出来。”

荆羡盯了许久，后知后觉反应过来，8 月 25 日代表什么。她有很久没过生日了，国外漂泊的阶段，浑浑噩噩，心都封闭起来，得过且过。

她甚至很抵触这一天，只因高二那年，少年赠过欢喜，那枚劣质的戒指，挂在胸口，曾经那样契合着她的心跳。

如今伤疤好了，余痛未消。

她耷拉着眉眼，兴趣恹恹：“礼物收了，别搞派对。年纪大了，不想庆祝。”

发完后，荆羡没再管，丢开手机。须臾，她又神色复杂地看向刻了字的位置，目光停留许久，女人的第六感作祟，总觉得哪里不对劲。

她没忍住，凑过去仔细瞧。

为了方便观察，铺在床板上的被褥扯开一半，荆羡趴在上头，无意间透过床板上长条木块间的缝隙，发现床底下的隐蔽处有一箱东西。

盖子未合上，隐约能见到卡通的毛绒耳朵露出来，似乎是个娃娃。

荆羡惊了。

钢铁直男会收集这玩意？

光线太糟糕，她压不住好奇心，再度摁亮屏幕，这回看清了，一只粉扑扑的兔子玩偶。

通红的鼻子，可笑的大板牙，还有胖到滑稽的身形。

荆羡一点点眯起眼，分辨许久，僵在原地。血液流动的速度似乎都放慢，淌过心脏时，有细密的痛楚，针扎一般。

万籁俱寂里，她陷入幻听，耳边传来少女半是抱怨半是撒娇的语调——“它太丑了，我不想要。”

一会儿，又是甜腻到冒泡的请求——“容淮，你再帮我抓一个。”

早就被遗忘的细节不合时宜地涌出，如时光回溯。

她在茫然间，看到身穿校服的自己，站在花花绿绿的游戏厅里，鼓起勇气去牵少年的手，另一手的指尖点着娃娃机的透明橱窗：“我喜欢独角兽，要那个白色的。”

少年漫不经心瞥她一眼，嗤笑：“单手怎么操作？”

她犹豫良久，到底没舍得松开交缠的手，耳根发红，小声辩驳：“你左手，我右手，不也可以配合吗？”

少年笑笑，神情是一贯的漫不经心，或许还有些意外她的胆大，懒懒散散跟了句“行吧”。

那个初秋翘掉的晚自习，两人的默契度并不高，在一堆外人看热闹的视线里，硬是耗了足足五十个币，才勉强捉到独角兽。

荆羡忍不住笑，对上他漆黑的眼，脸更红了。

少年晃了下手，隐约不耐烦：“出汗了，不热？”

荆羡坚定：“不。”

他“啧”一声，像是无可奈何，俊秀的脸上神色清清冷冷，却还是没甩开她的手。

至于原先上钩的丑兔子，被她嫌弃地刻意遗落在游戏厅前台，不想要就丢掉呗。她当时压根儿没心疼，跑到入口去买冰可乐，更没关注到后续的发展。

难道，在她看不见的时刻，他又将它带回去了？

他是怀着什么心情……

明明那么不甘愿地陪她出去。

有些事情，时隔多年，并未随着时光流逝而真相大白，反倒扑朔迷离，剪不断理还乱。

荆羡百思不得其解，掐了下手心，慢慢地从回忆里抽离。她妄图当作一切都没发生，没注意到刻字也没注意到箱子，只当是梦一场。

只是，真能自我催眠吗？

好奇心面前，一切皆可退。

经历过若干次天人交战，荆羡再度翻身下床，她趴在地上，慢慢伸长手去够那只箱子。

她觉得自己像个没有家教的野姑娘，借宿还乱翻主人的私有物。

可她忍不住。

对不起。

就看一下下。

一下下，就好。

床下经久未打扫，满是灰尘，荆羡不愿意太靠里，捂着嘴，努力延展手臂。

三十厘米。

二十厘米。

距离愈来愈近。

眼看着就要到手……

倏然，敲门声不期而至，继而是男人淡漠的嗓音：“不睡觉，你在折腾什么？”

隔音果然很差。

荆羡吓得哆嗦，反射性起身，没留意床板，后脑勺重重挨了一下，疼到眼泪都出来了。她缓了很久，揉着脑袋，有气无力：“我认床，失眠。”

长久的沉默。

紧接着响起指节叩击门的“咚咚”声。

“你出来下，我东西忘拿了。”

荆羡不甘心地盯着纸箱，欲盖弥彰地将它往里推了推。

长夜漫漫，她仍有机会。

荆羡整理好衣衫，打开门。

容淮站在她面前，洗完澡头发仍是湿的，客厅冷光笼在他眉骨处，衬得眸色幽深。他慢吞吞地眨了下眼，慢条斯理地开口：“你头上。”

荆羡：“啊？”

他皮笑肉不笑地勾了勾唇：“有灰。”

荆羡洁癖发作，赶紧冲到浴室，对着镜子清理头发，忙完后出来，他已经躺回沙发，身高原因，长腿搭在地上，脸上搭一件黑色外套，摆明不想搭腔。

荆羡也没打扰他，关了灯，放轻脚步。

妥帖地锁好门，她故技重施地弯下腰去，谜题即将解开，她身上的每个细胞都在欢呼歌唱。

熟料目光所及之处，空空荡荡。

九十厘米的单人床，下边空间有限，绝无可能藏到什么犄角旮旯。

她不死心地揉了揉眼睛，结局一样。

没了?

没了!

荆羡破防，好修养都抛诸脑后，连骂了好几声。她几乎百分百肯定，他刚才绝对趁她整理仪容时，把纸箱带出去了。

这个人为何如此阴险狡诈。

荆羡气急，忘了自己是在别人家留宿，得寸进尺地污蔑起主人来。她抱着双膝坐在地上，也许是鬼迷心窍，纠结许久，仍未放弃。

就好像是一场赛跑，重点近在咫尺，想让她中途退赛？万万不能够。

荆羡耐着性子，在黑暗里蛰伏了两个多钟头。

凌晨三点，她猫着腰，屏住呼吸，做贼一般偷溜到了客厅。

房子就那么丁点大，方便藏东西的位置没几个。借着月光，她一圈一圈地扫过角角落落。

功夫不负有心人，荆羡最终成功在沙发边的高柜上发现了纸箱的踪影。

她故意没穿拖鞋，光脚踩在地砖上，悄然无声。途经盖着外套的男人时，她微微侧过脸，分辨了下他的呼吸。

绵长有规律，应该睡熟了。

荆羡放下心来，无限放慢动作，轻手轻脚踩在沙发扶手上。站直身体后，她扒拉着柜边，努力去抱那个箱子。

关键时刻，有双微凉的手，不轻不重捏住她的脚踝，再轻轻一扯。

荆羡失了重心，视野里画面颠倒。

电光石火间，她只来得及尖叫，嘴唇又被人覆住。

容淮压着小姑娘的肩膀，膝盖撑在她腿间，俯下身去，唇若有似无贴在她耳畔，语调夹着不怀好意的狎昵：“你要真睡不着，不如来做些别的事。”

姿势太暧昧。

荆羡面红耳赤，含含糊糊呜咽两声，等他大发慈悲拿开手后，心一横，豁出去了：“我出来找东西的。”

容淮居高临下地盯着她，略带威胁地掐着她的下巴：“找什么？”

荆羡一鼓作气：“找你三个小时前故意支开我从我房间偷走的东西。”

没见过这么不要脸的。

贼喊捉贼。

容淮笑了笑：“找到没？”

荆羡躺在沙发上，手越过他的肩膀，指着柜子：“在那儿。”

容淮目不斜视，甚至都懒得扭头朝那儿看，手上施点力气，就把这姑娘抱回腿上，面对面掐着她的腰。

“也不是不能给你看。”他勾着唇，手绕到她背后，轻轻扯了下她的发尾，“只是你求人时，总得有个态度。”

荆羡被迫跪坐在他腿上，又羞又气，努力压着T恤下摆，她开始后悔方才的冲动。

然而箭在弦上不得不发。

她垂下眼睫，低声问：“你要怎么样？”

容淮撑起身子，贴近她的唇，暗示意味颇浓：“别装傻。”他压低嗓音，尾调一如从前那般，带着天生惑人的性感，“你知道该怎么做。”

一个吻换一个现阶段迫切想知道的秘密。

谁赢谁亏？

该如何去衡量。

荆羡垂眸，盯着男人那张咫尺之间的秀雅面容。

从当初音乐教室的一眼万年，到如今，即便恨过怨过，她都不能否认，这人确实长了一张能完美统一女性审美的脸。

长眉漆目，皎如玉树，就连嘴唇的薄厚，都恰到好处，唇珠饱满润泽，笑的时候自带倜傥邪气，勾得人心痒痒。

尤其是这样近距离的接触。

他已经松开对她的钳制，双手撑在身后，懒洋洋的姿态，下巴略尖，微微扬起。

像是把主动权交给了她。

不得不说，姓容的小子手段高明了许多。

若是他强取豪夺，荆羡指不定要发火，巴掌伺候那是少不了的，可眼下他长睫低垂，一副被她压在身下的弱美男姿态，对于她来说，那可是天差地别的心理优势。

她竟然莫名有种女王临幸男宠的错觉。

“想好了吗？”

他卑鄙地刻意压低声音，带着蛊惑，不遗余力地拉着她堕入深渊。

荆羡沉默，掌心压着T恤下摆，顺带也触碰到他的腹间，隔了薄薄衣衫，那略硬的肌理线条，随着他呼吸的频率，缓缓起伏。

这场无声无息的勾引，无须太多言语，已经足够致命。

荆羡对上容淮漆黑的眼，月色下，里头弥漫着浓重迷恋，再没遮遮挡档。

那些高傲冷漠的伪装终于卸去，他的眼神虔诚又深情，似顶礼朝拜，一点点描摹过她的五官。

荆羡愣在原地，她忘了反应，只觉得那双眼如同温柔利器，搅得她心房外的坚硬壁垒寸寸断裂。她在这一刻，听到自己心底发出的轻叹——

既如此情深，当初为何这般狠心？

她眨了下眼，有些茫然地看向高柜上朦朦胧胧的纸箱，忽而又想到卧室里那被隐藏在床褥下的无数刻痕。

她开始反复怀疑。

一定有什么，是她不知情的。

也一定发生过什么，是他不愿意提起的。

荆羡揪着男人的衣领，拉着他凑近，她咬了下舌尖，疼痛带来破釜沉舟的勇气。

“容淮。”

他低低“嗯”了声，额前碎发柔软地耷拉下来，任由她动作。

荆羡一眨不眨地凝视他，不愿意错过任何细微的表情，她深吸口气，清晰又缓慢地开口：“你当年……为什么退学？”

长久不断累积在心上的顽固碎石，八年间日日夜夜侵蚀她的慢性毒药，随着她的这句话，终于濒临顶点。

荆羡的手不自觉用力，手背细细的筋脉浮起。

容淮安静地看着她，没有任何辩解的意图。他明明听得清楚，神色却那样平淡，没有半点诧异，亦不打算为曾经的不告而别给出苦衷的理由。

荆羡等了很久。

直到失望化成无限愤怒，再到心灰意冷，她未曾料到，年少时的心碎滋味竟然会在八年后重新上演。痛楚摧枯拉朽，在没了保护壳的柔软心房内肆意穿梭。

太疼了。

荆羡觉得自己是个彻头彻尾的笑话，她竟然还对这个人有所期待。

她惨白着脸，苦笑了下，从他身上爬起。

“荆羡。”容淮皱着眉，拉住她的手腕，语气沙哑，分辨不出情绪，“别问过去的事，从今往后，你想要的，我都会给。”

这算什么呢。

只承诺未来，却不允许她苛责过去。

一个渣到极点的懦夫。

荆羡在他看不见的地方，讽刺地勾起嘴角，她站了半刻，回过头：“我累了，先休息，有事醒了说。”

容淮不语，僵持半刻，见她坚持，才渐渐松手。他站起，视线紧随着她的背影，关门前，倏然拦在门口：“明天不要乱走。”

荆羡不愿再同他牵扯，胡乱应了。

他却依旧挡着，一字一顿地强调：“别偷跑，也别去镇上，我会直接送你回家，听到没？”

她对这场纠缠厌烦到了极点，再不想听到他的声音，敷衍点头。

锁上门后。

荆羡滑落在地，软弱又可悲的眼泪不听话，迫不及待地从她的眼眶里流出，沾湿脸颊，而后流进唇里。

苦得要命。

她满脸是泪，然而表情平静麻木。

最后一次。

她想，今天是最后一次为这个男人伤心。

荆羡彻夜未眠，这个房间充斥着他的味道，无孔不入。

她对那张床十万个抵触，只抱着膝盖，在地板上静坐到天明。手机已经充满电，翻看新闻，临城的风暴好了一些。

她整理好背包，决定甩开他。

早上八点来钟，浴室里传来窸窸窣窣的动静，而后是水声，隔着两道门板，仍然飘至她耳中。

荆羡悄然无声地拧开房门，走出院落。

天气阴霾，细雨蒙蒙。

她没撑伞，步履很快地走在青石铺成的小径上，穿过巷口，逐渐热闹。昨晚死气沉沉的云离，自昏睡中苏醒过来，喇叭声混着叫卖，有了平凡小镇的晨间光景。

荆羡远远望一眼早餐铺子，整晚未进食，身体早就开始抗议，从天蒙蒙亮起，胃部间或痉挛。她知道该吃点东西，强忍着不适，一只手摁着胸腹间，朝那边走去。

镇上的居民基本都是早睡早起的生物钟，过了八点，买早点的高峰期已过。这会儿铺子里就两个老人守着个挂红领巾的小胖墩，三人围着一张桌子吃馄饨。

老板五十岁不到，一只脚踩在屋檐下的长板凳上，打着蒲扇，一边去揭蒸包子的竹笼，半晌，眼角余光瞥到有身影接近，连忙堆笑。

以为是熟悉的街坊邻居，谁知道来了个脸生的天仙美人。

云离镇是个发展滞后的破地方，也没什么旅游景点，只有出去务工的青年，几时来过外人。

更何况是这种一瞧就出身不凡的千金大小姐。

老板诧异：“小姑娘不是我们镇的吧？来找人的？”

“不是，我路过的。”荆羡草草掠过简单手写版的早餐价目表，要了两个肉粽，顺带拿了一袋塑封好的豆浆，“请问附近哪里可以叫到出租车？”

老板迟疑：“我们这儿都是临县过来的出租车，周末才会多一些，你现在急需的话，得走很远才行。”

荆羡犯难，不安地朝后瞥去，确定那人没追上来后，又恳求道：“是这样，我现在有急事要回去，您看您这边有没有私家车，油钱和辛苦费都好说。”

老板放下蒲扇，见这娇柔的小姑娘满脸疲惫，忆起远嫁外地的女儿同她年龄相仿，难免心软：“我侄子去隔壁镇进货了，在回来路上，一会儿让他送你去襄南。”

荆羡连连道谢，也不急着打包了，一来等车二来逃避容淮，她躲进最角落的位置，让老板给她也煮了碗馄饨，顺带来份小笼包。

铺子有些年头，白墙泛黄，粉刷的腻子脱落，大片斑驳，兴许是懒得装修又为了美观，贴满了各种照片。

荆羡随意看了几张，都是镇上的大事件，年限近远的都有。

半刻，老板端着碗过来，见她盯着墙面，咧开嘴，言语诸多自豪：“我婆娘是镇上唯一的摄影师，这些都是她拍的，还不赖吧？”

荆羡礼貌微笑：“拍得很好。”

她掰开一次性筷子，剃了剃上头的毛刺，正要用餐之际，忽而于右上角发现一张竖向的单人影像，在一堆横着的大合照中，特别明显。

角度关系，荆羡并不能看得太清楚，只能隐约判断是个年轻人。

老板注意到她的目光，凑过去，指着照片，与有荣焉：“这位可是我们镇历史上仅有的985大学生，高考成绩出来的那天，我婆娘特地过去帮忙照的。”

闻言，旁边给孙子喂饭的老太太也插话：“容昌汶的儿子吧。”语罢，她仿佛想起什么，摇摇头，叹息，“哎，这小孩命苦。”

荆羡愣了两秒，站起身，看清照片后，她手上的筷子掉落在桌上。

少年坐在轮椅里，淡淡看着镜头，面容和唇上毫无血色，若不是上头挂着鲜红的横幅，她几乎以为这是一张黑白照。

“他为什么……”荆羡喉咙像是被哽住，她停滞几秒，艰难地说完，“他为什么，坐着轮椅？”

“受伤了嘛。”老板笑着打哈哈，背后议论别人总是忌讳，他帮忙给小姑娘倒了一碟醋，故意扯开话题，“趁热尝尝，我家的小笼包，可是云离一绝。”

荆羡一动未动。

老板终于意识到不对劲：“你们认识？”

荆羡不知道该如何阐述她和容淮的关系，可她又想从眼前的知情人口中再多取得一些信息。思忖良久，她尝试着试探：“其实我是他们家的……债主。”

话音刚落，隔壁那桌的老头忽然破口大骂：“崔泠这个臭婊子，害死老公，跟个赌鬼合计谋杀亲儿，现在出狱还在骗钱，真该吃枪子。”

“哎哟，你发什么火，吓到孙子了。”老太太连忙捂住小胖墩的耳朵，转头看向荆羡，“你小心点，别被那条毒蛇缠上。我们镇本来人丁兴旺，自从她嫁过来，好几户妻离子散，都是她造的孽。”

荆羡沉默，一会儿是崔泠声泪俱下梨花带雨的苦情表情，一会儿又转变为女人在临城危房的楼道下恶毒咒骂容淮的景象。

她喉间苦涩：“所以容昌汶儿子受伤，是这个崔泠造成的？”

老板泡了壶茶，知道是债主，也没避讳，搬了板凳坐在旁边：“对，本来崔泠和她那滥赌的小白脸手头没几个钱，平时也就偷鸡摸狗，成不了什么气候。”

他抿口茶，继续道：“后来去趟临城，不知怎么突然发了笔横财，回来就在地下赌庄连本带利输个精光。”

老太太一脸晦气：“肯定又骗了哪个倒霉蛋。”

“可不是嘛。”老板冷嗤，“这贱人心疼她的情夫被仇家砍掉手指，居然把主意打到儿子身上。”

老头叹气：“还好容淮命硬。”

三人一阵唏嘘。

荆羡的指甲深陷入肉里，她仓皇地垂下头，脑子里如钟摆乱撞，回忆一帧一帧跳动，最终定格在她亲手将支票递给崔泠的画面上。

这迟来的真相，似凌迟，刀刀入骨，刮得她体无完肤。

她快不能呼吸，弯着腰，一点点地趴到桌上。

三人陷在往昔岁月里，无人发现她的异样，话题仍在继续。

“我记得那天下好大的雨。”老板捧着茶杯，看着那张照片出神，“这小孩浑身是伤，突然半夜来找我，拜托我一个小时后报警。”

他当时吓一跳，赶忙确认现在不需要吗？

少年面无表情地抹掉嘴角的血迹，有些古怪地勾了勾唇：“现在太早，一小时正好。”

镇上就这么大，他对容家的事一清二楚。容昌汶刚过世没多久，儿子在临城被母亲欠下的高利贷缠到无法生存，刚回云离，那对死乞白赖的狗男女后脚就上门。

崔泠偷偷摸摸买下巨额保险，妄图抢劫杀人伪装现场，从而骗得保费还债。

当然，这事儿后来才爆出。

他回忆那个血腥的夜晚，仍然心有余悸。

当时和派出所的执勤民警闯入小院时，满地狼藉，崔泠披头散发，像是被刺激到，歇斯底里地将刀挥出。

“小畜生，你真该死！”

少年不躲不让，硬生生地任由利器穿透右肋，反手握住刀柄，面上冷汗涔涔，眼里满是狠戾。

电光石火间。

枪声让那个失去理智的疯婆子腿软，而后被拖着带上警车。

少年一点点跪倒在地。

他一个大老爷们，都被吓得直哆嗦，赶忙上前查看：“阿淮，你怎么不躲？”

少年捂着伤处，指缝里的血不断流淌出来，脸色苍白如纸，低低笑了声：“这样才能结束。”

等救护车的间隙，雨越发大。

他心惊胆战地看着遍地的嫣红，老天爷正将生命一点点抽出少年的躯壳。

“阿淮，你撑住。”他红了眼眶，哽咽，“你不是说要在云离念完高中吗？叔都给你安排好了，下周就能去。”

少年躺在地上，眼神已然开始涣散，像是用尽全身力气，捏住他的手，喘息如强弩之末：“我不会有事，我和人约好……”

后半句话淹没在漫天大雨里，救护车的长鸣姗姗来迟。

那天的血和雨，成了老板午夜梦回时最大的敌人。他在半夜被噩梦惊醒时，仍对崔泠的狠毒感到毛骨悚然，又为少年的幸存无限感恩。

总算是善恶终有报。

“可惜就判了八年。”老太太听完这段，眼角泪花闪烁，别开头去。

老头抽出一根烟，顾及孙子在一旁没点上，还在坚持他的观点：“老天无眼，这女人就该判死刑，最差也该是无期。”

老板表示认同，末了再度叹气：“估计没这一刀，又是拘留所关两天出来。这孩子也是没办法了，确实不容易。”

十七岁，明明该是双亲疼爱拥有无限光明的年纪，他却活在地狱里，从记事起，就无时无刻不在忍受着亲生母亲的恶意。

这种常人无法想象的痛苦，逼得他在困境中铤而走险。

被崔泠重创的那一刻，少年在想什么呢？

是解脱吗。

还是同归于尽？

可他昏迷前的眼神，明明透着不甘。

像是还有什么重要的事情，并未做完。

老板怔怔出神，过了很久，才将茶杯的水一饮而尽。

人性的丑恶让这几位的心情变得压抑，唯有借着口诛之快发泄，才能好过一些。

唯有角落的荆羡，自始至终没开口，碗里的馄饨早已凉掉，她垂着脑袋，颊边的长发都落到碗里。

她像是没注意到自己的失态，机械地将馄饨舀起来，放到嘴里。

老板总算从那段阴影里清醒，注意到客人的反常，正欲发问，突然又瞄到门口白衣黑裤的美貌青年，惊讶地张大嘴：“容、容……”

容淮眉间似冰霜覆盖，见到那蓝色衣裙的身影后，才缓缓消融，然而脸色依旧阴沉，掐着她的下巴抬起：“我让你不要乱跑，听不懂？”

下一秒，看清荆羡的脸后，他硬生生止住火。

这姑娘满脸泪痕，眼神失去焦距，浑身都在抖，无法遏制。

容淮扫过墙上老旧的照片，又和早餐店的老板对上眼神，还有什么好不明白。

来云离，果真是个错误。

那些本该掩埋在坟墓里的秘密，那些早已决定此生一人承受的事实，那些最不想让她知晓的黑暗，终究还是因为命运的捉弄，功亏一篑。

他拉起她，一遍遍拂去她的眼泪，指尖揉在她脑后，轻声道：

“荆羡，你记好。

“不管听到什么，这一切都跟你没关系。

“不是你的错。

“永远不会是你的错。”

他说不是她的错。

他说这一切都和她没关系。

他头一次用那样安抚又坚定的口吻，在她耳边不厌其烦地重复。

他一直抱着她，走过青石桥，穿过小巷，步履很慢，像是怕惊扰到她，偶尔停下，会叹一声："我说的，你听进去没？"

荆羡窝在他怀里，垂着眼，恍若未闻。

年少时，无数次幻想心心念念的意中人能温言细语地同自己说话，如今梦想成真，却为何这样煎熬。

细雨蒙蒙，落在脸上，似是代替眼泪。

她好像连哭的资格都没有，曾经笃定的事实在一夕之间两级反转，叫她措不及防。

当年在病房里心如刀割的苦闷，无数夜里泪湿枕巾的痛楚，以及这八年无时无刻都蛰伏在内心深处的怨恨，恍若一把双刃剑，此刻毫不留情地反噬，沿着她的脊梁骨，自上而下，一点点刺入。

生生要将她剖成两半。

荆羡闭上眼，不受控制地再度回忆方才在早餐店听到的故事。

那位雨夜的少年，是怎样的心情，眼睁睁地瞧着亲生母亲将他置于死地。他躺在地上，鲜血淋漓，生命流逝的那段时间里，又是否会想到，这一切的始作俑者，竟是曾经发誓说要陪他到最后的姑娘。

这姑娘活在自己的世界里，将他打上负心薄幸的耻辱标签，他背负着那样的黑暗，却从未解释过只字片语。

"如果不是今天的意外，你想瞒我到什么时候？"

容淮顿住。

长久未开口，她的嗓音有些哑，仿佛自言自语一般低语："你宁愿我恨你，对不对？"

伴着话语，荆羡缓缓抬眸。

阴霾的云层挡住光，他的脸仍然清俊，那双总是隐含孤寂的漂亮眼里多了几分挣扎，他就这么看着她，似是有话要说，然而最终依然选择了沉默。

不知不觉间，再度回到那处小院落。

荆羡轻微挣扎，自他怀中挣开，她走上前推开门。屋子里比离开前乱了许多，浴室的门半敞，门口丢了条半干的浴巾，沙发角落有匆匆换下的睡裤，此刻杂乱地拧成一团。

她几乎能想象到，他洗完澡发现她不见后冲出房门的模样。大概是怕长久以来妥善保管的秘密被她发现，才会这样焦急。

荆羡垂眼，视线又开始模模糊糊，她盯着脚尖，不发一语。

那些重逢之后的纠缠片段不合时宜地跳出来。

雪夜在她家楼下的青年，等到眉宇间覆上落雪，仍然没有离去。

替她挡开热汤的青年，沉默着听完她说的狠话，苍白着脸，一语不发。

悄然搬至十九楼的青年，情人节深夜，亲手布置了花海，高烧昏迷之时，仍在梦呓着问她为何没去 Z 大。

在她不遗余力划清界限之后，在她带着报复恶意一次次重创他之后。

漫天风雨里，他没有半分犹豫，向她走近。

胸口的钝痛伴着每次心跳的频率，愈演愈烈，她的头越发低下，几乎说不完整一句话：“你原本……”

“对不起。”她哽咽着，“你原本可以同我说的。”

容淮看着她。

他八年来无时无刻不在惦记的姑娘，低着头，像个犯下弥天大错的囚徒，仓皇不知所措。

记忆里这朵矜贵恣意的娇花，笑起来能点亮星辰，活得天真烂漫，亦不知人间疾苦。她曾努力拉他出泥泞之地，在他阴暗肮脏的世界里，固执点亮每一个角落。

他从不屑一顾到沉沦深陷，只花了短短数月，而后再没办法脱身，成了她裙下最虔诚的门徒，心甘情愿追随着这道光。

可他妄图染指的天上月，眼下因为他的失误，褪去了骄傲，碾碎了脊梁骨，迷失在无尽的愧疚和自我怀疑中。

他的公主殿下，本不需要这样卑微。

他受过的磨难，尝过的冷暖，遭过的误解，在这一刻对比她歉然惶恐的眼泪，根本不堪一击。

容淮叹口气，掌心贴着她的腰肢施力，半强迫地让这姑娘从略微蜷缩的姿态里恢复，淡声道：“荆羡，我退学，只是想解决一些早该解决的事情。”

他抬起她的脸，指腹抹掉她眼角的水迹：“后边发生的，也都是我计划好的结果，和你没有任何关系。”

荆羡不吱声。

半晌，她伸出手，够到他的衣摆，犹豫了一会儿，慢慢往上掀。

容淮诧异，很快意识到她想做什么，掐住那纤细的手腕，皱眉喊她的名字：“别闹。”

“我没和你闹。”荆羡轻声，眨了下眼睛，睫毛湿漉漉，语气却格外坚定，“我想看，我现在就要知道，我再也不要被蒙在鼓里。”

容淮：“……”

两人僵持良久。

窗外的雨势不知何时变得猛烈，瓢泼大雨砸在铁皮屋檐上，发出沉闷声响。远处闷雷翻滚，天色昏暗，正午时光，竟莫名有了入夜景象。

荆羡还没松手，一眨不眨地盯着他。

感觉要耗到天荒地老。

这姑娘偏执起来，确实要命。

容淮无奈，朝后靠到墙上，别开眼去，视线对着高柜上的纸箱。

荆羡敛着鼻息，小心翼翼地卷高他的T恤。男人劲窄的腰身异常漂亮，玉白的肤，浅浅的人鱼线，或许因为紧张，腹肌轮廓格外深刻。

她目光直视，没有半分羞怯。

忽而动作骤停。

右边肋骨开始显现触目惊心的暗红，她的指尖不由自主地颤抖，撩到最上方，那道狰狞的伤疤再无遮掩。

八年过去，它横搁在胸腹间，并未随着时光流逝降低存在感。

十来厘米长，从肋骨下端一直蔓延到最上边。两侧有缝针的零星痕迹，靠近胸骨交接的那一侧颜色格外深，像是利刃先行划破皮肉，又朝着里头刺入，狠狠翻搅脏器。

该有多大的仇恨，才会这样对着一个十七八岁的少年痛下毒手。

她道听途说的版本里，只是轻描淡写地带过这一刀，如今亲眼看见，她再不能找到借口原谅自己。

荆羡踉跄退一步，泪眼蒙眬。

她想，怎么可能不是她的错呢。

是她亲自将三十万交到欲置他于死地的人手里，是她间接促成了差点谋杀骗保的惨剧，也是她害得他在云离差点丧命。

若是他真在那天死了。

她甚至无从得知。

若干年后，同学聚会时，兴许才能闻得他的死讯。

届时她会怎么样?

笑一笑，唏嘘一阵，也就过了。

而那位不告而别的少年，将会永远带着苦衷，长眠于地下。

荆羡根本没法操纵自己的思维，眼前的幻象一幕幕，她几乎站不住，撑着旁边的桌子费力地呼吸。

感觉再待在云离要出事，容淮没再犹豫，重新抱起魂不守舍的姑娘，一手拿过她的包，朝外走。

他很早就深谙开弓没有回头箭的道理，他这辈子做过许多匪夷所思的决定，也从未后悔。可当下，他却无限懊恼带她来云离躲避台风的馊主意。

打开车门，他将她放到副驾驶座，俯身帮忙系好安全带：“送你回去。”

正要启动时，这姑娘又倏然开口：“箱子。”

容淮怔了片刻，回房取那个从昨晚开始她就惦念不放的纸箱。

回去的路上，荆羡再没开口，她只是用力抱着曾经弃之如敝履的玩偶，兔子灰扑扑的长耳朵紧紧贴着她的脸颊，她也不嫌脏，就这样死死搂着。

因为高速封路的缘故，回临城的路格外坎坷。绕了许久的小径和偏道，晚上八点来钟，才到小区。

荆羡坐在车里，愣愣瞧着不远处的别墅灯光，阁楼窗口挂着熟悉的蕾丝白纱，隐约能窥见里头绵软的床榻。

到家了。

容淮：“我送你过去？”

荆羡不敢看他，深入四肢百骸的痛苦和愧疚快要将她淹没。她觉得自己不堪到了极点，她没有资格再享用他的体贴，亦没有颜面再面对他。

逃避的念头倏然取代了一切纷扰。

她只想睡觉。

可能一觉醒来，会发现，这只是一场梦，也不一定。

荆羡默默推开了车门，夜色里，她抱着同她体形并不相符的纸箱，像个胆小鬼，声音轻到几不可闻："我自己回去。"

容淮盯着她。

他当然可以趁此机会提一些要求，善于利用人心这一点，永远是无往不利的武器。

可对上她如惊弓之鸟一般的视线，他暂时压下了那些卑鄙的想法，只目送着她离开，直到那道纤细身影快要消失在树影后，才往前跟两步："荆羡。"

她回过头，侧脸对着他。

容淮平静道："我明天去瑞士，可能要半个月。"

荆羡睫毛轻颤，缓缓抬眼。

他漆黑的眼里有她看不懂的强烈情绪，像是长久的等待之后再难压抑，又像是不顾一切要冲破牢笼。最终，他眼尾猩红消失，只留下模棱两可的话语——

"半个月，够了没？"

话落，他也没等她的回答，只重新回到车上，玻璃窗落下一半，淡淡道："云离的事情，趁早忘记。"

随即，他掉转车头离开。

荆羡愣了两秒，也不知道他俩之间，谁更像逃兵一些。

接下来的一周。

荆羡破天荒请了病假，关在房间里，连下楼用餐都不愿意，一日三餐都在自己房内解决。

她从未这样邋遢过。

困了就睡，醒了就对着近在咫尺的纸箱发呆。

这玩意拿回来有阵子了，她天天盯着，就是没勇气打开。

家里没有能束缚她的人，她就这样浑浑噩噩地混日子，直到骆亦白给她打电话，说荆焱在机场回家的路上出了车祸，身体没什么大碍，但要住院观察一阵。

荆羡这才如梦初醒，要了地址，匆匆赶去。

这家私人医院，她从前也住过，就是高三肺炎发烧那回。她对这里的印象并不算好，甚至有些阴影。她记得每一次走道响起脚步声时，她都会期待少年的出现。

然而事实总叫她难堪，失望成了绝望，最后演变成无数夜里的泪水。即便如今真相大白，当时失魂落魄的心碎滋味依旧如影随形。

荆羡掐了下手心，强逼自己忘掉那些不愉快的记忆。

荆焱的病房在最里头那间。

她进门，就见到男人坐在床上回邮件，助理站一边汇报工作，童茹玥坐在沙发上，正慢条斯理地替他削苹果。

荆羡瞬间觉得自己多余，打量一圈，发现他没什么皮外伤，肤色白皙，眉眼冷冽，精气神比她都好。

反倒是荆焱盯着双胞胎妹妹的黑眼圈："你没睡觉？"

荆羡绝无可能同他说容淮的事，只应付几句。只是她的状态确实很糟糕，昨晚又噩梦连连整夜失眠，坐了没几分钟，就困得不行。

怕被哥哥瞧出蹊跷，她假借公司名头告辞。

荆焱也没拦着，让童茹玥送她。

“不用，让嫂子陪你吧。”荆羡拒绝，整理了下裙摆，很快走至外边，反手关上门。

这一层是VIP特区，一共就三间病房，隐私性极佳。

来时静谧无声，这会儿荆羡等电梯时，沿着走道的这一间却传来激烈争吵，听声音像是父女。

空荡回廊里，女孩的嗓音高亢而尖锐：“我用不着你管，我就是要跟他在一起，我们还会念同一所大学！”

“老子怎么生了你这么个蠢东西！”男人气急，顾不得场合，“那小混混能考什么大学？人家就跟你玩玩，你一个千金大小姐，上赶着倒贴，你不要脸我还要脸。”

女孩歇斯底里：“行啊，那你跟我断绝父女关系，这样就不会丢你的脸！”

电梯门开，巴掌声瞬间响起。

荆羡觉得这剧情挺雷同，无非是当年荆焱代替了那位父亲的角色，她摁着开门键，有些无奈地笑笑。

正欲下楼，又传来男人的一声长叹：

“你不要一时头脑发热……”

门再度合上，后半句话听不清了。

荆羡怔住，她看着光可鉴人的轿厢，上头映出来的姑娘神思恍惚。她面对面盯着里头的自己，重复了遍男人的话：“一时头脑发热？”

她的眉头愈拧愈紧，大脑中的记忆碎片翻飞，似乎有什么过往的细节，被她遗忘在了深处。

可是想不起来。

荆羡纠结许久，放弃了。

回家后，她抱着那只毛茸茸的胖兔子，在飘窗上看了会儿书，没一会儿，眼皮变得沉重，她没抵抗，跟着睡意陷入到黑暗中。

大概是偶然遇见那对父女的缘由。

梦里，她又回到了当年最不愿面对的时刻。

那时她刚住院，知道容淮不告而别后，整个人都很烦躁。

她每一秒都想从这个牢笼似的病房里逃出去，拔过针管，摔过饭盒，甚至对着无辜的医护人员发火。

荆焱每日放学都来，晚上也不回家，就睡在隔壁小套房的看护间。得知她苦吞早恋恶果咎由自取后，他就不怎么同她说话，只冷眼瞧着她耍性子。

她拨过无数电话无果后，精神逐渐崩溃。

有一天周末，荆焱没出现，她抽了五管血，肺炎带来的咳嗽和热度叫她苦不堪言。恍惚间，楼道有脚步由远及近，继而停在病房口。

迟迟未有动静。

她烧得迷迷糊糊，侧身躺着，蜷成一团，却还是满怀希冀地盯着那道门，低念着容淮的名字。

可惜奇迹并未出现。

荆焱冷着脸步入，向来从容不迫的十九中校草像是被谁气得不轻，咬牙切齿：

“自甘堕落也有个度，你以为自己在演苦情戏？”

荆羡正憋着火，强忍着不适坐起来：“关你屁事？”

荆焱嗤笑：“你以为是爱情？很高尚很伟大对不对。”他抓着她的肩膀，冷声，“你知道他家里的情况吗？一个下三烂的穷小子，饭都吃不饱，你能跟他走多远？”

荆羡浑身发抖，她让他住口，可他却不肯放过她。

“你房间的鲜花是空运的，吃的东西专门有厨师为你烹调。度假的酒店每天花五位数，随口说一句好看的裙子能抵普通人家一年生活费。

“我现在问你，你能放下这一切去跟姓容的小子住危房，吃泡面吗？

“荆羡，麻烦你成熟点。

“你根本没考虑过未来，你就是一时脑热。”

荆羡没料到她惜字如金的哥哥会用这样的长篇大论来羞辱她的感情。她其实早考虑过这些，也有一万种理由去反驳他。

可她心心念念的少年从未出现过，这残忍的现实，直接消融了她辩解的欲望。

“随便你怎么说。”她捂上枕头，躲入自己的世界。

隔着被子，病房外的脚步声仿佛逐渐远去。

墙上时针嘀嗒嘀嗒。

先是固定频率，而后逐渐加速，一圈圈疯狂转动，快到看不清影子。

荆羡被吵得心烦意乱，一把掀开被子跳下床。

身子很轻盈，高烧不知何时远去，视野也比往日清晰。她有些诧异地低头，脚上是三点五寸的高跟鞋，走两步，招待所的木质地板嘎吱作响。

说来奇怪，她并不慌张，好像早知道这是八年后的某一天。

角落里有个颀长的身形，蛰伏在黑暗里，瞧不清面容。她有些忐忑，站在原地不敢上前。

良久，屋外的狂风暴雨窜入，周遭景物开始模糊，时空扭曲，色彩抽离，预示着这场梦的终结。

她终于听到了他的声音：“你的喜欢，只是一时脑热吗？”

荆羡猛然惊醒。

丑兔子已经从飘窗滚落，她急促地呼吸，分不清是激动抑或是惊骇。

但她没有时间再浪费。

荆羡拿过车钥匙，重回了私人医院。她连睡衣都没换掉，顶着诸多打探的眼光，在走道上狂奔。

病房的门紧闭，有谈论公事的声响，夹着混杂的音频，像是在开什么远程会议。

她不管不顾，粗鲁地拍门：“荆焱！”

里头安静些许，继而是男人无奈的嗓音：“先散会。”

须臾，西装革履的精英们鱼贯而出，路过她时，都是一愣，随即尴尬地打个招呼，装作若无其事的模样，前后离去。

荆羡直接冲进去，合上他的电脑：“我有事问你。”

荆焱面色不豫，强压着不快：“我以为你二十六岁了，不会那么没分寸。”

荆羡深吸了口气：“他来过，对吗？”

荆焱怔住。

荆羡忍着颤意，没再用疑问句，转而陈述，一字一顿：“八年前，他明明来看过我的。”她眼眶发红，指尖几乎掐到肉里，“你为什么，不告诉我？”

荆焱笑了笑，事到如今，再否认也无意义。

“你不该和那样的人纠缠在一起。”

这些年，荆焱从未对当时的故意隐瞒而后悔，他也不认为自己做错，即便重来一次，他依然会做同样的选择。

他们荆家的掌上明珠，他这辈子发誓要永远护她周全的双生妹妹，绝无可能委身给一个母亲滥交父亲病死自己游离在黑市拳场的亡命之徒。

就算她会永远地记恨他，那也无所谓。

荆焱看着眼前略带狼狈的姑娘，抬手轻抚她的长发：“忧忧，你要什么青年才俊，哥哥都会安排。更何况，姓容的小子对你也不过如此，听了那段似是而非的话，不也放弃了吗？”

荆羡甩开他的手：“他没有。”

荆焱：“什么？”

荆羡泪水盈眶，挤出字眼：“他没有放弃。”她的眼泪终于大颗落下，哽咽，“他从没有一天放弃过我。”

她爱的少年。

满身伤痕躺在那间黑暗的小屋里。

也未曾忘记过她。

忍着无尽的孤寂和痛楚。

用刀刻下一笔一画的字眼。

盼着与她重聚的日子。

怕伤害到她。

所以背负着阴暗的真相。

忍受着她毫无顾忌的绝情话语。

即使今时今日。

他仍在等着她。

荆羡胡乱抹着眼泪，步履坚定地朝外走：“我这辈子只会和他在一块。”

她想。

她不能再让他失望了。

她也不能继续混账。

假装自己不再爱他。

夜晚十一点，荆羡带着护照，奔赴机场，候机时，她让徐潇将李晋的联络方式发给自己。电话接通后，李晋什么都没多问，只是把容淮下榻的酒店和房间号告知她。

长途航班，整个飞机的乘客都在沉睡，唯有她看着机翼上的信号灯发愣。

她突然想到上一回来瑞士的经历。

她拖着行李箱，在大学城找了半天，一直满怀着希望。

却在见到沐南兮的瞬间，就选择放弃。

如果当时她能多一点耐心。

如果她能等到他从实验室回来。

他们是否就不会蹉跎八年?

荆羡喝了口水，吞下喉间的苦涩。她看着玻璃映出的倒影，努力对着自己勾起唇。

还好。

还来得及。

瑞士时间夜晚八点，她再度踏上这片土地，心境已然不同。

她一分钟都不想耽搁，直接打车去了酒店。

她知道他在顶楼宴会厅开一个学术会议，近情情怯，她感觉自己回到了少女时代，每次晚自习下课后偷偷去会所门口等他的时候，也是这样。

一半期待，一半紧张。

她在房间门口不断整理衣衫，偶尔拿出化妆镜，仔细检查妆容。

服务生路过几次，有些不解地用英文问她："您是在等什么人吗?"

荆羡强装镇定："我男朋友在楼上开会。"想了想，她补充，"他不知道我过来了。"

服务生笑起来："啊，原来是给惊喜。"

年轻的外国小哥似乎很想帮忙，但鉴于酒店规矩不方便帮她直接打开房门，只问她愿不愿意搞点特别的方式。

荆羡好奇，听完后羞耻到耳根子都红了。

尽管如此，她还是换上了酒店女侍者的连衣裙。

这衣服也不能说不正经，上半部分是普通的黑衬衫制服，就是下半部分有个白色围裙，可能是方便收取小费，但怎么看都有点玩情趣女仆装的味道。

小哥吹个口哨："要是我女友这样来，我直接起飞。"

荆羡脸更红了。

等了三个小时，这场漫长的学术会总算结束。

荆羡躲在安全通道，悄悄观察，目光一直追随着那道熟悉的身影进门。心跳快到要爆炸，她深呼吸数次，做了无数心理建设，才走过去，清清嗓子："容先生，您点的餐到了。"

隔着门板，里头男人的牛津腔异常冷漠："我没点。"

荆羡继续敲门。

良久，容淮阴沉着脸拉开门，见到垂着脑袋的女侍者，有些不耐烦："我说了，我没……"

荆羡面红耳赤，慢吞吞地抬头："你确定没点吗?"

第八章

男友的惊喜

进度是不是有些快。

荆羡可太佩服自己了，在她看过的各类言情小说里，这种破镜重圆的梗大多存在诸多磨难。不管错的是否在于女主，好像不多矫情一下就会死，非要吊着胃口磨磨蹭蹭。

然而她今天心甘情愿，就要做那十万分之一的例外。

只是身上这件制服暗示意味太强，她对上男人清清冷冷又略带诧异的眼，忽而有些懊恼。

光明正大等在门口不好吗！

按部就班互诉衷肠不好吗！

乖乖待黄铜白银分段不香吗？

非要借号去宗师局自讨没趣……

荆羡都等了他足足五秒，还没听到回话，她几乎想挖个洞钻进去。刚才那句点不点餐的话实在太不要脸，若是可以时光倒流，她绝对要将这羞耻的台词收回。

就在她快憋不住想撤的时候，容淮忽而对她笑了一下，漂亮的唇勾着，又是年少时那股痞坏的味道。

“抱歉，我确实点了。”他往后退一步，慢条斯理地道，“麻烦将我的餐品送进来。”

荆羡：“……”

他说话的腔调该怎么形容，嗓音低哑，在念“我的餐品”四个字时刻意拖长了音，暗示的意味不言而喻。

她突然有种羊入虎口的错觉。

事实证明，女人的第六感绝不会错。

荆羡刚一进门，就被他轻轻压在墙上，她的身体僵硬了两秒，又在闻到那股熟悉的松木香后软下来。

算了，不想挣扎，也没有任何挣扎的理由。

“乖女孩。”他低低笑了声，漆黑的眼盯着她，微凉指尖摩挲着她腕间最细嫩的皮肤，略带着鼻音，“中餐西餐？”

贴得太近，荆羡的思考能力直线下降，有些茫然地眨了下眼，不知该如何回答。

“不说话？”容淮凑近些，鼻尖亲昵地蹭过她的颈侧，而后蜿蜒而上，流连在那莹白如玉的耳垂附近。

战栗感缓缓侵袭周身，荆羡用力捏紧他的手臂，紧张到话都说不清：“西、西餐。”

他笑了笑：“那就先上头盘吧。”

头盘？

荆羡没搞明白，直到耳洞处传来柔软温热的触感，带一些湿意。她睁大眼，后知后觉地意识到他在做什么，脑子里“轰”的一声，全乱了。

她想躲开，又被男人揉着后颈固定住。

“这就是你们酒店的服务态度。”他居然还有闲情逸致继续玩角色扮演，话语因为唇上的动作含含糊糊，“菜色不报，嗯？”

太犯规了。

荆羡不懂他从哪里学来的招数，简直了。她根本招架不住，闭着眼，睫毛乱颤，只能凭借本能回答：“鹅肝酱。”

“我平时不怎么点这道。”

荆羡气息紊乱，听着他一本正经的调调，半睁开眼，瞥他一眼。

男人白衬衫熨熨帖帖，秀雅的鼻梁上架着金丝边眼镜，十足禁欲系打扮，可那邪气横生的微笑，让他瞧上去活脱脱一个斯文败类。

还是最欲的那种败类。

这位侵略感爆棚的男人眼下微眯着眼，舔舔唇，像是很满意刚才的滋味：“不过你们这儿做得可以。”

其实他说的每句话单独拎出来都挺寻常，但结合眼下的场景和意境，落入她耳里，就跟催情的迷雾一样，伴着他的每一次呼吸，无声无息窜入她体内。

荆羡的耳朵快要烧起来，想叫他不要这样放肆，衣服最上边的纽扣又落入他人手里，领口被迫敞开些许。她心脏慢了半拍，有些不敢相信这飞升的进度条，慌乱眨眼：“别……”

“别什么？”容淮轻笑了声，手背上的指节一点点刮过那漂亮的锁骨。他犹记得情人节那晚强行在上头留下的痕迹，如今消失不见，莫名遗憾。

他盯了会儿，缓缓俯下身同她平视，另一只手在她脖子后面捏了捏，嘴角含笑：“我该享用例汤了。”

荆羡不争气地脸红，这距离近到似乎一开口就能触碰到他的唇。

从前满身抗拒时，她尚且能将自己当成咸鱼，如今心意相通，这人一颦一笑都透着蓄意的勾引。她能感受到他的手从颈椎和身躯的连接处往下滑，沿着脊柱一点点游移……

最后蜻蜓点水一般，落在尾椎骨上边的腰窝处。

即便隔着衣物，这手段也太高明。

荆羡节节败退，战栗混着感官的酥麻，简直要从她骨头缝里钻进去。她本就是蜜糖罐里长大的姑娘，一身细皮嫩肉，哪儿哪儿都敏感，这会儿腿都开始抖。

她对上男人染上旖旎的黑眸，终于选择投降：“我们是不是……”她忍住喉咙里即将要发出的奇奇怪怪的声音，软弱道，“先聊、聊一下。”

他侧着脸，犹如即将要享用少女细颈的暗夜血族，闻言只能遗憾暂停，见这朵娇花哆哆嗦嗦，又扬眉轻笑：“什么都没做呢，这就受不住？”

“你能不能闭嘴。”荆羡忍不住瞪他，心想这人越发离谱，说的是什么混账话。

这一眼，落在容淮眼里，便是含羞带嗔。

小姑娘泛红的眼尾夹着万种风情，楚楚可怜的模样，简直像在求着他继续折腾。刚才漫不经心逗弄带来的些微欲念忽而就高涨，他那点儿狗屁自制力差点瓦解。

他有些无奈，怕真吓到她，便退开些许，坐到边上的沙发上，懒洋洋地笑：“不演了？”

荆羡的手落在他掌心，被他一根根地捏着把玩，她垂下眼睫，小声道：“没想演，只打算给你惊喜。”

容淮不说话，只安静地看着她。

黑色连衣裙，白色围裙，长发柔顺披在身后，怎么看都是乖巧的小女佣。

他叹一声，手上施力，将人抱到膝盖上，面对面掐着她的腰，声音很轻：“难得穿这样……”

沙发是单人位的，不算宽敞，荆羡手扶着他肩膀，膝盖跪在他腿外侧，明明是居高临下的姿势，却因为意识到接下来要发生的事，变得格外紧张。

他的下巴微微扬起，轮廓深刻，喉结滚了滚，似是难以压抑：“主菜可以不吃，把甜品上了，就放过你。”

主菜和甜品。

荆羡也不是无知少女，怎么会听不懂。

她视线掠过他的脸，那样清冷的眼睛，此时为她变得隐含狂热，甚至是毫不掩饰的偏执。她忽而想起年少时寥寥数次却又格外甜蜜的暧昧行径。

那时每回都是她主动，他总一脸淡漠，然而后边就会破功，连本带利地讨还。

她曾经一直无法确定。

他在面对她时到底是怎样的心情。

如今八年过去，这谜题也没解开，她反倒开始好奇，他是什么时候动的凡心。

荆羡莫名就起了坏心思，俯下身，擦过他的脸，拉长音：“容同学。”

容淮愣了两秒。

“问个问题。”荆羡软下身子，直接坐到他腿上，手指在男人泛青的胡楂处刮了两下，而后轻轻盖住他的唇，鼓足勇气，“如果答案让我满意，我将亲自为你奉上甜点。”

容淮挑了下眉。

他这坦荡荡的态度反倒让荆羡欲言又止，话到嘴边，打个卷儿又吞下去，反复数次，她才声若蚊蚋地开口：“就是，你从何时，对我……”

姑娘家毕竟脸皮薄，她话说到这份上，就不肯讲全了。

容淮眼睫轻抬，笑了笑：“高二寒假前的最后一个周五，晚自习下课。”

荆羡怔住。

还能这么具体的吗……

她完全不记得那天发生过何事，想了半天，才小心翼翼地试探：“怎么了？”

容淮的笑意渐收，像是想到了什么不太愉快的回忆，神情微冷，皮笑肉不笑地重复了一遍：“怎么了。”他往前一带，逼着她完完全全跌坐在他怀里，“你说怎么了？”

高二，恰好是他渐渐沦陷在她笑容里，却仍在负隅顽抗的阶段。

他记得有天晚自习太困，就没去打工，在教室睡了三个钟头，醒来手机上有七八条消息，全是她的，说在洛柏巷右拐的咖啡店后门等他。

他都服了这姑娘。

学校里清高得要命，校花的名头响当当，和他装不认识，人后又跟橡皮糖一样，缠得要命。

他懒得搭理，径自拎了书包离开，快到校门口时，远远听到起哄，随意瞥一眼。

有个邻校的男生，堵在门口，怀里一堆巧克力和玩偶，正同她情意款款地表白。

隔得有些距离，他听不清对话，只看到她对着那位看上去就挺蠢的书呆子，笑得酒窝深深，态度居然很温柔。

这个笑容，如鲠在喉，成了他那晚无法安睡的罪魁祸首。

也是这个不属于他的笑容，叫他意识到，原来病态的占有欲已然滋生，纵使再挣扎，亦无济于事。

回忆里的场景不太愉快。

容淮拧着眉，瞧着身前仍在纠缠追问的姑娘，不想再为无关痛痒的事情耽搁，他指腹轻摁了下她的酒窝，嗓音很沉：“荆羡。”

她茫然地眨了眨眼。

他撑着额，眼睛微微眯起，语气像是轻描淡写：“我说过，给你半个月的时间，你现在过来……”他顿了顿，勾起唇，“我就当你同意了。”

荆羡不吭声，热意从耳根子散开，她犹豫半晌，扶在他肩膀上的手不动声色往下滑，有些心机地贴着他左边锁骨下方。

那里是靠近心脏的位置。

男人起伏的心跳有着不亚于她的频率，甚至更快一些。荆羡没忍住笑，这会儿再看他一脸从容不迫的模样，她就知道这人的傲娇属性其实也蛮离谱。

她手绕到他脑后，主动将自己送上前：“喂，吃甜品吗？”

下一刻，男人用实际行动回应了这个问题。

没有蜻蜓点水的前奏，一开始就是密集的进攻，舌尖撬开唇齿，刮过上颚，来来回回。她快喘不过气，又被他反转身躯调转位置，压着肩膀，恶意地逗弄。

荆羡陷在沙发里，揪着他衣襟的手指都在发抖，讨饶的话说不出来，呜咽也只是助兴。

从前不知道，接个吻罢了，居然也会漫长到天荒地老。

她被这场看不到头的甜蜜折磨到眼角泛泪，好不容易抓住空隙，不要两个字说了一半，又被他抱起来，抵着墙壁。

身高差的关系，双脚差一点点够不到地，裙摆有些上翻，荆羡羞耻到面红耳赤：“我的腿……”

男人笑了声，嗓音灼得沙哑：“哥哥教你。”他仍然含着她的唇，手指轻轻松松圈住姑娘纤细的脚踝，拉到自个儿腰后，“放这儿。”

荆羡彻底宕机。

瑞士的夏夜很美，欧洲屋脊不愧虚名。星辰漫天，月色清冷，远处歌剧院的灯火倒映在阿勒河上，顺着水流晕开重重光晕，像一幅悠久静谧的油画。

从荆羡所处的酒店楼层望出去，更是绝佳角度，270 度落地窗一览无遗。

她曾经环游过世界各地，唯有苏黎世未曾好好停留，讲道理，这会儿即便用手机自带的镜头拍摄，都是千载难逢的佳片。

如果不是身后男人这般纠缠不休……

过去的一个小时，荆羡压根儿就没说过几句话，每次以为可以告一段落时，他视线掠过她身上这条裙子，就又开始犯病。

好比方才，她站在窗前录制风景小视频，中途扭头看了眼书桌边打电话的新晋男朋友。

男人长眉漆目，嘴唇殷红，垂眸的模样清清冷冷，漂亮得不似真人。她突然就有了恋爱的虚荣感，没忍住情感波动，冲他笑了笑。

荆羡可以发誓!

她的举动毫无任何勾引意图，只是单纯想表达自己此时此刻的心情，无奈四目相对两秒，他的眼神就变了味。

天啊，这条可恨的制服裙。

荆羡欲哭无泪，眼下被迫身子贴着玻璃，前边微凉，后背滚烫。

他的手从她指缝间穿过，紧紧扣着，伴着每一次唇舌缠绵，指腹间的薄茧就会若有似无擦过她手心的软肉。

痒，还有些轻微的刺痛，混在一块，耳边还有接吻时暧昧的声响，这些不间断刺激着感官末梢，即便没有过分举动，仍然成功让她全身心体验到那些不可描述小说里的场景。

这剧本完全同她设想的不一样。

他们有过那么多的误会蹉跎和磨难，表明心迹的第一晚不应该是互诉衷情坐到天明吗?

为什么!

突然要玩高端局!

荆羡仰着头，为了配合他，脖子朝后扭到酸胀，舌尖被吮到发麻，她脑子开始发蒙，余光瞥着阿勒河畔的灯火，渐渐模糊。

偏偏这人还不满足，在她唇上惩罚一般轻咬了口：“专心点。”

荆羡含糊抱怨：“不舒服。”好不容易有了点呼吸权，她赶紧拉开距离，转而抵着他的肩膀，眨巴了下眼，带几分妄图逃出生天的示弱。

“不舒服?”容淮捏着她的下巴，似笑非笑，“哪儿不满意，再试试。”

荆羡知道这话起了歧义，生怕他继续折腾，软着嗓子解释：“我头颈疼，你一直让我……那样别扭的姿势。”她脸红得要命，像是下定决心，羞耻讨饶，“今天不要了。”

容淮轻笑了声，替她擦掉唇边暧昧的水渍。

记忆里那张清纯的脸已然长开，娇艳如玫瑰，从前只会攀附的小姑娘这些年仍然没半点长进，青涩得要命。

大概是没人教过她。

根深蒂固的占有欲在这一刻得到浇灌，他眉眼舒展开，强压着那点蠢蠢欲动，慢条斯理替她扣上敞开的两粒扣子，低笑了声：“行吧，明天补。”

荆羡看着他开了瓶水，继而拧开盖子递来，她伸手接过，毕竟口干舌燥，捧着喝了许久，突然意识到他刚才用的那个字眼，拧了下眉：“补？”

容淮重新打开合上的电脑，俯下身查阅工作行程，语调理所当然：“八年。”

荆羡没说话。

她当然听得懂这两个字的引申义，他们空白的时光，中间互相苦痛的岁月，某种意义上来说，比字面上的八年更漫长。

大概是意识到身份的不一致，从前和他共处一室时各种煎熬焦虑的心情转变为无时无刻的雀跃和欣喜。荆羡想到宁瑶曾经提醒自己面对容淮时总是与旁人不同，即便生气都格外明显。

当时她对好友的话不以为然，如今想来，确实如此。

因为内心深处从未忘记他，爱在绝望之后转变为怨怒，她一直刻意遗忘，无奈每回遇见他都会破功，甚至总带着强烈不甘同他相处，所以才会那样情绪化。

宁瑶就是看穿这点，才送了那本心灵鸡汤的《放下》。

说到这本书……

荆羡坐到他身侧，脸趴在桌上，有些恶作剧地发问：“我给你的书看了吗？”

他好像有个特别重要的邮件要回，并未完全听清，反应过来后纤长指尖停在键盘处。

他语气很淡然：“看了。”

荆羡也不知想到什么，笑得肩膀一抽一抽：“怎、怎么样？有启发不？”

容淮瞥她一眼。

二十六岁的人了，眉梢眼角仍带着些许孩子气，眼眸潋滟，酒窝深陷，一如当年缠着他撒娇的小姑娘。

“挺不错的。”他伸手，卷了一簇她的发尾，绕在指尖漫不经心地把玩，“但凡失眠，翻两页就能睡着。”

这效果同她想得差不离，荆羡忍俊不禁，目光移到电脑屏幕，上头密密麻麻的英文术语，注释还有几句德文。她看不太懂，留意到结尾处请速回复以及实验室的落款，没好意思继续打扰。

“我去整理行李。”

她磨磨蹭蹭地站起，想到请的年休假还有两天即将告罄。这会儿看着他的侧颜，即便同处一室，都矫情到连五分钟也不愿意走远。

容淮：“不急。”

伴随着男人的话语，荆羡的手腕被圈住，遂不及防跌坐到他腿上。

他眼睛盯着邮件，一手敲了两个字母，一手随意摆弄怀中姑娘的坐姿，末了下巴枕在她颈间，很轻地笑了声：“行李有什么好整的。”

荆羡面红耳赤，有种心事被戳穿的尴尬。

可惜心意相通的滋味太美妙，她本来就是为爱奋不顾身的性子，年少时如此，现今亦然。没打算装矜持，她乖顺地贴上去，趴在他肩上，小声道：“嗯，想陪你。”

容淮分神掠过她娇软的侧脸，只觉时光回溯，他的天上月再度坠入怀中。

红袖添香，人生一大快事。

只是到他这儿，又带上了不得不坐怀不乱的惩罚性质。体温熨帖，美人裸露在外的皮肤好似羊脂白玉，混着那股天生的女儿香，无一不在挑战他的定力。

往日公私分明的男人频频出错，三十分钟可以搞定的工作，拖延到一个钟头才潦草完成。中途被她睫毛蹭过耳畔，他甚至想不起某些特定术语，查了专业翻译软件才勉强搞定。

最离谱的是，始作俑者放完这把无声无息的火，竟然睡着了。

绵长细微的呼吸声自耳畔传来，容淮无奈地笑笑，放轻动作将她抱到床上，帮忙褪去鞋袜盖上被子。而后熄了灯，自己又回书桌前，借着屏幕的亮光，检查方才写得云里雾里的邮件。

忙完一切，已过午夜一点。

他冲完澡，浴巾擦了下湿漉漉的头发，在沙发和床铺间踟蹰半晌，没再刻意伪装正人君子，躺到她身侧，手臂越过去，连人带被一同搂住。

身边的姑娘像是被他弄醒了，带着些许起床气的抱怨，嗓音软糯含糊："吵。"

他笑了笑，埋在她温软的肩颈处，哑声："羡羡。"

荆羡在半梦半醒间听到这一声，真以为是幻听，大脑还未清醒，眼前一片蒙眬。房间没开灯，唯有月光透过窗帘一角，在地板上落下银色光晕。

她半睁着眼，恍惚瞧着那处，记忆似是重回从前。

好像是晚自习后的某夜。

她在会所的包厢里，拽着貌美少年的袖子，胡搅蛮缠："我家里人和关系好的朋友都喊我忧忧，但是……你不需要和他们一样，你可以喊我羡羡。"

他靠着墙，服务生装扮，却很怠慢在场唯一的客人，嘲弄："我该谢主隆恩？"

荆羡微恼，没发大小姐脾气，只捏住他的手指，眼巴巴地凑上去："就喊一声也不行吗？"

少年漆黑的眼睛盯了她半晌，恶意扯了下她的脸，轻笑："早点睡，梦里什么都有。"

梦里什么都有。

所以，现在是做梦吗？

荆羡分不清现实和虚幻，直到男人横搁在自己腰腹间的手臂收拢，她才慢吞吞地转过去。

同一张枕头，就隔了不足十厘米的距离，彼此鼻息交融，视线对望。

良久，谁都没开口。

荆羡清醒了好一阵，盯着那张近在咫尺的俊秀脸庞。

他垂眸时有异常浓密纤长的睫毛，在过道小夜灯的微弱光线下，小扇子一般，眨一下，如蝴蝶展翅，勾得她心痒痒。

她伸手过去碰了碰，细声细气："我刚没听清。"

因为她的动作，容淮合上眼，任由她捉弄。须臾，他捉住她的指尖，撑起身，覆在她上方。

柔软的吻似羽毛，轻飘飘落在额头。

"羡羡。"

荆羡心里软成了一摊水，再无所保留。她鼓起勇气，拉过他的手，压在左边锁骨下。

心脏跳动的频率越来越快。

她深吸口气，害羞又坚定：

“我对你，从来不是一时脑热。

“是一见钟情。

“然后一往无前。”

话落，过道上传来跌跌撞撞的脚步，似是客人在行政酒廊喝醉，找不到房号，大煞风景地逐个敲门。

容淮翻身坐起，给前台拨了个电话。

很快，酒店工作人员来处理，喧嚣远去。

被这么个插曲打断，荆羡的告白还未等到回应就折戟，羞耻心回笼，她懊恼地捂着脸，趴在枕头上。

过一会儿，她又被人提起，跟抱小孩一样托起。

容淮掀了掀眼皮，语气有些欠：“你这一开头的成语还用得挺好。”

荆羡心态略崩，勾着他脖子的手不轻不重在他耳垂处掐了下，恼怒：“你也来一个。”

他笑意加深，低头含住她的唇，每一个断句停顿，都压着她的后脑勺，渐渐深入这个吻。

“我呢。

“这八年的梦。

“未曾改变。

“一如既往地——

“要得到你。”

荆羡感觉有些不真实。

年少时有过太多愿望，大多都围绕着“容淮”二字，日记本上亦写满了他的名字。

想同他去游乐场。

想同他看落日。

想同他念一所大学。

更想同他长长久久地在一块。

这些梦，曾经触不可及，而后便成了心灰意冷的伤疤，埋葬在记忆深处无法提及。熟料兜兜转转，那人竟然从未走远，她的心心念念，终于在八年后得偿所愿。

荆羡挪了下身躯，更近地贴近他怀里。

男人洗完澡后散着清冽的味道，带一些水汽的潮湿，湿发上的水珠有几滴落下，滑过他格外秀挺的鼻梁。

近距离看他，更觉得这张脸无一处不精致，怨不得当年三中妹子趋之若鹜。

她没忍住，拿手沾了沾他眼睫上的湿润，又去蹭他漂亮的嘴角，小声道：“你现在像个水妖。”

容淮懒懒揽着她，也没吱声，任由小姑娘说着奇怪的话，将他当个工具人似的摆弄。折腾好一阵，他才捉住那双撩拨他喉结的小手，嗓音低哑地喊她名字，带着轻微的压抑。

荆羡还沉醉在男朋友的美貌里，心不在焉：“怎么？”

“我定力还行。”他平静道，“但你再这么继续下去，我就准备提前圆梦了。”

荆羡：“……”

也不是什么单纯少女，她在反应过来后几乎是秒懂，这“得到”二字，肯定不是单纯的灵魂伴侣，少不了身体占有。

几个钟头前和他在窗边缠绵亲吻的记忆开始不受控制地在脑内循环播放，热意从颈后一点点蔓延。

她倒没什么婚前不给碰的想法，如果对象是他的话，好像也没那么排斥。但确定关系的第一天就上本垒打，进度未免太过分。

联想到这人接个吻都花样百出，荆羡全身都开始发烫。庆幸眼下处在午夜没开灯的房间，有了夜色掩盖，她佯装镇定地扯开话题：“你在瑞士那么久，都在做些什么？”

转得生硬，他倒也没拆穿，有一下没一下抚着她的长发，淡声：“念书，做实验，打工。”

荆羡：“没谈恋爱吗？”

容淮抬眸，惩罚性掐了下她的脸，嗤笑：“你觉得呢？”

荆羡沉默。

也对，感觉这问题确实冒犯到他的一往情深，她换了个方式：“就是……肯定会有女孩子对你示好吧。”

作为三中万千少女的梦中人，哪怕到了瑞士东西方审美差异，留学生应该也有不少比例。她顿了顿，倏然想到公寓楼里裹着浴巾的沐南兮，醋意翻腾。

容淮垂眸，略有些无奈地低叹：“没在意。”

他本来就是性格阴冷的人，年少时经历的黑暗太多，哪有心思花前月下。后边留学，心里藏了人，对旁的姑娘就越发不耐烦，比高中时更冷漠。

可惜荆羡不知情，仍在纠结：“上回晚宴后喊你师兄的妹子，记得吗？”

容淮怔了半刻，发现真是没太多印象。

“泼汤的那个！”

她眉心皱着，不太高兴，憋不住话，干脆一吐为快：

“我几年前去苏黎世找你时，是她给我开的门。

“刚洗完澡。

“还当着我面给你打电话。”

这酸意，已经滔天，快漫出整个房间。

容淮笑了笑，纵然从没有哄女友的经验，但该有的求生欲肯定要有。当时想解释她不肯给机会，这会儿能说开固然是好的。

“沐……”他是真想不起来这女人的名字，轻描淡写，“就一租客。”

那阵子跟了导师做小分子试剂的选题，忙到脚不着地，一天只睡三个小时，嫌来回奔波麻烦，他就把公寓退了住在实验室附近的宿舍。

租期未到，没必要浪费押金，他中途在论坛发了转租信息，姓沐的就在那时找上门。

他连对方长什么样都记不得，只觉得聒噪，明明他住的期间电器家具一应俱好，自从这女人搬进去，就三天两头出故障。

“所以她才会和你抱怨说热水器坏了。”荆羡听得认真，联系前因后果，恍然，“估计就是找个借口，这种事找房东才对。”

容淮神色微冷：“谁知道，后边拉黑了。”

谜题解开，答案太过荒谬。

荆羡都找不到词汇来形容此刻的心情，像是一场惊心动魄的谍战片，过程惊险刺激，结果最大的反派 Boss 没有反转，竟然就是明面上的那个人。

这不是烂尾是什么?

她把被子拉高，拱到他颈侧，闷闷道：“对不起，如果我去实验室等你就好了。”

容淮没搭腔，只拍了拍她的脑袋。

他想，世上哪有这么多如果。

要真这么假设。

若是当年他去医院探望时能坚定一些，没有为她哥哥的话而犹豫。那他魂牵梦萦的姑娘，或许就不会顺从家人意愿悄无声息出国留学，亦不会让他这些年苦寻无果。

“不是你的问题。”他将被褥从她脑门上掀开，见她情绪不好，无意再追忆往事，“三点了，真不困？”

说来奇怪，他刚问完，荆羡就打了个哈欠，嘴边那句还好硬生生吞回去，转而试探：“你明天什么安排？”

容淮：“早上去我研究生时期的导师那儿，有些事要商量。中午回来陪你吃饭，你就待酒店，别乱跑。”

没等到回应，他垂眸，身旁的姑娘已是强弩之末，眼皮耷拉下来，半睁半闭，迷迷糊糊地“嗯”了声。

他失笑，指尖拂过她额前碎发，低声：“晚安，女朋友。”

和有情人在一块，时光短暂。

荆羡这两日化作无尾熊，基本容淮去哪儿都跟着。回国前的夜晚，她躺在男友的膝盖上，一边吃着零食，一边明知故问地缠着他说话：“你现在忙工作，我这样会不会让你分心？”

容淮坐沙发里，拉了桌边架过来放电脑，手指漫不经心地揉着她的长发：“还行。”

荆羡的薯片咬了一半，抿着唇，像是不太满意这个回答。

研究报告看了三行，他移开目光，看着那张欲言又止的清纯小脸，耐着性子：“若我无动于衷，你能高兴？”

荆羡想了想，他的话确实好有道理。

她重新开始咀嚼零食，眨了眨眼，含含糊糊：“那……要不，我先去边上，你忙完再说。”

容淮看了她一会儿，没应声。

他没谈过恋爱，不知道别人女朋友是不是也这样，隔三岔五爱玩试探，眼下明明一脸不情愿，还故意口是心非。

说她公主病，真是半点没委屈她。

可对上那样一双潋滟清澈的眼眸，纵然铁石心肠如容淮，也只能选择投降。他把旁边的零食袋子挪得近了些，掐了掐她的脸：“别闹，把这些吃完。”

就是不让她离开咯。

荆羡暗自窃喜，吸了口甜滋滋的空气，心满意足地重新投入到网上冲浪大军的阵营里。

两人就这样安安静静各自做着自己的事，互不打扰，又因为格外亲密的姿势，交缠在一处。

岁月静好，此情缱绻。

如果不是那突如其来的视频请求，兴许荆羡的好心情还能更上一层楼。

她像是被石化，睁大眼瞧着屏幕上的名字。

Daddy 的备注叫她大脑直接宕机。

两秒钟后，荆羡反应过来，迅速弹跳起身，火烧屁股一般，拉着容淮的袖子：“快，快，你去浴室躲起来！”

容淮皱眉：“躲？”

“我爸，我爸要跟我视频。”荆羡紧张到冷汗都冒出来，人在危急时刻的潜力无穷，大概是男人并不防备，她竟然硬生生将他扯起身，语气带着极端恳求，“拜托了，就一会儿。”

容淮：“……”

他瞥她一眼，最终什么都没说，带着笔记本电脑打开了浴室的门。

荆羡松口气，将窗帘全部拉开，背对着夜景，盘腿坐在地毯上，深呼吸几次后，摁下接听键。

荆念的脸很快出现。

五十好几的男人，光看外表，完全判断不出年纪，依旧俊美斯文，即便眼角有轻微纹路，也在为他的成熟魅力锦上添花。像一瓶尘封的陈年佳酿，时间愈久，便愈叫人沉醉。

这会儿纽约华尔街是傍晚，他应该在住所，靠着露台，夕阳余晖衬得眉眼格外温柔。

“忱忱。”

就连嗓音都带着天生的低沉。

荆羡分神想，最近社交网络火起来的那些声控，如果严格来品，她爸这种，才是纯正的气泡音吧？

到底心虚，她不敢让家长知道容淮的存在，还是决定先发制人：“爸，我在瑞士采风，妈妈和您在一块吗？”

荆念没多想，只调整了下摄像头的角度，让她得以窥见身旁熟睡的许柔。

“她昨天刚从德国飞过来，在倒时差。”

画质还算清晰，荆羡扫过许柔在睡梦中都和老公紧紧扣在一块的手，略感牙酸。结婚二十几年还这么黏腻的，也是罕见。

她记得小学时，有次放学去实验室等妈妈下班，还撞见过荆念把许柔摁在墙上，那种脸红心跳的场景，直接让她幼小的心灵受到了前所未有的冲击。

能想象吗？

四十来岁的中年夫妇，一个西装革履霸总装扮，一个穿着研究用的白大褂，在那儿玩匪夷所思的“壁咚”。

狗粮这种东西，吃多了总容易不消化，幸好如今的荆羡已经成功脱单了。

不过眼下的关键是长话短说。

荆羡笑得特乖巧：“爸，我等下要去拍阿尔卑斯的雪景。”她佯装抬腕看手表，撒娇，“不能陪您聊太久哦。”

荆念挑了下眉：“晚上出去？不安全，有同伴吗？”

“没有。”荆羡知道她爸智商绰绝不好糊弄，也没编什么完美谎言，“我这儿酒店观景挺好的，去顶楼天台用超广角镜头就行。”

为表所言无虚，她翻转了前置摄像头，往后退几步，让他瞧窗外的景色。

须臾，她又换回界面。

荆念却没说话，莫名陷入沉默，总对她格外宽容的眼神有些微复杂，仔细辨别，甚至带了点阴沉。

荆羡脑中警铃大作，干巴巴地赔笑：“你要真不放心我就不去了。”

荆念盯着她，眼眸眯着，似是有什么话要说。良久，他又揉了揉眉心，淡声：“你生日是三天后，我提早拍了礼物，已经让人带回去了。我和你妈妈在纽约还有点事处理，可能晚几日陪你庆祝，别生气。”

讲道理，荆羡并不是很想要。

他用的这个“拍”字证明，毫无惊喜，不是珠宝就是艺术品。

他们家的男人经商理念不同，但在宠女儿妹妹这块，却有着惊人的默契，喜欢用昂贵的东西来表达真心。

烧钱的手段叫人咂舌。

荆羡成人礼时收到一座用她拼音缩写命名的私人岛屿，那会儿挺兴奋，后边随着年岁渐长，价值连城的宝贝收多了，就有些疲乏。

其实比起来，陪伴才是更重要的。

当然，荆羡也能理解，父母在她和荆焱羽翼未丰时付出太多，好不容易熬到一双儿女长大成人，夫妻俩想多点私人空间很正常。

“没事，我都懒得过生日，年纪大了，不想提醒自己变老的事实。”

荆念：“胡说什么呢，小屁孩，你老了，我岂不是行将就木？”

气氛变得轻松。

父女俩又聊了约莫半个小时，许柔在镜头外的地方咕哝两声，像是被吵到，迷迷糊糊地抱怨。

荆羡赶紧抓住机会：“先这样吧，别吵醒妈妈。”

“早点回临城，女孩子别总在外头晃。”终归放心不下，荆念再度叮嘱，结束通话前，又冷不丁冒出一句，“忧忧，交男朋友了要带给爸爸看。”

荆羡瞬间皮都绷紧了。

她不知道怎么回应，亦不明白是不是哪里露出了马脚，忐忑地敷衍几句，对方却笑笑挂断了视频。

有问题！

荆羡开始对着漆黑一片的屏幕发呆，想了半天，仍然百思不得其解，最后是浴室里轻微的响动强行拉回了她的思绪。

她如梦初醒，跑过去推开门。

容淮撑着大理石台盆，俯身查阅资料，身高的关系，这姿势瞧上去并不太舒适。他也没往她那个方向看，只心无旁骛地盯着电脑，直到小姑娘香软的身子讨好似的贴上来，才回眸："结束了？"

荆羡能察觉到他不太高兴，眼眸里的疏离感卷土重来。

也是，又不是见不得人，她这样将新晋男朋友强行与家人隔开，确实有点那什么。

荆羡抱着他的腰，脸在男人清瘦有力的肩膀旁蹭了蹭："别生气。"她放软了嗓子，轻声，"就，你也知道，我出国的原因，他们都不……"

说的话卡住一半，她仔细思考措辞，怕无形之中伤害到他。

容淮掀了掀眼皮，面无表情将话接下去："不赞成我们交往？"

荆羡尴尬，有些不知所措，然而并没什么好的话语去反驳这个事实，她只看着他的眼睛，认真道："我会让他们改观的，给我一点时间，很快。"

门不当户不对，有多难，容淮心知肚明。

纵然当初他有天大的苦衷，在巨大的背景差异下，依旧不值一提。

她家里在意的根本不是他当初为何不告而别，而是他那卑微的出身，阴暗的过去，甚至那恶心到了极致亦有犯罪记录的亲生母亲。

可看着她委屈不安又小心翼翼的神色，他又怎么忍心她为难。

说不出私奔要她放弃家人的狠话。

亦不愿意让她夹在中间当夹心饼干。

容淮低头，将她颊边的长发夹到耳后："过阵子再说吧，不急。"

等他功成名就。

等他再强大一些。

等他不会再度因为外力同她分开。

等到这一天，他将亲手摘下这朵娇花，好好安枕。

荆羡的年假已经欠费，不得不在到达瑞士的第三天回国。

爱情诚可贵，面包价更高，尽管她不需要面包，但这份工作毕竟经历了重重磨难才得到，再加上做的亦是自己感兴趣的内容，她不想轻慢，只能打包铺盖回国。

容淮本来的计划是 8 月 23 日才走，但考虑到娇滴滴的女朋友孤身一人坐长途飞机，破天荒公私不分提早结束了行程。

十四个小时航班结束，他从机场取了早先让助理送来的车，先行送她回去。

荆羡最近犯病，经常飞机上睡不着，到达后却困得云里雾里。此刻依然如此，几乎一坐上副驾驶座，眼皮就变得沉重，她也不想抵抗，头歪在一边，口齿不清："帮我，安全带。"

容淮俯身过去，帮她扣紧插扣，轻哂："倒挺会指挥人。"

正值夜间十点，马路空旷，车速很慢。

她家离机场不近不远，一路开了约莫一个钟头。只是这点时间，怎么够荆羡补觉呢，起床气空前的大，在她成功发泄完，并在男友脸上见到浅浅指甲印后……

她的清醒神志姗姗来迟，心虚地摸摸他的脸："疼不疼？"

临城最近冷空气袭来，八月下旬的天气有了初秋的凉意。容淮将人抱出，替她拢了拢衣襟，嗤笑："我说疼，你能保证以后改掉这破毛病？"

荆羡："……"

她拉了拉他的手，远远望一眼最里头那间亮着灯火的别墅，不舍得和他分开，嗓音缠绵甜腻："送我过去。"

容淮扬眉："你不怕？"

荆羡笑嘻嘻："我哥不在家。"她在上飞机前就跟骆亦白打听了，荆焱这几天都在伦敦出差，童茹玥也因为待嫁的关系，不方便住夫家，最近搬回去了。

容淮偏头，没说什么。

两人沿着花园街灯，走过林荫小道，眼看着别墅近在咫尺，荆羡放慢脚步，在最后一棵桂花树下驻足。

容淮也跟着停下。

月夜朦胧，空气里有桂花的香甜，淡黄色花瓣打着转飘落，落在这姑娘乌黑的长发上，他拈了一瓣在指尖，慢悠悠靠着树干，笑得痞坏："想对我做点什么？"

荆羡脸红，睫毛轻颤，朝着他的方向走了一步。

"真够磨叽的。"容淮轻笑了声，一把将人带到怀里，手指扶在她脑后，低头含住她的唇，没急着撬开唇齿，只耐心逗弄，轻轻舔吻。

温柔最让人溃败。

荆羡迷蒙睁着眼，看着他接吻时紧闭的眼睫，背景是路灯光晕下无限美好的桂花树。她搭着他的肩膀，踮起脚，尝试着伸舌，依样画葫芦地勾引。

他愣两秒，拉开些许距离，气息略有些不稳。

他嗓音带上了沙哑："作死是吧？"

荆羡面红耳赤，下意识闭上眼。

然而意料之中的法式热吻却迟迟未到，她不解，更主动地去勾他的脖子，手刚搭上却被抓着摁下。

荆羡眼眸雾蒙蒙，含羞带怨地瞅着他。

容淮面色古怪，安抚地揉了下她的脸："你确定你们家没人？"

荆羡："嗯？怎么？"

容淮的视线越过她，触及别墅那处，又收回来。怕惊到她，他只平静道："是这样，你家门口，站了两个男人。"

一左一右。

好像两座怒发冲冠的地狱罗刹。

大晚上不睡觉站门口，怎么想都蹊跷。

临城可比瑞士热多了，尽管最近有冷空气，那也是三十来度的气温，不打空调嫌闷。外加外头树丛茂密，谁会愿意露天喂蚊子？

他们家用人没几个，而且作息规律，品性醇厚，半夜游荡在外头抽烟，那更是不可能。

荆羡忽而就想到昨晚荆念结束通话前古里古怪的那句话——

“有男朋友了要带给爸爸看。”

如今想来，绝对意有所指。

忽远忽近的蝉鸣扰得她有些心乱，她仍抱着最后一丝侥幸，慢吞吞地眨眼：“你能看清那两个男人的模样吗？”

别墅区玄关的灯没开，只能借着月色描摹出人影的轮廓。

身形颀长，看个头，两人差不多。

“脸看不清，但挺高。”容淮淡声，他很明显能感受到这姑娘的紧张，原本抓着她的手反被捏住，力道还挺大。

荆羡睫毛轻颤，面上神情带着谜之丧气，轻轻叹一声：“完了，蹲我呢。”

容淮沉默。

心里大概也明白了是怎么回事，他将手抽出来，目光掠过她细嫩脖颈上还未褪去的红痕，也觉得有点麻烦。

半晌，远处的两尊大佛动了动，左边那位俯身撑着玄铁栏杆，像是不耐烦。

容淮替她将长发拢到前边，想了想，又将外套的拉链弄到最上边。他这辈子坦率妄为，从不后悔任何决定，唯一刻意隐瞒过的就是高三那段过去。

然而此刻，他也不得不多此一举，怕她陷入责难，只能卑鄙地将那些会造成麻烦的吻痕掩盖，继而抬手揉了揉她的脑袋：“我陪你过去。”

“别。”荆羡佩服他的勇气，艰难道，“你不了解我爸和我哥的脾气。”

若说荆焱是手段狠戾心机深沉的杀手，那多吃三十年盐的荆念无疑就是那种折磨人于无形的大魔头。她记得初中那会儿，家里的生意版图进军新兴电子产业，到她中考毕业，已经有不少同行业的企业老板不堪重负登门拜访。

荆念面对那样的恳求，笑得斯斯文文：“若真做不下去的话，不如我这边收购了，您看如何。”

荆羡年幼不懂事，不明白人间疾苦，看过几本恶俗言情，经常和宁瑶吹嘘：“我爸爸超厉害的哦。”

当时也是她同桌的宁瑶就会好奇：“多厉害呀？”

荆羡就会模仿霸道总裁的口气：“天凉了，×× 该破产了。”

两人继而笑作一团。

总之，荆念在她心里就是神，无所不能，她的童年能享受着无比荣耀，绝对和他有着天大的关系。当然了，若是她爸要对她男朋友出手……

荆羡头皮发麻，指了指小区入口的方向，认真道：“你先回去吧。别担心，晚上我会给你打电话。”

容淮看着她，只字未言，半晌圈了她的手腕朝前走。

荆羡小幅度地挣扎：“喂，你在想什么啊？”她抬眸掠过他的侧脸，见他面容淡漠步调不疾不徐，越发焦虑，“相信我，现在真不是好时机。”

容淮勾了勾唇：“我不喜欢做逃兵。”

自他发过毒誓要亲手摘下这朵娇花时，他就知道，这一天迟早会来。原本还打算慢慢攻破，现在剑拔弩张，他怎么可能成那缩头乌龟留她独自面对。

荆羡：“……”

实在拗不过他，她只能硬着头皮上战场。

距离算不得远，伴随着步履，几次深呼吸后，她已经看到双胞胎哥哥从阶梯上慢条斯理地往下走。可能是注意到两人交握的手，那张略显阴柔的脸上头一回带着那么明晃晃的敌意。

荆焱冷笑："我出差两天，你就迫不及待跑瑞士去了？"

荆羡不想场面太难看，强行把手缩回。气哥哥当时隐瞒了医院的真相，她不想理他，转而探了探头，目光和后头的荆念对上，老老实实地打招呼："爸。"

荆念"嗯"了声，拉开木板平台处的铸铁椅坐下，眼神若有似无地掠过容淮。

青年面容俊秀，气质斐然，光看这副漂亮皮囊确实是百里挑一，若不是知道这小子过去那点破事，兴许他也会有所迷惑。

当年调查的照片里还是一脸血迹的狠戾少年，如今瞧上去竟然光风霁月，毫无破绽。

也不知是洗心革面，抑或是藏得深沉。

留意到父亲探究的视线，荆羡捏着手指，挡在二人中间。容淮看她一眼，伸出手来，态度从容："伯父，初次见面，我是容淮。"

嗓音很淡，不卑不亢，即便弯腰配合握手的姿势，脊梁骨都是挺直状，清冷如松。

荆念笑了笑："不算初次。"他动都没动，脸微微侧了侧，"忱忱，先进房，长途航班不累？"

荆羡摇头，乌蒙大眼转了转，最后落在容淮那停滞在半空的手上。

明明那么尴尬丢脸的场景，他还维持着晚辈对长辈的尊重，纵然被刻意忽略，唇边仍含笑，等了足足半分钟，才一点点直起身。

荆焱看不惯装腔作势的臭小子，一把拽过仍在担心男友的妹妹，面无表情："你困了，进屋休息。"

荆羡尤不放心，频频回头，直到容淮望过来，语调轻柔透着安抚："早点休息。"

她没辙，进门后恶狠狠甩开荆焱，疾步往楼梯上冲，须臾又停下，趴在扶手边，口不择言："怎么，全世界就只有你配得到爱情？"

荆焱掀了掀眼皮："你这不叫爱情，叫愚昧。"

荆羡气到脸憋红，不想再同他攀谈，径自跑到三层阁楼摔上了门。

她的房间朝南，窗户正对着人工湖，唯有侧面才能隐约瞧见别墅门廊的光景。她贴着墙壁，手指掀开窗帘一角，小心翼翼地观察。

月夜朦胧，楼下没开灯，光线不好，她这角度也相当费劲。

没有什么翁婿相谈甚欢的场面，荆念甚至从头到尾都没站起身，就聊了不到五分钟，就宣告散场。

临走前，容淮回眸望了眼三楼的方向，又说了句什么，荆念恍若未闻，慢条斯理地回屋。

荆羡望着青年的背影，路灯将他的影子拉长，两旁悄无人烟，他缓缓离去，身影似是染上几分落寞。

她莫名联想到这八年，他每次去纽约找她却无功而返回程时，是否也是这样孤寂。

周遭及时行乐的留学生圈子里，他在结束一天的漫长苦学后，还要日复一日在餐馆洗盘子存钱买机票，那会儿又是怎样的心情。

他从未放弃过她，她却为了微不足道的家庭阻力让他一再难堪。

荆羡心中酸楚，恨不能立刻跑出去不管不顾跟他离开。她拿过手机，打开微信界面，刚敲下一行字，发现对话框里显示对方正在输入中。

她暂且停下。

很快，新消息提醒。

容淮："回去了，没什么事。"

过了会儿，又是一条。

容淮："别乱想。"

了解他从来不会在她面前展现半分难处，荆羡慢吞吞将"我爸和你说了什么"的未发送消息删掉，纠结半天，回了五个字："到家跟我说。"

容淮："嗯。"

荆羡没急着锁屏，坐到吊篮椅里，腿蜷缩起来，点开他的头像。原先记得图片是一个阴森森的金属牢笼，不知何时变了，眼下换成了漆黑夜空划过的一颗流星。

她看了很久，愣愣出神。

倏然，敲门声响起，三短一长，这频率是她童年时和荆念约好的暗号。

荆羡不知该用什么表情去面对许久未见的父亲，她昨晚撒了谎心底有些愧疚，这一刻又埋怨他对容淮的轻慢。种种复杂情绪交织在一块，叫她有了逃避的念头。

门没有锁，他却未曾中断节奏，像是有着极佳的耐心。

良久，荆羡没辙，过去拉开门。

荆念看着她，轻叹："你在怪我。"

他捧在掌心长大的女儿，曾经总会趴在他怀里咯咯笑着看动画片，每回幼儿园回家都要趴在他膝盖上乐此不疲地摆弄洋娃娃，偶尔他忙错过她的过家家计划，她也会在哭鼻子后软软地开口，说我永远不会生爸爸的气。

这样的她，如今为了一个外人，对他沉默。

荆羡抬眸，触及他眼角的细纹和些微的疲态，又别开眼去："没有。"她盯着自己的脚尖，仍觉得要争取，补充道，"容淮他……"

荆念打断："先不提。"他从背后将绑着流苏的锻金盒子捧出，放到书桌上，"明天还得回纽约，怕错过你的生日，提早将礼物带过来了。"

荆羡小声道："谢谢。"

"你妈妈给你录了视频，她因为工作原因，只能订 27 号的机票，届时我们一家四口再补庆祝。"

"没关系的，都可以。"

荆念揉了下她的长发，笑了笑："就这样？不打开瞧瞧？"

男人的掌心很温暖，一如儿时那般。

荆羡抿着唇，后知后觉地意识到自己对父亲的态度过分疏远，她暂且压下那些不应该的迁怒，走到桌边缓缓抽掉了绑带。

今年挺特别。

是把羊脂玉雕成的梳子，中间有暗红色地脉纹路，奇异地在梳柄处形成星月图案。

以为她嫌普通，荆念解释：“除了梳齿部分，其他都是天然的。”

荆羡清楚自己每一年的生辰他都会大费苦心去找那些稀罕玩意儿，即便在她留学的那些日子，也没有错过。她拿起小巧的梳子，顺着长发一梳到底，随后小心翼翼地摆回梳妆台。

“我很喜欢，这是今年收到的第一份礼物。”

荆念笑起来，轻轻捏了捏她的脸：“你值得最好的。”顿了顿，他意有所指，“任何方面都是。”

荆羡一愣，反应过来，深吸了口气：“相信我，他就是最好也最适合我的那个人。”

荆念笑意渐收：“很多东西不能只看外表。”

“确实。”荆羡直视他的眼睛，缓慢又坚定，“爸，我二十六岁了，希望这一回，我不会再和八年前那般，任人鱼肉，失去自我。”

她用的这几个字，语气有些重，然而她仰着头，一点都不容许自己后退。

荆念看了她很久，最终没再多言，只留下一句晚安，反手合上了门。

荆羡天真地以为，自己的坚持和抗争应该会有所成效。

只是她没料到的是，荆念人走了，家里还有荆焱这位素来说一不二的君王。她也没料到，她哥明面上没干涉，背地里却暗自使坏。

她上下班都得坐家里的车出行，如果拒绝，迈巴赫就会一路尾随。

这和监视有什么区别?

荆焱给出的理由却坦坦荡荡：“我一不限制你上班，二不限制你正常社交，怕你辛苦配辆专车，有问题？”

荆羡：“我下班可能要和同事去酒吧放松。”

荆焱：“可以，你们组的人喝多了也让老陈送一下。”

荆羡：“……”

仅仅过了两天这样的日子，她就已经心态崩溃，25号那天，连荆焱安排的派对都不肯出席，关在卧室里狂捶毛绒玩偶出气。

宁瑶在楼下吃饱喝足，上来溜达：“你什么情况？身为主角不好好招待客人躲在房间玩自闭？”

荆羡垂着脑袋凝视屏幕，从今天凌晨起，对话框里密密麻麻的消息，均来自容淮。

很难想象，冷面容公子也有这么殷勤的一天。

最新一条是一分钟前。

容淮：“不想等，我去接你。”

荆羡的拒绝迟迟未能发出，她恨不能立刻就投入他的怀抱，可她真是分身乏术，荆焱这厮今天还雇了两个保镖站岗，生怕她插了翅膀飞出去。

煎熬间，宁瑶凑过来：“这谁啊？”

荆羡也没瞒宁瑶，直说了，眼瞧着尖叫即将响起，她用力捂住好友的嘴：“我保证，最迟明天，我会把过程事无巨细地向你阐述。但是，你现在有没有办法让我在不惊动一楼那堆来宾的前提下出门？”

宁瑶仍未冷静，迫切吃瓜的心情让她整个人都有种奇妙的亢奋，说的话也没经过大脑：“就等散场呗，你爬墙走就是了。”

荆羡翻个白眼：“省省，我哥绝对会中途检查我在不在卧室，而且下边还有人站岗呢。”

宁瑶摊手：“那怎么弄啊？总不可能学丫鬟冒充小姐的套路，找个人替你躺在床上吧。”她吃得有些撑，在地板上坐了会儿就觉得胃不舒服，干脆起来来回踱步。

等了半天，荆羡却迟迟未搭腔。

宁瑶扭头，对上她不怀好意的笑容，心中有种不祥预感，立马汗毛直立：“你别……”

“宝贝儿。”荆羡抱住她，“我最新定做的礼服送你了，穿上它，你就是金椰影展上最艳压女星的那朵花。”

宁瑶没出息地陷入两难：“你哥发现的话会杀了我吧。”

荆羡：“你就埋在被窝里，男女有别，他又不会掀开。”

做了半天思想工作，她终于成功说服了宁瑶。荆家人良好的智商传承在这刻得到体现，荆羡设定了天衣无缝的计划。

她装作送宁瑶出门，在大厅里转了圈，在荆焱目睹她送好友离去后又假借身体不适同他说想早点休息。

演完这一切后，荆羡熬到午夜，从监控死角的三楼储藏间，抛下攀登绳将宁瑶重新拉了上来。

“这是我的睡衣。记住，你就装死就行，我最迟早上六点来换班。”

宁瑶换完衣服躺下，又去拽她的衣领：“下不为例啊。这剧情太狗血，我作为新生代演技天才，也难顶。”

“知道了。”荆羡连连敷衍。

讲道理，她也不想这般冒险，若是容淮正大光明地出现，她毫不怀疑，荆焱会恶意报复让那两个人高马大的保镖将他丢出去。

然后按照她的理解，身手卓绝的某人绝不会坐以待毙。

指不定今晚就要有血光之灾。

嘶，越想越可怕。

荆羡分了神，脚下没踩稳，瞬间一坠，惯性使然，登山绳也来不及抓住，眼瞧着要摔个惨烈……

就这节骨眼，她都硬生生咬住牙，怕自己喊出来引发骚动。

千钧一发之际。

容淮纵身，接住从头而降的美人儿，他眉眼阴沉，语气冷冽：“玩过头了吧？”

荆羡在他怀里惊魂未定，好半天，又笑起来，去勾他的脖子，用他喜欢的称呼撒娇：“哥哥，私奔吗？”

确切来说，现在时间是零点二十三分，已经属于 26 号的范畴了。

荆羡也不知道是不是因为这个缘由，她身边的男人兴致并不算高，眉眼恹恹，嘴角轻抿，就连开车的姿势都透着散漫。

信号灯转黄，缓慢跳动，跑车顺势减速。

容淮侧过脸，看了她一眼，淡声道："我说过可以提早去接你。"

"什么呀。"荆羡凑过去，手指轻刮了下他的下巴，"你真想在我生日当天大闹我家？传到我父母耳朵，你让他们怎么想。"

容淮垂眸，去摸烟。

最近烦心事寥寥，似乎一切都在往好的方向进展，有阵子没抽烟，这会儿被她三言两语，又有些蠢蠢欲动。容淮指腹摁着打火机齿轮，拨两下，还未点燃，红绿灯重新换了前行标志。

荆羡伸手，一点点抽走他薄唇抿着的烟，他侧了侧头，没说什么，转而踩下油门。她将车窗摇下些许，风灌着往里窜，长发凌乱飞扬，半遮住视线。

她从包里取出发绳，利落扎个马尾，抬眸时，正巧同后视镜里他的视线撞在一块。

半晌，容淮开口："以后都得这样？"

荆羡当然能听懂他的意思，无非是不爽偷偷摸摸搞地下恋，而且照目前进度来看，革命之路漫漫无期。她想了想，认真道："不会。"

当初出国的事，差点搞得家人生分，荆羡知道这些年他们都在努力修复关系。想到27号爸妈会从纽约回来，她像是下了决心，扭转身子直勾勾地盯着他："我保证，我们不会分开。"

对流的空气里，姑娘甜腻的嗓音散开，如融化的蜜糖一般，千丝万缕地萦绕。

他原本略显淡漠的眉眼舒展开，眼里积压的阴鸷散去，如拨云见日。

他语调又是一贯的漫不经心："你怎么回事？"

荆羡愣了愣："嗯？"

"别抢我的词。"容淮轻笑了声，左手把着方向盘，随即放慢车速，右边掌心摊开，"手。"

自动挡的快乐就是这么朴实无华。

荆羡同他十指相扣，触感微凉。说来奇怪，他体温总是莫名低，在这个季节都透着微凉。可她明明记得过去的岁月里，少年内火旺得很，偶尔被她缠着牵手，肌肤相触的部分没多久就沁满细汗。

她觉得哪里不对，没忍住："你体质现在这么虚了？"

刚说完，指尖就被不轻不重地捏了下，带着警告。

容淮："我虚？"

"你手很冰，不太正常的那种。"她想到刚回国飞机上遇到他的场景，那会儿冬天就更离谱，他把戒指递过来碰到她的指尖，那个体感……

她当时真以为遇到妖魔鬼怪了。

"你要不要去看老中医补补气血？"荆羡仔细打量他，这张脸美则美矣，就是皮肤在任何时刻几乎都呈现透明的白，完全没有血色。

容淮："……"

他真不清楚女朋友脑子里到底装了些什么。

然而身体状况，确实同年少时有所差异，或者说，是在崔泠那一刀之后。他在复健之时，听云离镇的早餐铺老板提过，说是紧急调了血库资源才抢救过来。

后边就经常畏寒，他估摸了下，大概是输血后遗症。

容淮皱着眉，怕勾起她不好的回忆，只轻描淡写：“没必要，可能前阵子感冒了。”语罢，他又勾起唇，似笑非笑，“还有，我虚不虚这个问题，你亲自探索比较好。”

荆羡：“……”

须臾，车子行过中心广场附近的主干道，周遭变得闹腾起来。

正逢周五，又是夏夜，闹市区的夜宵摊还未打烊，简陋的霓虹灯招牌一家比一家醒目。忙里偷闲的下班族们畅饮冰啤，对着投影幕布上的足球比赛连连欢呼，也有大学生模样的年轻男女，聚在一块笑闹聊天，肆意宣泄青春。

荆羡扒拉着窗，烧烤小龙虾的香味沿着缝道钻入，叫她饥肠辘辘。本来嘛，生日派对她都窝在房间里，没吃几口东西，眼下再闻到这种味道，简直是煎熬。

她舔舔唇，不打算委屈自己，眼巴巴地看着他：“饿了。”

容淮：“你确定？”

在他的理解里，这位公主病晚期的姑娘洁癖严重，年前在三中对面烧烤摊偶遇蒋福德那回，也不过是有求于他不得不周旋罢了。

荆羡点头：“瞧着还挺干净的。”

两人下车，走至客人最多的那一摊。

荆羡之前为方便爬墙掩人耳目，穿了牛仔短裤，宽松 T 恤扎在里头，还戴了副平光黑框眼镜。她本就是清纯长相，脂粉未施时比实际年龄看上去要小一些，眼下瞧着和邻近的学生并无两样。

倒是容淮，难得私下里也是精英打扮，衬衣西裤，短发利落，眉眼精致，生生把在场所有糙汉都秒成了渣。

从一圈圆桌子中间的窄道穿过时，几乎在场所有妹子的目光都落在他身上，偶有没留意的，也在同伴提醒下悄悄侧头。

荆羡见怪不怪，只缠着他的手，宣示主权。

这家店的露天座基本都满了，就剩了角落一桌。白色塑料桌椅，上头铺了一次性薄膜布，椅面的缝里有些微的暗色陈年污垢。

荆羡看两眼，停滞半刻，硬着头皮拉开椅子。刚要落座，有件外套适时地垫在了上头，她眨了下眼睛，冲他笑笑。

容淮凉凉瞅着她，顺手扯了纸巾，将她那块桌面擦两下，随意捏成团，丢入垃圾桶。

这等举动，说是女朋友矫情也不为过。

荆羡分明听到隔壁桌的女孩子们在窃窃私语，她也懒得搭理，喊来伙计点单，要了四斤龙虾，麻辣和蒜蓉各一半。

等菜间隙，宁瑶发来微信——“你哥刚让用人来确认了一次，我没露出破绽。”

荆羡松口气，又觉得有些不好意思，自己在外头逍遥洒脱，却逼着好友演狸猫换太子。

她垂眸，飞速回复：“你找个时机等他们睡了从正门走，别用那个攀登绳，不安全。”

容淮的手机里也一片闹腾，邵忠和李晋在四人群里疯狂刺探大佬给女友准备的惊喜如何，连着远在国外的薛安阳都压不住好奇心八卦。

他嫌吵，掠过四百多条刷屏的消息，锁屏前留了一句：“黄了。”

可不是，都 26 号了。

只有寿星本人浑然不在意，托着下巴望眼欲穿等她的美食，好不容易挨到龙虾上桌，她套上老板提供的一次性手套，怕烫，小心翼翼拎起虾须，挪到碗里。

容淮没动筷子，盯着这位金枝玉叶的娇小姐，她剥一只虾慢到发指，能足足耗上五分钟。

他看着都累，问伙计要了个空碗，又调了蒜蓉醋汁，放到她面前，轻哂：“别折腾了。”

荆羡不解，见他套了两层防护开始动手后，这才恍然。推托的话也不必说，她本来就嫌油大脏手，男朋友能代劳那是最好不过。

容淮卷高袖子，纤长指尖拧了虾头，两边软壳一掐，就能无比顺畅地脱出虾肉。

荆羡很快乐地跟上他的速度，一口肥宅水一口龙虾，四面八方还有时不时飘来的羡慕眼神。她甚至听到一对情侣在小声争执——

“你给我剥一下会死吗？你看人家男朋友。”

“你自己没手吗？老子看球呢。”

荆羡的幸福感悄悄上了个层次。

八年了。

年少时连麻烦他送自己回家都觉得是奢望，如今她心心念念的意中人就坐在对面，一脸理所当然地帮她剥虾，眉宇间没有半分不耐烦。

容淮把最后一只虾放到她碗里，摘掉手套，这玩意质量不太好，即便戴了两层，红油都渗进来。

荆羡瞅见不远处有水泥台搭成的洗手池，下巴轻扬：“那边。”

容淮“嗯”了声，起身。

荆羡暂时停下筷子，想等他一块。过了会儿，老板又将烤好的羊肉串送上，她抬眸道谢，无意间却发现水池那处多了几道纤细身影。

看打扮，十八九岁模样，发箍百褶裙，外加长筒白袜，五官说不上多美，但胜在青春逼人。

小姑娘们围成一团，在容淮边上心不在焉地洗手，末了互相推搡，拱出个领头羊，红着脸同他搭讪。

荆羡心情复杂，也不知该作何感想。

三十几岁的姐姐爱他，十几岁的妹妹们也爱他，这张脸走到哪儿都是祸害。若不是性子太阴冷，指不定女朋友都能绕护城河一圈。

荆羡莫名想到从前同他去游乐园，那日亦是如此，她上个厕所的工夫，外头就有人觊觎他，后来把发圈摘了系到少年手腕上，才舒服些。

想到这里，她摸了摸后脑勺马尾上的樱桃发绳。

容淮已然摆脱了莺莺燕燕，曾经三中出了名的芳心粉碎机功力半点没退步，不过一分钟，女孩们的神色便黯淡下来。

荆羡单手支着额头，看着他走近，调侃里带着醋意：“我是不是该拿根绳子把你拴在身边啊？你这招蜂引蝶的本事也太强了。”

容淮掀了掀眼皮，没说话，正在重新卷袖子的动作顿住，左边手腕露了一截，像是刻意留给某些人发挥。

荆羡看了他一会儿，把头发散开，手指梳了两下整理完后，又将发绳撑开，见他没反对，才慢吞吞地往他腕间套。

玉白的腕，骨节清瘦，衬着那两颗装饰的琉璃樱桃越发鲜明。

荆羡由衷地赞叹：“好看。”她歪着头打量半天，又怀念过往，“以前那个金黄的星星发圈更可爱，可惜丢了。”

“没丢。”

“嗯？”

“没什么。”容淮把羊肉串剔掉签子，慢条斯理弄到姑娘碗里，瞥了眼手机屏幕，淡声，“早上几点要回？”

荆羡：“六点。”

晚了的话用人全起床，就很难进门。她倏然意识到时间紧迫，顾不得优雅，腮帮子鼓鼓，开始胡乱吞咽，实在吃不下，又喊了老板打包。

再回车上，已经是一个小时后。

荆羡不清楚他要带自己去哪儿，沿途经过临城最大的摩天轮，车速忽而慢了些。

这处算是市中心的地标，高120公尺，绕一圈要三十来分钟，任何角度都能俯瞰临城夜景，算是热恋期的绝佳圣地。

转至最高点接吻便能天长地久，这个传闻，她曾经深信不疑。

所以她少女时代的日记本里就有这么条夙愿。约了他几回，都被拒绝了，后来去游乐场，不幸赶上设备维护，也没成。

荆羡为过去的幼稚感到好笑，便当成趣事一般说出来，长话短说地概括完，又加上总结：“要真亲一下就能白头，那世界上就没这么多怨偶了，绝对是渣男骗小姑娘上去占便宜散播出来的谣言。”

容淮沉默。

荆羡随口发表完意见，没等到回应，扭过脸去看他。

男人面无表情，他不笑时总有几分距离感，眉眼压着，似是不太高兴。

荆羡愣住，眼睛转了转，心底有个猜想，纠结了会儿，她慢悠悠地试探：“那什么……这个不会是咱俩今晚的计划吧？”

容淮目不斜视：“算了，我对当渣男没兴趣。”

荆羡：“……”

完了。

人家辛辛苦苦准备的花样。

就这样被她搅黄了。

荆羡很尴尬，还有那么点扫兴过后的愧疚，坦白说她从小到大什么surprise的狂喜都经历过，她爸和她哥几乎年年换着花样来。

可是对容淮来说，能想到这个，确实已经是极限了吧。

情人节当天布置的花海和烛光晚餐，如今又是她当初未能如愿的摩天轮，他所努力给予的，全是她年少时寻寻觅觅的东西，是她在某一阶段里永远的遗憾。

他一直试图帮她圆梦，用他的方式，笨拙又真挚。

荆羡心里百转千回，望着渐行渐远的摩天轮，小声挽救：“我收回那句话行不行？”趁着斑马线礼让行人的间隙，她半是撒娇地靠过去，“这儿周末就营业到凌晨两点，现在过去，还能赶上末班车。”

容淮：“嗯。”

荆羡忐忑：“嗯？”

容淮揉了揉眉心，干脆靠边停下，他身旁的姑娘大半个身子几乎都要钻到怀里，娇媚清妍的小脸上带着懊恼，他伸手，蹭一下她的发顶：“你想怎样都可以。”

很快，车子掉头，重回了摩天轮附近的露天停车场。

近距离看，上头灯光的颜色比远观时更炫目一些，每个独立的座舱都有专属的 LED 线条，忽明忽暗，波纹状流窜，似电流，又似流星。

“快。”荆羡扯着他的手，一脸迫不及待，全然忘了方才说的那些屁话。

容淮任由她动作，垂眸发了几条消息，待得靠近售票处，才收起手机。

说来奇怪，往常排队的人群熙熙攘攘，即便午夜，亦有过来打卡的小年轻们，今天不过凌晨一点半，这儿就空空荡荡。

工作人员是个挑染了绿毛的小哥，趴在柜台后边聚精会神地看比赛，听到动静抬头，足足愣了十来秒。反应过来后忙不迭站起，服务态度相当热情：“来，我领你们过去。”

荆羡困惑：“不用买票？”

容淮不动声色地递过去现金：“两张。”

“哦哦，对对对。”绿毛小哥有点蠢萌，手忙脚乱收钱找零，又拿起对讲机和操作台那边的同事对接，“客人来了，准备一下。”

荆羡也没在意，只当是正常流程。她在等候线外站了十来分钟，瞧着座舱慢悠悠荡下来，工作人员却迟迟不安排他俩上去，不由得催促：“这不是都空的吗？”

绿毛小哥瞥一眼她身侧的男人，咳嗽了声：“不好意思，我们有规定，午夜场只开放固定座舱。”

荆羡心想这什么破规定，未免也太离谱，容淮安抚地捏了下她的手：“等会儿吧。”

最终，原先左上角的粉色座舱转至接轨平台，自动打开了门。

同一时刻，她的眼睛被蒙上，耳边是他低沉清润的嗓音：

“别睁开。”

哪怕再迟钝，荆羡也意识到事情不简单，微凉的掌心挡住她全部视线。她瞧不见，亦不慌张，安安静静地攀附着他，在他的示意下抬脚低头，而后摸索着落座。

触感很柔软，固定的金属长椅似乎铺了羊毛垫，透过他的指缝，有闪烁的光，一点一点，不刺目却很温暖。

座舱缓缓上升，两人谁都没开口，默契地等待着共同的时刻。

约莫十来分钟，他的掌心变得炽热，随着她眨眼的频率，有湿意覆盖到眼睫，荆羡笑起来：“你很紧张？”

容淮没回答。

下一秒，摩天轮停滞，如时空断裂，不再转动，安静无声地将他们留在了最高处。

荆羡察觉到不对劲：“什么意思，坏了？”

容淮轻笑：“是不是傻。”他挪开手，蹭过她的眼尾，暗示她睁开。

怕坏了惊喜，荆羡仍然老老实实地闭着眼，脸转过去，朝着他的方向：“可以了？”

容淮：“嗯。”

得到许可，荆羡一点点睁开眼睛，视线先是模糊，随即渐渐变清晰。

座舱里到处是串成绳索的字母灯，Happy Birthday 的光晕盘旋在头顶，巨大绵软的独角兽玩偶软趴趴地坐在他俩对面，爪子里扯了个爱心气球。

中间有张小小的高脚桌，两层蛋糕上的冰激凌融化了些微。边上有个相框架，里头的照片隔了八年，像素有些模糊。

荆羡怔了半刻，将相框拿近。

是一对高中生，少女对着镜头比心，将头虚虚靠到趴在教室午睡的少年肩上，一只眼睁一只眼闭，笑得酒窝深深，又有诡计得逞的狡黠。

他在清醒时，总能不厌其烦拒绝她各种合拍的理由。

这应该就是她好不容易抓住机会。

也是他俩唯一的合照。

荆羡看得出神，指尖描摹过少年的背影轮廓，小声道：“我以为发给你之后，你会毫不犹豫删了。”

容淮有一下没一下揉着她的长发，半晌轻轻捏住她的下巴：“想听秘密吗？”

荆羡：“什么？”

“我没睡着。”

“……”

瞥见她略泛粉晕的脸，容淮勾着唇，慢条斯理地开口：“以为拍张照就算了，谁知道……”他恰到好处地顿住，想到少女那个棉花糖一般柔软又偷偷的吻，“你脸皮倒是挺厚的。”

荆羡：“……”时过境迁，被撞破的羞窘依然叫她耳根子发烫，她垂眸，也不知该狡辩抑或是坦荡承认，脑子有点蒙，干脆拿了餐盘上的塑料勺子，去舀那个化掉的冰激凌。

刚放到嘴里，他就欺上身，鼻尖抵着她的，嗓音很沙：“现在是不是该还了？”

荆羡捏着勺子，不敢看他的眼睛，时至今日，有过那么多回的亲吻，她在他面前，依然如当初那个满心欢喜的少女，每一次接近，都会小鹿乱撞不能自已。

容淮：“最高点接吻？”

荆羡抬眼，他漂亮的眼里有揶揄，更多的是不加掩饰的欲念。四目相对，呼吸缠绕，年少时心心念念的那个吻终于姗姗来迟。

他压着她的后脑勺，唇齿攻城略地，温柔又强势。

冰激凌的甜蜜仍未散去，奶油味的吻萦绕在唇齿间，甜到发腻。

荆羡生涩地回应，她蒙眬地望着这小小空间里的无限光亮，只觉这一刻就是天长地久。

亲了会儿，他又拉开些许距离，很轻地笑了声：“你要愿意，我能让它在这里停上整晚。”

即便他说的是玩笑话，可荆羡仍听了进去。

她想同他待一整晚。

月夜明媚，她在观景绝佳的摩天轮最高点，望出去，手可摘星辰。视线收回来，身侧是她八年来苦苦压抑的遗憾，是她爱过恨过，如今又再度奋不顾身的梦中人。

荆羡侧过头，肆无忌惮看着俊秀无双的青年。

他垂着眼睫，正帮她点蜡烛，没了惯常的漫不经心和阴沉，眉眼缱绻，暖色光线下，莫名温柔。

毫不夸张地说，荆羡的心，在这一刻，彻底软成了一摊水。恋爱病毒无声无息占领高地，叫她满心欢喜，恨不能把相思全数倾泻于他。

如果不是蛋糕上竖着的两根阿拉伯数字痛击现实……

讲道理，造型夸张的卡通蜡烛挺好看，从上到下都是渐变色，可它代表的意义就太糟心了。

荆羡没忍住吐槽：“为什么你要弄成‘26’啊？”

容淮潇潇洒洒合上打火机盖子，还没意识到她的纠结，没什么求生欲地开口：“嗯？你不是跟我同年？”

荆羡：“……”

这是什么杀千刀的钢铁直男！

连荆焱这样不近人情的工作狂都知道在每年送礼物的贺卡上写“忱忱 18 岁生辰快乐”，而她的正牌男朋友，居然连这点都想不到。

荆羡一口气差点没提上来，虽然很气，但找不到反驳的理由。

她确实二十六岁了。

容淮也在看她。

这姑娘原本晕晕乎乎浸润在甜蜜里的乖顺神情变了，小脸上欲言又止，他目光掠过蛋糕，思忖半刻，随手把那根“2”的蜡烛拿起，掐了火放在一旁。

眼下就剩下孤零零的“6”了。

他揉一下她的发，语调懒懒：“行了，未成年，走流程吧。”

荆羡被这操作给震惊到，沉默半晌，实在不想辜负这良辰美景，转而指了指那些闪烁悬挂的氛围灯：“可以关掉吗？”

容淮“嗯”了声，摸到隐蔽处的埋线搭扣轻轻扯开。

很快，光明转瞬即逝，座舱里的小天地陷入昏暗，唯有外头的 LED 光线带来些许照明度。

似乎一下子就变得安静。

座舱内算是全封闭，没有空气对流，荆羡盯着那支缓缓燃烧的卡通蜡烛，它的火光坚固而明亮。她忽而就不舍那么快吹灭它，调整了下位置，手肘撑在桌上托腮，侧过身去看他。

容淮：“嗯？”

荆羡：“这边是你布置的吗？”

容淮愣了下，唇边扬起的弧度有半刻停滞。可能是大直男来布置这些玩意略尴尬，他的神情有些许不自然，但也没否认，只捏了捏她的指尖：“不许愿了？”

荆羡刚要回答，又被连续振动的消息提示音打断。

她还以为是荆焱发现蹊跷来追杀了，赶紧拿起倒扣在桌上的手机，发现新通知那栏静悄悄后长出一口气，转而提醒：“你的。”见他没动静，又提醒，“这个点发那么多，估计是急事。”

容淮意兴阑珊地解锁屏幕，这帮狗还在群里吠得厉害，胆子挺大，都学会艾特他了。

邵忠：“刚才淮爹那句黄了到底是什么意思？”

李晋：“不是又被女神拒绝了吧？”

薛安阳：“哈？”

邵忠：“爹，爹，你理理我，要儿子去接你来店里买醉不？”

容淮气笑。

平时正经处灵光点子半个没有，关键时刻搞人心态有一手。

他压着眉眼，懒得跟他们扯皮，正欲退群换清静，中途瞥一眼不明白状况的女朋友，又改了主意。

荆羡在那张漂亮面孔上重新见到招牌的阴阳怪气冷笑，挺好奇他的聊天对象究竟是何方神圣。她凑过去些，见他没遮挡的意思，干脆窝入他怀里。

见几个活宝上蹿下跳，她也忍俊不禁：“他们怎么还和高中时那样。”

“给你找点乐子。”容淮手指蹭了下她的脸，直接拉了群语音。

自然没人敢拒绝大佬的邀约。

只是热火朝天的界面突然死寂，四个头像静静排列，话筒的音频显示网络良好，却偏偏毫无波动。

容淮不耐烦：“别装死。”

三人这才一个接一个地开口，声音弱弱的，没什么底气，活像被皇帝破天荒召见的罪臣，诚惶诚恐。

荆羡从头到尾都没出声，直到他示意自己打招呼才扬了扬眉，确认他的态度不似开玩笑。她想着以后同他们肯定会见面，倒也没遮遮掩掩，挺稀松平常的口气：“嗨，晚上好。”

就这一句普普通通的开场白，再度让有点波澜的湖面凝结成冰。

她有些茫然地眨了下眼，想了想，又补充：“我是荆羡。”

下一秒。

情况陡转直上，如正在加速的火箭，疯狂冲刺，全力挣脱大气层。

此起彼伏的惊叹词开始频繁充斥着耳膜，紧接着是喜悦的起哄。荆羡毫不怀疑，如果这三人现在待一块，应该会抱在一块振臂欢呼。

邵忠相当兴奋：“校花？百年好合啊！”

薛安阳迟疑两秒：“早生贵子？”

“你们是不是有病啊？”李晋稍显理智，谨慎道，“女神，生日快乐。”

荆羡被这欢乐的氛围感染，手背盖着唇忍笑。

“别贫了。”容淮翘着嘴角，语调散漫，“生日歌会唱吧？”

邵忠的大嗓门异常高亢：“会，我太会了。”

邵忠极尽衷心，指挥着另外两个兄弟，在一二三的口号之后齐齐开嗓，用着KTV里那种鬼哭狼嚎的架势，活生生把温馨的祝福歌唱成了欢快的进行曲。

分贝太高，整个座舱都闹腾得要命。

荆羡便在男人们五音不全又中气十足的嗓音里合上眼，双手合十，额头轻贴上去。

过去溜走的时光似乎都回来了，她仿佛还站在树荫下，又一次装作不经意地望向篮球场。

少年坐在台阶上，漫不经心地听着损友们插科打诨。中场休息，他当头淋下矿泉水，神情松散，在全场女生的爱慕眼神里，旁若无人地重新进攻得分。

而后像是烦了这些尖叫，只待下课铃响，便半刻不肯浪费时间，脚步轻快而绝情，像是不会为任何人停留。

她就这么一直看着，直到那道身影消失不见。

单恋的时光苦涩又看不到曙光，多少次擦肩而过，多少次刻意安排的偶遇，都没能入他眼中。她为了矜持，作为新生的一整个学年都按兵不动，高二实在压抑不住，才鼓起勇气没皮没脸地纠缠。

这些得不到回应的记忆，如今回想，竟也不觉得难熬。

荆羡庆幸当时的果敢和幼稚，兴许便是这样的奋不顾身，才叫她和他有了后来的故事。

烛光暖融，她睫毛轻颤，无声许愿：

“今年不再贪心，只求一件事，就是我同我的梦中少年，再不分离，自此岁岁长相见。”

从摩天轮下来，已经是两个钟头后的事。

荆羡也没敢相信，自己真能在那个空间里待上那么久。其实什么都没做，就分吃了一小块蛋糕，然后没开灯，两个人就在一百多米的高空，看了许久夜景。

从前觉得看星赏月是纯脑瘫的行为，临到自个儿身上，反倒甘之如饴。

或许他所有的耐心都耗在了她身上，应付着她各种奇奇怪怪的话题，偶尔觉得幼稚，就似笑非笑亲她一口，当作回答蠢问题的报偿。

回去路上，荆羡抱着那个可爱到爆的独角兽玩偶，脑子不受控制，都是那些沾染着奶油气息的热吻画面。她也不知道自己是怎么回事，即便好端端坐在副驾驶座上，仍然时不时偷瞄男人。

看他清俊斯文的轮廓，看他因为过度缠绵而嫣红的薄唇，想着每次神魂颠倒时他总爱恶劣地轻咬她的舌头，一边低沉地笑，可恶又迷人。

荆羡没出息地脸红，努力了半天，压不住热意，把窗开大了些。

凌晨四点半，即将破晓，风带着凉意灌入。她看着窗外，街上空荡荡，整个城市仍在沉睡，远处有清洁工踩着工具车的身影，寓意着新的一天拉开序幕。

荆羡后知后觉意识到，好像是头一回通宵能这么神清气爽，她居然没有任何头晕犯困的征兆。

容淮从后视镜瞥她一眼：“困吗？”

荆羡摇头，仔细辨别，发现他眼底有浅浅青色，显然是前阵子在瑞士连轴转，回国后又陪她昏天黑地，折腾得够呛。

她知道他基本没周末，估计等下睡两三个钟头就得继续去公司，这会儿知道心疼了："你等下住的地方和我家近吗？"

容淮淡声："我没搬。"

荆羡怔住，反应过来惊诧道："你还住晓风和月？"

"对。"容淮不甚在意，随意道，"基本睡科研基地，有时回公寓，看时间。"

"今天呢？"

他没搭腔，拐过弯，在别墅区的入口附近靠边停下后，才解了安全带，略带轻佻地捏了下她的耳垂："怎么，你要跟着我回？"

荆羡："……"

须臾，岗亭处的安保准备换班，传来窸窣动静。

意识到时间确实不早，容淮收起玩笑话，将她拉到车尾，车钥匙在指尖慢条斯理转了圈，解锁了后备厢，手暂时压着："东西我先替你收着？"

荆羡茫然："什么东西？"

"算了。"容淮轻叹，挪开手。

机械轴撑起，盖子顺势打开，自带的尾灯让里头一览无余。

大小各异的礼物，包装得诚意十足，缎带扎成蝴蝶状，下边铺了满满的香槟玫瑰。他侧身倚着车，语气很平静："给你补齐了。"

十八岁到二十五岁，在他寻而不得的八年里。

他曾经在每一年的 8 月 25 日辗转反侧，梦中都是少女泫然欲泣的嗓音。幸而今日，他终究是为他魂牵梦萦的姑娘填满了过去的遗憾，也终究逆转了无数夜里的噩梦。

荆羡怔怔瞧着那些礼物，走上前，一一抽出那些压在蝴蝶结下的卡片。

没什么过多言语，只有简单的生日快乐，然而写她的名字时总显得格外用力，笔锋拉长，像是诉说着无尽的思念。

十八岁的那一张最陈旧，纸张都泛黄了，笔迹亦模糊晕开。

荆羡眼睫低垂，鼻头发酸："每年都给我买礼物了？"

怕她难受，容淮轻描淡写："有些过期替换了，随便买的。"

荆羡吸吸鼻子，她不想哭的，可是好像没办法，忍了很久，直到他伸手哄她，终于彻底决堤，埋在他颈窝猛掉眼泪。

容淮搂着她，无奈："再哭我替你全拆了。"

荆羡红着眼睛瞪他："不行！"她手背胡乱抹掉泪水，咬着唇，像是做了什么重要的决定，一字一顿念了一串数字。

容淮挑了下眉："这是？"

荆羡趴回他肩上，含含糊糊："十八楼的密码，你帮我放到那儿，我这两天就搬回去。"

第九章

别哭，过去的都结束了

翌日，便是轮回的新一周工作日。

荆羡先前请假去瑞士千里追夫，手头堆积了不少活儿。她们这组自从负责新的小专栏后并未多配人手，她不在的日子里，群消息通报打卡报表时，全是陈舒妍凌晨两三点下班的记录。

可以想象，两人的活强行压到一人身上，到底有多煎熬。

荆羡这会儿意识到自己的恋爱至高行为有多不负责任了，正是因为她的自私，才让同组搭档苦不堪言，别人本不需要这么玩命的。

这种愧疚，在她进公司见到趴在办公桌上补觉的陈舒妍后，到了顶点。

荆羡面上火辣辣，放轻动作拉开椅子，然而对方睡得并不熟，听到些微动静立马清醒，像是工作后遗症，瞥一眼时间，又低咒一声仰着脖子靠到椅背上。

瞧得出来，这位现在挺暴躁。

荆羡眨了下眼，迟疑着将路上买的拿铁挪到她桌上，轻声："Cici 姐，早。"

陈舒妍慢吞吞侧过头，嗓音沙得厉害："回来了？"她揉着眉心，揭开盖子抿了口咖啡，继而指尖点了点桌上夹着花花绿绿便笺条的样刊，"9 月刊即将截稿，抓紧吧。"

荆羡原以为她会有怨气，至少也该探两句去哪儿之类的，结果人家什么都没问。她有些汗颜地接过资料，低声道："明白。"

简短的交流后，两人都投入到工作中。

心中有愧，之后的日子，荆羡理所当然地主动承担了更多任务，除了整理时尚博主的采访稿，还要负责相关内页的拍摄。

自此，她再没清闲过。

基本就是白天工位食堂摄影棚三点一线，晚上鏖战修图软件，没到凌晨绝不收工。

这种工作强度之下，逼着荆羡不得不从热恋期的缠人女友身份里跳脱出来。

事实上，她和容淮的消息记录时间线就没对上过，她忙到脚不沾地，他更是在研发药理实验的重要阶段。

两人都没办法回得及时，经常是一个问午饭吃了没，另外一个在傍晚时回一句刚开完会，风马牛不相及。

直到睡前才能打个电话互道晚安。

荆羡能察觉到他有些无奈，有那么一次，他特地推了应酬，想接她出去吃饭。

然而新栏目总编诸多挑剔，她临时被毙了稿子，又得重新再来，根本抽不出时间。

她只能匆匆跑到地下室，来到他暂停的车位，中控早就解了锁，她没拉开车门，只趴在窗玻璃处，半是歉然半是撒娇："对不起，今天……"

容淮："五分钟都不行？"

荆羡看着眼前这张朝思暮想的漂亮脸孔，没出息地心软，默默跳上车。

想着要抓紧互诉衷情，可他根本不让她说话，只熄火关灯，放倒座椅，欺身上来，极尽缠绵地吻她。

这五分钟，像足了漫长甜蜜的折磨。

有阵子没见面，荆羡不愿故作矜持，手指埋入他脑后的短发间，闭着眼努力回应。他明显愣了两秒，气息变得不稳，手探下去，将她的丝绸衬衣从裙摆里扯出来。

她被亲得有点晕，微凉的触感从敏感腰间传来，忍不住哼了哼。

这一声，便把容淮的理智强行唤回。

他退开些许，盯着姑娘海棠绽放一般的好颜色，自制力早就溃不成军，百般叫嚣着要抒发。

可惜。

这里不合适。

说不清是第几回刹车了，说来可笑，每次接吻都能擦枪走火，哪怕从前青春期，也没现在这么容易冲动。

容淮面上一片淡漠，唯独眼尾猩红，垂着眼睫帮她整理好衣衫。

荆羡也回过神，脸红到不像话，手机消息又在提醒即将定稿的流程，她掐了下手心，翻下镜子，擦拭嘴角暧昧的水渍和晕开的口红。

容淮懒懒靠着椅背，眼里仍有未褪的情欲，就这么瞧着她，嗓音低哑："礼物不拆了？"

荆羡知道他在提醒自己搬回晓风和月，她原本两个礼拜前就打算过去，无奈《MUSE》让她连去洗手间的工夫都没，更别提搬家这么耗精力的事儿。

见她犹犹豫豫似是不知所措，容淮反倒会错了意，轻叹："不是那个目的。"

荆羡："嗯？"

容淮平静道："没打算碰你，就想能三不五时见个面。"

荆羡："……"

她彻底语塞，不知道该如何回答，想说其实她也不是很介意这个，又难以启齿。

"等我忙完这周。"荆羡脸皮薄，最终仍未说出口，只凑过去，嘴唇在他脸上碰了碰，软声，"那我上去了？"

容淮顺势低头，亲了下她的额头："晚上给我电话。"

经历过这么一遭，加班的苦闷一扫而空。

爱情的力量竟然如此伟大，充电五分钟，待机N小时，荆羡在工位上斗志满满地改稿，春风满面，气色上佳。

白婧经过时，盯了她好一会儿："你不对劲。"

荆羡心虚摸脸："有吗？"

白婧："你口红色号是什么？怎么有种丰唇的效果，瞧着比平时更饱满。"

荆羡："……"

她可不敢说是男朋友的功劳，只得硬着头皮胡诌，直到陈舒妍过来喊她去食堂，才得以脱身。

相比于荆羡的雪肤红唇，陈舒妍的气色可谓是差到了极点，黑眼圈不提，粉底都盖不住那泛黄的脸。明明前两个月还是风风火火的都市丽人，这会儿竟比没坐足月子的新手妈妈还虚。

荆羡担心她是因为前阵子工作太忙身体出了问题："舒妍姐，你是不是哪里不舒服？"

陈舒妍有气无力地喝口汤，筷子夹了个红烧鸡块，也没什么胃口，又放下了。可能确实有些烦心事，她撞上对面姑娘关心的眼神，便直说了："我们家对面有块危房区域，最近不太平。"

荆羡若有所思。

她记得，就是容淮高中那会儿的住处，也是她上次偶然撞见崔泠的地方。

陈舒妍："每天午夜后，不知道聚了一帮什么地痞流氓，吵得厉害，根本睡不着觉。连带着治安都不好，我邻居走那条巷子居然被抢了钱包。"

荆羡："报警了吗？"

陈舒妍像是很火大，咬牙："老城区，待拆建筑，没监控，也查不到。我这两天车子发动机有点故障在修理，有时加班晚一些，下地铁走夜路都害怕。"

荆羡没辙，她能想出来的办法对寻常人家来说，都不现实。

比如住酒店，再比如租新公寓，无论哪个，都要承载过多的经济压力。她如今工作快一年，明白大家都不容易，也没必要说那些不切现实的话，干脆提出近段日子送她回家。

陈舒妍大喜过望，再三确认顺路后，便同意了。

这晚，两人忙到十一点，一同下班。

荆羡查了线路，发现附近在修桥，要抵达陈舒妍那个小区，只有途经那条巷子才可以，怪不得她这般愁眉苦脸。

一路相安无事，临近路灯覆盖不到的阴暗区域时，突然有凄厉的尖叫声窜起，随即是拳打脚踢的斗殴动静，伴随着野狗狂吠。

叫人心惊肉跳。

陈舒妍紧张："别管，我们快走。"

可见度不好，怕撞到什么人，荆羡打开远光灯。法拉利在这片破烂不堪的危房建筑边格格不入，引擎声引得楼道下那帮乌合之众纷纷侧目。

她没分神，目光直视前方，一脚踩油门拐弯。

不过一分钟，隔了一条马路而已，便是天壤之别，沿街商铺的灯红酒绿驱散了两人内心的不安。

陈舒妍松口气，下车后又趴到窗口："你等会儿别逗留，切记，千万不要逗留。"

荆羡颔首："知道的，你早点休息。"

到底是个姑娘家，胆子也不大，本来还行，被陈舒妍这样再三提醒，难免发怵。

正巧有些饿了，荆羡靠边停车，去二十四小时营业的便利店买了杯热奶茶，又要个三明治，坐在高脚椅上平复心情，顺便给容淮发了两条消息。

他没回，可能是在忙，她便打开社交软件，一边网上冲浪一边吃夜宵。

半晌，欢迎光临的电子音响起。

接着是男人骂骂咧咧的粗鲁嗓音，脏话连篇，全是乌糟糟带着爹妈的污言秽语，旁边还跟了个女的，声调尖锐，似是在劝解宽慰。

荆羡坐在透明橱窗边，侧对着他俩，听着污言秽语，厌恶地别开脸。

男人用力撑在柜台上，动静很大："来包烟。"

收银小妹的声音变得惶恐："要什么烟？"

"我是第一次来？问老子要什么烟？你……"

荆羡听得犯恶心，不想再和这样的人共处一室，拿过没吃完的东西，起身往外走。她生得美，今日又是一袭红裙，特别醒目，很自然惹得那两位看过来。

几乎是她站起的一瞬，有人开口。

"哎哟，荆小姐，太巧了。"

荆羡抬眸，再度见到了崔泠。

一个月未见，女人比之前更瘦了，穿着不合体的碎花连衣裙，露出瘦骨嶙峋的肩颈。耳垂上的珍珠饰品被人硬生生扯掉一只，血肉模糊，头发上也沾了烟灰和砖石碎末。

显然她和她身边这位额头染血，文着花臂的男人，才刚刚被狠狠收拾过。

荆羡看着她，目光从她的脸渐渐移到手。

荆羡有些控制不住，脑子里不由自主想到云离镇上听来的故事。

那个雨夜，那位倒在血泊里的少年，还有差一点点，就要天人永隔的结局。

凶手近在眼前。

荆羡浑身颤抖，她从未有一刻如眼下这般暴戾愤怒，恨到想用同样的方式以牙还牙，叫对方也尝尝这利刃穿腹的苦痛。

僵持间，男人也凑过来，笑得流里流气："哪里认识的小妞，一身细皮嫩肉。"

倏然，手机铃声响起。

荆羡瞥一眼来电提醒，她在看到容淮的名字后，逐渐冷静。

没必要和人渣纠缠，现在也没必要起冲突。

荆羡没再理会两人，她迅速推开门，径自朝外走。

崔泠跟了两步，瞥见扬长而去的法拉利，抓紧时机将车牌记下来，扭头对着超市门口的男人，笑得花枝乱颤："看看，终于来了只肥羊。"

荆羡风驰电掣一般离开了小巷，心脏跳得很快，分不清是紧张还是愤怒。

她觉得她似乎又做错了事。

她早该在一个月之前，就将偶遇到崔泠的事情告诉他。

云离之前她不以为意，云离之后她被恋爱冲昏头脑全然抛诸脑后。此刻再见到这个女人，隐约的不安无孔不入往她骨头缝里钻。

铃声仍在坚持不懈地响着。

荆羡连上蓝牙耳机，摁下接听键。

容淮："还在加班？"

"我见着崔泠了。"荆羡深呼吸两口，"我刚才送我同事回家，在危楼那边撞到她，她和一个比她年轻许多的男人在一块，她之前就同我打听你的事。对不起，她一开始装得很无辜，我也不知道。”

她有些慌张，讲话变得语无伦次：“就是她好像刑满出狱了，她会不会，我……”

容淮打断：“等会儿。”

她仍在自言自语：“我不会让她再伤害你。”

容淮加重语气：“荆羡。”

她不吱声。

“认真听我说话。”容淮语速很慢，安抚一般，“别怕，先离那边远点，我现在来接你。”

这个夜晚，注定因为崔泠的出现而不同寻常。

荆羡缩在副驾驶里，手心捧着热奶茶，思绪却纷扰不堪，心底有个声音，在不断发出警告。

不知为何，她总觉得崔泠当时看到了自个儿手机上容淮的来电显示，联想到方才从便利店出门前后的种种细节，从那个女人故作惊讶的眼神，到后边故意追出来毫不避讳的行为……

她在离开之前从后视镜扫了一眼，崔泠的笑怨毒又别有深意，兴许还隐含着算计，同云离镇上居民对其的描述如出一辙——

像极了缠人不放的毒蛇。

冥冥之中，越发不安，荆羡微微侧过身，将奶茶放回杯架上，想说些什么，又不晓得该如何开口。她纠结半天，才慢吞吞地道：“她可能知道我同你的关系了。”

容淮看着她，没搭腔。

这姑娘显然心神不宁，小脸煞白，眼睛似是被茶水的蒸汽熏到，里头雾气氤氲，瞧着有几分忧愁。

他伸手，将人揽到怀里，掌心揉了下她脑后的长发，笑了笑：“那又如何？”

荆羡对上他吊儿郎当的笑容，对比自己的如临大敌，简直天差地别。她有半刻语塞，指尖揪着他的领口，抬眸：“我上一回见她，她说知道你已经飞黄腾达，不会这么就算了。

“崔泠这样锲而不舍地找你，应该是为了你曾经将她送入监狱的事。

“她想报复。

“她一定想报复。”

见他仍一脸淡漠，荆羡整个人都快扑到他身上，加重语气：“不行，我们得先发制人。”

她这如临大敌的模样像是要奔赴战场，容淮皱着眉，箍紧她的腰：“你别插手。”

话落，街角的野猫倏然短促凄厉地叫了一声，接着像是有几只成群结队地从垃圾桶上跳过，弄落了丢弃的啤酒瓶。

玻璃砸碎在地上的声响，莫名让两人同时陷入沉默。

荆羡不由自主地想到最黑暗的那个雨夜，曾经的少年带着迁怒和冷冽，隐忍着怒气问她为何多管闲事。

然而八年后，她才明白是自己做错了事，那说好救命的三十万，那自以为能帮到他的愚蠢行径，间接成了这场悲剧的催化剂。

以为他嫌她多事，她垂着眼睫，声音低下去："对不起，我就是怕她……"

"想什么呢？"容淮出声打断，捏住她的下巴抬起，眼睛盯着她，"我说过，永远不是你的错，别道歉了，成吗？"

荆羡咬着唇，没吱声。

容淮叹气，将她搂紧了些，凑过去贴着她的耳边，嗓音很沉："你有没有意识到一个问题。"

荆羡："嗯？"

"我没那么不堪一击。"

"……"

容淮的语气变得有些无奈："可能当时用的法子极端了些，但八年了。"他松开她，后背靠着窗，姿势懒懒散散，唇边勾着笑，"你男朋友真比你想的要强一些。"

荆羡再度哽住。

路灯的光从挡风玻璃投入，落在他光洁前额，男人天生五官俊秀，眉骨处却有着凌厉线条，年少时略显阴鸷，如今更多的是桀骜与自负。

他扬手，戳一下她的酒窝："懂？"

荆羡点头，被他故作狂妄的姿态逗笑，心情平复了些："那万一有事发生，你不要瞒我。"

到底不放心，她想了想，认真道："不要为了奇怪的自尊心苦撑，你女朋友也很强。"

容淮："……"

他别开眼，手背抵着唇，像是忍俊不禁，须臾，欺上身去，指腹若有似无擦过她的唇，别有深意地道："有多强？我试试。"

荆羡无言以对，又被他花样百出地亲了许久。

明明平日里阴冷淡漠的一个人，私底下却欲得要命，各种手段层出不穷。

毕竟姑娘家脸皮薄，停在这种临时车位，即便夜深人静，那也是光天化日。她不敢回应，怕他得趣不肯收手，你攻我防地折腾许久，终于忍不住含含糊糊讨饶："明天、明天要上班。"

容淮轻笑，在她唇上咬了口："你这强度不太够，以后哥哥多帮你训练。"

荆羡特无语地瞅着他，脸已经爆红。

时间确实不早，容淮没再逗她，开车送她回了别墅区。

临分别前，他收起漫不经心的神色，圈着她的手腕："最近我要回云离几天，你一个人别再接近那片危楼。"

荆羡迟疑："崔泠现在不是在临城吗？"

"我爸急性肝衰竭的事儿，不是偶然。"或许是怕她担心，容淮并未透露太多，轻描淡写一般，"现在有点线索，我尽快解决。"

荆羡惊诧地睁大眼。

她没经历过世界真正的阴暗，这些发生在他身上的事情，从前闻所未闻。如今听他用这样避重就轻的方式描述，尽管寥寥几字，依旧让她不寒而栗。

想到过去那个满身伤痕，活在无限炼狱里的少年，她心疼到无以复加，踮起脚，去搂他的脖子。

容淮弯腰，埋入她的颈窝："舍不得我走？"

"等你回来，我就搬到晓风和月了。"荆羡闭着眼。

面前似是有一道白光，朦朦胧胧带她回了新生合唱排练的阶梯教室，她从前排扭过头，看着眼里一片荒芜的漂亮少年，他面无表情坐在那里，孤寂又冷漠。

以为只是同龄人故作深沉。

谁能想到背后的故事。

隐约的疼痛自心底蔓延，随着呼吸的频率，一点点游走。荆羡从回忆里强行抽身，嗓音很轻，却很坚定："容淮，以后我会一直陪着你。"

他沉默片刻，愈加用力地抱她。

荆羡很听话地远离危险地带，送陈舒妍回去时，宁可绕四五公里的远路，也不肯再经过那条巷子。

陈舒妍反倒过意不去，一定要贴油钱，见荆羡执意不收，只能狂催修理店加班加点，幸好故障问题不大，三天就把车取回来了。

一周时间匆匆而过。

9月刊也总算截稿，忙到昏天暗地的日子暂时告一段落，国庆假期近在咫尺。办公室的氛围挺好，都在讨论七天要去什么度假胜地解放心灵。

荆羡心不在焉地跟着附和两句，眼神黏在手机屏幕里，上头是他发来的新消息。

容淮："临时公司有事，明早要飞纽约，不回临城了，从襄南这边直接走。"

满腔相思被迫熄灭，荆羡回忆前两天和荆焱大吵一架才搬出来的艰辛，发了一串省略号，又配了张抓狂的卡通表情。

发出去五秒，她意识到自己的不成熟，又委委屈屈地将它们一一撤回。

白婧瞧着她兴致不高，过去坐到她工位边上："你是不是在谈恋爱？"

荆羡倒扣了手机，故作镇定："组长别开玩笑。"

"行了，荆妹妹。"老钱从股票界面抬头，挤眉弄眼，"你照照镜子，你现在摆明就是和男朋友闹别扭的招牌怨妇脸。"

荆羡怔住，立马心虚地看向桌角的化妆镜，另外三人却不约而同地哈哈大笑起来。

"这也太好骗了。"

"单纯得像张白纸。"

"真可爱。"

陈舒妍笑着笑着突然止住，妆容精致的脸上有半刻扭曲："什么意思啊，我们组现在只有我单身了？"

钱超故和白婧跟着一愣，随即反应过来，笑得比原来更大声。

荆羡："……"

一片闹腾里，手机再度振了下。

她重新解锁屏幕。

容淮："生气了？"

荆羡下意识打了一大段字，发出前，又觉得那段故作大方的什么工作要紧之类的屁话太假，干脆直截了当：“没有，想见你了。”

容淮：“去十九楼睡。”

荆羡：“？”

容淮：“用我的枕头，不会失眠。”

荆羡耳根发烫。

这人还要不要脸？！

她几乎能想象到他在打这些字时痞坏的表情，感觉自从交往以后，刚重逢时男人那点斯文克制的假象已悉数撕毁，如今已经完全不掩饰意图，动不动就骚话连篇。

荆羡段位不够，学不来他这么厚脸皮，默默把手机放下。

尽管如此，和他的这段交流依旧在潜意识里生根发芽，她都不知道自己到底是怎么了，回公寓后鬼使神差地在电梯里接连摁下两个键。

“18”和“19”的指示灯都亮起来。

荆羡盯了许久，十八楼门开时走了出去，前脚刚步出，又猛地缩回来。

算了，反正他也不回来，参观一下，无所谓。

抱着这样自我安慰的态度，荆羡成功在密码锁上输入自己的生日，而后拉开了门。

屋子的构造和楼下一样，精装修风格是建筑商定好的，只有软包有差异，同她家跳跃的嫩黄杏色不同，这边一瞧就是单身男人的地盘。

灰黑两色，加上金属装饰的各种线条，冷硬又不近人情。

这种风格很容易让荆羡想到荆焱的书房。

感觉工作狂们的审美出奇的一致。

她绕了一圈，进了卧室。

落地灯，灰色长绒地毯，高脚床，连电视都没有，简单到不得了的布局，唯一特别的是飘窗墙面上那幅熟悉的《钟楼白鸽》，穿着洋装的姑娘仍在照片的角落凝视钟楼。

作品斜对着床头，似乎是能翘首相望的角度。

荆羡犹豫了会儿，爬到床上。翻过去侧躺着，她稍微调整了下姿势，果然，照片里的姑娘让她莫名产生错觉，视线像是越过千山万水，含情脉脉地看着自己。

她捂着脸，忍不住深入去想，过去的那些日子里，他是否每晚都这样对着她的照片入睡。

呃……

感觉好变态。

但确实是他能干出来的事。

荆羡翻个身，将脸埋入枕头。

这个房间里，松木香和薄荷的味道无处不在，床褥处尤其明显。

像是被他拥抱，又像是被他侵略。

荆羡有些脸红，明知道不该这么奇怪，却忍不住将被子拉高，从头到脚裹住自己。

视线被遮挡，黑暗代替了傍晚余晖，她静静躺在这属于他的空间里，思绪浮浮沉沉，一会儿是他年少时穿着校服同她纠缠的模样，一会儿是白衣黑裤的男人从飞机上捡起戒指……

诸多甜蜜和烦恼，交织在一块，似电影放映。

想着想着，困意竟不知不觉袭来。

荆羡挣扎片刻，抵不住眼皮的沉重，陷入到无尽的睡梦里。

美中不足，没了耳塞和眼罩，她睡得并不熟。

半梦半醒间，她听到脚步声，以为自个儿在做梦，而后床垫的一方陷落下去，她猛然惊醒，挣扎着想坐起，又被人强势地压了回去。

窗帘未曾遮挡，月光大肆倾泻。

荆羡脑子有点蒙，直愣愣瞧着他。

俊秀无双的青年虚虚撑在她耳侧，单手慢条斯理地解领带，笑容不怀好意："这么主动，真来我床上了？"

自然苏醒，和被迫清醒，完全是两码事。

尤其是意识到房里突如其来多出个人，荆羡一瞬间身体紧绷，直到看清那张脸，才缓缓松懈。大脑算不得清醒，仍旧带着些许朦胧困意，她躺在床上，茫然眨了下眼。

"你……"

暂时思考能力欠缺，她并不太清楚此刻的状况，也没听清他方才的话，说完这一个字后，沉默许久，才慢吞吞地开口："怎么在我房里？"

容淮看了她一会儿。

这姑娘睡意惺忪，眼神迷茫，长发散在他的枕头上，兴许是蒙被睡觉的缘故，鼻尖泛红，瞧着有些娇憨的傻气。

他轻笑了声，轻轻松松掐着她的腰将人抱起，自个儿懒懒靠着床头："好好瞧瞧，谁的房间。"

倏然的姿势变换，叫荆羡毫无防备地上下颠倒，她怀疑是不是自个儿太瘦了，才会一直被他这样像个娃娃摆弄。努力压住快窜到喉口的惊呼，她偏了偏头，只一眼，便愣住。

陌生的环境，还有无处不在属于他的味道。

倒带的记忆卡了片刻，剪切出完美片段，开始在脑海里流畅播放。

就为着那么一条半开玩笑的微信，她是如何鬼迷心窍进了他的屋子，又是如何厚脸皮地跳上他的床，像个登堂入室的小毛贼。

如今居然还被正主抓个正着。

羞耻心后知后觉地席卷全身，荆羡觉得这行径真是和变态没什么两样。她想解释，然而对上他似笑非笑的神情后，又莫名不爽。

像是带着起床气，她的嗓音凉飕飕："有什么问题？"

容淮扬了扬眉，示意她继续。

荆羡跨坐在他腰腹间，忽视脸红心跳的异样感，兀自镇定："我来我男朋友这边过夜，不犯法吧。"她脊背直挺，纤细的脖颈仰着，从高处俯视他，"更何况本来就是你邀请我的。"

"说得也对。"容淮轻哂，反手撑起身子，同她靠得更近一些，声音刻意压低，几乎是呼吸的气音，“来都来了，不做点什么？”

荆羡：“……”

他的领带解了一半，松松垮垮挂在颈上，一边长一边短。衬衫扣子松了三粒，领口歪在一边，露出平直锁骨和线条清俊有力的肩膀。

犹抱琵琶半遮面一般，叫人忍不住想将剩下的布料全给掀开。

荆羡过去不知道，一个男的，也能这般诱人犯罪。

造物主何其不公，给了他不含脂粉气的漂亮，还给了他侵略感爆棚的气场，这些矛盾的特质糅合在一起，成了所谓又A又欲的绝佳诠释。

荆羡抵抗了一小会儿，实在难顶，遵从内心的本能，抚上他的眉眼，小声道：“你真好看。”

她不得不承认，自己也是凡夫俗子，当初的一见钟情，这张脸绝对功不可没。

“好看？”容淮对这形容词不太感冒，笑容有些懒散，他没动，任由她动作，只是眼神不加掩饰，直勾勾落在她脸上。

月光下，那双黑眸异常潋滟，像个勾魂摄魄的男狐狸精。

荆羡同他对视，心跳加速，强行找回理智：“不是说从襄南出发去纽约吗？行程取消了？”

容淮：“还得去，NMPA 对药品的实验真实性持怀疑态度，要在那边找专业机构做文献数据论证，中途还要联系瑞士 PSI，可能会待得久一些。”

“多久？”

“两个月左右。”

“……”

荆羡怀疑耳朵出了问题，她的喜悦维持不到两秒，被这三言两语再度打回原形。

什么鬼。

两个月。

六十天。

满打满算交往的日子，才刚满五周，结果相聚的日子还没分离的长，异地恋吗？

荆羡无能狂怒，有那么一瞬，她真想无理取闹，好好遵从内心的本能，作天作地折腾一通，至少也得让他温言细语哄着各种道歉。

容淮：“我中途抽时间回来看你。”

荆羡不搭腔，垂着眼睫，手撑到边上，想从他身上下来。

“别闹。”容淮摁住她，放软了嗓音，“记得若若吗？五年之内，像她这样的器官移植病人，不再需要服用昂贵又副作用极大的抑制剂，会有更好的替代。”

荆羡愣了愣。

他没用太多专业术语，这话很容易理解。

她知道分开的八年里，他过得并不轻松，独来独往日以继夜地学习，强行放弃大好前程转专业，踏入前途未卜的生物制药。在苏黎世的留学日子，更是极端钻研，未有一刻松懈。

这些常人无法忍受的坚持和磨难，似乎都和当年父亲排异反应去世的遗憾有关。

荆羡的委屈和窝火渐渐消散，不想成为他前行路上的绊脚石，她深吸了口气，有些僵硬地弥补：“没事，你忙你的，不用担心我。”

容淮卷了一簇她的发尾，仔细瞅着她：“没生气？”

荆羡点头，又问了一些研发的事情，他一开始还能正儿八经地回答，后边就有些无奈，指了指床柜的液晶闹钟。

“我很愿意陪你探讨，但……”容淮拉长音调，搂着她腰的手往里收，一点点箍紧，人也跟着贴上去，“现在不合适吧？”

就离谱。

花好月圆，孤男寡女的暧昧时刻，两人居然能撇开风月，一本正经地讨论工作。

确实不合适。

临分别的时刻，应该只争朝夕才对。

像是终于领悟到这点，荆羡抛掉矜持，在他唇上蹭了蹭，而后撑在他腰间保持平衡的手摸索着，解开男人衬衣下摆的纽扣。

黑夜给了无尽勇气，没有灯光的房间为她的行径做了最好的掩护，荆羡垂头，借着月色，看清了两道人鱼线，沿着他劲窄的腰身，蔓延到裤腰深处。

他身形一直带着少年的瘦削感，肌肉线条却很完美，也不知道是因为紧张，抑或是别的什么，这会儿绷紧着，腹肌轮廓清晰可辨。

荆羡莫名口干舌燥，如求知欲旺盛的门徒，接下来便遵从内心召唤，纤细手指滑过他的喉结，开始煽风点火。

就这么一下。

往常风轻云淡的男人倏然攫住她的手腕，呼吸紊乱，眸色浓重：“别玩过头。”

“忍着啊。”荆羡弯着唇，贴到他耳边，细声细气地道，“明天都要走了，今天不得加深一下印象。”

容淮垂眸笑了笑，缓缓松开对她的钳制，任由女朋友放肆。等到她闹够了，他早就眼尾斜红，翻身反客为主，嗓音沉沉：“礼尚往来，我也送你个临别礼物。”

容淮送的临别礼物果真叫人记忆犹新，就算没做到最后一步，也够羞耻了。

荆羡从前不识情欲滋味，寥寥数次接吻，大多点到为止，也不懂什么后续。现在正儿八经开始谈恋爱，她就觉得自个儿挺离谱，每次稍微有些亲密举动就敏感到不行。

说不出来的滋味。

害怕，紧张，可能还夹杂着她自己都不想承认的期待。

尤其是经过分别前的那一晚后，体会过那种脑子里噼里啪啦不断放烟火的狂喜，那种感官冲击太可怕，她终于明白他坏笑着要她好好感受的用意。

那种肆意妄为自信的手段，和刻意无限延长的使坏，叫她在之后的几日里都睡不好觉。

夜晚一闭上眼，就仿佛是当时被蒙着领带的场景，继而不受控制地脑补，最后捂脸羞耻捶枕头。

荆羡真怕走上欲求不满的路，明明她还未到三十如狼四十如虎的年纪，生理上也仍算是完完整整的小姑娘，无奈眼下已经食髓知味，大有愈演愈烈的趋势。

偏偏始作俑者爱极了火上浇油。

接连几日的远程视频，荆羡总能体会到男朋友无所不用其极的勾引。

比如今天，让她帮忙挑领带。

荆羡通过摄像头，认真参考了他搭配的衣服，思忖再三给出建议：“蓝底的庄重些。”

纽约的正午阳光明媚，男人漫不经心地取了她挑出来的领带，一边单手整理领口，一边别有深意地勾起唇：“你喜欢这种？”

荆羡愣两秒，没明白他的意思：“嗯？”

容淮指尖下移，慢条斯理地打领带结，似是隐晦暗示某些脸红心跳的时刻，说的话更是混账到了极点：“确实挺衬你肤色，下回试试。”

荆羡再度溃败，羞耻到说不出话。

须臾，楼下有门铃声响起。

接着是用人熟门熟路的招呼：“宁小姐。”

宁瑶来了。

都这么熟了，荆羡懒得下去迎接，仍旧盘腿坐在她房间正中的巨大向日葵软垫上，面朝着落地窗一动不动，老僧入定一般。

很快，宁瑶的身影出现在门边，嗓门一如既往的闹腾：“你就这么迎接我？”

荆羡懒懒扫她一眼，念及前阵子狸猫换太子的戏码，配合地点了点头：“大明星驾到，有失远迎，鄙人衣帽间在走廊尽头，请自便。”

先前搬回晓风和月时怕荆焱诸多阻拦，没怎么敢兴师动众，就把随身物品打包了，大多家当还在这里。和荆焱闹了数次不愉快，最近他像是彻底被气到，惯常三日一个的电话也没再打来。

荆羡本来还担心今天会不会撞见他，听用人说少爷忙于公事一周夜宿公司未回，心情又莫名复杂。

神思恍惚间，宁瑶拖着她起身：“一起吧，你那些高定我怕挑花眼。”

荆羡没辙，陪着去了。

荆家这别墅算新宅，她正式回国前才购置。整个三楼都是她的地盘，撇开卧室书房，剩下的面积全依了她少女时期的梦想，打造成半敞开的衣帽间。

荆羡没用过几次，里头的衣衫首饰大多由用人帮忙收拾。这会儿也有些犯迷糊，在布置成Birkin展列柜的镂空墙和珠宝台的通道间来回数次，恍然道：“想起来了，礼服收在阁楼。”

宁瑶跟在她后边，没忍住吐槽：“大小姐，这是你家吗？”

“说实话，我也没住过多久。”荆羡推开隐在橱柜后的暗门，沿着楼梯盘旋而上。

宁瑶不能理解放着豪华别墅不住窝在小公寓的奇葩行径，不过在目睹眼前这超豪华的更衣间后，她再没有多余闲暇分神。

这是什么?

这是全世界女人的梦。

圆弧状的星空夜景吊顶，四面华美的丝绒红布，随着主人声控，似舞台幕布拉开。墙面缓缓翻转，露出芭蕾预备姿态的模特展示架，数十条礼服上的华彩碎钻，让这里的一切变得不太真实。

宁瑶沉默，过了很久，艰难道：“你能不能分享下投胎的秘诀？”

荆羡：“……”

宁瑶边看边叹，如同穿梭在梦幻场景。

D家品牌方今年在秀场上惊爆眼球的高定，甚至因为荆羡的喜好，额外改了独一无二的手工蕾丝。圈子里一干大拿都没法借到的天价礼服，此刻触手可及。

宁瑶瞬间心动：“我穿这条如何？”

正中地面铺了雪白的长绒地毯，上头有复古宫廷风的高背软座，荆羡找了个舒服位置：“这条我穿过，你选别的吧，右边那排都是限定新款，你慢慢试。”

宁瑶：“无所谓，我不介意。”

荆羡打个哈欠，用一种理所当然的口气：“开玩笑，高定怎么可以穿两次。”

宁瑶：“……”

人比人，气死人。

动辄数十万的礼服，被她当成一次性消耗品，也就荆家能供得起这朵无与伦比的娇花。

宁瑶摇摇头，也没再坚持，转而挑了件缎带的抹胸鱼尾，挺考验身材的款式，试穿有点费劲。

荆羡起身，帮好友松开后背的抽带，贴得近了，她眼尖瞅到对方腰侧可疑的青紫，不由得发问：“你受伤了？”

气氛有半刻凝固。

迟迟没等到回答，荆羡抬眸，目光触及宁瑶红到滴血的耳根，愣了愣。

她头一回在宁瑶脸上瞧见“羞恼”二字，差点没反应过来，良久才试探着开口：“厉灼弄的？”

宁瑶像被踩了尾巴的猫，瞬间奓毛：“别提。”

荆羡眯了下眼，越看越觉得那两侧青紫蹊跷，形状清晰，似是指印。

那么问题来了，什么样的情况下会让男人不断用力掐着你的腰，直至留下痕迹？

呃……

感谢某些人的悉心调教，荆羡已经能青出于蓝胜于蓝地脑补黄色废料了，不过见宁瑶一脸内伤憋屈的神情，她也识趣没多问。

最后，答案还是由正主亲自揭晓的。

宁瑶：“喝多了，睡了。”

荆羡：“……”

宁瑶：“我装醉的。”

荆羡：“嗯？”

宁瑶：“他知道我装醉。”

荆羡：“哈？”

宁瑶：“睡完我就把他拉黑了。”

荆羡再度沉默。

短短几句话，勾勒出一个无限反转的故事，若不是背景一夜情，这将是个绝佳的悬疑短篇。

可惜结局似乎不太理想。

荆羡心情极度复杂，想安慰几句，又觉得毕竟是别人的感情生活，站在旁观者角度根本无法感同身受。想了想，她没继续追问，强行转了话题。

两人心照不宣，讨论着即将到来的金椰奖红毯亮相。

试完礼服，荆羡见宁瑶兴致不高，又提议去花园坐会儿。

日头有些猛，女佣早早在桌边立起太阳伞。伯爵红茶的香气和司康马卡龙的味道暂时驱散了情场失意带来的败兴，宁瑶不敢多蘸奶油，只小口咬着甜点，一手托腮，正色："现在可以同我说了，容淮的事儿。"

荆羡捧着白瓷茶杯，热气熏着眼睫，她垂眸，轻声："其实是我的错。"

再回忆一遍那血色的陈年往事，并不好受，她中断数次，没办法强逼着自己描述细节，只能选择三言两语带过。

即便如此，宁瑶听完来龙去脉，仍旧红了眼眶。她久久没开口，表情相当精彩，震惊、同情、心酸，交替上演。

"天底下居然有这么狠的母亲。"她吸着凉气，不敢置信。

消化了好一阵，宁瑶又继续道："希望你们永远不会再见到这个女人，希望她消失得彻彻底底。"

荆羡笑了笑："但愿如此。"

她其实心里没底，尤其经历过便利店的那场偶遇，崔泠阴冷如毒蛇的视线，完全不像是善罢甘休的模样。

而距离那一次，又过了一月有余，这期间毫无风吹草动，如此安逸。

荆羡衷心祈祷，这不会是暴风雨前的宁静。

十月底，荆羡变得再度忙碌，陈舒妍做了个阑尾炎手术，需要静养一周，11月刊的专栏选题自然而然压到了荆羡头上。

荆羡开始频繁加班，强度比中秋前更离谱，那会儿至少还是两个人干活，如今就剩了她孤军奋战，可想而知有多痛苦。

她几乎每天午夜才离开总部大楼，去地下室取车时，整栋楼早就空空荡荡。

说不清道不明，冷空气袭来临城的第一周，荆羡总觉得后背生凉，尤其独处时，这种像是被人盯着的感觉愈加明显。

她以为穿太少，顾不得风度，天天裹着围巾帽子上班。

无奈不顶用。

老钱嘻嘻哈哈地笑："荆妹妹，你怕不是夜路走多遇上鬼了？找个大师看看。"

白婧瞪他一眼："别吓人家小姑娘了。"

荆羡胆子小，听得毛骨悚然，决定明日开始让司机来接送上下班。

这一晚，阴雨绵绵，她早上特地将车停在了地上车位，出了一楼大堂后，脚步匆匆，老远就解锁中控。

拉开车门之际，靴子被灌木丛刮了下，荆羡自然蹲下整理鞋带，余光不经意瞥到后边树旁的红色高跟鞋。

十来度的天气，那双鞋的主人光裸着两条腿，腿肚上新旧伤疤交错，黑色裙摆只到膝盖，完全遮不住这片狰狞。

全身血液在这一刻凝结，荆羡汗毛倒竖。

心脏狂跳，万分恐惧之下，什么佛祖保佑耶稣庇护的咒语都没用。手心都快被掐出血，她慢动作起身，头低垂着，死死盯着那个方向。

红色高跟鞋一动未动，像是恐怖片里索魂的恶鬼先兆。

荆羡脑子一片空白，异常僵硬地转过头，待得看清眼前一切，却发现要比真正遇见鬼，更骇然。

崔泠没撑伞，雨水沾湿瘦削惨白的脸，她咧着唇笑，表情有隐约的癫狂，语速却很慢：

“荆小姐，我想把三十万还给你。

“但我现在需要本钱来翻。

“你知道该怎么做的，对吗？”

午夜一片死寂，月亮被云层掩盖，黑夜吞噬全部光亮，天边透着压抑。若不是稀稀拉拉的雨声落在树丛间传来些许响动，这空无一人的露天停车场，堪比时间静止的恐怖画面。

荆羡站在车子左侧，距离崔泠五步之远。

她能察觉到这女人的精神状况并不稳定，尤其是那双眼，似喜似怒，看她的时候，透着暗藏的疯狂。

她忽而就明白了这些天如芒刺在背的滋味究竟是怎么回事，或许从当时便利店偶遇那晚开始，崔泠就一直在暗地里跟踪监视她。

被盯上的感觉恶心又胆寒，荆羡不动声色地压着车把手，朝她附近扫了一圈。

崔泠唇边扬着诡异弧度，双手交叠站在树下，桀桀怪笑：“不要紧张，荆小姐。”她慢吞吞朝前走，手臂微微展开，“瞧，我一个人来的。”

女人走路的姿势不太自然，显然是小腿上的新旧伤痕给她造成了不小麻烦，此刻随着她的动作，伤口崩裂开，血珠渗出，沿着青白皮肤缓缓滑落。

瞧上去愈加可怖。

荆羡眉头紧皱，不愿再同疯子纠缠，见她步步逼近，立马没再迟疑，迅速拉开车门。

只是原本行动缓慢的女人却如失心疯一般扑上来，咬牙切齿地咒骂：“别给脸不要脸，你和那小畜生合计的事情，以为我不知道？”

荆羡没有防备她会这样迅捷，右脚刚迈进去，左手还扶着车顶框，指尖夹在合拢的缝隙间，来不及收拢。

这会儿被她恶意冲撞，几乎是一瞬间，剧烈痛楚迸发。

十指连心，荆羡疼到冷汗直冒，死死咬着唇没出声。她抬眸，对上女人似是快意复仇的神情，反手狠狠推开车门。

崔泠遂不及防，失了重心，朝后倒在砖石路上。水坑沾湿裙摆，她浑然不在意，撑起上半身，仰着头笑：“这小畜生当年摆了老娘一道，如今还想故技重施送老娘进监狱，我倒是小看他了。”

语罢，她又装模作样叹息：“怪我没安排好，早该送容昌汶父子团聚的。”

雨夜里，崔泠的嗓音尖锐刺耳，说着泯灭人性的话，毫无悔改之意。

荆羡从未这般憎恶过一个人，全身血液都往脑子里冒，她恨到浑身颤抖，恨不能当场叫其闭嘴，再也出不了声。

理智和冲动来回拉锯，她自虐一般捏着受伤的手指，感受着那锥心刺骨的痛楚，不断提醒自己冷静。

“你想做什么？”

崔泠以为这位外表娇柔的千金大小姐知道害怕了，得意起来：“我这八年总不能白关，你既然是他的女朋友，帮忙还债也是应该的。

“八年前三十万，如今物价涨了，加个零吧。

“三百万，我跟他的恩怨一笔勾销。

“以后我也不会再出现，你们大可以放心地双宿双飞。”

她满眼闪着算计的光，仿若看到了完美的生财之路，须臾，撑着地面，想要站起身。

荆羡冷笑了声，长腿抬起，靴底抵着女人的肩，将她压回泥泞，一字一顿：“你这种垃圾，真该烂死在牢房里。”

崔泠费力挣扎，破口大骂：“贱人，敬酒不吃吃罚酒……”

“我一分钱都不会给你。”荆羡脚下用力，碾着女人的肩胛骨，直到听到其痛苦的呻吟才满意地笑了笑，她居高临下地看着对方，“而且，你要小心一些，不管你以后是否选择销声匿迹，我都能找到你。”

崔泠愣了愣，不敢置信地盯着她。

记忆里天真好骗的小女孩再寻不见，这姑娘仿若换了个人，面无表情地站在那儿，带着天生的优雅和贵气，看她的视线，充满着嫌恶，宛若在看什么肮脏的蚊虫蛇鼠。

崔泠恼羞成怒：“不知天高地厚的臭丫头，你跟谁说话呢？”

荆羡收回腿，觉得没必要和这种人再纠缠，径自上车。

法拉利引擎轰鸣，欣赏马戏一般，绕着这个狼狈的女人转两圈，末了摇下车窗，荆羡斜睨着她：“不用费心玩跟踪，我会来找你算账的。”

荆羡没急着回家，先去了临近的派出所报案。

值班民警很尽责，询问过详细情况之后，仔细做了笔录，并坦言道：“我们会去调看附近监控，但跟踪骚扰这一块的证据比较难界定，即便按照治安管理处罚，也就是刑拘罚款。”

荆羡点头，表示理解。

“这样吧，你先去医院验伤。”民警将形成的书面材料递回去，示意她签字，“如果构成蓄意伤人，我们这边更方便立案。”

荆羡左手的上半部分已经青紫，从肉眼辨别，肿胀程度尚轻，她来的路上试过，勉强还能弯曲，应该没伤到骨头。

这种程度，估计连轻伤都算不上。

荆羡想到容淮生生挨下的那一刀，也就判了这女人八年，如今这点小打小闹，法院真能受理吗？

答案显而易见。

当然，这都无所谓。

她来报警，目的也不是逞一时之快，纯粹是为了警告崔泠不要轻举妄动，她会一直盯着她，等待大获全胜的那天。

“我明天会将验伤报告送到您这边。”荆羡垂下眼睫，在落款处留下电话号码，郑重道，“麻烦您了，请务必调查处理。”

民警：“放心，我们会尽快联系上对方。”

荆羡再三道谢，出了派出所又拐去第一医院。

受冷空气影响，最近临城降温得厉害，这会儿急诊室里全是夜半高烧咳嗽的病人，排队挂号的黑压压一片。

自助机子晚上没开，只有两个人工柜台，她等到凌晨一点，好不容易挂上号，一看单子上的等候人数，前面还有十三位。

荆羡：“……”

真的很无奈，七个小时后还有拍摄任务，模特档期难约，推都推不了，也不知道睡眠不足的精神状况能不能拍出满意的照片。

荆羡靠着椅背叹口气，百无聊赖地听着叫号的电子音，从挎包里摸出手机。

微信界面置顶了她和容淮的聊天框，都是刚发来的，一共十来条未读消息，弹了几次未能成功的视频请求，而后是文字留言。

“抱歉，今天太忙。”

“睡了？”

“羡羡？”

每一条都隔了十来分钟。

荆羡看着最后两个字，抿着唇笑。他一直不习惯情侣间互换爱称的套路，可能年少时习惯了，交往后也是连名带姓喊她，嗓音清清冷冷。

偶尔被她缠得厉害，才会睡前发语音哄她。

现在冷落女友一天后能主动喊小名，比起过去的直男行径，已经有了长进。荆羡为自己的调教成果感到欣慰，她坚信，未来的某日，傲娇终将转为忠犬，任她予取予求。

长夜漫漫，她不愿意错过同他说话的机会，在崔泠这事上纠结了会儿，想了想，他在国外正逢事业的关键时期，也没必要在这个节骨眼让他分心，选择暂时压下。

视频是不可能了，医院的环境太明显。

荆羡只能找个理由：“没睡，刚加完班，摄像头不知道怎么回事，好像坏掉了。”

他的反应很快：“给你订新的，明天能到。”

荆羡去自动售卖机那里买了瓶水，费力地夹在腋下拧开瓶盖，灌一口水后，单手打字：“谢谢霸道总裁，小毛病而已，保证马上修好，不会耽误您和您的宝贝视频。”

容淮：“……”

半晌，又是一条。

容淮：“你知道就好。”

这回他发的是语音，荆羡又点开听了一遍，语速挺快，周遭还有其他人交谈的英文声，瞧上去确实挺忙。她识趣地没再胡搅蛮缠，重新扮演回贴心女友的角色，乖乖巧巧留了“晚安”二字，先行撤场。

正巧叫到她的号，大概都是同种病症的原因，速度超乎想象的快。

荆羡在急诊科的要求下做了 CT，十分钟出片，她拿着报告回到医生办公室。

医生很淡定：“骨头没伤到，没什么大问题，软组织损伤。”

和她想的一样，她放下心来，试探：“那我是不是就正常冰敷可以了？”

医生扫她一眼，见小姑娘娇娇弱弱，这回话语带了点怜惜：“无名指甲床淤血比较严重，吃点药，观察两天，如果颜色发黑脓肿，你再过来放血，或者做门诊拔甲术。”

荆羡下意识地回答：“嗯，好的。”

熬夜太晚，脑子不清楚，她愣愣地看医生写药方，后知后觉地意识到哪里不对，小声问：“不好意思，请问放血和拔甲是……”

医生：“别太担心，不一定要那样处理，先回去冰敷吃点药。”

荆羡也没胆子再问，拿了活血化瘀的药，开车回家。

一路上魂不守舍，她越想越害怕，到了公寓不敢沾水，左手套了个一次性保鲜袋扎紧，草草淋浴后趴到床上，一边压着冰袋一边百度。

放血，用消毒烧红的针在指甲盖上钻孔放出淤血。

拔甲，麻醉后分离甲上皮，将指甲盖与甲床剥离。

这确定不是十大酷刑？

荆羡的泪水瞬间就充盈了眼眶，本来没这么疼的，看到描述后简直无法呼吸。

她从小到大没生过什么病，算是健康宝宝，可她知道自个儿体质敏感痛觉神经发达，所以一旦扎针就是地狱级别的考验。

荆羡的肌肉记忆触发，害怕到难以入睡，死死搂着她的独角兽玩偶。

二十六岁了，能矫情成这样，也是奇葩，可她真的控制不了，一想到那两个百度名词的科普，就浑身冒冷汗。

最终实在挨不住，她给容淮发了张指甲的特写照片：

“我同事手被车门夹了，医生说可能要拔掉指甲治疗，按照你的专业建议，有必要吗？”

怕他忙，她又跟了一条：“不急，空了再回。”

荆羡小心翼翼地换了个躺姿，挪到床边，怕压到伤处，将左手悬空，等了很久，没见他有动静。

凌晨两点半，她终于熬不住困意，在惴惴不安里睡去。

梦里也是心惊肉跳的画面，医生拿着小儿手臂粗的针管，往她手指尖端的软肉里刺入，打麻药的过程痛不欲生，她被绑在手术台上，涕泪纵横地看着护士们递上寒光闪闪的利刃……

最终是手机振动救了荆羡一命。

她猛然睁大眼，自噩梦中惊醒，心还在猛跳。她抹一把额上的汗，慢吞吞摸到手机，瞥了眼来电号码，平复心情后接起。

容淮直截了当：“这手，是你还是你同事的？”

荆羡立马否认：“不是我，我怎么可能蠢到被门夹。”她故意笑着，装作若无其事，“我同事发我的，让我问问有没有医生朋友。”

容淮沉默，半晌，他淡声道：“有点模糊，你去公司拍清楚点。”

荆羡应了。

窗外天色蒙蒙亮，她又眯了会儿，洗漱完掐着点到公司，又拍了几张不同角度的照片过去。

“我刚拍的，手机像素只能这样了。”

很快，约好的模特到了影棚，她没时间再聊天，找实习生帮忙搭了三脚架和反光板，投身到工作中。

一直忙到正午，她去食堂用餐时才有闲暇摆弄手机。

奇怪的是，他都未曾再回复。

荆羡以为他是在开会，也没在意，自己观察了下手指，发现没有变黑的迹象，又默默感谢上天垂怜。

下午是《MUSE》的选题会，陈舒妍静养还未回岗位，荆羡便顶上了。这种会又臭又长，二十多个版块的责编轮流发言，中途还要听取主编各种意见。

领导都这样，夸你时三言两语，喷你时却言辞犀利洋洋洒洒一大篇。

荆羡听得心累，好不容易开完会，已经过了晚上八点，早就饿得前胸贴后背。她脚步虚浮地走到工位，刚坐下，老钱凑过来：“你手机没带？”

荆羡有气无力：“主编的规矩。”

钱超故：“前台小姑娘打了好几通内线电话上来，有人在一楼会客室等你，听口气挺兴奋的。”他满脸八卦，好奇，“你晚上约了男模特拍新刊？”

荆羡莫名其妙：“没啊。”

她站起，怕真有什么人有急事找她，匆匆忙忙出去摁电梯。

下到一楼，会客室的玻璃挡不住视线，里头景象一览无遗。

白衣黑裤的青年背对着她，长腿窄腰，气质斐然。荆羡愣住，往前走两步，又停住，下意识地把手藏起来。

像是听到脚步，容淮回过头。

两人隔了一扇透明的玻璃，互相对望。

荆羡莫名心虚，停滞不前：“你怎么来了？”

容淮不说话，眼下泛着浅浅青色，不眠不休的工作和长途航班让他瞧着比往日更苍白一些。他就这么直勾勾盯着她，眼里压着隐忍的火气。

荆羡推门进去，硬着头皮走至他面前，知道瞒不住，轻声招供：“我不是故意骗你……”

容淮捏着她的细腕，将她左手往上抬。

五指都有不同程度的淤血，手背上还有指甲狠狠挠过的划痕，这伤口，绝不会是无意中夹到门造成的。

容淮心中火气翻腾，对上她惶然委屈的目光，忍了下，没发作。兴许是早有了猜想，他面色阴寒，冷道：“谁弄的？崔泠？”

两个月的时间刚过一半，尽管容淮之前说过中途会抽空回来看她，可荆羡没想过会这么突然，也没想过时机会这么不凑巧。

小别胜新婚的甜蜜荡然无存，唯有心慌、心疼，或许还有点心虚。

彼此间都有挺多话要问对方，但这儿毕竟是《MUSE》总部，时尚圈的中心，会客室外头隔三岔五就有身着光鲜服饰的年轻男女经过，实在不方便聊私事。

容淮也意识到这一点，垂眸看了下手表："车钥匙给我，我去你车里等。"

荆羡不知道自己要加班到几点，怕他等得不耐烦，便提了个更好的建议："要不你先回晓风和月？我这边忙完就去十九楼找你。"

"不用。"容淮一口回绝，盯着她青紫的手指，淡声，"一起。"

他嗓音很轻，但说话的语气不容置喙，根本没有周选的余地。荆羡看着那张眉头紧锁的漂亮脸孔，大概能意识到他在想什么。

无非是怕自己单独回家又发生什么破事。

她没再坚持，飞速上楼去工位上把车钥匙取了，再经过会客厅时，容淮已经不见踪影，约莫是去地下车库等了。

荆羡转身去往电梯口，途经前台，新来的实习生忍不住出声。

"羡姐，刚那位是你的男朋友吗？"

荆羡怅然自个儿也到了被人叫姐的年纪，不过瞥见小姑娘一脸八卦的神情，又有些好笑："对。怎么了？"

"哎，我们部门好多妹子看到他都疯了，在群里八卦他等的人是谁呢。"实习生憋不住话，火急火燎在微信聊天框里打了几个字，又抬头，"现在她们都可以死心了。"

荆羡沉默半晌，无奈："你就为这个八点多都不下班？"

"我和那帮花痴下了赌注的。"实习生挺直接，顺便比两个大拇指，做了个缓缓贴近的动作，"不过有一说一，羡姐，你和你男友，两个字，般配！"

"谢谢。"荆羡笑了笑，没再耽搁，匆匆下了地库。

时间不早，地下室停驻的车辆走空大半，容淮就靠在她那辆法拉利边上，抿着烟，打火机的盒盖在指尖漫不经心地拨弄。

他抽烟总有股颓败冷然的厌世感，她年少时曾经迷恋至深，然而最近这阵子见得少了，乍一遇，她发现居然不太适应。

那种森然孤寂的气质，无端惹她心悸。

荆羡上前，从他手里拿走打火机，转而将车钥匙塞入："别抽了，尼古丁提神，晚点车里补个觉，不好吗？"

容淮看着她，没急着拉开车门，视线缓慢挪移，从她的额头一点点延至手背，无比耐心。

他像是无比珍重在确认些什么，又像是反复检查她身上还有任何不妥之处。

荆羡看不懂他眼里浮浮沉沉的情绪，凑过去，将脸埋入他的颈窝，小声道："怎么了？"

容淮掐了烟，指尖穿过她的长发："抱歉。"

荆羡没明白他的意思，想多问几句又被他用力抱紧，力道不似平日温柔，她的腰隐隐作痛，强行忍着："容淮？"

他灼热的呼吸浅浅揉散在她头顶，嗓音越发低哑："我的问题，我不该没解决完就离开。"

荆羡没说话，她能感受到男人的异样，失了往日风轻云淡的镇定，抚在她脑后的手指甚至有些微后怕的颤抖。她实在不愿意为这种事让他内疚，故作轻松："我真没什么事，就是这指甲盖……”

她从他怀里抬眸，皱皱鼻子，半是撒娇半是插科打诨：“能不能不拔啊？容医生。”

这突如其来的称呼，莫名唤醒记忆。

容淮怔了两秒，突然记起重逢时的第一次见面。

这姑娘羽绒服毛线围巾，裹得像头熊，顶着张肿成发面馒头的过敏脸，就这么风风火火杀到他的办公室，声泪俱下地请他救她，下一秒看清他的面容，又秒变脸说宁愿去死。

像是戏精附体，滑稽又狼狈。

他笑了声，眉间阴霾褪去几分，放轻动作拉过她的左手，垂眸仔细瞅了半刻：“瞧着还行，没到拔甲的地步，二十四小时过了可以热敷。”

闻言，荆羡差点热泪盈眶，恨不能开瓶香槟当场庆祝，若不是白婧在工作群里猛艾特她，她估计还能继续疯一会儿。

“我得上去了。”她收起手机，目光还有点恋恋不舍。

容淮蹭下她的脸颊：“嗯，车里等你。”

荆羡点头，走出几步，又像是想起什么，脚步顿住回头：“我有个事儿好奇，就是你怎么判断我在撒谎？都肿成那样了，你能认出是我的手？”

容淮靠着引擎盖，姿态懒懒散散，嗤笑：“摄像头坏了，还能给同事拍照？”

荆羡：“……”

她还能说什么呢。

大意失荆州。

草率了。

日子不紧不慢地过，接下来的两周，撇去工作时间，荆羡日夜同心上人厮守，快乐到不得了。

同住一栋公寓的好处就是每天睁眼后有热腾腾的早饭和美男，闭眼前又有男朋友好声好气哄着睡觉，外加上下班车接车送，虽说不算同居，但也差不多了。

美中不足的是不能从心爱的人怀里醒来，因为两人生物钟完全不同步。

他的作息残酷到离谱，一天最多睡四个小时，五点来钟就要起来处理美国那边的公务。那会儿天都没亮，她还在梦里和周公下棋呢。

荆羡不止一次听到容淮打越洋电话，对方似乎反复催促他回纽约，言辞激烈，他总会佯装无事地走远，关上书房的门，刻意避开她。

久而久之，她便有了当祸国妖妃的错觉，害得君王日日不早朝。

到底心虚，十一月下旬的周五晚上，荆羡捧着爆米花在客厅看电影，好不容易等他通完视频会议后，实在没忍住话茬，探头进去：“那什么……你不回纽约真的可以吗？”

容淮没来得及搭腔，手机里已经冒出另外一个男声——

“不可以！”

原来电话没挂。

荆羡好尴尬，听着嗓音还挺熟悉。

对方可能怕被挂断，语速飞快：“月底要正式谈买断专利药剂的方案，CEO必须出席。淮哥，不是我提醒你，现在有好几家制药公司都在竞争，景行控股成立了生物科技分部，也想分一杯羹。”

容淮平静道：“我知道，我尽量。”

荆羡终于辨别出来了，是李晋。

她头一回听到记忆里的小跟班这样和大佬说话，相当诧异。

至于电话那头的李晋，像是完全被容淮不负责任的态度所激怒，强压着怒气：“我只是个帮手，不能完全替代你，都这节骨眼了，你若非要为了女人放弃这些心血，就不必浪费我的时间，趁早挑明完事。”

容淮沉默。

李晋利落地挂了电话。

荆羡呆呆站在原处，脸上逐渐起了热意，火辣辣的。她终于搞清楚为什么每次接电话他都要回避自己，他明明到了迫在眉睫的关头，还执意留在临城，原因显而易见。

她垂着头，有些不知所措。

李晋的那番话堪比当众扇她耳光，哪怕没用足力气，依旧叫她无地自容。

容淮叹口气，俯下身，轻捏着她的下巴抬起。

“跟你没关系，我有我的安排。”他指腹摩挲着她的眼尾，轻声，“我同你说过，我爸急性肝衰竭不是巧合。”

荆羡迟疑地点头。

容淮侧头，望着窗外透过云层的月光，眉心微动：“差不多了，就这几天。”

三日后，荆羡收到了派出所的电话。

当初接案的民警语调歉然：“不好意思，本来早该通知你。和你有冲突的女人牵涉到多桩刑事案件，刚办完交接手续，目前已经移送到襄南市公安局。”

荆羡犹豫：“是云离镇发生的案子吗？”

“对。”民警诧然于她的敏锐，但也没多问，只负责传达到位，“你这边也关联了嫌疑人的部分犯罪事实，他们希望你过去录一份口供，你看方便吗？”

荆羡怎么可能拒绝呢。

这是天大的好消息，她第一时间知会了容淮，请了半天假，两人直奔襄南。

还未正式起诉，崔泠暂处于调查取证阶段，抓进来不久，此刻被关押在滞留室。

荆羡在外头录口供，容淮隔了两张桌子，陪在一旁。

市局氛围紧张，进出的公务人员大多面容严峻，须臾，路过两位便衣警察，像是熟人模样，特地过来同他打了招呼。

荆羡余光瞥到三人交谈，不敢多分心，只安分录完自己的口供。

又过了很久。

滞留室的门打开，蓬头垢发的女人手上戴着镣铐，神思恍惚步履蹒跚地步出。她瘦得可怕，腰背微弓，肩胛骨高高耸起。

荆羡冷眼瞅着她。短短一月未见，崔泠两鬓双白，乍一看，像是花甲之年的老太太。

左右两位女警押着她，警车候在门口。

崔泠垂着脑袋，走得很慢，到了门边，冥冥中感受到蹊跷，慢吞吞地扭过了头。

下一刻，她目眦欲裂，情绪瞬间抵达顶峰，疯得女警都拉不住，便衣们一跃而起，扭了她的手臂，恶狠狠压在墙上：“老实点！”

崔泠的脸被迫挤压着墙壁，扭曲到变形，仍然费力转过头，死死瞪着不远处的青年：“畜生，你搞的鬼？是你搞的鬼！你买通了县城那个护士对不对？”

容淮站起，勾起唇：“该上路了。”

崔泠喘着粗气，嗓音凄厉，似是恶鬼缠身：“我早该在你出生时就掐死你，我早该这么做！你没有一刻不让我恶心，你就跟容昌汶那个穷鬼一样，下贱肮脏，我见着你只想吐。”

午后静谧时光，这偌大的办公室充斥着女人的尖叫声。

饶是见惯了人间丑恶的人民公仆，也不敢相信这般恶毒的话语会从一位母亲嘴里说出，在场诸位都表情停滞。

荆羡下意识地望向容淮。

他还站在那里，面色淡然，平静得像是一个局外人，又仿佛早就受过这样成千上万次的辱骂，全然不在意。

荆羡胸中钝痛，几乎要落下泪来。

她不知道在她未曾出现的日子里，幼年的他经历过多少次来自亲生母亲的攻击，或许是谩骂，或许是殴打。这些常人无法忍受的苦难加诸在他身上，日积月累，如影随形。

最终，走投无路的少年生生挨下了那一刀。

荆羡忍泪，过去勾住了他的手，他反手握住，侧过脸笑笑：“别哭，都结束了。”

很快，负责押送的警察反应过来，没再给崔泠拖延时间的机会。

女人赤红着双眼，面容狰狞，口中污言秽语不断，直到望见门口看守所的警车，才彻底瘫软下来。

像是意识到大难临头，她浑身哆嗦，一边被人连搀带拖地朝外带，一边轻声喃喃自语，讲话颠三倒四，串不成完整的句子。

隔得不远，荆羡听到她反复念叨着不该去云离之类的，间或夹杂着错误、后悔等字眼。

什么意思？

荆羡皱起眉，扫一眼精神崩溃的崔泠，又收回视线，看向容淮。

他从头到尾都无太多表情，清清冷冷的脸，面上波澜不惊。这些年的苦痛仿若过眼云烟，没有大仇得报的痛快，亦没有血亲反目的悲凉。

荆羡只觉那双眼里空空荡荡，仿若一片瘠土，寸草不生。

不知怎么，他这样的表现，反而让她比先前更不安一些。

有那么一瞬，她又想到了当初那位满身孤寂又阴沉的少年。无论她如何努力，中间似乎总横搁着一条说不清道不明的深沟，让她始终无法窥探他的内心。

猜不透，亦看不懂，无形的距离感始终如影随形。

此刻，记忆里的那张脸与眼前的青年渐渐重叠，她深吸口气，愈加用力抓住了他的手。

容淮垂头："怎么了？"

荆羡沉默，不知该如何表达。如果他能反唇相讥，落井下石，甚至发泄，哪怕情绪有些微起伏，也好过如今的古井无波。

来不及细想，前边又传来动静。

崔泠用尽力气，手指死死扣着门，兴许是再度面临牢狱的恐惧，混浊眼里的最后一丝清明也散去。她精神恍惚，执着地盯着容淮，然而眼神始终无法聚焦，像在看他，又像是陷在陈年往事里。

"要不是怀了你，我原本可以回头的……"她涕泪纵横，咬牙切齿，"是你，是你毁了我的人生。"

警察将她的双臂扭到身后，重新上了手铐。

崔泠失了抵抗，如破布袋子一般瘫倒在地上："你为什么非要存在呢。"

最后那句话，随着她的恨意，散在空气里。

容淮笑了笑，冷眼瞧着她被带上警车，朝外慢悠悠跟了一步，语调漫不经心："崔育翰那老头要是见你这样，会不会气得活过来？"

崔泠怔住。

思绪不受控制，脑子里浮现出一张曾经威严却又衰败苍老的脸，临死前的回光返照都没能让他温和一些，那样嫌恶地叫她滚。

她开始遏制不住地颤抖，随后彻底陷入癫狂，猛地扑在车窗上尖叫："住口！你给我住口！"

女人的额头不断撞击着玻璃，发出怪异声响。

这架势，一副要同归于尽的模样。

荆羡顿感毛骨悚然，不适地别开视线。她不清楚前因后果，不懂方才他这轻描淡写的一句话竟然有这样大的威力。幸好这会儿车上的警察早有防备，没再手下留情，崔泠吃痛，渐渐噤声。

警笛远去，终于带走了罪恶的女人。

一切尘埃落定。

荆羡心中大石归位，又莫名觉得不真实，轻轻晃了下他的手："结束了？"

容淮："还没。"

荆羡立马紧张："证据不够吗？是不是你爸去世的事儿太久了，很多东西没法查，要不我帮你找……"

"不用。"容淮揉了下她的发顶，"人证、物证都有了，只是要等判决，一时半刻没那么快。"

荆羡点头，半晌，仍是不放心："会判多久？"

"回去说。"容淮没正面答复，只牵着她往车里走。

天色不知何时已经转阴，暖阳遭受云层伏击，被迫收敛光芒。天边暗沉，闷雷阵阵，隐隐有落雨征兆。

三个半小时，一路交谈寥寥。

荆羡能察觉到他的心不在焉，她靠着椅背，不动声色地从后视镜里小心窥探。

男人单手支额，另一手把着方向盘，眉宇间的疲惫已然掩盖不住，加上一如既往的苍白脸色，像是精力透支到了极点。

她从没见过他这般脆弱，感觉随时随地都会陷入昏睡。

联想前阵子偶尔凌晨清醒，他仍在书房挑灯夜战的情景……

荆羡怀疑，这几日他真的有休息过吗？

各种连轴转的工作，日夜颠倒配合纽约的视频会议，在她上班时来回奔波云离与襄南配合警方，剩余的时间里，甚至还要分心照顾她。

比起他的千辛万苦，荆羡简直是个无所事事的享乐主义派。

静下心仔细去分辨，她究竟为他付出过多少？

从没真正意义上帮过什么忙，口口声声心疼，却缠着他留在临城，不遗余力地扯后腿。她除了交往前奋不顾身去瑞士找他的那一回，再没为这段来之不易的感情努力过。

荆羡垂眸，心内五味杂陈。趁着在高速服务区他去买水的工夫，她迅速跳下副驾驶座，换了位置。

容淮拉开车门，扬了扬眉："嗯？"

"我开。"荆羡很坚定，从他手里接过水，对着隔壁座位扬了扬下巴，"你状态不好，睡会儿。"

容淮看了她半晌，见她不让步，没再僵持，落座后轻笑了声："今天那么懂事？"

知道他故意调侃逗弄，可荆羡实在心中有愧没脸配合，她一声不吭地发动车子，打了起步灯，回到正路。

容淮放低椅背，随意盖了件外套躺下。

SUV 的车内空间还算宽敞，男人长手长脚，倒也不显得压抑拘束。

就是迟迟不肯闭眼："我睡了你不无聊？"

荆羡摇头："到家我喊你。"

车子稳步前行，过了很久，她小心翼翼地侧头，飞快掠过他的睡颜。他睡得不安稳，梦中都轻皱着眉头，似乎是这阵子瘦了点，原本秀雅的下巴线条变得额外深刻。

荆羡莫名难受，强行挪开目光，对着前边空旷的高速公路，轻声："对不起。"她压低着嗓音，尽量不吵醒他，重复道，"对不起，以后我不会再任性。"

两小时后，到达临城高速收费口。

已是傍晚时分，天边乌云比襄南更甚，怕赶上暴雨，荆羡轻踩油门，压着限速的码数。

万幸晓风和月位置虽然偏，但离高速口就两公里不到的距离，十来分钟，她将车开到公寓的地下车库。

说来奇怪，刚熄火，身边那位就醒了，一手撑着椅背，懒懒散散地直起身。

荆羡原本还打算陪着他在车里坐会儿，这下倒省事了，她贴心地开了瓶矿泉水递过去，心虚："我开太猛了？"

"没。"容淮仰头灌了几口，刚苏醒的嗓子似沙砾滚过，沙哑低沉，"椅子太硬。"

荆羡跳下车："那去床上睡。"

两人一前一后进了电梯。

荆羡摁了"18"，犹豫两秒，怕共处一室打扰他，又挪到上头的按键。

"19"的数字亮了不到半瞬，有只修长的手越过她的肩膀，很干脆地取消。

“是这样。”容淮微弯腰，下巴枕在她肩上，手臂绕在她腰间，慢吞吞眨了下眼，“我屋里的床也不太舒服。”

荆羡乖乖让他抱着，尝试让自己看上去不那么紧张，平静道：“那我的床借你吧。”

容淮勾起唇，扫一眼角落的摄像头，略带遗憾地放过小姑娘鲜红欲滴的耳垂。

电梯一点一点上行。

中途来了邮件提醒，他摸出手机，粗粗掠过，神色不若方才轻松。松开她的手，他靠到轿厢，滑动手机屏幕，放大附件上的名单。

荆羡没打扰，步出电梯后输密码，合上门后才试探：“你是不是要回纽约了？”

“明晚。”容淮无奈，“徐潇替我订了机票，竞争对手比想的要多。”他坐到沙发，伸手将她拉到自个儿身边，“你一个人可以？”

“没什么可担心的，最大隐患都解决了。”荆羡不愿成为他的负担，努力表现出正常女朋友的善解人意。她将挎包取下，放至一边，忽而想到李晋昨天的那通电话——

“景行控股成立了生物科技分部，也想分一杯羹。”

景、行、控、股。

荆羡后知后觉意识到了问题所在，沉默半晌，扭过头去：“那什么，你眼下最大的威胁是不是我哥？”

容淮捏着她的手指把玩，长睫低垂：“可能吧，无所谓。”

荆羡：“……”

她就知道荆焱不正常，这阵子神出鬼没，一不监视二不跟踪，联系都少了许多。她天真地以为他知难而退了，哪里晓得他这般阴险。

现在明面上成全他们，背地里开始搞天凉破产那一套了。

荆羡很烦躁，抓了下发尾，恼道：“有病，我给他打电话。”

容淮从她手中抽走手机，声音淡然：“商业竞争，成王败寇，我从没怕过。”他抬手，安抚地蹭过她的脸颊，“即便没有你哥，也会有别人，优胜劣汰罢了。”

荆羡抿着唇，不说话。

容淮朝后靠去，身子舒展开，语调有点欠：“你就这么笃定我会输给荆焱？”

荆羡迟疑，在她的理解里，孪生哥哥可以完美诠释谍战大片里的Boss，阴险毒辣，不择手段，高中时还勉强有点人样，成年后腹黑得一塌糊涂，完全猜不透他在想什么。

就算撇去这些，青鹭药业成立多久？景行控股又多久？

背后的资金链，账目上的硬实力。

孰强孰弱，一目了然。

尽管心里这么想，荆羡也知道不能直接说出来，吞吞吐吐：“你当然很优秀，但是呢，我哥……”

容淮气笑：“行了，闭嘴吧。”

语罢，墙上的布谷鸟时钟叮叮当当敲了六下。

容淮顺势起身，琢磨着到饭点，这边也点不到合适的外卖，径自走到冰箱拉开门。里头基本没有食材，除了水果，便是进口矿泉水，最下格孤零零躺了几个鸡蛋。

拉开中间的保鲜层，倒是满满当当，颜色各异的瓶瓶罐罐充斥着整个透明抽屉。

容淮面无表情：“这是什么？”

荆羡微笑：“护肤品，都是高活性的成分，放在这一格比较不容易坏。”

容淮：“……”

想到这位娇小姐的脾性，似乎也没什么好诧异，他揉了下眉心，叹道：“你真可以。”

“干吗呀。”荆羡像个小跟屁虫，搂着他劲窄的腰，撒娇，“我很好养活的，你给我弄个蛋炒饭，撒点胡椒粉，就可以了。”

容淮没辙，再看一眼摆设用途的冰箱，也只能按她说的办。

两人简单吃完晚饭，荆羡把书房让给男友，自己去阁楼修片。她下午请假，手头压了不少事，这组片明天要交，估计晚上还得熬半宿。

等到完成，早过了午夜，她打包精修完的照片，发给组长，随后去浴室冲澡。

做完面膜和基础护肤，她去书房绕了一圈，居然没看到人影。

睡了？

荆羡放轻动作拧开卧室的门，她那张软趴趴的公主床上果真多了道颀长身影。

她蹑手蹑脚走过去，掀开被子的一角，怕吵醒他，只缩在角落，然而身后的人却自发伸长手臂，无比熟稔地绕过她腰间，将她搂入怀中。

荆羡轻声：“容淮？”

他“嗯”了声，语调一股子困意，脸埋在她颈窝，找了个温暖舒适的位置。

渐渐地，呼吸变得绵长。

又睡着了。

荆羡闭上眼，听着他的心跳，仿若催眠节奏，没多久，也跟着陷入梦乡。

兴许是白天太累，又或者是他在身边的缘故，她睡得很沉。

若不是突如其来的惊雷，想必是一梦到天亮。

闪电划破天空，银蛇缠绕云间，转瞬即逝。

伴随着恐怖的狂风暴雨，荆羡忽而惊醒。她睁开眼，茫然望着窗外密集的雨帘，脑子浑浑噩噩，并不太清醒，反手摩挲身侧，床榻的另一边空空如也。

冰凉的温度，预示着他早就离开。

荆羡愣了会儿，翻身坐起，打开床头柜边的夜灯，闹钟上的数字停留在3:37分。余光瞥到一部黑色手机，她暂时松一口气。

没走，还在这里。

荆羡揉了揉眼睛，拍打两下脸颊，试图让自己清醒。她披上外套，趿拉着拖鞋朝外走。

公寓不大，楼下就五十来平方米，她几乎一眼就见到露台边的男人。

阳台半封闭，并未全包裹，瓢泼大雨从挡板的屋檐落下，被风一吹，肆虐着朝里侵袭。

容淮侧身靠着栏杆，单薄衬衣的领口全数湿透，薄唇抿着根烟，抽了一半。烟头的火早就灭掉，他浑然不觉，垂着眼睫，一动不动。

荆羡隔了几米，静静地看他。

属于他的，那些早就应该消失不见的孤寂和厌世，自我放逐的冷漠和距离感，此刻隔了一层薄薄的玻璃移门，无孔不入地往她骨头缝里钻。

她的心剧烈跳动，缓步走近，抽掉他唇间的烟。她手指触到他冰冷的掌心，瑟缩了下，仍然坚定覆上去：“你想同我聊吗？”

容淮笑笑：“聊什么？”

荆羡睫毛轻颤：“崔泠。”

容淮无声重复了一遍这两个字，没念出来，像是无比厌弃。

须臾，又是一道闪电，落入他眼底，似乎是催促这场大戏的灯光。他眯起眼，望向远处天边，笑容很淡：“你对她的印象怎么样？”

荆羡思忖半刻，直截了当：“低级，肮脏，不入流。”

“形容得挺对。”容淮将她往里拉，挡去外头飘入的雨滴，他重新摸了根烟点上，慢条斯理地抽了口，轻笑，“可你能想象吗？”

荆羡：“什么？”

容淮讽刺地勾起唇：“这个下三烂的女人，曾经出身矜贵，坐拥财富美貌，还有个堪称人中龙凤的未婚夫。”

荆羡愣住。

“这个故事。

“坏就坏在她想不开。

“跟一个穷教书的私奔了。”

前尘往事并不长，或许比荆羡看过的任何一本言情小说都来得更精简。

尽管篇幅短，没有那么多弯弯绕绕的梗，可狗血与虐心程度却是个中翘楚。

荆羡便在这个狂风暴雨的鬼天气里，揪着颗心，听完了整个匪夷所思的真实故事——

崔家，曾经也是襄南城里有几分声名的富豪家族。

崔育翰白手起家，靠着在金融危机里操纵 CDS（credit default swap 的缩写，又称为信贷违约掉期，也叫贷款违约保险）市场的大胆行径，发了笔横财。而后便凭借这第一桶金，踏入地产门槛，自此成功掌握财富密码，滚起经济雪球。

虽说发家史短，祖上也没什么风流名士，家族少些底蕴，但崔育翰热衷于慈善事业，和发妻恩爱有加，平日里新闻爆出的大多是正面消息。

单凭这点来说，他在襄南也算有头有脸的人物，后边涉足能源汽车等新兴板块，更是混得风生水起。

尽管事业坦荡，婚姻美满，崔育翰却儿女命薄，年轻时唯一的儿子早夭，之后再无喜讯，四处求医未果，直到五十岁才老来得女。

这千呼万唤含着金汤匙出生的掌上明珠，便是崔泠。

生来就是人生巅峰的崔家大小姐，无论何时都领先了同龄人一圈起跑线。过着锦衣玉食的生活，被惯得脾气骄纵，无比自私。

万幸有着惊人美貌，才成功俘虏一干圈子里的公子哥。

崔育翰顺水推舟，怕女儿吃亏，早早寻了个门当户对的亲家，女婿更是人中龙凤，人品才貌无一不上乘。

彼时崔泠才二十岁，从国外镀了层金回来，对这包办婚姻一般的做法深恶痛绝。

订婚宴席上臭着张脸，即便未婚夫知根知底，勉强算半个竹马，仍然不肯假以辞色。

末了，包袱一卷，直接离家出走。

崔育翰气得差点心梗，知道女儿被自己惯坏，有心想在她婚前治一治这无法无天的性子，便暂时未理会。

以为就是任性一场，直到崔泠阴错阳差瞎晃到云离，在青石桥畔被人骑自行车撞倒。

就像命中注定的见面，冥冥中早有安排。

一边是洋装长裙的绯红美人，倒在地上，就连生气都不损半分美貌，一边是俊秀无比的书卷少年，手足无措，面红之下越发青涩。

对视几秒，就出了问题。

一见钟情就是这么不讲道理的事情。

于是，崔泠和容昌汶，这两位本不该有交集的年轻男女，就在那会儿交通信息都挺落后的云离偷偷摸摸谈起了恋爱。

容昌汶无父无母，幼年全靠镇上的父老乡亲接济，所幸自己上进，念完大学后也没忘本，回云离当了高中老师。

他素来是个循规蹈矩、知书达理的好青年，若说此生最大的错误，就是夜深人静孤男寡女时，没忍住诱惑，同心爱的姑娘偷尝了禁果。

崔泠亦是头脑发热，陷在爱情的迷魂阵里不可自拔。在这段甜蜜中，金钱和名利变得无足轻重，她满心欢喜算着父亲气消的日子，估摸着差不多，就让容昌汶随意买了两件礼物，上门见家长。

她打定主意要为自己找个倒插门的听话老公。

容昌汶有才有貌，她有钱有势，两相结合，堪称完美。

可惜崔育翰却并不想要这上门女婿，面都不肯见，直接让用人轰出去，连带着女儿一起。

崔泠不敢置信最疼她的父亲会如此绝情，干脆铤而走险，强逼着容昌汶一同玩先上车后补票，之后拿着七周左右的孕检单，再度逼婚。

不知怎么，她这些荒唐事，传到有心人耳里，继而便像是瘟疫一般，成了襄南平头百姓们口中的笑话。

崔育翰面子里子一同丢尽，被原本的联姻对象公开宣布取消婚事，又因为连锁反应股票大跌，资产莫名蒸发一半，气急攻心之下，干脆登报宣布脱离父女关系。

崔母倒是心软，无奈丈夫盯得紧，支票现金转不出来，只送了些首饰，让女儿安心养胎。

只是“养胎”二字，谈何容易。

崔泠胎像不稳，经常落红，没办法，只能选择住院。

偏偏身处条件落后的城乡接合部，镇上的妇保所连个单间都没有，一排孕妇躺大通间里，各种土包子亲戚轮番探望，毫无隐私可言。

崔泠吐了哭，哭了吐，想喝点燕窝压压泛酸的胃，瞥见容昌汶犯难的神情，头一回有了异样感受。

贫贱夫妻之间，哪有这么多风花雪月的快乐，没了热恋期的冲动，对于崔泠这样吃不得苦的金枝玉叶来说，接下来便是顺理成章的感情下坡。

从犹豫，到煎熬，再到厌弃，短短半年而已。

容昌汶自知挽回不了，亦高攀不上，只求她把孩子留下，之后送她回家。

崔泠却连一天都不愿意忍受，半夜三更大着肚子从妇保所溜走，不凑巧中途肚痛难忍，出租车司机吓得够呛，将她送到医院。

她在那里自然分娩，生出未足月的婴儿，联想未来种种可能面临的窘境，越发后悔当时草率怀孕的决定。

崔泠心一狠，趁着容昌汶未找上门，将亲生骨肉遗弃在医院，连夜赶回襄南，跪在父亲面前认错磕头，谎称孩子早已流掉。

崔育翰叹一声罢了，携妻带女搬至临城，打算重新来过。

崔泠无比珍惜这重来的机会，哪怕家境大不如前，瘦死的骆驼比马大，她依然可以做饭来张口衣来伸手的娇小姐。

甚至，凭借这张出色的脸，又有人傻钱多的年轻富豪对她示好。

经历过上次的教训，崔泠可不敢拿乔，一心只愿当个穷奢极糜的阔太太，至于感情，有没有都无所谓。她学会了伪装，迷得对方七荤八素，短短一个多月工夫，就成功闪婚办酒席。

婚礼当日，她穿着法国定制的手工婚纱，无名指上的戒指镶着传奇粉钻，满堂宾客，无不艳羡。

糟糕的是，有人不请自来，硬生生碾碎了她的豪门梦。

若是容昌汶没出现。

对于崔泠来说，该是一个多么完美的结局。

可惜了。

故事发展到这里，后边的情节可想而知。

荆羡并没有好奇催问，她听着容淮从头到尾不带感情的述说，语调冷漠，速度不疾不徐，真像个旁观者。

仿佛口中那位被母亲遗弃在医院的早产儿，同他并无任何关系。

荆羡说不清是何感受，只感觉呼吸困难了些，冷空气混着雨水的潮湿，化成无形利器，每一次喘息都伴随着细密的痛楚。

她抬眸，看着他被打湿的额前碎发，水珠滑过薄薄眼睑，沾湿睫毛，再顺着鼻梁两侧，缓缓滑落。

如泪水一般。

荆羡忍不住，抬手将那水迹拭去，顺便将他往里头拉了些许距离："别站雨里。"

室内暖光透入，暂时照亮露台与客厅的边界。

容淮仍站在阴影处，看着目光清澄脸色粉嫩的姑娘，须臾，他挪了一步，垂眸看着两道同样沐浴在光明里的影子，俯下身，脸埋入她温暖的颈项。

他身上冰得要命，荆羡瑟缩了下，没躲，手搭在他腰侧，轻声问："所以你爸当时带着你去闹场了？"

"没。"容淮笑笑，"他只是被逼得走投无路。"

一觉醒来，怀了他孩子的女人连夜跑路，不知身处何方。一个穷教书的年轻男人，举目无亲，又没什么人脉，想打听远在临城的消息，太难了。

至于那家县城的小医院，本来位置就偏，拨了几次产妇留下的虚假号码未果，就把弃婴送到福利院去了。

荆羡怔了怔："你们父子何时重聚的……"

"我三四岁的时候？记不太清了。福利院辗转太多家，那会儿交接手续记录不全，不容易追查。"容淮淡声，"不过等我回云离时，那女人也来了。"

荆羡沉默。

容淮直起身，撑着她身后的窗台："觉得不可思议？"

可崔泠确确实实缠上了容昌汶。

原因也挺简单。

崔母在闹崩了的婚礼现场突发心梗，没能等到救护车就去世了，崔育翰为这丧妻之痛再难原谅女儿。至于崔泠，再度成为临城圈子里的过街老鼠。

她生性好吃懒做，从前有家境光环罩着，没了这些，就是个好逸恶劳贪图享受的女人，不肯工作，不肯付出劳动，穷途末路里，只有容昌汶那里才是唯一可能的去处。

荆羡："我认为最离谱的地方是，你爸居然还肯收留她。"

容淮笑了笑。

就为这点，他曾经无数次质问过父亲，然而每回的答案总是出奇相似。

"要么是我毁了她的人生。要么是没有我的出现，她本来可以过得更好。"

年幼时的他始终无法理解，长大后，在容昌汶珍藏的铁罐子里翻到无数张泛黄描摹的画像，上头巧笑倩兮的少女全是同一人，或静或动，栩栩如生。

他终于懂了。

再多的愧疚也只不过是借口。

思来想去，逃不过一个"情"字。

荆羡皱着眉，她实在难以接受容昌汶这种愚蠢的痴情。她张了张口，想批判的话几乎就要冲出喉咙，联想到对方是男朋友的至亲，又勉勉强强咽下。

容淮笑了笑，反手将人带到怀里："没事，我也觉得挺蠢。"

尤其是在他每一回被迫和血缘上的母亲独处一室的时刻，这种感觉尤甚。

他曾被关在暗无天日没有出气孔的橱柜里差点窒息。

也曾被恶意抓着头发撞击墙壁充当她的出气筒。

甚至被反折了双手绑起吊在房梁中央惹她哈哈大笑。

在这漫长的折磨里，他越惶恐害怕，她便越爽利，咬牙切齿地质问他为何非得存在，为何不肯胎死腹中。

时日多了，他也就渐渐麻木，学会冷眼相对，即便惹得这女人歇斯底里，也不肯再吭一声。

只是午夜梦回，当他缩在小小的木板床上，总会不自觉联想到白日学校里那些同龄的小孩，放学后扑向母亲怀抱的场景。

到底为什么呢。

为什么别人的妈妈，同自己的不一样。

为什么别人的妈妈，能笑得这样温柔。

是他太会惹她生气？

是他学习不够努力?

还是他真的，不配活在这世上。

他始终，想不明白。

年幼时的回忆席卷而来，直至天边落雷再度响起。

容淮捏了下眉心，余光注意到怀中姑娘惴惴不安的眼神，终于意识到这一晚不该这样漫长。

“去睡觉。”

他抱她回房，顺手熄灭灯，又从后边搂住她的腰。

黑暗中，荆羡翻个身，脸贴着他的胸口，联想到崔泠同自己如出一辙的家境，有句话如鲠在喉。

过了很久，她才闷声：“高三你来医院看我时，我哥同你说完话，你便走了，当时……”

容淮一顿。

她深吸了口气，艰难地补充：“当时的我，让你记起崔泠了对吧？你是否在担心，若以后生活不如意，我也会日渐崩溃，变得和她一样？”

窗外雷声渐收，雨势也跟着小了些，滴答声响稀稀拉拉落在窗台外的檐边，在这黎明前最浓重的深夜里，平添几分寂寥。

荆羡等了很久，没能听到他的回答。

其实她知道自己不该问这些彼此心知肚明的问题。将心比心，若她替换成他的位置，恐怕连去医院探望的勇气都没有。

毕竟崔泠与容昌汶这对怨偶的经历，同他们如此相像。

先是一见钟情，再是穷小子与富家千金不管不顾的纠缠，至于后边发展，谁能保证一定是Happy Ending？

人心会变，爱情也是。

荆羡忽而想到荆焱半年前质问自己的话——

“如果姓容的小子如今不是衣锦还乡，仍然挣扎在泥泞的底层，你还愿意同他在一块？”

可能所有人都是这样理所当然地认为，年少时的心动，脆弱如纸，在现实面前，不值一提。

可她对他的感情，从来不是一时脑热。

她承认一开始被外表吸引，然而随着时日渐长，这份冲动并未退散，只因她爱的少年，从未叫她失望过。

荆羡曾在他破烂的住所里见过叠成山高的习题册与旧试卷，笔记本上的标注密密麻麻，足以颠覆全校师生对他的印象。

也曾在鱼龙混杂的会所里撞到过他通宵打工，即便薪水全用来支付父亲的日常看护费，他从未抱怨，那双眼始终清清冷冷。

即便到了最后关头，在容昌汶急需换肝的绝境，他依然凭一己之力，用常人无法想象的方式，筹到了染血的三十万。

他所做的每一件事，每一个决定，都让她既震惊又由衷钦佩。

荆羡高中三年的日记本里，满是对他的仰望。

爱他聪颖勤奋无所不能，爱他眉宇间的桀骜，更爱他不肯服输的倔强。

这样的少年，长大成人，又怎会是平庸碌碌之辈？

再退一步，哪怕如今他暂时光芒未现，那又如何？

她所欣赏的有关他的优点，在八年后未曾消失，甚至较之过去更甚，也更让她迷恋。

这就足够了。

一念及此，荆羡便不想再拘泥于先前提出的愚蠢问题。

荆羡将自己往他怀里贴近些，手绕过去，轻轻勾着他的脖子，一字一顿：“我不是崔泠，也永远不会变成崔泠。”

贴得很近，彼此呼吸交融。

没有月光的夜里，房间一片漆黑。

容淮看不见她的眼睛，只能听到她细声细气的嗓，缓慢却如赌咒一般，无比真挚地同他保证。

他心底的坚硬盔甲寸寸塌落，用力将她抱紧，哑声：“我知道。”

思绪渐渐回到那个阴霾的午后。

在病房外，荆焱似乎早查清了他的底细，少年坦坦荡荡地拦在过道处，毫不掩饰对他的敌意，说出的字眼亦如淬毒利刃：

“你能给她什么？

“债务？仇人？还是日夜为生计发愁的争吵？

“省省吧，你们家那点破事还不够你反思吗？”

或许就是因为这些话，让他有过片刻迟疑与煎熬，但也仅仅是片刻。

在他夜不能寐，梦里充斥着她纯真甜软的笑容，反复惊醒后，在他无数个失眠的夜里，透过窗望着逐渐发白的天际后，他一败涂地，再无法自欺欺人。

直到那一刻，他忽而能理解父亲珍藏崔泠画像的心情。

不是不懂得割舍。

而是做不到。

可他终归还是幸运的。

手臂收拢，切实感受着怀里姑娘的体温，容淮犹豫很久，轻叹：“我那时打算，处理完崔泠的事情，再去Z大等你。”

荆羡没说话，迟疑着将手放到他腰腹间，触到那道狰狞的长疤，喉间苦涩。她吸了口气，努力克制翻腾的情绪，低声道：“我没出现，让你很失望吧？”

他低低“嗯”了声，有几分无可奈何：“我在新生宣传栏站岗的事儿，整个Z大都知道。”

荆羡一愣，没忍住笑意，微微勾了勾唇：“你当时怎么想的？”

“我想，你大概真是一时脑热才喜欢我。”

“……”

“但也无所谓。”他抚摸着她的长发，指尖穿梭在那片丝滑里反复游移，“我所认定的，我一定会得到，早晚的事情。”

老实讲，这台词挺像小言里的霸道总裁，中二又自负。

荆羡笑了会儿，又挺没出息地被甜蜜俘虏，主动凑上去亲了亲他的下巴，促狭调侃：“你还挺能等。”

容淮：“我需要时间。”

荆羡怔住：“什么？”

容淮笑了笑：“事实上，我确实如你哥所说，一无所有。”像是难以启齿即将到来的内心剖析，沉默良久，才慢吞吞开口，“我知道你同那个女人不一样，但我没想过让你改变惯有的生活方式。”

荆羡：“……”

几个月前在云离，他也是莫名其妙和她说公司上市，以后会更好之类的话。那会儿没在一起，她还听不懂，如今却能明白他隐晦的保证。

荆羡心情有些复杂，联想宁瑶来借高定礼服时那种“你太败家谁能养得起你”的眼神，又心虚道：“这样会不会压力挺大。”

“狗屁压力。”容淮轻笑了声，掐掐她脸颊的软肉，“你哥能给的，你男朋友也能给。”

他想了想，继续道：“明天飞纽约，如果顺利买断专利药剂，现在研发的步骤能省去许多，消息一出，风投会更顺利。预计明年上半年，青鹭药业可以在纳斯达克上市。”

荆羡眨巴眼睛，尽管对商界的事儿一知半解，依然相当捧场地鼓掌，嗓音故意拉成甜腻腻的撒娇：“哇，真棒，你好强哦。”

容淮被她逗笑，翻身撑在她耳侧，一手拧亮边上的台灯，不怀好意地低头，几乎贴上她的鼻尖：“还有更强的，试试？”

光线昏暗，恰到好处的暧昧。

荆羡紧张起来，结结巴巴：“我、我……”她慌乱眨眼，瞥了眼灯光下他格外温柔缱绻的眉眼，又面红耳赤地别开脸。

八年了。

她心心念念的少年一如当年。

如果对象是他的话，也没什么不可以。

像是下定决心，荆羡闭上眼，整张脸都快烧起来，声若蚊蝇：“就……试试，也可以。”

话音刚落，亲吻落下，掠夺她所有的呼吸。

他的鼻息灼热，揉散在她面上，烫得要命。唇齿交缠间，热度上升，无比缠绵。

荆羡都做好打算要献身了，谁知道这个吻过完之后他特正人君子地退开，转而圈着她的腰将她用力箍入怀里。

男人呼吸灼热，夹着不能掩饰的欲念，还有一点点挫败。

“我真该买一点东西备在你这儿。”他喟叹一声，未曾餍足地亲了亲她的发顶，“等我从纽约回来。”

该买什么，都是成年人，彼此心知肚明。

荆羡已经听懂了，面红耳赤闭上眼，轻轻“嗯”了声。

第十章

他的天上月终于落到他怀中

容淮出差纽约的日子里，荆羡抽空去影视城探了宁瑶的班。

冬季的周末午后，宁瑶一袭清宫嫔妃装扮，窝在保姆车里，跷着花盆底鞋，提到高中同学会的事情。

“班长组的局，他去年生了场大病，算死里逃生，自掏腰包说请全班吃饭。和老蒋那边也打过招呼，地方就定在三中招待领导的小食堂，挺怀旧的。”

荆羡原本不打算出席，听到这前因后果，记起念书那会儿同班长关系还不错，犹豫：“你去吗？”

宁瑶：“最近都在影视中心拍戏，和临城挺近，后天上午我就杀青了，应该会去。”

荆羡立马改了主意：“那我也去吧。”

这对话，就像每一节课间，问好友要不要去洗手间，女孩子们的友谊，就是这么朴实无华。

宁瑶往脸上补了点防晒霜，起身将窗帘拉得更严实些：“对了，群公告说要拍合照，你秋季校服在不在？不在的话就艾特那个郑得意，她会统一去借。”

荆羡对这外号的主人印象挺深：“郑寒素？”

宁瑶笑起来：“对，就那个处处把你当假想敌的暴发户女儿，据说现在混得可以，朋友圈可活跃了。”

荆羡念书时性子并不热衷于拉帮结派，全身心的注意力都在容淮身上，除了宁瑶，班里同学基本只是点头之交。

不过关于郑寒素，她倒是有几段记忆颇深。

曾经高二她把校服裙子改短了一寸，第二日就见郑寒素的裙摆短到大腿中间，被蒋福德抓典型在早集会上念报告，回来就趴在位置上哭，荆羡经过时还被莫名其妙剜了一眼。

后边还有各种似是模仿似是较量的奇葩行为。

荆羡不怎么愿意和这号人打交道，探完宁瑶的班就开车回荆家别墅找衣服了。

用人们帮着理出来，等荆家这位娇小姐换完出来后，一致赞叹：“好看。”

白衬衫，深灰色羊毛呢百褶裙，同色长袜，中间露了一截细腿。

时光无限纵容美人，这么多年，荆羡的身材几乎没变，除了胸前丰腴些，腰身甚至比年少时更纤细。

她今天脂粉未施，皮肤莹白透亮，脸颊上有浅浅红晕，不说高中生，但当个高考完的应届生，还是合格的。

荆羡自己也挺满意，在镜子前晃晃悠悠良久，又跑上楼鼓捣摄影器材，心血来潮拍了组学妹写真。

光线和模特上佳，不需要修片。

她美滋滋地挑了最诱惑的一张，直接发给容淮。

等到天荒地老，才听到手机短暂的提示音，她迫不及待地划开屏幕，满心欢喜要迎接赞美，却被男朋友的反应当头泼了冷水。

容淮：“开会。”

太没情趣了。

她气恼地丢开手机，抱着独角兽玩偶重新追剧。

同一时刻的纽约。

深夜的会议即将接近尾声，正中高位的青年频频走神，李晋以为连续的熬夜让这位工作狂透支过多，不得不出面做了 Ending。

众人整理资料散去。

徐潇把草拟的收购合同递给 Boss：“容先生，对方已经确认无误，流程大概要再走两日。”

容淮：“明天中午能弄好吗？”

徐潇：“可以是可以，但是……”

容淮起身：“给我订明晚机票。”

徐潇傻不愣登地望着李晋，后者耸肩，表示大佬的心思你别猜。

容淮没再理会，快步走出会议室。

纽约中心的午夜依旧闹腾，广告牌和霓虹灯闪烁的光线让曼哈顿成了不夜城的最佳写照。

一片忽明忽暗的绚烂里，他靠着落地窗，慢悠悠地摸出手机。

指尖轻滑，他放大了刚才没能细看的照片。

小姑娘梳了双马尾，头歪着跪坐在床上，校服衬衫纽扣松了两颗，裙摆凌乱，眼神楚楚可怜地盯着镜头。

他喉结滚了滚，用力闭一下眼，只觉血气翻涌。

难忍。

荆羡压根儿没想过这张照片带给男友多大的杀伤力，比起来，她更意外的是，有朝一日自己还会再回三中。

原本这里一草一木都是触景伤情的利器，她早就做好此生不再踏入的准备。谁料到兜兜转转，当初伤她最深的少年竟不是她想的那般绝情。

甚至误会解除后，她对他的感情，较之过去，升华了不止一个档次。

此刻八年后故地重游，再没有所谓的心碎无痕，两级反转，入目景物皆是和他在青涩时期的甜蜜回忆。

校门外，少年曾一脸不耐烦地听教导主任训话，校服穿得松松垮垮，自带痞气。

升旗台，他迟到后顶着全校师生的注目礼，面无表情地穿过人堆，而后打个哈欠，意兴阑珊地上台领奖。

教学楼顶，他背倚着栏杆，眯着眼看她走近，像是不爽被打断独处，轻笑一声，唇边扬起的弧度带几分逗弄和讽刺。

月色如画，少年如梦。

在荆羡的高中生涯里，容淮就是她无数玛丽苏梦境的指定男主角，对她随便笑一笑，就足够致命。日记本里，深夜梦里，他活跃在她闲暇时刻的大脑里，每一分每一秒，无孔不入。

偶尔有机会相处，说的只字片语，做的细微动作，都会被她拿放大镜，疯狂解读。

偏偏情敌那么多，全校女生无一人敢给他送情书，却又忍不住在背后偷偷讨论他，就连刻意避嫌的宁瑶如今都能说出关于他的事情。

“你记得吗？每个礼拜五晚自习下课，小卖部的妹子总是特别多。”

荆羡扫一眼不远处早就翻新的超市，缓缓道出不为人知的细节：“嗯，因为每周只有这一天他不打工，习惯睡完三节课后去买水。”

宁瑶感慨：“我当时真服气啊，连你这样心高气傲的大美人都疯魔了。”

荆羡但笑不语。

下午六点来钟，冬季的夜晚降临得较早，天边星明月朗，校园华灯初上。周遭三三两两被留堂的学生经过，互相打闹，狂奔着冲向食堂。

青春的气息扑面而来。

两个姑娘一如年少时手挽着手，聊着彼此共有的回忆。

荆羡想到少女怀春时期的各种蠢事，叹息：“可他就是有一种……”她顿了顿，在脑中搜寻形容词，努力半天发现没法贴切描述，暂且止住话头。

宁瑶很自然地接话：“一种有点坏有点神秘还有点腹黑，让你明知道危险却又忍不住靠近的魔力？”

荆羡语塞，半晌笑出声：“你怎么形容得这么恰当？”

“这是学校贴吧某学姐为容淮留的毕业告白。”宁瑶耸肩，“其实我总觉得他不是那种会在意男女情爱的人，挺绝的。”

荆羡沉默。

他背负着那样的身世，活在那样的炼狱里，自顾不暇，满身泥泞，哪有多余精力去儿女情长。

也许曾经她的纠缠，确实让他不胜其烦。

荆羡回想当年那些不要脸面的冲动行径，还有些面热。不过话说回来，若不是她死缠烂打，如何能挤入他的世界？

这么一想，她还挺佩服自己横冲直撞的勇气。

热络谈心的氛围，因着荆羡突如其来的恍惚，有些许凝滞。

察觉到好友的反常，宁瑶以为哪句话触碰到了她的伤心处，抬眸一瞧，这姑娘眼波潋滟，眼尾红晕漾开，显然是沉浸在爱情里的幸福模样。

得，想多了。

须臾，预备铃打响，实验班惯常拖课，竟然这个点儿才散，老师拿着保温杯和三角尺恋恋不舍地走出教室，少年们一窝蜂拥出。

校园走道上的人渐渐多起来。

开始有女孩子注意到她俩，小心翼翼地摸出手机，像在比对什么。

宁瑶赶紧把帽檐往下压了压，从包里取出黑框眼镜戴上，语调气急败坏：“千万别被拍到，我跟我经纪人说今晚家里有急事，好不容易才瞒天过海。”

荆羡回神，挡在她前面：“走。”

两人逃难一般步履匆匆。

三中食堂分成一南一北两个，前者位于操场和教学楼中间，是广大师生主要的用餐点，后者靠近图书馆旁的景观河，也就是俗称的小食堂，平时不开放，偶尔接待特殊领导才安排。

荆羡这一届的同学会能在这个地方开，班长和老蒋绝对功不可没。

工作日的缘故，聚会时间定在晚上七点，时间尚早。

荆羡和宁瑶悠哉地沿着河畔小径朝里走，途经北门处的停车场，一辆明黄色的兰博基尼风驰电掣，从车道处漂移至划线空地。

引擎轰鸣，吵得厉害，得亏这边偏，没什么人迹，否则这噪音绝对称得上扰民。

很快，车门打开，下来一对年轻男女。

宁瑶拿手肘顶了下旁边的人，下巴轻扬：“郑得意。”

荆羡望着前边一袭红色束腰大衣的郑寒素，高跟鞋名牌包，外加指尖上熠熠生辉的鸽子蛋，装扮隆重到像是来看秀。

她扫一眼，不甚兴趣地收回目光。

“装没看见吧。”宁瑶碰到这种人就头皮发麻，联想到对方高中时处处攀比的性子，脚跟一转就打算先行离开。

谁知道对方眼尖，老远就扬手打招呼，随即拖着男伴，步履优雅地走近。

“大明星，好久不见。今天怎么这么素雅，和电视上不太一样呢。”郑寒素眨眨眼，仿若开玩笑的语气。

果然，张口就是暴击。

荆羡和宁瑶对视一眼，彼此都有些无奈。

怎么说也是老同学，即便心里不爽，宁瑶还是勉强敷衍了句：“你状态不错。”

郑寒素更得意了，视线轻飘飘地掠过宁瑶，停留在她念书时铆足了劲儿要拉下马的假想敌脸上。她盯了许久，从对方不点而朱的唇，到无可挑剔的肤质，再到纤白腕间那条看似低调的蓝钻手链。

毫无破绽，滴水不漏。

憋了半天大招，郑寒素没能成功找碴儿，只能故作落落大方寒暄。

干巴巴聊了几句，见荆羡孤家寡人，她灵光一现，挽紧男朋友的手，后者心领神会，替她捋了捋长发，温柔道：“外面风大，去里头再聊？”

这男人长得还算俊俏，就是身高硬伤，瞧着比郑寒素高不了几厘米。

荆羡的耐心值早就消失殆尽，懒得再客套，率先进了小食堂。

落座半小时，老同学络绎到了。

拖家带口的人不少，四张圆台面都坐不下，额外又让服务员帮忙搭了一张。

荆羡素来是人群焦点，过去是，现在亦然。

她来得早，即便没有压轴出场的仪式感，此刻端坐在红木凳上，依旧如仕女图般美丽，精致到挑不出任何瑕疵。

八班初恋女神，一如当年。

再加上一旁坐着褪去假小子装扮如今艳丽无双的宁瑶，男人们心照不宣，除去带了女友的，单身汉们轮番往她俩所在的这桌敬酒。

班长出来打圆场："哎，你们一个个的有完没完？"他推了下鼻梁上的眼镜，笑着端起酒杯，"咱们先一起走一个！"

荆羡见他身形瘦削完全是大病初愈模样，倒满饮料，配合站起："老同学，祝今后平安喜乐，健康顺遂。"

众人一愣，如梦初醒，纷纷应和。

"谢谢。"班长情绪激动，深吸了口气，将杯中酒一饮而尽。

接下来便是推杯换盏，互相联络感情。

几轮酒下来，话茬渐开，仿若回溯年少时光。男人们揭露着彼此间的糗事，搂肩搭背哈哈大笑，女同学们也跟着忍俊不禁，岁月隔开的生分感瞬间拉近不少。

荆羡没怎么说话，托着腮帮子听他们聊天。她刚才给班长面子，意思意思沾了一口酒，这会儿稍微有点头晕，但不严重。

宁瑶凑过来："没事？"

荆羡摇头，喝了半杯温茶，半晌扣在桌上的手机振了两下，她拿起，划开屏幕。

是容淮。

"没在公寓？"

荆羡怔了怔，老老实实回复："今天同学会，去三中小食堂了，你怎么知道我不在家？"

容淮："猜的。"

荆羡："……"

耳边人声鼎沸，她抬眸，撞见几位带着对象难掩甜蜜的老同学，没忍住相思之情，又垂头打字："什么时候回来？我去接你。"

容淮："尽快。"

荆羡失望地叹口气，没再回复。

过了会儿，不知谁聊到成绩，学习委员走近，弯腰同她碰了一杯："女神，我这学委当之有愧啊，回回月考被你甩在后头。高三我玩命通宵想超越，结果你生病住院没参考，这将是我此生最大的遗憾。"

荆羡："要不咱俩现在下载真题库再比比？"

全场哄堂大笑。

气氛欢腾到了极致，唯有郑寒素面色难看，感觉风头全被荆羡夺走，不愿当背景板，她咳了咳嗓子，准备提议玩会儿小游戏。

刚站起，有人突然提到她——

"说起来，我们得意才是最惨的吧？万年老二，是不是？"

郑寒素快被这俗气的外号逼疯了，她指甲深陷入肉里，脸上的笑容都快端不住，生硬地道："你们知道什么，我高考成绩比荆羡好。"

这话一出，全场死寂。

本来是开开玩笑，她这么较真，就挺尴尬。

郑寒素的男友拉了她一把，她冷着脸坐下，一声不吭。

幸好学委挺身而出，继续把炮火往身上引："自知比不过女神，我本来打算分班时报理科，结果那边更夸张，有个门门满分的大魔王存在，嘶……"

话落，班上一直存在感极低的害羞妹子倏然开口："你说的是容淮吧。"

提到这个名字，女同学们的表情变得耐人寻味。

酒精上头的男人们开始起哄："在座各位姐姐妹妹，真心话大冒险。有谁可以坦荡承认从来没有对九班容淮动过心思的，请端起你们面前的酒杯喝一口。"

荆羡："……"

玩这么大?

老实说，她当然知道他的外表足够迷人，痞坏阴冷的性格也很吸引小姑娘。可事实上没几个女孩子对他主动表白过，也没见过几封情书，她并不确认他的受欢迎程度到底有多广泛。

宁瑶斜睨她一眼，轻声同她咬耳朵："可以好好点点数了。"

语罢，宁瑶豪气加满白酒，双手抱拳，犹如江湖女侠："我！"

男人们叫好，生怕玩得不够刺激，筷子敲碗，来了一发倒计时。

可能是时过境迁，心境大不一样，觉得刻意撒谎没必要，女同学们尽管略显局促，却都没有掩饰。

最终结果离谱，又在意料之中。

从十到一，除了宁瑶，再无一人举杯。

荆羡心情复杂，无意间对上郑寒素奚落的眼神，这女人似乎重新斗志昂扬，眼里的潜台词不言而喻——

你看，即便你再优秀，不也一样对某人动过心，不也一样未能得手?

荆羡被那小人得志的表情恶心坏了，然而此刻她不太痛快，醋意混着别扭，说不出具体是什么感觉。

非要形容，大概就是喜欢的东西被全世界觊觎的不爽。

她翻开手机，选择迁怒，给容淮发了无数个鲜血淋漓的小刀子表情。

他的反应相当直接，简单回了个问号。

荆羡没再理。

饭桌上的拉锯战仍在继续，女同学们为了扳回一城，纷纷反击："谁年少不懂事时没玩过暗恋啊?"

"这能代表什么。"

"就是。"

"也许容淮现在站我面前，我都认不出来了。"

"说不定发福了。"

"也有可能谢顶啊。"

"岁月杀猪刀，看看你们自己吧，就是这样。"

宁瑶笑得眼泪都快流下来，抱着死党的脖子："快，快录下来，我迫不及待地想知道容淮听到这段话的反应。"

荆羡："……"

三小时后，混乱到不行的同学会终于拉上帷幕。

外头雨挺大，大半人都是醉醺醺的状态，家属先行去停车场取车，剩余的也都在屋檐下避雨顺便叫代驾。

像是没尽兴，一帮人如儿时课间般闹腾，笑声不断。

蓦然。

不知谁喊了声："天，这么大雨有人散步？"

荆羡侧过脸去。

漫天雨帘中，沿着河边，有位青年一袭黑衣，步履不紧不慢，似是信步闲庭。

伞面罩住他的面庞，只能瞧见他肤色冷白，薄唇殷红，还有那清冷又秀雅的下巴轮廓。

见一叶而知深秋，窥一斑而见全豹。

即使瞧不清全貌，也足够让人将期待值升至顶点，好奇会是怎样美貌的一张脸。

现场逐渐安静，唯有雨声滴答。

荆羡的心跳声变得很快，冥冥中，她已经知道来人是谁。

半刻，他走近，握着伞柄的纤长指尖抬了抬，露出那样一张叫人魂牵梦萦的脸。

姑娘们齐齐宕机，不敢置信地盯着他。

荆羡脸红："你怎么……"

容淮勾手，旁若无人地同她十指相扣："嗯，来接我女朋友回家。"

剧情发展完全超乎吃瓜群众的想象。

这打脸来得猝不及防。

前一个小时刚说完这位全校女生的梦中情人如今有可能谢顶发福，后一小时当事人就如电影长镜头般聚焦出现。

姿容无双，气质斐然，立如芝兰玉树，笑如朗月入怀。

当然这笑，他只对着荆羡一人，可这种难能可贵的专情温柔，远比年少时的阴冷更迷人。

总之，容淮的出现，彻底将现场一干醉醺醺的男同学衬成了油腻平庸的路人甲，说是云泥之别也不过分。

单身的姑娘们哪个不是羡慕嫉妒恨，得知他女友是荆羡，又稍稍好过些，毕竟郎才女貌天造地设的一对，也容不得她们品头论足。

这其中，郑寒素无疑是最受打击的一位，她原本找了个地产商的小开，除了身高硬伤，外貌、学识都算上乘。如今再度见着容淮，万般没想到他甚至成了假想敌的对象……

心态崩了，那叫一个意难平。

所以说，年少时遇过太惊艳的人，也未必是件好事。

宁瑶不知道荆羡此刻心情如何，反正她这会儿是挺爽的。今晚喝得有点多，宁瑶飘飘然，靠在好友边上大着舌头："干得好啊，忱忱，秀出你的大女主光环。"

荆羡："……"

容淮皱眉："她喝醉了？"

"没有！"宁瑶迅速否认，然而大脑不听使唤，乱七八糟的想法接连涌出，她的目光来回在这对璧人脸上游移，"你俩什么时候结婚啊？"

荆羡脸都红了，怕宁瑶再冒出什么语不惊人死不休的话，赶紧和老同学们匆匆话别。

因着两姑娘都沾了酒，容淮自然成了那代驾司机。

有道是小别胜新婚，荆羡坐副驾驶座，还有点沉浸在方才他走近的那一幕。不得不说，他这种给惊喜的方式实在戳到了她的软肋。

虚荣心谁没有？

即便矜贵如荆羡，在无可阻挡的爱情面前，也不能例外。

眼下天气恶劣，雨势磅礴，可她却如置身午后暖阳里，满心欢喜，偶尔抬眸偷瞧他一眼，只觉这人无一处不顺眼。她的心像蜜桃苏打汽水，被随意晃几下，小气泡扑哧扑哧往上冒，压都压不住。

容淮没错过女朋友含情脉脉的眼神，趁着红绿灯间隙，手伸过来，捏了她的指尖，勾了勾唇："忍会儿啊。"

这几字的暗示意味不言而喻。

荆羡莫名想到他去纽约前的那晚缠绵，兴许是没能做到最后一步的遗憾，临走前他又压着她肆意亲吻，说下次不可能再放过她。

呃……

这所谓的下次。

似乎迫在眼睫。

面上的热意窜至耳根，和他相触的手指亦滚烫，荆羡将上下交叠的腿重新平放，咬了下唇，不太自然地别开眼。

不必说话，空气里的暧昧已经开始无声发酵。

若不是后排躺了个醉鬼，倏然打个酒嗝，估计这份甜蜜和紧张还能更上一层楼。

容淮恍若未闻，他对别的女人素来漠不关心，信号灯转绿，他踩下油门，语调带着点儿被打扰的不耐烦："她家还有多远？"

"再十五分钟，笔直往前开，到香颂大桥右转。"荆羡扭过身，伸长手臂，拍拍宁瑶的脸，轻声，"瑶瑶？"

宁瑶费力地翻个身，面朝下趴着，嘴里咕哝着含糊话语。

这白酒的后劲挺大，刚散场时人没那么糊涂，能站得住也能走直线，结果没半个小时，就成眼下这德行了。

荆羡无奈，不明白好端端一个当红女明星为何要把自己喝成这么离谱的模样。她不太放心，让容淮中途靠边，她直接坐到后边，将宁瑶的头枕在膝盖上，好让其睡得舒服些。

渐渐地，雨势小了些。

外头路灯光晕一盏盏掠过，忽明忽暗，荆羡靠着椅背，开了条窗缝，冷风丝丝灌入，她垂眸，发现原本醉意朦胧的姑娘似乎有清醒过来。

她皱着眉，睫毛湿濡，眼里泛着隐隐水光。

荆羡吓一跳："怎么了？"

宁瑶眨了下眼睛，泪水直直淌下，滑落脸颊，她似是委屈，又似是愤怒，恨恨捶一下坐垫："王八蛋。"

荆羡："……"

容淮面无表情，不予评论。

宁瑶猛地坐起，头发被风吹得乱糟糟，她不管不顾，贴着窗边，惊天动地的一声："厉灼——去死吧——"

后半句强行收声，她深吸口气，压着荆羡的肩膀，哭得眼圈通红："我喜欢的男人不喜欢我，我参展的影片颗粒无收，我公司不允许我骂脏话，我太难了……"

荆羡鼓励："别压抑，痛快发泄，还有什么都说出来。"

宁瑶默默流眼泪："我经纪人不让我吃东西，我粉丝不听劝到处惹事。"她吸吸鼻子，沉默很久，一字一顿，"我例假两个月没来了。"

"啊？"荆羡猛地抬头，原本正帮她拧瓶盖，闻言一瓶矿泉水大半都洒在了腿上。

容淮从前排递过纸巾，无可奈何："等下到了，你陪她上楼吧。"

荆羡擦着水迹，一边去拍她的脑袋："你把话给我说清楚。"

宁瑶歪着头，双目无神："医生说我压力太大内分泌失调，我不会这么年轻就绝经吧。"

荆羡："……"

不管怎么说，至少不是未婚先孕，她松口气，正欲安慰几句。宁瑶忽而捂着嘴，费力拍两下车门，容淮往后视镜扫一眼，稳稳踩了刹车。

已经到了小区门口，门卫处的安保们都注意到这边的动静，宁瑶顾不上偶像包袱，在绿化带的排水沟旁，吐了个天昏地暗。

荆羡赶紧追下去，经过驾驶座前时，手腕被容淮攥住。

"上车吧。"

"嗯？"

容淮下巴扬了扬，淡声道："用不着你了。"

荆羡顺着方向望过去，前边小区入口旁有位唇红齿白的青年正靠着墙，面容冷冽，眼眸漆黑。他大衣敞着，里头的白大褂相当显眼，似乎刚下夜班急匆匆赶来的模样。

是厉灼。

荆羡也不知道现在这个情况该如何处理。

她暂且按兵不动。

良久，宁瑶吐完，慢吞吞地直起身漱口水，正环顾四周找好友的身影，瞅见眼前的男人后僵在原地。

厉灼半句屁话都不想讲，直接揽过腰强行把人带到怀里。

荆羡想阻拦的手火速放下，因为她已经看清了宁瑶一脸恼怒却又难掩欣喜的模样，再做电灯泡未免太尴尬，她悄悄溜上车，选择识趣闪人。

回去路上，临近晓风和月，容淮在二十四小时便利店前停车。

荆羡没在意，玩了会儿手机，须臾，见他两手空空地回来，随口问道："买烟了？"

容淮笑笑，没应声。

两人一同进了电梯。

荆羡的手同他交握，掌心被男人带着薄茧的指腹有一下没一下地摩挲，她垂着眼睫，注意到他另一手插着裤兜，里头显出方方正正的外包装轮廓。

这是……

荆羡终于意识到他买了什么，几乎在同一时刻面红耳赤。

有些事情，你做好准备是一码事，可当它真正来临时，那完全是另外一种心情。

这轿厢里的空间莫名变得狭隘，空气都不够呼吸，荆羡只敢盯着液晶板上的楼层数字跳动。

终于，到了十八楼。

容淮拉住她，微微俯下身，贴着她的耳边："你想去十八楼还是十九楼？"

荆羡哽住。

这个问题，简直了。

其实挺稀松平常的一句话，架不住他嗓音沙哑，又故意压低了声音，让她自动脑补成要在哪儿献出初夜。

开门键摁了良久，容淮替她做了决定："十九楼吧。"

随后的事实证明，荆羡并没误解。

刚一进门，她就被他抱到玄关处的柜子上，他垂眸，慢条斯理地解开她外套的扣子，脱掉那件碍事的风衣后，轻笑："穿校服了？"

荆羡靠着墙，紧张到不行："要拍照，所以穿了。"

容淮退开些许，盯着她瞧。

玄关处暖调光线柔软，她散着长发，百褶裙和白色衬衣勾勒出盈盈一握的腰身，面上怯生生，清纯纤弱的姿态，一如当年。

身体热起来，他喉结滚了滚，手指压在她领口绑着的丝带上，缓缓抽掉。

荆羡已经能听到自己的心跳声，她任由他动作，乖顺地攀着他的肩膀。然而兴许是临到这一刻过分紧张，衬衣褪至肩膀时，她整个人都在抖，如三月新抽的嫩柳，微风一吹，就颤颤巍巍。

容淮看了她一会儿，暂时顿住，将她拉近些："不愿意？"

荆羡咽了口唾沫，声若蚊蚋："那什么……会很疼吗？"

容淮沉默，可能是没法昧着良心说瞎话，他叹口气，随即将人抱到卧室里。

反正都等了八年了，也不差一时半会儿。

像是表明立场，他把买的小方盒洒脱地丢到床头柜，轻描淡写："怕就下次。"

荆羡抬眸看着他。

"今晚我就不睡主卧了。"容淮拉开门，朝着客厅方向走，"我去冲个澡。"

他行动很快，不知是怕把持不住还是别的原因，也没给她反悔的机会，就这样帮她做了决定。

荆羡跪坐在床榻间，有点蒙。

说不清是何滋味，感觉搞砸了，原先想象中逃过一劫的庆幸也没有了，甚至带着懊恼。

她听着隔壁传来哗啦啦的水声，坐立难安，蒙头睡了会儿，丝毫没有困意。

她全身心的注意力都放在外头的动静上。

良久，像是洗完了，淋浴间的门发出轻响，脚步从木质地板上由远及近，继而在她房门外停留。

荆羡掀开被子坐起来，如果这时有面镜子，她应该可以看到自己脸上怨妇盼着郎君归的表情。

可这道门始终没有开，取而代之的是次卧的把手转动声。

他真打算睡隔壁？

荆羡抱着头，拱在床上吞下苦果。窗外的雨淅淅沥沥，像在嘲笑她的矫情，她就这样从十一点冥想到午夜时分。

电子闹钟上的日历指向新的一天时，她一把抓过他落在柜子上的玩意，也没敲门，横冲直撞进了次卧。

容淮正回复邮件，头发洗完还没完全干，半湿的碎发落在额前，他一手懒散圈着椅背，回过头去："睡不着？"

荆羡深吸口气，当着他的面，解开了衬衣的纽扣。

纤白的肩膀，锁骨平直优雅，下边是让人血脉贲张的弧度，和那极端纤细的腰肢形成鲜明对比。

容淮眸色变深，一动不动盯着她。

荆羡上前，跨坐在他腿上，勾掉他工作时的半框眼镜，细声细气："抱我。"

荆羡可以发誓，她活到二十六岁，没这么大胆过。

这是她第一回在异性面前主动宽衣解带，哪怕对象是她的男朋友，依然突破了她礼义廉耻的上限。

荆羡身上已经没有多余蔽体的衣物，就一件薄薄的吊带蕾丝 Bra，百褶裙没了塞在里头的衬衫，松松围拢在纤细腰间。

次卧没开暖气，很冷，她露在外头的皮肤感受到十足凉意，可心里架着团燃烧的热炭，烘得她莫名滚烫。

简直冰火两重天。

偏偏这人还在拿乔，听她说完这羞耻到极点的台词后，居然还衣冠楚楚靠在椅背上，低低笑了声："要哥哥怎么疼你？"

荆羡："……"

都这个节骨眼，他居然还有心情玩情趣。

预料之中迫切难耐饿虎扑羊的场面并未出现，荆羡早就做好的心理准备全成了摆设，她不敢相信地看着他，又垂眸看了看自己。

真的，这身材，不说多火辣，好歹也是纤秾合度。

不至于吧。

像是被她的反应逗笑，容淮慢慢直起身，掌心贴着她的腰窝，慢悠悠地道："怎么不说话？"

荆羡哪里还愿意理他，他此时越有闲情逸致聊天，不就代表她越没有魅力吗？她的面子里子一同丢尽，当下就撑着椅背，气恼地想要从他腿上跳下。

容淮轻轻松松摁着她，将人又往怀里带了带。

这一动，荆羡跨坐的方向从他膝盖处又往里滑了几寸，异常缠绵的姿势，叫她很快就察觉到男人蠢蠢欲动的邪念。

如果光看脸的话，确实瞧不出蹊跷，除了眼尾猩红，他的面庞依然秀雅高洁。

但透过薄薄布料，不容忽视的灼热温度却提醒着她，其实男人并不如他表面呈现出来的那样无动于衷。

荆羡的心情好了些，手绕到他颈后，垂头亲吻他殷红的薄唇，学着他惯常的套路，描摹探入。

容淮的呼吸比先前明显乱了不少，压在她腰间的手越发用力，强忍着没反客为主，只含糊诱哄：“有点进步。”

深夜，窗外雨水滴答，热吻的暧昧声响让感官更敏锐，彼此都沉浸在这你来我往的游戏里，欲罢不能。

气息交融，一触即发。

良久，荆羡退开些许，轻喘着气，指尖扯了下他额前的碎发，像是挑衅：“我吻技现在比你好点吧？”

“一般般。”容淮勾着唇笑，往日苍白的肤色染上情动时的薄红，让他瞧上去妖冶又迷人。

他笑起来永远是她最喜欢的模样，一如少年时，坏得坦坦荡荡，又勾得人心痒痒。像是暗夜里开在悬崖边上的绚烂花朵，你明知道有可能万劫不复，还是忍不住要摘一朵。

荆羡没能等到回答，心有不甘，她不得不承认，征服强大男人带来的快感其实比想象中来得更猛烈。

想要他俯首臣称。

想见到他沉醉迷恋的眼神。

也想看他为自己神魂颠倒。

可能是彻底打算破罐破摔，她的指尖一点点往上，扶着他的肩膀，稍稍借了点力。

那素来柔软的细腰，水蛇一般，前后摆了下。

像是无师自通，恰好就是所有男人最魂牵梦萦的那种动作。

“这样呢？”荆羡掠过他难得恍神的脸，沾沾自喜，还在不怕死地继续撩，“我是不是……啊！”

身体忽而腾空，他就这样抱着她站起，重心不稳，她尖叫了声，还没反应过来就被抵在墙上。

容淮眼神都发了狠，这轻轻巧巧一个小摩擦，让刻意的隐忍变得异常疼痛。他捏着她纤细的脚踝，拉到自个儿腰后：“哪儿学的？”

怕摔下来，荆羡被迫缠着他，然而这样突然进了高端局后，她变得特没出息，不敢看他，连嗓音都轻了几分：“就……看书。”

言情小说里香艳场面不少，少女时代躲在被窝里熬夜追小说的经历仿佛还在昨日。

“这样啊。”容淮拉长语调，指尖挑着她脆弱的蕾丝吊带，“书里还写什么了？”

荆羡感受到吊带从肩上滑落，哪里还有心思回答，死命往后缩，贴着墙。

事实上，他也没在意她的答案，就用那种可恶撩拨的语气，似羽毛轻拂，似气声环绕：“有没有写这个？”

背后搭扣被解开。

“这个呢？”

百褶裙边被拉高。

“还有这个。”

最后的布料落地。

屋里亮堂堂，光鲜明媚，在如此没有遮掩的环境里，荆羡的第一反应就是拿手背遮住眼，声音颤抖：“灯……关灯。”

容淮强行拉开她的手腕，另一手不忘继续兴风作浪，漆黑的眼直勾勾盯着她：“想看你。”

荆羡忍住支离破碎的呜咽，明知道没什么用，还是尝试着用示弱讨饶的眼神瞅着他。

妄图他能怜惜她一些。

殊不知这是火上浇油。

他的唇舌如朝拜，先是细细品尝眼前这像是为他量身打造的美人儿，再是狂风暴雨地侵略，末了盯着他弄出来的泛红痕迹，由衷地赞叹：“你真美。”

伴随着他的话语，奇怪又不可描述的感官之旅正式拉开序幕。

床头柜上的盒子就剩了仅存的一个。

空气里传来他遗憾的喟叹，夹杂着紊乱炽热的喘息。

他仍然没能餍足，漆黑的眼里欲念翻腾，额前碎发湿濡，汗水滑过下巴，沉浸在这场盛宴里，无可自拔。

被他欺负的姑娘已经尽数绽放，欺霜赛雪的肌肤上有星星点点的痕迹，眼角带着被他折腾出来的泪痕，如雨后海棠，美得惊人。

随意看一眼，又是翻天覆地的暴戾念头，曾经午夜梦回的阴暗想法再度涌出。

一念及此，他摁住她的肩膀，不紧不慢地道：“再一次。”

这一晚，雨打芭蕉，摧美人声声莺啼。

最终结束，荆羡早已满脸泪痕浑身力竭，她累到睁不开眼，脸埋在枕头里，意识很快飘远。半梦半醒间，听到浴室的水声，察觉到他在温柔地替她清理。

也不知过了多久，重新回到床榻，她绷到极点的神经松懈下来，再没能抵抗住困意，一头扎入梦乡。

一夜无梦，人在极度疲乏时，睡眠质量堪称上乘，荆羡睡了个昏天暗地。

再醒来时已是晌午。

外头的雨早停了，日光昳丽，穿透未拉严实的复古刺绣窗帘，暖光落在木质地板，长长一道，旁边歪着一只丑萌的兔子玩偶，似是被人踹下了床。

荆羡眯着眼，还没完全清醒，视线往上，看清床顶垂落的浅粉色流苏布幔，迷茫地眨了眨眼。

呃……

这好像是她的房间。

可昨晚明明在十九楼啊。

荆羡揪着软被上的厚毛毯，脑子晕晕乎乎，莫名怀疑先前的一切都是她臆想出来的春梦，直到床头柜上的手机短促振了一下，她随意瞄一眼。

十二点?

荆羡如遭雷击，猛然坐起身。

“嘶——”

她倒抽口气，刚直起腰就是无法忽视的酸胀感，腿间也是火辣辣，这些羞耻的不适仿佛在提醒她，夜半时的放纵绝不是南柯一梦。

同一时刻，有只纤白修长的手伸过来，不轻不重在她腰间打着圈儿摁压按摩。

“醒了？”

荆羡未着寸缕地抱着被子，慢吞吞地扭过头。

男人休闲装扮，黑色卫衣运动裤，单脚曲着靠在床头，姿态懒懒散散。眉眼清冷，神色从容，膝盖上的笔记本电脑页面是她看不懂的瑞士语，显然正在处理公事。

这般的衣冠楚楚，这般的神情自若。

和昨晚那个心狠手辣需索无度的变态完全判若两人。

荆羡也不知道该说些什么，总觉得在经历了这样的亲密后脸皮更薄了。这会儿，她不受控制回想起那些脸红心跳的细节，掺着细细哭声的低喘仿若又徘徊在耳侧。

容淮看着她笑：“脸红什么？”

荆羡：“……”

见她不说话，他干脆合上电脑，放置一边，再将她连人带被抱到怀里，低低笑了声：“在回味？”

要论说浑话的段位，荆羡永远不可能比上他，她只能别开眼，佯装淡定地转移话题：“你先松开我，我已经迟到了。”

容淮没动，下巴抵在她光裸肩上：“帮你请了上午的假。”

“你给我组长打电话了？”荆羡立马紧张起来，怕落下什么不太好的话柄，她有些着急地侧头，看着他的眼睛，“怎么说的？”

容淮像是无可奈何：“用你手机发的。”

荆羡解锁屏幕，看了下和白婧的对话，一来一回两句话，就挺简单的病假。她放下心来，身子往后靠，随意问道：“为什么回我屋了？”

容淮似笑非笑：“你觉得那个床单还能睡？”

荆羡沉默，后知后觉的燥热沿着被他触碰到的腰窝，从脊梁骨节节攀升，而后席卷全身。

可他显然不打算止住话头，凑在她耳边，恶劣地拉长语调：“都是你做的好事。”

荆羡炸了，小脸皱在一块，像是突然间被踩到尾巴的猫咪。

容淮笑了会儿，没再逗她。时间不早了，他下午也有会，公私不分地耽搁半天已经是极限。见她别扭蜷缩着腿的姿势，他又心软：“很疼？”

荆羡没吱声。

说实话，现在没太大感觉了，就是轻微灼烧的不适。但回忆昨天那一步的过程，真是痛到极致，她觉得书里写的什么把身体劈成两半，好像并不算夸张。

甚至，他当时故意那么慢，完全印证了小言里男主的狗屁台词：

“记住这种痛，是我给你的。”

荆羡忽然就觉得不爽，毕竟处男有时候的想法也挺离谱，风轻云淡如容淮，指不定在这方面也霸道中二。

她看着他，有点生硬地指控：“疼，你一点不温柔。”

这回轮到容淮无言以对。良久，他垂着眼睫，把玩着她的手指：“我之前也没……”

荆羡抬眼。

他拧了下眉，似是难以启齿：“我不知道……算了，下次不会疼了。”

荆羡听懂了他的意思，顺便眼尖瞅到了他耳根处不自然的泛红色泽。不知怎么，她开始喉咙发痒，憋了会儿，笑倒在他怀里：“你好纯情啊。”

容淮站起，弯腰掐着她的下巴，冷笑：“你就作死吧，晚上别哭就行。”

荆羡对上他凉飕飕的目光，很识时务地不再多言。

两人又腻歪了会儿，开车出门吃午饭。

荆羡的假就请了上午，没什么闲暇享用精致料理，就在《MUSE》附近的咖啡厅吃简餐。这个店，算是杂志社的第二午餐据点，吃腻食堂，或者赶不及外拍，大家就会选择在这里解决温饱问题。

果不其然，他们吃饭的短短半小时，就来了三拨人。

前面的不太熟，最后那四位，是封面组的编辑，有个摄影师同荆羡有几分交情，刚落座就打趣：“哟，有男朋友了？”

荆羡也没掩饰，帮忙互相介绍。

容淮气度仪容不必多说，惹得女同事们窃窃私语，犯花痴的倒是少数，八卦居多，大概是好奇采访组的光棍双人组何时脱的单。

摄影师也想到了这一茬：“那可不又剩下陈舒妍了？”

荆羡笑了笑。

接下来没再交谈，大家各自用餐。

临别时，摄影师想到什么，推开门的手一顿，扭过头去：“对了，今年的圣诞和跨年特刊合并了，拍封面时你要不要来观摩？”

荆羡兴致来了：“请了哪位大神？”

说话间，前边的同事已经跳上车开始催促，摄影师匆匆跟上，留下一句：“还是那个天才，Orino。”

荆羡：“……”

气氛有半刻冷凝，绝不是她的错觉。

容淮慢条斯理地摆弄着他的打火机，银色盖子随着他指尖的动作一合一关，也不说话，就这么盯着她，须臾，才慢慢悠悠冒出一句：“你们有在联系？”

荆羡居然被这问题难到了。

自从夏季拍完滟澜山，她就察觉到了欧神的心思，刻意和他保持了距离。后边 Orino 再约，她都找借口回绝了。

一来二去，对方也挺懂，就没再纠缠。

只是他回法国后，邮件从未断过，保持着一周两封的频率。有时候只字未言，附件塞两张当时一起修的片，有时候会问一问她的近况，口吻并不过分亲昵。

Orino 一直都是进退有度的绅士风度。

荆羡没感到反感，所以有时间也会礼貌回复。

然而此时此刻被男朋友这样一问，她反而有种背着他做坏事的错觉。纠结半刻，她老老实实地坦白：“不怎么联系，就发电邮交流作品。”

容淮扣上打火机，嗤笑：“他那点心思路人皆知，你呢，还打算去观摩？”

荆羡不吭声，搅着杯中的橙汁。

容淮压着隐火，淡淡道："你自己决定吧。"

有一说一，男人的占有欲深不可测，吃起醋来不会比姑娘们少，别扭程度更是叹为观止。

荆羡在接下来的一周内，深切体会到了这点。

早餐照买，微信照发，晚安吻风雨无阻，关心也没变少，只是不再拥着她入睡，各自分居十八楼和十九楼。

荆羡一个女孩子，总不能主动邀请他同床共枕。她心里也清楚，他不高兴她与Orino有任何牵扯，可观摩的事情属于工作范畴，亦是兴趣热爱，她并不打算妥协。

于是，就这么奇怪地僵持着。

真正打破僵局，是平安夜的晚上。

12月24日，临城气温骤降，雪花纷飞，沉甸甸积压于枝头。

荆羡没加班，早早回家，泡完澡吹干头发，磨磨蹭蹭到十一点，还没听到电梯的响动。

打电话过去，他没什么情绪，也就是冷冷淡淡地说忙。

她失望得要命，没有鲜花没有礼物没有约会，带着无尽的委屈和恼怒，就这么睡下了。没料到半夜门铃声大作，她揉了揉眼睛，趿拉着拖鞋走至客厅，戒备地从猫眼里往外望。

容淮靠着墙，一身风霜，面容淡漠。

荆羡打开门，他默不作声地拉过她的手，将圣诞礼物套入她的指尖。

"弄不到一样的。"

荆羡垂头。

原本劣质的银戒换成了铂金戒圈，上头的粉钻雕琢成弯月形状，确实同高中时那个廉价的小玩意不一样，但又极为雷同。

她怔怔看了会儿，心软得一塌糊涂，踮脚去搂他的脖子。

心高气傲的大小姐破天荒做了让步："对不起，你不喜欢我就不观摩了，以后也不同他联系。"

容淮摸着她的长发，叹息："想做什么就做吧，我没什么不放心的。"

荆羡："真的？"

容淮弯腰，吻住她的唇。

心知肚明，世上男人都不是瞎子，他所拥有的这朵娇花独一无二，没了Orino，仍有别的碍事苍蝇会来搭讪。既然没办法将她彻底藏起来，也只能选择相信她。

把话说开后，很快和好如初。

夜深人静的午夜，良辰美景，良宵苦短，送了礼总要讨回些好处。

开过荤的男人清心寡欲了这么几天，早就难耐，这会儿没客气，掐着她的腰翻来覆去折腾，恨不能彻底将她吞吃入腹。

荆羡任他予取予求，乖顺到不得了。

神魂颠倒之际，她满脸潮红，轻声说出了那三个字。

“我爱你。”

他动作一顿，意外地温柔起来，低头吻住她的唇，缱绻又含糊地低喃：“我也是。”

荆羡这样出类拔萃的姑娘，这些年收过的表白多如过江之鲫，她拒绝的态度虽不像容淮这般碾压他人自尊，但也称不上温言软语，总之一句话能说清楚的，便不会给任何模棱两可的希望。

只是在面对 Orino 时，总有些例外。

倒不是对他有超越正常关系的好感，纯粹因为当年在纽约最行尸走肉的日子里，他的影展曾在黑暗里带给她希冀。

她对他有仰望，也有崇拜，更多的是感激。

至于后边有了碰面的机会，正式相处时，荆羡已经默认他为老师，而他本人幽默俊美，进退得度，保持着绅士该有的风度，也从未说过什么刻意撩人的话。

她天真地以为这种亦师亦友的关系能保持很久。

说是迟钝也好，自我催眠也罢，她潜意识里就不愿意往男女那方面去想，总觉这样就会亵渎她的信仰之光。

毕竟是她心里神祇一般的存在，总要高高在上，才不负她的钦慕。

若不是那次单独去滟澜山采风，回来时看清了他眼里难掩的情意，荆羡根本做不到这般疏远她的偶像。

或许正是因为察觉到她的这种心理，容淮对 Orino 才格外戒备，十九楼的那幅《钟楼白鸽》都被他扔到了暗无天日的储藏间。

一边是情深意切的男朋友，一边是迷茫路上的指路明灯。

荆羡也没挣扎，挺干脆地放弃了特刊封面拍摄的观摩机会。

知道今天欧神会在总部掌镜拍摄，她整天都老老实实待在工位上没去摄影棚串门，直到陈舒妍跑发布会现场回来，出言提醒：“大群炸翻天，你屏蔽消息了？”

荆羡心无旁骛地敲着键盘，很淡定：“没，我就是有点忙。”

“上回欧神来的时候你可是眼巴巴和组长请了假的。”陈舒妍坐着补妆，在化妆镜里观察自己眼上的细纹，貌似无意道，“怎么着，人家对你有意思，你就避嫌了？”

荆羡一怔，沉默半晌，也没否认：“本来可以跟着他多学点东西，千载难逢的机会。”她长长叹一口气，为这剪不断理还乱的局面感到遗憾。

陈舒妍不以为然：“没挑明，你就继续装傻呗。”

荆羡没接茬，她可不想当“绿茶”，更不想耍着偶像当备胎，更何况还要顾及某位占有欲 MAX 的男人。她摇摇头，抿一口咖啡，重新投入到工作中。

特刊压力大，忙到晚上九点来钟，她才关电脑收拾东西准备下班。

中途没时间吃饭，这会儿肠胃开始抗议，荆羡皱眉灌了杯温水，划开手机点进置顶的对话框。

刚打了一个字，界面显示对方也在输入中。

荆羡弯了弯唇，为这心有灵犀一点通的默契倍感甜蜜，她手指停住，转而靠着椅背乖乖等他的讯息。

很快，手机振了下。

容淮：“两分钟到，地下车库见。”

荆羡背上包往外走，打完指纹卡又随意翻着聊天记录。

视线全神贯注落在屏幕上，她沉浸在即将见到心上人的喜悦里，没注意不远处的电梯门开，而后有脚步声缓缓接近。

最后停在她面前。

荆羡余光扫到一双黑色球鞋，她愣了愣，目光沿着来人洒脱的工装裤往上，看到对方骨节分明的手背上有着蔷薇花文身。

这特征如此显著，她抬头，对上 Orino 深邃的眼眸。

半年没见，他的肤色比原先晒黑了些，惯常挂着的迷人微笑消失不见，轮廓线条分明，透着股冷酷刚硬的霸道味。

荆羡同他对视两秒，干巴巴地打招呼：“嗨，拍摄顺利吗？”

Orino 扯了下唇，并不打算寒暄：“在躲我？”

荆羡还是头一回听他这么直白，她一时竟不知道如何回应，顿了半天，也没骗他，只慢吞吞道：“我以为……我们现在不见面会好一些。”

Orino 垂眸，琥珀色的眼眸里滑过失意。

还没正儿八经表白过，却被喜欢的姑娘硬生生将一切意图扼杀在萌芽状态。

心高气傲的天之骄子何时受过这种打击，他知道眼下就该扭头走掉从此老死不相往来，兴许还能顾全几分颜面。

偏偏鞋底像被沾了 502 胶水，丝毫不能挪动。

他就这么安静瞧着她，心里百转千回，似是不甘，又似是恼怒，可能还混着点自尊心被折辱的难堪。

荆羡有些着急，手里握着的电话又振了两下，想来也是停车场那位等得不耐烦了。她对偶像在专业上有着无比真挚的敬仰，但牵涉风月之事，却实在没有耐心。

“欧神，如果没别的事，要不下次再……”

Orino 倏然笑了：“还有下次吗？”

荆羡：“……”

困窘和尴尬无声流窜在两人之间，这种境况对彼此来说，都不好受。隔壁组加班的同事们陆续出门，瞥见站桩一般的年轻男女，总会好奇地慢下脚步，互相交头接耳一番。

荆羡不自在地背过身，往安全通道走了两步。

意识到这里不适合聊天，本意约她去咖啡馆，接触到这姑娘抗拒的表情后，Orino 无奈揉了下眉心：“我长话短说。

“MBK 的摄影大展今年要发掘新人，我将你的滟澜山瀑布推给了评选组。

“没别的意思，我只是认为你很有天赋。”

荆羡诧异，脸上热辣辣，感觉像是以小人之心度君子之腹。她绞着手指，垂头道：“对不起。”

Orino 苦笑：“别急着道歉，我确实有私心，也想用这个理由再见你一面。”

荆羡长长叹了口气，神情复杂地看他一眼。

仿佛在说，何苦呢。

Orino 靠到边上的墙，双手插着兜，漫无边际望向走道尽头的窗户：“你男友，是我见过的那位，对吗？”

荆羡“嗯”了声，翻转手心瞅着手机屏幕，上头未读消息多了五条，她一心两用地发了个“等”字，随即快刀斩乱麻：“我现在有事得走了。”

印证了心里的答案，Orino 的脸色不太好看，输给那个阴恻恻又乖戾的小白脸，他心中意难平。正欲说些什么，忽而留意到电梯门重新打开。

说曹操，曹操到了。

Orino 视线掠过那阴沉着脸的青年，平静道：“若我和他同时遇到你，结局是否不一样？”

青年慢下脚步，驻足原地。

角度的问题，荆羡并未看到后方来人，她没半分犹豫，很痛快，也很绝情：“只要他出现，就不会有意外。”

Orino 轻轻笑了声，似是自言自语：“是吗？明白了。”

语罢，他径自离开，同胜利者擦肩而过时，略微一停。对方面无表情地盯着他，嘴角扬起些微讥诮弧度。

这场仗，他败得一塌糊涂。

荆羡故意等 Orino 上了电梯才转回身，结果头刚扭过来，就见到了本该等在地下室的男朋友。

容淮似乎不太高兴，眉梢眼角透着阴鸷，见她主动投怀送抱，才伸手蹭一下她的脸颊：“解决了？”

荆羡重重点头，小鸡啄米一般，用力保证。

容淮心里那点隐火蓦然散了，扣住她的十指，懒懒地笑：“行吧，回家。”

圣诞一过，短短一周，即将迎来元旦假期。

临城今年的冬季较之去年更夸张一些，新年莅临之前接连下了好几场雪，南方城市何时见过这种阵仗？新闻台都连番报道，平日晚餐后，小区里全是堆雪人玩的小孩子，一改深冬萧条迹象。

虽说不是农历新春，荆念夫妇仍是提早归国，这次休了长假，打算好好陪陪一双儿女，等元宵过了再忙公事。

荆羡当然很开心，可开心之余又染上些惆怅。

现在就是这么个情况。

父母在家的日子，她住不了晓风和月，得天天在别墅待着，然后这阵子新年刊，公司事儿特别多，根本抽不出时间见面。

一来二去，荆羡连续三天没见着男朋友。

元旦前的那晚，也是临假期的第一天，两人定了计划去邵忠的酒吧跨年，算是久违的约会。

荆羡晚上六点来钟和父母围在红木桌旁吃火锅，一开始还能聚精会神同他们聊天，吃到中途荆焱去机场接童茹玥，准媳妇执意过来拜访，于是又加了双筷子。

这顿跨年饭足足吃了两个多钟头都没结束。

荆羡坐不住了，心不在焉地摆弄手机，借着去洗手间的工夫给容淮打电话，得知他早就等在附近，又扒拉着浴室的百叶窗朝外看。

天公不作美，漫天大雪。

路灯的光晕被绵密雪花分割成片片，他靠着引擎盖，衣衫瞧上去有几分单薄，薄唇间一点星火，忽明忽暗。

荆羡不清楚他究竟等了多久，到底心疼男朋友挨冻，回座后三番五次尝试找理由脱身。

可荆焱非得和她对着干，冷着一张俊脸，每次她一说话就故意打断，气得她在桌底下踹了他好几脚。

兄妹你来我往，幼稚得和年少时一般。

良久，荆念放下筷子，似是头疼，摁着太阳穴打圈。

许柔看了眼丈夫，无可奈何地冲着女儿笑笑："他还没吃饭吧？"

荆羡愣住。

许柔到底心软，嘱咐用人开门，一边拍拍荆羡的手："行了，外面冷，让他进来吃点东西暖暖胃。"

就挺突然的。

荆羡也不是没想过见家长这个事，但考虑到荆念父子的态度，她原本打算从长计议的。

近些日子，应该说是容淮在纽约拿下那桩买断药剂的生意后，荆焱不知出于什么理由，开始不予过问她的私事，一度让她看到了希望。

然而她爸才是荆家的大魔王，她一直没敢打探动静，想着春节再动之以情晓之以理地摊牌……

现在强行被许柔提速了。

荆羡一时茫然，她并不确定这是否称得上好时机，感觉像是要打一场没有准备的仗。荆家父子直勾勾地看着她，她别开眼，转而对上母亲温柔又洞悉一切的眼神。

"外面都零下了。"许柔轻叹着抚过她的长发，催促，"愣着做什么，快去喊人进来。"

荆羡恍然反应过来，随手披上居家服的外套，一溜小跑。

荆念和荆焱两父子对视一眼，被许柔夹了两块刚烫熟的涮羊肉放在各自的碗里。平时睿智娴雅的女人若有似无地加重语气："吃你们的，别多话。"

像是暗示，又带着警告。

两个男人无可奈何地瞧着那个迫不及待往外跑的背影，谁都没出声。

冬夜寂冷，雪花纷飞。

荆羡跑得有些急，在离他十来米距离时才缓缓减低速度。容淮仍低着头，薄唇间的烟燃了一半，长长烟灰欲落不落，他把玩着手机，漫不经心的模样。

半晌，似乎感应到有人靠近，他抬起眸。

眼前的姑娘穿着雪白的羊羔绒外套，宽大兜帽覆在脑门上，周遭一圈柔软绒毛，衬得那张脸真只有巴掌大小。

冰天雪地的天气，她的呼吸成了有热度的雾气，就这么笑着扑到他怀里，叫他站了许久倍感寒意的躯壳再度复苏。

荆羡踮脚在他下巴亲了亲："你是不是等很久？"

"没，就一会儿。"容淮揽着她的腰，将人往副驾驶带，拉开车门时，又扫一眼她这身相当家居的衣服和卡通毛绒拖鞋，扬了扬眉，"你确定要穿成这样去酒吧？"

荆羡欲言又止："那什么……"犹豫半晌，回头看一眼灯火通明的别墅，硬着头皮，"邵忠那儿暂且推了吧，我爸妈让你进去坐会儿。"

容淮愣了愣，罕见地走神。

荆羡知道上回他在家门口受过父兄的轻慢，以为他不愿意，叹口气："早晚的事情，你忍耐一下，其实我爸人挺好的。"

容淮没说话，只迅速跳上车。

荆羡不敢置信地盯着他，手扶着车窗，着急道："什么意思？你要做逃兵？"

容淮伸手，捏一下她小巧的下巴，勾了勾唇："想什么呢？给我十分钟，准备点东西。"

准备……什么？

荆羡一头雾水，听着猛踩油门的烧胎声，又望着跑车扬长而去的踪影，实在摸不清楚他葫芦里卖的什么药，惴惴不安地回了别墅。

在许柔的授意下，用人们已经在收拾餐桌，手脚利落地换掉使用过的餐具，重新铺了桌布，再端上新鲜的鸡汤锅底和食材。

布置妥当，仿若回到了即将开饭的光景。

荆羡进门，四双眼睛，齐齐整整地望着她，她还没来得及解释，就听到一声冷笑。

荆焱见她背后无人，讥诮道："看来我们是白忙活了。"

童茹玥从桌下踹他一脚，用口型示意："你少说两句。"

荆羡懒得搭理吃错药的哥哥，摘掉帽子，坐到荆念边上，想了想，帮男友找了个借口："爸，他马上到，有个重要电话接一下。"

荆念俊颜淡漠，不置可否。

须臾，门铃响了。

一家人的注意力自然而然就往玄关处去，几乎是一开门，荆羡就明白了他方才刻意拖延的十分钟究竟意欲何为。

容淮左右手都拎着礼盒，这点工夫也买不到什么名贵的东西，看包装就是小区附近的进口超市。可能是因为计划要出去玩的缘故，他没做惯常的精英装扮，额前碎发落下来，神情平和柔软。

荆羡看了他一会儿，只觉此刻这位芝兰玉树的青年彻底颠覆了记忆里那位乖张狠戾的少年形象。尤其是当他开口，清冽谦逊的口吻，一声伯父伯母，喊得无比乖顺，仿若是特地上门下聘的好儿郎。

太能装了……

荆羡难得和荆焱有了同样的想法，只是后者心里对这句话完全赋予了贬义色彩。童茹玥何等聪明，怕搞得不欢而散，特地给小姑一个面子，借口不舒服强行把未婚夫带走了。

于是在座就剩了荆念夫妇两人。

不得不说，容淮这具举世无双的好皮囊总能锦上添花，而他这种临时登门不忘礼数的行径确实也挺懂事讨巧，再加上丈母娘看女婿的增益BUFF……

许柔已经站起来，让用人拿过礼盒，顺道招呼：“来，过来坐。”

容淮应言坐下，垂着眼睫：“抱歉，其实我早该过来拜访的。”

许柔微笑：“现在见到也不迟。”语罢，她将蔬菜和鲜虾加入翻腾的锅底，一边合上盖子，一边意有所指地看向女儿，“忱忱，怎么不介绍下。”

荆羡如梦初醒：“啊，我男朋友，容淮。”

她这番说辞简短到离谱，刚说完，饭桌上忽而陷入沉默，唯有咕咚咕咚冒泡的煮沸火锅在不遗余力地缓解尴尬氛围。

容淮侧头，不着痕迹看她一眼，微微上翘的眼尾，自带睥睨弧度，仿若在说，就这?

荆羡深吸了口气，镇定下来，认真补充：“容易的容，淮北的淮，是我的高中校友，今年8月20日开始交往的……”

她停顿半晌，耳根子有些发烫，异常郑重的口吻：“虽然交往时间不长，但在那之前，我们早就彼此挂念了八年。”

这漫长的八年，天各一方，至于中间为何分开，在场各位心知肚明。

许柔没直接参与棒打鸳鸯的前尘往事，但当年也间接支持了送女儿出国的决定。她自诩开明坦荡，如今被她这样一说，略有些愧疚。

荆羡本意不是责怪父母，纯粹为了证明这段感情的纯粹与羁绊，只是说者无心，听者有意。幸好容淮出来解围，笑容带着晚辈的礼貌，语调妥帖：“也挺好，没这八年，指不定早恋荒废学业了。”

许柔笑起来，越发觉得他顺眼。

荆念从头到尾都没开口，被老婆不轻不重瞪一眼，才口气淡淡：“来都来了，吃饭吧。”

火锅永远是最热闹的吃法，围着同一口锅，吃着同样的食材，无形之中就拉近许多距离，或许连根深蒂固的成见，都跟着消融一些。

容淮没怎么动筷，一直在礼貌应对荆念时不时抛出的问题，不算刁难，却相当尖锐棘手，带着上位者审视的严苛态度。

荆羡给男朋友夹的菜都快堆成小山了，耳朵里全是两人一问一答的公事，从青鹭药业的成立模式，到生物制药的前景，再到公司未来的发展规划。

锅里蛋饺浮起的时刻，她终于忍不住了：“爸——”

尾调拉得巨长，带着几分撒娇，更多透着股儿不能认同的埋怨。

许柔也很无奈：“你干什么呢？吃饭的时候能不能聊点正常的话题。”

荆念面对妻女的抱怨，破天荒没理会，只用一双洞悉人心的黑眸，慢条斯理地扫过坐在对面的青年。

对方一直很淡然，不卑不亢，逻辑和思维方式无懈可击，即便和天资聪颖的荆焱相比，也不遑多让。举止言行挑不出错，让人想象不到其会有那样低劣泥泞的出身。

良久，荆念靠回椅背：“家里的事，彻底解决了吗？”

荆羡捞丸子的手一顿，她立马想到被抓入看守所等待判刑的崔泠。同一时刻，震惊和意外窜上心头，她天真地认为父亲远在国外被蒙在鼓里，谁知道大魔王不改本色，仍是千里之外运筹帷幄。

他们的一举一动，像极了被猫盯上的老鼠，自以为瞒天过海，实则幼稚可笑。

容淮倒是笑意不减，面上坦荡荡，没有半分难堪："解决了，以后我便只有一个家。"

荆羡心中一暖，没再避讳父母，紧紧拉住了他的手。

两人十指交扣，更为纤细的那一双手覆在上头，无名指戴着戒指，镶嵌其中的清澄粉钻相当显眼，切割成完美棱边，灯光下熠熠生辉。

创业期间一掷千金买这么个玩意，这小子也挺疯魔。

荆念收回目光，嘱托用人打开冷落许久的红酒，面无表情地给青年满上半杯，口气不咸不淡："会喝吧？"

容淮站起，礼数周全地同他碰杯，仰头一饮而尽。

这一关，算是有惊无险地过了。

荆羡托着腮帮子，掩不住笑意，只觉这个温馨的跨年夜快活到了极点。

最终，容淮在酒量深不见底的荆念面前稍显青涩，这波尔多的葡萄酒入喉甘甜，下肚后劲强烈。再加上未来丈人抿一口他喝一杯的方式猛灌，他面色不显，眼眸已经染上淡淡醉意。

许柔出来叫停，赶鸭子一般让这对小情侣上楼，尤不放心，又亲自泡了热茶送上去。

"小淮，晚上别走了，睡客房吧。"

荆羡憋着笑，待得母亲离开，才躺倒在地上，四肢摊开来，在长绒地毯上欢乐地扭动，模仿这独特的称谓："小淮，你怎么样啊小淮，没喝多吧？"

容淮坐在一旁，背靠着这间公主房里夸张巨大的太阳花抱枕，半眯起眼瞧她。

荆羡爬过来，拱到他怀里，嬉皮笑脸："小淮为什么不说话？"

容淮轻笑："小淮在想，晚上要如何不动声色地从客房溜到这里来。"

荆羡："……"

她揪着他的领口，满眼警惕："你疯了，这是我家。"

容淮反手撑着地毯，身子懒散地朝后倒了些许，漂亮的眼里被酒意熏得潋滟朦胧，勾了勾唇："知道就好，所以，别挑战我的极限。"

荆羡不得不收回这个可爱又搞笑的昵称。

临近十二点，窗外灯火通明，湖对岸的市政厅广场有跨年演出，交响乐的悠扬恢宏被风送入耳中，预备的零星烟火间或渲染天际。

临城最高的地标建筑就在附近，由上至下的玻璃幕墙泛着闪烁LED流光，勾勒出四个新的年份数字，亮了一半，只待十二点的那一刻，全数绽放。

荆羡缩在他怀里，面对着落地窗，感叹："真美。"

容淮有一下没一下顺着姑娘的长发，忽而瞥到床底下的陈旧箱子，盖子规规矩矩地合着，上头被丝带缠了几圈，打了个蝴蝶结，像是刻意尘封。

他轻轻捏着她的下巴，往那个方向转："没看过？"

荆羡怔了半刻，伸长手将它捞到身边。从云离将它带回来后，她被真相和愧疚困扰，怎么都没敢打开看，后边搬回晓风和月，也就渐渐搁置。

潜意识里，她不愿意贸然对待这个陪伴在他最黑暗无光日子里的箱子，总觉得里头装了不得了的东西，要找个特别的日子，仪式感满满的时刻再开启。

容淮看出她的犹豫：“一起？”

荆羡犹豫点头，没解丝带，在盖子上用剪刀小心翼翼地弄开一个口，差不多手腕能钻入。她视若珍宝地抱着沉甸甸的纸箱，轻轻晃了晃，再放到地毯上，认真道：“我一件你一件，我先来。”

容淮笑笑，看着她卷高外套袖口，正欲探入，又停住，他眉眼一挑：“嗯？”

“还是你先吧。”荆羡一脸期待又紧张的表情。

容淮眯着眼笑：“行吧。”

就像变戏法一般，灰扑扑的围巾从那个口子里一点点拉出，很长一条，宽窄不一的尺寸，丑得没眼看，中间还有漏针造成的大缺口。

荆羡陷入呆滞。

记忆如潮水，席卷而来。

冬夜，她守在会所门口，瞥到少年的影子，抱着纸盒拦在他面前：“容同学，我想送你个生日礼物。”

少年上了机车，安全帽没扣，清清冷冷地一瞥：“我怎么不知道我生日是二月？”

她面红耳赤，仍是满怀勇气地递过去：“我看到你的入学登记了，我……”

“假的。”他连看一眼的兴趣都没有，似是不耐烦这位千金大小姐的纠缠，将东西抛回她怀里，“你能不能适可而止？”

荆羡的眼眶瞬间通红，自尊心碾了个粉碎，不想丢脸，背过身将纸盒丢到垃圾桶，手背胡乱抹着眼泪，径自叫了出租车走了。

少女淹没在风里的哭泣仿佛还在昨夜。

只是谁能料到呢。

这条早该被垃圾场填埋的围巾居然在八年后以这样的方式出现。

荆羡目瞪口呆，跪坐起身：“你……”

容淮支着腿，姿态懒懒散散，手圈着她的腰，掀了掀眼皮，就这么光明磊落地承认：“捡回来了。”

“死傲娇！”荆羡把围巾缠上他的脖子，用力压他到地上，恶狠狠地咬了下他的唇，“所以你生日是不是二月？！”

他任由她捉弄，乖顺无害的模样，轻声道：“我自己都不知道是几月。”

被抛弃在县城医院，被辗转送到孤儿院，兜兜转转颠沛流离，就连亲生父母都说不出他具体出生的日子。

坦白说他无所谓，孑然一身惯了，压根儿不在乎这世人眼里无比珍重的生辰日期。偏偏有个不知死活的姑娘，不管不顾搅得他的世界天翻地覆。

时隔多年，容淮依然记得那晚在寒风里翻垃圾桶的深刻画面。

说不上来当时是什么感受。

只是如今搂着朝思暮想的姑娘，那点儿曾经不知所措的挣扎全成了甜蜜。

跨年倒计时结束时，漫天烟花炸开。

重重光影里，他扣着她的后脑勺，无比眷恋地侧头吻上去，含糊道：“就当二月吧。”

尘封已久的箱子如改良版的潘多拉匣子，拥有着蛊惑人心的力量，打开后却不会遭受惩罚，唯独带来阵阵甜苦掺杂的心悸。

荆羡见到了各种年少时曾被她抛诸脑后的玩意儿，有些还算眼熟，能记起来龙去脉前因后果，有些则毫无印象，彻底遗落在记忆深处。

每一件物品取出，她都小心翼翼地将其归类。

荆羡花了很长的时间去辨别回忆，只是东西实在太杂，从袖珍笔记本到雨伞，她甚至在里面找到了在高二那年最喜欢的黄色发圈，那个游乐园门口扣在少年手腕上的记号。

岁月漫长，上头的星星图案都黯淡，变得模糊不清。

荆羡轻轻摩挲着沾了灰尘的布料，叹息：“我以为你早丢了。”

毕竟当初是她胡搅蛮缠地求约会，又为了那点儿小心思强行把发圈套在他腕间。而少年眉宇间隐约的不耐烦叫她毫不怀疑，半路回去时，它的宿命一定会是垃圾桶。

怎料世事无常。

她抬眸，若有所思地瞅他一眼，像是在等他的回应。

可容淮却没说话，或许因为今日贪杯了些，自从陪她抽完了箱子里的奖，就没再有多的动作。此时靠在墙边支着条腿，姿态慵懒，只用一双漆黑的眼回望着她。

外头烟火璀璨，他头微微仰着，迎着光影，那双眼里便如万千星辰落入里头，再慢吞吞地眨一下，长长睫毛覆盖下来，独留水光潋滟的浅浅醉意。

岁月并不公平，明明过了这么久，荆羡还能在那张漂亮的脸上见到若有似无的少年感。

若说唯一改变的，便是如今他沉默时，除了曾经令她疯狂迷恋的清冷神秘仍在，还有神态里不经意的缱绻温柔。

那只对她一人展现的，温柔。

荆羡没忍住，趴在长绒地毯上，手撑起来，如猫一般撒娇着，由下至上，在他殷红的唇上蹭了蹭。

容淮笑起来，眼尾轻挑：“就这样？”

荆羡看着他唇畔勾起的弧度，只觉如坐九重天上的云端，心都飘起来。美色当前，她无法限制心中所想，矜持和自控皆抛诸脑后，扯了下他的领口，有模有样地吻上去。

他头一回没展现惯有的侵略属性，任由她索取，手指揉着她颈后，一点点抚摸。

这剧本彻底反了，像个无害的清俊书生，赶考路上却被只下山的小狐狸百般纠缠。

荆羡整个身子都快嵌入他怀里，跪坐在他膝上，身子滚烫。渐渐地，他鼻息紊乱，唇舌也变得不安分，擦枪走火之际，强行掐住了她的腰。

他的嗓音被情欲灼得很沙：“你家。”

荆羡诧异于他的正人君子，又有些后知后觉的害羞，红着脸慢吞吞地挪开距离。

须臾，敲门声响起，用人规矩地站在门板后，并不刻意靠近：“大小姐，客房收拾好了。顺便，先生叮嘱您，晚上早些休息。”

荆念的吩咐，不得不从。好不容易缓和的关系，没必要降印象分。

容淮很快站起，瞅着小姑娘恋恋不舍的模样，又回身在她额上印下亲吻，临走前指了下地板上的箱子：“还有一样。”

荆羡怔住。

待他离开后，她将空荡荡的纸箱举起来，晃了晃没感受到重量。借着光亮往里瞧，才发觉贴壁处有一张纸，被卡在了缝隙处。

荆羡伸手捞出来，是封薄薄的信笺。

时隔多年，已然皱巴巴，封口处被人用透明胶带粘着，并不太牢，一边翘着。

荆羡放轻力道扯开，有些意外地看到她高二结束时的模拟考成绩。半张 A4 纸大小的排名卡，各科分数完美，下边的空缺处有她的笔迹——

容淮，我们 Z 大见。

她怔怔看了会儿，已经记不起这张卡片是如何到了他手中。端详片刻，窗外忽而炸开金色的雨，预兆着跨年音乐会即将结束。

她的心跳一下，犹豫着将卡片翻了个面。

背后是重复的字眼，很简单，亦很深刻，只有一个“好”字。

无数个好，没有什么排列规则，颜色深浅不一，大小也不同。唯一相似的是每一笔都异常用力，笔锋凌厉，像是刻骨铭心的允诺，又像是满怀希望的等待。

最后的空隙处，有暗红痕迹，还有一滴水渍，分不清血和泪。

荆羡深吸口气，猜测他写这些时应该便是在崔泠那一刀之后的养伤阶段。说不清是何滋味，她茫茫然望向天边逐渐消散的烟花，眼前倏然浮现出在 Z 大论坛上看到的视频。

那个深夜，等在公告栏前的少年，背影单薄，对着新生名单，站了一夜。

很奇怪，当时并未有所触动，如今回想，荆羡难忍鼻尖酸涩。仿若一根鱼刺，扎进了喉咙的褶皱，原先不很疼，然而却因为突如其来的吞咽，生生刺入了深处。

她趴在窗口，无声落泪，泪眼蒙眬地看着远方热闹褪去，浓重的黑再度渲染夜空。

良久，荆羡拿过手机，咽下喉间苦涩，瞥一眼那张卡片，在手机上敲下迟到的承诺：“以后不会分开了。”

他回得很快。

“生生世世。”

2 月 27 日，春节元宵后的第一天，荆焱和童茹玥顺利完婚。

原本荆焱特地为新婚妻子包下了哈勃岛的粉色沙滩，打算给她一场独一无二的盛大婚礼。无奈童母重疾复发，已是强弩之末，经不起舟车劳顿，两人便在临城寸土寸金的空中花园举行了仪式。

童茹玥的定制婚纱应她的要求款式简单，头发亦没有做过多造型，除了那顶价值连城的红宝石后冠，独留纯白素雅。

可荆羡看着她同哥哥对视的眼神，爱意掩饰不住，含情脉脉欲语还休，衬得那张脸格外动人。

荆羡只觉这位素来走朋克风的酷姑娘，从未有一刻如今天这般美丽。

宁瑶也来参加了婚礼，坐在装饰成棉花糖般柔软的月桂树旁，同好友咬耳朵："你哥就比你大两分钟吧？你们什么时候啊？"

荆羡毕竟脸皮薄，暗示性地轻碰了下她的脚，一边心虚地朝隔壁望。

容淮漫不经心地瞧着台上，斯文俊秀的新郎官正搂着心上人亲吻，先是蜻蜓点水，而后便在起哄声里一发不可收拾。

他看了会儿，缓缓靠回椅背，纤长指尖在桌上点了两下，又像是注意到被人窥探，侧过脸去。

荆羡被捉个正着，笑得不太自然，没话找话："他们挺般配的。"

容淮扬了扬眉，显然对这个话题并不感兴趣，碍于是她的兄嫂，仍是颇给面子地应了几句："嗯，你哥瞧上去善良多了。"

荆羡："……"

宁瑶忍俊不禁，在两人面上转了一圈，语调颇含深意："我突然想起，我好像从没有过做伴娘的经验呢。"

荆羡的脸腾地红了，转过身去掐她，有些气急败坏："我不也没有吗？嗯？你的厉灼哥哥呢？"

宁瑶翻个白眼："我是女明星，不可能那么快的。"

两个姑娘打打闹闹间，新娘的手捧花高高抛至空中，几个女傧相嬉笑成一团，你争我抢，都不肯放弃。不知怎么，那花束被其中一位的手臂挡了下，倏然掉转方向，朝着宴席区飞来。

差了几寸，宁瑶坏心眼地一拱，荆羡重心不稳，扶着桌子站起来。

那空运过来还沾着露水的玫瑰，便如命中注定写好的剧情，不偏不倚，落入她怀里。

荆羡蒙了。

宾客们认出接捧花的美人是荆家的掌上明珠，都很捧场地鼓掌，间或夹着善意的调侃。容淮支着额，若有所思地盯着她，眼里波澜不惊，瞧不出太多情绪。

他不表态，亦没有任何温情举动，这些起哄就显得格外多余，好像荆羡有多恨嫁似的。

宁瑶莫名尴尬，赶紧找话题岔开，顺手拿过捧花，放在空位置上。

这个风波就这么心照不宣地过去，之后的婚宴上，再没人打趣荆家女儿的终身大事。

老实讲，荆羡面子上确实有几分挂不住，然而毕竟不是心智不全的小女孩，一来她毫不怀疑他对自己的感情，二来她知道他眼下正值事业上升期，结婚或许略显匆忙。

所以她在稍微难受了那么一下之后很快又缓过来。

没什么可急的，过完新年，也就二十七岁而已，她一点都不急，还想多玩两年。

怀着这样的阿Q精神，荆羡让自己跳脱开这些奇奇怪怪的烦恼，接下来的日子，看他空中飞人处理美股上市的事情，自己也不甘落后，全神贯注投身到工作里。

时光荏苒，日月如梭，冬季的风从昨夜逝去，都没怎么享受春天的恣意，盛夏便风风火火来了。

七月底，崔泠的结局也在蝉鸣声中姗姗来迟。她在十三年前买通镇医院药房护士，用毒药慢性杀害丈夫的真相得以揭露，同时故意伤害罪，伙同团伙抢劫偷窃罪也一并成立，最终判处死刑，缓期两年执行。

法院判决的那一日，容淮作为重要证人前去旁听，荆羡因为有重要拍摄没能陪同。她整天都有些心神不宁，等到晚上加完班回去，正巧在楼道里与风尘仆仆归家的男友打了照面。

襄南今日有阵雨，他不幸中招，浑身都湿透，面色一如既往的苍白，额前湿发淋漓，状态并不太好。

荆羡欲言又止，最终什么都没说，只温顺地埋入他怀里，手伸到他腰后，安抚又生疏地拍了拍。

容淮埋在她颈窝，语调挺淡然："我没事。"

可惜等到夜半，他又发起高烧，荆羡心疼得要命，忙着物理降温，又是喂药又是测体温，折腾半天，他才半梦半醒地睡过去。

荆羡差不多也快精疲力竭，火速冲完澡，跟着躺下。

第二日是周末，她没设闹钟，却反常地在天蒙蒙亮之际苏醒，探手一模，旁边的床榻空荡荡。

荆羡瞬间清醒，抱着被子猛然坐起，趿拉着拖鞋喊他名字，以为会是在露台之类的地方缅怀岁月，谁知道男人端坐在书房，见她进来不动声色地关掉了电脑。

一连好几天，都是这样。

每次入睡前陪着她，醒来时却不见踪影，古里古怪地摆弄笔记本。要不是这人几乎夜夜抱着她需索无度，她差点以为他每日都在偷偷看小电影。

心里的困惑愈来愈大。

直到有一天，荆羡非常偶然地在朋友圈刷到了李晋的新动态。

"哥们打算和女友求婚，有建议没？成功采纳的重重有赏。"

这条朋友圈就出现了五分钟，等到她手指松开再度刷新时，就什么都看不见了，像是做贼心虚，故意删除了。荆羡的智商遗传父母，随便思忖半刻，心里便有了初步的怀疑。

当晚，她缠着容淮没完没了，活脱脱一个榨干精血的妖精。他虽然觉得蹊跷，但也陷在这销魂的美人陷阱里，恨不能死在她身上算了。

伤敌一千，自损八百，夜半，荆羡强撑着起身，解锁了他的手机。

果然，李晋那条朋友圈还在，原来不是删了，是故意分组屏蔽她之后又发了遍。

荆羡对着空气发了好久的呆，渐渐控制不住嘴角的弧度，怕惊动熟睡的男人，就一直捂着嘴。翌日，趁他去超市采购，她破解完电脑密码，很自然就发现了他浏览各种求婚好点子的网页记录。

联想到他布置的烛光晚餐、摩天轮、香槟玫瑰等等土到掉渣的浪漫行径……

荆羡相当能理解他迫不得已和网友求助的心情。

惊喜提早窥得，并没有破坏任何流程。

荆羡伪装得很好，按兵不动，她甚至在镜子面前练好了表情，届时该如何喜极而泣，该如何不可置信地睁大眼，总之绝对能让他满意。

只是这苦等的日子，未免太长。

等到她这一年生日来临之际，荆羡已经彻底没了耐心，和宁瑶抱怨N次之后，宁瑶在电话里大吼：“你不能自己主动点？新世纪了，就算女人和男人求婚也没什么大不了的吧？”

不得不说这番话犹如醍醐灌顶，荆羡挂完电话后，竟然心动了。

随即这念头就跟鬼迷心窍一般，日益发酵，她在日历板上画了红圈，8月25日，如果他再没动静，那就换她来。

又一年生日，正式迈入二十七岁的坎儿，奔三指日可待。

容淮请了一帮子人，在映莲餐厅帮她庆生，李晋、邵忠都成功脱单特地带了女友来。蛋糕是特制的三层，服务生帮忙切了一块最中心的端给寿星。

荆羡面带微笑，在那块蛋糕里反复搅了至少三次，没发现戒指后心态崩了，她决定不再等待。

临散场前，她破天荒喝了四分之一杯啤酒，壮胆。

容淮也没阻止，买完单后电灯泡们很识趣地闪人。他牵了她的手，信步闲庭一般，走在街边，淡声：“先不开车了，散散酒。”

荆羡憋着一股气，不吱声。

途经三中，不远处的夜宵摊依旧热闹，补课的男学生们嬉皮笑脸地围在一块吃烧烤，也有几对情窦初开的少男少女，喁喁私语。

此情此情又勾起回忆。

荆羡驻足许久，被他拉了一把才回过身，不知不觉已走至学校门口。

容淮：“进去逛逛？”

荆羡有点蒙，看着分立两侧有些年头的两块木质校训，又伸长脖子，望着里头黑漆漆的教学楼，脑子转不过弯：“大半夜的，又是暑假，门锁着呢，怎么进。”

然而他并没走正门，牵着她来到北边暂时封闭的消防通道。两边石墙不算矮，边上有棵同等高度的歪脖子树，树干间印了不少脚印，显然是三中混混们来去无踪的绝佳路径。

荆羡咂舌：“蒋老师难做啊，这墙都加到这么高了，难道这就是所谓的道高一尺魔高一丈？”

容淮攀上树枝，身手干脆洒脱，随后将荆羡拉上来，语气散漫：“老蒋要真心狠，就该把这树砍了，他不过睁一只眼闭一只眼罢了。”

荆羡点头。

容淮将她抱到墙头，自个儿先行跃下，继而仰头，静静望着坐在围墙上的姑娘。

她穿着短裙，脚踝纤细白嫩，双腿轻轻晃荡，风吹着脸颊边的长发，头歪着，娇憨又天真。

那位一跃而下强行扑入他怀里的少女似乎从未走远。

共同的回忆让两人陷入短暂的沉默，彼此对视，情意如破土春笋，在雨水的浇灌下，无限生长。

月明星稀，夏风阵阵。

荆羡鼓起勇气，念出了当年的称谓：“喂，容同学。”她鞋后跟蹭了下砖墙，缝隙里的泥土扑簌簌往下落，她深呼吸两口，冲他眨眨眼，“你想不想尝尝仙女味？”

容淮插着兜，喉结滚了滚。

有那么一瞬，他像是穿越回了过去，他看到年少时的自己就站在面前，也看清了她落入少年怀中后被推开时落寞的小脸。

他冷眼瞧着，恨不能将那挣扎不堪言不由衷的少年一脚踹开。

哪怕那个人就是他自己，亦无法原谅。

须臾，墙上的姑娘拉长着调，百般委屈，又像是撒娇地重复："想还是不想，你倒是说话呀。"

容淮从臆想的幻境里回神，缓缓张开手："想的。"

然而她没急着下来，舔舔唇，像是下了重大的决定，垂头去摘无名指上他去年圣诞节送的戒指，一边摘一边嘀嘀咕咕："你配合一下我，等下你……"

"荆羡。"他开口打断。

荆羡："嗯？"

容淮看着她，面上表情挺淡漠，只是眼神别样炽热，这两种特质矛盾糅合，反倒显得他有些不自然，薄唇抿成直线，像是紧张。

荆羡心跳慢了半拍，意识到什么，把手背到身后。

夜空里，他的嗓音缓慢又温柔："我一直在想，什么样的时间，什么样的地点，什么样的方式，才能让这个流程显得不那么随意，才能足够弥足珍贵，让你我刻骨铭心。"

荆羡攥紧手指。

"可我发现我错了。

"唯一重要的因素是你，只要你在，这一切就有意义。"

容淮从裤兜里摸出红丝绒盒子，单膝跪下："所以，嫁给我。"

荆羡泪如雨下。

她想，何尝不是呢。

不需要那些山盟海誓，也不需要花费心思的惊喜，更不需要空前绝后的浪漫，只是那么简简单单几句话，就足够了。

她爱了那么久的少年。

她午夜梦回时的遗憾。

她十几岁时就开始的梦。

终于在二十七岁时，圆满成真。

荆羡跳下来，勾上他的脖子，眼泪尽数落在他颈侧："你甩不开我了。"

容淮："求之不得。"

他的天上月。

终于落到他怀中。

这一辈子。

下一辈子。

生生世世，他绝无可能再放开她。

番外一

少女心事

教室里的吊扇在斑驳天花板上慢悠悠地转，黄昏暖色透过玻璃窗，被旋转扇叶切割成道道变幻光影。

日落时分的太阳格外固执，比清晨更耀眼，似是不甘离去，就跟黑板旁的数学老师一般。明明下课铃声如此清脆悦耳，他还恍若未闻，划拉着三角板选择继续在讲台上唾沫横飞。

可恶啊。

快到饭点了，高二八班的学子们都有些烦躁，无奈遇到这位从实验班过来代课的王老师，知晓他一点就着的脾气，均是敢怒不敢言。

荆羡也不例外，脚尖轻轻点着课桌腿，纤白指尖夹着中性笔，有一下没一下地在草稿纸上画圈。

墨水溢出笔尖，先是没有意义的混乱线条，继而缓缓勾勒出一个“容”，写到第二个字时，前排同学倏然轻咳了声，她如梦初醒，半是懊恼半是心虚地死命涂掉。

须臾，隔壁传来压抑的轻笑声。

荆羡扭头，撞上同桌促狭的视线，她欲盖弥彰地将纸翻了个面，脸上的热度却已经起来了，只能装模作样地瞪对方一眼。

宁瑶挤眉弄眼，很迅速地在演算本上写了行字，用手肘压着，推过去一些。

“今天周五，要不要碰碰运气？”

荆羡小心翼翼地扫过周遭，见没人注意到这边，才偏了偏身子，看清楚后脸颊粉意加深，却也懒得掩饰了。她重新盯着黑板，不动声色地比了个“OK”手势。

要去的。

一周就这么一天。

有机会在篮球场见到他。

下边悄悄摸摸交流少女心事，上边依旧是如火如荼的几何证明题解析。

良久，王康州将粉笔丢回盒子里，早就谢顶的脑门上满头大汗，嗓音倒是中气十足：“行了，就到这里吧，你们进度和实验班不一样，作业等你们班主任晚自习来布置。”

漫长的第四节课总算结束，急着祭祀五脏庙的男生们按捺不住，桌椅拖拉的声响接连响起，脚步火急火燎，飞速往食堂冲去。

没两分钟，教室空了大半。

荆羡也挺着急，迫于校花形象，没敢玩冲刺，步履匆匆经过王康州时，不幸被喊住。

王老师随手翻两页卷子，确认了小姑娘接近满分的分数，素来拧着眉的神情放松些许：“你留一下。”

宁瑶给了个爱莫能助的表情，先行撤了。

荆羡远远望一眼远处教学楼外的运动场地，在心底无声叹口气。尽管内心煎熬，作为全校师生眼里的资优生，她依旧表现得老老实实，很乖顺地站在一旁。

王康州有点哀叹这棵好苗子被埋没在文科班：“省数学竞赛在下个月，你们郁老师推荐你参加小班集训。摸底卷子做了没？”

荆羡颔首：“做了的。”

王康州：“行，晚上七点，302 教室，带好卷子过来。”

荆羡被班主任耳提面命过多次，早就得知了消息，这会儿也没意外，挺干脆地应了：“收到，我会准时出席的。”

王康州点头，示意她可以离开，转头收拾教案资料。

荆羡出门，瞥了眼手表上的时间，估摸着机会凉了，小脸上带着谜之哀怨。

宁瑶正趴在走廊上等她，神情很是微妙，见她过来，手抬起，虚虚一指：“你丧个屁啊，瞧瞧。”

“什么啊？”荆羡踮脚踩上了铁栏最下边的翻皮，探出小半个身体朝外张望。出人意料，平日门可罗雀的场子今日爆满，可能性不外乎两种，有比赛抑或是有焦点对象。

老天保佑啊。

荆羡思忖两秒，直接就往楼下赶。宁瑶一脸坏笑跟在后头，嘴里还说着风凉话，被荆羡掐了一把后老实了。

应荆大小姐强烈要求，两人在距离目的地五十米处慢下来，手挽着手，装作若无其事，轻松写意地经过。

宁瑶充当了观察兵，异常尽责地汇报：“奇怪，容淮没在打球啊，场地上没见着……等会儿，在在在！”

荆羡被对方搞得一惊一乍，她走在临近防护网的那一侧，实在忍不住，微微侧过脸去。

场边立着两架看台阶梯，右边清一色娘子军，左边围了几个打球轮换下来的男孩子。至于乱她心者的那一位，就坐在最上面一阶，姿态松松散散，正支着额头听人说话。

冷白的皮肤，昳丽的眉眼，仰头喝水时清俊的下巴线条都叫人着迷。

有少年在他身边耍宝一般表演花式运球，他翘着嘴角，难得心情不错的模样。被几个跟班缠到不行，他随意从阶梯步下，勾手抢过篮球，再一松手，利落地后仰跳投。

三分线外的距离，“唰”的一声，空心篮命中。

这动作直接就让全场女生大脑宕机了。

宁瑶喃喃出声：“啊，我死了。”

荆羡：“我也……”她用力晃了下脑袋，努力控制表情管理。可是这个人确实要命，几乎每一处都长在了她的审美点上。

她不得不承认，自己终究不过一介凡夫俗子，从一开始的好奇，到中途的不由自主，如今已然越陷越深。

显然，在场的妹子们也顶不住这种暴击，开始互相怂恿起来。

“你去送水呀。”

“不敢。”

“你们不是一个班的？”

“可他又不和我们说话。”

“那你不能主动点？”

“哎，有点怕他。”

“怕还过来干吗。”

“越危险越迷人嘛。”

接着是一阵花枝乱颤的笑声。

荆羡离她们还挺近的，就隔了一层防护网，这些对白一字不差全入了耳。她的情绪莫名复杂，指尖抠着铁丝网，不发一语地瞧着宁瑶。

“难度挺大的哈。”宁瑶咽了口唾沫，压低了嗓音，“你说他冷，倒也不是，就很矛盾的气质。可能大家想的都一样吧，不然都整个学年了，怎么递情书的勇士一个没有？”

荆羡没说话，眼神又飘回到容淮身上。

他已经穿回了外套，顶着全场妹子的注目礼起身离开。邵忠赶紧凑上去，一脸苦相：“你上午不在，老王让我转告你，今晚竞赛集训不来的话，这周不许坐着上课。”

容淮面无表情：“这周都结束了。”

邵忠垂着脑袋：“可我双休日要来补课的，王老师万一迁怒我怎么办？”

容淮瞥他一眼：“子承父过，有问题？”

李晋和薛安阳同时爆笑。

邵忠：“……”他自知无力左右容淮的决定，转而把不爽发泄在了幸灾乐祸的两个麻瓜身上。

三个人跟在容淮后边，打打闹闹地走远了。

看方向是去食堂。

宁瑶扯了下身边正发呆的姑娘，下巴扬起，暗示跟上去。荆羡心照不宣，怕被人看出蹊跷，刻意绕了一条岔路，结果反而比那位更早到了些。

时值下午六点半，过了高峰期，里头都没几个人排队，长桌上的学生们也都差不多用完餐，陆续离开。

宁瑶去最边上的窗口等新鲜出锅的煲仔饭，荆羡没什么胃口，磨磨蹭蹭半天，也没见着容淮身影，心不在焉地把饭卡放到机器上。

食堂阿姨早认识这位挑食出名的漂亮小姑娘，菜勺颠两下，打趣道：“你能吃的只剩下油焖茄子和白灼虾啦。”

荆羡有气无力：“谢谢，就这两样吧。”

扣费时不太顺利，她的卡片不知道出了什么问题，刷不出来，折腾了会儿又显示余额不足。

充值间，后边不知何时又排了一人，兴许是等得不耐烦，球鞋无意识地在防水地板上蹭了下，发出短暂又尖锐的声响。

荆羡忙活完，一手接过餐盘，自然而然地扭头。

少年眼眸漆黑，秀挺鼻梁上还有运动后的细密汗水，视线很短暂地在她脸上逗留半秒，波澜不惊地收回。

荆羡蒙了，近距离接触的冲击太大，她一时愣在原地，可他却像是耐心消失殆尽，侧了侧身子，单手撑在窗口，嗓音清清冷冷："麻烦让让？"

她恍然回神，扭头就走，正巧他上前，探头和食堂阿姨说话。

这么一交错，荆羡的餐盘不小心被他手肘撞了下，她心思本就飘了，突遭变故，根本拿不稳。那饭菜就如天女散花一般，连着不锈钢餐盘，"哐啷"一声摔个彻底。

旁边负责清洁的大爷气急败坏地吼了声，拿着拖把过来："你们怎么回事啊？"

众目睽睽之下，荆羡的脸瞬间红了，她赶忙帮大爷捡起餐盘，连连道歉，自己也顾不上重新打饭，强装镇定地往角落那桌走。

宁瑶目睹全过程，搅拌煲仔饭的手一顿，试探道："我再帮你去点一份？"

荆羡摇头，托着腮帮子，一副神游天外的模样。半晌，她的指尖滑过滚烫的耳后，捂着唇，单边脸颊酒窝陷下去，小声道："他和我说话了。"

宁瑶真的不懂单箭头患者的逻辑，硬着头皮发问："说什么了？"

荆羡笑起来，学了下他的腔调，一字一顿："麻烦让让。"

宁瑶翻个白眼，再度无言。

从前不识情滋味，不懂怦然心动的滋味竟是如此美妙，他的只字片言都好比裹上糖霜的松软面包，咬一口，心都化了。荆羡支额，歪着头，清澄大眼里充斥着朦朦胧胧的缠绵情意。

宁瑶看得头皮发麻，很想给她脑门一筷子，让她清醒的话到了嘴边，瞥见由远及近的颀长身影，倏然卡顿。

"荆羡。"

"嗯？"

宁瑶埋头，脚伸过去，顾不得太多踹了她一脚，从牙缝里挤出字："高能预警，保持形象。"

荆羡吃痛，不明所以。

下一瞬，面前多了份饭菜，打得满满当当，三荤两素。少年弯腰，纤白指尖在桌上点了下，面上是惯有的漫不经心："赔你的。"

语罢，他也没在意她的反应，无心搅乱一池春水，却半刻不停留，这么潇潇洒洒走人了。

荆羡："……"

开始有人频频往这边看，伴随着窸窸窣窣的交头接耳。邵忠的起哄尤其夸张，频频眨眼，活脱脱一个马戏团的小丑："淮爹，那位是谁你知道不？"

容淮拆了筷子，理他的兴致都没有。

李晋看一眼小姑娘百褶裙下那双莹白如玉的长腿，没忍住吹了声口哨："初恋女神，名不虚传。"

薛安阳扶了下眼镜，认真补充：“听说在十九中有个青梅竹马，天天中午往那儿跑。”

容淮压根儿没在意，昨夜通宵打工，这会儿头疼得厉害，再听这帮人吠吠，面色阴恻恻：“闭嘴。”

三人立马收声，活灵活现地表演默剧。

至于那一边的荆羡，早就被幸福冲昏了头脑，一口饭一口菜，由着勺子送入嘴中，细嚼慢咽。

宁瑶挑了下眉：“你不是不吃豆芽吗？”

荆羡有些艰难地咽下，秀气的眉毛都拧在了一处，仍是嘴硬：“这不是豆芽。”

宁瑶故意拉长调：“哦——”她一脸坏笑，“不是豆芽，是来自某人的爱。”

“别胡说。”荆羡红着脸，眼睫毛颤了颤，又塞了一口。

少女怀春总是诗，然而这一天的惊喜远远没有结束。

夜晚，暴雨不期而至，雷声轰鸣，在天边翻滚。

快到竞赛集训的时间了，偏偏又是这么大的雨，荆羡的伞都快成了摆设，好不容易赶到 302 教室，扫一眼，挑选出来的八个人，唯独他没到。大概是早就预料到结局，她也没太失望，自己找个桌子坐下了。

七点整，王康州掐表到了。

他一来就指挥男生们把多余的桌子搬到后边堆着，就留了前排四张，距离讲台堪堪一米远，美其名曰：更近的位置，更高的效率。

几个人都各自找伴儿拼一张桌，荆羡本来想和现场唯一的女生搭伙，谁知道妹子转头就和实验班的一个男生坐到了一块。

荆羡头一回有了被排斥的微妙感。

但一个人坐也没什么不好的，她乐得独享帝王位，把笔袋文具什么的都摊开，又拿出昨晚认真搞定的卷子，仔细铺好。

王老师脸色不太好看，关注的焦点人物没到，心情欠佳。但他似乎也没什么办法，叹了口气准备上课，怎料下一刻，罪魁祸首悄然而至。

敲门声响了三下。

少年凭空出现在门边，额前碎发半湿，雨水划过潋滟的唇，沿着线条优美的脖颈朝下落，他也不在意，随手把湿发全往后捋去，嗓音带了点鼻音：“报告。”

荆羡根本没料到有这一出，手中的笔都掉了，慢慢悠悠滚至桌边，掉在了地上。

容淮跟着看过来，可能是记起了傍晚的小插曲，这回停留的时间比上次久了些，稍微顿了顿，收回视线。

“你不迟到就不舒服是不是？”王康州意思意思训了几句，目光扫一圈，朝教室里唯一空着的座位抬了抬下巴，“行了，别磨叽，你就坐荆羡旁边吧。”

荆羡：“……”

荆羡看过的言情小说里，但凡写到校园梗，似乎男女主角同桌的设定总是占据大半，毕竟这样培养感情更容易水到渠成，互动多了，自然羁绊也多。

不过她和容淮之间，隔了文理这条大河，同班都做不到，更勿论同桌了。

而眼下，王康州的一句话让不可能变为了奇迹。

荆羡都不知道该用什么形容词来描述此刻的心情了，她还保持着仰头的姿势。

容淮侧头，看了她一眼。

荆羡这回顶住了，强行镇定地和他对视了一秒。不管课桌下的手有多用力揪着裙摆，至少表面看起来，她没什么破绽。

他的眼眸清清冷冷，分辨不出情绪，长腿一迈，走至她旁边，拉开椅子。

校服袖子原本松垮，因为这动作扯高了些，荆羡发现他左手虎口处和指关节都有几处红痕，硬生生破坏了那双手的美感。

看颜色应该不是旧伤。

所以是下午打篮球弄伤的吗？

荆羡垂着脑袋，偷偷多瞄了两眼。

容淮压根儿没在意，坐下之前大发慈悲帮小姑娘把笔捡了上来，但态度真算不上温柔，随意一抛，那根明黄色的卡通弹簧笔堪堪落回了她的笔袋里。

荆羡沉默半晌，说了声谢谢。

容淮眼皮掀了掀，没理会她的道谢，指尖在堆满她物品的桌面上轻点了两下，语调懒懒的："留点地儿，同桌。"

近距离说话，他的嗓音听上去更犯规了，跟润了橄榄油似的，尤其是最后"同桌"二字，酥酥麻麻的，成功让荆羡心跳失速。

她欲盖弥彰地把捋到耳后的头发盖到前边来，一边迅速把东西收拾到自己的半边领地。

结果在她为他空出大好河山后，这人靠着椅背，慢条斯理从外套衣兜里摸出了他唯一的学习物品——

一张空白的皱巴巴的卷子。

荆羡："……"

大家的桌子都是紧靠着讲台的，王康州又怎么会看不到，他正打算讲解真题呢，看到这一幕，暴脾气按捺不住了。

"我昨天布置的内容，你为什么不做？"王炸直接发难，粉笔头往下一丢，怒道，"竞赛代表学校，也代表你自己，用不着敷衍我。"

白色的抛物线，划过漂亮轨迹，准头很不错，不偏不倚地砸在少年秀挺的鼻梁上。

剩余的人齐刷刷侧头。

容淮睫毛都沾了灰，半眯着眼，平静道："我做了的。"他抬手，拇指揩掉眼尾的些许粉末，笑容很淡，"就是没写上去。"

这答案，全场叹服。

荆羡第一次听到这么奇葩的借口，特别是从他口中说出来，那种淡然的调调无懈可击，差点就说服她了。

王康州血压都高了，从牙缝里挤出字来："那我错怪你了？"

"没有，您砸得对。"容淮随手捻着落到桌上断成半截的粉笔，很轻地笑了一下，"我这不是没躲嘛。"

在座七个吃瓜群众，除了本就属于实验班的妹子之外，其他人的表情都很精彩，尤其是几个男生，只差没把“牛”字挂在脸上了。

王康州没讲话，他看着面前的少年，突然无比怀念对方之前在课堂上安安静静睡觉的模样。

两人无声对峙了半分钟，容淮扬了下眉，先行站起：“这样，我写完再进来。”

总算知道先行示弱给老师留面子了，王康州火气降了点，记起开先进大会时校长千叮咛万嘱咐今年要多捧点荣誉回来，没再揪着不放：“行了，你坐着吧，把后边大题写了，晚点我检查。”

风波暂时告一段落。

外边雨势小了些，没了狂风侵袭窗户，教室里静下来，唯有王康州在讲台上不遗余力地分析选择题的高亢声音，他讲课一直很激情，还喜欢点名让人分享解题思路，叫学生没法开小差。

荆羡托腮，盯着黑板，实则一心两用，余光非常隐蔽地瞥向隔壁。

这也不怪她，心心念念的对象就坐在边上，谁能视若无睹？然而她的新同桌，低着头，就像睡着了一般，手懒懒支着下巴，动都没动一下。

荆羡壮着胆子，又看了一眼。

这回被抓了个现行。

他突然侧头，迎上她的视线，一边把卷子翻了个面儿，一边又打了个哈欠，也不知道方才是真困了，还是在看题。

荆羡临场反应很快，指指他眼周，暗示粉笔灰没弄干净。

然而容淮没什么反应，换了只手撑额，依旧是那副意兴阑珊的样子。王康州边讲题边在讲台上对他发起死亡凝视，他“啧”一声，目光回到她身上：“能借支笔？”

还真有人两手空空来集训班的。

荆羡下意识地反问：“你笔都不带？”

她的嗓音很轻，无奈时机不巧，正逢王老师拿起保温杯喝茶的间隙，这个疑问便在突然沉寂的教室里无限扩大，清晰可辨。

有道是死罪难免活罪难逃。

很快，炸雷一般的怒吼平地而起：“给我滚到外边去写。”

容淮也懒得折腾了，径自起身，临走前又瞧了隔壁一眼。

小姑娘巴掌大的脸，嫩白的皮肤泛着粉意，乌蒙大眼眨巴了两下，透着股儿“不关我事”的无辜劲儿。

幸好还算识趣，踟蹰两秒，从笔袋里抽了支羽毛笔过来。

他接过，扯了卷子往外走。

荆羡托着腮帮子，目送他离开，门开的一瞬，初夏的风卷进来，夹着潮湿的气息。她穿着短裙和及膝袜，不由自主打了个寒战。

再看他，背影清瘦颀长，校服外套没扣好，里头的黑色 T 恤露了一截出来。

这装扮也没比她好到哪里去，撑死就两件了。

荆羡挺愧疚，她没办法再集中注意力听王康州的课，目光在黑板和卷子间游移，时不时瞄一眼窗外。

少年神情淡然地站在走道里，背后是漫天雨帘。

他微微俯下身，一手撑着铺在窗台上的试卷，一手握着她那支可笑的笔。落笔的速度很快，偶尔会停一下，但也就二十来秒，随后就跟有标准答案摆在面前似的，继续唰唰地往下写。

一张竞赛的真题卷子四十五分钟，第一节晚自习的下课铃声响起时，这人已经完事了。

须臾，课间休息，集训班的几位都去厕所了，王康州并不信邪，喝了口养生茶，坐在他的方凳上，干脆仔仔细细检查成果。

良久，他推了推眼镜，神情复杂地让人回座位了。

荆羡趴在桌子上，佯装休息，听到桌椅拉开的响动，调整了一下状态，缓缓抬起头来。

她觉得她得说点什么暖暖场。

毕竟她没杀伯仁，伯仁还是因她死了。

但是荆大小姐素来是被搭讪的那一方，她自己的开场白，确实很没营养。纠结了一小会儿，她干巴巴道："外面降温了吧？"

容淮摸出手机看了眼时间，心不在焉地"嗯"了声。

荆羡察觉到他的敷衍，睫毛颤了下，不再自讨没趣，重新趴回桌面上。

容淮没在意，继续摆弄手机，微信群里相当热闹，几个跟班翘了晚自习，正在夜宵摊潇洒，疯狂带图艾特他。

邵忠："淮爹，你几点结束？要等你不？"

容淮打下一串字："不用，有事。"

刚发送，屏幕显示有电话进来，他顿了顿，面色有些压抑的不快。抬眸看了眼正背手站门外的王康州，他靠回椅背，摁了接听。

对方的火气显然很大。

"你这个月迟到几次了？"

"还有，本周已经有五个客人投诉你态度不好，你来打工还是来装相的？"

容淮不发一语，眉眼阴鸷。

得不到回应，听筒那边的嗓音愈加暴躁：

"我警告你，臭小子，再两天就是考核日，酒水业绩没到，就给我滚蛋。"

话落，通话中断。

离得挺近，尽管没用扬声器，这些话仍七七八八入了荆羡的耳。她似乎窥得了什么秘密，有些尴尬，想了想，感觉这会儿还是当咸鱼装死比较合适。

空气里弥漫着沉默气息。

五分钟后，王康州敲响了战场的警钟。

"好了，既然是集训，就不要浪费时间在休息上面，都振作起来。"他风风火火拿三角板敲了敲讲桌，语速相当快，"今天把这套讲解完，我们再现场做三题演算。可能会有点超纲，你们就按同桌分组，先各自做，做完了讨论下答案，交一份完整的给我。

"提醒一下，最慢的那组晚上要多带一份真题走。"

闻言，教室里哀号漫天。

荆羡也很烦，不过她没表现出来，只看着王康州龙飞凤舞地在黑板上写下题目，从书包里拿出了一沓草稿纸备用。

全场最淡定的可能只有她身边这位阴晴不定的年级大佬了。

不过出于矜持和方才被无视的憋屈，她并不打算主动和他合作解题，一个人趴在桌上，边看黑板边理思路。

只是没料到对方直截了当替她做了决断。

“我赶时间。”容淮直勾勾盯着她，从她手肘下抽过演算纸，淡声，“就不讨论了。”

荆羡：“……”

人比人，气死人，原来智商碾压这种事情是真实存在的。全三中最顶尖的学霸们在这里苦思冥想，都为最后一题肝肠寸断时，这位花了二十分钟搞定，顺带还把她的错误步骤纠正了一下。

荆羡服气了，被打击到话都说不出来。

容淮没看她，拉开椅子站起。

“这么快交？”王康州却不打算放过他，手指点了点荆羡，“你分享下你的解题思路。”

荆羡束手无策，在其他组热火朝天讨论时，她只是默默演算，最多就是余光看他洋洋洒洒落笔，全程无交流。

这三题，她除了第一道，后面根本没来得及理清楚。

荆羡头一回陷入被老师抽查而答不上的窘境，这在她混得风生水起的资优生履历里绝对是耻辱的一笔。在座几个理科班的人已然开始窃窃私语，她站在原地，活像个剽窃他人成果的小偷。

煎熬间，少年破天荒解了围：“王老师，我们这儿还没完呢，我去趟洗手间而已。”

王康州盯着他，面色阴晴不定：“快点。”

容淮凉凉地笑：“算了，又不想去了。”他坐下，把原本打算交的答案纸重新摊开，懒懒散散转了一圈笔，瞥了眼面红耳赤的小姑娘，“哪里不会？”

他凑得有些近，鼻息清冽灼热，若有似无拂过她的面颊。

荆羡看着这张无数次扰乱她心房的漂亮面孔，立马没出息地原谅了他原本独自行动的冷漠，像是有意延长相处的时间，她垂眸：“都不会。”

容淮：“……”

就这样，梦里都不敢出现的情节在现实中上演了。

只是并不太和谐。

一个根本算不上好老师，天生的没耐性，惜字如金，就连讲题都只是点到为止；另一个则是家里惯着长大的千金大小姐，心高气傲，完全受不了委屈，倔起来就闷声不吭。

到最后，他们这组反而成了最晚的，临走前双双带上了惩罚大礼包。

王康州慢悠悠品着枸杞菊花茶，给两位一人发了一套多出来的卷子：“效率堪忧啊，竞赛时要是这么慢，我就不指望你俩拿名次了。”

容淮面无表情地瞥了荆羡一眼。

小姑娘绷着张脸，脊梁挺直，纤细脖颈仰着，估计是刚才被他嘲弄两句不太高兴，眼下正动作生硬地收拾东西，乱七八糟的随身物品被她丢进包里，弄出的动静无法忽略。

脾气倒是挺大。

容淮没兴趣再和这种娇生惯养的小女孩玩过家家，率先出了门。走至阶梯，兜里手机再度振起来，他鞋尖抵着栏杆，满脸不耐烦：“别催行不行？马上到。”

对方骂骂咧咧：“行，有种。今晚五万流水，做不到明天别来上班了，我会和经理交代的。”

容淮嗤笑一声，挂断电话。

大雨渐歇，月光显山露水，他看到地面多了道纤细影子，又听到脚步声轻微，踟蹰在背后。

不必回头也知道来人是谁，他懒得寒暄，长腿一迈，径自下楼。

两人一前一后走到北门外，始终保持着十来米的距离。

到了巷口，容淮跨上车，踏了下油门，引擎轰鸣，他戴上头盔，隔了一层头盔的透明面罩，目光若有似无地眺过去。

荆羡也不知自己为什么会跟到这处，她不敢同他对视，只用力捏着书包带子，佯装等人，别开脸去。

很快，少年绝尘而去。

荆羡心情复杂，感觉无意间拖了后腿，甚至有可能搅黄了他的兼职。黑色迈巴赫早就在路边等候，她跳上车，望着他远去的身影，像是鬼迷心窍，拍了拍司机的椅背，催促道：

“忠叔，快，跟上前面那位。”

荆羡由衷佩服自己，能干出这么丧心病狂的事情。

自从高一在新生礼堂对他起了心思后，她一直伪装得很好。作为学校里风头无二的人物，她承认自己有几分虚荣，既不愿沦为他人口中的谈资，也不高兴放下自尊去玩倒追。

日复一日的单相思里，日记本上满满当当都是这个人的名字，已经毫无缝隙地衔接她的梦境与现实。

尽管如此，她也没打算付诸行动。

最好的结局是什么？

在荆大小姐的设定里，要么让他主动投诚乖乖拜倒在她石榴裙下，要么就等高三毕业，不行就大学里再耗四年，咱们山高水长，走着瞧。

只是这些微妙的平衡，被这场突如其来的数学竞赛给打破了。

远观和近赏是截然不同的体验，有过接触，贪心便如罂粟，被王康州的无心安排划破花壳，叫她再难满足目前的陌生人关系。

想要交谈，想要独处，想要更多……

各种念头接连不断。

荆羡在车里坐了半个小时，隔着一条街，一瞬不瞬望着他最后消失的地点。

独栋的建筑，五层楼高，房顶有着哥特式的尖端风格。宛若十三世纪暗黑童话的外墙上，爬满了藤蔓和蔷薇，窗户里缀着玻璃画。

她看了很久，才注意到门扉边上，忽明忽暗地闪烁着两个字——潮汐，像是店名。

奇怪的地方，说是餐馆，却没有迎宾的 waiter，说是商店，偏偏大门紧闭，这样独特引人注目的装修，若只是个空壳地标，他进去做什么呢？

最终，陪她发呆良久的司机按捺不住，像是看出她的疑惑，解释道：“私人会所。”

荆羡愣了愣，又顺着他的目光，看到隐蔽的花园树丛旁，豪车们依次盘旋而下，估摸着真正的入口在地下。

这么神秘。

荆羡迟疑：“该不会是那种……”联想到奇怪的情节，她有些难以启齿。

司机从后视镜里扫她一眼，被小姑娘天真的想法逗乐，笑道：“哪能啊，合法场所，商务应酬比较多，荆先生在国内的时候也常去。”

荆羡松一口气，赶紧把脑补画面尽数抹去。

能让荆念大魔王青睐有加的地儿，那决计不会差，这么一看这人兼职的格调还挺高。

荆羡趴在车窗边上，多问了几句要如何进去，得知是会员制需特殊卡片验证后，今日只好悻悻作罢。

到家后，她因着这一晚的跟踪事件，迟迟不能平静，在网上搜索“潮汐”会所，然而得到的信息寥寥。

房里冷气略低，她缩在被窝里，毫无睡意。

手机荧幕散着幽幽的光，她眨了下眼，点开微信界面，缓慢地将十一个数字输入到添加新联系人的搜索框内。

她很早就有了容淮的号码，也很早就烂熟于心，可始终没能有勇气主动联系。

她看着跳出来的微信账户，诧异地发现他的头像似乎变了，从一片漆黑的压抑莫名换成了一头囚禁在笼子里的野兽。

大半夜看这种图，观感不太好，荆羡没放大，在他受访限制的朋友圈无意识逗留了很久，没能战胜脑子里蛊惑的恶魔嗓音。

最终，她硬着头皮，拨通了她爹荆念的越洋号码。

用的借口是初中同学聚会，她做东，想找个私密性特别好的地儿。荆羡撒娇耍赖无所不用其极，十八般武艺都用上，才勉强磨得对方同意。

第二日，管家送来一张平淡无奇的芯片卡。

“先生嘱咐了，门禁十点半。”

荆羡满口答应，揣上这手掌大小的黑色卡片，约了宁瑶去血拼。她的零花钱素来宽裕，知道要披马甲，这会儿也不敢抠抠搜搜，直接杀去了高奢店。

御姐套装换了一身，高跟鞋似模似样一穿，清纯如白蔷薇的小姑娘便瞬间长大。

宁瑶满脸惊叹：“好成熟。”

“要的就是这效果。”荆羡接过店员搭配的黑超墨镜架上鼻梁，摆了个 POSE，“认得出我吗？”

宁瑶摇摇头，又指着她的公主头：“发型。”

荆羡脸上挂着运筹帷幄的微笑，给她看了网购的假发图片，自信道：“我的计划万无一失。”

有句话怎么说的来着。

你我本无缘，全靠我花钱。

这原本是粉丝自我调侃与爱豆之间的关系，如今用在荆羡身上，倒也八九不离十。既不想让对方知道自己的心意，又想和喜欢的人多点儿时间相处，矛盾如她，根本没得选。

过完周末，又是新的一周。

很遗憾，荆羡没能在集训班的小教室里再度遇上他，那一晚少年冷着嗓子同她讲题的经历恍若梦境。白天，她开始有意无意地路过九班，有时候是去洗手间，有时候是被老师叫去办公室帮忙批改试卷。

诸多机会里，能见到他的唯有寥寥数次。

少年总是困倦模样趴在桌上补觉，偶尔清醒，也是百无聊赖地靠着椅背，听着同年级男生们胡侃，面上永远是格格不入的阴冷。

像是游离在外的疏离，疏离到任何人都难以接近。

有那么一回课间操，下楼梯时她刻意邻着九班的队伍，擦肩而过时，因为拥堵的人群，肩膀同他撞了一下。

少年面无表情，双手插在兜里，抬眸瞅她一眼，不感兴趣地收回，前后停留不到半秒。

至于那个眼神，和看花花草草并无不同。

荆羡料想的惊鸿一瞥，根本没有发生，退而求其次的加深印象，也不存在。像是一场自我感动的独角戏，男主角从头到尾都是波澜不惊，唯有她弥足深陷。

这打击，绝对致命。

心高气傲如荆羡，都快魔怔了，她都分不清是自尊心作祟，抑或是思念成疾，总之，这一切，都如压垮骆驼的最后一棵稻草，逼着她将之前仍在犹犹豫豫的计划敲定。

荆念夫妇暂时在国外，荆焱这阵子又住校，天时地利人和，完全没有束缚。

荆羡在镜子前折腾了足足一个钟头弄好一身行头，随即溜去父母的卧室，用许柔的化妆品像模像样地画了个烈焰红唇。

末了她嫌不够，又捏着防水眼线笔，小心翼翼地在鼻尖上点了颗痣。

她没故意扮丑，露在外头的部分依然窥得见美貌，雪肤红唇，纤腰长腿，唯独少了稚嫩的青涩气息。

叫上出租车去会所时，出租车师傅是个二十出头的小年轻，给了荆羡十足自信，言谈间完全将她当成了同辈人。

“小姐姐去潮汐做什么？那可是出了名的销金窟，烧钱得厉害。”

荆羡摸了摸不太适应的栗色长卷发，对着反光的车窗检查自己的妆容，语调很淡定：“哦，我去找人。”

出租车师傅听到这甜软如羽毛飘浮的嗓音，愣了两秒，又从后视镜里打量她相当御姐的装扮，为这奇妙的反差而惊讶。

荆羡没心思寒暄，垂头摆弄手机。

一路上，微信消息不断。

宁瑶正在苦兮兮地上家教补习，身在曹营心在汉，恨不能耳提面命，一发三连击：

“注意你的人设！”

“一位视金钱如粪土的失意白富美。”

“同时身患隐疾，不能开口讲话。”

荆羡：“……”

半小时后，她刷完荆念的卡，立马从迎宾的 waiter 身上感受到了十足恭谨。

绕过古里古怪的入口，她跟在领路的工作人员后面，打量这寸土寸金的地儿。

与外观的风格不太一致，每一层都有不同的装修风格。

她现在去的 VIP 区域，位于顶楼，装潢是富人们最近玩出花的朴素风，配色简单，只在布局设计上格外花了心思，但装点物真是“豪”到没人性。

至少转角处那幅近代大师的真迹油画就值七位数，能这么堂而皇之地摆出来，足以证明来客皆非目光短浅之人。

走过长廊拐个弯，入目是四四方方的空间，中间有上浮式的阶梯，在半空延伸去两个方向。

引路的小哥尽责介绍：“每边的布置不一样，这个季节我们做了露天设计，您可以邀请朋友来这里赏月，或是用餐，我们会按照您的需求提前布置。”

荆羡随意往右走，推开门，里头花团锦簇，扑面而来的青柠草气息混着角落处的大马士革玫瑰香薰，叫人身心愉悦。

果真没有屋顶，夜幕为天，星空为墙，高脚吧台上的留声机放着怀旧的爵士乐。

荆羡瞄了两眼，明白它到底贵在哪儿了，这处处透出来的装相感足以把收费标准往上提两个档次。再看一眼酒水单，她无比庆幸带来的是荆念的卡。

不过这都不是重点。

荆羡坐到沙发上，缓缓交叠双腿，在手机备忘录上打下一行字，屏幕转过去：“我不太懂酒，能不能请个点单的服务生介绍下？”

小哥怔住，意识到这位客人怕是声带有什么问题。工作素养不允许他过多表露异样，很快，他恭谨地弯腰：“稍等，立马给您安排。”

荆羡比个手势，示意他暂停，一边灵活地继续打字。

“替我找个声音温柔的人来开酒。”

这种烧钱的地方，层出不穷的奇怪诉求都有，只要不违法不搞色情交易，会所里的原则一概都是无条件满足客人的需求。

像是见怪不怪，小哥的笑容没有半点勉强：“我让当值的服务生一个个过来，直到您满意为止。”

荆羡仿若即将召见群臣的女王，表面上风轻云淡，实则内心慌得不行，感谢墨镜，挡住她因为慌张而不断轻颤的睫毛。她捧杯喝一口西柚汁，另一手绕到背后，用力捏着软垫。

须臾，门廊外响起脚步。

荆羡心都揪起来了，满怀期待地望过去，又在瞥见一张张陌生的脸后悻悻垂下眸。来来去去十来个人，全都不是她心心念念的那一位。

坦白讲，“潮汐”的待客之道确实一流。

服务生轮番上阵，下了十足功夫，就连称呼都是滴水不漏，从严谨的女士，到俏皮的小姐姐，再到夸张的陛下，足以感受到他们努力让来客舒心的诚意。

无奈荆羡领不了情，只能硬着头皮扮演挑剔的客人。

水果拼盘和小食都换过一轮，她逐渐等得麻木，身子侧着，手肘支在沙发椅背上，眼皮耷拉下来，有些困倦地盯着虚掩的门。

这一位的间隙格外久。

久到她都打了三个哈欠，才听到不紧不慢的敲门声。

不能说话，荆羡便用玻璃杯在圆茶几上碰了碰，示意他进来。她已经做好了容淮今日没上班的最坏打算，此刻也没抱什么希望，就用着咸鱼瘫的姿势，惬意又懒散地迎接来人。

下一刻，白衣黑裤的少年倏然出现在眼前。落地灯的光只拢住他半边脸，面上没什么表情，那精致眉眼比往日瞧着更阴沉一些。

这张脸美则美矣，不笑时却总有几分侵略的危险感，几日没见，下巴处的瘀青不知是何时受的伤，衬得整个人越发乖戾。

他根本不像是来服务的，反倒像是要来终结她的性命。

荆羡咬了下唇，慢吞吞坐直身，想着这家伙一周被人投诉五次绝对理所当然，换做她是寻常客人，绝对忍不了。

满室花香里，容淮抬眸，漫不经心瞧一眼她的装扮，发音清晰又散漫："女士，喝点什么。"

荆羡深吸了口气，把屏幕横过来，用宁瑶早就给她安装好的 APP 开始循环滚动播放字体。

"你们这儿最贵的酒是什么？"

"我开五瓶，记在你的名下。"

"不要误会。"

"我没别的意思。"

后边还有两句话。

他却仿若彻底失去耐心，逼近一步，靠着移植的梨花树旁，信手折断一根脆弱的枝条，皮笑肉不笑："没别的意思，又是什么意思？"

荆羡："……"

番外二

也许她是不一样的

空气里弥漫着梨花的清甜，高低错落的香薰烛台在长桌上静静燃烧，旁边装点着大捧沾了水珠的香槟玫瑰。浅金刺绣的桌布搭落下来，与高脚杯里的琥珀色液体相得益彰。

毋庸置疑，这露天设计的 VIP 区域，比任何小说里的罗曼蒂克场景还要更完满一些。

至于故事的男女主角。

一边是春夏限量款套装的富家小姐，大晚上还戴着墨镜，从头发丝儿到高跟鞋都透着股“老娘巨有钱”的精致奢靡。

另一边则是眉目如画的美少年，白衣黑裤的制服，五官秀雅，气质阴冷，这矛盾的反差越发勾得人心痒痒。

光从外表来看，还挺般配，只是被那手机里来回滚动的台词一搅和，就有种富婆与小白脸的既视感。

荆羡原本没往那方面想，她对金钱的概念其实比较模糊，母亲是学术界响当当的人物，父亲又是华尔街的资本大鳄。她从小泡在蜜糖罐里长大，要什么有什么，喜欢的东西，随口说一句，不必等到第二天，就能如愿以偿。

如今开这区区五瓶酒，对她来说，自然不算什么。

情窦初开的小女孩，心底总是格外柔软。上一回在数学竞赛集训班听到容淮接听的那个电话，知晓了他打工的状况之后，她就耿耿于怀。

只是没料到，这等举手之劳的行径，居然就被误解成了包养。

这两个字，很容易让荆羡回味初中时在被窝里看的那些狗血小言，譬如霸道总裁的秘密情人……

联想到全校女生求而不得的少年有可能会成为她的所属物，像个招之即来挥之即去的玩物。即便概率无限趋向于零，荆羡仍然感到莫名羞耻。

耳根子不受控制地热起来，连带着眼周也滚烫，她端着冰水，脑子里全是乱七八糟的画面，一时竟忘了反应。

容淮还站在原地，梨花从折下的枝丫上零落，被他指尖一点点捻过，碎成粉尘。他等了会儿，懒得伺候，俯身将桌上的酒水单抽走。

似是要离去。

到手的鸭子怎么可以飞？荆羡猛地将手心压在了上头，不敢看他的眼睛，只用力摇了摇头。

双重意思。

一来不允许他走，二来表明那狗屁包养纯粹是子虚乌有的误会。

小姑娘着急忙慌的，脸都红了，外貌可以乔装，可那孩子气的行径却在这样成熟的打扮下越发显得古里古怪。

容淮瞅了她一眼，慢条斯理地直起身，正巧她屏幕上预先打好的词儿滚到了刚才没看完的最后两句。

“我心情不好。”

“能不能聊会儿天？”

“你挺有意思。”容淮很轻地笑了声，“来这儿找陪聊？”

荆羡睫毛轻颤，听出他语调里隐含的讥诮，莫名尴尬，尴尬之外还多了点儿憋屈。她抬手灌下冰柠檬水，像是破罐破摔，又在软件里噼里啪啦打下一行字。

然后就跟举着灯牌似的，把手机凑到他跟前。

“我人傻钱多，有问题？？？”

三个问号，点出她此刻焦躁的内心世界。

容淮居高临下盯着字眼，没说话。

气氛有半刻凝滞。

荆羡憋不住僵局，收回手机，靠回沙发背，双脚叠交地坐着，看了会儿笼罩在玻璃罩台里的烛火，想着让他走了算了。

片刻又有些不甘心，她把酒水单拿起来，佯装看类目，一边偷偷抬眸。

少年浓长睫毛覆盖下来，在鼻侧投下浅浅阴影，瞧不清神色，唇边嘲弄的笑意淡了些，插着兜，一如学校里的乖戾模样。

须臾，他脚跟一转，开始往门那处走去。

荆羡瞧着少年颀长清瘦的背影，只觉自己蠢爆了，想出这么个馊主意，折腾半天仍然无功而返。她手中的单子都快被捏皱了，整个人丧到不行。

负能量开始慢慢累积，她点开聊天框，准备和宁瑶倾诉。

倏然，边上传来关门的动静，而后是金属锁芯搭上的声响。

荆羡茫茫然望过去。

容淮脚尖抵着门，慢慢悠悠收回手，竟是当着她的面，堂而皇之锁了门。

荆羡：“……”

她彻底愣住，不明白其究竟意欲何为，就看着他不紧不慢地走近，用一种完全不像是商量的傲慢语气发问：“我能坐下？”

荆羡迟疑两秒，点头。

容淮拖开椅子，随意勾下挂在耳后的隐形对讲设备，调到特殊的频道。电波声很快响起，伴随着领班不耐烦的嗓音：“臭小子，四楼有人点单，你滚哪里去了。”

荆羡听得出来，就是上次竞赛集训时给他打电话的暴躁男。

容淮面无表情：“在 VIP 区，客人有额外要求，今晚别找我。”

领班：“放屁！你又想偷懒是不是！”

话说到这里，顿了顿，那边的环境变得嘈杂，仿佛是有人过来特地交代了几句。估摸着今日来了个难搞大小姐的事情已经传遍了整个会所，对方证实后，态度有所收敛，刻意压低了嗓音：“多开两瓶酒，听到没？”

容淮恍若未闻，径自中断了通讯，重新问道：“喝点什么？”

荆羡记起他这个月有业绩考核的流水要求，在最贵的路易十三边上勾了勾，留下应该填写的数字余白部分，挪到他面前。

容淮眯起眼，似笑非笑地勾唇：“让我填？”

两人距离不过咫尺，彼此神情一目了然。

从前学校里哪有这般亲密互动的时刻，荆羡对上他漆黑的眼眸，心跳都快了几分。美色当前，荷尔蒙和理智完全呈反比，她鼓起勇气，将笔塞到他手心。

肌肤有很短暂的碰触，少年手指干燥温热，被他蹭到的那块皮肤仿佛流窜过轻微的电流。

酥酥麻麻，带着不可言喻的微妙滋味。

荆羡立马脸红了，悄悄背过手去，指腹搓了搓。

容淮没在意她的小动作，笔尖转了一圈，意兴阑珊写了个孤零零的“1”，淡淡道：“这瓶酒抵你这包厢的最低消费，现在开还是存着？”

荆羡怔住。

她确实没想过，这个世上会有不贪便宜的人。可仔细琢磨，如果对象是他的话，好像也并不奇怪。

月色朦胧，落在少年脸上，驱散了些许阴鸷，冷调银白却让他眉宇间的疏离和傲气无所遁形。

应该是怕和她扯上关系，也不屑于这种恩惠，所以轻而易举地就终结了她这种天上掉馅饼的送钱行径。

就如同每一回的篮球场上，他从不接任何姑娘的水，也从不回应那些芳心暗许的尖叫和呐喊。

就是这么凉薄得坦坦荡荡，又叫人欲罢不能。

荆羡被拒绝，竟然也没失望，甚至有些说不清道不明的欣喜，仿佛证明了自己没爱错人。瞥见少年神色浮现隐约不耐烦，她左手执笔，在纸上歪歪扭扭写了回答。

“帮我存着，下回来喝。”

容淮不置可否，抬表看了眼时间，从桌边抽了张软垫，转而潇潇洒洒坐到地上：“我在你这儿待一小时。”

荆羡的脑子里已经开始燃放烟花了，佯装矜持地点点头，只是这淑女作风压根儿维持不到半分钟……

下一刻，这人又像变戏法一样，从裤兜里摸出揉成团的卷子。

荆羡诧异到墨镜都随着倾身的动作往下滑，怕马甲掉落，赶忙又推到山根处，正襟危坐。

容淮勾了勾唇：“你聊你的，我做我的。”

荆羡：“……”

她瞄两眼那张数学试卷，发现并不是竞赛类的，可能是王康州布置的随堂测验，这家伙约莫翘了课，才会在兼职时补作业。

就离谱。

心思百转千回间，她又听到他懒洋洋的调调——

“这位客人，你不会投诉我吧？”

荆羡哽了一下，暗自腹诽你还在乎吗？她垂下头，很快又写道：“只要你陪我聊天，我就给你好评。”

容淮掀了掀眼皮：“不方便吧？”

暗指她不能说话。

荆羡的表情哀怨起来，慢吞吞地缩回沙发上，抱着靠垫摆弄手机。

容淮也没管她如何，已然开始答题，单手支着额头，另一手压着皱巴巴的卷子。会所里定制的笔流泻出好看的银灰线条，龙飞凤舞般在纸面上跳跃。

VIP 区域私密性极佳，没了他说话的声音，便只有卡农 D 大调的舒缓乐曲填补着略沉寂的环境。

荆羡并不觉得无聊，位置落差的关系，她就这样光明正大地偷看他，目光代替手指，描摹过少年俊秀无比的轮廓。

他思索时眼睛会不自觉眯起一些，眼尾那颗小小的红痣会跟着上扬，十来分钟答完选择题神情又是散漫的，一副臭屁到极点的模样。

翻面后，荆羡难得分神给了最后的大题。是道立体几何与三角函数结合的解析题，她这学期刚升上高二，只学了基础部分，这题算超纲了。

果然实验班的进度就是不一样，记起王康州永远风风火火的脸，荆羡无声地笑了笑。

尽管她没选择理科，但对数学的热忱并不比他人少，眼下遇到难题，也起了几分兴致，干脆关了闪光灯和音效，把他的解析思路拍下来，打算回家好好钻研。

又过了一刻钟。

卷子答满，容淮丢开笔，单手撑着桌面站起，凉凉的视线扫过从头到尾都缩在沙发角落安安静静的姑娘。

还挺识趣。

他扬了下眉，无意纠缠：“那我出去帮您存酒。”

心情好了，敬称都用上了。

荆羡不爽于他这种利用完了就抽身而去的自私态度，解锁屏幕，把手机转了个方向，摆到他桌前。

“聊聊血型，星座，身高，体重，梦想，否则就投诉你。”

素来乖戾的冷面公子什么时候被人威胁过？

他盯了这行字半晌，笑得痞坏：“您随意。”

荆羡咬了下唇，抛出一个天大的诱惑：“以后我每周五来，你都可以在我这儿好好学习，天天向上，或者做任何会所里不被允许的事情。”

容淮沉默。

不得不说这个提议很棒，他人都走到门口了，又回过头，屈尊降贵地留下几句话：

“血型，A。

“不清楚什么狗屁星座。

“身高一米八四，体重一百三十六斤。

“梦想？”

顿了顿，他像是听到什么有意思的笑话，漂亮的眼里掠过讥诮，很是敷衍地答：“没这种东西。”

荆羡：“……”

她没辙，只能眼睁睁看着这人头也没回地离去，徒留一个凉薄负心的背影。

她吸口气，小声地自言自语：

“没事，还有下周，下周再来。”

没几日，八班也进行了随堂测验，他们班的数学老师去省里开研讨会未回，代课老师仍然是王康州，所以用的和理科班是同一套试题。

唯一的区别就是，不需要做末尾超纲的那道，不过荆羡出于个人习惯，不爱空题，正好之前已经弄懂了容淮的答案，便按照他的思路，原封不动地填满。

这事儿本来是个小插曲，不提也罢。

熟料周五上午的数学课，王康州临时下午要请假，只抽得出一节课的工夫，就让八班和九班一同在阶梯教室上课顺便讲解上回的随堂测验。

宁瑶挺兴奋，挑了后排的位置，附耳过去：“你那位会不会来？”

“你疯了吗？”荆羡睁大眼，不敢置信地盯着她，有些气急败坏，“小声点。”

宁瑶嘻嘻哈哈地笑，趴在桌面上，雷达一般扫视着同班女生们窃窃私语的画面，轻哼：“情敌多得很，可不是只有你一个人期待。”

荆羡拧她一把，翻开教材，不吱声了。

很快，上课铃打响。

容淮并未出现。

荆羡见怪不怪，这人在学校永远神龙见首不见尾，若不是回回占据月榜头名，估计早被教导主任抓典型了。

高中并不需要点名，三中是省一级重点高中，生源多却很挑剔，两个班加起来不到七十个人。

王康州伸长脖子，眼睛转两圈，就知道某个混世魔王又没来上课，他三角板一指，选择直接迁怒前排打哈欠的少年：“邵忠，我让你们互相监督考勤纪律，你给我当耳边风是不是！”

邵忠委屈到不行：“王老师，我怎么敢约束容淮同学啊。”

哪怕这样直呼其名，他都觉得是对淮爹的不尊重。

李晋和薛安阳在一旁偷笑。

王康州气死，也没辙，喝了两口菊花茶，强压下怒火，平复好心情后，开始正常讲解试卷。

“这回时间仓促，给你们两个班级出的题目是一样的。”他指挥课代表将卷子发下去，话题一转，眉心皱起来，“我很失望，实验班的水平就这样吗？最后的解析题，除了容……”

王康州不愿意提起叫他血压升高的罪魁祸首，用力捶一下讲桌：“没一个人做对！”

老王的愤怒无人敢承受，全场安静如鸡。

王康州长长叹一口气，忽而眼神与窗边梳着双马尾的小姑娘对上，勉勉强强挤出个笑容：“这里表扬一下荆羡同学，思路流畅，步骤清晰，请上来作答分享。”

荆羡应了，很乖顺地拿了粉笔，把答案一点点写在黑板上。

因为已经搞懂了解题思路，她不认为这是抄袭，并没有太多心理负担，老老实实依样画葫芦地抄了上去。写完最后一笔，正欲下台，忽而有几声轻微的抽气，混着女孩子们压抑不住的兴奋交谈。

似乎是有什么大人物到了，全场焦点都在他身上。

荆羡呼吸一窒，像刚被解穴的人，颈椎一节一节咯咯响动，僵硬地扭过头去。

少年敞着校服外套，书包搭在肩上，一如往常的散漫，感觉是刚睡醒，嗓音中带着鼻音，含含糊糊：“报告。”

王康州气不打一处来，粉笔丢过去，怒道：“你来得真早啊你！”

容淮微微侧头，躲过袭击，面上波澜不惊：“抱歉，我的问题。”

王康州再度捧起他的保温杯，猛灌了两口，才道：“你给我滚过来，把你的大题也写上去！”

王老师因为要改四个班级的卷子，并没有精力也没有必要去一一比对附加题的答案，他更加不会料想到，乖乖好学生竟然会在无意之中借鉴了九班魔头的答案。

容淮弯腰从盒子里拣了根新的粉笔，忽而留意到左边黑板洋洋洒洒的几何证明及函数解析。

眼熟得很。

从他个人习惯的辅助线画法，到标点符号，再到中间习惯省略的公式步骤，如出一辙。

就像是他手把手教出来的。

午间阳光洒满大课教室，容淮有半刻迟疑，若有似无瞧着少女发红的耳垂。

半晌，他舌尖顶了下腮帮子，半眯起眼，笑了声：“不必了，我的答案，和荆同学，一模一样。”

荆羡脖子发凉，心如死灰。

他这句话说得轻轻巧巧，落在旁人耳里，并无太多蹊跷，无非就是两人解题思路一致。

两人同是月榜上的佼佼者，又都被选出来参加数学竞赛，遇到难一点的超纲题，用了同样的步骤来作答，似乎也是理所当然的事情。

王康州也没多想，权当少年叛逆。

面前这位的性子素来难以捉摸，他教学二十载，没见过这样逆天的孩子。一周出勤个三四天，即便来了，也是睡足四堂课，剩余的时间里要么神游天外要么就玩阴沉。

就这样，还回回满分。

王康州面对容淮，心情永远复杂，爱恨参半，爱的是少年天资聪颖惊才绝艳，恨的是其无视考勤自由散漫。

最无奈的是，少年被他教训时态度永远游刃有余，就好比此刻。

“还有十来分钟下课，我就不写了，耽误您讲解的工夫。”容淮将粉笔随意丢回盒子里，轻轻笑了声，“黑板上头这版本挺好。”

王康州：“……”

似是一拳打在棉花上，有力使不出，然而时间确实紧迫，王老师瞪了他半晌，手指点了点前排的空位，而后眼不见为净地撇开头，对着黑板边的小姑娘软声道：“你也先回座位。”

荆羡硬着头皮“嗯”了声，没敢直接绕到少年面前，故意磨磨蹭蹭，跟在他后头。

容淮倒是没再看她，长腿一迈，先行下了讲桌的台阶。

邵忠早早帮大佬空出了最方便的走道位置，赶小鸡一样让这一排的同班同学都往里挪，殷勤得像是替皇帝鞍前马后的大内总管。

容淮落座，懒懒靠着椅背，一手搭在桌角，困倦地打个哈欠。

半晌，身穿校服的小姑娘从身边经过，百褶裙摆短了一寸，长腿白嫩，泛着奶油色泽。

过道很窄，她走路时身上有淡淡的青柠柑橘味道，顺着空气流动散开，分不清是沐浴露的遗留抑或是特地喷了香水。

并不难闻。

他漫不经心扫一眼，又收回。

隔了一个位置的李晋凑过来，给薛安阳使眼色，又开始用眼神意念交流，眉飞色舞的表情：“女神。”

薛安阳推了把眼镜，鬼鬼祟祟趴到桌面，头扭回去，恋恋不舍多看了两眼，直到女神坐下，才低声感叹：“确实带感。”

记起三中论坛里传得神神道道的校花绯闻，两人一阵长吁短叹，又想到肥水流了对街十九中这块外人田，颇有些不是滋味。

同一时刻，荆羡也很焦虑，她的神经绷得死紧，身体亦然，自从容淮进来之后就跟提线木偶一般，僵硬到不得了。

她都不知道自己是怎么从上面走下来的。

宁瑶觉得她有些不对劲，还以为是小姑娘遇上心上人魂不守舍，故技重施地在草稿本上写下打趣字眼，隐蔽地推过去。

荆羡半点兴致都无，直接在纸面上画了个叉。

这是属于彼此间的暗号，示意此刻情绪不佳。

宁瑶狐疑地皱眉，凑过去时椅子晃动，声响大了些，王康州一顿，警告地望过来，她立马心虚地垂下脑袋，不敢放肆。

荆羡魂游天外，一直愣愣地看着少年的背影。

初夏的午间，日头有些毒辣，坐在右边临窗部分的人都热得浑身冒汗，举起书本挡住侧面。唯独他支着额头，也不听讲，面朝着窗外，任由阳光肆虐。

冷白的皮肤几近透明，神情淡漠，又是那股子厌世的模样。

荆羡盯了他很久，内心有几分不安的忐忑，怕他因为随堂测验的蛛丝马迹认出自己，可渐渐地，说不清道不明，又有些破罐破摔，想着认出来也无所谓。

或许这样，就能让他记住自己，就能让他额外在意，从今往后，她或许不必和其他人一般，落在他眼里时，平静如死水。

半晌，下课铃声打断她的思绪。

王康州照例拖堂，讲到口干舌燥，才大发慈悲放过了这帮饥肠辘辘的学生，众人急着去食堂，很快作鸟兽散。

偌大的教室转眼散了个七七八八。

荆羡慢吞吞地整理东西，忽而听到少年清冷的嗓。

“王老师，晚上请假。”

王康州恨不能把三角板套到他脑门上，怒道：“一周就两次竞赛集训，你都抽不出空，你比皇帝日理万机还忙哈？”

容淮：“有点事，下次一定。”

王康州：“……”

竟然连理由都懒得编吗？

王老师静静看了少年一会儿，对方面上波澜不惊，领口脖颈处却有几道伤痕，也不知家里有什么糟心事。他没问过，却也不是迟钝之人，须臾，从教材下抽了一小沓卷子，退一步道：“历年竞赛真题，做完给我。”

容淮笑笑接过：“收到。”

王康州又随意嘱托几句，让他走了。

荆羡拉上书包的动作凝滞住，只觉得心也跟着那人的步子飘远，她的视线不由自主追随着他，从前门，到中间的窗户……

后门附近，少年突然顿住。

似是被这样纠缠不休的视线所惊扰，他侧过脸，眯着眼，远远眺过来。

隔了几列桌椅，两人无声地对视。

没了黑夜做遮羞布，环境也不似会所那般隐蔽私密，青天白日，荆羡就这样和活跃在她梦里的少年目光撞到一处。

他的眼眸漆黑，看她时，没有什么表情，依旧是清清冷冷的一张脸。

荆羡根本坚持不过两秒，很快输给一下比一下猛烈的心跳，脸颊的热意已经无所遁形，她迅速垂头，拎上书包匆匆从前门步出。

宁瑶在走道上等了好一会儿，瞥见走道尽头那个颀长的身影，提醒道：“你别太明显了。”

荆羡手背碰一下发烫的脸，长长地叹了口气：“我感觉我的马甲快掉了。”

可能是顾虑到这个原因。

接下来的两周，荆羡没再去“潮汐”扮演她的富婆角色，当然，最近几回的数学竞赛集训班，她的同桌位置也是一如既往的空空荡荡。

日子无声无息地流逝，荆羡最揪心的掉马环节，未曾发生，当初那个晚上的交集，仿佛镜花水月，雁过无痕。

又或者，那人压根儿就没在意过。

荆羡开始频繁地在日记上倾诉少女心事，见不着面说不上话，会所里同他的只字片语就成了甜蜜的毒药，叫她欲罢不能。

五月底，临近期末考试，父母仍未归国，荆焱跳过一级，正备战高考近段日子频繁住校，家中就她一人。

机会触手可得。

荆羡终于没能抵挡住魔鬼的诱惑，按照上回的套路乔装打扮，在初夏的蝉鸣声中再度踏上战场。心理建设做了无数遍，怕脸红的老毛病扯后腿，她甚至上了一层薄薄的粉底。

总之是万无一失。

到达“潮汐”，带路的小哥还是上个月的那一位，荆羡也懒得折腾，手机上打一行字，直截了当点名来意。

小哥的表情并无起伏，大概觊觎这位美色的花痴女客人遇得太多，考虑到对方持有能进入VIP区域的卡片，他态度仍然很恭谨：“容淮今日临时请假，上了三个钟头的班，这会儿刚走。”

荆羡一怔，当头冷水浇了个透心凉。

她顾不得太多，顶着迎宾服务生目瞪口呆的注目礼，踩着高跟鞋风风火火地朝外跑。她知道会所的人行出口就一个，通往一条漫长的巷子，如果对方没骗她，应该之后就能遇见……

脑子一热，身体永远是最诚实的反应。

荆羡也不清楚自己追过去的意图，是要堂而皇之地打招呼说一声我来找你，还是装作路过漫不经心道一句好巧?

她抓着包包带子，步履匆匆走在暗巷里，鞋跟落地，声响不断回荡。

这儿碰巧是新老城区的交界处，路灯陈旧，光线不比会所南面敞亮，再加上鼻梁间可恶的墨镜，越发昏昏暗暗，能见度低得很。

幸而月亮给了几分薄面，清辉照亮她前行的路途，窄窄一条，约莫能让三人并排通过。

走至三分之一处，隐约听到激烈的叫嚣和怒骂，再往前两步，动静大起来。

荆羡吓得停住，不敢贸然往前走，只留在原地费力辨别。

巷子中间开了两条临时的缺口，呈T字形，用来堆放建筑垃圾，有一帮人身形纠缠，正堵在左边的岔口打架。

看情形并不是两方互殴，人数差别显著，被围在中间的那位高高瘦瘦，单枪匹马应对四个混混的攻击。

以为是一边倒的剧情，胜负早就注定。

没想到这人完全不要命，不躲不避周遭的攻击，就逮着最胖的那个小头目猛揍，揍得对方从一开始的骂骂咧咧，到后来只剩下痛到骨髓的凄厉哀号。

同伙们骇然：“臭小子，你给老子住手，别打了，哎哟，别打了！”

那人恍若未闻，侧身踢在目标物颈侧，对方顺势瘫倒在地。他冷笑了声，鞋底踩在小头目的手掌上，一点点加重力道。

骨头濒临碾断的剧痛让只剩下喘息份儿的胖子叫得和杀猪声一般。

荆羡汗毛直立，小心翼翼往后退了几步，她不打算强行蹚这浑水，万一殃及池鱼，代价未免太高。

只是下一秒，从头到尾像个亡命之徒的人倏然开口：“和你们庄家说声，过阵子我亲自登门拜访，少派点狗出来咬人。”

这句话。

冷冽如冰霜，夹杂着不屑，可荆羡又怎么会听不出心上人的声音。

须臾，那帮乌合之众消失得干干净净。

荆羡指尖颤抖，呼吸都变得困难。她仿佛窥见了他不为人知的一面，学校里散漫恣意的少年，做什么事情总是意兴阑珊，不怎么动怒也不怎么高兴，像个游离在外的孤魂。

而眼前这位，阴狠乖张，满身戾气，彻底颠覆了她的认知。

她变得寸步难行，手抬起，用力压着心脏狂跳的胸口，眼睛却不受控制，瞧着他倚在墙边，费劲地咳嗽两声。

貌似也受了伤。

荆羡的退意立马打消，担心取代了惊惶，她犹豫半晌，硬着头皮走过去。

容淮闻得脚步声慢吞吞抬头。

月光里，长卷发的姑娘穿着红色真丝连衣裙，宝石珠链掐得那腰盈盈一握，她很美，也很精致，盛装打扮的模样，像是要去赴一场声势浩大的晚宴。

他看了两眼，懒得搭理，见她固执地从包里翻出纸巾递过来，扬了扬眉："喜欢玩跟踪？"

荆羡没说话。

容淮恶意地勾起唇："忘了你是个哑巴。"

荆羡的拳头捏紧，有那么一刻，她冲动地想撕掉伪装，忍了很久，才抬高手，略带粗鲁地将他唇边的血迹擦掉。

容淮皱眉，攫住她纤细的手腕，正欲开口之际，巷口忽而传来人声。

"去哪儿了？"

"这臭小子，被老子找到要他好看。"

"你们愣着干吗？快搜啊。"

这回脚步声更杂乱了，听上去有十来号人。

容淮神色微变，勉强看了眼茫茫然不知所措的女孩，搂过她的腰肢往怀里带，随即利落拉开后边被人丢弃的衣柜，带着她一同躲进去。

柜子就单人大小，深度也够呛，两人几乎面贴面。

她面红耳赤地挣扎起来，感觉都快哭出来。

容淮听着外头的动静，指腹摁住小姑娘柔软的唇瓣，心不在焉地威胁："别蹭，我可不是什么正人君子。"

空间太狭窄了，这柜子挤得连转身的位置都没有，更遑论是两人这样交叠在一处。

已经不是单纯的孤男寡女共处一室，对于荆羡来说，这绝对是地狱级难度的心跳考验。手腕被他单手捉住，反剪在身后压在柜壁上，可能是怕她挣扎引起外边注意，他施了些力，指腹上的薄茧若有似无摩擦过她腕间敏感的皮肤。

又麻又痒，像是有细小的电流窜动，伴随着脉搏跳动的频率，一下一下，惹人心乱。

这还不算完。

下唇处贴着少年微凉的手指，也不知是不是故意的，他就这么堂而皇之地扣着她的下巴。

他果真不是个正人君子，卑鄙得坦荡，半点没顾忌，就用这种方式，警告她不许出声。

荆羡欲哭无泪，心想她的人设不是哑巴吗，何必多此一举。

如今的发展已然脱轨，和她想象中的剧本渐行渐远。

本以为可以继续披着马甲和他聊聊天，掌握一手信息，从而近水楼台先得月，谁知道天不遂人愿，这部她自导自演的电影忽而被老天爷强行加快进度，甚至篡改了情节。

偏偏荆羡又不能反抗，外边来来回回奔走的脚步声越发清晰可辨，显然正在四处搜寻他们的下落。

她感觉自个儿同他仿若成了亡命鸳鸯，有今朝没明日，面对着枪林弹雨刀光剑影，非常极限地躲在这小小的天地里，躲避追杀。

半晌，开始有人往岔路的方向走来，似是无意中踹到了废弃易拉罐，铝皮金属在地上滚得欢快。

刺耳的声音由远及近，最后就跟命中注定一般，堪堪停在衣柜外边。

“吓老子一跳。”男人骂骂咧咧的粗鲁嗓音很快响起。

就隔了一层薄薄的门板，荆羡心跳骤停，差点忘了呼吸。这破烂衣柜下边实木质地，上边则做了百叶设计，她是面朝柜门的姿势，透过缝隙，可以看到某个黄毛混混一脚踩在了那易拉罐上。

快要被发现的惊惶让她浑身僵硬，唇齿微微颤抖。

等到那混混等同于泄愤，将罐子踢到柜门上时，她睁大眼，几乎忍不住快要溢出喉咙口的惊呼。

容淮用力掐着她的下巴，转而捂住小姑娘的口鼻。

荆羡的墨镜早不知不觉间落到了鼻尖附近，要掉不掉，视线里是透过缝隙的朦胧月色，还有少年背着光模模糊糊的脸。

他俯下身，薄唇贴到她耳边，用几不可闻的音量：“别喊。”

荆羡眨着眼，鼻息细密急促，宛若一只落入猎人陷阱里的小兽。她的胆大包天仅限于那些少女怀春无伤大雅的把戏，真遇到危险，也不过就是寻常胆量的小姑娘。

怀中绵软纤细的身躯一直在抖，容淮有几分无奈，若是只有他一人，脱身当然不成问题。

如今多了个只会扯后腿的拖油瓶……

他都有些懊恼方才自己的心慈手软，这种滥好人的行径原本就不适合他。强压着不耐烦，他缓缓松开对她的钳制，掌心上移，贴着少女的颈后，很轻地捏了捏。

荆羡愣了两秒。

真是难得，这举动勉强都能称得上是安慰了。

又过了会儿，外边的动静逐渐沉寂，伴着一伙人心有不甘的污言秽语逐渐远去。

荆羡松口气，提心吊胆的情绪也平稳下来，不过这一茬过了之后，神思清明的状态下，和他的这种纠缠就更要命了。

少年的手掌掩住她的下半张脸，呼出的热气被阻隔，不断累积的湿濡水汽让她的脸颊滚烫。

熨帖在她颈后的手指也一动不动。

夏季衣衫单薄，荆羡几乎整个人都和他贴在一处，少年的体温透过布料，像是无形的侵占。只要一想到这个人是容淮，她在羞耻之余，还有股说不清道不明的矛盾滋味。

想矜持一些尽早脱身，又想抛掉自尊心不管不顾和他待久一点。

纠结半晌，她终究敌不过这般窒息的氛围，扯了下他的袖子，示意他松开自己。

容淮没理会，皱着眉，声音几不可闻：“还没完。”

荆羡怔住。

下一刻，他的话应验了，仿若未卜先知，有人去而复返。

“你们等会儿，老子还有点事要办。”

死寂的窄巷里，有高跟鞋的踩踏声从巷子口传来，紧接着是流里流气的口哨，伴随着女人花枝乱颤的笑。

荆羡还没明白发生了什么，就见到一男一女搂抱着从柜子前经过，而后柜子侧面被人用力撞了下。

“哎哟，哥哥，你猴急什么。”

荆羡：“……”

敢情是对偷情的狗男女。

她头皮发麻，心态崩了，这场景何止一个尴尬了得？心上人和自个儿手脚交缠，外头却上演着百无禁忌的活春宫。

容淮倒是没什么反应，警告地摁一下她的唇，便松开手，漫不经心地撑在她耳侧。

柜子里的纵深不够，面对面时尤其暧昧，彼此鼻尖都快碰上。故而他偏了偏头，殊不知这样的姿势反而更折磨，至少对荆羡来说便是如此。

她的鞋跟高，站着差不多到他的眉骨，如今因为逼仄的环境，整张脸都埋在他的颈窝，动弹不得。

比拥抱更缠绵。

偏偏还有外界因素在火上浇油。

各种乱七八糟的声响，和连绵起伏的喘息，透过那层毫无隔音效果的破板，堪比立体环绕音响的效果。

男人气喘如牛，女人放浪形骸，没有下限的词句不绝于耳。

荆羡面红耳赤，赶紧捂住耳朵，苍天可怜，她只是一个看过两本狗血言情的少女，小说里都是点到为止，哪有露骨的描写。

她咬着唇，恨不能挖个地洞消失，瞥见少年侧脸皱眉的模样，想着他并不那般淡定，又稍稍好过些。

容淮确实有点儿煎熬。

倒不是为着外面那对野鸳鸯，纯粹是这门板撞击的频率相当离谱，小姑娘的身躯软得不像话，不自觉地在他怀里磨蹭。

先前没放心思在她身上，眼下危机七七八八过了，百无聊赖之际，他就很难忽略这软玉温香的蛊惑。

十七八岁的年纪，正是血气方刚，能没点反应吗？

鼻尖充斥着青柠柑橘的甜香，无孔不入地往他骨头缝里钻。这味道闻过几次，他原本没在意过，这会儿完全想了起来，很快和某张清纯又楚楚动人的脸蛋完美糅合。

学校里倒是装得清高。

表里不一的优等生，玩到他头上来了。

容淮倏然笑了，虚虚搂着她的细腰，懒得再装风度，整个人逼近了些，指尖捻了她一簇长卷发，低声道："不如我们也做点什么？"

荆羡吓蒙，不敢置信地看着他。

"等着也无聊，不是吗？"少年笑得痞坏，微微弯下腰来。

距离近到可以感受彼此的呼吸。

荆羡怎么都料不到，事情居然会这样发展，明明上一秒他们还在躲避坏人的搜寻，现在却不得不承受他这样不怀好意的逗弄。

她猛然抓住他的手，仰着头看他，半是示弱半是恳求的模样。

容淮不为所动，佯装要亲她，伸手去勾那碍眼的墨镜。

怕马甲掉落，荆羡连忙撇开脸，手心抵着少年清瘦有力的肩膀，用力摇了摇头，拒绝的意思不言而喻。

可他压根儿没打算放过她，腿往前伸出些许，恶意地摁着她往下压。

偏偏外面的野鸳鸯还沉浸在感官世界里，乱七八糟的动静不绝于耳。

荆羡进退两难，偏偏身前这一位不肯放过她，掌心压着她的颈侧，半桎梏的力道。很快，委屈和羞耻交织在一块，她吸着鼻子，手背抹泪，忍不住愤恨去推他。

像是不管不顾，同归于尽算了。

幸好一柜之隔的那对没有发现里头的小插曲，兀自享受。事毕，女人嗲声嗲气地哼笑几句，踩着高跟鞋离开。

须臾，这漫长幽暗的巷子里，又只剩下他俩。

容淮居高临下地俯视她，见她不吭一声地流眼泪，半点没心软，慢条斯理地蹭过她的锁骨，轻笑："哭什么，晚点才是你哭的时候。"

荆羡不吱声。

她后悔了，后悔角色扮演，后悔用这样的方式去接近他，如今玩脱了，彻底引火自焚。

她没想过，学校外的少年，竟然这般惊世骇俗。

黑化值MAX，阴暗到了极点，随心所欲，没有丝毫道德束缚的条条框框。

荆羡不知道要如何他才能放过自己，不过即便到了这种关头，她都没舍得出声，大概是真的魔怔了，潜意识里仍不愿意放弃下回继续独处的机会。

容淮笑了笑，反手推开那道柜门。

柜门"吱呀"一声，晃晃悠悠开了些许缝隙，月光大肆侵入。

没了遮掩，两人这种脸红心跳的姿态便无所遁形，这巷子虽然隐蔽，但也不排除有路人经过。意识到这一点，荆羡的身体不受控制地绷得死紧，含着眼泪，指了指外边。

容淮："想走？"

荆羡忍辱负重地点头。

月夜里，少年漂亮的眼里有淡淡的讥诮，嘴角勾着，语调拖着懒洋洋的腔调：

“行吧，求我一声，就放你走。”

荆羡：“……”

容淮俯下身，凑近些许，盯着她的眼睛：“还不肯说话？”

小姑娘可怜兮兮地贴着柜壁，腿都哆嗦得站不住，雨打娇花一般的柔弱。栗色的长卷发乱糟糟，耳边有一簇墨黑的直发，不听话地露出来。

假发啊。

他笑意加深，却也懒得再折腾，反折了她的双手。

“我们速战速决。”

这一剂猛药，让荆羡溃不成军。

“求、求你。”她的睫毛都被泪水沾湿，眨一下，扑簌簌地往下落，声音又软又模糊，“求你让我离开。”

这就是举白旗了。

少女的嗓音那么有辨识度，两人坐过同桌，即便寥寥一次，也足够了。

容淮面无表情，抽掉她用来固定的发卡，又将那碍眼的墨镜丢开。

荆羡瑟缩了下，没躲。

小姑娘柔顺的黑发散下来，纯白无瑕的面容赏心悦目，漆黑的眼瞳被泪水洗涤过，便如空山新雨似的，勾魂噬魄的美丽。

可惜这样鲜妍纯洁的容貌，却未能让铁石心肠的人留恋半分。

印证了答案，他就失了兴致，少年插着兜，扭头就走。

荆羡迷茫地瞧着他的背影。

路灯昏暗，将她和他的距离拉得愈来愈长，她在嘴里尝到了苦涩的滋味，巨大的失落感和恐惧瞬间将她淹没。

过了今日，恐怕以后在学校里，就真的只能形同陌路。

像那些篮球场上默默关注他的女孩子，连姓名都无法被记住，完美诠释过客的定义。

荆羡怎么甘心，她单箭头一年的人，她梦里百转千回的少年，她耗掉两本日记本的男主人公。

绝无可能让他，就这样不明不白消失在她的世界。

像是破罐破摔，荆羡丢掉了岌岌可危的自尊心，她甚至甩脱高跟鞋，就为了跑快一点。

巷口，她追上了他，匆匆忙忙扯住他的衣袖。

少年回眸，面色阴沉，眉间不耐烦明晃晃：“你还要玩什么花样？”

“我有句话想同你说。”荆羡踮脚，不管不顾，带着破釜沉舟的勇气，一字一顿，“我喜欢你。”

巷子幽深，灯光昏暗，少女的声音甜美又坚定，被夏风吹散些许，萦绕在五月略闷热的天气里。

只是对于她来说，人生中的第一次表白，可谓是遗憾到了极致。

不但没能得到热情回应，甚至激不起任何水花。

容淮意兴阑珊，听完这言辞凿凿的“我喜欢你”之后，面上表情毫无变化，瞥她一眼：“然后？”

他好像并不意外，眉眼间淡淡，没了方才柜子里时轻狂孟浪的模样，又是学校里那位惜字如金的神秘少年。

想来也是。

一个不惜花钱花精力刻意伪装接近他的女孩子，这点明晃晃的心思，不就是司马昭之心路人皆知吗。

可他反问的这两个字却带着嘲讽的意味。

仿佛在看一场拙劣的表演。

荆羡沉默，她还扯着他的袖子，指尖攥着衬衣的一小块布料，固执地不肯松手。

容淮垂眸盯着她。

视线稀松平常，从她紧抿的红唇，落到纤细昂扬的脖颈，再到她未着鞋履的脚。玉白的肤色，指甲泛着粉，踩在这并不干净的地面，暴殄天物，视觉冲击力可见一斑。

他稍一顿，收回目光。

真是没见过这种姑娘。

说脸皮厚吧，偏偏搞了那么多花哨的装扮，就为了不让他认出来。

说脸皮薄，那更可笑，明目张胆地告白，明知道结局不可能尽如人意，还非得说出来。

容淮难得分神，等到她又扯了下自己的袖口，才懒懒道：“完事没？”

这就是要走了的意思。

可能是早早做好了心理建设，荆羡也没多失望，只慢腾腾缩回手，盯着脚尖，轻声道：“我认真的。”

容淮笑得凉薄：“行吧，优等生，知道了。”

荆羡听出他话里的敷衍，有些憋屈，她掐了下手心，抬眸看着他。

月光似薄纱，覆在少年的面上，他的状态并不算好，眼周颧骨处有瘀青，嘴角亦有伤口，渗了几滴血珠，衬得肤色越发惨白。先前各种兵荒马乱没来得及细看，如今她才留神到刚才和那帮子人斗殴时，这位貌似也挨了几记重拳。

荆羡：“……”

表白的氛围突然就变得尴尬起来。

容淮靠在矮墙边，再度抬手看了下表。

今晚破例的事儿太多，先是多管闲事带着她一同躲了混混，又是跟这天真的小姑娘纠缠了足足半刻钟。

差不多了。

耐性消失殆尽，他没再耽搁，利落走回柜子附近，微微俯下身捡起她甩脱在地上的高跟鞋。

指尖勾着鞋后跟，漫不经心地回到她面前。

荆羡本以为他绝情走了，忽而柳暗花明，心底的喜悦怎么控制得住，就连颊边的笑容都甜得要命：“谢谢，我……”

话没说完，就被他略粗鲁地掐着腰提起。

荆羡红着脸，扶着少年的臂膀站稳，慢吞吞地穿鞋。

八厘米的鞋跟，拉近了彼此的距离，她不需要再刻意地仰头，就能撞进他漆黑的眼瞳。

可惜里头无关风月，唯有疏离和急于脱身的隐忍。

像是仁至义尽，容淮的口气变得格外陌生：“和你说一声也无所谓。”他勾着唇，笑意却不及眼底，“我没兴趣谈什么狗屁恋爱，所以省点力气。”

荆羡不知该作何反应，一点点收拢手指，他的衣衫肩线逐渐凌乱。

容淮将她的手拂开，插着兜站定，拉开些许距离：“懂了没？”

这冷漠到可怕的语气，化作无形的墙，好像将两人隔开。她看着少年阴恻恻的神情，又有了初见时那种虚无缥缈的感觉。

总觉得这人活在无边孤寂里，抓不住亦追不上。

“我懂。”荆羡深吸口气，往前一步，和他脚尖抵在一处，耗尽了全身的勇气，“我高中也不想早恋，我们来日方长，大学再说。”

小女孩的想法幼稚可笑，扭曲他人意思的本事一套套。

容淮愣两秒，被她春水一般的眼眸晃到，半晌，也懒得再说狠话，勾了勾唇：“你随意。”

荆羡低着头不说话，只从包里翻出为新鞋磨脚准备的创可贴，顶着他阴沉的目光，异常迅捷地贴在他的唇边：“你在流血，这个能止一止。”

语罢，怕他给自己难堪，她扯着挎包的带子，很没出息地先行离开。

步履很快，逃难一般。

快走到巷口，荆羡又回过头去，望着倚靠在墙边的少年。隔了十来步，他的面容隐在阴影处，瞧不清表情。

她想了想，总觉得这个晚上仍有遗憾，不管不顾地喊道：

“下周五，还有之后的每个周五，我们‘潮汐’见。”

夜风袭来，配合着空荡荡巷子里的回音，将她的义无反顾和孤注一掷展现得淋漓尽致。

容淮恍若未闻，背朝着她的方向离去。

红绿灯口，倒数六十来秒，周遭行人匆匆，偶有好奇目光袭来，在少年异常俊秀却布着伤痕的脸上转两圈。

容淮没什么反应，面无表情盯着信号灯，直至转绿，才不紧不慢地迈开腿。

晚上十点来钟，商店未曾打烊，橱窗里花花绿绿，璀璨的背景灯让玻璃形同镜面。

他插着兜，无意瞥一眼，脚步慢下，而后停留在原地。

粉红色的爱心 OK 绷，像是一个天大的笑话，堂而皇之贴在他的嘴角。

很奇怪，小姑娘之前那句甜腻腻的我喜欢你又在脑海里响起。

容淮皱了下眉，并不喜欢这种被他人左右思绪的感觉，手扬起，就将创可贴撕下来，指尖捻了捻，丢到边上的果壳箱。

只是那处伤口变得热辣辣，也不知是什么原因。

或许在痛斥他的绝情。

从那天开始，荆羡对自尊心的修炼程度上升了一个层次。

她坦然接受了目前的状态，既不正儿八经地倒追，也不强行要一个结果。

对于她来说，能和喜欢的人从日记本里的单相思，到面对面坐着聊天，哪怕是她一人说话自言自语，都好过虚无缥缈的幻想。

就像是拥有了自己的秘密花园，每周五下晚自习后的时光，成了荆羡高中生涯里最期待的事儿，胜过主席台上演讲的风光，更超越月榜头名广受嘉许的虚荣。

她将每一次“潮汐”会所的见面，当成属于她一人的约会。

尽管对象冷若冰霜，那都无所谓。

拿着至尊 VIP 身份证明的卡片，坐拥着卡里超多小数点的余额，享受着心上人一对一的单人服务。

试问，还有比这更爽的玛丽苏情节吗?

荆羡整个暑假都耗在了“潮汐”，领班和经理几乎将她供成了一尊佛，顶楼右边的包厢长期为她保留。至于容淮的排班表，也早早就发到了她的手机上。

她晚上九点钟到，等不了几分钟，总能见到出现在门边的少年。

少年穿着简单的白衣黑裤制服，眉宇间带着被人威逼利诱后的阴冷，如同强行被拔掉利爪的猛虎，喂了药，忍辱负重地伪装成乖猫。

荆羡窝在沙发里，手撑着膝盖，看他端着托盘靠近，耳根子微微发烫。

即便见过十来次，她在这个人面前，仍是压不住心跳，开场白都傻得可爱：“嗨，容同学，你吃晚饭了吗？”

容淮不发一语，为她满上一杯西柚汽水。

荆羡捧着喝了两口，苏打水的快乐在胃里翻滚，就和她的幸福指数一样，无限飙升。

盛夏，露天设计的区域改成了透明幕墙的圆弧顶，中央空调幽幽散着冷气，她看了会儿漫天星空，窸窸窣窣打开了带来的便当盒，推过去。

“那什么……”她咽了口唾沫，小心翼翼窥探他的神色，“就是前几次，你说你不能吃客人点的东西。”

容淮坐在地毯上，腿支着，漫不经心地瞥了一眼。

很精致的盒子，中式复古造型，有三格，上头不伦不类地放了日式鸡蛋卷，还有包着紫菜形状不堪入目的手握寿司。

荆羡自己也觉得没眼看，红着脸为厨艺辩驳：“虽然卖相不好看，但味道是很好的，你试试。”

她将一次性筷子掰开，塞到他手里。

容淮：“……”

过去的两个月里，这位不知人间疾苦的大小姐似是将会所当成了家，按着他当值的日子风雨无阻来报到，明面的拒绝装傻，暗喻的讥讽也当听不见。

荆羡冲着他，笑得酒窝深陷下去：“相信我，肯定不难吃。”

容淮安安静静看着眼前清纯如白蔷薇的少女。

他是活在泥泞里的游魂，永远蛰伏在黑暗里，见到这种过分刺眼的笑容，就宛若突然遇到了强光，除了不适，还有暴戾的念头。

想拖着她一同下地狱。

又或者让她知道，这恶心的世界有多残酷。

届时，她还能这样没心没肺地冲他笑吗?

荆羡等了很久，见他毫无动作，又凑过去，夹了一块鸡蛋卷，忍着颊边燥热，递到他嘴边：“试试嘛。”

她说话天生甜腻，不自觉就像是在撒娇。

“不吃。”容淮面上越发冷冽，挥开她的手，“你够了没？”

筷子滚到桌边，那金黄的蛋卷也落到地毯上，碎成几截。

荆羡怔住，委屈和酸涩一点点从喉口涌上。

忙活了一个下午，失败了无数次，好不容易做出能拿得出手的食物，结果他却不屑一顾。

自作多情的难堪和心灰意冷的颓丧姗姗来迟，她的眼泪当下就止不住，怕丢脸，僵硬地别开脸去，抱着腿，在沙发角落缩成一团。

氛围凝固至冰点，两人谁都没搭理对方。

漫长到了极点的压抑。

良久，才是可怜兮兮的一声吸鼻子的声音。

容淮抬眸，望过去。

小姑娘抱着软垫，死死咬着唇，眼眶红得离谱，睫毛湿漉漉，细嫩的脖颈微微颤抖，像是受了天大的委屈。

他没来由地心烦意乱：“我吃不吃饱穿不穿暖，跟你有关系？”

荆羡被他怼得气急，泪眼蒙眬地瞪着他：“没关系，我天天来这儿。”她站起来，生硬地收拾盒饭，语调含含糊糊，“谁叫我喜欢你，我自找的。”

容淮没接茬，看着这位大小姐急于闪人的模样，路过梨花树时，还被边上高出的灌木绊了一下，又顾不得淑女风范，气急败坏地踹回去。

奓毛的猫咪，脾气真挺大。

他倏然笑了，也跟着站起。

荆羡门都打开了，又被拉了回去。

她被这一起一落的剧情搞得头皮发麻：“你干吗？”

我行我素的少年从来不管礼义廉耻，嗓音蛊惑如海妖：“把便当打开。”

荆羡根本招架不住，面红耳赤：“你不是不想吃吗？”

容淮慢条斯理：“做都做了，别浪费。”

荆羡心里天人交战，出于女生的矜持和自尊，其实她应该甩头走人的。

可是……

唉。

她叹口气，用湿巾擦手，很乖顺地取了一块寿司，见他微微张开口，没有要亲自动手的意思，又鼓起勇气喂给他。

少年眯着眼，捏着她细细的手腕，就着她的手吞入食物。

番外三

Z大见

荆羡清楚地意识到。

他们的关系有了改变。

在她主动摊牌并且处心积虑接近之后，少年似乎不再保持最初刻意疏离的态度，看她的眼神亦有了变化。

该怎么形容才好。

原先他总是对什么都不感兴趣的模样，即便和那几个爱插科打诨的跟屁虫在一块，也是充斥着颓败的冷感。学校里遇过无数次，他看什么，做什么，总少了同龄人的新鲜和热忱。

仿佛对这世界的一切都提不起半分兴致。

青春期荷尔蒙的悸动那更不用提，表白墙上匿名的帖子里都在惊呼他的美貌与神秘，然而少年本人却漠不关心，面对着同龄妹子们含羞带怯的眼神，他从不刻意回避，可那眼里却清冷到如凝冰的湖。

偶尔烦了，那湖面覆盖的冰就出现裂缝，下面压着的不耐烦就喷涌而出。

总之伤人得很。

怪不得无人敢递情书，亦无人敢堂而皇之地表白。

这么一想，荆羡万分庆幸自己做了那吃螃蟹的第一位勇士，从五月至开学，不过三个月的时间，同他说的话，已经能摘满半本日记。

她从不知道自己的记忆会这样好，他随口应付的对白，她都能不落一字地记载。

少年的态度当然算不得好，总是意兴阑珊听她一个人絮絮叨叨，给的回应也大多是敷衍的单音节。

若问她为什么还这么剃头担子一头热？

荆羡只能说，冥冥之中有第六感作祟，女孩子天生细腻的直觉在告诉自己，他对她，终究是不一样的。

每一次见面，少年眼里的挣扎都会加重一分。

她看不懂，也读不明白。

有时他会刻意冷淡，但荆羡在实践中逐渐掌握了诀窍，只要撒娇耍痴地冲着他笑，少年便会压下眉眼间明晃晃的阴沉，莫名其妙盯着她瞧。

而后瞧着瞧着，总会伸手过来，带一些恶意，折腾她的长发。

就像现在这样。

她在“潮汐”会所赶暑假作业的最后一日，再度成了某人豢养的家猫，发圈被拿掉，头发丝儿散开来，大部分泄在背后，一小簇乌发掌握在他手上，绕着纤白指尖，对比分明。

少年靠着中式红木沙发的下端软垫，一手撑在她腰侧地面，靠过来："学校里也这样？"

这种近距离的接触让荆羡的思考能力受限，她"啊"了一声，有点蒙，却没止住唇边甜滋滋的弧度："什么意思？"

容淮眯着眼，戳一下小姑娘深陷下去的甜美酒窝，懒懒道："笑得那么蠢。"

荆羡："……"

头一回听到有人吐槽她的笑容，心情很复杂。

要知道荆羡校花的名号可不是平白得来，她有着这个年纪小姑娘该有的虚荣心，得天独厚长了张清纯的脸，揽镜时总免不了自我欣赏好一阵子。

如今引以为傲的表情管理受到了挑战，她忍耐地闭了下眼，嘴角拉起的弧度缓缓变平。

又不高兴了。

容淮看了她一会儿，对这位大小姐三不五时奓毛的行径早就见怪不怪。

他不是会哄人的性子，不过这阵子接触的频率多了，也难得起了几分逗弄的兴致。

他目光若有似无掠过她为了接近自己故意拧着的姿势，了然地笑了声："脖子不累？"

荆羡咬了下唇，没回答他恶意的调侃，只反手从后边的茶几上抽了一张卷子，半挡住脸，干巴巴地扯开话题："你作业都写完了吗？"

容淮往后舒展开手臂，瞥她一眼，淡淡"嗯"了声。

"你什么时候写的？"荆羡挺诧异，她还以为眼前这位无视考勤的混世魔王会直接交空白本子上去。

容淮伸手过来，卷了一簇她的发尾，在指节处随意绕了两圈，似笑非笑："两天就可以搞定的事情，你至于拖到开学前一晚？"

荆羡："……"

其实她之前不是这样的，高一那会儿除了把作文和英语丢给荆焱写之外，其余部分都勤勤恳恳在第一周就写完了。

如今这么拖延，还不都是美色误人吗？

她来"潮汐"那么多次，有哪次正儿八经写过半小时的作业，眼睛盯着题目，心思早就飘到他身上去了。

荆羡有气无力地丢开卷子，含羞带怨地盯着他，嘟囔："都是因为你……"

容淮扬了下眉，没搭腔，散漫的脸上明晃晃写着四个字——

关我屁事。

今日的包厢设计是东方风的海棠月夜风格，两扇屏风左右隔开，中间留了一米距离，恰好能看到夜空里的满月。

随着风铃吹动的缥缈声响，浅粉的花瓣不知从哪儿来，飘飘洒洒，空气里混着微醺的果酒味道。

她看着少年近在咫尺的俊秀脸庞，漆黑眼眸里似倒映了灯火，眨眼时浓密长睫若柔软羽毛，痒痒地在她心上挠过。

荆羡暗自腹诽：长成这样，只能怪你过分迷人。

她心不在焉地写着题，时不时斜眼瞄他一眼，偶尔被抓包也不避讳，忍着燥意眨眨眼，心照不宣地露出微笑。

容淮无奈勾唇，捏着她的后颈，将她的脑袋转回去："有病？写你的作业。"

荆羡也不生气，就这样来回游离在美少年和暑假卷子间。

静谧的夜里，时光缓缓流逝，仿若青梅竹马的画卷，岁月静好。

可惜下一秒，少年夹在耳后的无线对讲发出煞风景的噪音。

"容淮，四楼有客人指明找你开酒，你这边大概几点能过去？"

荆羡条件反射地扯住他的袖子，半是恳求半是固执地摇头，摆明了不想让他走。

容淮轻轻松松脱离开小姑娘的桎梏，笔杆在她脑门上轻拍了下，一边和那头的经理交代："不去，我这儿有个缠人精。"

他说话的语气很玩味，带几分调侃，同时不忘盯着她瞧。

纵使这些时日训练出了厚脸皮，荆羡也不过十七岁，她怎么顶得住这种阵仗，立马面红耳赤扭过身去，顺便从桌上抽了本习题册，佯装闷热扇风。

容淮三言两语打发完对方，掐断通讯，再看她手边压着的卷子，还是二十分钟前的那道几何解析。

他侧过脸，手指轻轻在她眼前的桌面敲了敲："你打算写到通宵？"

荆羡耳根子通红，故意拖延时间的套路被戳破，她一时语塞，说不出话来。

"看来是我影响了你。"容淮锁了屏幕，撑着坐起，意欲要走。

荆羡动作迅捷地拉住他的手，道："不要。"她没回头看，死死捏着中性笔，像是难以启齿，声音轻到几不可闻，"我想和你多待会儿。"

容淮沉默。

这样草率莽撞又直白的表达，他以为自己会反感，至少会不适，可这绵软真挚的调调入了耳，又带给他奇怪陌生的触动。

他难得发愣，须臾，选择性忽略不该有的悸动，转而从她手上抽出笔："还有多少？"

荆羡红着脸，老老实实："就一张卷子了。"

容淮一目十行地掠过，散漫道："要我教还是要我代写？"

荆羡想了想，脸更红了："教我。"

花前月下，这一晚的少年似乎特别好说话，能这样听他单独解题，再甜蜜不过。

容淮十七年来的耐性都折在这小姑娘手上，压着性子，几乎是一个公式一行字地替她讲析。

他当然知道这位年级第一的天之娇女搞不定暑假作业的真实原因，觉得自己也挺无聊，竟真的陪她演起过家家来。

于是写大题时他便没忍住奚落："优等生小姐怎么就不懂得知恩图报？"说着，下巴朝着那一盆水晶盘子里的水果扬了扬。

荆羡整个人都陷在轻飘飘的情绪里，完全丧失了正常思考的能力，愣了很久，才迟钝地反应过来，随后十指不沾阳春水的千金小姐，甘愿折翼，就这么屈尊降贵地帮他剥葡萄。

末了，她还奉上茶水糕点，小心伺候，服务生和客人的地位整个颠倒。

容淮心安理得地受用，含着果肉哼笑：“这还差不多。”

荆羡洗干净手，坐在边上撑着下巴听他解析。

少年有着清润的嗓音，耐着性子讲题时眉眼间竟也透着一丝温柔假象。

荆羡听了会儿，又开始开小差，视线从卷子上挪开，落到他脖颈处。

他这副皮相生得何其完美，就连青春期男生乱七八糟的痘痘粉刺都没有，皮肤冷白，锁骨和喉结更是精致到了极致，在那禁欲系的白衬衫制服映衬下，就跟漫画书里的美少年如出一辙。

正魂游天际，脑门上被笔杆弹了一下，荆羡吃痛捂住，睁圆了眼眸瞪他：“做什么啊？”

容淮懒得再搭理她，径自将答案写完，丢开笔轻嘲：“不知道你怎么考的第一。”

荆羡面上一红，知道他在暗讽自己上课不听讲，可是这会儿怎么能和学校里的光景相提并论！

她慢吞吞地折好卷子，小声嘀咕一通，继而扭过头去，欲言又止道：“以后……以后还能不能教我？”

容淮没搭腔，静静看着她。

说来离谱。

五月之前，有关她的记忆少之又少，从未在意过这位名气满满当当的校花，即便听过她的名字，也是转瞬即逝抛诸脑后。

世事无常，三个月后的今天，他已经能清晰描摹出她的笑容。

鲜活的表情，充满朝气的清澄眼瞳，还有令人沉醉不自知的酒窝。面对他时，一颦一笑里，总透着不加掩饰的欣喜。

他从未被人这样恋恋不舍地在意过。

小姑娘风风火火，幼稚的行径，自以为是的关心，风里来雨里去不肯放弃的倔强，全成了诱他坠落的毒药。

曾经他对这种带着光明的温暖不屑一顾，没料到兜兜转转，仍旧踏入了她天真编织的猎网里，越陷越深。

没办法再拉着她下地狱，也不忍心再摧毁这朵温室里的娇花。

那就只好选择沉沦。

像是被迫认清现实，他在心里无声叹息，将桌几上摊开的花里胡哨玩意塞到小姑娘的包里，随即站起：“以后的事再说，我到点了。”

荆羡还不肯走，磨磨蹭蹭地放慢动作，被他圈着手腕拽起来。力道有些大，她下巴差一点就撞到他肩膀，连忙扶着他的手臂站稳，嘴里含含糊糊：“那么急……我手机没电了，不方便打车呢。”

容淮笑了，捏捏她的后颈，眯起眸来：“闭嘴，送你回去。”

小姑娘这才喜笑颜开，深陷下去的酒窝透着一点点得逞的恣意。

半晌，两人一前一后出了会所。

盛夏的夜色极好，星辉万千，月圆高挂，街旁的桂花树散着香气，仿佛连空气都是甜的。荆羡深呼吸一口，盖住他翻开叫车软件的手机屏幕。

“你打工那么辛苦，别浪费钱了。”

小姑娘似是振振有词。

容淮瞥她一眼，一秒钟都不用就能猜出她的意图，他顿了顿，把手机揣回兜里：“所以半夜十二点，你打算步行回家？”

荆羡抿抿唇，忍住燥意：“我家不远，走路半个钟头就够了。”

她胡搅蛮缠的手段实在叫人叹为观止，容淮也不知怎么回事，鬼迷心窍一般，拒绝的词儿卡在喉咙里，怎么都说不出口。

他揣着兜，有些烦躁地抬脚蹭了下花坛边垒起的鹅卵石，而后忽而迈开步子，走出去几米远，又回眸淡淡甩出几个字：“还不跟上？”

荆羡垂着头笑，长睫一颤一颤，不敢叫他瞧见，抓着背包带子赶至他身边。

十七岁的年纪，彼此有着截然不同的人生境遇，或许本不该交集。然而这一刻，月光将两人身影拉长，偶尔叠交，竟然异样和谐。

荆羡踩着他的影子，隐藏着小心思，觉得曾经看过的两小无猜青梅竹马戏码，放他俩身上也挺合适。

谁能想到呢，三中出名的阴冷少年竟然也会送女孩子回家。

不知怎么，荆羡开始好奇他的过往，她往他身边凑了凑，小脸微烫，酝酿了很久，才假装若无其事地开口：“你好像在学校不怎么和女生说话。”

容淮步子顿住，看了她一会儿，似笑非笑：“想问什么？”

荆羡抿着唇不说话，夏风盈然，吹得枝头桂花巍巍颤颤，浅黄花瓣飘扬，正好落于他衬衣袖口。

她盯着那一处，终于鼓起勇气：“我们现在熟一点了对吧？”她盯着他漂亮的眼眸，不管不顾，“我是不是你唯一的女……”

“唯一的？”容淮挑了挑眉，神情变得耐人寻味。

荆羡赶忙补充：“女性朋友！”

容淮重复念了一遍这四个字，唇边勾起玩味弧度：“很介意有别人？”

荆羡连忙否认：“没有，我就是忽然想到随口一问。”她努力装作不在意的态度，没话找话，“你不回答也可以，无所谓。”

话是这么讲，无奈心里酸溜溜的感触怎么都压不下去。就像一瓶摇晃许久被打开的汽水，瓶盖掀开的那一刻，里头的东西便会喷涌而出。

容淮安安静静地瞧着她，走马观花一般，短短一分钟内见识到了小姑娘从含羞带怯的神情转为谜之丧气。

真叫人叹为观止。

他性子散漫惯了，懒得去探究太多，淡声：“别杵着了，走了。”

荆羡哽住，到底不舍得和他独处的机会，乖乖跟上。只是这个问题，到底没有妥善地解决，回去的路上，小姑娘满腹心事，多少又拉不下脸继续一头热。

于是一路无话。

容淮腿长步伐大，甚至没到三十分钟，别墅区已然入了眼帘。荆羡怕被她哥哥发现，只能提早一个街口和他分别。

接近午夜，万籁俱寂，周遭居民楼里漆黑一片。

世界又只剩下他们二人。

容淮下巴微抬：“行了，过去吧。”

荆羡懊恼路途里错过的时间，她总觉得这个夜晚的结束应该更有意义一些，她抛开了那个耿耿于怀的问题，转言其他：“明天开学，你会去学校吧？”

“再说吧。”注意到她失望的神情，他扯了扯唇，“不是有我号码吗？明早告诉你。”

荆羡重展笑颜。

蹑手蹑脚到家摸到卧室，她在床上滚了好几圈，颤抖着手加上了他的微信，备注：“是我。”

他通过得很快，却没理会她兴奋到语无伦次的长串开场白。

荆羡洗完澡，才收到他的语音。

深夜，少年的嗓音漫不经心，通过话筒，慢慢悠悠传到她的耳中：

“没别人，就你一个，女性朋友。”

因为少年随意的一条语音，荆羡幸福到魂都飞了。

就像中彩票的感觉，本来也没抱太大希望，没想到一厢情愿地坚持之下，居然就刮到了头奖。

幸福来得猝不及防。

午夜时分，她整个人埋在被窝里，从头发丝儿到脚后跟，全是飘飘然的欣喜，抱着电话听了一遍又一遍。

紧贴着听筒的关系，少年清冽润泽的嗓音仿佛就在身边，他讲话没有太大情绪，永远恹恹的调调，中间习惯有停顿。

似乎是在室外，仔细辨别，还有点回音，这效果无意间拉长了尾音，让这短短几个字染上几分缠绵意味。

“就你一个，女性朋友。”

再听一遍，荆羡脸都红了，被窝里小小的空间叫她不得不钻出头来，又把空调温度调低几度。

总之，这一晚绮梦连连，早上醒来仍然飘飘然，她眼尾斜红地站在镜子前洗漱，一边给他发早安消息，一边哼着歌。

三中学子们噩梦般的九月一日，到了荆羡这边，反倒成了幸福征程的开启。

可惜开学典礼没见着他，奥数竞赛颁奖时教导主任连点三遍头名容淮的名字，笑容晴转多云大发雷霆，最后还是校长老好人出来打了圆场。

荆羡午间去小卖部买零食时，还能听到不少人在讨论这位肆意的性子，她摸出手机，又看了遍他晨间回的讯息。

“上午有事，中午来学校。”

宁瑶要了一根雪糕，把包装纸剥开，美滋滋咬一口，凑过头来：“和谁发呢？一脸荡漾的样子。”

荆羡拎着购物篮子，心虚地将薯片往里塞：“别瞎讲。”

买完东西，两人又去图书馆避暑。

最近天气闷热，提倡节能，教室不开空调，只有新建的图书馆有冷气。四楼拐角有间超大的阅览室，被学子们当成了午休圣地。

人不多，后排有几个男生衣服蒙着头，在睡觉。

荆羡和宁瑶放轻脚步进去，找了个位置坐下，屁股还没坐热，同班的艺术委员郑寒素带着几个手帕交，后脚跟过来。

“你是不是把校服裙子改短了？”郑寒素的声音很尖锐。

这位暴发户的女儿平生没爱好，就喜欢模仿她的喜好，荆羡对这种人敬谢不敏，态度也很生硬：“对，两厘米，你随意。”

郑寒素吃了个软钉子，有气没处发，和小姐妹们聊一会儿，又转过头来：“九班容淮是不是和你认识？”

这回音量压低了点儿。

出于情敌的警惕，也出于想谨慎维持得之不易的秘密感情，荆羡立马否认：“没，完全不熟。”

郑寒素打量她一会儿，视线在她白皙手腕上的限量款手表顿了顿，跑出去给她爸爸打电话讨要礼物了。

宁瑶被恶心到，说：“走了，别跟这种人待一起。”

荆羡点点头，正欲站起，后排忽而传来动静。

似乎是睡觉的几位男生被她们吵到，不胜其烦地先行离开。

荆羡觉得不好意思，下意识地回过头去，刚巧撞见最角落那位少年从假寐中苏醒，纤细修长的手指慢吞吞扯掉外套，那张俊秀无双的脸便显山露水。

他靠着椅背，似笑非笑看她一眼，随即离去。

荆羡头皮发麻，还没整理好心情，就收到容淮的微信。

“来楼上。”

宁瑶不明状况：“他刚刚是在看你吗？什么情况？”

“没事。”荆羡懊恼地捂住脸，摇了摇头，也没什么办法，找个去洗手间的理由搪塞，自己悄悄上了楼。

五层还在装修，保护的硬木板将光线隔绝，异常阴暗，午间工人们都去休息了，整层都悄无声息。

她提心吊胆地往里走，通过橱窗展列的通道，在尽头处见到了他。

容淮坐在廊架边上的阶梯，笑容阴恻恻：“过来。”

荆羡羊入虎口一般，还没走近，又被他拉到身边，她的大脑立马宕机，手脚不知该往哪里摆。

“怎么就跟我不熟了？”少年懒洋洋的嗓音带着不怀好意，笑得轻慢，“昨晚不还挺熟的。”

荆羡：“不是，我……”

懒得听她解释，容淮伸手，在小姑娘的后颈捏了捏，跟提溜小动物似的，笑容越发痞坏：“谁给你讲解的暑假作业？嗯？”

他的尾音故意拉长，又是那种听上去低哑缱绻的语气，带点儿威胁和逗弄。

荆羡哪里顶得住这种阵仗，这人就是恶劣到了极致，信手拈来就能让她落于下风。她没辙，眨了下眼睛，不自觉解释：“我怕被人知道我们的关系，影响不好。”

容淮眯起眼来，盯了她半晌，笑起来：“我们什么关系？”

荆羡对上他那副散漫的模样，瞬间哽住，顿了顿，才反将一军道：“富婆和服务生的关系。”

容淮：“哪门子的富婆会光脚追着人诉衷情？”

荆羡想到自己在那个月夜豪气万千的表白，瞬间脸红，末了她又有些恼羞成怒的火气，忍不住在他肩头发狠捶几下。

“别闹。”容淮隔开她的手臂将人扶稳，下巴朝着不远处扬了扬，“来人了。”

施工电梯附近，装修的工人吃完午饭去而复返，拖了几捆电线铺设，几个大老爷们叼着烟，大剌剌往长木凳上一坐，吃饱喝足后没急着干活，先侃起了大山。

粗犷的笑声和各种荤素不忌的段子很快充斥在五层，可能是聊得太尽兴，居然也没注意到尽头处笼在阴暗里的一对人影。

这就很尴尬了。

荆羡心虚得很，两人穿的都是校服，两个学生不好好待在公开区域偏要跑上封闭的地方，必然会引起别人的猜测。

比起来，容淮可太淡定了，眉眼间松松散散，没什么表情，将人拉起：“走了。”

荆羡垂着脑袋，躲在他背后，跟了两步，扯住他的袖子，努力往边上靠：“我们选安全通道下楼吧。”

容淮一顿，笑容有点欠：“现在才知道害羞？”

荆羡耳尖发烫，不吱声，自己率先推开转角处的门，留了一道一人跻身的缝，先行溜过去。

里头很暗，能见度并不好，楼梯间离地十厘米处有 EXIT 的绿色标志，很微弱地散着指示光晕。

荆羡怕黑，不敢贸然行动，故意靠在墙边磨蹭了会儿，等到少年也跟着进来后，才舒一口气：“你走前边。”

容淮不置可否，潇潇洒洒插着兜，当了领路人。

荆羡解锁手机，打开手电筒，帮忙照路。黑暗里的白光格外耀眼，明晃晃一束，落在少年的白衬衣上，辨识度挺高。

她的目光不受控制，追随着他的背影。

少年清瘦颀长，芝兰玉树一般的人物，颈后冷白的皮肤，到那窄腰长腿的身形，都挑不出任何毛病。

是她喜欢的人啊。

荆羡骄傲又欣喜，心里软得一塌糊涂，棉花糖似的，轻飘飘又毛茸茸。她抿着唇，聆听他的脚步，按着他的节奏，一步一步朝下走。

动静重叠，像是合二为一，有着超乎想象的默契。

情窦初开的小姑娘，行径天真，幼稚到可爱。

到了下面一层转角平台，她太过于关注某些人，没留意脚下的阶梯，无意间踏空了一格，电光石火间，反应不过来。

她短促地尖叫一声，就这么直挺挺摔下去。

容淮撑着扶手，女孩儿扑来的作用力挺猛，他差点止不住，倒退一步才勉强稳住身形，平静道：“你这投怀送抱的方式有点草率。”

荆羡惊魂未定，掌心攀着他的肩膀，过了很久，才慢吞吞放下手臂。收回的时候碰到他的手背，彼此指尖有一瞬交错，她的心跳慢了半拍，思绪有片刻怔忪。

很奇怪，连拥抱都有那么两三回，他却从未牵过她的手。即便在一块，也是各走各的。

荆羡莫名其妙冒出这个酸溜溜的念头，说不清是何种滋味，总之不太舒坦。胡思乱想间，少年的距离已经同她拉开半层。

她倏然止步，安安静静地站在原地。

容淮过了会儿才发现小姑娘没跟上，脚步顿住，身子倚着栏杆，朝上望："走这么慢？"

少年的耐性素来少得可怜。

荆羡听出他口气里若有似无的嘲弄，愈加委屈，小心思掩不住，盯着脚尖："我怕摔倒。"

沉寂的安全通道，她的语调可怜巴巴，又带着几分娇气的抱怨。

容淮漫不经心地笑了笑："真是……"他长腿一迈，慢悠悠走至她身边，圈着她细细的手腕，一点点往下滑。

最后，没什么力道地拉住她的手，勾了勾唇："之前不都挺主动的吗？"

荆羡："……"

是很敷衍的牵手模式，但很符合他一贯直男的作风。

尽管如此，荆羡的脸也已经红到没法看了，小鹿乱撞，整个人都晕乎乎。

接下来身边这位都没讲话，她也不介意，一个人沉浸在狂喜里。黑乎乎的楼道阴森漫长，她却感觉哪里都飘满了粉红羽毛，挠得她心痒痒。

推开门前，容淮轻甩了下手，没能让这个缠人精知难而退，他干脆用力扣住她的手指朝外走："行吧，我是无所谓。"

荆羡后知后觉意识到自个儿的厚脸皮，怕被人撞见，赶紧缩回手，头也没回地跑掉了。

中午经历这么一遭，荆羡心情大好，她本来就是百里挑一的美人，这会儿少女怀春的明艳笑容加持，更是惊心动魄的美丽。

晚自习时，前排的男生频频回头，借着问题目的由头同她搭话。

少年们毛毛糙糙，搭讪时总有意外。

这就苦了同桌的宁瑶，不是本子被划开一道水笔痕迹，就是桌子被撞歪了几厘米。

宁瑶烦不胜烦："你们是弱智吗？这些题目都不会做，还学人家泡妞？"她留着齐耳短发，脸庞冷艳，有着远超出这个年纪的御姐风范，"滚远点。"

母老虎发威，不同凡响，青春期的男学生们招架不住，只得灰溜溜走了。

荆羡瞥她一眼，意识到自己给好友惹了些不该存在的麻烦，放软了嗓音："瑶瑶别生气，一会儿我请你吃夜宵啊。"

宁瑶哼了哼，掐她的脸："你肯定有事瞒着我，晚点儿给我老实招供。"

荆羡但笑不语。

又过了一小时，下课铃声姗姗来迟。

三中没有寄宿制，九点半，校门口声势浩大，私家车在划线处停了一溜儿，校车处也密密麻麻排了不少人，全是等候回家的学生。

当然，十六七岁，正是长身体的时候，晚饭后隔了几个钟头，早就饥肠辘辘，也有不少人选择在北门附近的美食广场垫垫肚子。

烧烤摊的老板红光满面，穿梭在客人满座的塑料桌椅间，铅笔夹在耳后，揣着点单的小本本，一边不忘催促炭火架子附近的伙计动作麻溜点。

生意好到爆，荆羡到的时候，基本没什么好位置了。就剩了树荫下的大圆桌，已经坐了两个十九中的学生，看样子互不认识，各吃各的。

老板头一回见到这么精雕玉琢的小姑娘，眼前一亮，语气都温柔了几分："小妹妹，你们来得太迟，现在只能拼桌了哈。"

荆羡犹豫。

宁瑶知道这位公主病大小姐难伺候，叹息："算了，明天早点来吧。"

"等一会儿吧，可能有人吃完了呢。"荆羡也不愿扫兴，环顾四周，目光随意掠过附近几桌年轻的男男女女。

最远的树荫下那桌倒是差不多好了，桌面狼藉，衣服很眼熟，是校友。

荆羡扫一眼，拉着宁瑶往那里去，准备先占位置，走出几步，猛地顿住。

原本垂眸在桌上摆弄手机的少年抬起头来，像是隔了千山万水，远远眺过来。起先也是不经意的一瞥，而后靠回椅背，意味不明地笑了笑。

这也太巧了吧。

荆羡都忍不住猜想，是不是老天爷刻意给的机会。

宁瑶也注意到，扯了下她的袖子："那边是不是容淮啊？缘分一线牵，反正他们也快吃完了，我们过去吧？"

荆羡还有点蒙，手机倏然振了下。

划开消息，很简单的一个字——"来。"

她耳根子热起来，装作陌生人的样子，磨磨蹭蹭等在他们边上。容淮站起身："结账。"

邵忠的炒面吸溜到一半，茫然："啊这……我还差两口呢，淮爹。"

容淮不咸不淡地看着他，也不说话。辞安阳和李晋早就注意到八班亭亭玉立的小姑娘，立马把这没脑子的跟班拎起来："走了，白痴，吃太多当心越来越蠢。"

荆羡忍着笑，小声道："谢谢。"

容淮没什么反应，椅子轻轻抵了一脚，往她那方向挪了些许距离。

他面上漠然，眼眸里清清冷冷，半点情绪都无，同中午那位痞坏的少年又是大相径庭。

荆羡觉得这人演技可以，怕旁人看出蹊跷，她也不敢表现出异样，正欲坐下，宁瑶从后边掐了她一把，冲着马路对面扬了扬下巴："看那里。"

路灯下，五官阴柔的男生一身十九中校服，皮肤苍白，嘴唇殷红，身形很瘦。

半晌，他拳头抵着唇，咳嗽了两声。

看起来活脱脱一个病美男。

荆羡心里"咯噔"一声，怕他哮喘发作，飞快地跑过去。

荆焱皱着眉，二话不说，把外套脱下来，绑在她腰间，语气冻死人不偿命："我跟你提过多少遍，咳咳……裙子不能改短。"

“拜托你别说了，先回家吧。”荆羡头皮发麻，挽着他的胳膊，连拖带拉跳上等在一旁的迈巴赫。

很快，车子启动，消失在众人探究的视线里。

宁瑶一个人也没心思吃了，拎着书包光速闪人。这桌就剩了还未买单的容淮一行人，他眯着眼，在那辆车上停留半刻，默不作声地收回视线。

而后重新坐下。

邵忠嬉皮笑脸：“嗨呀，还好我的面没收走，可以继续吃。”他扒拉两口，手肘顶顶隔壁的兄弟，“老薛，那小白脸是不是女神的竹马啊？”

薛安阳本来也不知道大佬同荆羡具体的关系，自然而然地八卦上了：“女神最近两个月都没怎么往对面十九中跑啊，可能在我们学校找备胎了吧。”

李晋“哦”了一声，拉长调：“可怜啊，这不还是跟竹马跑了嘛。”

三人聊得热火朝天。

谁都没注意到边上的容淮，睫毛低垂，只用两根手指，狠戾地拧断了木质筷子。

荆羡确实有很长一阵子没去过荆焱的学校，前阵子兄妹俩闹过不愉快，算是十七年来吵得最凶的一次。

主要起因说来也挺简单，她去楼下喊他吃饭，结果见他趴在桌上睡着，无意中瞄到了他的日记。

知道他哥有个暗恋对象叫童茹玥之后，随口打趣了几句。

没想到这事儿就成了压垮骆驼的最后一根稻草，长期以来被她支配的恼火和秘密被窥见的迁怒让荆焱口不择言，荆羡也被哥哥的态度伤了个彻底。

后边放暑假，两人交谈更是没超过十句，彼此默认了漫长的冷战期，属于互不理睬的状态。

正因为闹得这样不愉快，他今日能放下脸面特地来找她，荆羡还挺意外。

只是说出的话可就不那么中听了。

“你这两个月每周晚上最少出去三次，回回都是过了十一点才到家，我刚跳级升了高三没空管你。”荆焱冷着脸，头也不回地走上楼梯，语调平静，“不过我有义务把这件事告诉爸妈，你自己做好心理准备。”

此言一出，荆羡心都凉了。

她也没追问他是从何得知，家里就一个帮佣，一个司机，谁是内奸已经不重要。

现在的重点是她之后的行程要怎么办，她好不容易获得的独处机会，她千辛万苦追逐的少年，绝无可能中途放弃。

荆羡急得很，一直跟着他，追到门边：“你别给他们打电话，我就是放假时候没注意门禁时间，下不为例成吗？”

顿了顿，她又委屈巴巴地去扯他的衣摆：“求你了，谓谓。”

荆焱没吱声，静静地盯着她。

作为双生子，小姑娘同他长得并不像，眼瞳是柔软的琥珀色，眼尾微微下垂，看人时娇憨又纯真。

也不知是真知道错了还是被他的威胁给震慑到，此时泪意盈盈，全失了往日作威作福的嚣张，只留可怜示弱的讨好。

她这种一哭二闹三撒娇的方法，永远奏效，即便荆念这种杀伐果断的大魔王也难以幸免，更勿论是他。

荆焱没来由地烦躁，拎着她后颈处的衣领，把人推出书房：“这个月安分点，我会考虑。”

合上门之前，他扫一眼妹妹，发现对方表情带着劫后重生的侥幸，冷笑了声：“中午来我这边吃饭，汇报你一天的行踪，晚自习下课我让忠叔去接你，到家视频电话。”

荆羡：“……”

为了容淮，她不得不暂且放弃自由，忍痛签下了不平等条约。

经历这么一遭，一直到夜半时分，荆羡才记起晚上烧烤摊那会儿的事情，之前走得匆忙，也没来得及和宁瑶打招呼。

她给好友去了电话，简单聊两句，顺便问了下容淮的情况，没得到什么有用的信息，反而被扣上重色轻友的帽子，被怼了足足十分钟。

等到安抚完宁瑶，荆羡才划开了微信界面。

聊天框里和他的最后一条消息依然停留在夜宵时那个简简单单的来字，之后的两个小时，他没发来只字片语。

好像对她的突然离席漠不关心，也对她的去向毫无兴趣了解。

尽管很早就做好得不到太多回应的心理准备，然而人的欲望总是无穷无尽，一开始或许给个擦肩而过的眼神就能欣喜若狂，如今却弥足深陷，想要的远不止这些。

隐约的失望让原本不佳的心情雪上加霜，荆羡点开他的头像，看了会儿那只血淋淋关在笼子里的猛兽，越发压抑。

纠结良久，睡前终究没忍住，她试探着发了个表情。

十来秒后，又莫名担心他不回复，干巴巴地追加了一条毫无营养的文字信息：“你睡了吗？”

感情世界里，沦陷深一点的那位总是患得患失更卑微一些，这跟身份地位都没关系。对于荆羡这样心高气傲的姑娘来说，也不能免俗。

没胆子直接语音通话，她熬到凌晨一点，才等到一个姗姗来迟的问号。

连敷衍都算不上。

荆羡盯着那个标点符号许久，连眼睛都忘了眨，视线逐渐酸涩模糊，那点儿说不清道不明的委屈也在心底荡开。

像是赌气，她指尖跳跃，飞速在九宫格上拼出字眼，也没给自己反悔的机会，选择直接发送：“我最近晚上不方便出门，会所那边暂时不去了。”

这次他倒是回得挺快。

“随你。”

挺决绝的两个字，几乎把她所有的后路都堵死了。

荆羡的一口气堵在胸腔附近，难受到用力捶两下都抒发不了，她整晚都睡不着，最后甚至跑去一个情感博主那边树洞自己的苦恼。

第二日起床后，私信多了三个红点，那位博主把发出来的微博地址贴给了她。

通宵熬夜的人真不少。

荆羡在去学校的路上粗粗浏览，三分之二喷她不够矜持太丢女性同胞的脸，也有一小部分真情实感地给了建议。

其中被赞七百多次的那一条瞧着有点意思。

“男人都是犯贱，冷他一阵，也许就知道追妻火葬场了。”

荆羡到班级，把这句话和宁瑶分享，得到言情小说界天后的无比认同。她倒是没太往心里去，权当消遣，只是接下来的两周，连老天爷都像是在不遗余力地为她的热情降温。

足足十来日，她硬是没撞到过容淮一次，九班教室，篮球场，甚至连那个图书馆，都寻不到这人的身影。

荆羡为了维持那一点点倔强的自尊心和面子工程，中途也没给他发过消息，熬得人比黄花瘦。宁瑶并不太理解她这种伤敌一千自损八百的行径，周五打听到容淮的行踪，强拖着她去了室内体育馆。

也是难得，每周一回的活动课，这人竟然没翘掉，颇有闲情逸致地和隔壁班男生玩篮球赛。

娱乐性质，就半场而已，然而围观者的热情却异常高涨，清一色的娘子军，生怕离得远了看不见，就趴在观众席的栏杆上兴奋地交头接耳。

荆羡到时，少年正运着球，准备突破上篮。

男主光环在他身上体现得淋漓尽致，面前拦了两个身高超过一米九的体育生，他眼都不眨，往左晃一下，玩了个花活，球就从两个防守队员中间穿过。

转个身，手腕微抬，再一压，球故意砸到篮筐的面板上，而后便高高跃起，轻松接回反弹的篮球，当着全场众人的面，玩了个自给自足的空中接力扣篮。

随着他的动作，黑色 T 恤下摆扬起，露出清瘦又漂亮的腹肌线条。

气氛倏然静止。

几秒后，强装矜持的小姑娘们集体露出花痴表情，夹杂着几个路过的男生爆出不可思议的惊叹：

“我傻了，这什么弹跳？”

“哥们儿太猛了吧。”

“到底是实验班还是特招生，来虐菜的。”

荆羡没走近，立在不远处的饮料贩售窗口附近，面上一派淡定，实则内心乱得离谱。再度撞见，才知道古人云的一日不见如隔三秋这话诚不欺我。

须臾，中场休息，打球的男生们话题一转，落到女孩子身上。

“那边是不是八班的荆羡？”

“我看看。”

“光看着我就心动了。”

“不知荆羡毕业后会便宜哪个小子，拿我当备胎也行啊。”

“你就做梦吧。”

青春期的少年们荷尔蒙分泌旺盛，最是冲动的时刻，讲话口无遮拦，彼此眉飞色舞，聊着学校里最高不可攀的女神。

容淮仰头灌了口水，慢条斯理地站起，篮球在手上转了一圈，忽而砸到嗓门最大声的人脸上。

他不笑时最阴沉，透着股风雨欲来的压迫气息：“闭嘴。”

对方敢怒不敢言，捂着脸，又痛得厉害，尴尬到没台阶下，只能找个由头灰溜溜去了厕所。

李晋有些摸不着头脑：“淮哥？”

容淮拿起地上的外套，朝外头走，面色很冷：“不打了。”

荆羡就这样看着他朝自己走来，时间仿佛静止，周遭一切光线褪色，世界只剩下他与她。

安静到只能听到自己的心跳和他的脚步。

她紧张到不自觉掐紧手心，鼓起勇气想打个招呼，可对上他漠然到冷冽的视线后，心瞬间沉到谷底。

擦肩而过，什么都没有发生。

下一刻，被大脑屏蔽的环境音卷土重来，荆羡恍然惊醒，回过头去找他的身影，那人已经走出了场馆。

宁瑶扯一下她的衣摆：“没事吧？”

荆羡摇摇头，踟蹰半刻，突然追出去，步履很快，几乎是一路小跑。

也不知是哪儿来的勇气，她只要一想到，从今往后可能要和他再度回到陌生人的状态，那点儿自欺欺人和故作清高就变得格外愚蠢。

她就这么不管不顾，尾随着他，保持着十来米距离。

少年任由她跟着，步子不紧不慢，走至场馆外围东南角的器材室附近，停了下来。傍晚残阳似血，他靠着墙，手插在兜里，抬眸看她一眼。

荆羡不吱声，走到他面前。

容淮意味不明地笑了笑，反手拧开器材室的门，给她留了道缝。

荆羡没犹豫，进去后发现里头很是昏暗，像是个废弃的房间，老旧的窗帘厚重，器材的柜子堆了一排，地上铺着几块用来仰卧起坐的软垫。

她站在原地，怯生生喊了声他的名字。

容淮倚着窗台，待她走近，指尖掐住她的下巴，凉凉地笑：“是不是很得意？”

荆羡茫然：“什么意思？”

他勾起唇，盯着她的眼睛，笑容阴鸷：“把我耍得团团转，不高兴吗？”

荆羡：“……”

她听不明白，等到少年微凉的手指下移，捏得她腕骨生疼，才挣扎道：“你干什么？你弄疼我了。”

“弄疼了才好。”容淮笑起来，依旧没松力道，俯下身道，“疼才长记性，是吧？”

落日余晖西沉，窗帘设施陈旧，上头连着罗马杆的环扣坏了几圈，边上的布幔要掉不掉，暗红光线从缝隙里透入，为这昏暗的室内更添一分暧昧。

早就废弃的器材室，安静到能听见彼此呼吸的环境，还有恶意禁锢着她的美少年。

荆羡一团乱，脑子如糨糊，全然失去了思考的能力，她都没来得及回应他先前的话语，挣扎间脚踝轻扭了下，猝不及防摔倒在后边横七竖八铺着的软垫上。

坦白说没有伤到，然而多少还是有些惊惶，她反手撑起身体，可怜巴巴地垂着眼睫：“你怎么了？”

小姑娘问话的调调委屈又软糯，怕是再铁石心肠的人也要败下阵来。

无奈被嫉妒蒙蔽双眼的少年并不吃这一套。

或许连他自己都不愿意承认，这种阴暗如火灼的情绪，叫作嫉妒。

容淮背着室内残余的光晕，神情冷漠，他就这样居高临下地看着她，而后不受控制地想起，想起那个备受煎熬的夜晚。

她堂而皇之当着众人的面，不顾周遭视线，甜甜蜜蜜和十九中那个小白脸手牵手走掉的场景。

和那人短暂分开的两个月，找他做了备胎。

如今重归于好，竟然连会所都不肯过来了。

演技着实不错，也够绝情。

容淮勾起唇，漂亮的眼里盛满讥诮，也不知是嘲弄自己，抑或是在讽刺她。他蹲下身，慢条斯理地抬起她的下巴，只是指尖的力道不自觉加重，像是要故意弄上点什么痕迹。

荆羡哪里吃过这种苦，小时候打针都要哭到死去活来的人，根本受不得这种对待，没多久，眼泪就被逼出来，睫毛湿润，盈盈欲泣。

她吸吸鼻子，不明白他这等阴阳怪气的态度究竟何意，又对比暑假在“潮汐”两人之间的那段融洽相处，越发难受。

时过境迁，现在的处境简直就像被冷暴力，一念及此，荆羡心里的憋屈就止不住了：“你凭什么对我发脾气。”

到底是蜜糖罐子里泡大的千金小姐，脾气算不得好，可惜这会儿大滴大滴淌落的泪水削弱了气势。

容淮不为所动，勾了把凳子坐她身前，依旧是俯视的姿态。

“收起你这一套模样。”他眉眼阴寒，语气却反常的轻佻，“我可不是十九中那小白脸。”

荆羡原本哭得视线模糊，听到这句后倏然愣住。

毕竟遗传了父母的好基因，否则哪能次次年级第一？她并不迟钝，前因后果缕清，下意识就抓住了关键处。

很快，一个荒谬又足以叫她忍不住发笑的念头浮出：“你在生气对吗？因为我和别的男生走得近。”

这话显然戳中了容淮的死穴。

伴随着最后一个音节落下，荆羡被人从软垫上用力扯起身，而后天旋地转，莫名其妙就坐到了窗台上。

外头残阳如血，薄唇紧抿的少年堵在她身前，哪有半分往常松散淡漠的样子。他撑在她耳侧，也不说话，眼神阴鸷，像蛰伏的野兽，又像在考虑从哪边下口更方便享用猎物。

荆羡头皮发麻，本来难得见他失态，还觉得挺好玩，眼下却不敢再继续玩火。她侧过头，小心翼翼地探手，捉住了他的指尖：“容淮，有个事儿我得和你解释。”

女孩子特有的柔软嗓音有些微讨好的甜腻，混着一点若有似无的撒娇，足以逼得人心房的城墙轰塌。

容淮沉默不语。

应该要走掉的。

这朵看似鲜艳清纯的娇花耍了他，还妄图继续用着无往而不利的柔弱来骗取他的信任。

他怎么可能再上一次当呢?

扭头就走的念头充斥在血液里，可他到底没能迈开步子。过去的十七年，他那肮脏的人生里从未有过真正的渴求，早就习惯与黑暗为伍，也无比厌恶着对立面的光明。

直到这一束光灼热又固执地笼罩他的世界，他从冷眼旁观，到弥足深陷，不过区区三月。

如今，被她当成小丑戏耍，竟也可悲地仍不愿意放手。

意识到这点，少年的眼神愈加晦涩难懂，目光掠过她手腕间自己弄出来的青红痕迹，他忍不住想，在他没见着她的时日里，那位病恹恹的小子，是否一直都在享受本该只属于他一人的甜蜜。

占有欲无限滋生，阴暗的想法层出不穷，容淮压着邪火，将她带到怀里。

从未有一刻如眼下这样难堪，似打碎脊梁骨，自尊心碾磨成灰，他垂下眸，终于做出妥协："不必解释了，以后别叫我看见你和他来往。"

荆羡仰着脑袋看他，笑得酒窝都陷下去，慢吞吞眨了眨眼，拉长了语调："什么啊，十九中的那位，是我哥。"她壮着胆子拨了拨他纤长的睫毛，一字一顿加重语气，"孪、生、哥、哥！"

容淮怔住，眼睛微微眯起，似在分辨这句话的真假。

荆羡手抵着他的肩膀，往后拉开些许距离，发誓一般举起三根指头："真的，不然你今晚来我家门口瞅瞅，看他在不在。"

误会解除，天大的荒唐。

容淮揉着眉心哑口无言，过了很久，才在她颈后捏了捏："他管你很严?"

荆羡皱着眉头，小脸苦哈哈："是有点，最近都不方便晚上出门了。"她叹口气，想到约会的次数要被迫减少，一点儿都没掩饰遗憾。

容淮懒懒搂着她，不咸不淡瞥她一眼。

小姑娘天真烂漫，喜怒哀乐都写在脸上，随意瞧一瞧，就能猜个七七八八。

他笑了笑，如引诱夏娃吃下苹果的魔鬼，慢悠悠道："翘过晚自习没?"

荆羡很快明白他的意图，优等生的自觉让她立马拒绝了这个天大的诱惑，头摇得坚决："不太好。"

容淮扬了下眉："那算了。"

他抽回手，慢条斯理往外走，语调凉凉的："等你哥什么时候免了你的禁闭，再见面。"

荆羡："……"

她根本没办法抗拒，被拿捏得死死的，从后边扯住他的袖子，红着脸："一个月最多一次。"

容淮笑得痞坏："随你。"

于是，这段离谱的误会就此告一段落，荆羡轰轰烈烈的少女心事终究没有错付。

不知不觉间，外头光线已经暗沉，她一开始还兴致勃勃，后边近来失眠的后遗症显现，靠在他肩头的脑袋一点一点往下落。

容淮心不在焉地摆弄着手机，单手托着她的脸，难得温柔。

最终是荆羡肚子里饥肠辘辘的声响打断了这温情戏码。小姑娘脸皮薄，尴尬到瞌睡虫全惊走，面红耳赤："我……"

容淮眯着眼笑："行了，等着。"

半个小时后，少年去而复返，丢给她一袋食物，自个儿在软垫上盘腿坐下，摸出一听易拉罐，指尖扣着拉环，单手拉开。

他仰头灌一口，喉结顺着吞咽的动作滚了滚。

荆羡剥开汉堡的外包装，瞄到他手里花花绿绿包装的饮料，又看着他水光潋滟的唇，忍不住道："你在喝什么？好喝吗？"

容淮懒洋洋地掀了掀眼皮："不知道，排队人多，随便拿的。"语罢，他转过脸看她，把喝了大半的易拉罐递过去，"试试？"

荆羡一边啃着鸡翅，犹豫了下，架不住好奇心作祟，接过来将里头的液体一饮而尽。

和想象中的甜腻滋味有出入，略微的苦涩充斥在口腔里。

居然是果酒。

荆羡最讨厌的就是苦味，脸都皱了起来，猛喝了几口肥宅水才得以纾解。容淮斜睨着她，似乎也不意外她的反应，自己又开了一罐，漫不经心："至于吗？才五度。"

两人有一搭没一搭地聊天。

少年话向来不多，大多是荆羡在讲，他在听。

她不愿意错过难得独处的机会，缠着他絮絮叨叨，只是，第二节晚自习铃声打响时，她的脑袋沉如千斤，逐渐不能支撑住，枕着他的膝盖闭上眸。

容淮一顿，笑起来："这就醉了？"

小姑娘醉意朦胧，咬字还算清晰："不知道，头很痛。"

容淮没见过这种酒量的，就离谱，半瓶啤酒都没到，也能喝成这样？他摸了摸她的脑袋，将她的脸转过来。

"荆羡？"

小姑娘小脸泛红，水眸湿润，机器人似的，有问必有答："我在。"

容淮："……"

喝醉的反应都异于常人。

他啧一声，难得起了逗弄之心，勾着唇："我是谁？"

她盯着他，一板一眼："容淮。"

"容淮是谁？"

"我最喜欢的人。"

"你最喜欢的人是谁？"

"容淮。"

奇怪又无聊的循环对话，惹得少年低低地笑，眉眼都舒展开来。他手背蹭着怀里女孩儿的脸，口气不自觉变得温柔：“有多喜欢？”

这题可能超纲了，喝醉小姑娘的知识库里暂且答不上来。

良久，她才眨了下眼：“要一起上大学。”

容淮看了她良久，才懒声应了：“行吧。”他卷了一簇她的长发，在指尖细密缠绕，“去哪个学校？”

荆羡：“Z 大。”

她是无心之语，纯粹为了父母才对这所大学颇有好感，酒精麻痹神经，答案脱口而出。

容淮没再吱声。

这一晚，为了这一点点啤酒，荆羡足足花费三个多钟头才酒醒，到家时却彻底断片，没了先前在器材室里最后的那段记忆。

少年送她到家，口气一反常态的冷冽：“我不在的时候，不准喝酒。”

荆羡懵懵懂懂地应了。

只是她再度破坏了门禁，惹得荆焱大动肝火，于是高二上半学期，被逼无奈，过上了学校食堂家三点一线的固定生活。

幸好有那间器材室，成了她与暗恋对象之间不能言说的秘密花园。

期末考试成绩发布的那天，阳光璀璨，班主任煞风景地发布了噩耗通知，迎接高三硬仗，下学期开始周末补课。末了将得意门生叫出去，悉心询问她未来的高考志向。

荆羡说不出个所以然，第一个念头就是要跟着容淮。这话当然不能同老师说，她支支吾吾半天，最后给了个模棱两可要考虑的答案。

一整个上午心不在焉，她捏着那张成绩卡，看着上头完美无瑕的分数，壮着胆子给他发了消息：

“课间操可以见面吗？”

下课铃声打响时，回复姗姗来迟。

“来教室吧。”

胆子真大，整个学校的师生都在操场，唯独他俩光明正大在九班门口见面。

日光明媚，落在少年昳丽眉眼，他倚着后门，看小姑娘连跑带跳地过来，环顾四周后，伸手勾住他的衣袖。

他眯着眼笑：“嗯？”

没多长时间磨蹭，荆羡长话短说：“你以后的志愿是什么？报什么学校？”她耳根子发烫，摸出成绩卡，在他眼前晃了晃，“我这回还是第一，以后去哪儿都没问题。”

容淮仔细瞧着她，在那张卡片上扫两眼，又盯着她的眼睛。

过了很久，他平静道：“Z 大。”

“真的？”荆羡的眼眸亮起来，雀跃的表情无法掩盖，她从后门附近的桌子上拿了一支笔，在卡片的背面迅速写下一行字，不由分说地塞给他，“那就这样说定啦。”

像是怕他反悔，她定下了一个人的誓约，又如一阵风，笑着跑远了。

容淮追逐着那道纤细身影，直到她进了八班教室，才慢悠悠收回视线。半晌，他翻转成绩卡，看清了那行字——

容淮，我们 Z 大见。

他盯了许久，天荒地老一般，而后将它妥善地收好，放入衬衣表袋最靠近心脏的位置。

低低的承诺散在空气里。

“好，Z 大见。”